신문관의
육전소설

엮은이

유춘동(兪春東, Yoo, Choon-dong)_ 선문대 역사문화콘텐츠학과에 재직 중이다. 세책을 비롯한 고소설 상업출판물에 대한 연구, 국내외에 흩어진 고소설과 고문헌 자료의 발굴, 한중 고소설의 비교, 근대서지학, 한문소설의 번역 등에 깊은 관심을 갖고 있다.

엄태웅(嚴泰雄, Eom, Tae-ung)_ 강원대 국어국문학과에 재직 중이다. 『삼국유사』, 방각본/세책본/활자본의 서사적 특성, 방각본과 지역별 소설 향유, 대중서사, 「구운몽」, 동아시아 전근대의 문화 교류 등에 깊은 관심을 갖고 있다.

신문관의 육전소설

초판인쇄 2018년 8월 1일 **초판발행** 2018년 8월 10일
엮은이 유춘동 엄태웅 **펴낸이** 박성모 **펴낸곳** 소명출판 **출판등록** 제13-522호
주소 06643 서울시 서초구 서초중앙로6길 15, 1층
전화 02-585-7840 **팩스** 02-585-7848 **전자우편** somyungbooks@daum.net **홈페이지** www.somyong.co.kr

값 19,800원
ISBN 979-11-5905-284-2 03810

신문관新文館

1908년에 육당六堂 최남선崔南善이 설립한 근대적인 출판사인 동시에 문예와 학술의 아카데미를 꿈꾸었던 최초의 종합 문화 기관이다. 당대 최고의 편집 역량과 인쇄 기술력을 갖춘 신문관에서 종합 교양 월간지 『소년』과 『청춘』을 비롯하여 어린이 잡지 『붉은 저고리』, 『아이들 보이』, 『새별』이 잇달아 발행되었다. 그 밖에도 여러 기획 총서와 문고본, 한국학 명저와 학술·종교 도서 및 교양서, 독본과 학습서, 어학 총서, 한국어 사전, 한국과 중국의 고전 소설, 그리고 서양 번역 소설이 신문관에서 편찬되었으니 명실상부한 근대 한국학의 아카이브이자 1910년대 최대의 민간 문화 계몽 기구다. 신문관은 한일 병합 이후에도 순 한글로 된 '신문관'과 '새글집'의 이름을 이어 갔다. 그러나 최남선이 삼일운동으로 옥고를 치르면서 경영난을 겪다가 동명사東明社로 이름을 고친 뒤에 시사 주간지 『동명』과 일간지 『시대일보』를 발행했다. 신문관은 그 뒤로도 한동안 인쇄소로서 명맥을 유지했으며, 동명사는 오늘날까지 한국에서 가장 오랜 역사를 지닌 출판사로 남아 있다.

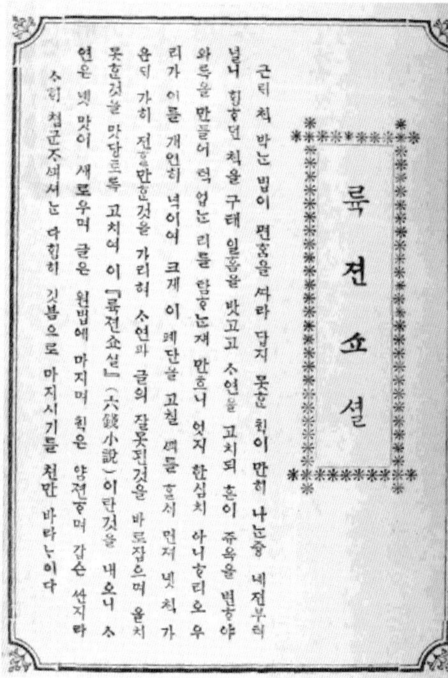
륙젼쇼셜

근ᄅᆡ ᄎᆡᆨ 박는 법이 편홈을 싸라 답지 못ᄒᆞᆫ ᄎᆡᆨ이 만히 나는즁 녜젼부터 널니 힝ᄒᆞ던 ᄎᆡᆨ을 구태 일홈을 밧고고 ᄉᆞ연을 고치되 흔이 쥬옥을 변ᄒᆞ야 와록을 만들어 턱 업는 리를 탐ᄒᆞ는재 만흐니 엇지 한심치 아니ᄒᆞ리오 우리가 이를 개연히 녁이여 크게 이 폐단을 고칠 ᄭᅬ를 ᄒᆞᆯᄉᆡ 먼져 녯 ᄎᆡᆨ 가온ᄃᆡ 가히 젼ᄒᆞᆯ만ᄒᆞᆫ것을 가리혀 ᄉᆞ연과 글의 잘못된것을 바로잡으며 올치 못ᄒᆞᆫ것을 맛당토록 고치여 이 『륙젼쇼셜』(六錢小說)이란것을 내오니 ᄉᆞ연은 녯 맛이 새로우며 글은 원법에 마지며 ᄎᆡᆨ은 얌젼ᄒᆞ며 갑슨 싼지라

ᄉᆞ히 쳠군ᄌᆞ씌셔는 다힝히 깃븜으로 마지시기를 쳔만 바라ᄂᆞ이다

육전소설 간행사

륙젼쇼셜

근ᄅᆡ ᄎᆡᆨ 박는 법이 편홈을 싸라 답지 못ᄒᆞᆫ ᄎᆡᆨ이 만히 나는 즁, 녜젼부터 널니[리] 힝ᄒᆞ던 ᄎᆡᆨ을 구태 일홈을 밧고고 ᄉᆞ연을 고치되, 흔히 쥬옥을 변ᄒᆞ야 와록[륵]을 만들어 턱 업는 리를 탐ᄒᆞ는 재 만흐니, 엇지 한심치 아니ᄒᆞ리오?

우리가 이를 개연히 녁이여 크게 이 폐단을 고칠 ᄭᅬ를 ᄒᆞᆯ ᄉᆡ, 먼져 녯 ᄎᆡᆨ 가운ᄃᆡ 가히 젼ᄒᆞᆯ만ᄒᆞᆫ 것을 가리혀 ᄉᆞ연과 글의 잘못된 것을 바로잡으며, 올치 못ᄒᆞᆫ 것을 맛당토록 고치여 이 『륙젼쇼셜(六錢小說)』이란 것을 내오니, ᄉᆞ연은 녯 맛이 새로우며, 글은 원 법에 마지며, ᄎᆡᆨ은 얌젼ᄒᆞ며 갑슨 싼지라.

ᄉᆞ히 쳠군ᄌᆞ씌셔는 다힝히 깃븜으로 마지시기를 쳔만 바라ᄂᆞ이다.

신문관의 육전소설

六 錢 小 說

유춘동·엄태웅 엮음

소명출판

머리말

육당六堂 최남선崔南善(1890~1957)이 설립했던 신문관新文館과 이곳에서 간행되었던 여러 서적들은 국문학 분야의 근·현대문학, 문헌학, 역사학자들에 의해서 다양하게 논의되어 왔다. 최근에는 박진영, 권두연의 신문관 번역소설 전집과 출판사로서의 신문관에 주목한 특화된 연구도 제출된 상황이다. 이처럼 이 분야의 연구가 지속적으로 나온 것을 보면 한국의 지성사知性史와 출판사出版史에서 '최남선'과 '신문관'의 위상과 역할이 얼마나 중요한지를 보여주고 있다.

고전문학 분야에서도 신문관에 대한 관심이 많았다. 신문관에서 펴낸 『고본 춘향전』, 『고본 수호지』, 『고본 옥루몽』을 대상으로 출판과 작품의 변개 과정, 고전소설사에서 신문관 간행본이 지닌 위상, 근·현대문학과 신문관 간행 고소설과의 관계 등이 거론되었다. 또한 이 책에서 다룬 '육전소설六錢小說'의 연구도 있었다.

우리가 육전소설을 다시 주목한 것은 이유가 있다. 신문관의 '기획 총서'로 야심차게 간행되었던 육전소설은 『남훈태평가』, 『삼설기』(상/하), 『심청전』, 『홍길동전』, 『흥부전』, 『제마무전』, 『사씨남정기』(상/하), 『전우치전』까지 총 8종 10책이 있다. 이에 대해서는 이주영, 이태화, 최호석의 연구도 있었고, 작품의 일부는 아단문고에서 영인본을 펴내기도 했다. 그러나 『남훈태평가』, 『삼설기』, 『홍길동전』, 『사씨남정기』는 원문의 소장처나 원문의 공개가 이루어지지 않았다. 그 이유는 현재 '육전소설' 전체를 소장하고 있는 국내 기관이나 대학도 없고, 위에 거론된 작품들은 특정 권만 보관하고 있어 연구자들이나 일반인들이 손쉽게 볼 수 없기 때문이었다. 따라서 육전소설은 많은 사람들에게 언급되었지만 '온전한 실체'를 볼 수 없는 상황이다.

우리는 이런저런 일로 만나 대화를 나눌 기회가 있었다. 그때 신문관과 육전소설의 문제점을 꺼낸 적이 있었고, 이를 정리해서 한 권의 책으로 펴내자는 약속을 했다. 이후 자료를 모으는 일부터 시작했다. 이 과정에서 유광수, 박진영, 고려대 한적실의 한민섭, 구자훈, 아단문고 박천홍, 근대서지학회 오영식 선생님의 도움으로 문제를 쉽게 해결할 수 있었다.

'육전소설의 가치'는 후하지 않은 편이다. 최남선은 '육전소설'의 간행사에서 "주옥을 변하여 와륵을 만들어 턱없는 리利를 탐하는 (…중략…) 폐단을 고칠 꾀"라고 언급하며 이 책들을 펴냈다. 하지만 이러한 좋은 취지로 만들어 냈던 육전소설 또한 문제가 있다는 평가도 있다. 우리는 이번에 자료들을 수집하고 입력하며 정독하는 과정에서, 육전소설에 대한 새로운 논의와 접근이 필요하다는 사실을 깨닫게 되었다. 이러한 연구의 시작은 자료 정리에서 출발한다. 이 책을 계기로 육전소설에 대한 연구서, 현대역본이 나올 예정이다.

일제강점기 암울한 시대에 설립된 '최남선의 신문관'은 야심찬 기획과 특성을 지닌 출판물로 조선朝鮮의 문화, 문화사업을 이끌었다. 이러한 신문관과 소명출판은 여러모로 닮아 있다. 소명출판은 20년 동안 한국 근・현대문학 학술서적에서 주목할 만한 책들을 간행해왔다. 두 사람은 고전문학 분야에서도 소명출판이 독보적인 위상을 차지하여 '한국학' 전체를 선도하는 출판사로 거듭나기를 바라고 있다. 이 책은 이러한 발전에 조금이나마 도움이 되었으면 좋겠다. 출판을 위해 고생하신 소명출판 여러 선생님께 감사드린다.

2018년 5월 1일

유춘동 · 엄태웅

일러두기

- 이 책은 신문관新文館에서 기획총서로 간행된 육전소설六錢小說 8종 10책을 수집하여 원문原文을 입력한 것이다.
- 육전소설의 순서는 출간 일자를 고려하여 배열했다. 육전소설 전체의 인쇄일, 발행일, 전체 면수는 〈표〉와 같다. 한편 작품의 서지사항은 작품이 시작되는 부분에다 기술해 놓았다.

번호	제명	인쇄일	발행일	면수	출처
1	남훈태평가	1913.3.1	1913.3.3	62면	개인소장본
2	삼설기 상	1913.3.7	1913.3.10	44면	고려대 소장본
	삼설기 하	1913.3.16	1913.3.18	50면	
3	심청전	1913.9.3	1913.9.5	48면	아단문고본
4	홍길동전	1913.9.3	1913.9.5	45면	서강대 소장본
5	흥부전	1913.10.3	1913.10.5	52면	국립중앙도서관본
6	제마무전	1914.3.16	1914.3.18	48면	아단문고본
7	사씨남정기 상	1914.5.22	1914.5.25	69면	개인소장본
	사씨남정기 하	1914.7.7	1914.7.9	75면	
8	전우치전	1914.7.7	1914.7.9	62면	아단문고본

- 육전소설은 원문 그대로 입력한 것이다. 다만 오자誤字가 분명한 것은 [ ]로 표시하여 글자를 바로잡았다. 아울러 가독성을 높이기 위해 띄어쓰기, 단락 구분, 대화 표시, 상황에 맞는 문장부호를 사용했다.
- 원문의 해당 쪽수는 ☐를 표시하여 기재해 놓았다.
- 『남훈태평가』, 『제마무전』에 수록된 「회심곡」은 시가詩歌임을 고려하여 장이나 행은 '/'로 구분했다.

차례

신문관의 육전소설

남훈태평가

단권으로 발행되었다. 표지 상단에 ‘남훈태평가’, 하단에 ‘륙젼쇼셜 서울 신문관 발힝’이라고 인쇄되어 있다.

전체 장수는 62면이다. 1면에 락시됴, 롱, 편, 송, 소용, 우됴, 후뎡화, 계면, 만수대엽, 원시쳥, 잡가, 가ᄉᆞ라는 목차가 기재되어 있고, 표제를 포함하여 10행으로 내용을 실었다.

이후 2면부터 61면까지 목차에 의거하여 매면 11행으로, 작품을 차례대로 수록해 놓았다. 마지막 62면은 발행 사항을 기재한 판권지가 부착되어 있다.

가평태훈남
설쇼전륙
판문신.울서
힝발

【남훈태평가】

락시됴, 롱, 편, 송, 소용, 우됴, 후뎡화, 계면, 만수대엽, 원시쳥, 잡가, 가ᄉᆞ

락시됴

1 간밤에 부든 바람 만뎡도화 다 지것다 / 아희ᄂᆞᆫ 뷔를 들고 쓸오랴 ᄒᆞᄂᆞᆫ고야 / 락환들 고지 이니랴 쓸어 무ᄉᆞᆷ.

젹무인엄즁문ᄒᆞᆫ데 만뎡화락월명시라 / 독의사창ᄒᆞ야 쟝탄식만 ᄒᆞ든 ᄎᆞ에 / 원촌에 일계명ᄒᆞ니 ᄋᆡ긋ᄂᆞᆫ 듯.

아희ᄂᆞᆫ 약 ᄏᆡ라 가고 죽뎡은 휑뎅그러이 부엿ᄂᆞᆫ데 / 흣허진 바독 쟝긔를 어ᄂᆞ 아희가 쓸어 담아주리 / 술 취코 송뎡에 누엇스니 졀 가ᄂᆞᆫ 줄. 2

왕샹의 리어 낙고 ᄆᆡᆼ종의 죽슌 걱거 / 감든 머리 ᄇᆡᆨ발토록 로ᄅᆡᄌᆞ의 옷을 닙고 / 일ᄉᆡᆼ에 양지셩효를 증ᄌᆞᄀᆞᆺ치.

일각이 삼츄라 ᄒᆞ니 열흘이면 몃 삼츄뇨 / 내 ᄆᆞ음 즐겁거니 놈의 실음 ᄉᆡᆼ각ᄂᆞᆫ지 / ᄀᆞ득에 다 석은 간장이 봄눈 스듯.

이러니 뎌러니 ᄒᆡ도 날더러럴랑 말을 마쇼 / 나 죽은 무덤 우헤 논을 풀지 밧 갈ᄂᆞᆫ지 / 쥬부도 류여[령]분상토니 아니놀고.

인ᄉᆡᆼ이 둘가 셋가 이 몸이 네다섯가 / 빌어 온 인ᄉᆡᆼ이 숨의 몸 가지고셔 / 일ᄉᆡᆼ에 살 풀일만 ᄒᆞ고 언제 놀녀.

산촌에 밤이 드니 먼 데 개가 지져 괸다 / 시비를 열고 보니 하늘이 차고 돌이로다 / 뎌 개야 공산 줌 긴 돌 보고 지져 무숨.

뎌 건너 일편 셕이 강태공의 됴ᄃᆡ로다 / 문왕은 어ᄃᆡ 가고 뷘 ᄃᆡ 홀노 ᄆᆡ엿ᄂᆞᆫ 3 고 / 셕양에 물 찬 졔비ᄂᆞᆫ 오락가락.

오츄마 우ᄂᆞᆫ 곳에 칠쳑 쟝검 빗나것다 / ᄌᆞ방은 결승천리ᄒᆞ고 한신은 젼필승공필취라 / 항우ᄂᆞᆫ 일범증부능용ᄒᆞ니 ᄋᆡ 긋ᄂᆞᆫ 듯.

초강 어부들아 고기 낙과 숢지 말아 / 초삼녀 츙혼이 어복 즁에 들엇ᄂᆞ니 / 아모리 뎡확에 숢은들 닉을쇼냐.

새벽 셔리 찬 바람에 울고 가ᄂᆞᆫ 기럭이야 / 쇼상으로 향ᄒᆞᄂᆞ냐 동뎡호로 향ᄒᆞᄂᆞ냐 / 밤즁만 네 우름소ᄅᆡ 잠 못 일워.

청명시절 우분분ᄒᆞᆯ 제 로샹 ᄒᆡᆼ인이 욕단혼이로다 / 뭇노라 목동들아 술 파ᄂᆞᆫ 집 어듸 메뇨 / 뎌 건너 청념 쥬긔풍이니 게 가셔나 뭇쇼.

남훈뎐 ᄃᆞᆯ 붉은 밤에 팔원 팔개 거ᄂᆞ리시고 / 오현금 탄일셩에 ᄒᆡ오민지온혜로다 / 강구에 문동요ᄒᆞ니 절 가ᄂᆞᆫ 줄 [4]

옥에ᄂᆞᆫ 틔나 잇지오 말 곳 ᄒᆞ면 다 남편 됨나 / 내 안 뒤여 ᄂᆞᆷ 못 뵈고 요런 답답ᄒᆞᆫ 일도 ᄯᅩ 어듸 잇노 / 열 놈 ᄇᆡᆨ 말을 ᄒᆞ야도 드르리 짐작.

반 ᄂᆞᆷ아 늙엇스니 다시 졂든 못ᄒᆞ리라 / 일후ᄂᆞᆫ 늙지 말고 ᄆᆡ양 이만 ᄒᆞ얏고자 / ᄇᆡᆨ발이 뎨 짐작ᄒᆞ야 더듸 늙게.

록양 삼월졀에 련근 ᄏᆡᄂᆞᆫ 뎌 목동아 / 잔 련근 질지라도 굵은 련근 다칠셰라 / 곳 속에 ᄇᆡᆨ한이 잠 드럿ᄉᆞ니 션잠 ᄭᆡᆯ나.

ᄃᆞᆯ 밝고 셔리 치ᄂᆞᆫ 밤에 울고 가ᄂᆞᆫ 기럭이야 / 쇼상동뎡 어듸 두고 려관한등에 잠든 나ᄅᆞᆯ ᄭᆡ우ᄂᆞ냐 / 밤즁만 네 우름소ᄅᆡ 잠못 일워.

셔식산젼ᄇᆡᆨ로비ᄒᆞ고 도화류슈궐어비라 / 청약닙 록사의로 샤풍셰우불슈귀라 / 지금에 쟝지화 업기로 그ᄅᆞᆯ 셜워.

삼월 삼일 리ᄇᆡᆨ도홍 구월 구일 황국단풍 / 금쥰에 술이 잇고 동뎡호에 ᄃᆞᆯ이 [5] 로다 / 아희야 잔 ᄀᆞ득 부어라 완월쟝취.

초경에 비취 울고 이경야에 두견이 운다 / 삼경 ᄉᆞ오경에 슯히 우ᄂᆞᆫ 뎌 홍안아 / 야야에 네 우름소ᄅᆡ에 잠 못 일워.

ᄉᆞ랑인들 님마다 ᄒᆞ며 리별인들 다 셜우랴 / 평ᄉᆡᆼ에 처음이오 다시 못 볼 님이로다 / 일후에 다시 맛나면 연분인가.

셜월이 만뎡ᄒᆞᆫᄃᆡ 바람아 불들 말아 / 예리셩 아닌 줄을 번연이 알 것만은 / 아숩고 그리운 ᄆᆞ음에 힝여 긘가.

만경창파지슈에 둥둥 쎳ᄂᆞᆫ 기럭이야 / 구월구일 망향ᄃᆡ에 홍안나종 븍[북]지ᄅᆡ냐 / 너의도 리별을 마자ᄒᆞ고 뎌리 둥둥.

쳥산아 무러 보자 고금ᄉᆞᄅᆞᆯ 네 알니라 / 영웅쥰걸들이 몃몃치나 지나드냐 / 이 뒤에 뭇나니 잇거든 나도 ᄒᆞᆷ씌. 6

ᄇᆡᆨ구야 한가ᄒᆞ다 네야 무ᄉᆞᆷ 일 잇스리 / 강호로 써ᄃᆞᆫ닐 제 어듸어듸 경 됴트냐 / 우리도 공명을 하직ᄒᆞ고 너을 조차.

기럭이 쎄쎄 만이 안진 곳에 포슈야 총을 함부로 노치 말아 / ᄉᆡ븍[북] 강남 오귀[괴]가ᄂᆞᆫ 길에 님의 쇼식을 뉘 젼ᄒᆞ리 / 우리도 그런 줄 알기로 아니 놋습네.

초산 목동들아 나무 뷔다 대 닷칠나 / 그대ᄅᆞᆯ 고이 길너 ᄒᆞ오리라 낙슈대ᄅᆞᆯ / 우리도 그런 줄 알기로 나무만 뷔오.

글ᄒᆞ면 등룡문ᄒᆞ며 활 쏜다고 만인덕ᄒᆞ랴 / 왕블도 조ᄉᆞᄒᆞ고 렴파라도 늙엇스니 / 우리랑 글도 활도 말고 밧갈기ᄅᆞᆯ.

아희야 연슈 쳐라 그린 님게 편지ᄒᆞ자 / 검은 먹 흰 조희ᄂᆞᆫ 졍든 님을 보련만은 / 뎌 붓대 날과ᄀᆞᆺ치 그릴 줄만.

바람 불어 누은 남기 비 온다고 니러나며 / 님 그려 누은 병에 약 쓴다고 니러 7 나랴 / 뎌 님아 널로난 병이나 날 살녀주렴.

록초 장뎨샹에 도긔황독 뎌 목동아 / 셰샹 시비ᄉᆞᄅᆞᆯ 네 아느냐 모르느냐 / 그 아희 단뎍만 불면셔 쇼이부답.

나 ᄐᆞᆫ ᄆᆞᆯ은 청총마오 님 탄 ᄆᆞᆯ 오츄마라 / 내 압헤 청삽살개오 님의 팔에 보라ᄆᆡ라 / 뎌 개야 공산에 깁히 든 ᄭᅯᆼ을 자루 두져 투거라 ᄆᆡ ᄡᅴ여 보게.

군불견 황하지슈텬샹ᄅᆡᄒᆞᆫ디 분류도ᄒᆡ불부회라 / 우불견 고당명경비ᄇᆡᆨ발ᄒᆞᆫ다 죠여청ᄉᆞ모셩셜을 / 인ᄉᆡᆼ이 득의슈진환이라 막ᄉᆞ금준공ᄃᆡ월ᄒᆞ쇼.

우연이 지면ᄒᆞᆫ 졍이 심입골슈 병이 들어 / 일미심월미계에 분슈샹별이 웬 말이냐 / 아희야 괴ᄭᅩ리 ᄂᆞᆯ녀라 ᄉᆞᆷ결 ᄀᆞᆺ게.

만경창파지슈 둥둥 쎳ᄂᆞᆫ 불약거뮈 게오리들아 / 비슬금셩 진경이 둥둥 강 8 셩 너짓 두루미들아 너 쎳ᄂᆞᆫ 물 깁히ᄅᆞᆯ 알고 둥 쎳낫냐 모로고 둥실 써 잇ᄂᆞ냐 / 우리도 ᄂᆞᆷ의 님 걸어두고 깁히ᄅᆞᆯ 몰나.

청셕령 지내다가 옥ᄒᆞ관이 어ᄃᆡ 메뇨 / 호풍도 참뒤[되] 찰사 구진비ᄂᆞᆫ 무슴 일고 / 뉘라셔 내 형샹 그려다가 님 게신ᄃᆡ.

청산리 벽계슈야 수이 감을 ᄌᆞ랑말아 / 일도창히ᄒᆞ면 다시 오기 어려웨라 / 명월이 만공산ᄒᆞ니 수여 갈가.

새벽ᄃᆞᆯ 셔리 치고 지ᄉᆡᄂᆞᆫ 밤에 짝을 일코 울고 가ᄂᆞᆫ 기럭이야 / 너 가ᄂᆞᆫ 길에 졍든 님 리별ᄒᆞ고 츰아 그리워 못 살네라고 젼ᄒᆞ여 주렴 / 쩌ᄃᆞᆫ니다 ᄆᆞᄋᆞᆷ 나ᄂᆞᆫᄃᆡ로 젼ᄒᆞ야 줌세.

청초 우거진 곳에 장기 벗겨 소ᄅᆞᆯ ᄆᆡ고 / 길 아래 뎡ᄌᆞ나무 밋헤 도롱이 베고 잠을 드니 / 청풍이 셰우ᄅᆞᆯ 몰아다가 잠든 나ᄅᆞᆯ. 9

오려논에 물 실어 노코 고소ᄃᆡ에 올나보니 / 나 심은 오조 밧헤 새 안졋스니 아희야 네 말녀 주렴 / 아모리 우여라 ᄂᆞᆯ녀도 감도라 듬네.

가노라 가노라 님아 언양 단천에 풍월강산으로 가노라 님아 / 가다가 심양강에 피[비]파셩을 어이ᄒᆞ리 / 밤중만 지국총 닷 감ᄂᆞᆫ 소ᄅᆡ에 잠 못 일워.

목 붉은 산샹치와 줄에 안즌 ᄇᆡᆨ송고리 / 내 압 논 어살 밋헤 고기 어루ᄂᆞᆫ 져 ᄇᆡᆨ로야 / 초당에 너의 곳 업스면 쇼일 적어.

뎐원에 봄이 드니 나 ᄒᆞᆯ 일이 젼혀 만타 / 약 밧은 누가 ᄆᆡ며 화초 모죵 뉘 옴기리 / 아희야 대나 몬져 뷔여 오너라 사립 겻게.

학 ᄐᆞ고 뎌 불고 호로병 차고 불로초 메고 쌍상투 짜고 ᄉᆡᆨ등거리 닙고 가ᄂᆞᆫ 아희 게 좀 섯거라네 어ᄃᆡ로 가느냐 말 무러보자 / 요지연 션관들이 누구누구 모아 계시더냐 / 그곳에 리덕션 소동파 두목지 쟝건이 다 모야 계시더라. 10

쇼상하ᄉᆞ등한회오 슈벽사명량안ᄐᆡ라 / 이십오현을 탄야월ᄒᆞ니 불승쳥원각비ᄅᆡ라 / 아마도 이 글 지은 쟈는 당 젼긔라.

청산 ᄌᆞ부송아 너ᄂᆞᆫ 웨이 누엇ᄂᆞ냐 / 풍상을 못 이긔여 걱거져셔 누엇노라 / 가다가 량공를 만나거든 예 잇드라쇼.

뎌 건너 검어 웃둑ᄒᆞᆫ 바회 뎡을 들어 ᄶᅡ려내야 / 털 삭여 ᄲᅢᆯ조차 네 발 보와 경셩드부시 거러가ᄂᆞᆫ 드시 샥이리라 ᄲᅢᆯ 고분 검은 암소 / 두엇다 님 리별ᄒᆞ면 ᄐᆞ고 갈가.

만근 쇠ᄅᆞᆯ 느려내야 길게길게 노흘 ᄉᆞᆯ와 / 구만쟝텬 가ᄂᆞᆫ ᄒᆡᄅᆞᆯ ᄆᆡ오리라 수이수이 / 븍[북]당에 학발쌍친이 더ᄃᆡ 늙게.

무릉도원 홍도화도 삼월이면 모츈이오 / 동뎡호 ᄇᆞᆰ은 ᄃᆞᆯ도 금음이면 무광이라 / 엇지타 셜부화용을 앗겨 무ᄉᆞᆷ. 11

씌오리라 씌오리라 셰ᄇᆡᆨ사 륙모얼네 당사줄 감아 씌오리라 / 반공 운무 즁에 싸엿고나 궈[귀]머리 쟝군에 홍릉화 긴코 / 그 즁에 짓거리 잇고 말 잘 듯고 토김 톡 잘 밧ᄂᆞᆫ 연은 내 연인가.

숨에 항우를 맛나 텬하ᄉᆞ를 의론ᄒᆞ니 / 즁동의 눈물이오 큰 칼 집고 닐온 말이 / 지금에 부도 오강을 못ᄅᆡ 셜워.

오호대쟝 ᄂᆞᆯ낸 장ᄉᆞ 젼무후무 졔갈량과 / 그 장ᄉᆞ 그 모ᄉᆞ면 통일텬하 ᄒᆞ련만은 / 아마도 삼분텬하ᄂᆞᆫ 텬의 신가.

솔 아래 굽은 길에 즁 셋 가ᄂᆞᆫ 즁에 말재 즁놈아 게 잠간 셧거라. 네 어ᄃᆡ로 가느냐 말 무러 보자 / 인간 리별 만ᄉᆞ 즁에 독슉공방 ᄉᆡᆼ기신 부쳐 어ᄂᆡ 졀 법당 탁ᄌᆞ 우헤 감즁련ᄒᆞ고 눈 ᄂᆞ리 깔고 고[공]양 밧이[애] 자시던 양 보앗ᄂᆞ냐 못 보앗ᄂᆞ냐 / 쇼승은 샹좌즁이니 스승 즁 더러. 12

ᄉᆞ랑 삽세 ᄉᆞ랑을 삽세 ᄒᆞᆫ들 ᄉᆞ랑 팔 니가 누 잇스며 / 리별 삽쇼 리별을 삽쇼 ᄒᆞᆫ들 리별 사 리가 뉘 잇스리 / 지금에 팔고 사 리 업스니 쟝ᄉᆞ랑에 쟝리별인가.

곳지야 곱다만은 가지 놉하 못 걱깃다 / 걱지ᄂᆞᆫ 못ᄒᆞ나마 일홈이나 짓고 가자 / 아마도 그곳 일홈 단쟝홴가.

룡 ᄀᆞᆺ치 셜셜 긔ᄂᆞᆫ ᄆᆞᆯ게 반부담ᄒᆞ야 / 내 사랑 ᄐᆡ고 산 넘어 구름 밧게 ᄭᅯᆼ 산양ᄒᆞ라 갈 제 채치며 돌쳐 보니 ᄯᅦ구름 속에 반ᄃᆞᆯ이로고나 / 언제나 뎌 구름 다 보ᄂᆡ고 왼ᄃᆞᆯ 볼가.

창힐이 조ᄌᆞ시에 ᄎᆞᄉᆡᆼ 원슈 리별 두 ᄌᆞ / 진시황 분시셔 시에 어ᄂᆞ 틈에 싸엿다가 / 지금에 ᄌᆡ인간ᄒᆞ야 ᄂᆞᆷ의 ᄋᆡᄅᆞᆯ.

ᄒᆞᆫ ᄌᆞ 쓰고 눈물 지고 두 ᄌᆞ 쓰고 ᄒᆞᆫ숨 지며 / 글시ᄂᆞᆫ 아니 되고 슈묵산슈만 되[13]ᄂᆞᆫ고나 / 뎌 님이 울면서 쓴 글시니 눌너 보쇼.

아희야 ᄆᆞᆯ 안장 지어라 ᄐᆞ고 쳔렵 가자 / 술병 걸 제 힝여나 잔 니즐셰라 ᄇᆡᆨ슈ᄅᆞᆯ 흣놀니며 / 여흘여흘 건너가니 / 아희야 이 뒤에 뭇나 니 잇거든 뒤 녀흘로.

리별이 불이 되야 ᄐᆡ오ᄂᆞ니 간장이라 / 눈물이 비가 되면 붓ᄂᆞᆫ 불을 ᄭᅳ련만은 / ᄒᆞᆫ숨이 바람되야 졈졈 붓ᄂᆡ.

ᄭᅮᆷ이 뎡녕 허ᄉᆡ로다 님이 왓다가단 말가 / 뎨 뎡녕 왓게드면 흔젹이나 뵈련만은 / 지금에 뎨 아니 오고 ᄂᆞᆷ의 ᄋᆡᄅᆞᆯ.

태ᄇᆡᆨ이 언제 사ᄅᆞᆷ 당국 시졀 한림학ᄉᆞ / 풍월지션ᄉᆡᆼ이오 완월ᄒᆞ든 호ᄉᆡ로다 / 아마도 시즁텬ᄌᆞ 쥬즁션은 리뎍션인가.

간 밤에 ᄭᅮᆷ 됴터니 님에게셔 편지 왓네 / 그 편지 밧아 ᄇᆡᆨ 번이나 보고 가ᄉᆞᆷ 우헤 언고 잠을 드니 / 굿ᄐᆞ야 무겁지 아니ᄒᆡ도 가ᄉᆞᆷ 답답. 14

ᄒᆡ 지면 쟝탄식이오 쵹ᄇᆡᆨ셩이 단쟝회라 / 닛자ᄒᆞ여도 구진비ᄂᆞᆫ 무ᄉᆞᆷ 일로 / 원촌에 일계명ᄒᆞ니 ᄋᆡ 긋ᄂᆞᆫ ᄃᆞᆺ.

ᄭᅮᆷ아 여럽슨 ᄭᅮᆷ아 오ᄂᆞᆫ 님을 보내고 / ᄭᅮᆷ아 오ᄂᆞᆫ 님 보내들 말고 잠든 나ᄅᆞᆯ ᄭᆡ오려무나 / 네게ᄂᆞᆫ ᄭᅮᆷ조차 야쇽ᄒᆞ니 그ᄅᆞᆯ 셜워.

창오산붕[봉]샹슈졀이라야 이 내 시름 업슬 거슬 / 구의봉 구름 니러 가지록 새루웨라 / 밤즁만 월츌어동령ᄒᆞ니 님 뵌 드시.

청산도 졀로졀로 록슈라도 졀로졀로 / 산 졀로 슈 졀로 ᄒᆞ니 산슈 간에 나도 졀로 / 셰샹에 졀로 자란 몸이 늙기도 졀로.

각시님 옛부든 얼골 뎌 건너 내가에 홀로 웃둑셧ᄂᆞᆫ 슈양버드나무 고목이 다 되야 석어스러진 광대등거리 다 되단 말가 / 졂엇고자 졂엇고자 세 다셧 만 졂엇고자 / 열ᄒᆞ고 다ᄉᆞᆺ만 졂을 양이면 내 원ᄃᆡ로. 15

젹셜이 다 진토록 봄쇼식을 모르드니 / 귀홍득의텬공활이오 와류ᄉᆡᆼ심슈동요라 / 아희야 비즌 술 걸너라 새 봄 맛게.

아미산월반륜츄와 젹벽강산무한경을 / 리뎍션 소동파가 놀고 ᄂᆞᆷ겨 두온 뜻은 / 일후에 영웅쥰걸들이 니여 놀게.

태공의 낙대 빌고 엄ᄌᆞ릉의 줄을 다라 / 범려의 ᄇᆡᄅᆞᆯ ᄐᆞ고 장한의 강동 차자가니 / ᄇᆡᆨ구야 날 본 톄 말아 쇽인 알나.

동산 작일우에 로ᄉᆞ 맛나 바독 두고 / 초당 금야월에 덕션 맛나 쥬일두시ᄇᆡᆨ편이라 / ᄅᆡ일은 두릉호한단챵과 뒷못고지.

공산이 젹막ᄒᆞᆫᄃᆡ 슯히 우ᄂᆞᆫ 뎌 두견아 / 촉국 흥망이 어제 오ᄂᆞᆯ 아니여든 / 지금에 피 나게 울어셔 잠든 나ᄅᆞᆯ.

ᄇᆡᆨ구ᄂᆞᆫ 편편 대동강상비ᄒᆞ고 쟝송은 락락 쳥류벽상취라 / 대야동두점점[16]산에 셕양은 빗쳐 잇고 쟝셩일면용용슈에 일엽 어션 흘니져어 / 대취코 ᄌᆡ기슈파ᄒᆞ야 금슈 릉라도로 임거류 ᄒᆞ셰.

ᄌᆞ규야 우들 말아 네 울어도 쇽절 업다 / 울거든 네 나 울지 잠든 나ᄅᆞᆯ ᄊᆡ오ᄂᆞ냐 / 빔궁반 네 울음 소ᄅᆡ에 잠 못 일워.

비오ᄂᆞᆫ 날 들에 가랴 사립 결고 소 먹여라 / 마이 ᄆᆡ양이랴 쟝기 연쟝 다 실어라 / 오다가 ᄀᆡᄂᆞᆫ 날 잇거든 깃[긴] 밧 밀가.

츈풍에 화만산이오 츄야에 월만ᄃᆡ라 / ᄉᆞ시 가흥은 사ᄅᆞᆷ과 ᄒᆞᆫ가지라 / ᄒᆞ물며 어약연비 운영텬광이야 닐너 무ᄉᆞᆷ.

인ᄉᆡᆼ이 죽어 갈 제 갑슬 주고 살 양이면 / 안연이도 조ᄉᆞᄒᆞᆯ 제 공ᄌᆡ 어이 못 살녓노 / 갑[값] 주고 못 살 인ᄉᆡᆼ이 아니 놀고.

물 업ᄂᆞᆫ 강산에 올나 나무도 걱거 ᄃᆞ리도 노코 돌도 발로 툭 차 데글데글 굴녀[17]라 슈령도 메고 / 만텹청산 ᄂᆞ리고 ᄂᆞ린 물결 휘여잡아 ᄐᆞ고 에르렝 쐴쐴 더지 둥덩실 님 차자 가니 / 셕양에 물 찬 졔비ᄂᆞᆫ 오락가락.

군ᄌᆞ고향ᄅᆡᄒᆞ니 알니로다 고향ᄉᆞᄅᆞᆯ / 오든 날 긔챵젼에 한ᄆᆡ화 퓌엿드냐 안 퓌엿드냐 / ᄆᆡ화가 퓌기ᄂᆞᆫ 퓌엿드라만은 임ᄌᆞ 그려.

쟝ᄉᆡᆼ슐 거진[짓]말이 불ᄉᆞ약을 뉘라 보고 / 진황총 한무릉도 모연츄초 ᄲᅮᆫ이로다 / 인ᄉᆡᆼ이 일쟝 츈몽이니 아니 놀고.

버들은 실이 되고 쇠ᄭᅩ리ᄂᆞᆫ 북이 되야 / 구십삼츈에 짜내ᄂᆞ니 나의 시름 / 뉘라셔 록음방초ᄅᆞᆯ 승화시라더냐.

창 밧긔 가자 솟막이 쟝ᄉᆞ야 리별 낫ᄂᆞᆫ 궁도 네 잘 막일쇼냐 / 그 쟝ᄉᆡ ᄃᆡ답ᄒᆞ되 초한 적 항우라도 력발산ᄒᆞ고 긔개셰로되 힘으로 능이 못 막엇고 삼국 적 제갈량도 샹통텬문에 하달디리로되 지조로 능이 못 막엇거든 / ᄒᆞ믈며 날[18]ᄀᆞᆺᄒᆞᆫ 쇼쟝부야 닐너 무슴.

ᄇᆡᆨ사쟝 홍료변에 굽나러 먹ᄂᆞᆫ 뎌 ᄇᆡᆨ로야 / ᄒᆞᆫ 입에 두셋 물고 무에 낫바 굽니ᄂᆞ냐 / 우리도 구복이 원쉬라 굽니러 먹네.

아희야 네 어듸 사노 내 말슴이오 강변 사오 / 강변셔 무엇 ᄒᆞ노 고기 잡아 ᄉᆡᆼ애 ᄒᆞ오 / 네 ᄉᆡᆼ애 좀두 됴쿠나 나도 흠씌.

ᄃᆡᆨ들에 동난젓 삽쇼 외느니 쟝ᄉᆞ야 네 무엇이니 / 그 쟝ᄉᆡ ᄃᆡ답ᄒᆞ되 대쪽은 이쪽 쇼쪽은 팔쪽 량목이 샹텬 외골ᄂᆡ육 쳥쟝 흑쟝 압도 절벽 뒤도 절벽 전힝ᄒᆞ고 후거도 ᄒᆞ고 썰썰 긔ᄂᆞᆫ 동난 젓 삽쇼 / 쟝ᄉᆞ야 페릇게 외들 말고 그져 방궤젓 삽쇼.

일쇼ᄇᆡᆨ미ᄉᆡᆼ이 태진의 려질이라 / 명황도 이럼으로 반리힝촉 ᄒᆞ얏ᄂᆞ니 / 지금에 마외방혼을 못ᄂᆡ 셜워. [19]

청됴야 오도고야 반갑도다 님의 쇼식 / 약슈 삼쳔리ᄅᆞᆯ 네 어이 건너온다 / 우리 님 만단졍회ᄅᆞᆯ 네 알니라.

간 밤에 우든 녀흘 슯히 울어 지나것다 / 이제야 ᄉᆡᆼ각ᄒᆞ니 님이 울어 보내도다 / 뎌 물이 거슬니 흘을 양이면 나도 울게.

벽ᄒᆡ길류후에 모래 모혀 셤이 되어 / 무졍방초ᄂᆞᆫ ᄒᆡ마다 푸르르되 / 엇지타 우리 왕손은 귀불귀냐.

내 뎡녕 술에 셧겨 님의 속에 흘너들어 / 구회간쟝을 촌촌이 차자가셔 / 날 닛고 ᄂᆞᆷ ᄉᆞ랑ᄒᆞᆫ ᄆᆞ음을 다 슬허 볼가.

ᄉᆞ마쳔의 명만고문쟝 왕일쇼의 소쳔인필법 류령의 기쥬와 두목지 호ᄉᆡᆨ을 / 일신겸비ᄒᆞ야 ᄇᆡᆨ년을 죵ᄉᆞᄒᆞ려니와 / 쌍젼키 어려울손 대슌 증ᄌᆞ 효와 룡방 비간 츙인가. [20]

독샹악양루ᄒᆞ니 동뎡호 칠ᄇᆡᆨ리라 / 락하ᄂᆞᆫ 여고목제비ᄒᆞ고 츄슈ᄂᆞᆫ 공쟝텬일식을 / 한 업슨 오초동남경이 안젼에 어리윗스니 락무궁인가.

왕블의 등왕각셔 텬하명작이라 ᄒᆞ것만은 / 삼쳑미명 네 글ᄌᆞ가 쳐량ᄒᆞᆯ손 단명귀라 / 일일슈경튼 리뎍션도 ᄎᆡ셕강에 완월ᄒᆞ고 두목지ᄂᆞᆫ 취과양쥬귤만게[거]라쇼 / 아마도 글ᄒᆞ고 호화 키ᄂᆞᆫ 리두 문쟝.

바람이 불냐ᄂᆞᆫ지 나무 ᄉᆞᆺ치 흔들긴[린]다 / 밀물은 동호로 가고 혀ᄂᆞᆫ 물은 셔호로 돈다 / 사공이 넌 그물 거더 사리 담고 닷 들고 돗을 놉히.

등잔불 그무러질 제 창 턱 집고 드ᄂᆞᆫ 님과 / 오경죵 ᄂᆞ리올 제 다시 안고 눕ᄂᆞᆫ 님을 / 아모리 ᄇᆡᆨ골이 진퇴토록 니즐쇼냐.

십년을 경영ᄒᆞ야 초당일간 지여내니 / 반간은 쳥풍이오 또 반간은 명월이라 / 아마도 쳥풍명월이 내 벗인가. 21

초방셕 내들 말아 락엽인들 못 안즈랴 / 솔불을 혀들 말아 어제 진 ᄃᆞᆯ 도다온다 / 박쥬산칠 망졍 업다 말고.

공명이 갈건야복으로 남병산 샹봉에 올나 / 칠셩단 모고 동남풍 비[빈] 년후에 단하로 ᄂᆞ려가니 / 히즁에 일엽쇼션 ᄐᆞ고 안져 기ᄃᆞ리ᄂᆞᆫ 장ᄉᆞᄂᆞᆫ 죠ᄌᆞ룡인가.

쇼샹강 긴 대 뷔여 낙시 ᄆᆡ야 들어메고 / 불고공명ᄒᆞ고 벽파로 ᄂᆞ려가니 / ᄇᆡᆨ구야 날 본 체 말아 셩샹 알나.

텬하 비슈검을 ᄒᆞᆫᄃᆡ 모화 ᄇᆡ를 ᄆᆡ야 / 남만 ᄇᆡᆨ[북]뎍을 다 쓸어ᄇᆞ린 후에 / 그 쇠로 호뮈를 ᄆᆞᆫᄃᆞ러 강샹뎐을 ᄆᆡ우리라.

인의로 그물 ᄆᆡ져 초한건곤 후려내니 / ᄒᆞ나흔 쟝량이요 또 ᄒᆞ나흔 한신이라 / 아마도 부졀량도ᄂᆞᆫ 쇼하련가. 22

쳥계산 초당젼에 봄은 어이 느졋느냐 / 리화ᄇᆡᆨ셜향에 류ᄉᆡᆨ황금눈이로다 / 만학운 쵹ᄇᆡᆨ셩즁에 츈ᄉᆞ망연.

쇼샹강 세우 즁에 사립 쓴 뎌 로옹아 / 일엽쥬 흘니져어 어듸메로 향ᄒᆞᄂᆞ냐 / 리ᄇᆡᆨ이 긔경비샹텬ᄒᆞ니 풍월 실나.

ᄌᆞ각봉하 쳥계상에 쳥풍으로 로인녕 싯고 / ᄃᆞᆯ 아래 수어각 잇고 구름 밧게 오숑뎡이로다 / 동ᄌᆞ야 쇼년루 어듸 메뇨 취벽○○이요.

황산곡리당츈졀ᄒᆞ고 리ᄇᆡᆨ화지슈졀쟝을 / 오류촌심도령퇴ᄒᆞ니 갈건록쥬우랑랑을 / 아마도 이 글 지은 쟈ᄂᆞᆫ ᄌᆞ하련가.

산즁에 무력일ᄒᆞ야 졀 가ᄂᆞᆫ 줄 모르더니 / 곳 퓌면 츈졀이오 닙 퓌면 하졀이오 단풍 들면 츄졀이라 / 지금에 쳥숑록쥭이 ᄇᆡᆨ셜에 저젓스니 동졀인가.

닷ᄂᆞᆫ ᄆᆞᆯ도 오왕ᄒᆞ면 섯고 누은 소도 니라 탁 치면 가느니라 / 심산에 모진 범(23)도 경계ᄒᆞ면 가느니라 / 각시네 웬 놈의 ᄯᆞᆯ이건ᄃᆡ ᄂᆞᆷ의 ᄋᆡᄅᆞᆯ.

내 집이 깁흐냐 ᄒᆞ야 두견이 낫에 운다 / 만학천봉 우혜 외사립 닷쳣고나 / 개조차 지즈 리 업서셔 고단ᄒᆞ야 조으니 그ᄅᆞᆯ 민망.

현덕이 단계로 갈 제 작[적]로마야 날 살녀라 / 압헤ᄂᆞᆫ 쟝강이오 ᄯᅱ로나 니 채뫼로다 / 아마도 샹산 죠ᄌᆞ룡이 날 못 차져.

내가 죽어 니져야 오르냐 네가 살아 평ᄉᆡᆼ에 그리워야 올타 ᄒᆞ랴 / 죽어 닛기도 어렵거니와 살아 ᄉᆡᆼ리별 더욱 섧다 / 출하리 내 몬져 죽어 도라갈게 네 날 긔리워라.

어이ᄒᆞ야 가려느냐 무슴 일로 가려느냐 / 무단이 실타느냐 ᄂᆞᆷ의 말을 드럿느냐 / 뎌 님아 ᄋᆡ닯고 ᄋᆡ달ᄂᆡ라 가ᄂᆞᆫ ᄠᅳᆺ을.

촉에셔 우ᄂᆞᆫ 새ᄂᆞᆫ 한나라를 그려 울고 / 봄비에 웃ᄂᆞᆫ 곳은 시졀 맛ᄂᆞᆫ ᄐᆞᆺ이로(24)다 / 두어라 각유 소회니 웃고 울고.

ᄒᆞᆫ쟝[챵]ᄒᆞ니 가셩열이오 수번ᄒᆞ니 무슈지라 / 가셩열 무슈지ᄂᆞᆫ 님 그리ᄂᆞᆫ ᄐᆞᆺ이로다 / 셔릉에 일욕모ᄒᆞ니 단쟝시ᄅᆞᆯ.

보거든 슬뮈거나 못 보거든 닛치거나 / 네가 나지 말거나 내가 너ᄅᆞᆯ 모르거나 / 출하로 내 몬져 슬어져셔 그리게 ᄒᆞᆯ만.

창외삼경 셰우시에 량인 심ᄉᆞᄅᆞᆯ 량인지라 / 심경미흡ᄒᆞ야 날이 장ᄎᆞᆺ ᄇᆞᆰ앗세라 / 다시금 라삼을 뷔여잡고 후긔약을.

ᄃᆞᆯ아 두렷ᄒᆞᆫ ᄃᆞᆯ아 님의 동창 비쵠 ᄃᆞᆯ아 / 님 홀로 누엇드냐 어ᄂᆞ 랑ᄌᆞ 품엇드냐 / 뎌 ᄃᆞᆯ아 본ᄃᆡ로 닐너라 ᄉᆞᄉᆡᆼ결단.

님 리별ᄒᆞ든 ᄂᆞᆯ 밤에 나ᄂᆞᆫ 어히 못 죽엇노 / 한강슈 깁흔 물에 풍덩실 ᄲᅡ지련만 / 지금에 살아 잇기ᄂᆞᆫ 님 보랴고. [25]

ᄃᆞᆯ ᄯᅳ자 ᄇᆡ ᄯᅥ나기[가]니 인제 가면 언제나 오랴 / 만경창파지슈에 ᄂᆞᄂᆞᆫ 다시 ᄃᆞᆫ녀옴세 / 밤중만 지국총 닷 감ᄂᆞᆫ 소ᄅᆡ에 잠 못 일워.

각셜 현덕이 관공ㆍ장비 거ᄂᆞ리시고 졔갈량 보랴고 와룡강 건너 와룡산 넘어 남양 ᄯᅡ를 다다라셔 싀문을 두ᄃᆞ리니 / 동ᄌᆡ 나와 엿줍ᄂᆞᆫ 말이 션ᄉᆡᆼ님이 뒤 초당에 잠 들어게오 / 동ᄌᆞ야 네 션ᄉᆡᆼ ᄭᆡ시거든 류ㆍ관ㆍ장 삼인이 왓드라고 엿주어리.

국화야 너ᄂᆞᆫ 어이 삼월 동풍 다 보내고 / 락목한텬ᄒᆞᆫᄃᆡ 너만 홀로 퓌엿느냐 / 아마도 릉상고절은 너 ᄲᆞᆫ인가.

ᄆᆡ화 ᄉᆞ랑타가 단양으로 ᄂᆞ려가니 / 무평초 부평초 다 푸엿고나 담도화라 / ᄉᆡᆨ장아 연연 ᄋᆡᆼᄋᆡᆼ 츄월이 월중ᄆᆡ 화션이 불너라 완월장취.

ᄉᆡ상리 오류촌에 도쳐ᄉᆞ의 몸이 되[되]야 / 줄 업ᄂᆞᆫ 거문고ᄅᆞᆯ 소ᄅᆡ 업시 집노라(26) 니 / ᄇᆡᆨ한이 뎨 지음ᄒᆞ야 우줄우줄.

청텬에 ᄯᅳᆫ 기럭이야 네 어듸로 향ᄒᆞ느냐 이리로 더리갈 제 내 ᄒᆞᆫ 말 들어다 한양셩ᄂᆡ 님 계신데 잠간 들너 닐온 말이 / 월황혼 계워갈 제 님 그려 ᄎᆞᆷ아 못 살네라고 부ᄃᆡ ᄒᆞᆫ 말만 젼ᄒᆞ야 쥬렴 / 우리도 강호에 일이 만하 밧비 가ᄂᆞᆫ 길이기로 젼ᄒᆞᆯ동 말동.

슌이 남슌슈ᄒᆞ샤 창오야에 븡[붕]ᄒᆞ시니 / 오현금 남풍시ᄅᆞᆯ 뉘게 젼코 븡[붕]ᄒᆞ시노 / 지금에 뎡호룡비ᄅᆞᆯ 못ᄂᆡ 셜워.

젹토마 살지게 먹여 두만강슈에 굽 씻겨 세고 / 룡천검 드ᄂᆞᆫ 칼을 다시 갈아 두러메고 / 언제나 셩쥬ᄅᆞᆯ 뫼[뵈]옵고 태평셩ᄃᆡ.

월경명 월경명ᄒᆞ니 ᄇᆡᄅᆞᆯ ᄐᆞ고 금릉에 ᄂᆞ려 / 물 아래 하ᄂᆞᆯ이오 하ᄂᆞᆯ 가온ᄃᆡ 명월이라 / 션동아 잠긴 ᄃᆞᆯ 건져라 완월장취. (27)

오ᄂᆞᆯ 밤도 혼자 곱송그려 공방 새오잠 자고 지난 밤도 혼자 곱송그려 공방 새오잠 자니 / 웨연놈의 팔ᄌᆞᄂᆞᆫ 쥬야 쟝ᄉᆡᆼ에 혼자 곱송그려 공방 새오잠만 자노 / 언제나 졍든 님 다리고 홰홰 ᄎᆞᆫᄎᆞᆫ 가물치 잠잘가.

오ᄂᆞᆯ도 져무러지거니 져물면 새리로다 / 새면 님이 가리로다 님 가면 못 보려니 못 보면 그리려니 그리면 응당 병 들녀니 병 곳 들면 못 살니라 / 병 들어 죽을 줄 알 양이면 놀고 갈가.

어이ᄒᆞ야 못 오드냐 무슴 일로 못 오드냐 / 잠충급어부에 촉도지난이 ᄀᆞ리웟드냐 무슴 일로 못 오드냐 / 아마도 ᄇᆡᆨ난지즁에 ᄃᆡ인난이 어려웨라.

바람도 수여 넘고 구름이라도 다 수여 넘어감네 / 산진이 슈진매 ᄒᆡ동청 보라매라도 다 수여 넘ᄂᆞᆫ 고봉 쟝경[셩]령 고ᄀᆡ / 우리ᄂᆞᆫ 님이 왓다 ᄒᆞ면 ᄒᆞᆫ번도 아니 수여 넘어감네. 28

창오산 셩뎨혼이 구름 조차 쇼샹에 ᄂᆞ려 / 야반에 흘너들어 쥭간우 되온 뜻은 / 이비의 쳔년 루혼을 못ᄂᆡ 씨셔.

누은들 잠이 오며 기ᄃᆞ린들 님이 오랴 / 이제 누엇슨들 어ᄂᆞ 잠이 ᄒᆞ마 오리 / 출하로 안즌 곳에셔 긴 밤 싈가.

일ᄉᆡᆼ에 ᄒᆞᆫ ᄒᆞ기를 희황시절 못난 줄을 / 초의ᄅᆞᆯ 무릅쓰고 시목실 ᄒᆞ올 망뎡 / 인심이 슌후ᄒᆞ던 줄을 못ᄂᆡ 부러.

ᄒᆞᆫ 손에 막대 들고 또 ᄒᆞᆫ 손에 가새[시] 쥐고 / 늙ᄂᆞᆫ 길 가시로 막고 오ᄂᆞᆫ ᄇᆡᆨ발 막대로 치렷더니 / ᄇᆡᆨ발이 뎨 몬져 알고 즈럼길로.

가마귀 싸호ᄂᆞᆫ 곳에 ᄇᆡᆨ로야 가지 말아 / 셩낸 가마귀 흰빗 보고 ᄉᆡᆨ울셰라 / 청강에 희도록 씨슨 몸을 더려 일가.

말 업슨 청산이오 ᄐᆡ 업슨 류슈로다 / 갑 업슨 청풍이오 임쟈 업슨 명월이라 29 / 이 즁에 일 업슨 몸이 분별 업시.

쥬공도 셩인이샷다 셰샹 사ᄅᆞᆷ 들엇세라 / 문왕지ᄌᆞ오 무왕지뎨오 금왕의 슉부로되 / 평ᄉᆡᆼ에 일호 교긔ᄅᆞᆯ 낸 일 업셔.

감쟝새 작다ᄒᆞ고 대ᄇᆡᆼ[붕]아 웃지 말아 / 구만리 쟝공에 너도 ᄂᆞᆯ고 나도 ᄂᆞᆫ다 / 두어라 일반 비됴ᄅᆞᆯ 닐너 무ᄉᆞᆷ.

가마귀 검다ᄒᆞ고 ᄇᆡᆨ로야 웃지 말아 / 것치 검을지언뎡 속살조차 검을소냐 / 것 희고 속 검은 이ᄂᆞᆫ 너 ᄲᅳᆫ인가.

ᄃᆡᆨ들에 나무들 삽소 네 나무 ᄒᆞᆫ 동에 갑이 언마나 / 쌀이나무 ᄒᆞᆫ 동에 쌀 ᄒᆞᆫ 말 밧고 검부적이 ᄒᆞᆫ 동에 쌀 닷되 밧고 합ᄒᆞ면 ᄒᆞᆫ 말 닷되 올세. 사 ᄶᅢ여 봅쇼 불 잘 붓슴ᄂᆞ니 / 진실로 그럴 양이면 골단이나 ᄒᆞᆸ세.

군산을 샥평턴들 동뎡호가 널넛스며 / 계슈ᄅᆞᆯ 버혓던들 ᄃᆞᆯ이 더옥 ᄇᆞᆰ으련[30]만 / ᄯᅳᆺ 두고 일우지 못ᄒᆞ니 그ᄅᆞᆯ 셜워.

벼슬을 뎌마다 ᄒᆞ면 농부 되 리 뉘 잇스며 / 의원이 병 곳치면 븩[북]망산이 뎌러ᄒᆞ랴 / 아희야 잔 ᄀᆞ득 부어라 내 ᄯᅳᆺᄃᆡ로.

리화우 훗ᄲᅮ릴 제 울며 잡고 리별ᄒᆞᆫ 님 / 츄풍락엽에 뎌도 나ᄅᆞᆯ ᄉᆡᆼ각ᄂᆞᆫ지 / 쳔리에 외로온 ᄭᅮᆷ만 오락가락.

창파에 낙시 너코 편쥬에 실녓스니 / 락죠청강에 비소ᄅᆡ 더욱 됴타 / 류지에 금린을 ᄭᅦ여들고 ᄒᆡᆼ화촌으로.

화촉동방 사창 밧게 벽오동 셩긘 소ᄅᆡ 잠 놀내 ᄭᆡ니 / 만뢰ᄂᆞᆫ 고적ᄒᆞ고 ᄉᆞ벽츙셩 즉즉ᄒᆞᆫᄃᆡ 관셩 청됴ᄂᆞᆫ 셜워라 울고 새벽달 셔리치고 지ᄉᆡᄂᆞᆫ 밤에 두 ᄂᆞ래 둥덩 치고 울고 가ᄂᆞᆫ 기럭이야 / 야야에 네 우름 소ᄅᆡ 잠 못 일워.

태산이 놉다 ᄒᆞ되 하ᄂᆞᆯ 아래 뫼이로다 / 오르고 ᄯᅩ 오르면 못 오르리 업건만 31 은 / 사ᄅᆞᆷ이 뎨 아니 오르고 뫼만 놉다.

신농시 샹ᄇᆡᆨ초 ᄒᆞ샤 일만 병을 다 고치되 / 님 그려 샹ᄉᆞ병에 ᄇᆡᆨ약 무효로다 / 뎌 님아 널로난 병이니 날 살녀 주렴.

풍파에 놀난 사공 ᄇᆡᄅᆞᆯ 팔아 ᄆᆞᆯ을 사니 / 구절양장이 물도곤[곤] 어려웨라 / 이후ᄂᆞᆫ ᄇᆡ도 ᄆᆞᆯ도 말고 밧 갈기만.

귀거ᄅᆡ 귀거ᄅᆡᄒᆞ되 말 ᄉᆡᆫ이오 가 리 업네 / 뎐원이 쟝무ᄒᆞ니 아니 가고 어이ᄒᆞ리 / 초당에 쳥풍명월이 기ᄃᆞ린가.

ᄒᆞᆫ 잔을 부어라 ᄀᆞ득이 부어 편포젼 왜반에 담아 류리잔에 ᄀᆞ득 부어 아모 몰ᄂᆡ 뒤 초당 문갑 우헤 언젓더니 어ᄂᆞ 결을에 류령이 ᄂᆞ려와 반이나 다 ᄯᆞᆯ아 먹고 갓나보다 반잔이로고나 / 벽공에 둥두렷ᄒᆞᆫ ᄃᆞᆯ이 반이나 여즐어지고 반이 ᄂᆞᆷ앗스니 리태ᄇᆡᆨ이 ᄀᆡᆼ싱ᄒᆞ야 ᄂᆞ려와셔 집헛던 쥬령막대로 에화 32 즉ᄉᆡᆫ 두ᄃᆞ려셔 반이나 여즐어지고 반이나 ᄂᆞᆷ앗나보다 반ᄃᆞᆯ이로고나 / 인제ᄂᆞᆫ ᄒᆞᆯ 일이 업고 ᄒᆞᆯ 일이 업스니 ᄂᆞᆷ은 ᄃᆞᆯ ᄂᆞᆷ은 술 가지고 졍든 님 다리고 부지군 쓱 다 싸 ᄇᆞ리고 완월쟝취.

밤은 깁허 삼경에 니르엇고 구진비ᄂᆞᆫ 오동에 흣ᄂᆞᆯ닐 제 이리 궁굴 뎌 이리 궁굴 두루 ᄉᆡᆼ각다가 잠 못 일우웨라 / 동방에 실솔셩과 쳥텬에 쁜 기럭이 소ᄅᆡ 사ᄅᆞᆷ의 무궁ᄒᆞᆫ 심회ᄅᆞᆯ 짝지여 울고 가ᄂᆞᆫ 져 기럭아 / 갓득에 다 셕어 스러진 구뷔 간쟝이 이 밤 ᄉᆡ오기 어려웨라.

기럭이 산이로 잡아 졍 드리고 길드려셔 / 님의 집 가ᄂᆞᆫ 길을 력력히 ᄀᆞᄅᆞ쳐다가 / 밤즁만 님 ᄉᆡᆼ각 나거들낭 쇼식 젼케.

동방에 별이 낫다 ᄒᆞ니 삼척동ᄌᆞ야 네 나가 보아라 / 삼ᄐᆡ륙셩에 ᄇᆡᆨ[북]두칠셩 조무샹이도 아니오 님에게셔 긔별이 왓나 보다 / 진실로 님에게셔 긔별이 왓스면 네 나가 보들 말고 내 나가 보마.[33]

식불감 침불안ᄒᆞ니 이 어인 모진 병고 / 샹ᄉᆞ일념에 님 그린 ᄐᆞᆺ이로다 / 뎌 님아 널로 난 병이니 날 살녀 주렴.

대장뷔 삼겨나셔 립신양명 못ᄒᆞᆯ지면 / 출하리 다 떨치고 일 업시 늙으리라 / 이 밧게 록록ᄒᆞᆫ 영위에 걸닐 줄을.

쳥츈 쇼년들아 ᄇᆡᆨ발 로인 웃지 말아 / 공번된 하ᄂᆞᆯ 아래 넨들 ᄆᆡ양 졂엇스랴 / 우리도 쇼년힝락이 어제런 듯.

술 먹고 노ᄂᆞᆫ 일을 나도 왼 줄 알 것만은 / 신릉군 무덤 우헤 밧가ᄂᆞᆫ 줄 못 보신가 / ᄇᆡᆨ년이 역쵸쵸ᄒᆞ니 아니 놀고.

내 집이 ᄇᆡᆨ하산즁이라 날 차즈 리 뉘 잇스리 / 입오실쟈청풍이오 ᄃᆡ아음쟈명월이라 / 뎡반에 학 ᄇᆡ회ᄒᆞ니 내 벗인가.

술을 대취ᄒᆞ고 두렷이 안졋스니 / 억만 시름이 가노라고 하직ᄒᆞᆫ다 / 아희 34 야 잔 자로 부어라 시름 젼송.

옥 ᄀᆞᆺ흔 한 궁녀도 호디에 진토 되고 / ᄒᆡ어화 양귀비도 역로에 ᄇᆞ렷스니 / 각시네 일시 화용을 앗겨 무삼.

삿갓에 되롱이 닙고 세우 즁에 호뮈 들고 / 산뎐을 김ᄆᆡ다가 록음 즁에 누엇스니 / 목동이 우양을 몰아다가 잠든 나ᄅᆞᆯ.

ᄃᆞᆯ이 두렷ᄒᆞ야 벽공에 걸녓스니 / 만고풍상에 ᄯᅥ러졈 즉ᄒᆞ다만은 / 지금에 취ᄀᆡᆨ을 위ᄒᆞ야 쟝죠금준.

뉘라셔 나 자ᄂᆞᆫ 창 밧게 벽오동을 심엇던고 / 월명뎡반에 영파사도 됴커니와 / 밤즁만 굵은 비 소ᄅᆡ에 잠 못 들어.

강변에 총 멘 사ᄅᆞᆷ 기럭이 죄 노ᄒᆞ라 / 낙시 그물 가진 사ᄅᆞᆷ 리어여든 다 잡아라 / 리어와 기럭이 잇셔도 쇼식 몰나. 35

슈요장단 뉘 아드냐 죽은 후면 거즛 것이 / 텬황시 일만팔쳔 세도 죽은 후면 거즛 것이 / 아마도 먹고 노ᄂᆞᆫ 것이 긔 올흔가.

텬디ᄂᆞᆫ 만물지역려오 광음은 ᄇᆡᆨᄃᆡ지과긱이라 / 인ᄉᆡᆼ을 헤아리니 묘창ᄒᆡ지일속이라 / 두어라 략몽부ᄉᆡᆼ이 아니 놀고.

력발산긔개세ᄂᆞᆫ 초패왕의 버금이오 / 츄상절령일츙은 오ᄌᆞ셔의 우히로다 / 아마도 름름ᄒᆞᆫ 쟝부ᄂᆞᆫ 슈졍후ᄅᆞᆯ.

뉘라셔 장ᄉᆡ라던고 리별에도 장ᄉᆞ 잇노 / 명황도 눈물 지고 초패왕도 울엇거든 / ᄒᆞ믈며 여ᄂᆞᆷ은 쟝부야 닐너 무슴.

사ᄅᆞᆷ이 죽어가셔 나올지 못 나올지 / 들어가 보니 업고 나오다 보니 업ᄂᆡ / 류령이 이러ᄒᆞᆷ으로 쟝취불셩.

ᄇᆡᆨ 년을 가ᄉᆞ인인슈라도 우락즁분미 ᄇᆡᆨ년을 / 황시ᄇᆡᆨ년을 난긔필이니 불[36]여쟝취 ᄇᆡᆨ년젼이라 / 진실로 ᄇᆡᆨ년을 살지라도 쥬야쟝취.

임술지츄 칠월긔망일에 ᄇᆡᄅᆞᆯ ᄐᆞ고 금릉에 ᄂᆞ려 / 손쥐[슈] 고기 낙가 고기 주고 술을 사니 / 그곳에 소동파 업기로 놀미 적어.

우뢰 ᄀᆞᆺ흔 님을 맛나 번개ᄀᆞᆺ치 번듯 만나 / 비ᄀᆞᆺ치 오락가락 구름ᄀᆞᆺ치 허요지니 / 흉즁에 바람 ᄀᆞᆺ흔 ᄒᆞᆫ숨이 안ᄀᆡ 퓌듯.

우리 둘이 후ᄉᆡᆼᄒᆞ야 네 나 되고 내 너 되야 / 내 너 그려셔 긋던 ᄋᆡᄅᆞᆯ 너도 나ᄅᆞᆯ 그려보렴 / 평ᄉᆡᆼ에 내 셜워ᄒᆞ던 줄을 네 알니라.

고인무부락셩동이오 금인환듸락화풍을 / 년년셰셰화샹ᄉᆞ오 셰셰년년인부동을 / 화샹ᄉᆞ인부동ᄒᆞ니 그를 셜워.

쥰쥬샹봉 십직전에 군위쟝부 아쇼년을 / 쥰쥬샹봉 십직후에 아위쟝부 군빅슈로다 / 아쟝부 군빅슈ᄒᆞ니 그를 셜워. 37

박랑사 즁 쓰고 남은 텰퇴 텬하장ᄉᆞ 항우 주어 / 힘것 들어메여 깨치리라 리별 두 ᄌᆞ / 그제야 우리 님 다리고 빅년 동락.

연롱한슈월롱사ᄒᆞ니 야박진회근쥬가를 / 샹녀는 부지망국흔ᄒᆞ고 격강유챵후뎡화를 / 아희야 오화마쳔금구로 환미쥬ᄒᆞ야 여군동취.

초당 뒤에 안져 우는 솟적다새야 암솟적다 샌다 슈솟적다 우는 샌다 / 공산이 어듸 업셔 긱창에 와 우는 솟적다 샌다 / 공산이 허고 만ᄒᆞ야도 울듸 달나.

자네가 술을 잘 먹는다 ᄒᆞ니 슈슈쇼쥬 세 듸와 쇠 셔 세 뎝시를 먹을가 본가 / 슈슈쇼쥬 세 듸와 쇠 셔 세 뎝시를 먹을 양이면 내 물니라 갑슬랑은 / 녯날에 리태빅도 일일 슈경 삼빅비라히도 이 술 흔 잔 못다 먹엇습네.

태빅이 술 실나가더니 어제 진 들이 도다져셔 도로 도다지도록 아니 온다 / 오는 빅 그 빅만 녁엿더니 고기 낙는 어션이라 / 동ᄌᆞ야 들 밋만 ᄊᆞᆸ히여라. 하38마 올 때.

십ᄌᆡ를 경영옥슈연ᄒᆞ니 금강지상이오 월봉젼이로다 / 도화읍로홍부슈오 류셔표풍빅만셕을 셕경귀승산영외오 연사면로우셩변이로다 / 약령마힐로 유어ᄎᆞ런들 불필당년에 화망쳔이러냐.

항우 작ᄒᆞᆫ 텬하장ᄉᆞ랴만은 우미인 리별에 ᄒᆞᆫ숨 셕거 눈물지고 / 명황이 작ᄒᆞᆫ 졔세영쥬랴만은 양귀비 리별에 마외역에 울엇거든 / ᄒᆞ믈며 여ᄂᆞᆷ은 쟝부야 닐너 무ᄉᆞᆷ.

눈셥은 슈나뷔 안즌 듯ᄒᆞ고 입바ᄃᆡᄂᆞᆫ 리화로다 / 날 보고 방싯 웃ᄂᆞᆫ 양은 삼ᄉᆡᆨ도화 미ᄀᆡ봉이 ᄒᆞ로밤 비에 반만 핀 형상이로다 / 츈풍에 호뎝이 되야 간ᄃᆡ 족족.

웨 왓슴나 웨 왓슴나 나 홀로 자ᄂᆞᆫ 방에 웨 왓슴나 / 오기ᄂᆞᆫ 왓거니와 자최업[39]시 잘 ᄃᆞᆫ녀가오 / 갓득에 말 만코 틀 만은 집안에 모다기령 날가.

울며불며 잡은 사ᄆᆡ 썰썰이고 가들 마오 / 그ᄃᆡᄂᆞᆫ 쟝부라 도라가면 닛건만은 / 쇼쳡은 아녀ᄌᆞ라 못ᄅᆡ 닛슴네.

쟝삼 뜻어 치마 젹삼 짓고 념쥬 글너 당라귀 밀치ᄒᆞᄉᆡ / 셕왕세계 극락세계 관세음보살 남무아미타불 십 년 공부도 너 갈ᄃᆡ로 니거라 / 밤즁만 암거ᄉᆞ 품에 드니 념불경이 업세라.

창 내고져 창 내고져 이 내 가ᄉᆞᆷ에 창 내고져 / 고무쟝ᄌᆞ 셰살쟝ᄌᆞ 모란쟝ᄌᆞ 만살쟝ᄌᆞ 열쟝ᄌᆞ 들쟝ᄌᆞ 겹쟝ᄌᆞ 여다지에 암돌져귀 슈돌져귀

ᄇᆡ목걸쇠 겻드려셔 크낙ᄒᆞᆫ 쟝돌이로 ᄯᅡᆼᄯᅡ ᄯᅡᆼᄯᅡ ᄯᅡᆼᄯᅡᆼ박아 이 내 가ᄉᆞᆷ에 창 내고져 / 잇다감 하 답답ᄒᆞ면 여다져나 보게.

풀은 산즁 ᄇᆡᆨ발옹이 고료독좌 향남봉을 / 바람 불어 숑ᄉᆡᆼ슬이오 안ᄀᆡ 푸여 40 학졍홍이라 쥬걱[각]뎨금은 쳔고졀이오 젹다 뎡됴ᄂᆞᆫ 일년풍이라 / 뉘라셔 산 젹막다던고 나만 홀로 락무궁인가.

쥬렴에 ᄃᆞᆯ 비취엿다 멀니셔 난다 온뎌 소ᄅᆡ 들니난고나 / 벗님네 오자 ᄒᆡ금 뎌 피리 ᄉᆡᆼ황 양금쥭 쟝고 거문고 가지고 ᄃᆞᆯ 쓰거든 오마더니 / 동ᄌᆞ야 ᄃᆞᆯ 밋[빛]만 ᄉᆞᆲ히여라 하마 올 ᄯᅢ.

가마귀ᄅᆞᆯ 뉘라 물드려 검다ᄒᆞ며 ᄇᆡᆨ로ᄅᆞᆯ 뉘라 마젼ᄒᆞ야 희다드냐 / 황새 ᄃᆞ리ᄅᆞᆯ 뉘라 니워 기다ᄒᆞ며 오리 ᄃᆞ리ᄅᆞᆯ 뉘라 분질너 잘으다 ᄒᆞ랴 / 아마도 검고 희고 길고 잘으고 흑ᄇᆡᆨ쟝단이야 닌너 무ᄉᆞᆷ.

대ᄇᆡᆨ이 자낼낭은 호아샹츌환미쥬ᄒᆞ고 엄ᄌᆞ릉 자네ᄂᆞᆫ 동강칠리탄에 은린옥쳑 낙과 안쥬 담당ᄒᆞ쇼 / 도연명 자네ᄂᆞᆫ 오현금을 둥지더라 둥실 ᄐᆞ고 쟝ᄌᆞ방 자네ᄂᆞᆫ 계명산 츄야월에 옥통 쇼만 슬니 불쇼 / 그 ᄂᆞᆷ아 글 짓고 춤 추고 41 노래 불으길낭 내 다 담당ᄒᆞᆷ세.

리션이 반ᄒᆞ야 뎨 집을 반ᄒᆞ고 / 라귀 등에 슌금안장을 지여 금젼을 걸고 텬ᄐᆡ산 층암은 졀벽 방울새 삭기 친 곳에 ᄋᆡᆼ무 공쟉 넘ᄂᆞᆫᄃᆡ 쵸부 불너 뭇ᄂᆞᆫ 말이 텬ᄐᆡ산 마고션녀 슈양ᄯᆞᆯ 슉향의 집이 게 어ᄃᆡ 메뇨 / 뎌 건너 대사립 안에 쳥삽살이 누엇스니 겐 줄 알아 봅쇼.

뎌 건너 푸른 산즁 하에 두룽다리 쓰고 뎌 총대 두러메고 살낭살낭 ᄂᆞ려오ᄂᆞᆫ 뎌 포슈야 / 네 뎌 총대로 ᄂᆞᆯ버러지 길짐ᄉᆡᆼ 길버러지 ᄂᆞᆯ짐ᄉᆡᆼ 황새 촉새 두루미 너새긴 진경 범 사슴 노루 톡기ᄅᆞᆯ 뎌 총대로 노아 잡을지라도 새벽ᄃᆞᆯ 셔리치고 지새ᄂᆞᆫ 밤에 동녁[녘] 동ᄃᆡ희로 짝을 일코 홀로 에이울 에이울 울고 울고 가ᄂᆞᆫ 기럭일낭 노치ᄅᆞᆯ 말아 / 우리도 그런 줄 알기로 아니 놋습네.

ᄉᆡᆼ매 잡아 길 잘 드려 두메로 쒱 산양 보내고 / 셋 ᄆᆞᆯ 구불굽통 솔질 솰솰ᄒᆞ야[42] 뒤 송뎡 잔디 잔디 금잔듸 ᄂᆞᆫᄃᆡ ᄆᆞᆯ쑥 쐉쐉 박아 긴 바 늘여 ᄆᆡ고 압[압]내 여흘 고기 뒷내 여흘 고기 자나 굵으나 굵으나 자나 주어 주셤 낙과[개]내야 움버들가지 주루룩 훌터 아감지 쒜여 시내 잔잔 흘으ᄂᆞᆫ 물에 청셕바 바둑돌을 얼는 ᄂᆡᆼ큼 수수히 집어 자쟝단 마초아 지질너 노코 / 동ᄌᆞ야 이 뒤에 욋쌜 가진 청소 ᄐᆞ고 그 소가 우의가 부푸러 치질이 셩헛가 ᄒᆞ야 ᄂᆞᆷ의 소ᄅᆞᆯ 엇어 ᄐᆞ고 급히 ᄂᆞ려와 뭇거들낭 너도 조곰도 지톄 말고 뒷녀홀로.

뎌 건너 신진ᄉᆞ 집 시령 우헤 언친 것이 씰은 청청둥 청졍미 청차조쌀이 아니 씰은 청청둥 청졍미 청차조쌀이냐 / 우ᄃᆡ ᄆᆡᆼᄭᅩᆼ이 다섯 아래ᄃᆡ ᄆᆡᆼᄭᅩᆼ이 다섯 문 안 ᄆᆡᆼᄭᅩᆼ이 다섯 문 밧 ᄆᆡᆼᄭᅩᆼ이 다섯 ᄉᆞ오 이십 스무 ᄆᆡᆼᄭᅩᆼ이 모화관 숨버들궁게셔 밋헤 ᄆᆡᆼᄭᅩᆼ이ᄂᆞᆫ 무겁다고 ᄆᆡᆼᄭᅩᆼ 웃ᄆᆡᆼᄭᅩᆼ이ᄂᆞᆫ 무에 무거우냐 잣쌉스럽다고 ᄆᆡᆼᄭᅩᆼ 어ᄂᆞ ᄆᆡᆼᄭᅩᆼ이 슈ᄆᆡᆼᄭᅩᆼ이냐 / 아마도 슝례문 밧 썩 내다라 청패 팔패 칠[43]패 비ᄃᆞ리 리문동 도져골 쏙ᄃᆞ리 건너 첫재 둘재 셋재 넷재 다섯 여섯 닐골 여들 아홉 열재 미나리 논에셔 코ᄅᆞᆯ 줄줄 흘니고 머리 풀어 산발ᄒᆞ고 눈을 희번덕이며 ᄃᆞ리 ᄭᅩ아 내밀면셔 룡 올니ᄂᆞᆫ ᄆᆡᆼᄭᆞᆼ이 슈ᄆᆡᆼᄭᆞᆼ이냐.

가마기가 가마기ᄅᆞᆯ 조차 셕양산로에 ᄂᆞ라든다 ᄯᅥ든다 님의 집 숑뎡 뒤로 / 오르면 골각 ᄂᆞ리면 갈곡 갈곡 갈곡ᄒᆞᄂᆞᆫ 즁에 어ᄂᆞ 가마기 슈가마기냐 / 그 즁에 몬졈 ᄂᆞ라 안졋다가 야즁 ᄂᆞ라가ᄂᆞᆫ 그 가마기인가.

진경은 쌍쌍옥당즁이요 호월은 단단영창외라 / 쳐량 야류원에 실솔셩 슯히 울고 인젹젹 야심ᄒᆞᆫᄃᆡ 쵹불만 도두혀고 옥슈잔잔 금로향진 삼경 월락토록 어ᄃᆡ가 밤새도록 뉘게 잡혀 뉘 ᄉᆞ랑만 괴우느라 못 오시노 / 님이야 나ᄅᆞᆯ 그ᄃᆞ지 그리랴만은 나ᄂᆞᆫ 님ᄲᅮᆫ 임애 그ᄅᆞᆯ 셜워.

드립더 바드덕 안으니 셰허리지 자낙자낙 / 홍샹을 거두치니 옥셜부지 풍[44]비ᄒᆞ고 거각츈좌ᄒᆞ니 반ᄀᆡᄒᆞᆫ 홍모란이 혜발어지츈풍이로다 / 진진코 우퇴퇴ᄒᆞ니 무림 산즁에 슈용경인가.

대장부 텬디 간에 ᄒᆞ올 빌이 바이 업네 / 글 ᄒᆞ자니 인ᄉᆡᆼ 식ᄌᆞ우환이오 칼 쓰자니 ᄂᆡ지 병쟈시 흉긔로다 / 출하리 셔검을 다 ᄯᅥᆯ치고 쳥루쥬샤에 오락가락.

ᄃᆡᆨ들에 단져 단술 사오 외ᄂᆞ니 장ᄉᆞ 네 무엇이니 / 그 장ᄉᆡ ᄃᆡ답ᄒᆞ되 아래등경 웃등경 결등경 놀등경 결[걸]쇠등경 기루이 퉁로구 절로 ᄯᅮ러져 물 ᄲᆡᆼᄲᆡᆼ 졸졸 ᄂᆞ리ᄂᆞᆫ 귀ᄯᅱᄲᅮ리 봉막이 장ᄉᆞ / 장ᄉᆞ야 막킬제 막킬지라도 흣말 업시.

만리쟝셩 엔 담 안에 아방궁 지어 샤랑 삼고 옥야쳔리 고ᄅᆡ논에 슈쳔 궁녀 시위ᄒᆞ고 옥ᄉᆡᄅᆞᆯ 드더질 제 / 류뎡쟝 항도령이 우러러나 보리 / 평ᄉᆡᆼ에 이목지소호와 심지지소락은 이 섄인가. 45

어촌에 락쵸ᄒᆞ니 강텬이 ᄒᆞᆫ 빗치라 / 쇼뎡에 그물 싯고 십리 사쟝 ᄂᆞ려가니 만강로젹에 하목도 ᄂᆞᆯ고 도화류슈에 궐어ᄂᆞᆫ 살 젓ᄂᆞᆫᄃᆡ 류교변에 ᄇᆡᄅᆞᆯ ᄆᆡ고 고기 주고 술을 사셔 실컷 쟝취ᄒᆞᆫ 후에 애ᄂᆡ셩 불으면서 ᄃᆞᆯ을 씌여 도라오니 / 아마도 강호지락은 이 섄인가.

대쟝부 되야나셔 공ᄆᆡᆼ 안증 못ᄒᆞᆯ 양이면 / 츌하리 다 썰치고 태공의 병법 외와 말만ᄒᆞᆫ 대쟝인을 허리 아래 빗기 차고 금단에 놉히 안져 만마쳔병을 지휘 간에 좌작진퇴ᄒᆞ니 그 아니 쾌ᄒᆞᆯ 소냐 / 아마도 심쟝뎍 구ᄒᆞᄂᆞᆫ 션ᄇᆡᄂᆞᆫ 내 몰ᄂᆡ라.

간밤에 대취ᄒᆞ고 취ᄒᆞᆫ 잠에 ᄭᅮᆷ을 ᄭᅮ니 / 칠쳑검 쳔리마로 료ᄒᆡᄅᆞᆯ 니라 건너 텬교ᄅᆞᆯ 항복밧고 븍[북]궐에 도라와셔 고궐셩공ᄒᆞ야 뵈네 / 쟝부의 강개ᄒᆞᆫ ᄆᆞ음이 흉즁에 울울ᄒᆞ야 ᄭᅮᆷ 가온ᄃᆡ 시험ᄒᆞᆫ가. 46

만고력ᄃᆡ 인신지즁에 명철보신 누고 누고 / 범려의 오호쥬와 쟝량의 샤병벽곡 소광의 산쳔금과 계응의 츄풍강동 도연명의 귀거ᄅᆡᄉᆞᄅᆞᆯ / 아마도 탐관오리ᄇᆡ야 닐너 무ᄉᆞᆷ.

리태ᄇᆡᆨ의 쥬량은 그 엇더ᄒᆞ야 일일슈경삼ᄇᆡᆨᄇᆡᄒᆞ고 / 두목지 풍ᄎᆡᄂᆞᆫ 그 엇더ᄒᆞ야 취과양쥬귤만거런고 / 아마도 이 둘의 풍류ᄅᆞᆯ 못ᄂᆡ 부러.

한무뎨의 븍[북]쳑 셔격과 졔갈량의 칠죵칠금 / 진나라 샤도독의 팔공산 위엄으로 남만 븍[북]뎍을 다 쓸어 ㅂ린 후에 / 진실로 그러홀 작시면 쥬시 례악과 한디 의관을 다시 본 듯.

월일편 등삼경훈디 나간 님을 혜여 보니 / 청루쥬샤에 식 님 걸어두고 불승탐졍ᄒ야 회간믹 샹츈쟝만이오 주마투계유미반이로다 / 지금에 삼시츌망무쇼식ᄒ니 진일란두에 공단쟝이로다. (47)

엇던 남근 대명년[뎐] 대들보 되고 또 엇던 남근 열 소경의 도막대 된고 / 난번 소경 다섯 든번 소경 다섯 쟝무공ᄉ원 합ᄒ야 열두 소경도 막대 된고 / 출하리 거문고 술대 되어 님의 손에.

병풍에 압니 작은 동 부러진 괴 그리고 그 괴 압헤 죠고만 샤향쥐를 그려 두니 / 이고 조 괴 삿부로 양ᄒ여 그림의 쥐를 잡으려 존니는고야 / 우리도 남의 님 걸어두고 존니러 볼가.

뎌 건너 광창 놉흔 집에 머리 됴흔 각시네야 / 초싱에 반달ᄀ치 빗취지나 말념으나 / 엇지타 장부의 간쟝을 구뷔구뷔.

븍[북]두칠셩 ᄒ나 둘 셋 넷 다섯 여섯 닐곱 분게 민망훈 소지 발괄 훈쟝 드리ᄂ이다 / 그리던 님을 맛나 만단졍회 치 못ᄒ야 날이 수이 붉아오니 글로 민망 셜음이외다 / 밤중만 삼틱차ᄉ 노하 싯별 업시. (48)

술 먹어 병 업슬 약과 ᄉᆡᆨᄒᆞ야 쟝ᄉᆡᆼ슈를 / 갑 주고 살작시면 아모려나 관계ᄒᆞ랴 / 갑 주고 못 살 약이니 쇼로쇼로.

풍동쥭엽은 십만쟝부지훤화오 우셰련화는 삼천궁녀지목욕이라 / 오경루하에 셕양홍이오 구월산즁에 츈초록이로다 / 아마도 이 글 지은 쟈는 량국 ᄌᆡᄉᆞ.

ᄉᆡ문에 개 지즈니 님만 녁여 열고 보니 / 님은 아니 오고 구월 단풍에 락엽셩이로다 / 뎌 개야 츄풍락엽셩 무단이 지져 잠든 나를 ᄊᆡ오ᄂᆞ냐.

쥭쟝망혜 단표ᄌᆞ로 쳔리강산 들어가니 그곳이 골이 깁허 두견 졉동이 낫에 운다 / 구름은 뭉게뭉게 퓌여 락락쟝숑에 봉둘너 잇고 바람은 쇨쇨 불어 시내 암샹에 곳가지만 쎨쎨이는 고나 / 그곳이 별유텬디별건곤이니 아니 놀고. 49

아마도 호방ᄒᆞᆯ손 션리건곤 쳥련거ᄉᆞ / 옥황향안젼에 황뎡경 일ᄌᆞ 오독ᄒᆞᆫ 죄로 인간에 뎍하ᄒᆞ야 장명쥬샤ᄒᆞ고 쳔금쥰마환쇼쳡ᄒᆞ야 롱월ᄎᆡ셕다가 긔경비샹텬ᄒᆞ니 / 아마도 강남 풍월이 임자 업셔.

모란은 화즁왕이오 향일화는 츙신이라 / 박곳은 로인이오 셕쥭화 쇼년이라 련화는 군ᄌᆞ오 ᄒᆡᆼ화 쇼인 국화는 은일ᄉᆞ오 ᄆᆡ화 한ᄉᆞ로다. 규화무당 ᄒᆡ당화는 챵긔로다 / 그 즁에 리화 시ᄀᆡᆨ 홍도 벽도 삼ᄉᆡᆨ 도화는 풍류랑인가.

문독츈츄좌시젼ᄒᆞ고 무ᄉᆞ쳥룡언월도라 / 독힝쳔리ᄒᆞ야 오관을 지내실 제 ᄯᆞ로ᄂᆞᆫ 뎌 장ᄉᆞ야 ᄒᆞᆫ 북 소ᄅᆡ 들엇ᄂᆞ냐 못 들엇ᄂᆞ냐 / 아마도 름름ᄒᆞᆫ 쟝부ᄂᆞᆫ 한슈뎡후신가.

월황혼 계워갈 제 뎡쳐 업시 나간 님이 / ᄇᆡᆨ마금편으로 어ᄃᆡ 가 ᄃᆞᆫ니다가 뉘 손에 잡히여 도라올 줄 모르ᄂᆞᆫ고 / 지금에 독슉공방ᄒᆞ야 쟝샹 ᄉᆞ루여우 ᄒᆞᆯ [50] 제 뎐젼불ᄆᆡ.

옥으로 ᄆᆞᆯ을 샥여 영쳔슈에 흘니 싯겨 / 록초쟝뎨샹에 바 느려 ᄆᆡ와 두고 / 그 ᄆᆞᆯ이 그 풀을 다 먹도록 리별 업시.

봉황ᄃᆡ샹봉황유ᄒᆞ니 봉거ᄃᆡ공강ᄌᆞ류ᄅᆞᆯ / 오궁화초ᄂᆞᆫ ᄆᆡ유경이오 진ᄃᆡ의관셩고구ᄅᆞᆯ 삼산반락 쳥텬외오 이슈즁분ᄇᆡᆨ로쥬ᄅᆞᆯ / 총위부운능폐일ᄒᆞ니 쟝안불견코 ᄉᆞ인수ᄅᆞᆯ.

잡가편

쇼츈향가

츈향의 거동 보아라. 오른손으로 일광을 ᄀᆞ리오고 왼손 놉히 들어 뎌 건너 죽림 뵌다. 대 심어 울ᄒᆞ고 솔 심어 뎡ᄌᆞ라. 동편에 련당이오 셔편에 우물이라. 로방에 시ᄆᆡ오후과오 문젼에 학죵선ᄉᆡᆼ류 긴 버들 휘느러진 늙은 쟝숑 광풍에(51)흥을 계워 우줄우줄 춤을 추니, 뎌 건너 사리문안에 삽살이 안져 먼 산만 ᄇᆞ라보며 솰이 치ᄂᆞᆫ 뎌 집이오니 황혼에 뎡녕이 도라오쇼. 썰치고 가ᄂᆞᆫ 형상 사ᄅᆞᆷ의 ᄲᅢ다귀ᄅᆞᆯ 다 녹인다. 너ᄂᆞᆫ 웨인계집ᄋᆡ관ᄃᆡ 나ᄅᆞᆯ 죵죵 속이ᄂᆞ냐. 너ᄂᆞᆫ 웨인 계집ᄋᆡ관ᄃᆡ 쟝부의 간쟝을다 녹이나. 록음방초승화시에 ᄒᆡᄂᆞᆫ 어히 더ᄃᆡ 가고, 오동야월 ᄇᆞᆰ은 ᄃᆞᆯ에 밤은 어히 수이 가노. 일월무졍 덧업도다. 옥빈홍안이 공로로다. 우ᄂᆞᆫ 눈물 밧아내면 ᄇᆡ도 ᄐᆞ고 가련만은 지척 동방 쳔리완ᄃᆡ 어히 그리 못오던가.

ᄆᆡ화가

ᄆᆡ화야 녯 등걸에 봄졀이 도라온다. 츈셜이 하분분ᄒᆞ니 필지 말지도 ᄒᆞ다만은 닙 피엿든 가지마다 퓌염 직도 ᄒᆞ다만은 ᄇᆡᆨ[북]경ᄉᆞ신 녁란[관]들아 오ᄉᆡᆨ당ᄉᆞᄅᆞᆯ 붓침을 ᄒᆞ셰. ᄆᆡ셰 ᄆᆡ셰 그물을 ᄆᆡ셰. 오ᄉᆡᆨ당ᄉᆞ로 그물을 ᄆᆡ셰. 치셰 치셰 그물(52)을 치셰. 부벽루 하에 그물을 치셰. 걸니쇼사 걸니쇼사 정든 ᄉᆞ랑만 걸니쇼사. 물 아래 그림ᄌᆞ 졋다. ᄃᆞ리 우헤 즁놈이 간다. 즁아 즁아 거긔 잠간 섯거라. 너 가ᄂᆞᆫ 인편에 말 무러ᄅᆞᆯ 보자. 그 즁놈이 ᄇᆡᆨ운을 ᄀᆞᄅᆞ치며 돈담 무심만 ᄒᆞᄂᆞᆫ고나. 셩쳔이라 통의쥬ᄅᆞᆯ 이리로 졉쳠 뎌리루 졉쳠 져부럼졉쳠 가여다 노코 ᄒᆞᆫ 손에ᄂᆞᆫ 박달방추, ᄯᅩ ᄒᆞᆫ 손에 물박 들고 흘으ᄂᆞᆫ 청슈 듸렵더 덤셕 이리로 솰솰 뎌리로 솰솰 츌넝 츅쳐 안 남산에 밧 남산에 가얌을 가얌을 심어 싱[심]거라 못 다 먹ᄂᆞᆫ 뎌 다람의 안이야.

빅구ᄉᆞ

ᄂᆞ지 말아 너 잡을 내 아니로다. 셩상이 ᄇᆞ리시니 너를 조차 예 왓노라. 오류츈광 경 됴흔ᄃᆡ 빅마금편 화류가자 운침벽계 화홍도 류록ᄒᆞᆫᄃᆡ 만학쳔봉비쳔ᄉᆡ라. 호즁텬디에 별건곤이 여긔로다. 고봉만쟝 쳥계울ᄒᆞ니 록쥭청송이 놉[53]기를 다토아 바위 암상에 다람이 긔고 시내 계변에 금자라 긘다. 조팝남게 피쥭새 소ᄅᆡ며 함박쏫테 벌이 나셔 몸은 둥글고 발은 적으니 뎨 몸을 못 이긔여 동풍 건듯 불 적마다 이리로 졉두적 뎌리로 졉두적 너훌너훌 춤을 추니 근들 아니 경일너냐. 황금 ᄀᆞᆺ흔 쇠소리는 양류 간에 왕ᄅᆡᄒᆞ고 빅셜 ᄀᆞᆺ흔 흰나뷔는 쏫을 보고 반긔여셔 ᄂᆞ라든다 써든다 두 ᄂᆞ래 펼치고 ᄊᆞ막케 별ᄀᆞᆺ치 동구라케 ᄃᆞᆯᄀᆞᆺ치 아주 훨훨 ᄂᆞ라드니 근들 아니 경일소냐.

가ᄉᆞ편

츈면곡

츈면을 느지 ᄭᆡ여 쥭창을 반ᄀᆡᄒᆞ니 뎡화는 작작ᄒᆞᆫᄃᆡ 가는 나뷔 머무는 듯. 안류는 의의ᄒᆞ야 셩근 내를 ᄯᅴ엿셰라. 창젼에 덜괸 술을 일이삼비 먹은 후에 호탕ᄒᆞ야 미친 흥을 부질 업시 자아내여 빅마금편으로 야류원 차자[54]가니 화향은 습의ᄒᆞ고 월ᄉᆡᆨ은 만뎡ᄒᆞᆫᄃᆡ 광ᄀᆡᆨ인 듯 취ᄀᆡᆨ인

듯 홍을 겨워 머므ᄂᆞᆫ 듯 ᄇᆡ회고면ᄒᆞ여 유졍이 섯노라니 취와쥬란 놉흔 집에 록의홍샹 일 미인이 사창을 반ᄀᆡᄒᆞ고 옥안을 잠간 들어 웃ᄂᆞᆫ 듯 찡긔ᄂᆞᆫ 듯 교ᄐᆡᄒᆞ고 마자 드려 츄파ᄅᆞᆯ 암쥬ᄒᆞ고 록의금 빗기 안고 청가 일곡으로 츈의ᄅᆞᆯ 자아내니 운우 양ᄃᆡ샹에 초몽이 다졍ᄒᆞ다. ᄉᆞ랑도 그지업고 연분도 그지 업다. 이 ᄉᆞ랑 이 연분 비길ᄃᆡ 젼혀 업다. 너ᄂᆞᆫ 죽어 곳이 되고 나ᄂᆞᆫ 죽어 나뷔 되여 삼츈이 다 진토록 ᄯᅥ나 사지 마자터니 인간에 말이 만코 조물조차 새음ᄒᆞ여 신경이 미흡ᄒᆞ야 ᄋᆡ달을손 리별이라. 청강에 노던 원앙 울어 예고 ᄯᅥ나ᄂᆞᆫ 듯 광풍에 놀ᄂᆞᆫ 봉뎝 가다가 돌치ᄂᆞᆫ 듯 셕양은 다 져가고 졍마ᄂᆞᆫ 자로 울 제 라삼을 뷔여 잡고 암연이 여흰 후에 슯흔 노래 긴 ᄒᆞᆫ 숨을 벗을 삼아 도라오니 이제 이 님이야 ᄉᆡᆼ각ᄒᆞ니 원슈로다. 간장이 다[55]석으니 목숨인들 보젼ᄒᆞ랴. 일신에 병이 되니 만ᄉᆞ에 무심ᄒᆞ여 셔창을 구지 닷고 셤셔이 누엇스니 화용월ᄐᆡᄂᆞᆫ 안즁에 삼연ᄒᆞ고 분벽사창은 침변이 여귀로다. 하엽에 로뎍ᄒᆞ니 별루ᄅᆞᆯ ᄲᅮ리ᄂᆞᆫ 듯 류막에 연롱ᄒᆞ니 유ᄒᆞᆫ을 먹음은 듯 공산야월에 두견이 슯히 울 제 슯흐다 뎌 새소ᄅᆡ 내 말ᄀᆞᆺ치 불여귀라. 삼경에 못 든 잠을 ᄉᆞ경 말에 빌어드니 샹ᄉᆞᄒᆞ든 우리 님을 ᄭᅮᆷ가온ᄃᆡ 잠간 보고 쳔수만ᄒᆞᆫ 못다 닐너 일장호뎝 훗허지니 아릿ᄯᅡ온 옥빈홍안 겻헤 얼풋 안젓ᄂᆞᆫ 듯 어화 황홀ᄒᆞ다 ᄭᅮᆷ을 샹시 삼고지고 무침허희ᄒᆞ야 밧비 니러 ᄇᆞ라보니 운산은 텹텹ᄒᆞ야 쳔리안을 ᄀᆞ리왓고 호월은 창창ᄒᆞ야 량향심에 비초엿다. 어화 내 일이야 나도 모를 일이로다. 이리뎌리 그리면셔 어허 그리 못 보ᄂᆞᆫ고. 역슈 삼쳔리 머단 말을 이런 ᄃᆡᄅᆞᆯ 닐으도다. 가약은 묘연ᄒᆞ고 세월은 여류ᄒᆞ여 엇그제 이월 곳이 록안변[56]붉엇더니 그덧ᄉᆡ 훌훌ᄒᆞ여 락엽이 츄셩일다. ᄉᆡ벽달 지ᄉᆡᆯ 적에 외기럭이 울어열 제 반가온 님의 쇼식 ᄒᆡᆼ여 올가 ᄇᆞ라보니 창망ᄒᆞᆫ 구름 밧게 빗소ᄅᆡ ᄲᅮᆫ이로다. 지리ᄒᆞ

다 이 리별을 언제 맛나 다시 볼가. 산두에 편월 되여 님의 녑헤 빗최고져. 셕상에 오동 되여 님의 무릅 베여 보랴. 옥샹 됴량에 졔비 되여 ᄂᆞᆯ고 지고. 옥창 잉도화에 나뷔 되여 ᄂᆞᆯ고 지고. 태산이 평디 되고 금강이 다 ᄆᆞ르나 평ᄉᆡᆼ 슯흔 회포 어ᄃᆡ를 가을ᄒᆞ리. 셔즁유옥안은 나도 잠간 들엇더니 ᄆᆞ음을 고쳐 먹고 강개를 다시 내여 쟝부의 공명을 일로조차 알니로다.

샹ᄉᆞ별곡

인간 리별 만ᄉᆞ 즁에 독슉공방이 더욱 셟다. 샹사불견 이내 진정을 뎨 뉘라셔 알니. ᄆᆡ친 시름 이렁뎌렁이 다 훗흐러진 근심 다 후루쳐 뎌져두고 자[57]나 ᄭᆡ나 ᄭᆡ나 자나 님을 못 보니 가슴이 답답, 어린 양 고은 소ᄅᆡ 눈에 암암 귀에 쟁쟁, 보고지고 님의 얼골 듯고 지고 님의 소ᄅᆡ 비나이다 하ᄂᆞ님게 님 ᄉᆡᆼ기라 ᄒᆞ고 비나이다. 젼ᄉᆡᆼ ᄎᆞᄉᆡᆼ 무슴 죄로 우리 둘이 ᄉᆡᆼ겨나셔 숙지 마자ᄒᆞ고 ᄇᆡ[ᄇᆡᆨ]년 긔약 만텹청산을 들어간들 어ᄂᆞ 우리 랑군이 날 차즈리. 산은 텹텹ᄒᆞ여 고ᄀᆡ 되고 물은 츙츙 흘너 소이 된다. 오동츄야 ᄇᆞᆰ은 ᄃᆞᆯ에 님 ᄉᆡᆼ각이 새로 난다. ᄒᆞᆫ번 리별ᄒᆞ고 도라가면 다시 오기 어려웨라. 쳔금쥬옥 귀 밧기오 세사 일부 관계ᄒᆞ랴. 근원 흘너 물이 되야 집[깁]고 집[깁]고 다시 깁고 ᄉᆞ랑 ᄆᆡ혀 뫼히 되여 놉고 놉고 다시 놉고 문허질 줄 모르더니 ᄭᅳᆫ어질 줄 어이 알니. 조물이 ᄉᆡ우ᄂᆞᆫ지 귀신이 희지ᄂᆞᆫ지 일죠 랑군 리별 후에 쇼식조차 영절ᄒᆞ니 오ᄂᆞᆯ이나 들어올가 ᄅᆡ일이나 긔별 올가. 일월무정 졀로 가니 옥안운빈 공뢰로다. 오동야우 셩긘 비에 밤은 어히 더ᄃᆡ 가고 록양[58]방초 져믄 날에 희는 어히 수이 가노. 이내 샹ᄉᆞ 알으시면 님도 나를 그리리라. 적적심야 혼자 안져 다만 ᄒᆞᆫ숨 내 벗이라. 일촌간장 구뷔 셕어 퓌여 나니 가슴 답답 우ᄂᆞᆫ 눈물 밧아내면 ᄇᆡ도 ᄐᆞ고 아니 가랴. 퓌ᄂᆞᆫ 불이 니러나면 님의 옷에 당긔리라. ᄉᆞ랑 겨워 우던 울음 ᄉᆡᆼ각ᄒᆞ니 목이 메고 교ᄐᆡ 겨워 웃던 우슴 헤아리니 더욱 됴타. 지척 뭄[동]셔쳔리 되여 ᄇᆞ라보니 눈이 싀고 만텹샹ᄉᆞ 그려낸들 ᄒᆞᆫ 붓으로 다 그리랴. ᄂᆞ래 돗친 학이 되어 ᄂᆞ라가다 아니 가랴. 산은 어히 고ᄀᆡ 잇고 물은 어히 ᄉᆞ이진고. 텬디 인간 리별 즁에 날ᄀᆞᆺ흔 이 ᄯᅩ 잇ᄂᆞᆫ가. ᄒᆡᄂᆞᆫ 도다 져믄 날에 곳은 퓌여 절노 지니 이슬 ᄀᆞᆺ흔 이 인ᄉᆡᆼ이 무슴 일로 삼겨난고. 바람 불어 구즌 비와 구름 ᄭᅵ여 져믄 날에 나며 들며 뷘 방으로 오락가락 혼자 서셔 기ᄃᆞ리고 ᄇᆞ라보니 이 내 심ᄉᆞ 허ᄉᆡ로다. 공방미인 독샹ᄉᆞᄂᆞᆫ 네로붓허 이러ᄒᆞᆫ가. 나 혼자 이러ᄒᆞᆫ가. ᄂᆞᆷ도 아 59 니 이러ᄒᆞᆫ가. 날 ᄉᆞ랑ᄒᆞ든 ᄉᆞᆺ헤 ᄂᆞᆷ ᄉᆞ랑ᄒᆞ이ᄂᆞᆫ가. 무정ᄒᆞ여 그러ᄒᆞᆫ가 유정ᄒᆞ여 이러ᄒᆞᆫ가. 산계야목 길을 드려 노흘 줄을 모르ᄂᆞᆫ가. 로류장화 걱거 쥐고 츈ᄉᆡᆨ으로 ᄃᆞ니ᄂᆞᆫ가. 가ᄂᆞᆫ ᄭᅮᆷ이 자최되면 오ᄂᆞᆫ 길이 무되리라. ᄒᆞᆫ번 죽어 도라가면 다시 보기 어려오니 아마도 네 정이 잇거든 다시 보게 삼기쇼셔.

쳐ᄉᆞ가

텬ᄉᆡᆼ이 ᄌᆡ 쓸ᄃᆡ 업셔 셰샹 공명을 하직ᄒᆞ고 량간 슈명ᄒᆞ야 운림쳐ᄉᆞ 되오리라. 구승갈포를 몸에 걸고 삼절쥭쟝 손에 쥐고 랴쇼강호 경 됴흔ᄃᆡ 망혀[혜] 완보로 ᄂᆞ려가니 적적숑관 다 닷ᄂᆞᆫᄃᆡ 료료힝원 개 짓ᄂᆞᆫ다. 경개무궁 됴흘시고. 산림초목 푸르럿다. 창암병풍 둘넛ᄂᆞᆫᄃᆡ ᄇᆡᆨ운심쳐

되엿세라. 강호에 어부ᄀᆞᆺ치 ᄒᆞ야 쥭간사립 졋겨 쓰고 십리사뎡 ᄂᆞ려가니 ᄇᆡᆨ구비 거[60]섄이로다. 일위편범 놉히 달고 만경창파로 흘니 져어 수쳑은어 낙가내니 숑강로어 비길네라. 일락창강 저믄 날에 박쥬표져로 도라드니 남븍[북]고촌 두세 집은 락하모연 ᄌᆞᆷ겻세라. 긔산영슈 예 아니냐 별유텬디 여긔로다. 연명오류 심으신ᄃᆡ 쳔ᄉᆞ류지 느러졋다. 아마도 ᄎᆞ 강산 임지ᄂᆞᆫ 나 섄인가 ᄒᆞ노라.

어부ᄉᆞ

셜빈 어옹이 쥬포간ᄒᆞ니 ᄌᆞ언거슈승거산을 ᄇᆡ 씌여라 ᄇᆡ 씌여라 죠죠ᄌᆞ락만죠ᄅᆡ라 지국총 지국총 어ᄉᆞ와 ᄒᆞ니 의션어부일견고라. 청고엽샹에 량풍긔ᄒᆞ고 홍료화변에 ᄇᆡ로 한을 닷들어라 닷들어라. 동뎡호리가귀풍을 지국총 지국총 어사와 ᄒᆞ니 범급젼산홀후산을 진일범쥬연리거ᄒᆞ니 유시오도월즁환을 어여 와라 어여 와라 아심슈쳐 ᄌᆞ망긔라. 지국총 지국총 어ᄉᆞ와 ᄒᆞ[61]니 고예승류무뎡게리. 만ᄉᆞ무심일됴간ᄒᆞ니 삼공불환ᄎᆞ강산을 돗 걸어라 돗 걸어라 산우 계풍권됴ᄉᆡ라 지국총 지국총 어ᄉᆞ와 ᄒᆞ니 일ᄉᆡᆼ죵젹ᄌᆡ창랑을 동풍셔일초강심ᄒᆞ니 일편총긔만류음을 어으라 어으라 부평신세ᄇᆡᆨ구심을 지국총 지국총 어ᄉᆞ와 ᄒᆞ니 격안어촌량삼개라. 탁영가파쥬정ᄌᆡᆼᄒᆞ니 쥭경싀문유미관을 ᄇᆡ 씌여라 ᄇᆡ 씌여라 야박진회근쥬가를 지국총 지국총 어ᄉᆞ와 ᄒᆞ니 와구봉져독침시라 취ᄅᆡ슈간무인환ᄒᆞ니 류하젼탄야부지라 ᄇᆡ ᄆᆡ여라 ᄇᆡ ᄆᆡ여라 도화류슈궐어비라. 지국총 지국총 어ᄉᆞ와 ᄒᆞ니 만강풍월쇽어션을 야졍슈한어불식ᄒᆞ니 만션공ᄌᆡ월명귀라. 닷지여라 닷지여라 파됴귀ᄅᆡ계단봉을 지국총 지국총 어ᄉᆞ와 ᄒᆞ니 풍류미필ᄌᆡ셔시라. 일신지간상됴쥬ᄒᆞ니 세간명리진유유라 ᄇᆡ 붓쳐라 ᄇᆡ 붓쳐라. 계쥬유유거년흔을 지국총 지국총 어ᄉᆞ와 ᄒᆞ니 애ᄂᆡ일곡산슈록이라.

남훈태평가 종

삼설기

상하 2권으로 발행되었다. 두 권은 표지 상단에 '삼셜긔 샹/하권', 하단에 '륙젼쇼셜 서울 신문관 발힝'이라고 인쇄되어 있다.

상권의 전체 장수는 44면이다. 첫 면만 표제를 포함하여 10행이고 나머지는 모두 매면 11행으로 되어 있다. 각 작품의 행마다 한자를 병기해 놓았다. 상권에 수록된 작품은 「삼식횡입황쳔긔三士橫入黃泉記」, 「오호대쟝긔五虎大將記」, 「셔초패왕긔西楚霸王紀」, 「지낭긔智囊記」 네 작품이다.

하권의 전체 장수는 50면이다. 첫 면만 표제를 포함하여 10행이고 나머지는 모두 매면 11행으로 되어 있다. 하권 또한 각 작품의 행마다 한자를 병기해 놓았다. 하권에 수록된 작품은 「삼ᄌ원종긔三子願從紀」, 「황쥬목ᄉ긔黃州牧使記」, 「로쳐녀가老處女歌」 세 작품이다.

삼셜긔
하
륙젼쇼셜
서울.신문관
발힝

【삼셜긔三說記 권지샹卷之上】

삼ᄉᆡ횡입황쳔긔三士橫入黃泉記

1 녯적 락양 동촌에 셰 션ᄇᆡ 잇스되, 긔질이 동탕ᄒᆞ고 풍ᄎᆡ 헌앙ᄒᆞ며 문장은 리두를 압두ᄒᆞ고 필법은 왕죠를 묘시ᄒᆞᄂᆞᆫ지라. ᄒᆞᆫ가지로 과공을 힘쓰니 맛참 방츈호시졀을 당ᄒᆞ여 쥬효를 가지고 등림 ᄇᆡᆨ악산ᄒᆞ여 부감쟝안도ᄒᆞ니, 만학천봉 젹젹ᄒᆞᆫᄃᆡ 간슈ᄂᆞᆫ 잔잔ᄒᆞ고 십 리 강산 버들닙흔 광풍에 흣ᄂᆞᆯ니고 황금 ᄀᆞᆺ흔 ᄭᅬ고리ᄂᆞᆫ 구십 츈광을 희롱ᄒᆞ며 원앙ᄉᆡ 비취금은 이리뎌리 왕ᄅᆡᄒᆞ며 각ᄉᆡᆨ 초목 무셩ᄒᆞᆫᄃᆡ 창숑은 락락ᄒᆞ고 록쥭은 의의ᄒᆞ며 산유ᄌᆞ, 황양목, 측ᄇᆡᆨ, 층층 들믜목은 ᄉᆞ면에 삼렬ᄒᆞ고 리화, 도화, 두견화며 각ᄉᆡᆨ ᄭᅩᆺ치 ᄌᆞ욱ᄒᆞᆫ 곳에 만쟝폭포 ᄆᆞᆰ은 물은 이골 뎌골 합류ᄒᆞ여 구뷔구뷔 출녕 흘너가니 별건곤 2 이 여긔로다.

삼인이 ᄒᆞᆫ가지로 경ᄀᆡ를 완샹ᄒᆞ며 흥치 도도ᄒᆞ여 금쥰미쥬와 옥빈[반]가효를 니취ᄒᆞ고 삼인이 다 곽란ᄒᆞ여 불셩인ᄉᆞ ᄒᆞ엿더니, 이ᄯᅢ 디부 염라대왕이 ᄂᆞᆯ마다 차ᄉᆞ를 노화 사ᄅᆞᆷ 일쳔식 잡아가더니, 시졀이 태평ᄒᆞ여 윤감 알ᄂᆞᆫ 어린ᄋᆞᄒᆡ ᄒᆞᆫ아도 업ᄂᆞᆫ지라. ᄉᆞᄌᆞ들이 두루 도라ᄃᆞᆫ니다가 ᄇᆡᆨ악산에 올ᄂᆞ가ᄆᆡ 삼인이 곽란ᄒᆞ여 반ᄉᆡᆼ반ᄉᆞ ᄒᆞ엿거ᄂᆞᆯ 셰 놈이 의론ᄒᆞᄃᆡ,

"우리들이 왕명을 밧아 ᄆᆡ일 사ᄅᆞᆷ 쳔식 잡아가더니, 오ᄂᆞᆯ은 디부에 들어가 경과거리도 업스니, 뎌 셰 놈이 죽든 아냣스나 경과거리야 못ᄒᆞ랴?" ᄒᆞ고 쇠ᄎᆡ로 두다려 디부로 잡아 들여가니, 염라왕 압헤셔 최판관이 초봉쵸를 밧ᄂᆞᆫ지라. 삼인이 ᄋᆡ걸 왈,

"우리 등이 ᄋᆡᄆᆡ히 잡혀 왓ᄉᆞ오니 덕분에 방숑ᄒᆞ여 주시면 억만량 명문을 ᄒᆞ여 드리리이다."

최판관이 ᄀᆞᆯᄋᆞᄃᆡ,

"디부에ᄂᆞᆫ 환젼 길도 업고 신편이 업ᄂᆞ니라"

ᄒᆞ고 염왕 압헤 나아가니 염왕 왈,

"디부에ᄂᆞᆫ ᄉᆞᄉᆡᆼ 공ᄉᆞ가 소즁ᄒᆞ니 셰 놈[3]의 호ᄑᆡ를 ᄯᅦ히고 거쥬 셩명을 분명히 알아 그름이 업게ᄒᆞ라"

ᄒᆞ고 ᄉᆡᆼᄉᆞ부 ᄎᆡᆨ을 내여 년됴를 샹고ᄒᆞ라 ᄒᆞ니, 최판관이 명을 밧아 ᄌᆞ셰 샹고ᄒᆞᆫ즉 팔[판]결 틀녀 십년 후에 잡아 올 사ᄅᆞᆷ을 즈레 잡아 왓ᄂᆞᆫ지라. 이에 최판관이 대경ᄒᆞ여 이ᄃᆡ로 염왕ᄭᅴ 알외니, 염왕이 ᄯᅩᄒᆞᆫ 놀나 왈,

"셰상에도 탐관오리 슈지곡법ᄒᆞᄂᆞᆫ 것을 각별 金히ᄂᆞ니, ᄒᆞ믈며 디부에셔 공ᄉᆞ 그릇ᄒᆞᄂᆞᆫ 말이 그 엇지 되ᄂᆞᆫ 말이냐? 상뎨 렴문이 지엄ᄒᆞ신ᄃᆡ, 만일 이 일이 현탈ᄒᆞ면 션ᄐᆡ후결은 즉기시에 날 것이니 이 압희 념례 무궁ᄒᆞᄆᆡ 섈니 내여 보ᄂᆡ라"

ᄒᆞ거ᄂᆞᆯ 삼인이 이 말을 듯고 대희ᄒᆞ여 염왕 압헤 나아가 알외ᄃᆡ,

"인간에 됴히 잇ᄂᆞᆫ 사ᄅᆞᆷ을 지악ᄒᆞᆫ 차ᄉᆞ를 보ᄂᆡ여 잡아들여 올 졔 열 나흘 길이오니 이제 도라가라 ᄒᆞ시니 왕환이 이십팔 일이라. 그 ᄉᆞ이 칠일장을 ᄒᆞ엿슬지, 구일장을 ᄒᆞ엿슬지, 셕 달 뎡구ᄒᆞᆯ 리ᄂᆞᆫ 만무ᄒᆞ오ᄆᆡ 벌셔 영장ᄒᆞ여 시신이 업슬 것이니 혼ᄇᆡᆨ을 어ᄃᆡ다가 붓치라 ᄒᆞ시[4]ᄂᆞ잇가?"

ᄒᆞ며 발악이 비경ᄒᆞ거ᄂᆞᆯ 염왕이 들으ᄆᆡ 언즉시애라. 이에 달ᄂᆡ여 왈,

"그러ᄒᆞ면 아모 ᄌᆡ샹가의 네 가문과 ᄀᆞᆺᄒᆞᆫ 집에 뎜지ᄒᆞ여 줄 것이니

도로 나가라.”

삼인이 다시 알외듸,

“됴히 잇는 사름을 잡아다가 오거라 가거라 ᄒᆞ니 응당 그 갑시 잇슬지라. 소싱 등의 원듸로 뎜지ᄒᆞ여 주쇼셔.”

염왕이 쇼왈,

“너희 소원듸로 알외리”

ᄒᆞ니 삼인이 알외듸,

“소원이 수다ᄒᆞ오니 문ᄌᆞ로 알외리이다”

ᄒᆞ고 일쟝 소지를 밧드러 올니니, 염왕이 밧아보믹 글왓스듸,

○ 우근진소지의단은 의신 소원을 셰셔[세] 셩문ᄒᆞ와 텬디 만물 ᄉᆞ싱도찰명경지하에 알외ᄂᆞ이다. 대뎌 츌어세상ᄒᆞ여 츙량ᄌᆞ손이 되여 남즁일식 호풍신에 용밍이 졀륜ᄒᆞᆫ 영웅으로 ᄉᆞ군무은ᄒᆞ며 ᄉᆞ친막위는 대쟝부의 ᄒᆞᆯ 일인 줄 안 연후에 쳥텬빅일 확ᄒᆞ쥬명은 신경이오, 대산교악 츼호고슈는 긔상이오, 븍[북]히남명 호무이안은 국량이오, 광풍졔월 경무진이는 흉금이오, 봉비쳔인긔물탁속은 렴의 5 로다. 홍명슈국 비필함로는 경세로다. 화란츈셩 만화방창은 용식이오, 셜만궁학 고숑특립은 지졀이라. 이 여ᄃᆞᆲ 가지를 다 겸ᄒᆞ고 쥬역 닑어 감즁련 리허즁과 진하련 티상졀과 건삼련 곤삼졀과 간상련 손하졀과 갑을병뎡무긔경신임계와 ᄌᆞ축인묘진ᄉᆞ오미신유슐히를 아라 륙십ᄉᆞ괘를 풀어 내여 텬디 도수를 안 연후에 텬문, 디리, 둔갑, 쟝신, 태공 병법, 륙도삼약, 무경칠셔를 달통ᄒᆞ고 치빙궁마 닉인 후에 태평시절 즈음인데 요슌 ᄀᆞᆺᄒᆞᆫ 님군을 맛나 쇼년 금방괘명ᄒᆞ니 무과츌신 됴흘시고. 션젼관, 비변랑, 도총, 경력, 훈련부졍으로 우후영쟝, 방어ᄉᆞ와 슈ᄉᆞ, 병ᄉᆞ, 통뎨ᄉᆞ로 들어와셔 도감즁

군, 금군별쟝, 포도대쟝, 총융ᄉᆞ, 량국대쟝, 훈련대쟝, 병조판셔, 대ᄉᆞ마, 대쟝군을 ᄒᆞ온 후 말만ᄒᆞᆫ 대쟝인을 요하에 빗기 ᄎᆞ고 금단에 놉히 안져 오방 긔치 둘너 씻고 쥬라, 영각, 취타ᄒᆞ며 삼군ᄉᆞ명 손에 쥐고, 슉졍픽 내여 씻고 표미긔 두루면셔 만마 쳔병을 6 지휘 간에 너허 두고 좌작진퇴ᄒᆞ며 쟝검을 ᄲᅢ혀 들고 우쥬를 흔들 제, 위엄이 ᄉᆞᄒᆡ에 진동ᄒᆞ면 대쟝부의 쾌ᄉᆡ오니, 복걸 참샹이시 후에 즉츌인간ᄒᆞ여 의소원시ᄒᆡᆼ ᄉᆞ를 쳔만 복축ᄒᆞ오며 명부 쳐분이라

ᄒᆞ엿거ᄂᆞᆯ 염왕이 간필에 ᄎᆞ례로 올니라 ᄒᆞ니, 둘ᄌᆡ 션ᄇᆡ 쏘 소지를 올니니 ᄒᆞ엿스되,

○ 우근진소지의단은 의신의 평ᄉᆡᆼ 소원은 츌어셰샹ᄒᆞ여 명가 ᄌᆞ뎨되여 총명이 특이ᄒᆞ고 ᄌᆡ긔 과인ᄒᆞ여 션풍 도골 션ᄇᆡ로셔 례긔, 츈츄, ᄉᆞ셔삼경, 외가셔와 강목통감, ᄌᆞ치통감, 고금력ᄃᆡ를 박람ᄒᆞ여 시부를 읇흐면셔 일ᄃᆡ 문쟝 유명ᄒᆞ여 과거마다 휘쟝ᄒᆞ고 승보초시 이삼 ᄎᆞ에 진ᄉᆞ장원, 알셩장원, 즉츌륙에 한림학ᄉᆞ 겸 쥬셔에 량ᄉᆞ 옥당, 홍문 교리 지낸 후에 면졀 뎡ᄌᆡᆼ 언관으로 ᄒᆞᆫ 번 련명샹소 올녀보고, 암ᄒᆡᆼ어ᄉᆞ 겸 팔도슌무ᄉᆞ로 셰샹 물졍 렴탐ᄒᆞ고 탐관오리 ᄇᆞᆰ혀 내여 웅쥬거목 츌도ᄒᆞ여 봉고파츌 장계ᄒᆞ며 인민 거폐 더온 후에, 승일샹ᄅᆡ 지낼 결 7 에 금강산 령동 구읍 관동팔경 구경ᄒᆞ고 들어와셔 리조좌랑 ᄉᆞ인 검샹 동벽 응교 당하 극망 다ᄒᆞᆫ 후에 동부승지 당샹ᄒᆞ여 당픔 부뎨학 리조참의 대ᄉᆞ셩 의쥬부윤 동래부ᄉᆞ 강원감ᄉᆞ 지낸 후에 들어와셔 경긔감ᄉᆞ 슈어ᄉᆞ로 가션ᄒᆞ고 븍[북]경ᄉᆞ신 ᄃᆞᆫ녀 와셔 동경연 리조참판, 비국당샹, 대동당샹 요임으로 평시뎨됴 여러 가지 겸찰ᄒᆞ고 ᄌᆞ헌대부 승픔ᄒᆞ여

대데학에 평안 감ᄉᆞ 지낸 후에 들어와셔 가산이 풍족ᄒᆞ고 ᄌᆞ녀 질ᄋᆞ 등을 효뎨츙신 례의렴치 교훈ᄒᆞ며 거가ᄒᆡᆼ락 즐기다가 판셔를 도돈 후에 우참찬 좌참찬 물망으로 병리조판셔ᄒᆞ고 건너와셔 한셩판윤 한가ᄒᆞ다, 례조판셔 ᄌᆡ국으로 호조관[판]셔 도라안져 금오당상 약방뎨됴 오군문 대쟝 다 지낸 후에 위국진츙ᄒᆞ며 리음양 순ᄉᆞ시ᄒᆞ올 ᄌᆡ목으로 인망이 도라 딘망으로 복상ᄒᆞ니 대광보국 슝록대부 의정부 령의졍에 군문뎨됴를 가지고 호위대쟝 겸찰ᄒᆞ여 포폄좌긔 갈을 졔 운문대 8 단 흑단령에 압뒤 흉ᄇᆡ 쌍학이오 셔씌 아ᄅᆡ 명쇠 ᄎᆞ고 ᄇᆡᆨ관 반렬 총독ᄒᆞ여 거안 밧고 불너들여 거슈 ᄌᆡᄇᆡ 츄창ᄒᆞ니 위엄 톄통이 ᄌᆞ별ᄒᆞ여 영화롭고 존즁ᄒᆞᆷ이 인간의 뎨일이라 그리로셔 봉됴하ᄉᆞ 괴쟝년로 치ᄉᆞᄒᆞᆷ이 평ᄉᆡᆼ 소원이오니, 참상이시후특위ᄒᆡᆼ하향교시ᄉᆞ 명부 쳐분이라

ᄒᆞ엿거ᄂᆞᆯ 염왕이 간필에 소지 두 쟝을 의소원시ᄒᆡᆼ이라 젹여 쥬고, 룡호방을 ᄎᆞ려 놋코 문무관을 낸 연후에 소지 뎜련 감결ᄒᆞ여 ᄇᆡᆨ[북]두칠성 삼틔셩을 급히 주어,

"삼십삼텬 이십팔슈 륙뎡륙갑 오방알뎨 ᄉᆞ히룡왕 산신 토신 졔불졔텬 모든 라한 보살 믓 신령씌 지위ᄒᆞ여 금목슈화토 샹ᄉᆡᆼ샹극으로 음양을 도와 내여 산천 정긔를 모도와 셔 텬긔 대요 샹고ᄒᆞ여 텬샹 텬하 대공망일을 각별히 됴혼 늘로 갈희여셔 ᄉᆡᆼ긔복덕 ᄉᆡᆼ월ᄉᆡᆼ일 ᄉᆞ쥬 무어 환도인간ᄒᆞ게 급급여률령ᄉᆞ파하 셩화 거ᄒᆡᆼᄒᆞᄃᆡ 만일 지완지폐 잇거든 화탕디옥 슈금후에 죠률 쳐치ᄎᆞ로 뎜지불ᄉᆞ 감 9 결 밧아 십왕젼에 감ᄒᆞᆫ 후에 셔방 졍토 극락셰계 셰샹으로 뎜지ᄒᆞ라"

ᄒᆞ다. 셋ᄌᆡ 션ᄇᆡ 쏘 소지를 올니니 ᄒᆞ엿스되,

○ 우근진소지의단은 츌어셰샹ᄒᆞ여 법가 ᄌᆞ뎨되여 부모의 은덕으로 슬하의 어린 톄와 교동으로 ᄉᆞ랑ᄒᆞ여 효ᄒᆡᆼ 례졀 어진 집에 ᄉᆡᆼ쟝ᄒᆞ여 언츙신 ᄒᆡᆼ독경ᄒᆞ며 쇄소응ᄃᆡ 진퇴지졀과 ᄋᆡ친경쟝 륭ᄉᆞ친우지도를 안 연후에 학발쌍친 영양으로 립신양명 현달ᄒᆞ고 계초명 함관슈를 일을 삼아 로래ᄌᆞ의 옷슬 닙고 삼쳑동ᄌᆞ 불워ᄒᆞ며 ᄌᆞ로의 부미ᄒᆞᆷ과 왕상의 리어 낙고 ᄆᆡᆼ종의 쥭[죽]순을 썩거 증ᄌᆞ의 량친지효를 쥬야로 일을 삼아 지효공경 즐기다가 부모의 은덕이 호텬망극이라, 원득삼산불로초ᄒᆞ여 ᄇᆡᆨ헌고당 ᄇᆡᆨ발친을 평ᄉᆡᆼ 갈력ᄒᆞᆫ 후에 ᄉᆞ방에 널리 놀아 만물 물경을 경력ᄒᆞ고 삼산 풍경 됴흔 곳에 쳥텬삭츌 놉흔 뫼이 텬작으로 삼겨 이셔 ᄇᆡᆨ산림류ᄒᆞ니 츈슈만ᄉᆞᄐᆡᆨ이오 하운다긔봉이라, 명당에 터를 닥고 초당을 지어 노니 토 [10] 계삼등이오 모ᄌᆞ부젼이라. 계명쥭오 견폐싀문이라, 압내에 고기 낙고 뒤뫼에 약을 심어 실과ᄂᆞᆫ 철을 찻고 ᄇᆡᆨ곡이 풍등ᄒᆞ니 우양ᄌᆞ귀촌항ᄒᆞ고 동치불식의관이라, 락화방초무심쳐에 만학천봉독폐문이라, 한운담영시슈가오 별유텬디비인간이라, 셰ᄉᆞᄂᆞᆫ 금삼쳑이오 ᄉᆡᆼᄋᆡᄂᆞᆫ 쥬일ᄇᆡ라. 셔뎡 강샹월이 두렷이 ᄇᆞᆰ앗ᄂᆞᆫᄃᆡ 동각 셜즁ᄆᆡ 향긔로히 픠엿셰라, 풍셩학려ᄂᆞᆫ ᄉᆞ시무진이오 록쥭창숑은 쳔고불변이라 셰샹 영욕 물니치고 청라연월 대ᄉᆞ립에 ᄇᆡᆨ운심쳐 ᄎᆞ자가니 젹젹싀문 개 짓ᄂᆞᆫᄃᆡ 요요운학 그 뉘 알니? 인간 공명 모르거든 셰샹 시비 엇지 알니 황금부다교불심이라 어ᄂᆡ 벗이 날 차자오리? 광음을 혜아리니 츈림문두견이 어제러니 어ᄂᆡ ᄉᆞ이 츄안이 우젼셩이라 한왕셔ᄅᆡᄒᆞ니 ᄉᆞ시를 짐작ᄒᆞ고 의약 복셔 알 것이니 그 무엇이 부죡ᄒᆞ리? 녯 사ᄅᆞᆷ의 니론 말이 지족이면 불욕이라 ᄒᆞ엿ᄂᆞ니, 부귀ᄒᆞ면 위긔로다. 오경ᄃᆡ루화만상이 [11] 위ᄐᆡᄒᆞ고 괴로왜라, 공ᄌᆞ 묵젹 언변에도 핍박ᄒᆞᆷ을 보앗ᄂᆞ니, 오ᄌᆞ셔의 쵹루검과 함양시샹탄황견을 모르다야 관계ᄒᆞ랴? 셰상공명간목안이오 좌즁담쇼신상귀라 아라내여

무엇ᄒᆞ며 슈신제가치국평텬하지도를 모르다여 관계ᄒᆞ랴? 팔진미찬 만반진슈 아니라도 벽계 청류 은닌 옥쳑 낙근 고기 박쥬 산ᄎᆡ ᄆᆡᆨ반으로 뎍구츙장ᄒᆞ여 가고 고ᄃᆡ광실 슈호문창 쥬박은병 아니라도 모옥수삼간 남창온돌 정쇄ᄒᆞᆫᄃᆡ 양ᄉᆡᆼ법을 공부ᄒᆞ여 연년익슈ᄒᆞ리로다. 금의를 니젓거든 폐포를 붓그릴쇼냐? 쥭장망혜로 긔산영슈에 ᄇᆡ회ᄒᆞ니 일발청산부취ᄉᆡᆨ이라 ᄇᆡᆨ운 쳔리 만리오 명월 젼계 후계라 산은 텹텹 만즁ᄒᆞ니 삼산반락쳥텬외오 물은 층층 소이 되니 이슈즁분ᄇᆡᆨ로쥬라 락하ᄂᆞᆫ 여고목제비ᄒᆞ고 츄슈ᄂᆞᆫ 공장텬일ᄉᆡᆨ이라 바람 불어 송ᄉᆡᆼ슬ᄒᆞ고 안ᄀᆡ 픠여 학뎡홍이라 쥬격ᄉᆡ 울어 ᄂᆞ니 쳔고절이오 솟적다 ᄒᆞᄂᆞᆫ 소ᄅᆡ 일년풍이라 운무심이츌슈 12 ᄒᆞ니 다긔봉이 ᄌᆞ작ᄒᆞ고 방장 봉래 삼신산이 버렷ᄂᆞᆫᄃᆡ 아미산월반륜츄와 젹벽강산무한경을 어ᄃᆡ다가 비ᄒᆞᆯ소냐? 십장ᄉᆡᆼ이 버려 잇셔 쳔만셰를 누렷ᄂᆞᆫᄃᆡ 월츌락죠 ᄇᆞ라보니 무비경ᄀᆡ 절승이라 쥬나라 강태공은 위슈에 고기 낙고 강산 풍경 됴흔 경은 만ᄉᆞ무심일됴간이오 한국 제갈량은 남양에 밧츨 갈고 초당 츈츄 긴긴 ᄂᆞᆯ에 량보음을 읇흐면셔 불구문달ᄒᆞ엿ᄂᆞ니 도당시젹 시절에ᄂᆞᆫ 영천에 귀를 씻고 문답ᄒᆞ던 ᄆᆞᆰ은 덕은 소허밧긔 또 잇ᄂᆞᆫ가? 문장 공명ᄒᆞ던 이를 이리뎌리 혜아리니 아득ᄒᆞ고 어려워라 룡방 비간 ᄆᆞᆰ은 츙절 만셰에 유젼ᄒᆞᆫ들 뎌마다 어이ᄒᆞ며 위쳥불패유텬힝이오 리광무공연수긔라 지용으로 못 ᄒᆞ려니 장슈되기 어려오며 안ᄌᆞ곤어루항ᄒᆞ고 가의굴어장사ᄒᆞ니 도해[학]인들 무엇ᄒᆞ며 ᄉᆞ마쳔 소동파 만고 문장 빗ᄂᆞᆫ 말은 학펄[필]셩문ᄒᆞ거니와 문장궁ᄋᆡᆨ 면ᄒᆞᆯ소냐? 왕불의 등왕각셔 명작이라 ᄒᆞ건마는 삼쳑미명 네 13 글ᄌᆞ가 쳐량ᄒᆞᆯ손 단명귀라 가련ᄒᆞ기 측량업다. 리태ᄇᆡᆨ의 ᄇᆡᆨ두시와 일일슈경삼ᄇᆡᆨᄇᆡ로 ᄎᆡ셕강에 ᄉᆡᆼ겻스며 두목지의 취과양쥬귤만거ᄂᆞᆫ 호탕ᄒᆞ여 쓸ᄃᆡ업고 가쇼롭다 형경이여! 역슈한파 져믄 ᄂᆞᆯ에 ᄇᆡᆨ홍관일 모르고셔 일검힝장 젼혀 밋고 태ᄌᆞ 단을 리별ᄒᆞ니 그 아니 위ᄐᆡᄒᆞᆫ가? 번화ᄂᆞᆫ 비쇼원이지 부귀권세 비우스며 오동월향회즁죠오 양류풍ᄅᆡ면샹취라 병 업고 셩ᄒᆞᆫ 몸이 희황세계 한민되여 력ᄃᆡ셩쇠ᄅᆞᆯ 헤아리니 영웅호걸일죠공이오 고인금인약류쉬라 ᄇᆡᆨ이 슉졔 착ᄒᆞᆫ 이와 도쳑 ᄀᆞᆺᄒᆞᆫ 못쓸 놈도 죽어지면 허ᄉᆡ로다 역려건곤의 부ᄉᆡᆼ이 약몽ᄒᆞ니 즐거오미 그 얼만고? 병촉야유ᄒᆞ며 독셔담론ᄌᆞ락ᄒᆞ니 한가ᄒᆞ기 측량 업다. 만산 풍경 ᄇᆞ라보며 림청류이부시ᄒᆞ니 흥미가 무궁ᄒᆞ다 츈풍도리화ᄀᆡ야와 츄우오동엽락시에 남린븍[북]촌 다청ᄒᆞ여 핑양ᄌᆡ우ᄒᆞ고 두쥬ᄌᆞ락이라 권군ᄀᆡᆼ진일ᄇᆡ쥬ᄒᆞ니 일ᄇᆡ일ᄇᆡ부일ᄇᆡ라 탄금ᄒᆞ고 쟝[14] 쇼ᄒᆞ며 산가 촌덕으로 오유동락ᄒᆞ니 부지하죠하갑ᄌᆡ라 일ᄉᆡᆼ이 이러ᄒᆞ니 샹산ᄉᆞ호 죽림칠현 한가ᄒᆞ기 이만ᄒᆞ며 젹숑ᄌᆞ 안긔ᄉᆡᆼ을 불워ᄒᆞᆯ가 범려의 오호쥬와 쟝ᄌᆞ방의 샤병벽곡과 소광의 산쳔금과 도연명의 븍[북]창하 희황인은 모도 젹은 일이로다 영귀ᄒᆞᆷ이 이에셔 더ᄒᆞᆯ소냐? 이목지소호와 심지지소락이 이밧게 또 잇ᄂᆞᆫ가? 다남ᄌᆞ즉다구ᄒᆞ니 아들 형뎨 ᄯᆞᆯ ᄒᆞᆫ아에 ᄂᆡ외손이 번셩ᄒᆞ여 각ᄉᆡᆨ ᄌᆞ미 즐겨ᄒᆞ니 곽분양의 ᄇᆡᆨᄌᆞ 쳔손인들 이에셔 더ᄒᆞᆯ손가? ᄂᆞᆯ마다 ᄀᆡ경연이 좌화ᄒᆞ여 열친쳑지졍화ᄒᆞ고 셔텬륜지락ᄉᆡ로다 비우샹이취월ᄒᆞ니 의가지락이 족ᄒᆞ도다. 일월셩신광음즁에 부귀인간류슈로다 다만 앗기노라 청텬ᄇᆡᆨ일 ᄲᆞᆯ니 간들 어이ᄒᆞ리 한심ᄒᆞᆯᄉᆞ 건곤이 불노월쟝ᄌᆡᄒᆞ니 젹막강산금ᄇᆡᆨ년이라 어렵고 못ᄒᆞᆯ 일은 쟝ᄉᆡᆼ불ᄉᆞᄲᆞᆫ이로다 진시황 한무뎨도 ᄎᆡ약구션ᄒᆞ여 년년의슈ᄒᆞ랴다가 변통무로 ᄒᆞ엿ᄂᆞ니 그야 엇지 ᄇᆞ라리[15] 오? 지분지명ᄒᆞ여 병 업고 셩ᄒᆞᆫ 몸이 명쳘보신ᄒᆞ려 ᄒᆞ면 더ᄒᆞᆯ 것 업ᄉᆞ오니 슈삼갑ᄌᆞ 누리다가 와셕죵신 고죵명이 원이오니 복걸참샹이시후에 복망연지긍지ᄒᆞ시며 ᄋᆡ지즁지ᄒᆞ샤 의소원쳐치ᄒᆞ여 주심을 쳔만 복축ᄒᆞᄂᆞ이다

ᄒᆞ엿거ᄂᆞᆯ 염왕이 람파에 대노ᄒᆞ여 ᄭᆞ지져 왈,

"이 욕심 만코 무거불측ᄒᆞᆫ 놈아, 네 들으라. 내가 텬디ᄀᆡ벽 이후로 만물보응 뉸회지과와 ᄉᆡᆼᄉᆞ화복 길흉지권을 모도 가지고 억만창ᄉᆡᆼ의 슈요쟝단과 션악시비를 평균히 죠셕으로 ᄉᆞᆲ히ᄂᆞᆫ 터에 셩현군ᄌᆞ도 ᄒᆞ지 못ᄒᆞᆯ 일을 모도 다 달나ᄒᆞ니, 그 노릇을 임의로 ᄒᆞᆯ 양이면 내 염라왕을 쎠혀 놋코 내 스ᄉᆞ로 ᄒᆞ리라"

ᄒᆞ더라.

오호대쟝긔五虎大將記

녯적에 ᄒᆞᆫ 양반이 잇스되, ᄀᆡ상이 웅위ᄒᆞ고 풍되 쥰ᄆᆡᄒᆞ며 의기 당당ᄒᆞ여 평[16]일에 안하무인ᄒᆞ더니, 일즉 등과ᄒᆞ여 벼ᄉᆞᆯ이 극망에 도라와 륙조판셔로 의론ᄒᆞ면 직국으로 호조판셔ᄒᆞ고 리병판은 구근 졍격이나 알년 ᄒᆞᆯ 것이오, 공조판셔와 례조판셔ᄂᆞᆫ 한가ᄒᆞᄃᆡ 그 즁 형조판셔ᄂᆞᆫ 사ᄅᆞᆷ의 ᄉᆞᄉᆡᆼ길흉과 션악화복을 ᄉᆞᆲ히며 음양을 통달ᄒᆞ며 만민의 공ᄉᆞ를 공평히 ᄒᆞᄂᆞᆫ 벼ᄉᆞᆯ이라.

그 량반이 물망이 당당ᄒᆞ여 형조판셔에 훈련대쟝을 겸ᄒᆞ고 뎐ᄉᆡᆼ뎨됴와 포도대쟝을 겸찰ᄒᆞᄆᆡ 네 가지 벼ᄉᆞᆯ이 다 극망이라. 근본 다긔ᄒᆞ고 욕긔 ᄯᅩᄒᆞᆫ 적지 아니ᄒᆞᆫ지라. 일일은 도감 습진 파ᄒᆞᆫ 후에 졔집ᄉᆞ쟝교 칠ᄉᆡᆨ군병을 거ᄂᆞ리고 무르ᄃᆡ,

"너희다려 무를 말이 잇ᄂᆞ니, 너희 등은 은휘 말고 분명히 알외라."

쟝졸이 일시에 ᄃᆡ답ᄒᆞᄃᆡ,

“ᄉᆞ도 분부ᄅᆞᆯ 소인 등이 슈화 즁이라도 피치 못ᄒᆞ려든 무르시ᄂᆞᆫ 말ᄉᆞᆷ을 엇지 은휘ᄒᆞ리잇가?”

대쟝이 ᄀᆞᆯᄋᆞᄃᆡ,

“다른 일이 아니라 너희 등이 들은 말과 보ᄂᆞᆫ 일ᄅᆞᆯ ᄌᆞ세히 알외라. 내 벼슬이 극망에 도라와 형죠판셔와 훈[17]련대쟝 뎐ᄉᆡᆼ뎨됴에 포도대쟝을 겸ᄒᆞ엿스니 벼ᄉᆞᆯ이 다 극망이라. 사ᄅᆞᆷ마다 못ᄒᆞᄂᆞᆫ 것을 다 가젓스니 셰상이 날ᄅᆞᆯ 공론ᄒᆞ여 가타 ᄒᆞᄂᆞ냐 불가타 ᄒᆞᄂᆞ냐? 분명히 알외라”
ᄒᆞ니 그ᄢᅴ나 이ᄢᅴ나 아당ᄒᆞ논 놈들이 말치레ᄒᆞ여 알외ᄃᆡ,

“츄판에 포쟝을 겸ᄒᆞ와 두 가지 ᄉᆡᆼ살지권을 가지시고 폐풍강샹 무거불측ᄒᆞ온 놈은 형조로 풍문내여 잡아다가 엄형죠률ᄒᆞ여 극변원찬ᄒᆞ옵시고 강도와 대적놈은 포청으로 셰셰히 ᄀᆡ찰ᄒᆞ여 잡아다가 각ᄉᆡᆨ 형벌로 엄치ᄒᆞ시ᄂᆞᆫ 고로 ᄇᆡᆨ셩이 일변으로 ᄉᆞ도의 위엄을 두리오며, 일변으로 ᄉᆞ도의 은덕을 감격ᄒᆞ여 ᄒᆞ옵ᄂᆡ다.”

대쟝이 깃거ᄒᆞ여 왈,

“만일 그러ᄒᆞ면 내 삼국 시절에 낫던들 어ᄃᆡ 참예ᄒᆞ엿스리오?”

장교 등이 알외ᄃᆡ,

“쇼인 등이 엇지 감히 ᄉᆞ도의 시비ᄅᆞᆯ 평론ᄒᆞ리잇고마는 이믜 뭇ᄌᆞ오시ᄂᆞᆫ 바에 ᄀᆡ망치 못ᄒᆞ옵거니와 아모리 ᄉᆡᆼ각ᄒᆞ와도 오호대장에 넉넉히 참여ᄒᆞ시리이다.”

대쟝이 션우슴치고 왈,

“그ᄂᆞᆫ 너[18]희 등이 무식ᄒᆞ고 샹 업슨 말이로다. 오호대장은 만인뎍ᄒᆞᄂᆞᆫ 영웅일 ᄲᅮᆫ더러 사ᄅᆞᆷ이 본밧지 못ᄒᆞᆯ 일이 만흐니, 내 엇지 오호대장에 참여ᄒᆞ리오?”

쟝교 등이 ᄯᅩ 알외되,

“그러치 아니ᄒᆞ여이다. ᄉᆞ되 도감에 좌뎡ᄒᆞ옵신 후로 군ᄉᆞ의 노략이 업습고 혈긔 방장ᄒᆞ온 경병이 모이혀 용어공젼ᄒᆞ고 겁어ᄉᆞ투ᄒᆞ오며 병셔를 달통ᄒᆞ여 항오 졀치 분명ᄒᆞ와 군의 웅장ᄒᆞ오니, 이러홈으로 타 영문이 도감에 쫄니여 젼일에셔 ᄇᆡᆨ승ᄒᆞ오니 모도 ᄉᆞ도의 은위 병ᄒᆡᆼᄒᆞ와 그러ᄒᆞ옴이니 엇지 오호대장에 참예치 못ᄒᆞ시리잇가?”

내장이 이 발을 늣고 희ᄉᆡᆨ이 만면ᄒᆞ여 우으며 ᄀᆞᆯᄋᆞᄃᆡ,

“내가 오호대장에 참예ᄒᆞᆯ 줄이야 엇지 알앗스리오?”

ᄒᆞ고 욱긔에 씌이여 즉금 오호대장을 당ᄒᆞᆫ 듯이 것흐로 겸양ᄒᆞ니 대뎌 사ᄅᆞᆷ이 존비귀쳔 물론ᄒᆞ고 지각은 ᄒᆞᆫ가지라. 소위 초포슈라ᄒᆞᄂᆞᆫ 것은 군ᄉᆞ 즁 최말이라. ᄒᆞᆫ 놈이 이 문답ᄉᆞᄅᆞᆯ 듯고 문득 ᄉᆡᆼ각ᄒᆞᄃᆡ,

‘내가 도감에 잇셔 바감이 다 파[19] 먹은 묵은 료쌀 닐곱 말에 몸이 매이여 머리ᄅᆞᆯ 들이밀고 신겸 쳐ᄌᆞ도 삼구의 ᄉᆡᆼ계 묘연ᄒᆞ여 걸걸ᄒᆞᆫ ᄆᆞ음이 죽도 ᄉᆞ도 못ᄒᆞ니 뎌양촉번에 진퇴유곡이라. ᄂᆞᆷ에게 셧기지 못ᄒᆞ고 인즁지말이 되여 습진 거동 ᄉᆞ습 찬여에 변변치 못ᄒᆞ고 ᄒᆞᆫ째 셰상에 ᄉᆞᆯ기 어렵더니, 이제 이에셔 다ᄒᆡᆼᄒᆞᆫ 일 업스되 오ᄂᆞᆯ날 ᄉᆞᄉᆡᆼ화복길흉을 가히 판단ᄒᆞ리라. 이제 ᄉᆞ되 가쟝 오호대장에 참여ᄒᆞᆫ 듯이 뎌럿틋 고달을 부리시니 이제 들어가 면박ᄒᆞ면 뎌 결긔에 반다시 한ᄉᆞ결곤ᄒᆞ여 죽일 것이오, 웃사ᄅᆞᆷ에게 바른 말ᄒᆞ고 죽ᄂᆞᆫ 것은 일후에 류방ᄇᆡᆨ셰ᄒᆞᆯ 것이오, 만일 슬거워 ᄉᆡᆼ각이 돌니ᄂᆞᆫ ᄂᆞᆯ이면 샹덕이 어ᄃᆡ까지 갈 줄 아지 못ᄒᆞ리라’

ᄒᆞ고 급히 쒸여들어가 복디ᄒᆞ여 알외ᄃᆡ,

“소인은 좌ᄉᆞ 우부 젼쵸에 ᄃᆞᆫ니ᄂᆞᆫ 포쉬옵더니, ᄉᆞ도 장젼에 뎍실ᄒᆞ온 말ᄉᆞᆷ을 알외고져 ᄒᆞ와 ᄃᆡ령 ᄒᆞ엿ᄂᆞ이다”

ᄒᆞ니, 대장이 처음은 발괄[권]만 녁여 무ᄉᆞᆷ 말인지 알외라 ᄒᆞ거ᄂᆞᆯ 포쉬 갓가히 나아드[20]러 다시 절ᄒᆞ고 ᄉᆞᆲ어 알외ᄃᆡ,

"ᄉᆞ도ᄭᅴ오셔 오ᄂᆞᆯ 습진 파후에 졔집ᄉᆞ 쟝교 칠ᄉᆡᆨ 군병을 거ᄂᆞ리시고 하문ᄒᆞ시ᄃᆡ 내가 삼국 적에 잇더면 어ᄃᆡ 가ᄒᆞ냐 ᄒᆞ시니, 그 말ᄉᆞᆷ붓허 무ᄉᆡᆨ ᄒᆞ옵고 오호대쟝에 도라 보ᄂᆡ시니 만분지일이나 그림ᄌᆞ에 당ᄒᆞᆫ 말ᄉᆞᆷ이니잇가? ᄉᆞ도ᄂᆞᆫ 모르시고 그러히 녁여 됴화ᄒᆞ시나 쇼인은 비록 쵸포슈라도 영문 료ᄑᆡᄅᆞᆯ ᄎᆞ옵고 ᄉᆞ도ᄅᆞᆯ 셤기ᄂᆞᆫ 도리의 가장 혈긔지분을 참지 못ᄒᆞ와 연유ᄅᆞᆯ 알외고져 ᄒᆞᄂᆞ이다"

ᄒᆞ니, 대쟝이 곳 오호대쟝을 ᄒᆞᆫ 듯이 호긔만발ᄒᆞ던 ᄎᆞ에 이놈이 들어와 면박ᄒᆞᄂᆞᆫ 말ᄅᆞᆯ 들으ᄆᆡ 숨을 두루지 못ᄒᆞ여 욱긔 최찰ᄒᆞ여 분긔ᄅᆞᆯ 참지 못ᄒᆞ니, 소당 즉기시에 즛쳐 육쟝을 ᄆᆞᆫ들고 시브되 샹시 일ᄒᆞᄂᆞᆫ 법이 아모 급ᄒᆞᆫ 일이라도 ᄌᆡ샬[삼] ᄉᆞᆲ혀 명ᄇᆡᆨ히 ᄒᆞ고 죄ᄅᆞᆯ 셩셜ᄒᆞ기 젼은 다ᄉᆞ리ᄂᆞᆫ 일이 업는지라. 명졍기죄ᄒᆞᆫ 후 ᄉᆡᆼᄉᆞᄅᆞᆯ 쳐치ᄒᆞ려 ᄒᆞ고 그 놈의 료ᄑᆡᄅᆞᆯ 샹고ᄒᆞ니 쵸포쉘시 적실ᄒᆞᆫ지라. 이에 대쟝이 닐ᄋᆞᄃᆡ,

"좌우ᄂᆞᆫ 그 21 놈을 갓가히 올녀 안치라"

ᄒᆞ니, 그놈의 모양을 볼작시면 샹모 업슨 욱으러 벙거지에 젼복 업슨 헌누덕 협슈만 닙고 총만 남은 메투리ᄅᆞᆯ 얽어 들메고 다 ᄯᅥ러진 망건 편ᄌᆞᄅᆞᆯ 두루고 귀것 ᄀᆞᆺᄒᆞᆫ 놈을 올녀 안치거ᄂᆞᆯ 대쟝이 이윽히 보다가 ᄀᆞᆯᄋᆞᄃᆡ,

"모든 의론이 나ᄅᆞᆯ 오호대쟝에 가히 참여ᄒᆞ리라 ᄒᆞ거ᄂᆞᆯ 너 홀로 만분지일에도 그림ᄌᆞ에 당치 못ᄒᆞ리라 ᄒᆞ니, 네 무ᄉᆞᆷ 소견으로 이럿틋 썩지르니 오호대쟝의 젼후 ᄒᆡᆼ적과 나의 가치 아닌 곡졀을 졀졀히 알외라"

ᄒᆞ고 분뷔 엄졀ᄒᆞ여 소래 군막을 흔드ᄂᆞᆫ 듯ᄒᆞᄃᆡ, 포쉬 조곰도 두려ᄒᆞᄂᆞᆫ 빗치 업셔 다시 ᄭᅮᆯ어 알외ᄃᆡ,

"한슈뎡후의 일을 의론ᄒᆞ올진댄 문독 츈츄좌시젼ᄒᆞ시고 무ᄉᆞ 쳥룡언월도ᄒᆞ샤 원쇠 조조와 ᄇᆡᆨ마에셔 싀살ᄒᆞᆯ 제 쳔창 만인 즁에 ᄂᆞᄂᆞᆫ 다시 들어가샤 하븍[북] 명장 안량, 문츄ᄅᆞᆯ 일합에 버히시고 젹토마ᄅᆞᆯ 두루혀 만군 즁에 좌충우돌ᄒᆞ여 무인지경ᄀᆞᆺ치 횡힝ᄒᆞ시고 도라오시니 조조의 ᄃᆡ접ᄒᆞᄂᆞᆫ 22 법이 고ᄃᆡ광실 됴흔 집에 금은보픽 버려 놋코 이목지소호와 심지지소락을 극진히ᄒᆞ여 삼일 쇼연ᄒᆞ고 오일 대연ᄒᆞ며 샹마에 쳔금을 드리고 하마에 ᄇᆡᆨ금을 드리며 졀ᄃᆡ가인으로 ᄉᆞ후ᄒᆞᄃᆡ 금셕 ᄀᆞᆺ흔 ᄆᆞ음을 변치 아니ᄒᆞ시고 한슈뎡후인을 글너 문에 걸고 대쟝부에 거취ᄅᆞᆯ 분명히 ᄒᆞ시며 두 슈씨의 거장을 호위ᄒᆞ여 독힝 쳔리ᄒᆞ실 졔 명촉달야ᄒᆞ시고 오관참쟝ᄒᆞ시고 고셩ᄒᆞᆫ 북 소래에 ᄯᆞ르ᄂᆞᆫ 장ᄉᆞ 채양을 일합에 버히시고 부귀ᄅᆞᆯ 초ᄀᆡ ᄀᆞᆺ치 녁이시며 대의ᄅᆞᆯ 온젼히 ᄒᆞ시니 쳔츄 의렬과 만고 츙졀이 일월 동광이라. 적벽 오병에 군령쟝을 두시고 화용도 좁은 길에 조조ᄅᆞᆯ 노흐시니 이ᄂᆞᆫ 젼일 은혜ᄅᆞᆯ ᄉᆡᆼ각ᄒᆞ심이라. 슈엄칠군ᄒᆞ샤 우금을 ᄉᆞ로잡고 방덕을 참ᄒᆞ시니 위엄이 화하에 진동ᄒᆞᄂᆞᆫ지라. 조조의 간웅으로도 허도ᄅᆞᆯ ᄯᅥ나 그 봉예ᄅᆞᆯ 피ᄒᆞ엿ᄉᆞ오니 ᄉᆞ되 아모리 ᄃᆡᆨ에셔 위엄을 내신들 동리에셔 ᄉᆞᄂᆞᆫ 놋것장이 풀무ᄃᆡ장 ᄒᆞᆫ아히나 23 집 ᄯᅥ누려 ᄒᆞᄂᆞᆫ 놈이 잇습ᄂᆞ니잇가?"

ᄒᆞ니, 그놈의 말이 ᄒᆞᆫ아토 그름이 업ᄂᆞᆫ지라. ᄉᆞ되 긔어이 ᄒᆞᆫ 마ᄃᆡ나 탈을 잡으려 ᄒᆞ고 다시 무러 왈,

"쟝비ᄂᆞᆫ 엇더타 ᄒᆞᄂᆞᆫ다?"

포쉬 다시 ᄉᆞᆲ어 알외ᄃᆡ,

"쟝비의 일을 의론ᄒᆞᆯ진댄 만군 즁에 들어가 샹장의 머리ᄅᆞᆯ 버힘을 낭즁취물 ᄀᆞᆺ치ᄒᆞ고 셔쳔을 칠 졔 의셕 엄안ᄒᆞ여 소과군현이 망풍귀슌ᄒᆞ니 이ᄂᆞᆫ 필부의 능히 못 ᄒᆞᆯ ᄇᆡ옵고 쟝판교 샹에 대갈 일셩에 퇴병 ᄇᆡᆨ만ᄒᆞ올 졔 샹쟝 하후걸이 혼비ᄇᆡᆨ산ᄒᆞ여 마하에 ᄯᅥ러져 투구ᄅᆞᆯ ᄭᆡ치고 면상을 벳기며 긔졀ᄒᆞ여 업더졋샤오니, ᄉᆞ되 아모리 호통ᄒᆞ시나 힝랑의 ᄌᆞ식 세 살 먹은 것 ᄒᆞᆫ아히나 놀나 쥬초돌에 ᄯᅥ러졋단 말ᄉᆞᆷ을 듯ᄉᆞᆸ지 못

ᄒᆞ엿ᄂᆞ이다"

ᄒᆞ니, 그 말이 다 유리ᄒᆞᆫ지라. 대장이 ᄯᅩ 문왈,

"그ᄂᆞᆫ 그러ᄒᆞ거니와 죠운은 엇더ᄒᆞᆫ다?"

포슈 알외ᄃᆡ,

"ᄌᆞ룡은 쟝판파에셔 아두ᄅᆞᆯ 품에 품고 필마 단창으로 십만 죠병을 ᄉᆡ살ᄒᆞᆯ 제 시셕이 비오 듯ᄒᆞᄃᆡ 항복ᄒᆞᆯ ᄯᅳᆺ이 업고 홀로 조조의 명쟝[24]수십을 ᄃᆡ덕ᄒᆞ고 하븍[북] 명쟝 쟝합을 ᄌᆞᆺ치며 천창 만인 즁에 들어가 허다 명쟝을 죽이고 쳥강검을 둘너 무인지경ᄀᆞᆺ치 좌츙우돌ᄒᆞᄃᆡ ᄃᆡ적ᄒᆞᆯ 쟤 업셧ᄉᆞ오며 황츙을 구ᄒᆞᆯ 졔 필마 단창으로 븍[북]산에 들어가 횡힝ᄒᆞ기ᄅᆞᆯ 무인지경ᄀᆞᆺ치 ᄒᆞ고 버거 쟝졸을 졉응ᄒᆞ오니 창 쓰ᄂᆞᆫ 법이 일신에 리홰 ᄂᆞᆯ니ᄂᆞᆫ 듯 ᄒᆞ오니 조죄 경산에셔 ᄇᆞ라보고 하령 왈, '당양 쟝판파 영웅이 그져 잇스니 ᄯᆞ르지 말나' ᄒᆞ엿ᄉᆞ오니 ᄉᆞ도ᄭᅴ옵셔 군즁은 고샤ᄒᆞ고 죵용ᄒᆞᆫ 류진 속에셔 창 들고 ᄆᆞᆯ 달녀 군긔시 별파진 죽게 된 놈 다[대]여셧이 막셔면 사되 당ᄒᆞ실 슈단이 잇삽ᄂᆞ니잇가?"

ᄒᆞ니, 대쟝이 쳥필에 문득 진노 왈,

"그ᄂᆞᆫ 그럿타 ᄒᆞ려니와 ᄯᅩ 마쵸ᄂᆞᆫ 엇더ᄒᆞᆫ ᄉᆞᄅᆞᆷ인고?"

포슈 조곰도 두려ᄒᆞᆷ이 업고 졍신을 가다드마 알외ᄃᆡ,

"마쵸ᄂᆞᆫ 가문으로 ᄒᆞ와도 ᄉᆞ되 당치 못ᄒᆞ시리이다. 초방지친 복파쟝군 마완의 손이오, 셔량 태슈 마등의 ᄋᆞᄃᆞᆯ이오, 벼슬이 텬마대쟝군 셔쟝[량]도원슈라. 얼골은 관옥[25]ᄀᆞᆺ고 위풍이 름름ᄒᆞ여 만부부당지용이 잇ᄂᆞᆫ지라. 동관 ᄊᆞ홈에 조조의 ᄇᆡᆨ만 대군을 ᄌᆞᆺ치고 ᄯᆞ라갈ᄉᆡ 조죄 이ᄣᅢᄅᆞᆯ 당ᄒᆞ여 오즉 답답ᄒᆞ여야 나롯을 다 ᄶᅡᆨ고 변셩명ᄒᆞ고 쥐 숨듯 다라ᄂᆞ며 보젼 륙쟝ᄒᆞᆯ 졔 일ᄇᆡᆨ 근 방천극을 두루고 셔황, 허져, 리뎐, 악진, 쟝요, 문빙, 여셧 쟝슈ᄅᆞᆯ ᄃᆡ덕ᄒᆞ엿ᄉᆞ오니, ᄉᆞ도ᄭᅴ셔 ᄇᆞ즈랑이ᄅᆞᆯ 들고 큰

힝길에 내다라 고셩 ᄃᆡ매ᄒᆞ시나 어ᄂᆡ 거름장ᄉᆞ 헌쇠장ᄉᆞ ᄒᆞᆫ아 이치여 갈 병신 ᄇᆡ삭의 ᄋᆞ들놈이 잇ᄉᆞᆸᄂᆞ니잇가?"

ᄒᆞ니, 대쟝이 그 말을 듯고 어히 업셔 또 문왈,

"황츙은 엇더ᄒᆞᆫ다?"

포슈 알외ᄃᆡ,

"황츙은 나히 칠십에 삼셕궁을 달히고 ᄇᆡᆨ보 쳔양ᄒᆞᄂᆞᆫ ᄌᆡ죄 신츌귀몰ᄒᆞ고 쳔리마ᄅᆞᆯ 능히 타며 뎡군산 싸홈에 ᄇᆡᆨ슈ᄅᆞᆯ 홋ᄂᆞᆯ니고 ᄌᆞ금봉시 투구ᄅᆞᆯ 졋겨 쓰고 황금룡린갑을 굿게 닙으며 대도ᄅᆞᆯ 빗기 들고 ᄆᆡᆼ쟝 하후연을 일합에 버혀 ᄂᆞ리치니, 조죄 담이 ᄲᅥ러지고 넉이 ᄂᆞ[대]라ᄂᆞ며 븍[북]산 하에 나아가 뫼ᄀᆞᆺ치 ᄊᆞ흔 량초ᄅᆞᆯ 불 지르고 좌츙우돌ᄒᆞ[26]여 ᄡᅱ여나왓ᄉᆞ오니 ᄉᆞ도ᄭᅴ셔 동리 집에 불 붓트면 넉가ᄅᆡ장부 ᄒᆞᆫ아 들고 능히 불 속에 들어가 ᄀᆞᆺ보는 사ᄅᆞᆷ을 ᄶᅩ차 좌츙우돌ᄒᆞ실 슈단이 잇ᄉᆞᆸᄂᆞ니잇가? 이 오호대장으로 의논ᄒᆞᆯ진댄 만분지일이나 그림ᄌᆞ에 당ᄒᆞᆯ 슈단이 잇ᄉᆞ오리잇가?"

ᄒᆞ니, 그 포슈의 말이 명경언슌ᄒᆞ여 졀졀이 ᄉᆞ리에 당치 아님이 업ᄂᆞᆫ지라. 대쟝이 ᄌᆞ쵸지죵을 들으ᄆᆡ 아모리 분ᄒᆞ나 일을 명ᄇᆡᆨ히 ᄒᆞᄂᆞᆫ 터에 죄ᄅᆞᆯ 줄 모칙이 업ᄂᆞᆫ지라. 또 증결에 무르되,

"그러ᄒᆞ면 내가 가히 화병에도 참여치 못ᄒᆞᆯ쇼냐?"

포슈 알외ᄃᆡ,

"그것이 용이ᄒᆞ고 미셰ᄒᆞᆫ 듯ᄒᆞ오나 ᄉᆞ도ᄭᅴ셔ᄂᆞᆫ 더욱 어렵ᄉᆞ외다."

대쟝이 대노ᄒᆞ여 고셩 왈,

"그ᄂᆞᆫ 엇지ᄒᆞ여 그러ᄒᆞᆫ다?"

포슈 ᄃᆡ왈,

"한 쇼렬황뎨 동오왕 손권을 치라 가실 ᄦᅢ 경국지병을 다 일의혀 쵹

즁 명장 거ᄂᆞ리시고 강동 팔십 일쥬ᄅᆞᆯ ᄇᆞ라보고 나아가실 졔 보건댄 좌션봉 샹장 죠운이오 우션봉 위연이오 보군장 셔량, 마ᄃᆡ라. 텰긔병 오마작ᄃᆡ로 오방긔치 슌시[27] 영긔 쥬장 곤쟝 관이 령젼 검극이 삼렬ᄒᆞ여 칠ᄇᆡᆨ 리에 버려 잇고 납함 소래 텬디 진동ᄒᆞᆯ 졔 퉁노구 밥그릇 환도 됴총 구약통 납ᄂᆞᆯᄀᆡ거 마젹 마름쇠 도ᄅᆡ송곳 등물을 모도 주어 걸머지고 오십 리식 륙십 리식 압셔 가셔 고봉 쥰령을 치다르며 ᄂᆞ리다라 ᄀᆡ골쳔 놉흔 ᄃᆡ와 ᄂᆞ즌 ᄃᆡ며 시ᄂᆡ물을 풀풀 건너쒸며 뫼흘 맛나면 길을 열고 물을 맛나면 ᄃᆞ리ᄅᆞᆯ 노화 지경ᄃᆡ후 분명히 ᄒᆞ여 만군의 격기ᄅᆞᆯ ᄎᆞ리옵ᄂᆞ니 ᄉᆞ도끠셔ᄂᆞᆫ 그런 등물을 지기ᄂᆞᆫ 고ᄉᆞᄒᆞ옵고 그져 거러 십리만 가옵셔도 발이 둥그러케 부릇고 허긔져 진ᄯᆞᆷ을 줄줄 흘니실 것이니, 흙 ᄒᆞᆫ줌 돌 ᄒᆞᆫ덩이 물 ᄒᆞᆫ 통을 능히 추여 들 슈단이 잇ᄉᆞᆸᄂᆞ니잇가?"

ᄒᆞ니, 대장이 이 말을 들으ᄆᆡ 조곰도 그름이 업ᄂᆞᆫ지라. 이에 ᄀᆞᆯᄋᆞᄃᆡ,

"그ᄂᆞᆫ 과연 싼판이라. 길이 달나 죽어도 헐 슈 업도다. 그러ᄒᆞ나 화병에도 참여치 못ᄒᆞ면 무ᄉᆞᆷ 소임에 가ᄒᆡ[흰]다?"

포쉬 그제야 대장의 긔운이 최찰ᄒᆞ여 그 호긔 주러졋슴을 보고 풀어 알[28] 외ᄃᆡ,

"쇼인이 엇지 ᄂᆞᆷ의 원통ᄒᆞ온 말ᄉᆞᆷ이야 ᄒᆞ오리잇가? ᄉᆞ되끠셔 본ᄃᆡ 디쳬 됴호시고 쟝죵으로 ᄂᆞ려오옵시니 호반에 초입ᄉᆞᄒᆞ여 좀벼ᄉᆞᆯ을 ᄒᆞ옵시리이다."

대장이 ᄀᆞᆯᄋᆞᄃᆡ,

"무ᄉᆞᆷ 벼ᄉᆞᆯ에 가ᄒᆡ[흰]다?"

포쉬 왈,

"촉한 후쥬 류션이 즉위 원년에 승샹 제갈무후로 한즁병을 거ᄂᆞ리고 오월 도로ᄒᆞ여 남만 ᄆᆡᆼ확을 칠죵칠금ᄒᆞ라 갈 제, 황ᄉᆞᄌᆞ 청ᄉᆞᄌᆞ 목우류

마를 거ᄂᆞ리고 경셩 십리 밧게 로샹 결진ᄒᆞ고 츌ᄉᆞ표 올닌 후에 퇴일 힝군ᄒᆞ올 적에 그때 ᄉᆞ도씌셔 션젼관으로셔 운문대단 젼복에 은조사 관ᄃᆡ를 닙고 호랑 흉븨에 장검을 ᄎᆞ고 호ᄉᆞ를 능란히 ᄒᆞ시고 표신을 들고 됴흔 ᄉᆞ복마를 ᄐᆞ시고 큰 힝길로 오락가락ᄒᆞ실 밧게 더ᄒᆞᆯ 슈 업ᄉᆞ오리이다."

대쟝이 쇼왈,

"긔특ᄒᆞ다. 네가 그리도 내 가문은 ᄉᆡ오지 아니ᄒᆞ거니와 너는 그때 잇더면 무슴 소임을 ᄒᆞᆯ듯ᄒᆞ냐?"

포쉬 왈,

"쇼인은 삼국적 시졀 마옵고 츈츄젼국시졀의 나셔도 교련관 한 ᄌᆞ리는 써메고 잇ᄂᆞ이다."

대[29] 쟝이 우으며 왈,

"엇지ᄒᆞ여 그러ᄒᆞᆫ다?"

포쉬 왈,

"교련관의 소임은 불과 삼ᄉᆞ 됴건이오니 쟝슈 셤길 줄이나 아옵고 긔치방식 풀니여 가는 법이나 아옵고 령션 기취나 아옵고 긔고 영졉이나 아옵고 병셔를 달통ᄒᆞ오면 교련관 ᄌᆡ목이 넉넉ᄒᆞ오며 병셔를 대강고ᄒᆞ오리니 듯ᄌᆞ와 보옵소셔"

ᄒᆞ고 대강 외오ᄃᆡ, 대쟝 청도되라.

"쳥도 ᄒᆞᆫ 쌍 라 ᄒᆞᆫ 쌍 홍문 ᄒᆞᆫ 쌍 징 ᄒᆞᆫ 쌍 동남각 셔남각 관병이 부조ᄒᆞ고 긔치방식ᄒᆞ고 하경인원ᄒᆞ고 구늬분부를 결불허쳥ᄒᆞ라"

ᄒᆞ며 글ᄋᆞᄃᆡ,

"병셔를 다 외오고 시브ᄃᆡ ᄉᆞ되 병셔 공부를 ᄒᆞ시단 말슴 듯지 못ᄒᆞ엿삽기 그만 알외ᄂᆞ이다"

ᄒᆞ니, 대쟝이 본ᄃᆡ 통달ᄒᆞᆫ지라. 소래ᄅᆞᆯ 놉혀 왈,

"앗가 나ᄅᆞᆯ 삼국 젹 오호대쟝에 참여ᄒᆞ리라 ᄒᆞ던 집ᄉᆞᄅᆞᆯ 부르라"

ᄒᆞ여 ᄭᅮ지져 왈,

"쟝막간이라 ᄒᆞᄂᆞᆫ 것이 부ᄌᆞ간과 ᄀᆞᆺᄒᆞᆫ지라. 가ᄉᆞ 아비 그른 일이 잇스면 ᄌᆞ식이 간ᄒᆞᄂᆞᆫ 것이 ᄉᆞ리에 당연ᄒᆞ고, 쟝슈 허물이 잇스면 막해 ᄇᆞ른 ᄃᆡ로 간ᄒᆞᆷ이 올커ᄂᆞᆯ 너희 등30 이 아유쳠영ᄒᆞᆷ을 일삼아 나의 말을 곡죵ᄒᆞ여 나ᄅᆞᆯ 무수히 두루든가 시브니 그 죄ᄂᆞᆫ 가히 용셔치 못ᄒᆞᆯ 것이오, 뎌놈의 말은 진졍을 다ᄒᆞ여 ᄒᆞᆫ 말도 그름이 업스니 가히 긔특다 ᄒᆞᆯ지라. 네 쟝픽ᄅᆞᆯ 글너 뎌 군ᄉᆞᄅᆞᆯ ᄎᆡ오고 뎌놈의 뇨픽ᄂᆞᆫ ᄲᅢ혀 네 ᄎᆞ고 거힝을 착실히 ᄒᆞ라"

ᄒᆞ더라.

셔초패왕긔西楚覇王紀

녯젹에 ᄒᆞᆫ 션비 잇스되, 긔질이 쥰슈 영민ᄒᆞ고 용뫼 ᄯᅩᄒᆞᆫ 옥골션풍이오 위인이 담대ᄒᆞ여 평ᄉᆡᆼ 남에게 굴ᄒᆞᆯ ᄯᅳᆺ이 업나니지라. 비록 ᄌᆡ긔 과인ᄒᆞ고 문필이 유여ᄒᆞ나 능히 ᄯᅢᄅᆞᆯ 맛나지 못ᄒᆞᄆᆡ 공명을 구치 아니ᄒᆞ고 명산 대쳔으로 두루 오유ᄒᆞ여 절승ᄒᆞᆫ 경개ᄅᆞᆯ 탐ᄒᆞ여 심산 궁곡과 텬의 졀도에 죵젹이 아니 밋츤 곳이 업더니, 일일은 ᄒᆞᆫ 곳에 니르니 산쳔 풍광이 가려 특이ᄒᆞ여 소인 믁[묵]ᄀᆡᆨ의31 흥치ᄅᆞᆯ 돕거ᄂᆞᆯ 시부 률문으로 화답ᄒᆞ며 깁히 들어감을 ᄭᆡ닷지 못ᄒᆞ니 시유 구월이오 셔쇽 삼취라. 금

풍이 소슬ᄒᆞ고 옥위 ᄌᆡᆼ영ᄒᆞᆫᄃᆡ 요슈진이한담청이오 연광응이모산ᄀᆡ라. 온갖 즘ᄉᆡᆼ 슯히 울고 만산초목이 금슈장을 드리온 듯ᄒᆞ여 사ᄅᆞᆷ으로 ᄒᆞ여곰 물너감을 모르ᄂᆞᆫ지라. 시내가ᄅᆞᆯ 련ᄒᆞ여 길을 차자 졈졈 들어갈ᄉᆡ 일락함지ᄒᆞ고 월츌동령이라. 모운은 쳔리 만리오 셕연은 젼계 후계로다. 은한은 동요이구텬ᄒᆞ고 즁셩은 라렬어삼청이라. ᄇᆡ회 고면ᄒᆞ며 신의완보ᄒᆞ여 항홀 바ᄅᆞᆯ 아지 못ᄒᆞ여 유졍이 셧노라니, 문득 ᄇᆞ라본즉 수간 초옥이 총림 즁에 은은히 뵈거ᄂᆞᆯ 마ᄋᆞᆷ에 가장 다ᄒᆡᆼ이 녁여 거름을 쌜니 ᄒᆞ여 나아가 ᄉᆡ비ᄅᆞᆯ 두다리니 이윽고 ᄒᆞᆫ 동ᄌᆡ 나와 문왈,

"그ᄃᆡ는 엇던 사ᄅᆞᆷ이완대 이 깁흔 산즁에 들어와 일셰 묘명ᄒᆞ고 인뎍이 젹료ᄒᆞᆫᄃᆡ 감히 션경을 범ᄒᆞ니 심히 괴이코 괴이ᄒᆞ도다."

그 션ᄇᆡ 답ᄒᆞ여 ᄀᆞᆯᄋᆞᄃᆡ,

"나ᄂᆞᆫ 텬디 간에 무가ᄀᆡᆨ(32) 으로 ᄉᆞ방에 운유ᄒᆞ여 평ᄉᆡᆼ 소졀을 불구ᄒᆞ고 득ᄉᆞ시지죠화ᄒᆞ여 탁일신지지ᄀᆡ로다. 쳔고지ᄀᆡᄂᆞᆫ 고동삼쳑이오 반ᄉᆡᆼ락ᄉᆞᄂᆞᆫ 탁료일ᄇᆡ라. 공명을 모르거니 시비ᄅᆞᆯ 어이 알니오? 이럼으로 셰샹 희롱ᄒᆞ기만 씃을 삼아 취호리지건곤이오 망셰간지갑ᄌᆞ로다. 청풍명월에 심ᄉᆞᄅᆞᆯ ᄆᆞᆺ쳐 두고 부운 류슈에 ᄌᆞ최ᄅᆞᆯ 돌녀 보ᄂᆡ엿스니, ᄉᆞ시 광음을 신 잇게 차즈ᄆᆡ 늙기ᄅᆞᆯ 샤양치 아니ᄒᆞ고 명산 승디와 사ᄒᆡ 팔방을 임의로 왕ᄅᆡᄒᆞ더니 오ᄂᆞᆯ날 우연이 이곳에 들어와 두루 구경ᄒᆞ다가 일ᄉᆡᆨ이 임의 져믈고 발셥험도ᄒᆞ엿스니 곤뷔ᄒᆞᆷ이 특심ᄒᆞᆫ지라. 맛당이 ᄒᆞ로밤 집을 빌니면 자고 가리라."

그 동ᄌᆡ 웃고 왈,

"그ᄃᆡᄂᆞᆫ 그릇 들어오시도다. 이 집은 다른 집이 아니라 서초패왕 우미인 집이라. 쇽ᄀᆡᆨ이 감히 이 산에ᄅᆞᆯ 오지도 못ᄒᆞ거든 ᄒᆞ믈며 잠시라도 자고 가기ᄅᆞᆯ 엇지 구ᄒᆞ리오? 쌜니 도라가라. 만일 그ᄃᆡ 내 말을 헛도이

듯고 지쳬ᄒᆞ면 대화ᄅᆞᆯ 면치 못ᄒᆞ리니 심가외[33]야로다.”

그 젼[션]ᄇᆡ 노ᄒᆞ여 ᄀᆞᆯᄋᆞᄃᆡ,

“지금 밤이 임의 깁헛스ᄆᆡ 산졍야공ᄒᆞ고 월타하경이라. 만뢰구젹ᄒᆞ니 ᄉᆞ면에 리ᄆᆡ망량과 호표싀랑이 무수ᄒᆞ니 이제 어ᄃᆡ로 향ᄒᆞ여 가리오?” ᄒᆞ고, 언파에 싀문을 밀치고 ᄇᆡ달직입ᄒᆞ여 우미인을 보니 셜부화용은 신션의 골격이오 풍안미빈이 ᄌᆞ약 다ᄉᆞᄒᆞ여 침어락안지용과 폐월슈아지ᄐᆡ 이시니 이ᄂᆞᆫ 진짓 경국지ᄉᆡᆨ이오 일셰에 드문 졀ᄃᆡ가인이라. ᄒᆞᆫ 번 보ᄆᆡ 심혼이 표탕ᄒᆞ고 졍신이 아득ᄒᆞ여 아모리 ᄒᆞᆯ 줄 모로고 박힌 듯이 서셔 ᄌᆞ셰 보더니, 문득 들으니 쳔병 만매 싸홈 움즉이며 풍우ᄀᆞᆺ치 들어오ᄆᆡ 횃불이 츙텬ᄒᆞ고 등촉이 휘황ᄒᆞ여 졈졈 갓가이 들어오니 션ᄇᆡ 괴로이 녁여 피코ᄌᆞ ᄒᆞ다가 임의 다다르ᄆᆡ ᄌᆞ셰 보니 ᄒᆞᆫ 쟝슈 금은 구갑에 쳘퇴ᄅᆞᆯ 쥐고 오츄마ᄅᆞᆯ ᄐᆞᆺ스ᄆᆡ 그 위풍은 텬디ᄅᆞᆯ 흔들고 긔셰 당당ᄒᆞᆫᄃᆡ 질풍폭우와 음아즐타에 쳔인이 ᄌᆞ폐로다. 푸른 긔치에 검은 ᄌᆞ로 썻스ᄃᆡ, ‘셔초패왕’이라 ᄒᆞ고[34]좌우에 졔장이 옹위ᄒᆞ엿스니 범증과 죵리ᄆᆡ와 룡져와 쥬은 등이 텰통ᄀᆞᆺ치 옹위ᄒᆞ고 강동 ᄌᆞ뎨 팔쳔 인을 항오 잇게 버려셰고 ᄂᆞᄂᆞᆫ 듯이 들어오니, 금고ᄒᆞᆷ셩은 산쳔을 움작이고 쥬라 령각 대취타 소래ᄂᆞᆫ 뎐디ᄅᆞᆯ 뒤치ᄂᆞᆫ 듯ᄒᆞ며, 일셩방포에 하마좌뎡ᄒᆞ고 뭇거지른 듯ᄒᆞᆫ 긴 ᄃᆡ답 소래 나더니, ᄒᆞᆫ 쎄 군ᄉᆡ 모단 젼건 젓겨 쓰고 아쳥 군복에 홍더그레 걸쳐 닙고 남방슈쥬 널은 젼ᄃᆡ 긴 허리ᄅᆞᆯ 눌너 씌고 부어등 귀힝젼에 편슉마 메토리ᄅᆞᆯ 낙곡지로 들메이고 쌍쌍ᄒᆞᆫ 홍령긔에 ᄂᆞᄂᆞᆫ 듯이 다라오니 이ᄂᆞᆫ 패왕의 슌령쉬라. 급히 다라드러 불문곡직ᄒᆞ고 션ᄇᆡᄅᆞᆯ 잡아ᄂᆡ여 쇠ᄉᆞ슬로 목을 옭아 족불리디ᄒᆞ게 ᄭᅳ어다가 ᄃᆡ하의 ᄭᅮᆯ니니, 졍신이 아조 업고 텬디 아득ᄒᆞ여 명ᄌᆡ경ᄀᆡᆨ이라. 만텹산즁 층암졀벽에 쟝숑은 락락ᄒᆞ고 츄월은 양명휘라. 구름 피여 다긔봉ᄒᆞ고 별건곤이 삼겻ᄂᆞᆫᄃᆡ 텰갑 넙은 군ᄉᆞ들은 쟝ᄃᆡ를 둘너 셩곽을 ᄆᆞᆫ들고 등촉이 휘황ᄒᆞ여 진[35]즁이 명랑ᄒᆞᆫᄃᆡ 동셔남븍[북]의 오ᄒᆡᆼ을 응ᄒᆞ여 좌청룡 우ᄇᆡᆨ호와 남쥬작 븍[북]현무며 즁등샤ᄅᆞᆯ 방위마다 ᄭᅩᄌᆞ 놋코 황신긔로 군령을 표ᄒᆞ며 청도 ᄒᆞᆫ 쌍 홍문 ᄒᆞᆫ 쌍 라발 ᄒᆞᆫ 쌍 바라 ᄒᆞᆫ 쌍 동남각 남동각 셔븍[북]각 븍[북]셔각이오, 표미긔에 금고 ᄒᆞᆫ 쌍 슌시 령긔 좌관이 우령젼에 황옥 좌둑ᄒᆞ고 칼 집고 인젓ᄉᆞ니, 청산의 보신 범이 바람을 니릐혀고 창ᄒᆡ의 서린 룡이 구름을 헷치ᄂᆞᆫ 듯ᄒᆞᆫ지라. 션ᄇᆡ 죽은 듯 업ᄃᆡ여 아모리 ᄒᆞᆯ 줄 모르ᄆᆡ 패왕이 그 정신 들기ᄅᆞᆯ 기다리고 이에 우미인을 불너 "술을 가져오라" ᄒᆞ여 여러 슌ᄇᆡ 지낸 후에 술이 반만 취ᄒᆞᄆᆡ 그제야 좌우ᄅᆞᆯ 호령ᄒᆞ여 그 션ᄇᆡᄅᆞᆯ 다시 ᄭᅳᆯ니고 좌긔를 크게 베풀ᄉᆡ 음아즐타ᄒᆞᄂᆞᆫ 소래 산이 문허지ᄂᆞᆫ 듯ᄒᆞᆫ지라. ᄉᆡᆼ을 ᄭᅮ지져 왈,

"네 심쟝덕구ᄒᆞᄂᆞᆫ 적은 션ᄇᆡ놈이 ᄉᆞ톄 경즁을 모르고 감히 내 집에 돌입 ᄂᆡ뎡 ᄒᆞ엿스니 엇지 풍화 소관으로 ᄉᆞ죄ᄅᆞᆯ 면ᄒᆞ랴? 례ᄉᆞ 려항에 작폐ᄒᆞ여도 엄형 즁치ᄒᆞ여 졀도에 뎡ᄇᆡᄒᆞ거든 ᄒᆞ[36]믈며 내 집에 들어와 작폐ᄅᆞᆯ 무수이 ᄒᆞ니, 소당 군법으로 시ᄒᆡᆼᄒᆞᆯ 것이로ᄃᆡ 소위 노승발검이라 그져 놀녀 보ᄂᆡᄂᆞ니 네 이후로 다시 그런 ᄒᆡᆼ실을 내지 말라"
ᄒᆞ고 "밧비 ᄭᅳ어 내치라" ᄒᆞ니, 위엄이 뢰뎡 ᄀᆞᆺ고 호령이 서리 ᄀᆞᆺᄒᆞᆫ지라. 그 션ᄇᆡ 조금도 두리지 아니코 하ᄂᆞᆯ을 우러러 크게 우어 ᄀᆞᆯᄋᆞᄃᆡ,

"쟝권[군]은 내 ᄒᆞᆯ 말이 잇스니 들어보소."

패왕이 본ᄃᆡ 셩픔이 괴이ᄒᆞ여 투현질능ᄒᆞᄂᆞᆫ ᄆᆞ음이 잇스나 그 션ᄇᆡ의 담대ᄒᆞᆷ을 보고 무슨 쓸 말이 잇슬가 ᄒᆞ여 갓가이 안치고 "어셔 알외라" ᄒᆞᄂᆞᆫ 소ᄅᆡ 뢰셩 ᄀᆞᆺ호되, 그 션ᄇᆡ 안ᄉᆡᆨ을 불변ᄒᆞ고 ᄀᆞᆯᄋᆞᄃᆡ,

"내 쟝군 ᄉᆡᆼ시의 젼후 사적을 낫낫치 닐으리니 ᄌᆞ세이 들으라. 대쟝뷔 세상에 쳐ᄒᆞᄆᆡ 츙효로 근본을 삼아 인의례지ᄅᆞᆯ 반셕ᄀᆞᆺ치 직희며 삼

강오샹을 하슈ᄀᆞᆺ치 굿게 ᄒᆞ여야 가히 사ᄅᆞᆷ이리 닐을 것이오, ᄯᅩᄒᆞᆫ ᄉᆡᆼ부귀가 ᄌᆡ텬ᄒᆞ고 화복길흉이 뎡쉬 잇거ᄂᆞᆯ 쟝군은 이ᄅᆞᆯ 본밧지 아니ᄒᆞ고 어려셔 글을 ᄇᆡ호ᄆᆡ 족히 긔셩명이라 ᄒᆞ[37]여 ᄇᆞ리고 칼 쓰기ᄂᆞᆫ 족히 일인뎍이라 ᄒᆞ여 ᄇᆞ리고 만인 뎍 ᄇᆡ와 ᄂᆡ여 ᄌᆡ죠ᄅᆞᆯ 닷근 후에 나히 이십ᄉᆞ 셰에 긔병 강동ᄒᆞ여 도강이셔ᄒᆞᆯ 제 강동ᄌᆞ뎨 팔쳔 인을 거ᄂᆞ리고 함양을 유의ᄒᆞ니 위진ᄉᆞ희ᄒᆞᄂᆞᆫ지라. 진실기록ᄒᆞ니 텬해 공츅지ᄒᆞᆯ 제 몬져 회계 태슈 은통을 버히고 공셩략디ᄒᆞ니 그 웅ᄌᆡ대랴[략]을 뉘라셔 당ᄒᆞ리오? 초회왕의 명을 밧고 쟝구대진ᄒᆞ니 국가 안위ᄂᆞᆫ ᄌᆡᄎᆞ일거라. 안양 진샹에 송의ᄅᆞᆯ 버히고 대장인을 아ᄉᆞ ᄎᆞ고 침션파부증ᄒᆞ여 삼일 량만 가졋스니 죽도록 싸홀 적에 ᄉᆞ졸인들 견ᄃᆡᆯ손가? 진 왕ᄌᆞ 영 잡으랴고 강진에 들어가 진쟝왕 이ᄅᆞᆯ ᄉᆞ로 잡고 장감과 ᄉᆞ마흔 동예 삼쟝을 잡아 슬하에 ᄭᅮᆯ니고 진 궁실 불지르며 텬하를 돗 모돗ᄒᆞ여 ᄑᆡᆼ셩에 들어가며 만셰ᄅᆞᆯ 불으고 도읍을 뎡ᄒᆞᆯ 적에 위진ᄉᆞ희ᄒᆞᄂᆞᆫ지라. 패공이 션입뎡광즁ᄒᆞ여 츄호ᄅᆞᆯ 범치 아니ᄒᆞ고 부고ᄅᆞᆯ 다 봉ᄒᆞ며 금은 보화와 미녀 옥ᄇᆡᆨ을 다 거두어 쟝군ᄭᅴ 드리고 홍문[38]연을 ᄇᆡ셜ᄒᆞ여 텬하 영웅호걸을 거ᄂᆞ리고 텬하ᄅᆞᆯ 닷톨 적에 륙국 졔휘 무릅흘 ᄭᅮᆯ고 감히 우러러 보지 못ᄒᆞ니 이런 위엄 ᄯᅩ 잇스랴? 슯흐다! 시운이 불리ᄒᆞ여 룡셩오ᄎᆡ에 즁셩이 둘넛스니 인력으로 엇지ᄒᆞ리? 범아부의 ᄇᆞᆰ은 옥결 쓸 곳이 젼혀 업고 항장의 날낸 칼이 둔ᄒᆞ기 층량 업다. 열ᄉᆞ ᄆᆡᆼ장의 심ᄉᆞᄅᆞᆯ 어이ᄒᆞ리? 갈ᄉᆞ록 불의ᄅᆞᆯ ᄒᆡᆼᄒᆞ여 십죄ᄅᆞᆯ 범ᄒᆞ엿스니 이 죄ᄅᆞᆯ 어이ᄒᆞ며, 강즁에 니르러 의뎨ᄅᆞᆯ 죽엿스니 이 ᄯᅩᄒᆞᆫ 일죄로다. 만고의 역신됨을 엇지ᄒᆞ여 면ᄒᆞᆯ손가? 녯말에 닐넛스ᄃᆡ 텬작지얼은 유가위어니와 ᄌᆞ작지얼은 불가관이라 ᄒᆞ엿스니 이ᄂᆞᆫ ᄌᆞ작지얼이라. 슈원슈구ᄒᆞ잔 말고? 력발산 긔개세도 ᄒᆞᆯ 길이 젼혀 업고 만인뎍ᄒᆞ던 용ᄆᆡᆼ 속졀 업시 되엿스니

ᄒᆡ하 싸 ᄒᆞᆫ 번 ᄊᆞ홈 곤핍ᄒᆞᆯ 쥴 엇지 알며, 세궁력직[진] ᄒᆞ엿스니 속슈무칙이로다. 계명산 츄야월에 리향곡 ᄒᆞᆫ 곡됴ᄅᆞᆯ 망영되이 슯히ᄒᆞ니 강동ᄌᆞ뎨 팔쳔 인이 고향을 ᄉᆡᆼ각ᄒᆞ고 일시에 흣허[39] 지니 다시 모기 어렵도다. 초가 일곡에 자다가 놀나 쌔여 잠결에 닐은 말이 엇지 초군이 이럿틋 만흐뇨 ᄒᆞ여 슯흔 ᄆᆞᄋᆞᆷ 강잉ᄒᆞ고 칼 집고 니러나셔 골결에 술만 먹고 비가 강ᄀᆡᄒᆞ여 위[우]미인을 리별ᄒᆞᆯ 제 눈물이 이음ᄎᆞ셔 금갑에 써러지며 리별곡 ᄒᆞᆫ 마ᄃᆡ에 뉘 아니 슬허ᄒᆞ리? 오츄마 쏘ᄒᆞᆫ 가지 아니ᄒᆞ니 이ᄅᆞᆯ 장ᄎᆞᆺ 엇지ᄒᆞ리? 십면 ᄆᆡ복 물니치고 남으로 도망ᄒᆞᆯ 제 미실도 어이ᄒᆞ며 대튁에 ᄲᆡ지기ᄂᆞᆫ 무ᄉᆞᆷ 일고? 뎐부의 길 그릇 ᄀᆞᄅᆞ치미 이 쏘ᄒᆞᆫ 실신어텬하로다. 일신이 곤핍ᄒᆞ니 탄식ᄒᆞ여 무엇ᄒᆞ리? 텬지망아요 비젼지죄라 ᄒᆞ나 맛ᄎᆞᆷᄂᆡ 쌔닷들 못ᄒᆞᆷ이라. 만일 진츙ᄒᆞ여 의뎨ᄅᆞᆯ 셤기고 인의ᄅᆞᆯ ᄒᆡᆼᄒᆞ던들 패공이 비록 둘이 잇셔도 ᄒᆞᆯ 길이 업슬낫다! 오강에 다다르니 산쳔은 녯 빗치오 풍경이 의구ᄒᆞ다. 만경창파 ᄒᆡ진 날에 외로온 돗ᄃᆡ 아래 풍랑이 니러나고 슈운이 젹막ᄒᆞ다 아모리 ᄉᆡᆼ각ᄒᆞ여도 무면도강동이라 구챵이 닐은 말이 긔ᄉᆞ마려마동[40]아 항젹인 줄 모르ᄂᆞ냐? 팔년 간괘[과]에 날 ᄃᆡ덕ᄒᆞᆯ 이 뉘 잇더냐? 홍문연 위력으로 급격 물실 못 ᄒᆞᆫ 쥴이 이제로 ᄉᆡᆼ각ᄒᆞ면 후회ᄒᆞ나 막급이라. 이러ᄒᆞᆯ 줄 어이 알니? 풍편에 들닌 말이, '내 머리ᄅᆞᆯ 금쳔근 읍만호로 구ᄒᆞᆫ다' ᄒᆞ니 내 너ᄅᆞᆯ 위ᄒᆞ여 덕을 찌치리라 ᄒᆞ고 ᄌᆞ문이ᄉᆞᄒᆞ니 만인뎍 ᄇᆡ와 내여 무엇에 쓰며 부운텬디의 팔년 간괘 헷슈고 ᄲᅮᆫ이로다. 후세 사ᄅᆞᆷ들이 뉘 아니 ᄭᅮ지즈리? 젼후ᄉᆞᄅᆞᆯ ᄉᆡᆼ각ᄒᆞ면 붓그럽기 측량 업다. 그러나 뎌러나 이제 쟝군이 사ᄅᆞᆷ을 업슈이 녁임을 초ᄀᆡᆺ치 ᄒᆞ고 위력으로 제어ᄒᆞ기ᄅᆞᆯ 일삼으니 기셰부쟝이라. 이왕의 ᄒᆡᆼᄉᆞᄅᆞᆯ ᄉᆡᆼ각ᄒᆞ면 하면목으로 사ᄅᆞᆷ을 ᄃᆡᄒᆞ며 이 심산궁곡에 쳐ᄒᆞ여 고단ᄒᆞᆫ 션ᄇᆡ로 ᄒᆞ여곰 수간초옥을 지악히 닷

토니 쟝군의 력능강졍ᄒᆞ던 힘이 만일 그져 잇슬진댄 엇지 이다지 미미ᄒᆞ뇨? 내 대왕을 위ᄒᆞ여 붓그려 ᄒᆞ노라."

패왕이 이 말을 들으ᄆᆡ 가슴이 막히고 졍신이 산란ᄒᆞ여 감히 ᄒᆞᆫ 말도 ᄃᆡ답지 못ᄒᆞ고[41] 즁동에 눈물만 흘니더니 홀연 공즁에 몸을 놀녀 오ᄅᆡ 문ᄌᆞ 초셔ᄀᆞᆺ치 획두로쳐 다라나니라.

지낭긔智囊記

ᄒᆞᆫ 무변이 잇셔 셩픔이 호활ᄒᆞ야 셰간을 다ᄉᆞ리지 아니ᄒᆞ고 술 먹기나 됴아ᄒᆞ고 흰 소래나 ᄒᆞ야 롱셰샹처럼 ᄒᆞ고 지내더니, 맛ᄎᆞᆷᄂᆡ 벼슬을 ᄇᆞ리고 시골로 도라와 살 ᄉᆡ, 졀화ᄒᆞᄂᆞᆫ 날이 흔이 잇스나 조곰도 걱정ᄒᆞ지 아니ᄒᆞ더라.

하로ᄂᆞᆫ 어ᄂᆞ 골 슈령 ᄒᆡᆼᄎᆞ가 지나ᄂᆞᆫᄃᆡ 위의가 자못 엄슉ᄒᆞ니 그 안해 보고 위연히 탄식ᄒᆞ야 왈,

"뎌 쌍가마 ᄐᆞᆫ 이ᄂᆞᆫ 엇던 사ᄅᆞᆷ이완ᄃᆡ 뎌리 귀히 되고 나ᄂᆞᆫ 엇던 팔ᄌᆞ완ᄃᆡ 이러케 구챠ᄒᆞᆫ고? 쳐디와 계뎨가 ᄂᆞᆷ만 못ᄒᆞ고 한갓 ᄂᆞᆷ의 영화만 부러워 ᄒᆞᆷ은 마치 거울을 돌녀노코 비쵬을 보려ᄒᆞᆷ이로다. 이 고ᄉᆡᆼ이 도시 가장[42]의 부즈런치 못ᄒᆞᆫ 탓이니 다시 누를 원망ᄒᆞ리오?"

ᄒᆞ거ᄂᆞᆯ 그 무변이 듯고 심히 측은ᄒᆞ야 그 안해ᄃᆞ려 왈,

"이 편이 만일 뎌리되ᄂᆞᆫ 것이 극소원이면 내 이 편을 위ᄒᆞ야 도모ᄒᆞ리라."

그 안해 들은 체 만 체ᄒᆞ고 입살만 빗죽거리ᄂᆞᆫ지라. ᄆᆞ음에 참으로 가긍ᄒᆞ게 ᄉᆡᆼ각ᄒᆞ야 전량을 간신히 변통ᄒᆞ야 곳 길을 ᄡᅥ나 바로 동대문을 들어가 상젼에 가셔 해여진 대련 ᄒᆞᆫ아를 사셔 그대로 주머니를 지여 직령 것헤 차고 곳 병조판셔 집으로 가셔 들어가 뵙고 문안을 들인뒤 안져셔 리력과 계뎨를 말ᄒᆞᆯ 즈음에 병판이 보니 말이 다 유리ᄒᆞ고 몸도 헌걸차고 생기기도 긔벽 잇스며 ᄯᅩ 방셕만ᄒᆞᆫ 큰 주머니를 찻거ᄂᆞᆯ 병판이 괴이히 녁여 무러 왈,

"뎌 주머니가 엇지 뎌리 크며 차셔 무엇ᄒᆞᄂᆞ뇨?"

답왈,

"이것은 슬긔 주머니온ᄃᆡ 슬기가 ᄇᆡ속에 가득ᄒᆞ옵고 그래도 남ᄉᆞᆸᄂᆞᆫ 고로 여긔 너헛ᄉᆞ오며 그래도 늘 채와 주머니 적은 것을 걱정ᄒᆞ노이다."

병판 왈,

"과연 그러케 슬긔가 만ᄒᆞᆫ[43]가?"

답왈,

"그러ᄒᆞ오이다."

병판 왈,

"그러면 셰상 범ᄉᆞ에 능통ᄒᆞ지 못 ᄒᆞᆷ이 업슬지로다. ᄒᆞᆫ가지 무를 일이 잇노니 이제 만일 븍[북]악과 남산을 달아보면 어느 산이 더 무거울고?"

답왈,

"븍[북]악에ᄂᆞᆫ 돌이 만코 남산에ᄂᆞᆫ 흙이 만흠애 셰샹 사ᄅᆞᆷ이 다 븍[북]악을 더 무겁다 ᄒᆞ오리다만은 쇼인은 홀로 남산이 더 무겁다 ᄒᆞ노이다."

병판 왈,

"엇지 ᄒᆞᆷ이뇨?"

"남산 뒤ᄆᆡᆨ이 돌아가 한강이 되엿ᄉᆞ오니, 만일 남산을 다온 즉 한강

을 한테 달아야 ᄒᆞ겟슴이오다."

병판 왈,

"한강을 두량ᄒᆞ면 얼마나 될고?"

답왈,

"한강만 ᄒᆞᆫ 말로 되면 한 말이옵고 반 만 ᄒᆞᆫ 말로 되오면 두 말이오이다."

병판 왈,

"하ᄂᆞᆯ 우가 몃 리나 될고?"

답왈,

"ᄂᆞᆷ들이 다 구만 리라 ᄒᆞ오나 실상 팔십 리 밧게 아니 되옵ᄂᆞ이다."

병판 왈,

"엇지 아ᄂᆞᆫ고?"

답왈,

"쇼인의 쳐가의 샹거가 팔십 리온ᄃᆡ 장가 가던 날 ᄆᆞᆯ ᄐᆞᆯ ᄯᅢ에 비가 오려ᄒᆞ더니, 쳐가 대문 밧게 가와 말게 나리려 ᄒᆞ옴애 비가 ᄯᅥ러졋ᄉᆞ오니 하ᄂᆞᆯ 놉기가 팔십 리 아니오닛가?"

병판이 이[44] 슈작을 듯고 왈,

"리력이거니 긔골이거니 언변이 족히 변읍 관쟝 노릇ᄒᆞᆯ 만ᄒᆞ다" ᄒᆞ고 그날 졍ᄉᆞ에 븍[북]도 큰 고을에 원을 식여 보내니라.

삼셜긔 권지상 죵

#【삼셜긔三說記 권지하卷之下】

삼ᄌᆞ원종긔三子願從紀

1 녯날 송도 셔울 시졀에 시골셔 사는 ᄋᆞ희 세히 잇스되 다 동년싱이오 총명 영미ᄒᆞ여 형뎨의 의를 밋고 ᄒᆞᆫ가지로 도ᄉᆞ를 차자 동문슈학ᄒᆞ미 침식을 ᄒᆞᆫ가지로 ᄒᆞ며 글을 ᄇᆡ호되 ᄌᆡ조 잇고 부즈런ᄒᆞᆷ이 난형난뎨ᄒᆞ니, 도ᄉᆡ ᄀᆞ장 긔특이 녁여 문하에 두고 ᄀᆞᄅᆞ침을 게을니 아니ᄒᆞ더라.

일일은 도ᄉᆡ 뎨ᄌᆞ를 불너 ᄎᆞ례로 안치고 문왈,

"내 녀등을 ᄉᆞ랑ᄒᆞ여 십년을 훈학ᄒᆞ미 그 ᄌᆡ조를 아름다이 녁이나 아지 못ᄒᆞᆯ 바는 녀등의 소원이라. 녀등은 모로미 소원을 닐ᄋᆞ면 내 스ᄉᆞ로 지시ᄒᆞᆯ 도리 잇노라."

삼인이 공슈 ᄌᆡᄇᆡ 왈,

"쇼ᄌᆞ 등이 존문에 입학ᄒᆞ와 ᄇᆡ혼 일이 만습고 또ᄒᆞᆫ 이휼ᄒᆞ시는 졍이 부모도곤 더ᄒᆞ시니 은혜 ᄇᆡᆨ골난망2이라. 이제 쇼ᄌᆞ 등으로 ᄒᆞ여곰 그 ᄆᆞᄋᆞᆷ을 베풀게 ᄒᆞ옵시니 엇지 소원을 아니 알외리잇가?"

ᄒᆞ고 그 즁 압헤 안즌 ᄋᆞ희 몬져 고왈,

"쇼ᄌᆞ는 쇼년 등과ᄒᆞ여 벼슬이 한림에 잇셔 홍문록 리조좌랑 규쟝각 검교 직각 다 지내고 도승지로 승픔[품]ᄒᆞ여 안동부ᄉᆞ 과만 ᄎᆡ고 올나와 리조참판 젼라감ᄉᆞ 지낸 후, 평안감ᄉᆞ ᄒᆞ올 적에 위의도 거록ᄒᆞ옵고 호

ᄉᆞ롭기도 측량이 업ᄉᆞᆸ기로 평ᄉᆡᆼ 소원이 평안감ᄉᆞ로소이다."

또 둘ᄌᆡ 안즌 ᄋᆞᄒᆡ 알외되,

"쇼ᄌᆞᄂᆞᆫ 다른 원이 아니오라 명산승디에 정가롭게 집을 짓고 구름 속 밧츨 갈고 달 ᄋᆞ래 낙시 던지며 미록으로 벗을 ᄒᆞ고 풍월의 임자되여 산절로 슈절로 ᄒᆞᆫ 사이에 절로 절로 질기다가 승학샹텬 ᄒᆞ옵기를 원ᄒᆞ옵ᄂᆞ이다."

또 셋ᄌᆡ 안즌 ᄋᆞᄒᆡ 알외되,

"쇼ᄌᆞ의 원ᄒᆞᄂᆞᆫ 바ᄂᆞᆫ 다름이 아니오라 벼슬을 ᄒᆞ옵ᄌᆞ ᄒᆞ오면 세도ᄅᆞᆯ 차자보고 구차이 ᄌᆞ조 ᄃᆞᆫ니며 략간 벼슬을 엇어 ᄒᆞ나 여리박빙ᄒᆞ여 쥬야로 ᄌᆞ심 ᄒᆞ옵다가 사사 청이나 듯[3]지 아니ᄒᆞ면 ᄉᆞ렴으로 침쳬ᄒᆞ여 아모 벼슬도 못 ᄒᆞ옵고 혹 외방원을 ᄒᆞᆯ지라도 진봉이 초라ᄒᆞ면 포폄에 하등 만나기 쉽ᄉᆞ오니 이ᄅᆞᆯ ᄉᆡᆼ각ᄒᆞ오면 눈ᄊᆞᆯ 틀녀 실ᄉᆞᆸ고 신션은 됴ᄉᆞᆸ거니와 의가지락이 업ᄉᆞ오니 엇지 사ᄅᆞᆷ의 ᄒᆡᆼᄒᆞᆯ ᄇᆡ리 잇고? 아모 것도 마ᄋᆞᆸ고 집이 부요ᄒᆞ여 금은보ᄑᆡ 고간에 가득ᄒᆞ고 량뎐 미답을 예뎌긔 버려 두고 하로에도 긔쳔 만환젼으로 ᄒᆡᆼ화ᄒᆞ며 부유호화ᄒᆞᆫ 가운데 평ᄉᆡᆼ을 보내오면 인ᄉᆡᆼ의 호화롬이 이우에 업슬지라 엇지 벼슬만 못ᄒᆞ오며 신션만 못ᄒᆞ오리잇가?"

ᄒᆞᆫᄃᆡ, 도ᄉᆡ 그 삼ᄋᆞ의 소원ᄒᆞᄂᆞᆫ 말을 ᄎᆞ례로 듯고 ᄌᆞ기의 몬져 뎡ᄒᆞᆫ 뜻과 ᄀᆞᆺ흠을 신긔히 녁여 왈,

"녀등의 소원은 각기 다르나 그 뎡의ᄂᆞᆫ ᄒᆞᆫ가지라. 소원ᄃᆡ로 될 것이니 그리 알고 너의 나이 발셔 이팔이 지낫스니 이제 집에 각각 도라가 그 뎡ᄒᆞᆫ ᄶᆡᄅᆞᆯ 닐치 말나"

ᄒᆞ고 인ᄒᆞ여 리별을 ᄌᆡ촉ᄒᆞ니 삼ᄋᆡ 이 말을 듯고 써남을 슬허ᄒᆞ나 ᄒᆞᆯ 길 업셔 ᄌᆡᄇᆡ 하직ᄒᆞ고 각각 집에 도[4]라가니라.

광음이 훌훌ᄒᆞ여 여러 ᄒᆡ 지나ᄆᆡ 혹 거향도 ᄒᆞ며, 혹 서울셔도 사니, 서로 허여진 후 상면ᄒᆞ기 어려온지라. 벼술 원ᄒᆞ던 ᄋᆞ히ᄂᆞᆫ 본ᄃᆡ 셰가 ᄌᆞ손으로 쇼년 등과ᄒᆞ고 벼술이 리부시랑에 니르며 웅쥬 거목도 만이 지내고 과연 평안감ᄉᆞ를 ᄒᆞ여 ᄂᆞ려가니, 이ᄯᅢ 그 사ᄅᆞᆷ의 나ᄒᆡ 사십이 넘엇더라. 츈삼월 호시절을 당ᄒᆞ여 온갓 ᄭᅩᆺ흔 만발ᄒᆞ고 양류ᄂᆞᆫ 청청ᄒᆞ여 사ᄅᆞᆷ의 흥을 ᄃᆞᆸᄂᆞᆫ 내 쌍가마ᄅᆞᆯ 놉히 ᄐᆞ고 쌍쌍ᄒᆞᆫ 젼ᄇᆡ 비쟝 유셔통인 옹위ᄒᆞ고 일산 압헤 홍령긔며 륙방 아젼 군로 ᄉᆞ령 긔구도 거록ᄒᆞ고 위엄도 측량업ᄂᆡ 이처로 ᄂᆞ려갈 제 ᄒᆞᆫ 곳을 다다르니 산은 텹텹 쳔봉이오 물은 잔잔 벽계로다. 향긔로온 ᄭᅩᆺ 가온ᄃᆡ 청학 ᄇᆡᆨ학 왕ᄅᆡᄒᆞ고 ᄲᅢ혀ᄂᆞᆫ 뫼부리에 향운이 둘넛ᄂᆞᆫᄃᆡ 골문으로 조차 ᄒᆞᆫ 션ᄇᆡ ᄂᆞ려오니 머리에 갈건을 쓰고 몸에 청라삼을 닙고 손에 청려쟝을 쥐엿스니 인간의 범인과 다른지라. 졈졈 갓가이 나아와 읍ᄒᆞ여 뵈거ᄂᆞᆯ 감ᄉᆡ 괴이히 5 녁여 ᄌᆞ셰 보니 긔골이 장대ᄒᆞ고 풍ᄎᆡ 름름ᄒᆞ여 틔글 긔가 업ᄂᆞᆫ지라. 감ᄉᆡ 쌍교ᄅᆞᆯ 머므르고 급히 ᄂᆞ려 답례 왈,

"그ᄃᆡᄂᆞᆫ 누구완ᄃᆡ 무ᄉᆞᆷ 원통ᄒᆞᆫ 정원을 ᄒᆞ고자 ᄒᆞᄂᆞ뇨?"

기인이 답쇼 왈,

"그ᄃᆡ 벼술에 골몰ᄒᆞ여 안총이 업ᄂᆞᆫ도다. 엇지 동문 슈학ᄒᆞ던 사ᄅᆞᆷ을 몰나 보ᄂᆞ뇨?"

감ᄉᆡ 그제야 ᄌᆞ셰 보니 ᄋᆞ히 ᄯᅢ 보던 얼골이어ᄂᆞᆯ 하인을 물녀 그 ᄉᆞ이 쉬라 ᄒᆞ고 그 손목을 잡으며 반겨 왈,

"우리 서로 리별ᄒᆞ연 지 어ᄂᆡ덧 삼십여 년이라. 나도 그ᄃᆡ 사ᄂᆞᆫ 곳을 몰나 찻지 못ᄒᆞ엿거니와 그ᄃᆡ 엇지 그리 무정ᄒᆞ뇨?"

ᄒᆞ고 반가온 눈물이 니음ᄎᆞ 옷깃을 적시ᄂᆞᆫ지라. 그 사ᄅᆞᆷ도 ᄯᅩᄒᆞᆫ 울며 그리던 회포ᄅᆞᆯ 대강 닐으고 왈,

“내 집이 이곳에셔 머지 아니ᄒᆞ니 잠간 올나가 구경이나 ᄒᆞ고 가미 엇더ᄒᆞ뇨?”

감ᄉᆡ 이 말을 드르ᄆᆡ ᄀᆞ장 됴와ᄒᆞ나 몸이 국가에 매이여 도ᄇᆡᆨ으로 ᄂᆞ려오다가 길에셔 ᄉᆞ졍으로 지톄ᄒᆞ면 놈이 알아도 괴이ᄒᆞ고 하인이 보와도 슈상이 알가 념려 무수ᄒᆞ나 평ᄉᆡᆼ의 그 6 리던 친구를 만나ᄆᆡ 엇지 ᄆᆡ몰케 ᄒᆞ리오? ᄒᆞ고 인ᄒᆞ여 비쟝과 하인들을 ᄃᆞ려 다 슌막에 가 쉬면 내 잠간 ᄃᆞ녀 오리라 ᄒᆞ고 ᄒᆞᆫ가지로 산즁에 들어가니 쥬란화각이 반공에 걸녓ᄂᆞᆫᄃᆡ 명랑ᄒᆞᆫ 풍경 소래 은은이 들니고 사슴은 왕ᄅᆡᄒᆞ고 란초ᄂᆞᆫ 무셩ᄒᆞᆫᄃᆡ 쳥아ᄒᆞᆫ 학의 소래 ᄆᆞ음이 싁싁ᄒᆞ고 향ᄂᆡ 촉비ᄒᆞᄂᆞᆫ 가온ᄃᆡ 동ᄌᆞ로 ᄒᆞ여곰 인도ᄒᆞ여 뫼시게 ᄒᆞ니 이ᄂᆞᆫ 별유텬디비인간이라. 당에 올나 좌를 뎡ᄒᆞ고 동ᄌᆞ를 명ᄒᆞ여 쥬과를 나아와 은근이 권ᄒᆞ며 녯날 도ᄉᆞ 션ᄉᆡᆼ의 슈학ᄒᆞ던 은혜를 닐ᄏᆞ르며 그 ᄉᆞ이 서로 음신이 돈졀홈을 슬허ᄒᆞ여 왈,

“나ᄂᆞᆫ 우연이 이곳의셔 거쳐ᄒᆞᄆᆡ 그 경ᄀᆡ 심이 아름다온지라. 그ᄃᆡ 오ᄂᆞᆯ날 ᄃᆞ녀가면 다시 오기 어려오리니 내 집의 경쳐를 두루 구경이나 ᄒᆞ고 가라”

ᄒᆞ며 인ᄒᆞ여 동문을 열고 ᄇᆞ라 ᄒᆞ니 감ᄉᆡ ᄌᆞ세 보ᄆᆡ 츈슈ᄂᆞᆫ 만사틱ᄒᆞᆫ 가온ᄃᆡ ᄇᆡᆨ홰 만발ᄒᆞ고 초목이 ᄆᆡᆼ동ᄒᆞ며 쌍쌍ᄒᆞᆫ ᄋᆡᆼ무 공작 양류 간에 왕ᄅᆡᄒᆞ고 무수ᄒᆞᆫ 농부들은 밧 7 도 갈며 논도 갈아 츈식을 뭇ᄂᆞᆫ 곳에 피리 부ᄂᆞᆫ ᄋᆞᄒᆡ들은 무리무리 ᄃᆞ니니 그 츈경이 거록ᄒᆞ고, ᄯᅩ 남문을 열고 보니 하운이 다긔봉ᄒᆞᆫ 가온ᄃᆡ 슈목이 무셩ᄒᆞ고 기음 매ᄂᆞᆫ 농인들은 넓은 들에 가득ᄒᆞ여 며날셩이 ᄌᆞ옥ᄒᆞ고 피셔ᄒᆞᄂᆞᆫ ᄒᆡᆼ인들은 슈음을 차자가며 탁족ᄒᆞᄂᆞᆫ 쇼년들은 부ᄎᆡ질을 ᄌᆞ조ᄒᆞ며 산슈를 차자가고 휘어진 포도 덩굴 얼거진 다ᄅᆡ 덩굴 낫에 피ᄂᆞᆫ 밤늣히며 여름에 피ᄂᆞᆫ 갈닙히며 요란

ᄒᆞᆫ ᄆᆡ암이ᄂᆞᆫ 나무마다 ᄌᆞ옥ᄒᆞ고 고단ᄒᆞᆫ 어옹들은 물가에 누엇스니 그 하졀이 거록ᄒᆞ고, 또 셔문을 열고 보니 츄월이 양명휘ᄒᆞᆫᄃᆡ 단풍이 찬란ᄒᆞ여 봉봉마다 영롱ᄒᆞ고 국화ᄂᆞᆫ 향긔로워 골골마다 황홀ᄒᆞ며 뎐답이 풍등ᄒᆞ여 닉은 모양 황금 ᄀᆞᆺ고 하늘은 놉핫ᄂᆞᆫᄃᆡ 귀안셩이 ᄌᆞ조 나고 물결은 ᄆᆞᆰ앗ᄂᆞᆫᄃᆡ 노ᄂᆞᆫ 고기 보기 됴코 온갓 실과 셩실ᄒᆞ여 풍비ᄒᆞᆷ도 측량 업ᄂᆡ. 또 븍[북]문을 열고 보니 동령에 슈고숑이 분명ᄒᆞ다. 락엽된 초목 우헤 ᄇᆡᆨ셜이 ᄒᆞᆺ날[8]니고 모의 넙은 ᄒᆡᆼ인들은 치위ᄅᆞᆯ 못 이긔며 광야ᄅᆞᆯ ᄇᆞ라보니 만리 창텬 놉ᄒᆞᆫ 곳에 한긔ᄂᆞᆫ 가득ᄒᆞ고 십리 쟝강 넒은 물에 어름으로 길이 되며 층층ᄒᆞᆫ 봉만 우헤 숑쥭이 청청ᄒᆞ니 그 동경이 거록ᄒᆞᆫ지라. 감ᄉᆡ 두루 ᄃᆞ니며 경ᄀᆡᄅᆞᆯ 구경ᄒᆞ고 놀나 ᄀᆞᆯᄋᆞᄃᆡ,

"그ᄃᆡ 엇지 나ᄅᆞᆯ 속여 눈이 현황케 ᄒᆞᄂᆞ뇨?"

ᄒᆞ고 거록ᄒᆞᆫ 경치ᄅᆞᆯ 닐ᄏᆞ르니 션관이 또 동ᄌᆞᄅᆞᆯ 명ᄒᆞ여 다과ᄅᆞᆯ 나아와 권ᄒᆞ며 쇼 왈,

"그ᄃᆡ 벼슬에 거ᄒᆞᄆᆡ 집이 널으고 세간이 사치ᄒᆞ여 닙에 됴ᄒᆞᆫ 음식을 먹고 눈에 미ᄉᆡᆨ을 보며 머리에 금관을 쓰고 몸에 죠복을 닙고 궐ᄂᆡ에 츌입ᄒᆞ면 그도 나만 못ᄒᆞ지 아니ᄒᆞ니 엇지 나만 홀로 거쳐ᄅᆞᆯ 잘 ᄒᆞ리오?"

감ᄉᆡ 쇼 왈,

"그ᄃᆡ 평일에 신션됨을 원ᄒᆞ더니 거의 션분에 갓갑게 되엿스니 가히 우웁지 아니ᄒᆞᆫ가? 그러나 우리 삼인이 ᄒᆞᆫ가지로 공부ᄒᆞᆯ 제 졍의 골육 ᄀᆞᆺ고 겸ᄒᆞ여 동년ᄉᆡᆼ임으로 셰샹에 희한ᄒᆞᆷ을 닐으더니 우리 양인만 산낫흐로 반가이 만나보고 일인을 마자 맛[9]날 긔약이 묘연ᄒᆞ니 이ᄅᆞᆯ 슬허ᄒᆞ노라."

션관이 침음양구에 왈,

"그 ᄋᆞᄒᆡ 이곳에 머지 아니ᄒᆞ게 잇스나 그 모양 변ᄒᆞᆷ이 사ᄅᆞᆷ과 다른

지라. 나도 ᄉᆡᆼ각이 간절ᄒᆞ나 그ᄃᆡ 보면 놀날가 져허 감히 ᄉᆡᆼ의치 못ᄒᆞᆷ이니 심이 셥셥ᄒᆞ나 ᄒᆞᆯ 길 업도다."

김[감]ᄉᆡ 대경 왈,

"그 엇진 말고?"

답왈,

"그 ᄋᆞ히 평ᄉᆡᆼ 심ᄉᆞᄅᆞᆯ 그르게 ᄒᆞᆷ으로 옥황샹뎨 벌을 ᄂᆞ리오샤 금샤[새]망을 씌워 뎌 산 밋헤 두엇스니 내 비록 불샹히 녁여 그 허물을 벗기고ᄌᆞ ᄒᆞ나 샹뎨 발셔 명ᄒᆞ신 ᄇᆡ라 임의로 못 ᄒᆞᆯ 것이오 제 ᄒᆡᆼᄉᆞᄅᆞᆯ 그른 줄 알고 ᄀᆡ과쳔션ᄒᆞ면 그 허물을 벗기려니와 만일 그러치 아니ᄒᆞ면 억만년이 지나가도 그ᄃᆡ로 잇스리니 나도 ᄆᆞ음에 불안ᄒᆞ여 ᄒᆞ노라."

감ᄉᆡ 그 말을 들으ᄆᆡ 더옥 불샹히 녁여 톄읍 왈,

"우리 삼인이 ᄒᆡᆼᄉᆡ 그르지 아닐가 ᄒᆞ엿더니 제 ᄒᆞᆯ노 그르다 ᄒᆞ니 사ᄅᆞᆷ이라 못 ᄒᆞ려니와 제 비록 그러ᄒᆞ나 그ᄃᆡ 엇지 그 죄ᄅᆞᆯ 샤[새]새케 못 ᄒᆞ뇨? 지금 급히 그 죄ᄅᆞᆯ 샤[새]새ᄒᆞ시게 ᄒᆞ고 서로 만나 보면 이제 죽으나
10 ᄒᆞᆫ이 업슬지로다."

션관이 쇼왈,

"우리 삼인의 졍의ᄂᆞᆫ 피ᄎᆞ에 다르미 업스나 그ᄃᆡ 내 말을 고지 아니 들음이니 지금 목젼에 시험ᄒᆞ리라"

ᄒᆞ고, ᄉᆞ쟈로 ᄒᆞ여곰 그 것을 올니라 ᄒᆞ더니 이윽고 ᄒᆞᆫ 대망이 들어오ᄂᆞᆫ지라. 감ᄉᆡ 대경 실ᄉᆡᆨᄒᆞ여 급히 니러셔며 어셔 급히 벗겨 주라 ᄒᆞ니, 션관이 도로혀 민망이 녁여 진언을 두어 번 음영ᄒᆞ더니 문득 그 허물을 벗고 사ᄅᆞᆷ이 되ᄂᆞᆫ지라. 감ᄉᆡ 그 얼골을 보고 반겨 문 왈,

"그ᄃᆡ 엇지ᄒᆞ여 이러틋 ᄒᆞ뇨? ᄒᆞᆫ 번 봄을 원ᄒᆞ엿더니 도로혀 보지 아님만 못ᄒᆞ도다."

그 사름이 이 말을 듯고 비록 반가옴을 니긔지 못ᄒᆞ나 제 모양이 그르게 됨을 붓그려 아모 말도 답지 못ᄒᆞ고 눈물만 흘니거ᄂᆞᆯ 션관이 탄식 왈,

"셰샹[상] 사름이 되며 못 됨이 다 제 ᄆᆞ음의 바르고 바르지 아니홈에 잇거ᄂᆞᆯ 저마다 제 허물을 아지 못ᄒᆞ니 애 듧도다! 그러ᄒᆞ나 우리 평싱 됴아ᄒᆞ던 졍의로 맛나 보니 다힝ᄒᆞ거니와 그저 졍담만 ᄒᆞ고 허여지미 무미ᄒᆞ니 네 이제 뎌[11] 동산에 올나가면 ᄇᆡ남기 잇셔 큰 ᄇᆡ 세 낫히 열녓스리니 ᄯᅡ 오면 셔로 ᄒᆞᆫ 낫식 먹음이 됴흘가 ᄒᆞ노라."

그 사름이 마지 못ᄒᆞ여 동산에 올나가니 과연 ᄇᆡ남기 잇셔 ᄇᆡ 네 낫히 열녓거ᄂᆞᆯ 문득 ᄒᆞᆫ 낫흔 먹고 세 낫만 ᄯᅡ 가지고 와 셔로 일ᄀᆡ식 먹은 후 션관이 감ᄉᆞ를 보며 그 사름을 ᄀᆞᄅᆞ쳐 왈,

"뎌 사름의 힝식 가지록 이러ᄒᆞᆫ지라. 그 남게 ᄇᆡ 네 낫치 잇슴을 알고 저의 심ᄉᆞᄅᆞᆯ 알고져 ᄒᆞ여 특별이 저ᄅᆞᆯ 보님이러니 제 먹을 수 외의 일ᄀᆡ 더홈을 욕심ᄒᆞ여 몬져 먹고 닐ᄋᆞ던 수만 가지고 왓스니 이런 도리 어ᄃᆡ 잇스리오? 이럼으로 뎨 허물을 벗겨줄 수 업ᄂᆞᆫ지라. 감ᄉᆞᄂᆞᆫ 나ᄅᆞᆯ 무졍타 닐ᄋᆞ시 발나"

ᄒᆞ고 도로 그 허물을 씌워 잇던 곳으로 보ᄂᆡ니, 감ᄉᆡ 보고 놀나며 어이업셔 볼만 ᄒᆞᆯ ᄯᆞ름이라. 션관이 동ᄌᆞᄅᆞᆯ 명ᄒᆞ여 술을 나아오라 ᄒᆞ여 일ᄇᆡᄅᆞᆯ 권ᄒᆞ니 감ᄉᆡ 밧아 먹은 후 문득 ᄉᆡᆼ각고 왈,

"우연이 셔로 맛나ᄆᆡ 죵일토록 놀고 가미 됴흐ᄃᆡ 발셔 그 ᄉᆞ이 일즁이 지낫스니 관하인[12]이 기다릴지라. ᄲᆞᆯ니 ᄂᆞ려가 ᄒᆞᆫ가지로 발힝ᄒᆞ리라"

ᄒᆞ고 인ᄒᆞ여 하직ᄒᆞ니, 그 션관이 멀니 나와 리별ᄒᆞ여 왈,

"군등청운거ᄒᆞ고 여망청산귀로다. 운산을 죵ᄎᆞ별ᄒᆞ니 루습벽라의라

ᄒᆞ고 편이 감을 당부ᄒᆞ며 두어 거름에 간 바를 아지 못ᄒᆞᄂᆞᆫ지라. 감ᄉᆡ 신긔이 녁여 ᄌᆞ조 도라보며 산하에 ᄂᆞ려와 하인 잇ᄂᆞᆫ 슐막을 ᄎᆞ자가니 하인 ᄒᆞᆫ아토 업고 다만 ᄒᆞᆫ ᄇᆡᆨ발로옹만 잇셔 자리를 매거ᄂᆞᆯ 감ᄉᆡ 괴이히 녁여 ᄉᆞ면을 숣혀보되 아모 것도 엄[업]ᄂᆞᆫ지라. 졈즉흠을 니긔지 못ᄒᆞ여 로옹다려 문 왈,

"앗가 평안감ᄉᆞ 뫼시고 가던 하인들이 이 뎜에 잇거ᄂᆞᆯ 엇지ᄒᆞ여 ᄒᆞ나토 업ᄂᆞ뇨?"

그 로옹이 이 말을 듯고 감ᄉᆞ를 ᄌᆞ로 훌터 보며 닐ᄋᆞᄃᆡ,

"내 날마다 심심ᄒᆞ여 자리 매기로 쇼일ᄒᆞᄆᆡ 이 좌를 써남이 업거ᄂᆞᆯ 엇지 관ᄒᆡᆼ 잇슴을 모르리오? 그ᄃᆡ 모르ᄂᆞᆫ 말 뭇지 말나."

감ᄉᆡ 듯고 긔가 막혀 아모 말도 못ᄒᆞ다가 혹 나를 속이ᄂᆞᆫ가 ᄒᆞ여 우문왈,

"그 관ᄒᆡᆼ이 감ᄉᆞ ᄃᆞᆫ녀오기를 기다리다가 ᄒᆡ[13]가 발셔 오시 되도록 오지 아님을 뮈이 녁여 어ᄂᆡ 뎡ᄌᆞ나무 밋헤 가 자ᄂᆞᆫ가 시브도다."

그 로옹이 밋친 말로 듯고 우어 ᄀᆞᆯᄋᆞᄃᆡ,

"내 이 집에 안졋스ᄆᆡ 례ᄉᆞ ᄒᆡᆼ인도 지나가믈 알거든 ᄒᆞ믈며 감ᄉᆞ의 ᄒᆡᆼᄎᆞ를 아지 못ᄒᆞ리오? 내 들으니 팔십년 젼에 편[평]안감ᄉᆡ ᄂᆞ려오다가 이 뒤산에 올나가 ᄃᆞᆫ녀오마 ᄒᆞ고 관하인을 여긔셔 기다리라 ᄒᆞ고 올나가더니, 죵일토록 오지 아니ᄒᆞᄆᆡ 잇흔날 그 산에 올나가 곡곡이 ᄎᆞ즈되 죵젹이 업슴으로 그져 ᄂᆞ려와 십일ᄭᆞ지 기다리되 죵시 쇼식이 업ᄂᆞᆫ지라. 일읍이 괴이히 녁여 이 연유로 나라에 샹달ᄒᆞ온ᄃᆡ 샹이 괴이히 녁이샤 다른 감ᄉᆞ를 내시고 두루 방문ᄒᆞᄃᆡ ᄎᆞᆺ지 못ᄒᆞ여 그 ᄉᆡᆼᄉᆞ를 이ᄯᅢᄭᆞ지 아지 못ᄒᆞᆫ다 닐너 오ᄂᆞᆫ 말은 들엇거니와 앗가라 ᄒᆞᄂᆞᆫ 말은 아마도 밋친 사ᄅᆞᆷ의 말이로다."

감ᄉᆡ 그 로인의 ᄒᆞᄂᆞᆫ 말을 들으ᄆᆡ 어린 듯 아모 말도 아니 ᄒᆞ고 밧게 나와 ᄉᆡᆼ각ᄒᆞᄃᆡ,

'뎌 로인의 말이 녯말이면 나도 들엇슬 듯ᄒᆞᆫᄃᆡ 듯지 못ᄒᆞ 14 고 나의 일을 혜아리면 아츰에 ᄒᆞᆫ 일을 팔십년 젼이라 ᄒᆞᆷ이 엇지 허황치 아니리오? 이 일이 실상 그러ᄒᆞᆫ가? ᄭᅮᆷ인가 ᄉᆡᆼ신가?' ᄭᆡ닷지 못ᄒᆞ여 맨[반]향을 쥬져ᄒᆞ다가 마지소향이라 고독 단신이 어ᄃᆡ로 향ᄒᆞ리오? ᄉᆡᆼ각다 못ᄒᆞ여 본집으로 ᄎᆞ자오니 집은 여젼이 잇스나 츌입ᄒᆞᄂᆞᆫ 노복들도 얼골을 아지 못ᄒᆞ여 문외에셔 쥬져ᄒᆞ다가 새[사]랑으로 들어가니 ᄒᆞᆫ 로인이 단정이 안졋거ᄂᆞᆯ 나아가 문왈,

"내 집이 이 집이여ᄂᆞᆯ 뉘라셔 ᄃᆡ신으로 쥬인이 되오며 로인은 어ᄃᆡ 계시오니잇가?"

그 로인이 이 말을 들으ᄆᆡ 어이 업셔,

"엇던 밋친 놈이 ᄂᆞᆷ의 집에 들어와 괴이ᄒᆞᆫ 말을 ᄒᆞᆫ다"

ᄒᆞ고 하인을 호령ᄒᆞ여 문밧게 내치라 ᄒᆞ니, 감ᄉᆡ 무류히 인젓다가 곳쳐 ᄋᆡ걸 왈,

"ᄂᆡ 과연 이 집 쥬인으로 수일 젼에 평안감ᄉᆞ를 ᄒᆞ여 ᄂᆞ려 가옵다가 즁로에셔 반일을 지체ᄒᆞᆷ으로 도임도 못 ᄒᆞ옵고 도로 집으로 도라오ᄆᆡ 그 ᄉᆞ이 내 집이 환판됨을 엇지 알앗스리잇고?"

로인이 이 말을 듯고 의아ᄒᆞ 15 여 노ᄅᆞᆯ 긋치고 ᄌᆞ세 보니 나히 ᄉᆞ십은 ᄒᆞ고 긔골이 쥰슈ᄒᆞ여 범인ᄀᆞᆺ지 아니ᄒᆞ고 평안감ᄉᆞ로 ᄂᆞ려가다가 도임 못 ᄒᆞ고 올나왓단 말을 들으ᄆᆡ 괴이히 녁여 공경 문왈,

"존직이 수일 젼에 평안감ᄉᆞ를 ᄒᆞ여 도로 오심은 무슴 일이오며, 엇지 긔구 업시 뎌다지 초초ᄒᆞ여 보힝으로 이 곳에 니르시니잇고? ᄌᆞ셰이 알고져 ᄒᆞᄂᆞ이다."

감ᄉᆡ 그제야 이왕ᄉᆞ를 ᄌᆞ세이 닐너 왈,

"ᄂᆡ 벼살이 리부시랑으로 텬은을 닙ᄉᆞ와 평안감ᄉᆞ를 ᄒᆞ여 긔구 잇게 ᄂᆞ려가더니, 즁로에셔 우연이 고인을 만나니 그 고인은 ᄋᆞ희 제 동문슈학ᄒᆞ던 쥭마지위라. 반가옴을 니긔지 못ᄒᆞ여 오ᄅᆡ 보지 못ᄒᆞ엿던 졍으로 그 사ᄅᆞᆷ의 집을 구경코ᄌᆞ ᄒᆞᆯᄉᆡ, 수다 하인을 쥬뎜에셔 머물게 ᄒᆞ옵고 ᄒᆞᆫ가지로 산에 올나 그 집을 ᄌᆞ세 구경ᄒᆞᄆᆡ 텬하의 희한ᄒᆞᆫ 경쳐도 보며 괴이ᄒᆞᆫ 사ᄅᆞᆷ도 보고 그 곳에 오ᄅᆡ 지체ᄒᆞᆷ을 불가히 녁여 셔로 리별ᄒᆞ고 산하에 ᄂᆞ려 관하인을 ᄎᆞ즌즉 불과 반일인ᄃᆡ 하인이 ᄒᆞᆫ[16]아토 업슴을 괴이히 녁여 뎜쥬다려 무릐[른]즉 밋친 사ᄅᆞᆷ이라 ᄒᆞ고 팔십년 젼 일을 엇지 오날 아참이라 ᄒᆞᄂᆞ뇨 ᄒᆞ며 무수이 괄시ᄒᆞ기로 알 길 업셔 ᄉᆞ면으로 방문ᄒᆞ되 죵시 아지 못ᄒᆞ고 졈즉히 도로 집을 ᄎᆞ자 왓더니, 집 일도 ᄯᅩᄒᆞᆫ 변ᄒᆞ여 아지 못ᄒᆞ게 되오니 엇지 참괴치 아니ᄒᆞ리잇가?"

쥬인이 이 말을 듯고 ᄌᆞ긔 부친인가 ᄒᆞ여 눈물을 먹음고 문왈,

"연즉 그 ᄶᅢ ᄌᆞ뎨 잇습더니잇가?"

감ᄉᆡ 왈,

"내 늣게야 세 살 먹은 아들을 두고 ᄂᆡ힝 ᄂᆞ려올 ᄶᅢ에 다리고 오믈 뎡ᄒᆞ엿스니 그 ᄋᆞ희를 보면 됴흐리로소이다."

쥬인이 염슬 ᄃᆡ 왈,

"그 ᄋᆞ희 ᄉᆡᆼ일을 아르시ᄂᆞᆫ잇가?"

ᄃᆡ왈,

"내 그 ᄋᆞ희 ᄉᆡᆼ월일시를 긔록ᄒᆞᄆᆡ, 모년 모월 모일 모시라 ᄒᆞ고 부인을 맛날 ᄶᅢ에 먹 무든 붓시 그 죠희 우헤 ᄂᆞ려져 큰 뎜이 잇스니 그를 보면 알니로소이다."

로인이 그제야 부친인줄 알고 급히 니러나 ᄌᆡᄇᆡ 톄읍 왈,

"쇼직 어려셔 야야를 리별ᄒᆞᆷ미 면모를 아지 못ᄒᆞ여 이제 불공ᄒᆞᆫ 죄를 범ᄒᆞ와사오니 불회[17] 막심ᄒᆞ옵거니와 텬힝으로 팔십 년만에 도라오시니 쑴인지 ᄭᆡ닷지 못ᄒᆞ리로소이다"

ᄒᆞ며 아들과 손ᄌᆞ들을 불너 드려 조부씌 뵈라 ᄒᆞ니, 보ᄂᆞᆫ 사ᄅᆞᆷ들이 희한이 녁임을 마지 아니ᄒᆞ더라. 감ᄉᆡ 어린 듯 안졋다가 정신을 ᄎᆞ려 그 로인이 아들 임을 알고 집슈 류톄 왈,

"네 그 ᄉᆞ이 발셔 뎌리 늙엇스니 엇지 한심치 아니ᄒᆞ며, ᄯᅩᄒᆞᆫ 너의 모친이 사라 계시냐?"

로직 읍 고왈,

"모친씌오셔 야야의 ᄉᆡᆼᄉᆞ를 아옵지 못ᄒᆞ여 그로 셩병 불긔 ᄒᆞ시더니 맛ᄎᆞᆷᄂᆡ 기세ᄒᆞ신지 발셔 이십여 년이옵고 나라에셔 야야를 론죄ᄒᆞ샤 필연 도젹을 ᄯᆞ라가미라 ᄒᆞ여 그 ᄌᆞ손을 과거도 못 보게 ᄒᆞ시엿ᄉᆞᆸᄂᆞ다"

고ᄒᆞ니 감ᄉᆡ 이 말을 듯고 루쉬 여우ᄒᆞ여 말을 못ᄒᆞ다가 왈,

"너의 모친이 날로 ᄒᆞ여곰 황쳔긱이 되고 너도 아비를 그릇 밋ᄂᆞᆫ 죄로 련죄를 당ᄒᆞ여 두문불츌ᄒᆞ니 이제 엇지 너를 보ᄆᆡ 붓그럽지 아니ᄒᆞ며 디하에 도라가나 하년복으로 너의 모친을 ᄃᆡᄒᆞ리오? 그러나 네 아들의 나[18]히 오십이 넘고 네 손ᄌᆞ의 나히 발셔 삼십이 넘엇스니 족히 거룩다 ᄒᆞ려니와 나ᄂᆞᆫ 감ᄉᆡ라 ᄒᆞ고 공연ᄒᆞᆫ 경쳐를 완상ᄒᆞ다가 반일지ᄂᆡ에 팔십 년이 됨을 엇지 ᄯᅳᆺᄒᆞ엿스리오?"

ᄒᆞ며 제손을 거ᄂᆞ리고 ᄂᆡ당에 들어가니 ᄌᆞ부와 손부들이 ᄎᆞ례로 나아와 ᄇᆡ알ᄒᆞ미 다 ᄇᆡᆨ발부인이라. 노복들이 보고 희한이 녁여 왈,

"ᄌᆞ손은 로인이오 그 조부ᄂᆞᆫ 쇼년이라"

ᄒᆞ며 우음을 마지 아니ᄒᆞ더라.

잇튼날 감ᄉᆡ 이 연유로 샹소를 올녀 청죄ᄒᆞ온ᄃᆡ, 샹이 그 샹소를 보시

고 텬하에 희한ᄒᆞᆫ 일도 잇도다 ᄒᆞ시며 급히 인견ᄒᆞ샤 ᄀᆞᆯᄋᆞ샤ᄃᆡ,

"경이 션죠 총신으로 셔관 도ᄇᆡᆨ이 되여 ᄂᆞ려가다가 홀연이 그 거쳐를 아지 못ᄒᆞᆷ으로 필연 적류를 ᄯᆞ라간가 ᄒᆞ엿더니 이제 경이 신션을 맛나 반일을 슈작ᄒᆞᆫ 사이가 팔십 년이 되엇스니 인간의 일과 다른 줄 알거니와 녯날 진시황 한무뎨도 불로초를 엇어먹지 못ᄒᆞ엿ᄂᆞᆫᄃᆡ 경이 홀로 뎌러틋 늙지 아닐 약을 먹고 집에 도라와 삼ᄉᆞ ᄃᆡ를 맛나 19 보니 이런 일은 만ᄃᆡ에 유젼ᄒᆞᆯ지라. 경을 이제 ᄯᅩ 평안감ᄉᆞ를 시기고 젼죄를 샤ᄒᆞᄂᆞ니, 경은 갈츙보국ᄒᆞᆯ지어다."

감ᄉᆡ 돈슈 쳥죄 왈,

"신이 국은을 닙ᄉᆞ와 외람이 조뎡에 츙수ᄒᆞ오ᄆᆡ 천ᄒᆞᆫ 몸에 어린 ᄆᆞᄋᆞᆷ이라도 동동촉촉 ᄒᆞ와 국은을 만분지일이나 갑흘가 ᄒᆞ엿삽더니 불ᄒᆡᆼᄒᆞ온 일로 덧업시 셰월을 니져ᄇᆞ리고 국경을 도라보지 아니 ᄒᆞ왓ᄉᆞ오니 그 죄 일만 번 죽ᄉᆞ오나 앗갑지 아니ᄒᆞ옵거ᄂᆞᆯ 이제 젼혀 그를 ᄉᆡᆼ각지 아니시고 ᄯᅩ 도ᄇᆡᆨ을 졔슈ᄒᆞ샤 쟉위를 복구ᄒᆞ오시니, 신은 부월에 죽ᄉᆞ오나 봉ᄒᆡᆼ치 못ᄒᆞ리로소이다."

샹이 불윤ᄒᆞ시고 그 부인을 졍렬부인 직텹을 ᄂᆞ리시고 그 ᄌᆞ손을 남ᄒᆡᆼ으로 벼슬을 주시며 유셔를 ᄂᆞ리오샤 급히 ᄯᅥ나믈 ᄌᆡ촉ᄒᆞ시니 감ᄉᆡ 마지 못ᄒᆞ여 텬은을 슉샤ᄒᆞ고 퇴죠ᄒᆞ니 만죠 ᄇᆡᆨ관이 그 희한ᄒᆞᆷ을 닐ᄏᆞ르며 먼니 나와 젼송ᄒᆞ더라. 감ᄉᆡ ᄯᅩ 긔구 잇게 ᄂᆞ려가 감영에 도임ᄒᆞ고 졍ᄉᆞ를 션치ᄒᆞ니 ᄇᆡᆨ셩들이 평안이 지ᄂᆡ여 20 왈,

"도평안 민평안이라"

ᄒᆞ더라.

황쥬목ᄉᆞ긔黃州牧使記

녯적 동촌 리화뎡에 ᄒᆞᆫ 남힝이 잇스니, 셩은 윤이오 명은 슈현이니, ᄃᆡᄃᆡ 명환가로 황쥬목ᄉᆞ를 ᄒᆞ여 힝리를 슈습ᄒᆞᆯ식 슬하에 ᄋᆞ들 삼인이 잇스되 쟝ᄌᆞᄂᆞᆫ 룡필이니, 나히 이십세 오 사ᄅᆞᆷ되오미 쥰ᄆᆡ 다긔ᄒᆞ고 문필도 유여ᄒᆞ며 아ᄂᆞᆫ 일도 만흐며 인픔[품]이 우즐부즐ᄒᆞ여 사ᄅᆞᆷ 싱핀잔잘 주고 량반 ᄌᆞ세ᄒᆞ여 긔승ᄒᆞ기 짝 업셔 온갓 일을 남에게 지ᄂᆞᆫ ᄇᆡ 업셔 안하무인ᄒᆞ고, ᄎᆞᄌᆞ의 명은 봉필이니 나히 십팔 셰오 ᄉᆡ로 장가들어 쳐가에도 ᄌᆞ로 왕ᄅᆡᄒᆞ며 승학 츌입도 ᄒᆞ고 벗을 ᄉᆞ괴되 약게 구러 친구에게 시비를 듯지 안코 ᄆᆡᄉᆞ를 ᄌᆞ뷔 아라 시데의 묘ᄒᆞᆫ 션비오, 삼ᄌᆞ의 명은 귀필이니 나히 십뉵 세오 뒤슝뒤슝ᄒᆞ며 슈럭슈 21 럭ᄒᆞ고 도령 아ᄒᆡ러라.

윤공이 길을 차려 ᄯᅥ나기 격일ᄒᆞ엿ᄉᆞᄆᆡ 세 ᄋᆞ들을 불너 안치고 금석 ᄀᆞᆺ흔 말로써 경계ᄒᆞ여 ᄀᆞᆯᄋᆞᄃᆡ,

"니희 들으라. 량반의 ᄌᆞ식이란 것은 글이 밋쳔이라. 려염ᄇᆡ의 ᄌᆞ식들은 나히 십칠팔 세 되면 혹 쉬리도 ᄉᆡᆨ히며, 혹 구실도 ᄃᆞᆫ녀 위부모 보쳐ᄌᆞᄒᆞ여 세간이나 보익ᄒᆞ여 살거니와 량반의 ᄌᆞ식은 옷 지어 주면 닙고 밥 ᄒᆞ여 주면 먹고 집안 일을 알은 쳬ᄒᆞᄂᆞᆫ ᄇᆡ 업시 젼혀 어룬이 쥬관ᄒᆞ기로 글만 닑ᄂᆞ니 조뎡에셔도 글 잘 ᄒᆞᄂᆞᆫ 션ᄇᆡ 잇다 ᄒᆞ면 그 집을 도라보고 경멸히 못 ᄒᆞᄂᆞ니, 대뎌 학통쳔이 다 승학에셔 나는 것이라. 집에셔 글공부ᄒᆞᄌᆞ ᄒᆞ니 번거러온 집이 요란ᄒᆞ여 츌입ᄒᆞᄂᆞᆫ 사ᄅᆞᆷ은 만코 너희들인들 나갈 ᄃᆡ 노샹 업스며 문긱 슈응도 만하 공부에 해로오미 되ᄂᆞ니, 내가 이제 텬은을 닙ᄉᆞ와 만량태슈를 ᄒᆞ여 ᄂᆞ려가ᄆᆡ 그 곳 가셔 칙방이나 ᄒᆞ고 쓰리쳐 안졋스면 밥도 됴코 의복도 됴코 경치도 됴흔ᄃᆡ 잡사름도 아조 업셔 공부[22]에 아니 극진ᄒᆞ랴? 이리 곳 ᄒᆞ면 쟝ᄅᆡ 너희게 과거길도 트히고 문임도 엇어 ᄒᆞᆯ 거시니 이런 경당ᄒᆞᆫ 일 쏘 잇ᄂᆞ냐? 만일 너희 등이 ᄂᆞ려가셔 아젼 관쇽을 사괴여 가지고 쳥길이나 열어 두며 아니 된 구경 ᄃᆞ니ᄂᆞᆫ 쳬ᄒᆞ면 아조 볼 것 업고 쏘ᄒᆞᆫ 기ᄉᆡᆼ 계집을 결연ᄒᆞᄂᆞᆫ 날이면 린읍 슈령이 알아도 내게ᄭᅡ지 낫치 씻기이고 관쇽이라도 좀량반의 집으로 알것이니 그런 졀통ᄒᆞᆫ 일이 잇ᄂᆞ냐? 너희들이 이런 물경을 알아 능히 ᄒᆡᆼᄒᆞᆯ소냐?"

삼인이 일시에 ᄃᆡ답ᄒᆞ되,

"닐으시ᄂᆞᆫ 말ᄉᆞᆷ을 엇지 모로리잇가? 집에셔 공부ᄒᆞᄌᆞ ᄒᆞ온즉 집안이 번요ᄒᆞ옵기로 여복[북]ᄒᆞ여 량식을 가지고 졀간에 나아가 공부ᄒᆞ옵ᄂᆞ니잇가? 그런 념녀란 조곰도 마르쇼셔. 다른 집 사ᄅᆞᆷ도 그 부형의 고을에 ᄯᆞ라가셔 미ᄉᆡᆨ을 침혹ᄒᆞ고 작란ᄒᆞ여 공부 아니ᄒᆞᄂᆞᆫ 놈은 사ᄅᆞᆷ의 ᄌᆞ식으로 아니 아옵ᄂᆞ니 걱경은 ᄭᅮᆷ에도 마옵쇼셔"

ᄒᆞ거ᄂᆞᆯ 윤공이 쟝의쟝신ᄒᆞ여 엇지 될고 ᄒᆞ여 ᄒᆡᆼ리ᄅᆞᆯ 차려 삼ᄌᆞᄅᆞᆯ 다 다[23]리고 황쥬에 도임ᄒᆞ엿더니, 일일은 삼형뎨 ᄒᆞᆫ 곳에 모혀 의론ᄒᆞᄃᆡ,

"우리들이 셔울 잇슬 ᄯᅢ에 려염 통직이 ᄒᆞ나 ᄃᆡ면ᄒᆞᆯ 슈 업고 로구장이 ᄒᆞ나 친ᄒᆞᆫ 것이 업셔 졸직ᄒᆞ기 측량 업셔 남도 붓그럽더니 이제 ᄃᆡ모관 ᄉᆡᆨ향에 와셔 그져 도라가면 경셩 친구들이라도 바삭의 ᄋᆞ들로 알지라. 부형이 ᄌᆞ식 경계ᄒᆞᄂᆞᆫ 말은 응당 젼례판이니 엇지 그 말ᄉᆞᆷ을 다 봉승ᄒᆞ리오? 우리 각각 일ᄉᆡᆨ 기ᄉᆡᆼ ᄒᆞ나식 다리고 ᄌᆞ미 보ᄌᆞ"

ᄒᆞ고 즉시 삼공형과 슈노ᄅᆞᆯ 불너드려 곳ᄒᆞ기ᄅᆞᆯ

"네 고을에 졀ᄃᆡ가인이 만타 ᄒᆞ니 그 즁 츌즁ᄒᆞᆫ 기ᄉᆡᆼ 세 년만 ᄐᆡᆨ츌ᄒᆞ여 현신식이라"

ᄒᆞ니 그 골 관쇽들이 ᄎᆡᆨ방 아ᄌᆞ 뎨 분부를 엇지 거역ᄒᆞ리오? 바로 나가 절ᄉᆡᆨ 세 년을 ᄇᆞ아셔 의복 단장을 션명히 ᄒᆞ여 들어가 뵈오니 삼형뎨 공론ᄒᆞᄃᆡ,

"그 즁에도 우렬이 잇스ᄆᆡ 졔비를 잡으리라"

ᄒᆞ고 각각 날ᄋᆞ기를

"남 몰ᄂᆡ ᄒᆞᄂᆞᆫ 것이 시나희 일이 아니라"

ᄒᆞ며 공방 아젼을 불너 분부ᄒᆞ여 방샤를 각각 뎡ᄒᆞ여 방직이[24] 를 삼아 두엇더니, 일일은 세 년이 부모 압헤 나아가 현신ᄒᆞᆯᄉᆡ, ᄎᆞ데로 왈외ᄃᆡ,

"쇼인은 큰 셔방님 방직이 올ᄂᆞ니 문안 알외옵ᄂᆞ이다."

또 ᄒᆞᆫ 년이 알외ᄃᆡ,

"쇼인은 둘ᄌᆡ 셔방님 슈쳥이 올ᄂᆞ니 현신 알외옵ᄂᆡ다"

ᄒᆞ니 일은 아조 납쳔장이 되여 볼 것이 업ᄂᆞᆫ지라. 또 ᄒᆞᆫ 년이 들어와 알외ᄃᆡ,

"쇼인은 도령님 잠동모이올ᄂᆞ니 아옵시게 ᄒᆞ옵ᄂᆞ이다"

ᄒᆞ니 윤공이 이 말을 들으ᄆᆡ 긔가 막히고 코구멍 둘을 잘 마련ᄒᆞᆫ지라. 어이 업셔 아모 말도 못 ᄒᆞ다가 이윽ᄒᆞᆫ 후 ᄉᆡᆼ각ᄒᆞᄃᆡ,

'내가 ᄋᆡ자지심이 남디[과] ᄌᆞ별ᄒᆞ여 쇽담의 말로, 불면 ᄂᆞᆯ가 쥐면 써질가 ᄒᆞ여 즁히 녁이ᄂᆞᆫ 터에 이런 념례 잇기로 셔올[울]셔붓터 경계ᄒᆞᆫ즉 뎌의 말이 여ᄎᆞ여ᄎᆞ이 언스러히 ᄒᆞ기로 미덧더니 이ᄃᆡ도록 ᄒᆞᆯ 줄이야 엇지 알니오? 그러나 뎌희들은 한사ᄒᆞ리니 내 구지 말니다가ᄂᆞᆫ 귀ᄒᆞᆫ ᄌᆞ식들이 병 나기 쉬오ᄆᆡ 찰하리 약간 닐너 ᄇᆞ려둠만 갓지 못ᄒᆞ고 또ᄒᆞᆫ 저의 얼골이 텰골이니 현아[매] 소범 상한 음허 화[25] 동이 나랴? 내 얼마 잇다가 올ᄂᆞ가리?'

ᄒᆞ고 ᄉᆞ짓ᄂᆞᆫ 말이,

"너희놈들이 셔울셔 무엇이라 말혼다? 텬연덕스러히 여촌여촌 호던 것이 이 무숨 도리뇨?"

윤공이 일 것 익써 닐으니 삼인이 디답호는 말이,

"이왕 그릇된 것을 엇지 호시라고 여러 말숨을 호시느잇가? 우리는 결단닌 일이오니 그만호여 계시소셔"

호고 삼인이 다 링소호고 밧그로 나가거놀 윤공이 근본 통달혼지라. 엄부형 노릇을 못호엿고 남도 붓그러올가 호여 브려 두니 부형이 엄금호여도 맛듯 못 맛듯 호려든 호물며 지이부지호미 삼인의 방즈호기 유왕유심호여 칙 혼 쟝 들쳐 보며 붓에 먹 뭇쳐 기억즈 혼 즈 쓰는 일 업시 날마다 풍악과 챵기에 침혹호여 불분 쥬야호고 아비 자는 슨이면 인궤를 메여다가 공지를 맛치 박아 두고 위조 슈결호여 좌슈 통인 군노 스령 호쟝쟝 창빗치 다 기싱의 손에셔 나고, 세 놈이 만일 안에 들어오면 진봉홀 것, 본집에 가져갈 것, 다 움쳐다가 그년들을 주고 심지[26]어 량안을 쓰더 곳쳐 고을을 퇴각을 문드니 뎌 기싱년들은 거의 부쟈가 되고 관가는 거의 망케 되엿는지라. 윤공은 짐짓 모르는 체호고 얼마 잇다가 경셩으로 올나가면 그만이로다 호며 견디여 오기를 쥬년이 넘은지라.

일일은 져녁에 윤공이 등촉을 붉히고 세 으들을 불너 안치고 닐으디,

"너희놈들이 오날놀 결단날 일이 잇는 줄을 아느냐? 만량태슈 큰 슈령이 오릭 잇셔 쥰삭호면 조뎡에셔도 시비호고 눔도 손가락질 호느니 그러호기로 쥰삭을 못호고 스쟝혼 후 올나가려 호느니 예스 슈령들이 올나가려 호면 즁긔 마감 젼에 닉힝이 스당 뫼시고 몬져 발힝호는지라. 틱일혼즉 지격수일이니 너희는 너희 모친을 뫼셔 갈 것이미 일힝 졔구를 임의 공방 아젼에 분부호엿스니 너희들도 그런 줄 아라 힝장을 슈습호라"

호니 삼인이 쳔만 쑴밧게 이 말을 듯고 기싱 리별홀 일 싱각호미 심신이

비월ᄒᆞ고 간쟝[쟝]이 타ᄂᆞᆫ 듯ᄒᆞᆫ지라. 눈물을 흘니며 고ᄀᆡ[27]를 ᄉᆞᆨ이거늘 윤공이 ᄭᅮ지져 왈,

“이 못삼긴 놈들아. 엇지 ᄒᆞᄌᆞ고 이리 ᄒᆞᄂᆞᆫ다?”

삼인이 ᄀᆞᆯᄋᆞᄃᆡ,

“부친이 연고 업시 만량태슈를 ᄇᆞ리고 올나가려 ᄒᆞ오니 ᄂᆞᆷ이 알아도 셩치 아닌 사ᄅᆞᆷᄋᆞ로 알 것이오 ᄯᅩ 어ᄃᆡ 슈샹ᄒᆞᆫ 어ᄉᆡ ᄂᆞ려와 어르고 갓ᄉᆞᆸᄂᆞ잇가? ᄃᆡ간 소계 잇ᄉᆞᆸᄂᆞ잇가? 그런 말ᄉᆞᆷ은 희롱의 말ᄉᆞᆷ이라 곳쳐 말으쇼셔.”

윤공 왈,

“발셔 완뎡ᄒᆞ엿스니 ᄒᆞᆯ 일 업다”

ᄒᆞ니 뎌희들도 ᄒᆞᆯ 일 업셔 나오며 왈,

“ᄐᆡᆨ일은 어이 쌜니 내엿ᄂᆞᆫ지 쇼경놈의 짓이오닛가? 뉘가 ᄒᆞ엿ᄂᆞᆫ고?”

ᄒᆞ며 무수히 즁어리거ᄂᆞᆯ 윤공 왈,

“아모 일이라도 ᄉᆞ속ᄒᆞᆫ 것이 뎨일이니 ᄐᆡᆨ인이아 작히 질낫스랴?”

삼인이 차탄ᄒᆞ며 각각 쳐소로 가셔 기ᄉᆡᆼ과 작별ᄒᆞ려 ᄒᆞ더라.

이ᄯᅢ 윤공이 제ᄌᆞ를 내여 보ᄂᆡ고 그 젼졍 긔샹을 보려ᄒᆞ고 룡필의 방에 가셔 여어보니 그 년이 삼단 ᄀᆞᆺᄒᆞᆫ 머리를 저긔여 압헤 놋코 셤셤옥슈를 들어 비단치마 우흐로 무릅흘 탕탕치며 울어 왈,

“셔방님과 날과 젼ᄉᆡᆼ ᄎᆞᄉᆡᆼ 무ᄉᆞᆷ 원슈로 우리 둘[28]이 맛나 쥬년 동쳐ᄒᆞ다가 이제 리별을 당ᄒᆞ니 텬디ᄀᆡ벽이 되든지 도적이 창궐ᄒᆞᄂᆞ니잇가? 셔방님은 량반의 마음으로 나를 ᄇᆞ리고 올나 가ᄂᆞᆫ 길에 쳥산은 텹텹ᄒᆞ고 록슈ᄂᆞᆫ 잔잔ᄒᆞᆫᄃᆡ 거리거리 경ᄀᆡ 절승ᄒᆞ고 만텹 산곡 도라들 제 만화방초ᄂᆞᆫ 골골이 ᄌᆞ옥ᄒᆞ고 온갓 금됴ᄂᆞᆫ 흥을 겨워 우ᄂᆞᆫ 소ᄅᆡ 구십 츈광 희롱ᄒᆞᆯ 제 셔방님은 위얏쳐 셔울 올나가 그리던 벗들 차자보고 구경

도 ᄃᆞᆫ니며 공부에 골몰ᄒᆞ고 과거에 분주ᄒᆞ여 그렁뎌렁 이져ᄇᆞ리시려니와 나ᄂᆞᆫ 셔방님 보ᄂᆡ고 빈혀로 목을 질너 죽으려 ᄒᆞ니 그런 줄노 알고 가오”

ᄒᆞ며 울기ᄅᆞᆯ 마지 아니ᄒᆞ거ᄂᆞᆯ 그놈이 눈을 부릅ᄯᅳ고 고셩 왈,

“이년 밧비 ᄂᆞ려셔라”

ᄒᆞ고 ᄭᆞ지져 왈,

“대뎌 기ᄉᆡᆼ이란 것은 송구영신이 응당이라. 내 ᄂᆞ려와 본즉 네가 엇던 놈의 계집으로셔 구챠히 사ᄂᆞᆫ 것을 내게 들어와셔 샹덕인들 작히 만핫스랴? 리별이 필경 잇슬 줄 넨들 모르며, 낸들 몰낫스랴? 이제ᄅᆞᆯ 당ᄒᆞ여 네 말이 원로에(29) 힝ᄎᆞ나 평안히 ᄒᆞ시고 이 압 인편에 친필 ᄇᆡᄌᆞ나 ᄒᆞ시면 반가히 보겟노라”

ᄒᆞ며,

“하정에 셥셥ᄒᆞ온 말솜 엇지 다 알외리잇가?”

ᄒᆞᆯ ᄲᅮᆫ이라.

“로류장화ᄂᆞᆫ 인ᄀᆡ가절이라 ᄒᆞ엿ᄂᆞ니, 이 요악ᄒᆞ고 괘심ᄒᆞᆫ 년 무숨 말ᄒᆞ는다?”

ᄒᆞ고 노ᄌᆞᄅᆞᆯ 불너 ᄭᅥᆨ뒤질너 내치라 ᄒᆞ고 등불 물니라 ᄒᆞ며 니불을 쓰고 도라누어 코 고으ᄂᆞᆫ 소래 우뢰 ᄀᆞᆺ흐여 잠들거ᄂᆞᆯ 윤공이 그 형샹을 보고 대경 왈,

“뎌놈이 뎌ᄃᆡ도록 ᄒᆞᆯ 줄을 어이 알니오?”

ᄒᆞ며 그 긔샹을 짐작ᄒᆞ고 ᄯᅩ 봉필의 방을 가 본즉 그 년이 옷가슴을 혯치고 연젹 ᄀᆞᆺ흔 쇠용통을 들어ᄂᆡ고 ᄃᆡ단 치마ᄅᆞᆯ 버셔 웃목 십 리만치 더[던]져 두고 셤셤옥슈ᄅᆞᆯ 들어 각장 장판을 두다리며 헛흔머리 집어 ᄭᅩᆺ고 긔절ᄒᆞ여 울거ᄂᆞᆯ 그 놈이 마음을 진뎡치 못ᄒᆞ여 울ᄌᆞᄒᆞ니 남붓그럽고

고ᄀᆡ를 숙이ᄌᆞᄒᆞ니 다만 눈물이라. 머리를 독새[사] ᄃᆡ강이처럼 추혀들고 제 손등을 뜻으면셔 아모리 ᄒᆞᆯ 줄 모르거ᄂᆞᆯ 그 년이 그 놈의 우름소래를 내려ᄒᆞ여 함롱을 업[30]지르고 그 놈의 도포 즁치막 동옷등거리 공쥬 면쥬 잔루비 긴 옷이며 보라 면쥬 쪽쪽 루비 져고리와 가는 면쥬 바지 ᄉᆡᆼ면쥬 한숨이며 통힝젼과 널은 속것 단속것 회장져고리 깁젹삼 고징바지 홋단치마를 내여놋코 울며 왈,

"셔방님 내 말숨 들어보오. 셔울 동일 짐을 매며 셔방님 의복을 내여 달나 ᄒᆞ니 우리 둘의 의복을 ᄒᆞᆫ 그릇에 너헛다가 이리 난호일 제ᄂᆞᆫ 두 몸이 또 난호인단 말이오?"

ᄒᆞ며 ᄋᆡ연히 우니 이놈이 ᄎᆞ경을 보고 ᄒᆞᄂᆞᆫ 말이,

"네 속이나 내 속이나 오장이 ᄀᆞᆺ거ᄂᆞᆯ 이 옷은 어이 가지고 나를 뵈ᄂᆞᆫ다? 예ᄉᆞ 기ᄉᆡᆼ 계집 리별ᄒᆞᆯ 제 의복을 난호ᄆᆡ 아모라도 슬허ᄒᆞᄂᆞ니라"

ᄒᆞ고 참지 못ᄒᆞ여 어우러져 안고 ᄃᆡ골ᄃᆡ골 구을면셔 방셩대곡ᄒᆞ다가 문득 가가대쇼ᄒᆞ니 그 년이 고이 녀여 문 왈,

"셔방님 울다가 홀연 우음은 엇진 일이오니잇가?"

그 놈이 정ᄉᆡᆨ 왈,

"이 아니 우으냐? 리별에 우ᄂᆞᆫ 것이 ᄂᆞᆷ만 우이고 우리 둘의 정리에 아모 계괸[관]이 업스니 이 무숨 형상[31]이니, 내 만일 너를 이즈면 네 ᄋᆞᄃᆞᆯ이라. 셔울가셔 글 닑어 과거ᄒᆞ여 등룡문ᄒᆞᆫ 후 이 고을 암ᄒᆡᆼ어ᄉᆞ ᄌᆞ원ᄒᆞ여 ᄂᆞ려와셔 너를 은근히 위의를 갓초와 다려갈 것이니 제발 덕분 의졀만 직희여다고. 내 집이 근본 ᄃᆡᄃᆡ로 부쟈라. 네 일용 즙물은 외오 셔도이 워주마 경쥬 인편이나 별편을 엇어 보ᄂᆡᆯ 것 볼작시면 온갓 즙물 노리ᄀᆡ며 운문대단 라광단과 왜단 공단 일광단과 월광단 ᄉᆡᆼ[생]ᄉᆞ단 모초단이며 릉라 보라 항라 틍견 쌍문초와 빗 됴흔 슈화쥬며 진안 모시 계츄

리며 ᄌᆞ지샹[상]직 물면쥬며 고양 나이 강진목과 륙진 ᄃᆡᄅᆡ 압뒤 빈혀 진쥬 투심 셕웅황과 면경 석경 이궁젼과 밀화 장도 삼천쥬며, 연지분의 ᄇᆞ늘 골모 ᄉᆡᆨ실이며 력셔 필믁[묵] ᄉᆡᆨ간지며 여러 가지 환약 등물을 다 엇어 보ᄂᆡᆯ 것이니 날 본듯이 보와 쓰고 친필 답쟝[장] 부ᄃᆡ ᄒᆞ고 됴히됴히 잘 잇거라. 너 니즐 네 ᄋᆞ들 업다."

그 년이 말ᄒᆞ기ᄅᆞᆯ,

"그ᄀᆞᆺ치 ᄒᆞ려 ᄒᆞ시니 별셩 힝ᄎᆞ 슌력 힝ᄎᆞ에 슈쳥들라 ᄒᆞ여 식물로 형[32]문 치면 비록 목숨을 끈ᄉᆞ와도 졀은 훼치 아니 ᄒᆞ리이다"

ᄒᆞ고 셤셤옥슈로 그 놈의 등을 어로만져 울며 왈,

"밤 드럿스니 젼별ᄎᆞ로 단단히 품어 자옵시다"

ᄒᆞ고 눈물 무든 뺌을 셔로 문지르며 원앙의 쑴을 일우거ᄂᆞᆯ 윤공이 그 형상을 보고 발측ᄒᆞ고 ᄒᆡ괴ᄒᆞᆫ 놈도 잇다 ᄒᆞ며 다시 귀필의 방에 가 여어본즉 이ᄂᆞᆫ 더욱 말ᄒᆞᆯ 것이 업ᄂᆞᆫ지라. 이간방에셔 놈년이 벍어벗고 머리ᄅᆞᆯ 풀고 어우러져 부둥킈여 안고 ᄃᆡ골ᄃᆡ골 구을너 셔로 욕ᄒᆞᄂᆞᆫ 말이,

"이놈. 네 셰상에 우왜 삼겨난다?"

그 놈이 말ᄒᆞ기ᄅᆞᆯ,

"이년. 너ᄂᆞᆫ 어이 셰상에 삼겨난다? 네가 내 원쉬라."

그 년이 ᄯᅩ ᄒᆞ기ᄅᆞᆯ,

"네가 내 원슈라. 우리 둘이 셔로 부듸이져 류혈이 랑자ᄒᆞ여 둘이 다 죽으면 목셕간쟝이라도 가련히 녁여 ᄒᆞᆫ 굴헝에 무더줄 것이니 그리ᄒᆞᆯ밧게 ᄒᆞᆯ 일 업다"

ᄒᆞ며 셔로 탕탕 부딋거ᄂᆞᆯ 윤공이 이 형샹을 보고 더희 실경으로 ᄒᆞᆷ을 젼졍을 짐작ᄒᆞ니 목금 소건[견]에 둘이 죽을 듯ᄒᆞ여 혜오ᄃᆡ,

"내 ᄉᆞ랑ᄒᆞ던 막ᄂᆡ[33]ᄌᆞ식이 이곳에 와 속졀 업시 죽게 되엿다"

ᄒᆞ며 경히 민망ᄒᆞ여 죵말을 보려 ᄒᆞ더니, ᄌᆞ즌 닭 울 ᄯᅢ 밋쳐 그 년이 벌덕 니러나 ᄒᆞᄂᆞᆫ 말이,

"도령님의 본심이 어질믈 알거니와 아직 목하의 리별을 결연ᄒᆞ여 이럿틋 ᄒᆞᆷ이나 도령님은 련ᄒᆞ여 됴흔 터이라. 셔울 올나 가셔 고문거족의 요됴슉녀로 결혼ᄒᆞ여 문명 납치ᄒᆞ온 후 도령님 호샤 보쇼. 츈삼월 호시졀에 강사포에 서씌 씌고 금안 ᄇᆡᆨ마도 안부 증시 홍사 등롱 버려 셔고 쟝[쟝]안 대도샹으로 헌거로히 장가갈 졔, 날 ᄀᆞᆺ흔 년 ᄭᅮᆷ에나 ᄉᆡᆼ각ᄒᆞᆯ가? 신부 녀군 마ᄌᆞ올 졔 련봉 ᄶᅩᆨ지 구슬뎡에 열두 하님 향ᄭᅩ지에 향을 퓌고 홍군셩쟝 슈할옷에 이셩지합 매즐 적에 날 ᄀᆞᆺ흔 년 ᄉᆡᆼ각ᄒᆞᆯ가? 어득ᄒᆞᆫ 빈 방 안에 궤발 무러 더진 듯이 쟝우단탄ᄒᆞ올 졔 안진셔난긔오 수다몽불셩이라. 약슈삼쳔리에 쳥됴ᄂᆞᆫ 지나가고 셔창에 ᄒᆡ드도록 쇼식이 돈졀ᄒᆞ니 웅봉ᄌᆞ뎝이 각ᄌᆞ도ᄉᆡᆼ이라. ᄉᆞ몽비몽간에 도령님 맛나 본들 쳔슈만ᄒᆞᆫ 다[34] 못ᄒᆞ여 일쟝호뎝 홋허지니 츈풍도리화ᄀᆡ야와 츄우오동엽락시에 이네 셜움 그 뉘 알니? 그러니 저러니 날만 죽이고 올나가오"

ᄒᆞ며 ᄋᆡ원히 울거ᄂᆞᆯ 그 놈의 말이,

"우지 마라. 아소 쉬운 일이 잇도다. 이왕 판이 그릇 되엿슴애 너ᄂᆞᆫ 장에 가셔 전병장ᄉᆞ 술장ᄉᆞ나 ᄒᆞ고 나ᄂᆞᆫ 길쳥에 가셔 아젼의 셔역이나 ᄒᆞ여 고지식ᄒᆞ게 굴면 두 식구ᄂᆞᆫ 족ᄒᆞᆯ지니 내 올나가다가 도망ᄒᆞ여 ᄂᆞ려오리라"

ᄒᆞ며 서로 잡고 울거ᄂᆞᆯ 윤공이 그 형상을 보와 전경을 지긔ᄒᆞ고 ᄂᆡ아에 들어가 부인을 ᄃᆡᄒᆞ여 왈,

"지ᄌᆞᄂᆞᆫ 막여뷔라 ᄒᆞ나 ᄌᆞ식들의 것만 아지 엇지 쟝ᄅᆡᄉᆞ야 알가 보오만은 오ᄂᆞᆯ날이야 비로소 세 놈의 전경을 판단ᄒᆞ고 왓스니 ᄌᆞ셰 들어보오. ᄇᆡᆨ악이 구비ᄒᆞ여 뎨 몸에 리치 못ᄒᆞ고 ᄂᆞᆷ에게 ᄒᆡ롭고 평ᄉᆡᆼ이 평안치

못ᄒᆞᆯ 놈은 맛 놈이오, 아모ᄅᆡ도 사ᄅᆞᆷ될 길 업고 량반 ᄌᆞ식의 긔상이 ᄒᆞᆫ아토 업고 간악이 특심ᄒᆞ여 ᄂᆞᆷ 속이기ᄅᆞᆯ 잘ᄒᆞ고 뎨게만 리케ᄒᆞᆯ 놈은 둘ᄌᆡ 놈이오, 긔특[35]ᄒᆞᆯᄉᆞ 귀히 될 놈은 셋ᄌᆡ 놈이라. 맛놈은 억지로 ᄒᆞ여도 급뎨ᄂᆞᆫ 엇어ᄒᆞ여 가쥬셔 초입ᄉᆞ에 홍문박ᄉᆞ 실쥬셔 승픔[품]ᄒᆞ여 한님학ᄉᆞ 즉츌륙ᄒᆞ고 리조정랑 량ᄉᆞ 옥당은 ᄒᆞ려니와 셩픔[품]이 괴벽ᄒᆞ고 강퍅ᄒᆞ여 조곰도 인졍이 업셔 일시망졍 다리고 잇던 게집 리별을 당ᄒᆞ여 그럿틋 ᄆᆡ몰ᄒᆞ고 박졍ᄒᆞᆯ 줄은 몰낫슙ᄂᆡ. 오직 욕긔 만코 ᄑᆡ려ᄒᆞ여 ᄂᆞᆷ의 시비 쟝단이나 조차 가며 론박 샹소ᄒᆞ여 못 견ᄃᆡ게 ᄒᆞ고 ᄂᆞᆷ의 집을 그릇 ᄆᆞᆫ들며 여긔 져긔 젹실인심ᄒᆞ여 뎌조차 귀향으로 도라ᄃᆞᆫ니다가 필경 젹소에셔 죽을 놈이오 둘ᄌᆡ 놈은 용권 ᄌᆡ샹들을 잘 사괴여 겨우 진ᄉᆞᄅᆞᆯ 엇어ᄒᆞ여 초입ᄉᆞ 광릉참봉 츌뉵ᄒᆞ여 호조좌랑 ᄉᆞ송으로 한셩셔윤 삭수ᄎᆡ여 군슈ᄒᆞ고 들어와셔 ᄉᆞ복첨정 션혜랑청으로 강셔현령 ᄒᆡ쥬판관 셔흥부ᄉᆞ 라쥬목ᄉᆞᄂᆞᆫ ᄒᆞ려니와 리방놈과 부동ᄒᆞ여 은결이나 뒤져 내고 환ᄌᆡ요리나 ᄒᆞ며 쥰민지고틱ᄒᆞ여 뎐답이나 작만ᄒᆞ고 경쥬인 사셔 주[36]고 분이나 밧아 먹고 강릉 삼쳑 판ᄌᆡ나 만히 엇어 두어 려염집 변상에 ᄉᆡᆼ[삼]ᄇᆡ 쥰가ᄅᆞᆯ 밧으며 마도위 노릇이나 ᄒᆞ고 면츄ᄒᆞᆫ 종년이나 모라다가 비부놈에게 가즌 션물이나 밧아 먹고 마고쳥이나 밧아 먹고 작박ᄒᆞ기와 만만ᄒᆞᆫ 사ᄅᆞᆷ 요슐ᄒᆞ여 ᄌᆡ물 후려 내여 가산이나 봇ᄐᆡ고 그리 저리 ᄒᆞ다가 오ᄅᆡ 살아 잇스면 로직가션도ᄉᆞ위장이 뎨게ᄂᆞᆫ 명졍거리라. 뎨 어ᄃᆡ셔 나셔 그런 비단 즐[즙]물이 나리라고 이제붓허 어린 ᄋᆞ희 가짓부리ᄅᆞᆯ 놀닐가 보오. 요악ᄒᆞ고 좀놈이라 무던ᄒᆞᆯ손 셋ᄌᆡ 놈이 텬셩이 어지러 ᄂᆞᆷ을 슌편히 ᄒᆞ여 진졍소발로 말ᄒᆞ니 이 진짓 사ᄅᆞᆷ이라. 일즉 됴혼 급뎨ᄒᆞ여 가쥬셔 초입ᄉᆞ에 홍문박ᄉᆞ 실쥬셔 승픔[품]ᄒᆞ여 한림학ᄉᆞ 즉츌륙에 셩균뎐적 잠간ᄒᆞ고 병조좌랑으로 올마 리조정랑 량ᄉᆞ

옥당 슈찬교리 동벽응교 직뎨학에 규쟝각 직각 ᄃᆡ교 ᄉᆞ복 판ᄉᆞ로 동부승지 당샹ᄒᆞ여 의쥬부윤 당픔[품] 부뎨학 리조참의 ᄃᆡᄉᆞ셩으로 동경연 가션ᄒᆞ 37 여 리조참판 넌즛ᄒᆞ고 호조판셔 승탁ᄒᆞ여 지경연 대뎨학에 평안감ᄉᆞ ᄃᆞᆫ녀와셔 분쥬ᄒᆞ다 례조판셔 이력으로 량젼 판셔 승결로 형조판셔 물망으로 판의금을 지낸 후 태평셩ᄃᆡ에 유복ᄒᆞᆫ ᄌᆡ상으로 누리다가 ᄋᆞ히려 텬은이 미진ᄒᆞ여 단망으로 복샹ᄒᆞ니 대광보국슝록대부 의정부 좌의정에 훈련도뎨됴를 ᄒᆞᆫ 연후에 리음양 순ᄉᆞ시ᄒᆞ며 총ᄇᆡᆨ관 치만민을 분명히 ᄒᆞᆯ 정승이 되올네."

부인 왈,

"부모와 형뎨를 ᄇᆞ리고 도망ᄒᆞ여 기ᄉᆡᆼ에게 밋친 놈을 그ᄃᆡ도록 놉히 봄은 어인 일이니잇가?"

윤공 왈,

"만샹이 불여심샹이라 ᄒᆞ엿ᄂᆞ니 뎨 본심이 어질고 진졍으로 ᄒᆞᆷ애 그 경승됨을 지긔ᄒᆞ노라"

ᄒᆞ더니 과연 셰 ᄋᆞᄃᆞᆯ이 그 말ᄃᆡ로 되엿스니 그 아비 지인지감이 가히 긔특다 ᄒᆞᆯ너라.

로쳐녀가老處女歌

38 녯적에 ᄒᆞᆫ 녀ᄌᆞ 잇스되 일신이 가즌 병신이라 나히 ᄉᆞ십이 넘도록 츌가치 못ᄒᆞ여 그저 쳐녀로 잇스니 옥빈홍안이 스ᄉᆞ로 늙어가고 셜

부화용이 공연이 업셔지니 셜음이 골슈에 매치고 분ᄒᆞᆷ이 심즁에 가득ᄒᆞ여 밋친듯 취ᄒᆞᆫ듯 좌불안셕ᄒᆞ여 세월을 보내더니, 일일은 가만이 탄식 왈,

“하ᄂᆞᆯ이 음양을 내심애 다 각기 뎡ᄒᆞᆷ이 잇거ᄂᆞᆯ 나ᄂᆞᆫ 엇지ᄒᆞ여 이러ᄒᆞᆫ고? 셟기도 측량 업고 분ᄒᆞ기도 그지 업ᄂᆡ.”

이쳐로 방황ᄒᆞ더니 믄득 노래ᄅᆞᆯ 지어 화창ᄒᆞ니 ᄀᆞᆯ왓스되,

어와 내 몸이여 셟고도 분ᄒᆞᆫ지고 이 셜음을 어이ᄒᆞ리? 인간만ᄉᆞ 셜은 즁에 이 내 셜음 ᄀᆞᆺᄒᆞᆯ손가 셜음 말ᄒᆞ자 ᄒᆞ니 붓그럽기 측량 업고 분ᄒᆞᆫ 말 ᄒᆞ자 ᄒᆞ니 가슴 답답 긔 뉘 알니? ᄂᆞᆷ 모르ᄂᆞᆫ 이런 셜음 텬디간에 ᄯᅩ 잇ᄂᆞᆫ가? 밥이 업셔 셜워ᄒᆞᆯ가 옷이 업셔 셜워ᄒᆞᆯ가? 이 셜음을 어이 풀니? 부모님도 야쇽ᄒᆞ고 친쳑들도 무졍ᄒᆞ다. 내 본시 둘ᄌᆡ ᄯᆞᆯ노 쓸 ᄃᆡ 업다 ᄒᆞ려니와 내 나ᄒᆞᆯ 혜여보니 오십 줄에 들엇고나[39] 몬저 ᄂᆞᆫ 우리 형님 십구 셰에 싀집 가고 셋ᄌᆡ에 아오년은 이십에 셔방 마져 태평으로 지내ᄂᆞᆫᄃᆡ 불샹ᄒᆞᆫ 이 내 몸은 엇지 그리 이러ᄒᆞᆫ고? 어ᄂᆡ덧 늙어지고 ᄎᆞ릉군이 되겟고나. 싀집이 엇더ᄒᆞᆫ지 셔방맛이 엇더ᄒᆞᆫ지 ᄉᆡᆼ각ᄒᆞ면 싱슝상슝 쓴지 단지 내 몰ᄂᆡ라. 내 비록 병신이나 ᄂᆞᆷ과 ᄀᆞᆺ치 못 ᄒᆞᆯ소냐? 내 얼골 얽다 마쇼. 얽은 궁게 슬긔 들고 내 얼골 검다 마쇼 분칠ᄒᆞ면 아니 흴가. ᄒᆞᆫ편 눈이 머럿스나 ᄒᆞᆫ편 눈은 ᄇᆞᆰ아잇ᄂᆡ. 바늘귀ᄅᆞᆯ 능히 쉐니 보션볼을 못 바드며 귀 먹다 나무러나 크게 ᄒᆞ면 알아듯고 텬동소래 능히 듯ᄂᆡ. 오른손으로 밥 먹으니 왼손ᄒᆞ여 무엇ᄒᆞᆯ고? 왼편 ᄃᆞ리 병신이나 뒤간 츌입 능히 ᄒᆞ고 코구녕이 ᄆᆡᆨᄆᆡᆨᄒᆞ나 내음ᄉᆡᄂᆞᆫ 일슈 맛네. 닙시울이 푸르기ᄂᆞᆫ 연지빗ᄎᆞᆯ 발나보ᄉᆡ. 엉덩쌔가 널으기ᄂᆞᆫ ᄒᆡ산 잘 ᄒᆞᆯ 징본이오 가슴이 뒤앗기ᄂᆞᆫ 즌일 잘 ᄒᆞᆯ 긔골일ᄉᆡ. 턱 아래 검은 혹은 츄어 보면 귀격이오,

목이 비록 옴첫스나 만져 보면 업슬손가. 내 얼골 볼작[40]이면 곱든 비록 아니ᄒᆞ나 일등 슈모 불너다가 헌거롭게 단장ᄒᆞ면 눔 ᄃᆞ 맛는 셔방 낸들 혈마 못 마즐가. 얼골 모양 그만 두고 시쇽 힝실 웃듬이니 내 본시 총명키로 무슴 노릇 못 ᄒᆞᆯ소냐? 기억ᄌᆞ 나냐ᄌᆞ를 십년만에 깨쳐내니 효힝록 렬녀젼을 무수이 슉독ᄒᆞᆷ애 모를 힝실 바이 업고 구고 봉양 못 ᄒᆞᆯ손가? 즁인이 모힌 곳에 방귀 뀌여 본 일 입고 밥쥬걱 업허노와 이를 죽여 본 일 업니. 장독소래 볏겨내여 뒤물그릇 ᄒᆞᆫ 일 업고 양치ᄃᆡ를 집어내여 츄목ᄒᆞ여 본 일 업니. 이 내 힝실 이만ᄒᆞ면 어ᄃᆡ 가셔 못 살손가. 힝실 자랑 이만ᄒᆞ고 ᄌᆡ조 자랑 들어보소.

도포 짓는 슈픔[품] 알고 홋옷이며 핫옷이며 루비 상침 모를손가? 세폭 부치 홋니불을 삼일만에 맛쳐내고 힝ᄌᆞ치마 지어낼 제 다시 곳쳐 본 일 업니. 함박 족박 쌔아지면 솔색리로 기워내고 보션본을 못 엇으면 닛뷔루로 뎨일이오 보ᄌᆞ를 지을 졔는 안반놋코 말나내니 슬긔가 이만ᄒᆞ고 ᄌᆡ조가 이만ᄒᆞ면 음식 슉[41]셜 못 ᄒᆞᆯ손가? 슈슈젼병 부칠 제는 외쏙지를 닛지 말며 싱[상]치쌈을 먹을 제는 고초장이 뎨일이오 쳥국장을 담을 제는 묵은 콩이 밋이 입니. 정니쫑을 삼지 말고 모닥불에 구어먹쇼. 음식 묘리 이만 알면 봉제ᄉᆞ를 못 ᄒᆞᆯ손가? 내 얼골 이만ᄒᆞ고 내 힝실 이만ᄒᆞ면 무슴 일에 막힐손가? 눔이라 별수잇고 인물인들 별ᄒᆞᆯ손가? 눔다ᄃᆡ 맛는 셔방 내 홀로 못 마즈니 엇지 아니 셜을손가. 셔방만 엇엇스면 뒤거두기 잘못ᄒᆞᆯ가? 내 모양 볼작이면 어룬인지 ᄋᆞ희런지 바람마즌 병인인지 광긱인지 취긱인지 열업기도 그지업고 붓그럽기 측량업니. 어와 셜은지고. 내 셜음 어이ᄒᆞᆯ고? 두 귀 밋헤 흰 털 나고 니마 우헤 살 잡히니 운빈화안이 어이덧 어ᄃᆡ 가고 속졀업시 되겟고나. 긴 한숨에 잘은 한숨 먹는 것도 귀치 안코 닙는 것도 됴치 안타. 어룬인체 ᄒᆞ자 ᄒᆞ니 머리 ᄡᆞᆫ 어룬 업고 ᄂᆡ인이라 ᄒᆞ자 ᄒᆞ니 귀밋머리 그저 잇ᄂᆡ. 얼시고 됴흘시고. 우리 형님 혼인ᄒᆞᆯ제 슉슈 안쳐 42 음식ᄒᆞ며 디의 ᄶᅡᆯ고 챠일 치며 모란 병풍 둘너 치고 교쟉상에 와룡쵹ᄃᆡ 세워놋코 부용향 퓌우면셔 나쥬불 질너놋코 신랑온다 왁ᄌᆞᄒᆞ고 젼안ᄒᆞᆫ다 초례ᄒᆞᆫ다 왼 집안이 들넬 적에 빈 방안에 혼자잇셔 창틈으로 엿보니 신랑의 풍신됴코 사모 픔[품]ᄃᆡ 더욱 됴타. 형님도 저러ᄒᆞ니 나도 아니 저러ᄒᆞ랴? ᄎᆞ례로 ᄒᆞᆯ작이면 내 아니 둘ᄌᆡ런가. 형님을 치웟스니 나도 저러ᄒᆞᆯ 것이라 이쳐로 정ᄒᆞᆫ ᄆᆞ음 ᄆᆞ음ᄃᆡ로 아니되여 괴악ᄒᆞᆫ 아오년이 몬져 츌가ᄒᆞ단말가? ᄭᅮᆷ결에나 ᄉᆡᆼ각ᄒᆞ며 의심이나 잇슬손가? 도리ᄯᅥᆨ이 안팟업고 후ᄉᆡᆼ목이 웃둑ᄒᆞ다. 원슈로온 즁ᄆᆡ어미 나는 아니 추워쥬고 사쥬단ᄌᆞ 의양단ᄌᆞ 오락가락 ᄒᆞ올적에 내 비록 미련ᄒᆞ나 눈치조차 업슬손가. 용심이 졀노 나고 화증이 복발ᄒᆞᆫ다. 풀쳐 ᄉᆡᆼ각 잠간 ᄒᆞ면 선합흠 졀로 난다. 만ᄉᆞ에 무심ᄒᆞ니 안즈면 눕기 됴코 누으면 닐기 슬타. 손님보기 붓그럽고 일가보기 더옥 슬타. 이 신세를 어이ᄒᆞᆯ고? 살고 43 시븐 ᄯᅳᆺ이 업ᄂᆡ. 간슈 먹고 죽자ᄒᆞᆫ들 목이 쓸여 엇지 먹고, 비상 먹고 죽자ᄒᆞᆫ들 ᄂᆡ음ᄉᆡ를 엇지ᄒᆞᆯ고? 부모유톄 난쳐ᄒᆞ다. 이런 ᄉᆡᆼ각 뎌런 ᄉᆡᆼ각 빈 방즁에 혼ᄌᆞ 안져 온가지로 ᄉᆡᆼ각ᄒᆞ나 입맛만 업서지고 인물만 초췌ᄒᆞ다. ᄉᆡᆼ각을 마자 ᄒᆞ나 ᄌᆞ연이 졀로 나고 용심을 마자 ᄒᆞ나 스ᄉᆞ로 몬져 나ᄂᆡ. 곤츙도 ᄶᅡᆨ이 잇고 금슈도 ᄌᆞ웅 잇고 헌 집신도 ᄶᅡᆨ이 잇셔 음양의 ᄇᆡ합법을 낸들 아니 모를손가? 부모님도 보기슬코 형님게도 보기슬코 아오년도 보기슬타. 날ᄃᆞ려 닐은 말이 불상ᄒᆞ다 ᄒᆞᄂᆞᆫ 소래 더구나 듯기슬코 눈물만 소ᄉᆞ나ᄂᆡ. 내 신셰 이러ᄒᆞ고 내 ᄆᆞ음 이러ᄒᆞᆫ들 뉘라셔 걱정ᄒᆞ며 뉘라셔 념려ᄒᆞ리? 이런 ᄉᆡᆼ각 마자ᄒᆞ고 혼자 안져 ᄆᆡᆼ셰ᄒᆞ여 ᄆᆞ음을 활작 풀고 잠이나 자자ᄒᆞ니 무슨 잠이 참아 오며 자고 ᄭᆡ면 원통ᄒᆞ다. 아모 사ᄅᆞᆷ 맛나볼제 헷우슴이

결로 나고 무안ᄒᆞ여 도라서면 긴 한숨이 졀노 나ᄂᆡ. 웃지 말고 ᄉᆡ침 ᄒᆞ면 남보기에 ᄆᆡ몰ᄒᆞ고 게정푸리 ᄒᆞ자(44) ᄒᆞ면 심슐구즌 사ᄅᆞᆷ되ᄂᆡ. 아모리 ᄉᆡᆼ각ᄒᆞ나 이ᄂᆡ 팔ᄌᆞ 쏘 잇ᄂᆞᆫ가? 이리ᄒᆞ기 더 어렵고 뎌리ᄒᆞ기 더 어렵다. 아고 죽어 잇자ᄒᆞᆷ이 ᄒᆞᆫ 두 번이 아니로ᄃᆡ 목숨이 기럿던지 무슴 락을 보려던지 날이 가고 ᄃᆞᆯ이 감애 갈ᄉᆞ록 셜은 심ᄉᆞ 엇지ᄒᆞ고 엇지ᄒᆞ리? 벼ᄀᆡ를 탁 던지고 입은치 드러누어 웃가슴을 활작 열고 가슴을 두다리며 답답ᄒᆞ고 답답ᄒᆞ다. 이 ᄆᆞ음을 엇지ᄒᆞᆯ고? 미친 ᄆᆞ음 졀노난다. 대톄로 ᄉᆡᆼ각ᄒᆞ면 내가 결단 못 ᄒᆞᆯ손가? 부모 동ᄉᆡᆼ 밋다가ᄂᆞᆫ 셔방맛이 망연ᄒᆞ다. 오ᄂᆞᆯ밤이 어셔 가고 ᄅᆡ일 아ᄎᆞᆷ 도라오면 즁ᄆᆡ파를 불너다가 긔운 조작으로 표ᄎᆞ로이 구혼ᄒᆞ면 엇지 아니 못 될손가? 이쳐로 ᄉᆡᆼ각ᄒᆞ니 업던 우음 졀로난다. 음식먹고 쳬ᄒᆞᆫ 병에 정긔산을 먹은 듯이 급히 알ᄂᆞᆫ 곽란병에 청심환을 먹은 듯이 활작 니러 안즈면셔 골통ᄃᆡ를 닙에 물고 ᄭᅳ덕이며 궁리ᄒᆞᄃᆡ 내 셔방을 내 갈희지 ᄂᆞᆷ ᄃᆞ려 부탁ᄒᆞᆯ가? 내 엇지 미련ᄒᆞ여 이 의ᄉᆞ를 못 내던고? 만일 발셔(45) 깨쳣더면 이 모양이 되엿슬가? 청각먹고 ᄉᆡᆼ각ᄒᆞ니 아조 쉬온 일이로다. 적은 렴치 도라보면 어ᄂᆞ 해에 츌가ᄒᆞᆯ가? 고롬맷고 ᄂᆡ기ᄒᆞ며 손바닥에 춤을 밧하 ᄆᆡᆼ셔ᄒᆞ고 닐은 말이 내 팔ᄌᆞ에 타인 셔방 엇던 사ᄅᆞᆷ 목세 질고? 쇠침이나 ᄒᆞ여보세. 알고 지고 알고 지고. 어서 밧비 알고 지고. 내 셔방이 뉘가 되며 내 랑군이 뉘가 될고? 텬뎡비필 잇섯스면 뎨라셔 마다ᄒᆞᆫ들 내 고집을 억지로 우김셩에 아니들가? 소문에도 들엇스니 내 눈에 아니들가? 뎌 건너 김도령이 날과 서로 년갑이오 뒤골목의 권슈ᄌᆡᄂᆞᆫ 내 나보다 더ᄒᆞᆫ지라. 인물됴코 줄기차니 슈망에ᄂᆞᆫ 김도령이오 부망에ᄂᆞᆫ 권슈ᄌᆡ라. 각각 셩명 써가지고 쇠침통을 흔들면셔 손 고초와 비ᄂᆞᆫ 말이 모년 모월 모일 야에 ᄉᆞ십 넘은 로쳐녀ᄂᆞᆫ 업ᄃᆡ여 뭇잡노니 곽박션ᄉᆡᆼ 리슌풍과 소강절 원

천강응 신지영ᄒᆞ오시니 감이슌통ᄒᆞ옵쇼셔. 후취에 참여ᄒᆞᆯ가? 삼취에 참여ᄒᆞᆯ가? 김도령이 ᄇᆡᆨ필될가? 권슈ᄌᆡ가 ᄇᆡᆨ필(46) 될가? ᄅᆡ일노 되게ᄒᆞ여 신통ᄒᆞᆷ을 뵈옵쇼셔. 흔들흔들 놉히 들어 쇠침 ᄒᆞᆫ아 ᄉᆡᆨ혀내니 슈망치던 김도령이 쳣가락에 나단말가. 얼시고 됴흘시고. 이야 아니 무던ᄒᆞ냐? 평ᄉᆡᆼ 소원 일웟고나. 올타 올타. 내 이제ᄂᆞᆫ 큰 소래ᄅᆞᆯ ᄒᆞ여보자. 형님 불워 쓸ᄃᆡ 업고 아오년 뎌만 것이 나ᄅᆞᆯ 어이 흉을 보랴? 큰 긔침 졀로 나고 엇개춤이 졀로 난다. 누엇스락 안젓스락 지게문을 ᄌᆞ조 열며 엇지 오날 더ᄃᆡᄉᆡ노? 오ᄂᆞᆯ밤은 김도 기다. 역정스레 누으면셔 긔지개ᄅᆞᆯ 길게 혀고 이리 뎌리 도라 누으며 니마 우헤 손을 언고 졍신을 진뎡ᄒᆞ니 잠간 사이 잠이 온다. 평ᄉᆡᆼ의 매친 인연 오ᄂᆞᆯ 밤 츈몽 즁에 혼인이 되겟고나. 압 뜰에 챠일 치고 뒤 뜰에 슉슈 안고 화문 방셕 만화 방셕 안팟업시 포셜ᄒᆞ고 일가 권쇽 갓득 모혀 가화 ᄉᆡ즌 다담상이 이리 뎌리 오락 가락 형님이며 아ᄌᆞ미며 아오년 쪽하붙이 긴 단장 잘은 단장 거록ᄒᆞ게 모혓스니 일긔ᄂᆞᆫ 화챵ᄒᆞ고 향ᄂᆡᄂᆞᆫ 촉비ᄒᆞᆫ다. 문젼이 요란(47) ᄒᆞ며 신랑을 마져들 제 위의도 거록ᄒᆞ다. 챠일 밋헤 젼안ᄒᆞ고 초례ᄒᆞ러 들어올 제, 내 몸을 굽어보니 어이 그리 잘낫던고? 큰 머리 쎠ᄂᆞᆫ 잠이 진쥬 투심 ᄀᆞᆺ초ᄒᆞ고 귀의 고리 룡잠이며 속속드리 비단옷과 진홍 대단 치마 닙고 옷고롬에 노리개를 엇지 이로 다 닐으랴? 룡문 대단 할옷 닙고 홍션을 손에 쥐고 수모와 즁ᄆᆡ 어미 좌우에 옹위ᄒᆞ여 신랑을 마즐 적에 엇지 안이 거록ᄒᆞᆫ고? 초례 교ᄇᆡ 마친 후에 동로연 합환쥬로 ᄇᆡᆨ년 긔약 더옥 됴타. 감은 눈을 잠간 쓰고 신랑을 ᄉᆞᆲ혀보니 슈망치던 김도령이 날과 과연 ᄇᆡᆨ필일다. 내 졈이 령검ᄒᆞ여 이쳐로 맛낫ᄂᆞᆫ가? 하ᄂᆞᆯ이 유의ᄒᆞ여 내게로 보내신가? 이쳐로 노닐다가 쥣독에 바람들어 인연을 못 닐우고 개소래에 놀나 ᄭᆡ니 침상일몽이라.

심신이 황홀ᄒᆞ여 셤어이 안져 보니, 등불은 희미ᄒᆞ고 월ᄉᆡᆨ은 만뎡ᄒᆞᆫᄃᆡ 원근의 계명셩은 ᄉᆡ벽을 ᄌᆡ촉ᄒᆞ고 창 밧게 개소래ᄂᆞᆫ 단잠을 ᄭᆡᄂᆞᆫ고나. 앗가올샤 이 내 ᄭᅮᆷ을 엇지[48]다시 엇어 보리? 그 ᄭᅮᆷ을 샹시 삼고 그 모양 샹시 삼아 혼인이 되렴으나 밋친증이 대발ᄒᆞ여 벌덕 니러 안즈면셔 넙은 치마 다시 찻고 신은 보션 ᄯᅩ 차즈며 방츄돌을 엽헤 ᄭᅵ고 짓ᄂᆞᆫ 개ᄅᆞᆯ ᄶᅡ릴 듯이 와당퉁탕 냅들적에 업더지락 곱더시락 바람벽에 니마 밧고 문지방에 코ᄅᆞᆯ ᄭᆡ며 면경 석경 셩적ᄒᆞᆷ을 낫낫치 다 ᄭᆡ치고 한숨 지며 ᄒᆞᄂᆞᆫ 말이,

"앗갑고 앗가올샤. 이 내 ᄭᅮᆷ 앗가올샤. 눈에 암암, 귀에 징경 그 모양 그 거동을 엇지 다시 ᄒᆞ여보리? ᄂᆞᆷ이 알가 붓그리나 안 ᄊᆞᆲ흔 일 ᄒᆞ여 보쟈."

홍독개에 자ᄅᆞᆯ 매여 갓 씌오고 옷 닙히니 사ᄅᆞᆷ 모양 거의 갓다. 쓰다듬어 세워 놋코 ᄉᆡ 저고리 긴 치마ᄅᆞᆯ 호긔 잇게 ᄯᅥᆯ쳐 닙고, 머리 우헤 팔을 들어 졔법으로 절을 ᄒᆞ니 눈물이 종횡ᄒᆞ여 넙은 치마 다 젹시고 한숨이 복발ᄒᆞ여 곡셩이 날 듯ᄒᆞ다. ᄆᆞ음을 강잉ᄒᆞ여 가만이 혀여보니, 가련ᄒᆞ고 불샹ᄒᆞ다! 이런 모양 이 거동을 신령은 알 것이니 지셩이면 감텬이리. 부모들도 의론ᄒᆞ고 동[49]싱늘도 의론ᄒᆞ여 김도령과 의혼ᄒᆞ니 첫 마ᄃᆡ에 되ᄂᆞᆫ고나. 혼인 ᄐᆡᆨ일 갓가오니 엉덩츔이 졀로 난다. 줌어귀ᄅᆞᆯ 볼근 쥐고 죵죵거름 보ᄉᆞᆲ히며 삽살개 귀에 ᄃᆡ고 넌즈시 닐은 말이,

"나도 이제 ᄉᆡ집간다. 네가 내 ᄭᅮᆷ ᄭᆡ던 날에 원슈ᄀᆞᆺ치 보왓더니 오날이야 너ᄅᆞᆯ 보니 리별ᄒᆞᆯ 날 머지 안코 밥줄 사ᄅᆞᆷ 나ᄲᅮᆫ이랴?"

이쳐로 말ᄒᆞᆫ 후에 혼일이 다다르니, 신부의 칠보단장 ᄭᅮᆷ과 ᄀᆞᆺ치 거록ᄒᆞ고 신랑의 사모 픔[품]ᄃᆡ 더고나 보기 됴타. 젼안 초례 맛친 후에 방치장 더욱 됴의 신랑의 동탕ᄒᆞᆷ과 신부의 아담ᄒᆞᆷ이 차등이 업섯스니 텬뎡ᄒᆞᆫ 빅필인줄 오날이야 알겟고나! 이럿타시 쉬운 일을 엇지ᄒᆞ여 지완턴

고? 신방에 금침 펴고 부뷔 서로 동침ᄒᆞ니 원앙은 록슈에 놀고 비취ᄂᆞᆫ 련리지에 길드림 ᄀᆞᆺᄒᆞ니 평ᄉᆡᆼ 소원 다 풀니고 온갓 시름 바히 업ᄂᆡ. 이젼에 잇던 ᄉᆡᆼ음 이제록 ᄉᆡᆼ각ᄒᆞ니 도로혀 츈몽ᄀᆞᆺ고 내가 혈마 그러ᄒᆞ랴? 이제ᄂᆞᆫ 긔탄업다. 먹은 귀 ᄲᅡᆰ아지고 병신 팔을 능히 쓰니[50] 이 아니 희한ᄒᆞᆫ가? 혼인ᄒᆞᆫ지 십삭 만에 옥동ᄌᆞ를 슌산ᄒᆞ니 쌍틔를 어이 알니? 즐겁기 측량업ᄂᆡ. ᄀᆡᄀᆡ이 영쥰이오 문ᄌᆡ가 비상ᄒᆞ다. 부부의 금슬 됴코 ᄌᆞ손이 만당ᄒᆞ며 가산이 부요ᄒᆞ고 공명이 이음ᄎᆞ니 이 아니 무던ᄒᆞᆫ가? 이 말이 ᄀᆞ장 우숩고 희한ᄒᆞ기로 긔록ᄒᆞ노라.

삼셜긔 권지하 죵

심청전

단권으로 발행되었다. 표지 상단에 '심청젼', 하단에 '륙젼쇼셜 서울 신문관 발힝'이라고 인쇄되어 있다.

전체 장수는 48면이다, 1면은 표제를 포함하여 10행으로 내용을 실었다. 이후 2면부터 48면까지 매면 11행으로, 작품을 기술해 놓았다.

젼쳥심
셜쇼젼륙
판문신.울셔
힝발

〖심청전(권지단)〗

① 화셜. 고려 말년에 남군 ᄯᆞ헤 일위 명ᄉᆡ 잇스되, 셩은 심이오 명은 현이니 본ᄃᆡ 명문거족으로 공에게 니르러ᄂᆞᆫ 공명에 유의치 아니ᄒᆞ여 향리에 퇴쳐ᄒᆞ고, 부인 정시ᄂᆞᆫ 셩문지녀로 픔질이 유한ᄒᆞ고 용뫼 작약ᄒᆞᆫ지라. 공으로 더브러 동쥬 십여 년에 일즉 미흡ᄒᆞᆷ이 업스되 다만 슬하에 일졈 혈육이 업슴으로 부뷔 ᄆᆡ양 샹ᄃᆡᄒᆞ여 슬허ᄒᆞ더니, 후에 부인이 신몽을 엇고 인ᄒᆞ여 그 ᄃᆞᆯ붓허 잉ᄐᆡᄒᆞ여 십삭 만에 일ᄀᆡ 녀ᄋᆞ를 ᄉᆡᆼᄒᆞ니 부뷔 그 남ᄋᆡ 아님을 ᄋᆡ달아ᄒᆞ나 녀ᄋᆞ의 ᄉᆡᆨᄐᆡ 비범ᄒᆞᆷ을 보고 ᄉᆞ랑ᄒᆞ여 일홈을 청이라 ᄒᆞ고 ᄌᆞ를 몽션이라 ᄒᆞ여 장즁보옥으로 아더라.

청이 졈졈 자라 삼세 됨애 용뫼 션연ᄒᆞ고 ᄌᆡ질이 긔이ᄒᆞᆫ 즁 츌텬지회 지극ᄒᆞ니 린리와 친쳑이 칭찬ᄒᆞᆷ을 마지 아니ᄒᆞ더니 홍진비ᄅᆡ ② ᄂᆞᆫ 고금샹ᄉᆞ라. 정시 홀연 득병ᄒᆞ여 ᄆᆞᆺ참ᄂᆡ 세샹을 ᄇᆞ리니 공이 크게 비도ᄒᆞ여 례를 ᄀᆞᆺ초와 안장ᄒᆞ고 녀ᄋᆞ를 품고 쥬야 슬허ᄒᆞ며 청이 ᄯᅩᄒᆞᆫ 모친을 부르지져 호읍ᄒᆞ니 그 부녀의 정경을 ᄎᆞᆷ아 보지 못ᄒᆞᆯ너라. 공의 가세 졈졈 탕진ᄒᆞ며 질병이 침면ᄒᆞ여 상셕을 써나지 못ᄒᆞᄂᆞᆫ 즁 ᄯᅩ 안질을 엇어 수월이 못ᄒᆞ여 지쳑을 분변치 못ᄒᆞᆷ애 ᄉᆡᆼ계 더욱 망측ᄒᆞ여 약간 가산을 진매ᄒᆞ여 죠셕을 니으니 긔식이 엄엄ᄒᆞᆫ지라.

청이 졈졈 자람애 부친의 쥬림을 슬허ᄒᆞ여 동리로 ᄃᆞ니면셔 빌어다가 조셕을 공양ᄒᆞ니 그 잔잉ᄒᆞᆷ을 져마다 가련히 녁여 주기를 앗기지 아니ᄒᆞ더라.

일일은 쳥이 나가 늣도록 도라오지 아니ᄒᆞ거ᄂᆞᆯ 공이 ᄇᆡ도 곱흐고 수ᄒᆞᆫ이 텹텹ᄒᆞ여 막대ᄅᆞᆯ 집고 초리ᄅᆞᆯ ᄭᅳᆯ어 ᄉᆡ비ᄅᆞᆯ 의지ᄒᆞ여 기ᄃᆞ리다가 길을 차져 졈졈 나아갈 ᄉᆡ 믄득 실족ᄒᆞ여 굴헝에 ᄲᅡ져 능히 요동치 못ᄒᆞ여 경히 위급ᄒᆞ더니, ᄒᆞᆫ 로승이 지ᄂᆞ다가 보고 붓드러 니ᄅᆡ혀 안치고 문[3] 왈,

"그ᄃᆡᄂᆞᆫ 병신으로 어ᄃᆡ 가다가 이리 낭패ᄒᆞ뇨?"

공이 통곡 왈,

"나ᄂᆞᆫ 본ᄃᆡ 폐ᄆᆡᆼ지인이러니 ᄌᆞ식이 나가 도라오지 아니ᄒᆞᆷ애 스ᄉᆞ로 바자녀 ᄒᆡ염 업시 나오다가 하마 죽게 되엿더니 그ᄃᆡ의 구ᄒᆞᆷ을 닙으니 은혜 ᄐᆡ산ᄀᆞᆺ도다."

로승 왈,

"쇼승은 명월산 운심동 개법당 화쥐옵더니 촌가에 ᄂᆞ려와 시쥬ᄅᆞᆯ 구ᄒᆞ와 우연히 이곳을 지내다가 령감을 구ᄒᆞ엿거니와 령감의 샹격을 본즉 지금은 궁곤ᄒᆞ나 ᄉᆞ오 년 후면 왕후쟝샹이 될 거시오 일녀의 영홰 텬하에 웃듬이 되려니와 목금에 대시쥬ᄅᆞᆯ ᄒᆞ면 일녀도 귀히 될 ᄲᅮᆫ 아니라 령감의 폐안이 ᄯᅳ이리이다."

공이 ᄀᆞᆯᄋᆞᄃᆡ,

"시쥬ᄅᆞᆯ 엇마나 ᄒᆞᆯ고?"

로승 왈,

"개법당 시쥬ᄂᆞᆫ 공양미가 뎨일이니 ᄇᆡᆨ미 삼ᄇᆡᆨ셕 대시쥬ᄅᆞᆯ ᄒᆞ여야 ᄒᆞ리이다"

ᄒᆞ거ᄂᆞᆯ 공이 "권션에 ᄇᆡᆨ미 삼ᄇᆡᆨ셕을 젹으라" ᄒᆞ고 도라올 ᄉᆡ 로승이 합쟝 샤례ᄒᆞ고,

"일후 다시 오리이다"

ᄒᆞ고 도라가니라.

공이 도라와 탄식 왈,

"내 폐밍ᄒᆞᆫ 사ᄅᆞᆷ으로 ᄒᆞᆫ 그릇 쥭도 쥬션치 못ᄒᆞ [4] 여 어린 ᄌᆞ식이 빌어다가 연명ᄒᆞ거ᄂᆞᆯ 엇지 삼ᄇᆡᆨ셕을 엇어다가 시쥬ᄒᆞ리오? 부쳐ᄅᆞᆯ 속이면 필경 됴치 못ᄒᆞᆯ 것이오, 부득히 속이게 되니 후셰 억만디옥을 면치 못ᄒᆞ리로다"

ᄒᆞ고 슬허ᄒᆞ더니 쳥이 량식을 빌어 가지고 와 그 부친의 슬허ᄒᆞᆷ을 보고 문왈,

"금일은 셔편 쟝쟈의 집에 가 방아ᄅᆞᆯ 찌어 주고 량식을 엇어 옴애 ᄌᆞ연 날이 느졋거니와 부친이 뎌러틋 슬허ᄒᆞ심은 도시 쇼녀의 셩회 쳔박ᄒᆞᆷ이로쇼이다."

공이 눈물을 거두고 ᄀᆞᆯᄋᆞᄃᆡ,

"요사이 ᄌᆞ연 감창ᄒᆞ여 팔ᄌᆞ의 궁박ᄒᆞᆷ을 각골분ᄒᆞᆫ ᄒᆞᆷ애 문을 나 네 죵적을 창망ᄒᆞ여 가ᄂᆞᆫ 바 업시 더드머 가다가 굴헝에 ᄲᅡ져 기의 죽게 되엿더니, 여ᄎᆞ여ᄎᆞ 화쥬승을 맛나 닐오ᄃᆡ, '내 눈 못보기도 젼ᄉᆡᆼ 죄오 빌어먹기도 젼ᄉᆡᆼ 죄니, ᄇᆡᆨ미 삼ᄇᆡᆨ셕을 시쥬ᄒᆞ면 눈이 ᄯᅳ이고 네 일ᄉᆡᆼ 대귀ᄒᆞ리라' ᄒᆞ기로 내 믄득 적션지심이 발ᄒᆞ여 '삼ᄇᆡᆨ셕을 권션에 적으라' ᄒᆞ고 도라와 ᄉᆡᆼ각ᄒᆞᆫ 즉 우리 부녜 일푼 젼 일홉 미ᄅᆞᆯ 쥬션ᄒᆞᆯ 길 업 [5] ᄂᆞᆫ 터에 어ᄃᆡ가 이런 시쥬ᄅᆞᆯ ᄒᆞ리오? 부쳐ᄅᆞᆯ 속이게 되엿스니 쟝ᄎᆞᆺ 큰 앙홰 잇슬지라 이런 고로 슬허ᄒᆞ노라."

쳥이 쳥파에 위로 왈,

"부친은 슬허 마르소셔. 졍셩이 지극ᄒᆞ면 하ᄂᆞᆯ도 늣기신다 ᄒᆞ오니, 부친의 졍셩이 여ᄎᆞᄒᆞ샤 시쥬코져 ᄒᆞ심애 부쳐의 도으심이 잇스리니 심녀ᄅᆞᆯ 허비치 말으쇼셔"

ᄒᆞ고 즉시 셕반을 ᄀᆞᆺ초와 권ᄒᆞᆫ대 공이 먹지 아니ᄒᆞ고 다만 길히 탄식ᄒᆞ여 눈물이 이음차니 쳥이 민망히 넉여 고로은 말ᄉᆞᆷ으로 위로ᄒᆞ여 ᄀᆞᆯᄋᆞᄃᆡ,

"텬되 비록 놉흐시나 ᄉᆞᆲ히심이 쇼쇼ᄒᆞ시니, 부친 경셩을 텬디 일월이 감동ᄒᆞ실 것임애 과히 번뇌치 말으쇼셔"

ᄒᆞ고 ᄇᆡᆨ단 위로ᄒᆞ나 진실로 난쳐ᄒᆞᆫ지라. 쳔ᄉᆞ만탁 ᄒᆞ다가 ᄎᆞ야 삼경에 목욕지계ᄒᆞ고 ᄯᅳᆯ헤 나려 자리를 펴고 하ᄂᆞᆯ을 우러러 빌어 ᄀᆞᆯᄋᆞᄃᆡ,

"인간 심쳥은 폐ᄆᆡᆼᄒᆞᆫ 아비를 위ᄒᆞ여 죽기를 피치 아니ᄒᆞᄂᆞ니, 이제 아비 감은 눈을 ᄯᅳ이게 발원ᄒᆞ여 부쳐의 시쥬ᄒᆞ려ᄒᆞ나 삼ᄇᆡᆨ셕 ᄇᆡᆨ미를 엇을 길 업서 도로혀 6 부쳐를 속인 죄를 밧게 되엿ᄉᆞ오니 텬디 신명은 ᄉᆞᆲ히쇼셔"

ᄒᆞ고 밤새도록 츅원코 방즁으로 도라와 능히 잠을 일우지 못ᄒᆞ고 탄식ᄒᆞ다가 홀연 조으더니 ᄒᆞᆫ 로승이 나아와 닐오ᄃᆡ,

"ᄅᆡ일 그ᄃᆡ를 사자ᄒᆞᄂᆞᆫ 사ᄅᆞᆷ이 잇슬 것이니 팔니여 죽을 곳을 가도 피치 말라. 네 효셩을 하ᄂᆞᆯ이 감동ᄒᆞ샤 죽을 곳에 ᄌᆞ연 귀ᄒᆞᆫ 일이 잇스리라"

ᄒᆞ고 믄득 간 ᄃᆡ 업거ᄂᆞᆯ ᄭᆡᄃᆞ르니 남가일몽이라. 심하에 크게 고이히 넉여 ᄇᆞᆰ기를 기ᄃᆞ려 ᄉᆞ긔를 ᄉᆞᆲ히더니, ᄎᆞ시 남경 샹괴 물화를 싯고 ᄒᆡ외 제국으로 ᄃᆞᆫ니며 환매ᄒᆞᆷ에 년년히 대ᄒᆡ를 건널 ᄉᆡ 류리국 디방에 인당쇼란 물이 잇스니 물 가온ᄃᆡ 야채 잇서 쇼고ᄒᆞᆫ 힝션은 무폐ᄒᆞ나 보물과 ᄎᆡ단을 만히 실은 ᄇᆡᄂᆞᆫ 슈신의 사ᄅᆞᆷ으로 졔ᄒᆞᆫ 연후에야 무ᄉᆞ히 지나ᄂᆞᆫ 고로 년년히 계집ᄋᆞ희를 사다가 인당쇼에 너코 ᄃᆞᆫ니ᄂᆞᆫ지라.

이ᄯᅢ ᄯᅩ 마을마다 ᄃᆞᆫ니ᄂᆞᆫ 사ᄅᆞᆷ이 잇서 외며 ᄃᆞᆫ니거ᄂᆞᆯ, 쳥이 듯고 깃거ᄒᆞ여 급히 나아가 문왈,

"나ᄀᆞᆺᄒᆞᆫ ᄋᆞᄒᆡ라 7 도 ᄉᆞ려ᄒᆞᄂᆞ냐?"

ᄒᆞ니 기인이 눈을 들어보니 그 ᄋᆞ희 긔샹이 비범ᄒᆞ여 량안은 효셩이 ᄇᆞᆰ앗스며 쌍미ᄂᆞᆫ 츈산을 그린 듯ᄒᆞ고 쥬슌은 단샤를 찍은 듯 놉흔 귀ᄂᆞᆫ 일월을 밧드럿스며 억개ᄂᆞᆫ ᄂᆞᄂᆞᆫ 졔비ᄀᆞᆺ고 셰요ᄂᆞᆫ 깁으로 묵근 듯 ᄇᆡᆨ틔 졀승ᄒᆞ여 일세에 희한ᄒᆞᆫ 미ᄉᆡᆨ이오 복록이 완젼ᄒᆞᆫ 상이나 의샹이 남루ᄒᆞ여 겨우 살을 ᄀᆞ리오고 긔골이 여위여 헛흔 록발 사이로 시름ᄒᆞᄂᆞᆫ 용뫼 쵸쵸ᄒᆞ여 계궁다람쉐 광풍을 맛남ᄀᆞᆺ고 랑랑ᄒᆞᆫ 셩음이 구쇼에셔 어린 봉이 부르지지ᄂᆞᆫ 듯ᄒᆞ니, 뎌 궁향에셔 ᄉᆡᆼ쟝ᄒᆞ여 벽쳐로 분주ᄒᆞᄂᆞᆫ 샹괴 엇지 이ᄀᆞᆺ흔 졀ᄉᆡᆨ 귀인을 보앗스리오? 황망히 졀ᄒᆞ여 왈,

"폐인은 물화를 ᄆᆡ매ᄒᆞᄂᆞᆫ 샹괴라 계집ᄋᆞ희를 즁가로 사다가 인당쇼에 가 룡신의 졔ᄒᆞ니 인ᄉᆡᆼ을 살해홈이 젹불션이나 이 쏘ᄒᆞᆫ ᄉᆡᆼ애라 이제 낭ᄌᆞ의 부르심을 듯고 와셔 용모를 보니 ᄆᆞᆺ참ᄅᆡ 골몰ᄒᆞᆯ 긔상이 아닌지라 무슴 곡졀로 팔니려 ᄒᆞ시ᄂᆞ뇨?"

쳥이 눈물을 ᄲᅮ려 ᄀᆞᆯᄋᆞᄃᆡ 8

"쳡의 팔ᄌᆞ 긔구ᄒᆞ여 여ᄎᆞ여ᄎᆞᄒᆞ여 셰월을 보내다가 갈ᄉᆞ록 명되 힘박ᄒᆞ여 부친이 안폐홈애 인ᄌᆞ 졍리에 각골통샹ᄒᆞ더니, 모월 모일에 로승이 지나다가 부친을 보고 닐으기를 여ᄎᆞ여ᄎᆞᄒᆞ니 위친지도에 슈화라도 피치 못ᄒᆞᆯ지라 몸을 팔아 ᄉᆞ디에 림ᄒᆞᆯ지라도 부친이 다시 일월을 보시면 내 구원에 도라가나 즐거온 귀신이 될지니, ᄇᆞ라건댄 ᄇᆡᆨ미 삼ᄇᆡᆨ셕을 주고 사가라"

ᄒᆞ니 샹괴 쳥파에 그 졍ᄉᆞ 참혹ᄒᆞ고 셩회 지극홈을 감복ᄒᆞ여 ᄀᆞᆯᄋᆞᄃᆡ,

"나ᄂᆞᆫ 낭ᄌᆞ를 사거나 아니 사거나 ᄒᆞ려니와 낭ᄌᆞ의 효심이 지극홈애 인비목셕이라 엇지 감탄치 아니ᄒᆞ리오? 내 임의로 ᄒᆞᆯ진댄 삼ᄇᆡᆨ셕 ᄇᆡᆨ미를 그져 주고 간들 무엇이 앗가오리오마는 이ᄂᆞᆫ 여러 동ᄉᆞ의 일이니 맛당히 도라가 의론ᄒᆞ여 ᄇᆡᆨ미를 슈운ᄒᆞ리라"

ᄒᆞ거ᄂᆞᆯ 쳥이 응락ᄒᆞ고 드러가 부친을 잠간 속여 ᄀᆞᆯᄋᆞᄃᆡ,

“건넌 마을 아무 쟝재 ᄌᆞ식이 업슴애 ᄆᆡ양 나ᄅᆞᆯ ᄉᆞ랑ᄒᆞ여 량식을 후히 주더니, 이제 쇼녜 그[9] 쟝자에게 삼ᄇᆡᆨ셕 ᄇᆡᆨ미ᄅᆞᆯ 밧고 몸을 팔아 시쥬ᄒᆞ게 ᄒᆞ엿스니 화쥬승이 어ᄂᆞ 쌔 오마 ᄒᆞ더니잇고?”

ᄒᆞ니 공이 쳥파에 일변 다ᄒᆡᆼᄒᆞ나 녀ᄋᆡ ᄂᆞᆷ의 집에 갈 일을 ᄉᆡᆼ각ᄒᆞᆷ애 가ᄉᆞᆷ이 터지ᄂᆞᆫ지라. 이에 눈물을 ᄲᅮ려 왈,

“네 말 ᄀᆞᆺ흘진대 부쳐ᄅᆞᆯ 속이지 아니케 되니 십분 다ᄒᆡᆼᄒᆞ거니와 네 ᄂᆞᆷ에게 즁가ᄅᆞᆯ 밧고 몸을 팔니임애 일시도 내 집에 잇지 못ᄒᆞ리니 내 홀로 누ᄅᆞᆯ ᄇᆞ라고 살나ᄒᆞᄂᆞᆫ다?”

ᄒᆞ며 ᄋᆡ읍ᄒᆞᄂᆞᆫ지라. 쳥이 아즉 그 부친을 속이나 간담이 바아지ᄂᆞᆫ ᄃᆞᆺᄒᆞ여 ᄉᆡᆼ각ᄒᆞ되,

‘내 사라 의식이 유족ᄒᆞᆫ 곳에 간다 ᄒᆞ되 뎌러틋 슬허ᄒᆞ시거든 내 만일 죽을 곳에 간다ᄒᆞ면 필연 셰상에 사라잇지 아니ᄒᆞ리니 ᄉᆞᄉᆡᆼ 량ᄃᆡ에 이런 불회 어ᄃᆡ 잇스리오?’

ᄒᆞ며 눈물을 흘녀 하슈ᄅᆞᆯ 보ᄐᆡ더라.

이ᄋᆞᆨ고 샹괴 ᄇᆡᆨ미ᄅᆞᆯ 슈운ᄒᆞ여 오ᄂᆞᆫ지라. 맛츰 화쥬승이 문 밧게 와 뵈옴을 쳥ᄒᆞ거ᄂᆞᆯ 쳥이 샹고에게 밧은 ᄇᆡᆨ미ᄅᆞᆯ 주니, 화쥬승이 무수 치샤ᄒᆞ고 ᄇᆡᆨ미ᄅᆞᆯ 슈운ᄒᆞ여 도라간 후 쳥이 샹고ᄃᆞ려 무[10] 르되,

“어ᄂᆞ날 나ᄅᆞᆯ 다려가려 ᄒᆞᄂᆞ뇨?”

샹괴 왈,

“츄칠월 초삼일에 ᄒᆡᆼ션ᄒᆞ려 ᄒᆞ노라”

ᄒᆞ고 도라가니라. 쳥이 고요히 안져 ᄉᆡᆼ각ᄒᆞᆷ애 죽을 날이 불과 수삼 일이라. 다만 하ᄂᆞᆯ을 우러러 왈,

“이제 부친이 압흘 못보심애 내 잇서도 반일을 나가 도라오지 못ᄒᆞ면

그 사이 물 혼 술 써드릴 사름이 업셔 나를 기드리시거늘 내 죽으면 우리 부친을 뉘 보호호여 연명케 호리오? 반드시 날이 오래지 못호여셔 주려 도라감을 면치 못호리니 이 망극홈을 장춧 엇지호리오? 슯흐다! 내 이제 셰상을 알은지 열 세 히에 즈모의 얼골을 아지 못호고 병신 부친을 우러러 셤김애 빅부르게 엇어 봉양치 못호고 한셔에 의복을 굿초지 못호여 옷에는 깃이 업고 치마에 폭이 차지 못호여 지내되 오히려 이 일을 니져브리고 부친의 긔식이 엄엄홈을 보고 쥬야 호흡호여 동에 가 밥을 빌고 셔에 가 량식을 구호여 힝실과 렴치를 도라보지 아니호다가 이제 부친을 브리고 내 쏘혼 스디로[11] 나아가니, 늣긔온 혼빅이 운쇼에 빗겨 모친을 붓드러 울믈 면치 못호리로다"

호고 이굿치 싱각홈애 가슴이 뮈여지고 구곡이 사라지는 듯호여 그날붓허 부즈런히 빌어 량식을 모호고 닉은 음식을 자로 부친씌 권호더라.

어언지간에 샹고의 뎡혼 날이 다다른지라. 쳥이 죵시 부친을 속이지 못홀 줄 혜아리고 이에 부친 슬하에 나아가 업듸여 이익히 통곡호니 공이 놀나 급히 연고를 무른대 쳥이 셜음이 흉격에 싸히여 능히 말을 일우지 못호는지라. 공이 쏘혼 통곡호며 녀으를 어로문져 그 슬허호는 연고를 뭇거늘 쳥이 겨우 졍신을 슈습호여 골으되,

"뎌즈음긔 빅미 삼빅셕이 동리 쟝쟈의 것이 아니라 여츠여츠 샹고에게 몸을 팔녀 엇엇더니 이제 다리러 왓는지라. 당초 쇼녀 바로 고치 못홈은 그 사이 부친 심스를 살오실가 념려홈이러니 금일은 하직을 당호와 천고 영결이옴애 진졍을 고호옵느니, 슯흐다! 우리 부녀의 졍리는 놈에게셔 십빅[12] 나 더홈이 잇는지라. 부친이 어미 업는 쇼녀를 양휵호심과 쇼녀 겨우 셰상을 알매 부친이 안폐호시고 가계 령락호여 능히 구복을 치오지 못호오나 우리 부녀굿혼 인싱이 업는지라. 이제 쏘 병부를

ᄇᆞ리고 슈즁 원귀되옴을 감심ᄒᆞ오니, 망극ᄒᆞᆫ 심회를 엇지 측량ᄒᆞ리오?”
ᄒᆞ며 실셩 통읍ᄒᆞ거ᄂᆞᆯ 공이 청파에 믄득 대셩 통곡 왈,

“내 ᄋᆞ희야 이 말이 어인 말이냐? 부쳐를 속이고 억 만 번 디옥에 드러 쳔만 년 환도치 못ᄒᆞᆫ들 네 엇지 ᄎᆞᆷ아 이런 의ᄉᆞ를 내여 나를 급히 죽게 ᄒᆞᄂᆞᆫ다? 네 잇서도 셜은 일이 만커ᄂᆞᆯ 하믈며 나 혼자 누를 의지ᄒᆞ여 살나 ᄒᆞᄂᆞ뇨? 다만 너를 조차 ᄒᆞᆷᄭᅴ 죽으리라”
ᄒᆞ고 몸을 부듸즈며 방셩대곡ᄒᆞ니, 동리 사ᄅᆞᆷ이 쳥의 부녀 졸연히 통곡 운졀ᄒᆞᆷ을 보고 그 곡졀을 무러 알고 뎌마다 참연히 녁여 ᄀᆞᆯᄋᆞᄃᆡ,

“손슌의 ᄋᆞ희를 무듬과 루ᄇᆡᆨ의 범을 침이 쳔고에 류젼ᄒᆞ엿스나 츌텬대회 오히려 그 몸을 죽을 곳에 팔녀 그 아비 원을 일웟단 말은 듯지 못ᄒᆞ[13]엿ᄂᆞ니, 십삼 셰 ᄋᆞ녀ᄌᆞ의 효셩과 의긔ᄂᆞᆫ 고인이 밋츨 배 아니니, 가련타 심쳥이 칠팔 셰붓허 가긍ᄒᆞᆫ 고ᄉᆡᆼ이 ᄌᆞ심ᄒᆞᆷ애 우리 ᄆᆡ양 부귀빈쳔이 고로지 못ᄒᆞᆷ을 탄식ᄒᆞ더니 이제 슈즁 원귀 됨을 면치 못ᄒᆞᆯ 줄 엇지 ᄯᅳᆺᄒᆞ여스리오?”
ᄒᆞ고 쳥을 위ᄒᆞ여 슬히ᄒᆞᄂᆞᆫ 재 만터라.

이에 쳥이 눈물을 거두고 좌우 린리 남녀에게 면면 ᄌᆞᄇᆡᆨᄒᆞ며 ᄋᆡ걸 왈,

“로쟝과 파파ᄂᆞᆫ ᄌᆞ비지심을 드리워 우리 병친을 구제ᄒᆞ여 늠은 세월을 연명ᄒᆞ여 보젼케 ᄒᆞ시면 쳡이 구쳔에 도라가나 당당히 화산에 줄을 ᄆᆡᆺ고 슈호의 구술을 먹음어 은덕을 갑흐리이다”
ᄒᆞ니 졔인이 심즁에 쳑연ᄒᆞ여 심쳥을 붓들고 위로 왈,

“네 닐으지 아니ᄒᆞ나 그ᄃᆡ 효셩을 닉이 탄복ᄒᆞᄂᆞᆫ 바니 당당히 너를 ᄉᆡᆼ각ᄒᆞ여 너의 부친을 각별 보호ᄒᆞ리니 념려 말고 너ᄂᆞᆫ 임의 ᄉᆞ디로 나아가니 모로미 죽어 후ᄉᆡᆼ에나 부ᄃᆡ ᄒᆞᆫ 집 ᄌᆞ식이 되여 금셰 과보를 갑흐라”

ᄒᆞ고 혹 ᄯᅩ 닐오ᄃᆡ,

“청텬이 지공무ᄉᆞᄒᆞ시니 혈마 십삼 청년⑭으로 ᄒᆞ여곰 슈즁 원혼이 되게 ᄒᆞ리오? 반ᄃᆞ시 징험홈이 잇스리라”

ᄒᆞ니, 쳥이 활인홈을 ᄋᆡ걸ᄒᆞ고 상고에게 하로만 더 빌녀 부녀의 미진ᄒᆞᆫ 졍을 ᄒᆞᆫ 업시 풀고 감을 간쳥ᄒᆞᆫᄃᆡ, 샹괴 ᄯᅩᄒᆞᆫ 그 츌텬셩효를 탄복ᄒᆞ고 그 경셰를 참혹히 너여 “수일를 디 미믈나” ᄒᆞ고 노라가니, 심공은 통곡 긔졀ᄒᆞ며 다만 홈ᄭᅴ 가자 ᄒᆞᄂᆞᆫ 소ᄅᆡ를 긋치지 아니ᄒᆞ더라.

이러구러 수일이 지남애 샹괴 ᄯᅩ 와 ᄇᆡᆨ미 오십 셕을 더 주어 왈,

“낭ᄌᆞ의 위친대효를 우리 등이 감동ᄒᆞ여 오십 셕을 더 주ᄂᆞ니, 낭ᄌᆞ 부친의 삼ᄉᆞ년 량식을 ᄒᆞ게 ᄒᆞ라”

ᄒᆞ고 ᄒᆞᆫ가지로 가기를 쳥ᄒᆞ거늘 쳥이 ᄇᆡᆨᄇᆡᆨ 샤례ᄒᆞ고 량미를 가져 동리 근신ᄒᆞᆫ 집에 맛겨 신신 부탁ᄒᆞ고 모친 ᄉᆞ묘에 드러가 하직홀 ᄉᆡ, ᄋᆡ원ᄒᆞᆫ 곡셩이 구쇼에 ᄉᆞ못ᄎᆞ니 만일 졍시 유령이 알음이 잇실진댄 엇지 늣기지 아니ᄒᆞ리오? 쳥이 십분 강잉ᄒᆞ여 부친ᄭᅴ 하직홈애 부녜 얼골을 디히고 통곡 긔절ᄒᆞ다가 이윽고 쳥이 졍신을 슈습ᄒᆞ여 부친 손을⑮어로ᄆᆞᆫ져 ᄀᆞᆯᄋᆞᄃᆡ,

“부친은 불쵸녀를 당초에 업ᄂᆞᆫ 양으로 알으샤 셩려의 거릿김이 업게 ᄒᆞ시고 아즉 량식을 구쳐ᄒᆞ엿스니 이후 ᄅᆡᄅᆡ 만슈무강ᄒᆞ쇼셔. 금셰에ᄂᆞᆫ 다시 뵈옵지 못ᄒᆞ려니와 후셰 맛당히 부ᄌᆞ 되여 금셰의 늣겨온 륜긔를 펌을 원ᄒᆞᄂᆞ이다”

ᄒᆞ고 쳔만 련련ᄒᆞ다가 몸을 니러서니, 공이 녀ᄋᆞ를 붓들고 돈족 통곡 왈,

“네 나를 뉘게 의지ᄒᆞ라 ᄒᆞ고 어ᄃᆡ로 가려ᄒᆞᄂᆞ뇨?”

ᄒᆞ니 쳥이 만단 위로ᄒᆞ고 인ᄒᆞ여 하직ᄒᆞᆫ 후 집문을 나니 졍신이 아득ᄒᆞ여 거름마다 업더짐을 면치 못ᄒᆞ니 목셕 간장이라도 그 형상을 볼진댄

슯흠을 금치 못홀너라. 공이 간신이 더듬어 나가 가슴을 두드리며 발을 구을너 통곡ᄒᆞ여 왈,

"청아, 청아, 나를 ᄎᆞᆷ아 ᄇᆞ리고 어ᄃᆡ로 가ᄂᆞ냐?"

ᄒᆞ니 그 경상을 이로 형언치 못홀지라. 쳥이 ᄉᆞ이 지ᄎᆞᆷ애 홀 길 업셔 쳔만 셜음을 품고 그 부친을 도라보며 나아감애 ᄒᆞᆫ 거름에 열 번식 업더지ᄂᆞᆫ지라. 집마다 사ᄅᆞᆷ이 문에 나와 청의 가ᄂᆞᆫ 길을 16 ᄇᆞ라고 길이 탄식ᄒᆞ여 서로 닐오ᄃᆡ,

"츌텬지회라! 뎌런 일은 쳔만고에 업슨 일을 금일에 보도다"

ᄒᆞ더라.

쳥이 겨우 힝ᄒᆞ여 인당쇼에 다다르니, 이때 모든 샹괴 졔물을 버리고 시각이 느져감을 민망히 녁여 고ᄃᆡᄒᆞ다가 쳥의 옴을 보고 밧비 들나ᄒᆞ거ᄂᆞᆯ 쳥이 망극ᄒᆞ나 홀 일 업ᄂᆞᆫ지라. 하ᄂᆞᆯ을 우러러 통곡ᄒᆞ고 다시 ᄉᆞ방을 향ᄒᆞ여 표ᄇᆡ 왈,

"인간 병인 심현의 ᄯᆞᆯ 쳥이 삼 세에 어미를 여희고 압 못 보ᄂᆞᆫ 아비를 빌어 먹여 연명ᄒᆞ더니, 부쳐씌 시쥬ᄒᆞ면 아비 눈이 쓰이리라 ᄒᆞᆷ애 몸을 팔녀 이 물에 ᄲᅡ져 죽ᄉᆞ오니 죽기ᄂᆞᆫ 셟지 아니ᄒᆞ오나 병신 아비를 오날붓허 ᄒᆞᆫ 술 물이라도 봉양홀 이 업ᄉᆞ오니 반ᄃᆞ시 죽ᄂᆞᆫ 녀ᄋᆞ를 ᄉᆡᆼ각ᄒᆞ여 인병치ᄉᆞᄒᆞ리니 ᄉᆞ후 시신을 거두어 션영에 영장홀 길이 업ᄂᆞᆫ지라. 사ᄅᆞᆷ의 ᄌᆞ식이 되여 부모의 ᄉᆡᆼ육지은을 갑지 못ᄒᆞ고 아비를 ᄉᆡᆼ리ᄉᆞ별ᄒᆞ고 몬져 죽어 부모 유톄로써 만경창파에 더져 어복을 ᄎᆡ오니, 텬디 간에 이ᄀᆞᆺ흔 불회 어 17 ᄃᆡ 잇스리오? 유유창텬과 명명신기ᄂᆞᆫ 슯히쇼셔"

ᄒᆞ고 빌기를 ᄆᆞᆺ친 후 물을 구버보니, 푸른 물결은 하ᄂᆞᆯ에 다핫ᄂᆞᆫᄃᆡ 비풍은 쇼쇼히 니러나고 수운은 막막히 둘은 즁의 ᄂᆡ셩은 가ᄂᆞᆫ 넉을 ᄌᆡ촉ᄒᆞ니 슯흐고 참잔ᄒᆞ도다. 이에 쳥이 부친을 세 번 불너 통곡ᄒᆞ며 두 손으

로 낫을 ᄀᆞ리오고 몸을 ᄂᆞᆯ녀 물에 뛰여드니 모든 샹괴 그 경상을 보고 못ᄂᆡ 슬허ᄒᆞ더라.

이때 쳥이 물에 ᄯᅥ러지며 가라안지 아니ᄒᆞ고 이윽히 ᄯᅥ가더니 문득 향풍이 니러ᄂᆞ며 ᄉᆡ양머리ᄒᆞᆫ 션네 일엽션을 ᄐᆞ고 옥뎌ᄅᆞᆯ 불며 ᄂᆞᄂᆞᆫ 다시 ᄯᅥ오더니 쳥을 붓들어 ᄇᆡ에 올니고 져즌 옷을 벗기며 ᄒᆞᆫ 벌 신의ᄅᆞᆯ 밧고와 닙히고 옥호에서 회ᄉᆡᆼ약을 ᄭᆞ라 먹이니 이윽ᄒᆞ여 쳥이 눈을 ᄯᅥ 보니 ᄌᆞ긔 일신이 편ᄒᆞᆫ 곳에 누엇고 보지 못ᄒᆞ던 두 ᄎᆡ의ᄒᆞᆫ 션네 좌우에 안져 슈족을 쥬무르ᄂᆞᆫ지라. 쳥이 혼혼 즁 놀나 급히 니러 안져 손을 들얼[어] 샤례 왈,

"렬위 션낭은 뉘시완ᄃᆡ 물에 ᄲᅡ져 죽은 사ᄅᆞᆷ을 구ᄒᆞ시ᄂᆞ뇨?"

ᄒᆞ며 이 18 러틋 말을 ᄒᆞ나 오히려 졍신이 아득ᄒᆞ여 소ᄅᆡᄅᆞᆯ 일우지 못ᄒᆞᄂᆞᆫ지라. 션네 답왈,

"아등은 동헤 룡왕의 시네러니 부인을 뫼셔오라 ᄒᆞ심애 시각이 더ᄃᆡ여 하마 부인이 부셔진 옥과 ᄯᅥ러진 ᄭᅩᆺ을 면치 못ᄒᆞ실낫다."

쳥이 다시 졍신을 수습ᄒᆞ여 왈,

"나ᄂᆞᆫ 인간의 쳔인이어ᄂᆞᆯ 룡왕이 이러틋 권념ᄒᆞ시니 지극 황감ᄒᆞ여이다."

션네 왈,

"부인의 고ᄒᆡᆼ도 하ᄂᆞᆯ의 졍ᄒᆞ신 배오 이제 룡왕이 쳥ᄒᆞ심도 ᄯᅩᄒᆞᆫ 텬쉬오니 가시면 ᄌᆞ연 알으시리이다"

ᄒᆞ고 ᄇᆡᄅᆞᆯ 져어가며 옥뎌ᄅᆞᆯ 불며 션가ᄅᆞᆯ 화답ᄒᆞ니 쳥의 ᄆᆞ음이 상연ᄒᆞ고 몸이 ᄂᆞᆯ 듯ᄒᆞ여 슌식간에 ᄒᆞᆫ 곳에 다다르니 쥬궁패궐이 운외에 표묘ᄒᆞ고 큰 문에 금ᄌᆞ로 현판을 샥엿스되 동헤 룡궁이라 ᄒᆞ엿더라. 션네 ᄇᆡᄅᆞᆯ 문하에 다히고 ᄂᆞ리기ᄅᆞᆯ 쳥ᄒᆞ거ᄂᆞᆯ 쳥이 몸을 니러 ᄂᆞ리니 안호로셔

슈의 홍샹훈 시녀 쌍쌍이 나오며 황금덩을 나아와 골우듸,

"낭즈는 이 덩에 오르쇼셔"

후거늘 쳥이 亽양 왈,

"나는 인간 쳔인이라 엇지 이를 19 트리오?"

션녀 왈,

"부인이 인간에셔는 째를 못 맛나 궁곤후시나 우리 슈부에는 극히 귀훈신 몸이오, 이 덩이 쏘훈 젼일 트시던 것이라 亽양치 말으시고 밧비 올나 대왕의 기드리심을 싱각후쇼셔."

쳥이 직삼 亽양후다가 마지 못후여 오르니, 모든 시녀 옹위후여 온갓 풍류를 다 알외며 룩룡이 덩을 메여 가니 장려훈 위의 진실로 신션의 풍치러라. 여러 문을 지내 뎐하에 다다르니 옥란은 찬란후고 쥬렴은 현황훈 곳에 샹운은 익익후고 셔무는 몽몽후니 도로혀 정신이 미란후고 의식 당황훈지라. 훈 쌍 시녀 나아와 낭즈를 붓들어 뎐상에 올녀,

"븍[북]녁 교의를 ᄀᆞᄅᆞ쳐 빅례후라"

후거늘 낭직 우러러 보니, 황금 교의에 일위 왕직 통텬관을 쓰고 청사곤룡포를 닙엇스며 양지빅옥듸를 씌고 벽옥홀을 쥐여 은연히 안져 긔위 찬란후고 좌우 시신이 봉미션을 들엇스니 위의 엄슉후더라. 쳥이 나아가 공경 직빅후니 룡왕이 흠신 왈,

"규셩아, 인간 즈미 엇더 후더 20 뇨?"

쳥이 다시 공경 빅복 왈,

"쇼쳡은 인간 쳔인이라 듸왕의 하교후심을 씨둣지 못후리로소이다."

룡왕이 미소 왈,

"너는 젼싱 동히 룡왕의 귀녀로셔 요지왕 모연에 술을 가음알게 후엿더니 네 로군셩과 亽경이 잇셔 술을 만히 먹이고 잔치에 술이 부족홈애

도솔텬이 옥뎨ᄭᅴ 쳥죄ᄒᆞᆫ대 옥뎨 진노ᄒᆞ샤 ᄀᆞᆯ아샤ᄃᆡ, '이ᄂᆞᆫ 텬존이 죄 아니라 술 가음아ᄂᆞᆫ 시녀의 죄니 ᄌᆞ세히 사실ᄒᆞ여 즁죄를 주라' ᄒᆞ심애 로군셩을 인간에 내쳐 ᄉᆞ십 년을 무폐히 지내다가 널로 더브러 부녀 되여 네 셩효를 나타내라 ᄒᆞ심애 로군셩은 심현이 되여 인간에 적강ᄒᆞᆫ지 ᄉᆞ십 년 만에 널로ᄡᅥ 그 ᄯᆞᆯ이 되여 텬상에셔 술 도적ᄒᆞ여 먹은 죄로 식신을 뎜지치 아니ᄒᆞ여 십삼 년을 빌어먹게 ᄒᆞ고 ᄯᅩ 눈을 멀게 ᄒᆞ며 규셩의 빌어먹이ᄂᆞᆫ 것을 밧아셔 텬샹 과보를 밧게 뎡ᄒᆞ여 계시니, 젼ᄉᆡᆼ 보응과 금ᄉᆡᆼ 고락이 다 텬뎡ᄒᆞᆫ 쉬나 옥뎨 오히려 노를 풀지 아니ᄒᆞ시더니 텬하 졔션과 ᄉᆞ히 룡왕이며[21] 오악 산신 졔불 졔텬을 모화 됴회를 밧을ᄉᆡ 셕가 셰존이 옥뎨ᄭᅴ 주왈, '로군셩이 인간 고ᄒᆡᆼ을 ᄌᆞ심히 격ᄂᆞᆫ 즁 임의 지척을 분변치 못ᄒᆞ연지 팔구 년이니 족히 쇽죄ᄒᆞ엿슬 것이오, 규셩이 텬명을 어긔온 죄 비경ᄒᆞ오나 인간에 ᄂᆞ려가 유아로봇허 고초ᄒᆞ여 동셔 개걸ᄒᆞ여 로군을 봉양ᄒᆞ여 효셩이 텬디에 ᄀᆞ득ᄒᆞ니 젼ᄉᆡᆼ 죄를 가히 쇽ᄒᆞ염직 ᄒᆞ거ᄂᆞᆯ 다시 제 몸을 죽을 곳에 팔녀 아비를 위ᄒᆞᆫ 졍셩이 괴언 긔특ᄒᆞ기로 신이 뎨ᄌᆞ를 보내여 그 ᄆᆞ음을 시험ᄒᆞ온즉 그 부녀의 ᄒᆡᆼ시 혈심쇼지로 지극ᄒᆞ오니 ᄒᆞᆫ갓 션ᄉᆡᆼ 죄만 다ᄉᆞ리고 금ᄉᆡᆼ 효의를 포쟝치 아니ᄒᆞ옴이 텬죠의 공졍ᄒᆞᆫ 쳐분이 아니옵고 그 졍경이 참옥ᄒᆞ옴애 폐하ᄂᆞᆫ 우로지튁을 ᄂᆞ리오샤 션불션을 명명히 분간ᄒᆞ쇼셔' ᄒᆞᆫ대 옥뎨 그 말ᄉᆞᆷ을 조ᄎᆞ샤 즉시 남두셩을 명ᄒᆞ샤 복록을 뎜지ᄒᆞ고 븍[북]두셩으로 ᄒᆞ여곰 명과 ᄌᆞ손을 뎜지ᄒᆞ라 ᄒᆞ시니, 남두셩이 주왈, '규셩이 본ᄃᆡ 동ᄒᆡ 룡왕의 귀ᄒᆞᆫ ᄯᆞᆯ로[22]셔 인간에 적강ᄒᆞ여 효의 츌텬ᄒᆞ오니 민가의 가모됨이 불가ᄒᆞ옴애 가히 류리국 왕휘 되여 평ᄉᆡᆼ 왕락을 누리게 뎜지ᄒᆞ나이다' ᄒᆞ니 옥뎨 허ᄒᆞ시고, 븍[북]두셩이 ᄯᅩ 주왈, '남두셩이 규셩을 극진히 뎜지ᄒᆞ엿스니 신은 로군셩으로 공휘 되여 늣게 낙하셩을 맛나 남녀를 싱ᄒᆞ여 부귀 복록이 일셰에 읏듬이 되게 ᄒᆞ고 슈는 칠십오 셰에 도로 녯 벼슬로 도라오게 ᄒᆞ고 규셩은 삼ᄌᆞ 이녀를 두고 칠십삼 셰에 도로 동히로 도라오게 뎜지ᄒᆞᄂᆞ이다' ᄒᆞ니 옥뎨 윤허ᄒᆞ시기로 ᄂᆡ 또 청주ᄒᆞ되, '규셩의 죄를 샤ᄒᆞ시니 신이 또ᄒᆞᆫ 뎌로 더브러 젼싱 부녀지졍이 잇습ᄂᆞᆫ지라. 수일 후면 규셩이 인당쇼에셔 명을 ᄭᅳᆫ칠지라 그 위급ᄒᆞᆷ을 아니 구치 못ᄒᆞ리니 맛당히 구ᄒᆞ여 일야를 머믈너 인간으로 보내여지이다' ᄒᆞᆫ즉 옥뎨 허ᄒᆞ심애 너를 다려 왓나니, 금야에 머므러 부녀지졍을 니어 즐기다가 명일에 도라가라"

ᄒᆞ거늘 쳥이 이 말을 드름애 젼후 지낸 일이 다 졍ᄒᆞᆫ 쉬 줄23 알고 더욱 슬허ᄒᆞ여 복디 주왈,

"셩교를 듯샤오니 신쳡의 젼싱 죄악이 관영ᄒᆞᆷ이 올ᄉᆞ온지라. 슈원슈귀리의오ᅵ마는 지난 바 고힝과 목금 병신 아비 주리ᄂᆞᆫ 일과 슬허ᄒᆞ여 죽을 일을 싱각ᄒᆞ온즉 간장이 뮈여지ᄂᆞᆫ 듯ᄒᆞ여이다."

룡왕 왈,

"이제ᄂᆞᆫ 너의 고힝이 다 진ᄒᆞ고 ᄎᆞ후 무궁ᄒᆞᆫ 복록을 누리리니 슬허 말나"

ᄒᆞ고 시녀를 명ᄒᆞ여,

"다과를 나와 먹이라"

ᄒᆞ니 이윽고 시녜 ᄌᆞ지반에 차를 노하 나오니 ᄇᆡᆨ옥종에 안기ᄀᆞᆺᄒᆞᆫ 차와 대초ᄀᆞᆺᄒᆞᆫ 과실이라. 쳥이 밧아 먹음애 졍신이 씩씩ᄒᆞ여 젼셰 일이 력력ᄒᆞᆫ지라. 부왕의 룡안을 새로히 반기며 좌우 시녀 다 젼셰 ᄌᆞ긔의 압헤셔 ᄉᆞ후ᄒᆞ던 무리니 또ᄒᆞᆫ 반김을 마지 아니ᄒᆞ고 본ᄃᆡ 천일쥬를 가음아던 바로 로군을 불상히 녁여 술을 도적ᄒᆞ여 먹이던 일이 어제 ᄀᆞᆺᄒᆞ니 새로히 슯흠을 이긔지 못ᄒᆞ여 부인을 우러러 락루 왈,

"쇼녜 인간에셔 고초ᄅᆞᆯ 격던 일을 ᄉᆡᆼ각ᄒᆞ옴애 ᄆᆞ음이 놀나온지라. 이제 임의 이에 드러왓ᄉᆞ오니[24] 도로 나가지 말고 이곳에 머믈기ᄅᆞᆯ 원ᄒᆞᄂᆞ이다."

부인 왈,

"너ᄂᆞᆫ 슬허 말라. 이제 다시 인간에 나가면 젼일 고초ᄂᆞᆫ 일쟝츈몽이 되리니 엇지 텬명ᄋᆞᆯ 이긔리오?"

ᄒᆞ고 시녀ᄅᆞᆯ 명ᄒᆞ여,

"쳥을 후원 별당으로 인도ᄒᆞ여 편히 쉬게ᄒᆞ라"

ᄒᆞ니, 쳥이 시녀ᄅᆞᆯ 조차 별당에 니르니 당즁에 버린 것이 다 젼일 보던 배러라.

이때 심현이 반ᄉᆡᆼ반ᄉᆞ 즁에 녀ᄋᆡ 문을 나 아모 곳으로 가ᄂᆞᆫ 모양이나 보고져ᄒᆞ나 눈이 감겻슴애 엇지 능히 보리오? 다만 가ᄉᆞᆷ을 두ᄃᆞ려 통곡ᄒᆞ다가 믄득 긔절ᄒᆞ여 인ᄉᆞᄅᆞᆯ ᄎᆞ리지 못ᄒᆞ거ᄂᆞᆯ 동리 사ᄅᆞᆷ들이 그 경상을 참혹히 녁여 붓들어 슈족을 주물너 더운 물을 흘녀 구호ᄒᆞ니 이윽고 정신을 ᄎᆞ려 손으로 벽을 쳐 통곡 왈,

"가련ᄒᆞᆯ샤 내 ᄯᆞᆯ이여! 삼 셰에 어미ᄅᆞᆯ 일코 혈혈ᄒᆞᆫ 강보치ᄋᆡ 어미ᄅᆞᆯ 부르지져 울 제 이 병인의 ᄆᆞ음이 엇더ᄒᆞ리오마는 목숨이 지완ᄒᆞ여 죽지 아니ᄒᆞᄂᆞᆫ 즁 더욱 안폐ᄒᆞᆫ 병신이 되여 지쳑을 불분ᄒᆞ고 가산이 탕진ᄒᆞ여 ᄒᆞ로 ᄒᆞᆫ 때ᄅᆞᆯ[25] 엇어 먹지 못ᄒᆞᆷ애 녀ᄋᆡ 한셔ᄅᆞᆯ 혜지 아니ᄒᆞ고 빌어다가 날로 ᄒᆞ여곰 잠시도 곫흐지 아니케 ᄒᆞ더니 이제 아비ᄅᆞᆯ 위ᄒᆞ여 이럿틋 되엿스니 네 정셩은 지극ᄒᆞ나 엇지 살기ᄅᆞᆯ ᄇᆞ라리오? 유유창텬아! 가셰 빈곤커든 눈이나 셩ᄒᆞ거나 눈을 보지 못ᄒᆞ거든 가산이 유여ᄒᆞ거나 뎨 엇지 ᄋᆡᄅᆞᆯ 그ᄃᆡ도록 살오며 죽을 곳에 나아 갓스리오? 슯흐다! ᄌᆞ식이 병들어 죽어도 참혹ᄒᆞ거든 나ᄂᆞᆫ 쟝병의 셩ᄒᆞᆫ ᄌᆞ식을 목젼에 비

명원ᄉᆞ케ᄒᆞ니, 가ᄉᆞ 텬디 신명씌 오셔 외오 녁이지 아니ᄒᆞ샤 눈이 씌인들 엇지 홀로 살아 이 셜음을 ᄎᆞᆷ고 견ᄃᆡ리오?"

ᄒᆞ며, 이러틋 쥬야로 쳥을 불너 통곡ᄒᆞ니 동리 사ᄅᆞᆷ이 그 우ᄂᆞᆫ 소ᄅᆡ에 능히 견듸여 잠을 일우지 못ᄒᆞ더라. 현이 불게 쥬야ᄒᆞ고 홀로 ᄋᆡ통ᄒᆞ다가 스ᄉᆞ로 위로ᄒᆞ여 더듬어보니 쳥의 빌어 모든 량식이오, 두로 더듬어보니 ᄆᆞ른 육찬과 닉은 음식이 그릇마다 담겻거ᄂᆞᆯ ᄆᆞᆫ지이ᄂᆞᆫ 족족 흉격이 막히이고 간장이 록ᄂᆞᆫ 듯ᄒᆞ여 아모리 26 슯흠을 강잉코져 ᄒᆞ나 능히 엇지 못ᄒᆞᆯ지라. 다시곰 녀ᄋᆞ를 부르지져 왈,

"불샹ᄒᆞ다! 너ᄂᆞᆫ 병신 아비를 이ᄀᆞᆺ치 먹여 살니고져 ᄒᆞ엿거ᄂᆞᆯ 나ᄂᆞᆫ 너를 죽을 곳에 보내고 태연ᄒᆞ니 이 엇지 인졍이라 ᄒᆞ리오?"

ᄒᆞ며, 쥬야 호읍으로 셰월를 보내니, 이ᄯᅢ 임의 가을이 진ᄒᆞ고 겨울[울]이 당ᄒᆞᆫ지라. 셜풍이 쇼슬ᄒᆞ여 사ᄅᆞᆷ이 ᄲᅧ를 침노ᄒᆞ고 적막ᄒᆞᆫ 뷘 집에 인젹이 막연ᄒᆞᆷ애 다만 ᄉᆡᆼ각ᄒᆞᄂᆞᆫ 배 쳥이라. 형용이 쵸췌ᄒᆞ여 형히만 ᄂᆞᆷ앗거ᄂᆞᆯ ᄇᆡᆨ미 오십 셕을 맛흔 집이 본ᄃᆡ 유여ᄒᆞ고 부부 로인만 잇셔 텬셩이 ᄯᅩᄒᆞᆫ 양슌ᄒᆞ여 젹션ᄒᆞ기를 슝샹ᄒᆞᄂᆞᆫ 고로 쳥이 잇슬 ᄯᅢ에도 간간 조급ᄒᆞ기를 앗기지 아니ᄒᆞᆷ애 쳥이 각골 감은ᄒᆞ더니, ᄇᆡᆨ미를 맛기고 간 후 더욱 가련히 녁여 식음 범졀을 극진히 ᄃᆡ후ᄒᆞ여 졍셩으로 공궤ᄒᆞ고 남글 뷔여다가 방을 덥게ᄒᆞ여 ᄀᆞᆫ졀히 구호ᄒᆞ니 현의 ᄆᆞ음에 이런 병인이 ᄂᆞᆷ에게 신세만 지고 살아잇셔 평ᄉᆡᆼ 고ᄉᆡᆼᄒᆞᆯ 일을 ᄉᆡᆼ각ᄒᆞ고 죽고 십으나 뎡ᄒᆞᆫ 텬명 27 이 길매 능히 여의치 못ᄒᆞ여 이러구러 명녀[년] 초츄를 당ᄒᆞ니 경히 쳥의 죽으라 가던 ᄯᅢ이 다다랏ᄂᆞᆫ지라. 츄풍이 쳐량ᄒᆞ여 남으로 가ᄂᆞᆫ 기럭이 무리 찻ᄂᆞᆫ 소ᄅᆡ ᄋᆡ를 ᄭᅳᆫ코 벽간에ᄂᆞᆫ 구ᄯᅮ람이 소ᄅᆡ 도도ᄒᆞ여 간신히 빌어든 ᄉᆞᆷ을 놀내니, 현이 더욱 ᄒᆞᆫ 잠을 일우지 못ᄒᆞ여 녀ᄋᆞ를 부르지져 우ᄂᆞᆫ 소ᄅᆡ 참연ᄒᆞ더라.

챠셜. 심쳥이 룡궁에셔 일야를 지내고 니러남애 젼ᄉᆡᆼ 일은 다 니져ᄇᆞ리고 다만 어셔 나가 부친을 다시 보고져 ᄆᆞ음이 ᄀᆞᆫ절ᄒᆞ여 아모리 ᄒᆞᆯ 줄 모르더니 믄득 시녜 드러와 룡왕의 말ᄉᆞᆷ으로 부르거ᄂᆞᆯ 쳥이 ᄲᆞᆯ니 응명ᄒᆞ니 룡왕이 닐오ᄃᆡ,

“옥뎨씌 일야 말믜를 어더 ᄒᆞᆫ가지로 지내여 피ᄎᆞ 정회를 펴니 만분다ᄒᆡᆼᄒᆞ나 다시 써남이 챵연ᄒᆞ거니와 바시 못ᄒᆞᆯ 길이니 인간으로 도로 나가라”

ᄒᆞ고 좌우를 명ᄒᆞ여,

“덩을 ᄐᆡ여 보내라”

ᄒᆞᆫ대, 시녜 승명ᄒᆞ여 쳥을 덩에 올녀 나오다가 슈변에 다다라 일엽 쥬를 ᄐᆡ와 흘니 져어 ᄒᆞᆫ 곳에 다다라 션녜 하직 왈,

“이곳은[28] 당초에 부인의 ᄲᅡ지던 곳임애 이에 머므르고 가노라”

ᄒᆞ고 믄득 간 ᄃᆡ 업스며 련녑쥐 변ᄒᆞ여 큰 ᄭᅩᆺ송이 되니, 그 속이 족히 일신을 용납ᄒᆞᆯ지라. 화엽이 텹텹ᄒᆞ여 ᄀᆞ장 긔이ᄒᆞ거ᄂᆞᆯ 낭ᄌᆡ ᄒᆞᆯ 일 업셔 동다히로 ᄇᆞ라 샤례ᄒᆞ고 목이 ᄆᆞ르면 ᄭᅩᆺ닙헤 구으ᄂᆞᆫ 이슬을 먹은 즉 ᄇᆡ부ᄅᆞ고 졍신이 상쾌ᄒᆞ니 이 물은 감로쉬라 인간 사ᄅᆞᆷ이 ᄒᆞᆫ번 곳 먹으면 ᄇᆡᆨ병기 스ᄉᆞ로 업서지니 엇지 긔특ᄒᆞᆫ 보ᄇᆡ의 물이 아니리오?

이ᄯᅢ 낭ᄌᆞ를 사다가 물에 넛코 갓던 샹괴 물화를 ᄆᆡ매ᄒᆞ여 가지고 도라오다가 인당쇼에 니르러 새로히 차탄 왈,

“우리 거년에 심가 녀ᄌᆞ를 사다가 이 물에 너코 가며 소망이 만하 일ᄒᆡᆼ이 무ᄉᆞ히 도라오니 그 녀ᄌᆞ의 츅슈ᄒᆞ던 말을 ᄉᆡᆼ각ᄒᆞᆷ애 불샹코 잔잉ᄒᆞ도다”

ᄒᆞ며 서로 말ᄒᆞ여 풍류ᄒᆞ고 오더니, 믄득 보니 물 우헤 오ᄉᆡᆨ ᄎᆡ운이 어리고 난ᄃᆡ업ᄂᆞᆫ 큰 소반만ᄒᆞᆫ ᄭᅩᆺ송이 ᄒᆞ나히 물에 ᄯᅥᄃᆞᆫ니니 광ᄎᆡ 찬란ᄒᆞ

여 본 바 처음이라. 샹고 등이 고이 녁여 닐오듸,

"아[29]등이 여러 힉를 둔니되 쏫은 커니와 나모닙도 보지 못홀너니 이 쏫이 이러틋 비상흐니 필경 그 녀지 원혼으로 쏫이 되어 죽던 곳을 써나지 아님이로다. 맛당히 가져다가 진샹흐리라"

흐고 그 쏫을 건져 옥분에 담아다가 진샹흐니 국왕이 그 쏫을 보고 대희흐여 샹고를 즁샹흔 후 일등 장식을 불너 오쇡장을 꾸며 그 쏫을 장 속에 너허 침뎐 갓가이 두고 죠회를 파흐면 그 장 압헤 안져 스랑흠애 향취 옹비흐고 오쇡 취운이 어리엿스니 그 속을 존세 보지 못흐나 화염이 날노 찬란흐여 님군을 디흔즉 의연히 웃는 듯흐니 국왕이 일시를 써나지 아니흐더라.

추시, 심청이 쏫 속에 몸을 곰초고 감로슈로 연명흐여 간간히 사름 업는 째는 장 밧게 나와 두로 구경흐다가 사름의 존최 잇스면 쏫 속에 숨으니 능히 알 재 업더라.

추시, 국왕이 졍궁으로 더브러 불화흐여 죠회 곳 파흐면 쏫장으로 향흐여 스랑홈이 죠셕에 더흐더니 불힝흐여 왕비 득병흐여 빅약[30]이 무효흐여 맛침릭 승하흐시니 례로써 션룽에 안장흐고 공제를 맛친 후 졔신이 주왈,

"국가의 닉뎐을 일시도 뷔오지 못홀지니 복원 뎐하는 현문 덕가의 슉녀를 간틱흐샤 만민의 브라는 바를 져브리지 말으쇼셔."

왕이 주스를 듯고 골으듸,

"왕후를 가히 일시도 업지 못홀지니라. 아모리 현쳘흔 슉녀를 구흐나 혹 여의치 못흐면 일국의 실망임애 즈져흐느니 경등은 아직 물너스라"

흐니 졔신이 퇴죠흐거늘 왕이 인흐여 련화쟝 압흐로 나아가니 믄득 향취 진동흐며 일위 션아굿흔 미인이 급히 쟝 속으로 드러가거늘 왕이 대

경ᄒᆞ여 쌜니 나아가 쟝문을 열고 보니 젼일은 ᄎᆡ운이 바ᄋᆡ더니 금일은 ᄎᆡ운이 거치고 ᄭᅩᆺ은 간ᄃᆡ 업고, 다만 ᄎᆡ의 홍샹ᄒᆞᆫ 졀ᄃᆡ가인이 잇스되 년긔 십삼ᄉᆞᄂᆞᆫ ᄒᆞ고 윤ᄐᆡᆨᄒᆞᆫ 긔부와 비범ᄒᆞᆫ 긔질이 진짓 경국지ᄉᆡᆨ이라. 왕이 대경 대희ᄒᆞ여 ᄌᆡ삼 슉시ᄒᆞ니 한갓 ᄉᆡᆨᄐᆡ 비샹ᄒᆞᆯ ᄲᅮᆫ 아니라 덕ᄒᆡᆼ이 외모에 낫타나고 복록의 긔상이 완젼[31] ᄒᆞ여 진짓 쳔승군왕의 졍비오 만셩 인민의 국모지상이라. 왕이 황홀 난측ᄒᆞ여 슉시 량구에 왈,

"네 신션이냐? 귀신이냐? 엇지 ᄭᅩᆺ 속에 숨어 감히 군왕을 희롱ᄒᆞᄂᆞᆫ다?"

그 미인이 수ᄉᆡᆨ을 ᄯᅴ여 공경 ᄃᆡ왈,

"쳡은 신션도 아니오 귀신도 아니라. 과연 인간 녀ᄌᆞ로셔 공교히 션도의 조화로 ᄒᆞ여곰 몸이 ᄭᅩᆺ 속에 ᄀᆞᆷ초여 이런 즁디에 드러와 뎐하 안젼에 현황케 ᄒᆞ오니 죄당 만ᄉᆡ니이다"

ᄒᆞ거ᄂᆞᆯ 왕이 더욱 경괴ᄒᆞ여 그 말을 인ᄒᆞ여 그 근본을 ᄌᆞ세 뭇고져 ᄒᆞ더니, 홀연 쇼황문이 주왈,

"삼공륙경이 쳥ᄃᆡᄒᆞᄂᆞ이다"

ᄒᆞ거ᄂᆞᆯ 왕이 필유 ᄉᆞ고ᄒᆞᆷ을 짐작ᄒᆞ고 즉시 인덕뎐에 뎐좌ᄒᆞ고 졔신을 인견ᄒᆞ실 ᄉᆡ 대ᄉᆞ관이 주ᄒᆞ되,

"신이 작야에 텬긔ᄅᆞᆯ ᄉᆞᆲ히온즉 규셩이 궐즁에 비최여 경긔 당당ᄒᆞ옵고 ᄌᆞ미셩의 긔운이 발양ᄒᆞ오니 반ᄃᆞ시 국모되실 녀ᄌᆡ 궐ᄂᆡ에 머므럿고 왕휘 승후ᄒᆞ심애 대군이 나실 징죄오니 신이 국가 홍복을 하례ᄒᆞᄂᆞ이다"

ᄒᆞ고 승상 울명이 ᄯᅩ 주왈,

"신이 ᄯᅩᄒᆞᆫ[32] 요사이 텬문을 보온즉 밤마다 셔긔 두우ᄅᆞᆯ 두루오니 뎐하ᄂᆞᆫ 비빙 즁의 ᄌᆡ덕잇ᄂᆞᆫ 쟈ᄅᆞᆯ 가리혀 졍궁으로 승픔ᄒᆞ여 ᄉᆡᆼ민의 옹망ᄒᆞᆷ을 져ᄇᆞ리지 마옵쇼셔"

ᄒᆞ거ᄂᆞᆯ 왕이 드ᄃᆡ여 화즁ᄉᆞ를 셜파ᄒᆞ고 그 녀ᄌᆞ의 용모 ᄌᆡ덕을 닐으니, 졔신이 긔히 녁여 천셰를 불너 진하ᄒᆞ고 황도 길일을 ᄐᆡᆨᄒᆞ여 쏄니 셩례ᄒᆞ기를 주ᄒᆞᆫ대 왕이 윤허ᄒᆞ고 흠텬감으로 ᄒᆞ여곰 ᄐᆡᆨ일ᄒᆞ니 겨우 일망이 격ᄒᆞ엿ᄂᆞᆫ지라. 왕이 하교 왈,

“왕비 친졍이 업스니 당연히 별궁으로 뫼셔 혼례를 지내되 범구를 ᄂᆡ의로 모도 쥰비ᄒᆞ게 ᄒᆞ라”

ᄒᆞ니 졔신이 응명ᄒᆞ고 물너나 각ᄉᆞ로 ᄒᆞ여곰 혼구를 ᄎᆞ려 ᄃᆡ후ᄒᆞᆯ ᄉᆡ, 길일이 임의 다다름애 심쇼져를 별궁으로 뫼셔 수천 궁녀 옹위ᄒᆞ여 응장셩식으로 장수ᄒᆞ기를 ᄆᆞᆺ침애 시각에 밋쳐ᄂᆞᆫ 왕이 륙례를 ᄀᆞᆺ초와 별궁에 나아가 텬디씌 홍안을 젼ᄒᆞ고 왕비를 봉련에 올녀 ᄇᆡᆨ량우귀ᄒᆞ여 궐ᄂᆡ로 도라와 영향뎐에셔 합환 교ᄇᆡᄒᆞᆯᄉᆡ 왕이 룡안을 들어 심후[33]를 보니 머리에 쌍봉 구화관의 열두 줄 며[면]류ᄂᆞᆫ 달ᄀᆞᆺᄒᆞᆫ 니마에 어리씨고 봉익의 일월 촉금삼은 일식을 ᄀᆞ리오고 셰요의 진홍 월라샹을 ᄎᆡ운이 어린 듯ᄒᆞ며 일신에 ᄉᆞᆷ인 보홰 아니 가즌 거시 업서 셔긔를 다토와 토ᄒᆞ고 오ᄎᆡ 령롱 찬란ᄒᆞ니, 빗ᄂᆞᆫ 장속으로 조차 일월ᄀᆞᆺᄒᆞᆫ 광염이 더욱 쇄락ᄒᆞ여 덕된 긔질과 고은 용뫼 엇지 ᄉᆞᆺ 속에 쇼쇼ᄒᆞ던 바에 비ᄒᆞ리오?

왕이 황홀 긔ᄋᆡᆨᄒᆞ여 륭ᄃᆡᄒᆞᄂᆞᆫ 졍이 태산이 ᄂᆞᆽ고 하히 엿ᄒᆞᆫ 듯ᄒᆞ니 엇지 일셰의 범범ᄒᆞᆫ 부부의 금슬로 비ᄒᆞ여 의론ᄒᆞ리오? 이러ᄒᆞᆷ으로 왕이 일시 써남을 아쳐ᄒᆞ여 외뎐에 나지 아니ᄒᆞᆫ지 여러 날이 됨애 만죠 문뮈 됴회를 등ᄃᆡᄒᆞ엿다가 느즈면 스ᄉᆞ로 물너나고 륙궁 비빙과 삼천 궁녀 죠알ᄒᆞᆷ을 기ᄃᆞ리다가 무미히 퇴ᄒᆞ니, 왕휘 자못 민망히 녁여 일일은 왕씌 간ᄒᆞ여 ᄀᆞᆯ오ᄃᆡ,

“신쳡이 본ᄃᆡ 미쳔ᄒᆞᆫ 문호에 ᄉᆡᆼ장ᄒᆞ여 셰졍을 아지 못ᄒᆞ거든 더욱 국가 졍뎨를 엇지 말ᄉᆞᆷᄒᆞ리잇고마ᄂᆞᆫ 텬은이 망극[34]ᄒᆞ와 쳔ᄒᆞᆫ 몸이

지존ᄒᆞᆫ 위ᄅᆞᆯ 외람히 당ᄒᆞ오니 쥬야 공구ᄒᆞ와 동동 촉촉 ᄒᆞ옵ᄂᆞᆫ 바로 엇지 젼하의 과실을 보옵고 극간치 아니ᄒᆞ리잇고? 쳡은 듯샤오니 님군이 일일을 졍ᄉᆞᄅᆞᆯ 아니ᄒᆞ면 ᄇᆡᆨ셩이 일년 원민ᄒᆞᆫ 일이 잇고 ᄇᆡᆨ셩이 열복지 아니ᄒᆞ면 님군이 무덕ᄒᆞᆷ으로 닐컷ᄂᆞᆫ다 ᄒᆞ옵거ᄂᆞᆯ 이졔 뎐해 무단히 여러 날 졍ᄉᆞᄅᆞᆯ 폐ᄒᆞ시니 죠뎡이 쟝ᄎᆞᆺ 뎐하로써 엇더ᄒᆞᆫ 님군이라 ᄒᆞ리잇고? ᄌᆞ고로 왕ᄌᆡ 부인에게 침혹ᄒᆞ여 나라흘 보젼ᄒᆞᄂᆞᆫ 재 업ᄉᆞ오니 뎐하는 고인의 ᄒᆡᆼᄉᆞ로써 거울을 삼으샤 덕을 닥가 후인의 시비ᄅᆞᆯ 취치 말으쇼셔"

ᄒᆞ거ᄂᆞᆯ 왕이 황연 대각ᄒᆞ여 이에 칭샤 왈,

"현비 과인의 실덕을 이럿틋 규간ᄒᆞ여 ᄭᆡᄃᆞᆺ게 ᄒᆞ니, 이ᄂᆞᆫ 쥬션왕의 강션후와 졔양공의 지현비로 더브러 가히 병렬ᄒᆞ리로다"

ᄒᆞ고 즉시 외뎐에 나와 ᄇᆡᆨ관 죠회ᄅᆞᆯ 밧고 파죠ᄒᆞᆫ 후 ᄂᆡ뎐에 드르샤 륙궁의 죠알을 밧으시니 궁즁 ᄂᆡ외 만세ᄅᆞᆯ 불너 즐기ᄂᆞᆫ 소ᄅᆡ 진동ᄒᆞ더라.

날이 반오에 니[35]름애 졍뎐에 황금 룡상과 산호 교ᄌᆞᄅᆞᆯ 놋코 왕이 익션 면류관을 쓰고 홍금 곤룡포ᄅᆞᆯ 닙엇스며 ᄇᆡᆨ옥ᄃᆡᄅᆞᆯ ᄯᅴ고 벽옥홀을 귀여 룡절 룡안에 희긔 만면ᄒᆞ거ᄂᆞᆯ 왕휘 ᄯᅩᄒᆞᆫ 머리에 쌍봉 구화관을 쓰고 몸에 ᄌᆞ금취라삼을 가ᄒᆞ며 ᄌᆞ적금슈샹을 두루고 교의에 뎡좌ᄒᆞ엿스니 수플[풀]ᄀᆞᆺᄒᆞᆫ 시녀 좌우에 시위ᄒᆞ엿슴애 경운은 룡궐을 둘넛고 남풍은 인심을 화ᄒᆞ니 진짓 희호 세계오 태평 긔샹이라. 이에 각ᄉᆡᆨ 풍악을 진주ᄒᆞᆷ애 ᄉᆡᆼ쇼 고각은 구름 속에 사ᄆᆞᆺ고 금슈 포진은 ᄒᆡ 아래 령롱ᄒᆞ니 금일 승ᄉᆞᄂᆞᆫ 가히 쳔고에 희한ᄒᆞ더라. 이윽고 샹궁이 머리ᄅᆞᆯ 슉이고 홍라샹을 붓쳐 즁계에셔 ᄇᆡ레[례]ᄅᆞᆯ 보ᄒᆞ니, 왕실 종친이 호챵을 응ᄒᆞ여 ᄎᆞ례로 나아가 ᄉᆞᄇᆡᄒᆞᆫ 후 졔왕 공쥬와 외죠 명뷔 ᄯᅩᄒᆞᆫ ᄎᆞ례로 ᄉᆞᄇᆡᄒᆞ고 륙궁 분ᄃᆡ와 삼쳔 시녀 진하ᄒᆞ기ᄅᆞᆯ ᄆᆞᆺ침애 왕과 휘 ᄂᆡ뎐에 드르샤 ᄂᆡ외

치경을 의론ᄒᆞ니, 이후로 조차 후의 위덕이 병힝ᄒᆞ여 ᄉᆞᄉᆞ에 진션 진미ᄒᆞ니 칭찬ᄒᆞᄂᆞᆫ[36] 소ᄅᆡ 일국에 진동ᄒᆞ더라.

이때, 심청이 일죠에 존귀ᄒᆞ여 만승 국뫼되고 왕의 은춍이 륭셩ᄒᆞ여 만ᄉᆞ에 일호 미흡홈이 업스나 일념에 부친을 닛지 못ᄒᆞ여 그 사이 두 번 츈츄 환역홈애 그 존망을 가히 혜아리지 못ᄒᆞ내[니] 지금 살아 잇슴은 쳔만 의외라. 쥬야 운텬을 ᄇᆞ라 아미ᄅᆞᆯ 펼 째 업스니, ᄎᆞ시ᄂᆞᆫ 삼츈가졀이라 어원에 쇼연을 ᄇᆡ셜ᄒᆞ고 왕과 휘 후원 즁경을 완샹ᄒᆞᆯ ᄉᆡ 층층ᄒᆞᆫ 옥계샹에 아릿ᄯᆞ온 ᄭᆞᆺ은 탐향 봉뎝을 머므르고 잔잔ᄒᆞᆫ 금구변에 가ᄂᆞᆫ 버들은 환우ᄒᆞᄂᆞᆫ 쐬고리ᄅᆞᆯ 쳥ᄒᆞ여 쳐쳐에 츈광이 랑쟈ᄒᆞ여 사ᄅᆞᆷ의 흥치ᄅᆞᆯ 돕ᄂᆞᆫ지라. 왕이 크게 즐겨 미쥬 셩찬으로 경물ᄅᆞᆯ 화답ᄒᆞ나 후ᄂᆞᆫ 믄득 봉안에 슯ᄒᆞᆫ 물결이 동ᄒᆞ고 아미에 근심ᄒᆞᄂᆞᆫ 구름이 엉긔여 다만 먼 하ᄂᆞᆯ을 건너다 보고 탄식ᄒᆞᆯ ᄲᅮᆫ이여ᄂᆞᆯ 왕이 고이 넉여 문왈,

"현휘 이ᄀᆞᆺᄒᆞᆫ 승경을 ᄃᆡᄒᆞ여 슈ᄉᆡᆨ이 만면ᄒᆞ여 일분 화긔 업슴은 엇지ᄒᆞᆫ 쥬의뇨?"

휘 쳐연 탄식 왈,

"미쳔ᄒᆞᆫ 몸이 졸연히 영귀ᄒᆞ니 엇[37]지 즐겁지 아니ᄒᆞ리잇고마ᄂᆞᆫ 다만 그윽ᄒᆞᆫ 소회 잇ᄉᆞᆸᄂᆞᆫ지라. 무릇 사ᄅᆞᆷ의 칠규 즁에 두 눈이 일월 ᄀᆞᆺᄒᆞᆫ지라. 눈이 ᄇᆞᆰ은 즉 텬하 만물을 슓혀 션악 경추ᄅᆞᆯ 분변ᄒᆞ거ᄂᆞᆯ ᄆᆡᆼ인은 볼 것을 보지 못ᄒᆞ야 다 ᄀᆞᆺᄒᆞᆫ 사ᄅᆞᆷ으로 홀로 이러ᄒᆞᆫ 승경을 아지 못ᄒᆞ니 그 일을 ᄉᆡᆼ각홈애 극히 잔잉ᄒᆞ기로 그리ᄒᆞᄂᆞ이다."

왕 왈,

"휘 인덕이 츌즁홈애 그 말이 고이치 안커니와 ᄌᆞ고로 병인이 ᄒᆞᆫ이 잇거ᄂᆞᆯ 현휘 굿ᄒᆞ여 슬허ᄒᆞᆯ 곡졀이 잇스리오?"

휘 칭샤 왈,

"셩괴 맛당ᄒᆞ시나 쳡의 ᄆᆞᄋᆞᆷ은 이ᄀᆞᆺ치 불샹ᄒᆞᆫ 것이 업나니, 맛당히 ᄒᆞᆫ번 경향의 모든 ᄆᆡᆼ인을 모화 슈륙 진찬으로 그 ᄆᆞᄋᆞᆷ을 위로ᄒᆞ고져 ᄒᆞᆷ이 평ᄉᆡᆼ의 ᄆᆡ쳐 원ᄒᆞᄂᆞᆫ 배로소이다."

왕이 그 현심을 못ᄂᆡ 칭찬 왈,

"이만 일은 쉬온 일이니 무엇을 근심ᄒᆞ리오?"

ᄒᆞ고 ᄋᆡᆨ일에 죠셔ᄅᆞᆯ ᄂᆡ리와 왈,

"경궁이 셰상 ᄆᆡᆼ인의 흑ᄇᆡᆨ 분간치 못ᄒᆞᆷ을 불샹히 넉여 한 번 원근 ᄆᆡᆼ인을 모화 호쥬셩찬을 먹여 그 답답ᄒᆞᆫ 심우ᄅᆞᆯ 위로ᄒᆞ고져 ᄒᆞ니 ᄎᆞ역 희한ᄒᆞᆫ 음(38)덕이라. 모로미 경향에 반포ᄒᆞ여 모든 ᄆᆡᆼ인을 불너 경ᄉᆞ로 올니되, 만일 빈곤ᄒᆞ여 ᄒᆡᆼ장을 출히지 못ᄒᆞᆯ 재 잇거든 본읍으로 ᄒᆞ여곰 치ᄒᆡᆼᄒᆞ여 올니고 만일 한나히나 ᄲᆞ지ᄂᆞᆫ 폐 잇거든 디방관을 파츌ᄒᆞ리라"

ᄒᆞ시니, 각 도에셔 왕죠ᄅᆞᆯ 밧드러 일시에 ᄆᆡᆼ인을 궁극히 차져 올니여 그 수ᄅᆞᆯ 아지 못ᄒᆞᆯ너라. 방ᄇᆡᆨ 슈령이 ᄆᆡᆼ인의 셩명 슈효ᄅᆞᆯ 셩ᄎᆡᆨᄒᆞ여 올닐ᄉᆡ 심현이 ᄯᅩᄒᆞᆫ 그 가온ᄃᆡ 참예ᄒᆞ엿더라

이ᄯᆡ, 심봉ᄉᆡ 불샹ᄒᆞᆫ ᄯᆞᆯ을 닐코 모진 목숨을 근근 부지ᄒᆞ더니 동리에 ᄒᆡᆼ실 ᄭᆡᄭᅳᆺ지 못ᄒᆞᆫ ᄲᆡᆼ덕어미란 년이 심봉ᄉᆞ의 젼곡이 만히 잇슴을 알고 ᄌᆞ원ᄒᆞ여 심봉ᄉᆞ의 쳡이 되어 지ᄂᆡᆯ ᄉᆡ 이 년이 버릇이 량식 주고 ᄯᅥᆨ 사 먹기, 정ᄌᆞ 밋헤 낫잠 자기, 니웃집에 밥 붓치기, 남다려 욕셜ᄒᆞ기, 동ᄂᆡ 허고 싸홈ᄒᆞ기, 산 아희게 담배 청키, 밤즁에 우름 울기, 온갖 몹쓸 ᄒᆡᆼ실을 가졋스니 심봉ᄉᆞ의 셰간이 ᄎᆞᄎᆞ로 패하여 그 만튼 젼곡이 다 업셔지고, 남은 것이 겨오 삼일 량식 ᄲᅮᆫ이러니(39) 하로ᄂᆞᆫ 그 골 원이 심봉ᄉᆞᄅᆞᆯ 불너,

"셔울셔 ᄆᆡᆼ인 잔치ᄅᆞᆯ 베프나니, 너도 가 참예ᄒᆞ라. 거쥬 셩명 적은 뒤에 돈 두 량 로ᄌᆞ 주며 수히 ᄡᅥ나라"

ᄒᆞ니 심봉ᄉᆡ ᄃᆡ답ᄒᆞ고 도라와,

"여보 마누라 상담에도 동무 ᄶᅡ라 강남 간다 ᄒᆞ엿스니, 우리 량쥐 셔울 가셔 잔치 참예ᄒᆞᄂᆞᆫ 것이 대져 엇더ᄒᆞᆫ고?"

뻉덕어미 간사ᄒᆞᆫ 말로 ᄃᆡ답ᄒᆞᄃᆡ,

"녯글에도 녀필죵부라 ᄒᆞ엿스니 령감 가시ᄂᆞᆫ 곳이면 어ᄃᆡ를 가지 아니ᄒᆞ리오?"

ᄒᆞ야 봉ᄉᆡ 뻉ᄯᅥᆨ어미를 압세우고 수리나 힝ᄒᆞ다가 일세가 저믈매 역촌에셔 밤을 지ᄂᆡ더니 근쳐 왕봉ᄉᆡ 뻉덕어미 한 번 보기를 원ᄒᆞ니 그 년이 ᄉᆡᆼ각ᄒᆞᄃᆡ,

'셔울 잔치를 참예ᄒᆞ고 도라온들 먹을 것이 업스니 진작 뎌 사ᄅᆞᆷ을 ᄯᅡ라가 신셰를 편히 ᄒᆞ리라'

ᄒᆞ고 무정ᄒᆞ게 반야 삼경에 심봉ᄉᆞ 잠들기를 기ᄃᆞ려 왕봉ᄉᆞ를 ᄯᅡ라 가더라.

심봉ᄉᆡ 잠을 ᄶᅢ여 뻉ᄯᅥᆨ어미를 더듬어 보니 다라난 년이 잇스리오?

"여보 어ᄃᆡ 갓나? 이리 오소"

ᄒᆞ여도 아니오거ᄂᆞᆯ 의아ᄒᆞ야 쥬인 불너 40 무러도 안에 드러간 일 업다 ᄒᆞᄂᆞᆫ지라. 그제야 다라난 줄 알고 무수히 칭원ᄒᆞ다가 도로 풀쳐 ᄉᆡᆼ각ᄒᆞᄃᆡ,

'너 ᄉᆡᆼ각ᄒᆞᄂᆞᆫ ᄂᆡ가 그르다. 텬하 잡년을 몰나 보고 세간만 랑픽ᄒᆞ고 간신ᄒᆞᆫ 로수ᄭᅡ지 ᄈᆡ앗겻스니 도시 ᄂᆡ 잘못이라. 덕용이 무쌍ᄒᆞᆫ 조강지쳐도 리별ᄒᆞ고 셩효가 츌텬ᄒᆞᆫ 귀동 ᄯᆞᆯ을 ᄉᆡᆼ리별ᄒᆞ고도 지금ᄭᅡ지 사랏거든 뎌만 년을 ᄉᆡᆼ각ᄒᆞ랴?'

그렁뎌렁 날이 밝아 길 ᄯᅥ날 ᄯᅢ 되엿스니, 이ᄯᅢᄂᆞᆫ 륙월이라. 덥기ᄂᆞᆫ 불솟 갓고 ᄯᆞᆷ은 비지 갓치 흐르ᄂᆞᆫ ᄃᆡ 압 못 보ᄂᆞᆫ 늙은이가 길은 ᄉᆡᆼ소ᄒᆞ고 낭즁에 돈은 업고 친친히 보아주ᄂᆞᆫ 이 업시 머나먼 길을 촌촌 젼진ᄒᆞ

니, 그 로샹 고싱은 과연 일필 난긔라. 돌부리만 것어 차도,

"익고 우리 심쳥이!"

도랑에만 빠져도,

"익고 우리 심쳥이!"

비 곪하도,

"심쳥이!"

ᄒᆞ고 목 말나도,

"심쳥이!"

ᄒᆞ며 욕을 보아도,

"심쳥이!."

ᄒᆞ고 엇어 마져도,

"심쳥이!"

ᄒᆞ니, 거름 거름 눈물이오 구뷔 구뷔 한숨이라. 그 참혹ᄒᆞᆫ 정샹과 익련ᄒᆞᆫ 모양은 참아 보지 못ᄒᆞᆯ너[41]라.

뎡일을 당ᄒᆞᆷ익 왕이 통명뎐에 뎐좌ᄒᆞ시고 왕휘 ᄯᅩᄒᆞᆫ 구경코져 ᄒᆞᆷ애 니외뎐을 통니ᄒᆞ고 규렴을 느리온 후 오봉루에 어좌ᄒᆞ시니 오봉루가 놉기 운간에 표묘ᄒᆞ여 열두층 셤돌이 차아ᄒᆞ엿고 산호쥬렴에 명ᄉᆞ를 경제히 드리워 못거지를 보시게 ᄒᆞ고 다시 호부에 하교를 ᄂᆞ리와 금은 필빅을 만히 ᄃᆡ령ᄒᆞ라 ᄒᆞ니, 이ᄂᆞᆫ ᄆᆡᆼ인을 반샹ᄒᆞ려 ᄒᆞᆷ이라. 이에 통명뎐 너른 ᄯᅳᆯ에 포진을 ᄀᆞᆺ초고 ᄒᆞᆫ번에 ᄆᆡᆼ인 일빅식 불너드려 갈나 안치고 ᄎᆞ례로 샹을 주고 리원 어악을 진주ᄒᆞᆯ ᄉᆡ 허다 ᄆᆡᆼ인이 술이 두어슌 지남애 텬은도 열복ᄒᆞ고 흥치도 ᄯᅩᄒᆞᆫ 도도ᄒᆞ여 일시에 니러 춤추고 태평셩가를 노래ᄒᆞ니, 진실로 텬디간 장관이오 고금에 희한ᄒᆞᆫ 덕퇵이러라. 죵일 진환ᄒᆞᆫ 후 각각 금은 필빅을 주어 보내니, 모든 ᄆᆡᆼ인이 뎐샹을 ᄇᆞ라

산호 ᄇᆡ무ᄒᆞ고 물너 가ᄂᆞᆫ지라. 이렁틋 삼일을 련ᄒᆞ여 잔치ᄒᆞ나 심현의 죵적이 업거ᄂᆞᆯ 휘 심하에 혜오ᄃᆡ,

'이 잔치ᄂᆞᆫ 젼혀 부친을 찻고[42] 져ᄒᆞᆷ이여ᄂᆞᆯ 지금ᄭᆞ지 형영이 업ᄉᆞ니 필연 죽음이로다'

ᄒᆞ여 슬허ᄒᆞ여 ᄀᆞ만ᄒᆞᆫ 눈물이 ᄯᅥ러짐을 ᄭᆡ듯지 못ᄒᆞ니, 시위 궁녀 ᄀᆞ장 의괴ᄒᆞ나 감히 뭇지 못ᄒᆞ더라.

뎨ᄉᆞ 일에 마조막 ᄆᆡᆼ인을 드리니, 이날은 원방 궁향에 잇ᄂᆞᆫ ᄆᆡᆼ인이라. ᄆᆡᆼ인이 ᄎᆞ례로 드러오ᄂᆞᆫ 즁 최후에 드러와 말셕에 안ᄂᆞᆫ ᄆᆡᆼ인이 의복이 람루ᄒᆞ고 형용이 쵸췌ᄒᆞ여 ᄒᆡᆼ보를 일우지 못ᄒᆞᆷ애 ᄎᆡ인이 쳐붓들어 좌에 나아가나 능히 좌를 안졉지 못ᄒᆞ여 막대를 의지ᄒᆞ여 겨우 안즈니 피골이 샹련ᄒᆞ여 거의 촉뤼 되엿더라. 라상을 그 압헤 노흐니 ᄒᆞᆫ 잔 술을 마시지 못ᄒᆞ고 손으로 어로 더듬어 ᄒᆞᆫ 가지도 먹지 못ᄒᆞ고 진진히 늣길 ᄯᆞᄅᆞᆷ이라. 만좌 그 형상을 보고 가긍ᄒᆞᆷ을 마지 아니ᄒᆞ더니 믄득 샹궁이 오봉루로 조ᄎᆞ ᄂᆞ려와 복디 주왈,

"왕후 낭낭이 뎌 말셕에 안즌 ᄆᆡᆼ인을 오봉루 아래로 부르라 ᄒᆞ시ᄂᆞ이다"

ᄒᆞ거ᄂᆞᆯ 왕이 ᄉᆡᆼ각ᄒᆞ되,

'이 ᄆᆡᆼ인이 여러 ᄆᆡᆼ인 즁 별노 참혹ᄒᆞᆷ애 왕후의 측은지심으로[43] 각별 은뎐을 쓰고져 ᄒᆞᆷ이로다.'

즉시 명ᄒᆞ여 말셕의 ᄆᆡᆼ인을 ᄂᆡ뎐 루하로 입시ᄒᆞ라 ᄒᆞ시니, 차비관이 나아가 그 머리에 셩ᄒᆞᆫ 갓을 쓰이고 몸에 관복을 닙혀 ᄂᆡ시로 ᄒᆞ여곰 업혀 오봉루하 즁계의 룡문 ᄎᆡ화셕 우희 안치니라.

ᄎᆞ시 왕휘 ᄆᆡᆼ인이 마즈막 든단 말을 듯고 시각으로 룡안이 홀변ᄒᆞ여 옥뤼 진진ᄒᆞ더니 말셕 ᄆᆡᆼ인을 보니 비록 사이 멀어 ᄌᆞ세치 못ᄒᆞ나 엇지

부녀의 텬륜으로써 그 형용을 몰나 보리오? 샐니 몸을 니러 외뎐으로 젼어ᄒᆞ고 입시 ᄌᆡ촉을 셩화ᄀᆞᆺ치 ᄒᆞ니 ᄂᆡ시 그 ᄆᆡᆼ인을 업어 즁계에 안치거ᄂᆞᆯ 왕휘 밧비 눈을 들어본 즉 이ᄂᆞᆫ 분명 부친이라. 이목구비ᄂᆞᆫ 완연ᄒᆞ나 긔뷔 츄락ᄒᆞ여 귀신 ᄀᆞᆺ거ᄂᆞᆯ 왕휘 ᄒᆞᆫ마ᄃᆡ 부친을 부르고 업더지니, 시위 궁녜 대경 실ᄉᆡᆨᄒᆞ여 급히 붓드러 구호ᄒᆞ고 외뎐에 주ᄒᆞ니 왕이 경황ᄒᆞ여 밧비 ᄂᆡ뎐에 드르샤 곡졀을 무르시니 휘 비로소 정신을 슈습ᄒᆞ여 눈을 들어 본 즉 왕이 갓가히 오샤 어슈로 ᄌᆞ긔 슈족을 쥐[44] 므르난지라. 휘 황공ᄒᆞ여 급히 니러 ᄌᆞᆷ을 쌔혀 군젼에 불경ᄒᆞᆷ을 청죄ᄒᆞ고, 버거 ᄌᆞ긔 회포ᄅᆞᆯ 진달ᄒᆞ고 ᄀᆞᆯ오ᄃᆡ,

"즉금 즁계에 섯ᄂᆞᆫ ᄆᆡᆼ인이 쳡의 아비라. 부녜 서로 써난지 삼년에 지금 맛나오니 텬륜지정이 ᄌᆞ연 격발ᄒᆞ여 실례ᄒᆞ여 셩심을 경동케 ᄒᆞ니 죄당만ᄉᆡ로소이다."

왕이 청파에 대찬 왈,

"미ᄌᆡ며 긔ᄌᆡ라! 원ᄂᆡ ᄉᆞ졍이 여ᄎᆞᄒᆞᆷ이 잇도다. 그러나 현후의 효셩이 텬디에 사못츠니 과인이 엇지 부녀 합취ᄒᆞᆷ을 치하치 아니리오?"

ᄒᆞ시고 ᄂᆡ시로 ᄒᆞ여곰 슝계 ᄆᆡᆼ인을 붓드러 뎐상에 올니고 부녜 상봉케 ᄒᆞ라 ᄒᆞ시니, 휘 즁계에 나셔 부친을 붓들고 ᄌᆡᄇᆡ 통곡 왈,

"부친은 쇼녀ᄅᆞᆯ 모로시나니잇가? 샹고에게 팔녀 인당쇼에 싸져 죽은 청이러니 텬은이 망극ᄒᆞ여 일신이 영귀ᄒᆞ고 부녜 상봉ᄒᆞ오니 이제 죽은들 무ᄉᆞᆷ ᄒᆞᆫ이 잇스리잇고?"

ᄒᆞ며 실셩 통곡ᄒᆞ니 심현이 이 말을 듯고 부지불각에 크게 소ᄅᆡ 질너 왈,

"이곳이 텬샹이냐? 인간이냐? 이 일이 몽즁이냐? ᄉᆡᆼ시냐?[45] 네 진졍 내 ᄯᆞᆯ 청이냐? 삼년 젼에 죽은 녀ᄋᆡ 엇지ᄒᆞ여 이럿틋 귀히 되단 말고? 셰간에 이런 일도 잇ᄂᆞᆫ가? 내 눈이 업서 너ᄅᆞᆯ 보지 못ᄒᆞ니 이런 죄악도 잇

ᄂᆞ냐?"
ᄒᆞ며 ᄒᆞᆫ번 얼골을 씽기고 눈을 빗쓰니 믄득 두 눈이 쾌히 쓰엇ᄂᆞᆫ지라. 부녜 붓들고 일쟝 톄읍ᄒᆞ니 이곳은 지엄 지디라 감히 ᄉᆞ졍을 ᄆᆞ음ᄃᆡ로 펴지 못ᄒᆞ나 왕이 그 부녀로 ᄒᆞ여곰 서로 보게 ᄒᆞ심은 ᄉᆞ직 부싱 ᄒᆞ엿슴으로 ᄒᆞᆫ번 ᄉᆞ졍을 펴토록 ᄒᆞ심이러라.

휘 이ᄯᅢ를 당ᄒᆞ여 맛당히 부친을 안고 통곡ᄒᆞᆯ 것이로ᄃᆡ 후비의 톄모를 아니 도라보지 못ᄒᆞᆷ애 십분 강잉ᄒᆞ여 ᄂᆡ젼에 드르시고 ᄂᆡ시로 ᄒᆞ여금 부친을 뫼셔 후원 별당에 안돈ᄒᆞᆫ 후 어의로 간병ᄒᆞ라 ᄒᆞ시니 이윽고 현이 회소ᄒᆞ여 완인이 되고 량안이 분명ᄒᆞ니 후의 깃거ᄒᆞᆷ은 닐으도 말고 궁즁 ᄂᆡ외가 그 긔이ᄒᆞᆷ을 못ᄂᆡ 칭탄ᄒᆞ더라.

수일이 지남애 왕이 심현으로써 국구를 삼아 입죠ᄒᆞ라 ᄒᆞ신대 현이 관복을 ᄀᆞᆺ초고 옥계에 나아가 고두 샤은ᄒᆞᆫ 46 후 감루를 흘녀 ᄀᆞᆯ오ᄃᆡ,

"신의 명되 궁익ᄒᆞ와 여ᄎᆞ ᄒᆞ엿삽더니 왕샹의 젼고에 업ᄉᆞᆫ 은턱으로 쳔만 몽외에 삼년을 ᄉᆡᆼ리 ᄉᆞ별ᄒᆞ엿던 녀식이 이럿틋 영귀히 되엿고, 다시 부녜 샹봉ᄒᆞ오니 이ᄂᆞᆫ ᄆᆞ른 나무에 봄이 오고 찬 ᄌᆡ 다시 더워 짐이오, 더욱 신이 감앗던 눈이 다시 ᄇᆰ아 골슈에 ᄆᆡᆺ쳣던 병이 츈셜ᄀᆞᆺ치 사라졋스니 쳔한 몸이 간뇌도지 ᄒᆞ오나 셩덕 혜화를 다 갑흘 길이 업ᄂᆞ이다"
ᄒᆞ거ᄂᆞᆯ 왕이 흔연히 좌를 주시고 젼후 ᄉᆞ연을 문답ᄒᆞ여 후의 고ᄉᆡᆼᄒᆞ던 일과 ᄀᆞᆫ절ᄒᆞ던 효셩을 듯고 일변 ᄋᆡ련이 넉이시며 일변 흠탄ᄒᆞ여 즉시 공의 벼ᄉᆞᆯ을 도도와 호부상셔 겸 대ᄉᆞ마 초국공을 하이시고 노비 뎐결과 별궁을 ᄉᆞ급ᄒᆞ시고 ᄀᆞᆯᄋᆞ샤ᄃᆡ,

"국귀 년긔 미쇠ᄒᆞ엿스니 모로미 취실ᄒᆞᆯ지어다."

심공이 크게 놀나 만만블가ᄒᆞᆷ을 주ᄒᆞᆫ대, 왕이 불윤ᄒᆞ시고 공경에게 하교ᄒᆞ샤 혼쳐를 쳔거ᄒᆞ라 ᄒᆞ신대 어ᄉᆞ 위랑이 주왈,

"재[좌]승상 님한에게 일녜 잇ᄉᆞ오되 과년ᄒᆞ여 이[47] 십삼 셰라 ᄒᆞ오니, 국구와 결혼ᄒᆞᆷ이 가ᄒᆞᆯ가 ᄒᆞᄂᆞ이다."

왕이 대희ᄒᆞ샤 님한을 명ᄒᆞ샤 왈,

"경녜 과년ᄒᆞ다 ᄒᆞ니 국구와 결혼ᄒᆞᆷ이 엇더ᄒᆞ뇨?"

ᄒᆞ신대, 님한이 ᄃᆡ왈,

"셩교ᄅᆞᆯ 엇지 위월ᄒᆞ오리잇고마ᄂᆞᆫ 신이 우둔ᄒᆞ와 ᄀᆞᄅᆞ치지 못ᄒᆞ온지라. ᄇᆡ혼 ᄒᆡᆼ실이 쳔박ᄒᆞ와 국구의 건즐을 쇼임치 못ᄒᆞᆯ가 ᄒᆞᄂᆞ이다."

왕이 로왈,

"ᄉᆞ양치 말라"

ᄒᆞ시고 부부인 직텹을 ᄂᆞ리시니, 님한이 샤은 퇴죠ᄒᆞ여 연즁 셜화ᄅᆞᆯ 젼ᄒᆞ고 혼구ᄅᆞᆯ 쥰비ᄒᆞ며 일변으로 ᄐᆡᆨ일ᄒᆞ니 칠월 망간이라. 심휘 친히 혼구ᄅᆞᆯ 쥰비ᄒᆞ여 ᄉᆞ급ᄒᆞ시고 샹궁을 보내여 길셕을 돕더라.

길일을 당ᄒᆞᆷ애 초공이 위의ᄅᆞᆯ ᄀᆞᆺ초와 혼가로 나아가 ᄒᆡᆼ례ᄒᆞᆯ ᄉᆡ 신랑의 헌앙ᄒᆞᆷ과 신부의 현슉ᄒᆞᆷ이 ᄎᆞ등이 업ᄂᆞᆫ지라. 빙모 졍부인이 그 나[이] 만ᄒᆞᆷ을 혐의치 아니ᄒᆞ더라.

신뷔 뎡에 오름애 위의ᄅᆞᆯ 휘동ᄒᆞ여 도라와 교ᄇᆡᄅᆞᆯ ᄆᆞᆺ침애 샹궁이 ᄉᆞ급ᄒᆞ신 즙물을 ᄀᆡ착ᄒᆞᆷ애 광ᄎᆡ ᄇᆡ승ᄒᆞ더라. 날이 져믈ᄆᆡ 졍침에 쵹을 ᄇᆞᆰ히고 부뷔 샹ᄃᆡᄒᆞ[48]여 셕ᄉᆞᄅᆞᆯ ᄉᆡᆼ각ᄒᆞᆷ애 일쟝츈몽이라. 쵹을 멸ᄒᆞ고 금금에 나아가 운우지락을 일움애 은졍이 여산약히ᄒᆞ더라.

샹궁이 도라가 신부 현슉ᄒᆞᆷ과 심공의 희열ᄒᆞ든 바ᄅᆞᆯ 주ᄒᆞᆫ대, 휘 깃거ᄒᆞ며 죠셕 봉양치 못ᄒᆞᆷ을 ᄒᆞᆫᄒᆞ더라. 이 뒤 일은 ᄯᅡ로 젼ᄒᆞᆷ이 잇기로 여긔ᄂᆞᆫ 그만 그치노라.

심쳥젼 죵

홍길동전

단권으로 발행되었다. 표지 상단에 '홍길동전', 하단에 '륙전쇼셜 서울 신문관 발힝'이라고 인쇄되어 있다.

전체 장수는 45면이다. 1면은 표제를 포함하여 10행으로 내용을 실었다. 이후 2면부터 45면까지 매면 11행으로, 작품을 기술해 놓았다.

홍길동젼 (권지단)

화셜죠션국 셰종죠시졀에ᄒᆞᆫᄌᆡ샹이잇스니셩은홍이오명은뫼라ᄃᆡᄃᆡ명문거족으로쇼년등과ᄒᆞ여벼슬이리조판셔에니름에물망이죠야에읏듬이오충효겸비ᄒᆞ기로일홈이일국에진동ᄒᆞ더라 일쥭두아ᄃᆞᆯ을두엇스니일ᄌᆞ는일홈이인형이니정실류시의소ᄉᆡᆼ이오일ᄌᆞ는일홈이길동이니시비츈셤의소ᄉᆡᆼ이라 션시에공이길동을나흘ᄯᆡ에일몽을엇으니문득뇌뎡벽력이진동ᄒᆞ며쳥룡이슈염을거ᄉᆞ리고공에게향ᄒᆞ여다라들거ᄂᆞᆯ놀나ᄭᆡ다르니일쟝츈몽이라 심즁에대희ᄒᆞ여ᄉᆡᆼ각ᄒᆞ되내이제룡몽을엇엇스니반ᄃᆞ시귀ᄒᆞᆫᄌᆞ식을나흐리라ᄒᆞ고즉시ᄂᆡ당으로드러가니부인류ㅣ니러맛거ᄂᆞᆯ공이흔연이그옥슈를잇그러졍히친압고져ᄒᆞ거ᄂᆞᆯ부인ㅣ려

【홍길동전(권지단)】

1 화셜. 죠션국 셰종죠 시졀에 ᄒᆞᆫ ᄌᆡ상이 잇스니, 셩은 홍이오 명은 뫼라. ᄃᆡᄃᆡ 명문거족으로 쇼년 등과ᄒᆞ여 벼ᄉᆞᆯ이 리조판셔에 니름애 물망이 죠야에 웃듬이오, 츙회 겸비ᄒᆞ기로 일홈이 일국에 진동ᄒᆞ더라. 일즉 두 아ᄃᆞᆯ을 두엇스니, 일ᄌᆞᄂᆞᆫ 일홈이 인형이니 정실 류시의 소ᄉᆡᆼ이오 일ᄌᆞᄂᆞᆫ 일홈이 길동이니 시비 츈셤의 소ᄉᆡᆼ이라.

션시에 공이 길동을 나흘 ᄯᆡ에 일몽을 엇으니, 문득 뢰뎡벽력이 진동ᄒᆞ며 쳥룡이 슈염을 거ᄉᆞ리고 공에게 향ᄒᆞ여 다라들거ᄂᆞᆯ 놀나 ᄭᆡ다르니 일장츈몽이라. 심즁에 ᄃᆡ희ᄒᆞ여 ᄉᆡᆼ각ᄒᆞ되,

'내 이세 룡몽을 엇엇스니 반ᄃᆞ시 귀ᄒᆞᆫ ᄌᆞ식을 나흐리라'

ᄒᆞ고 즉시 ᄂᆡ당으로 드러가니 부인 류시 ᄂᆡ러 맛거ᄂᆞᆯ 공이 흔연이 그 옥슈를 잇그러 정히 친압고져 ᄒᆞ거ᄂᆞᆯ 부인이 정 2 ᄉᆡᆨ 왈,

"샹공이 톄위 존즁ᄒᆞ시거ᄂᆞᆯ 년쇼 경박ᄌᆞ의 비루ᄒᆞᆷ을 ᄒᆡᆼ코져 ᄒᆞ시니 쳡은 봉ᄒᆡᆼ치 아니ᄒᆞ리로소이다"

ᄒᆞ고 언파에 손을 ᄯᅥᆯ치고 나가거ᄂᆞᆯ 공이 ᄀᆞ장 무류ᄒᆞ여 분긔를 ᄎᆞᆷ지 못ᄒᆞ고 외당에 나와 부인의 지식이 업ᄉᆞᆷ을 ᄒᆞᆫ탄ᄒᆞ더니, 맛ᄎᆞᆷ 시비 츈셤이 차를 올니거ᄂᆞᆯ 그 고요ᄒᆞᆷ을 인ᄒᆞ여 츈셤을 잇ᄭᅳᆯ고 협실에 드러가 졍이 친압ᄒᆞ니, 이ᄯᆡ 츈셤의 나히 십팔이라. ᄒᆞᆫ 번 몸을 허ᄒᆞᆫ 후로 문외에 나지 아니ᄒᆞ고 타인을 ᄎᆔᄒᆞᆯ ᄯᅳᆺ이 업ᄉᆞ니 공이 긔특이 녁여 잉쳡을 삼아더

니 과연 그 ᄃᆞᆯ붓허 ᄐᆡ긔 잇서 십삭만에 일ᄀᆡ 옥동을 ᄉᆡᆼᄒᆞ니 긔골이 비범ᄒᆞ여 진짓 영웅호걸의 긔상이라. 공이 일변 깃거ᄒᆞ나 부인에게 나지 못ᄒᆞᆷ을 한ᄒᆞ더라.

길동이 점점 ᄌᆞ라 팔셰됨애 총명이 과인ᄒᆞ여 ᄒᆞᆫ아흘 드르면 ᄇᆡᆨ을 통ᄒᆞ니 공이 더욱 ᄋᆡ즁ᄒᆞ나 근본 쳔ᄉᆡᆼ이라. 길동이 ᄆᆡ양 호부호형ᄒᆞ면 문득 ᄭᅮ지져 못ᄒᆞ게 ᄒᆞ니 길동이 십세 넘도록 감히 부형을 부르지 못ᄒᆞ고 비복 등이 [3] 쳔ᄃᆡᄒᆞᆷ을 각골통ᄒᆞᆫᄒᆞ여 심ᄉᆞᄅᆞᆯ 뎡치 못ᄒᆞ더니, 츄구월 망간을 당ᄒᆞᆷ애 명월은 죠요ᄒᆞ고 청풍은 쇼슬ᄒᆞ여 사ᄅᆞᆷ의 심회ᄅᆞᆯ 돕ᄂᆞᆫ지라. 길동이 셔당에셔 글을 닑다가 문득 셔안을 밀치고 탄 왈,

"대쟝뷔 셰샹에 나매 공ᄆᆡᆼ을 본밧지 못ᄒᆞ면 출하리 병법을 외와 대쟝인을 요하에 빗기차고 동정셔벌ᄒᆞ여 국가에 ᄃᆡ공을 세우고 일홈을 만ᄃᆡ에 빗냄이 쟝부의 쾌ᄉᆡ라. 나ᄂᆞᆫ 엇지ᄒᆞ여 일신이 적막ᄒᆞ고 부형이 잇스되 호부호형을 못ᄒᆞ니 심쟝이 터질지라. 엇지 통ᄒᆞᆫ치 아니리오?"

ᄒᆞ고 말을 ᄆᆞᆺ츠며 ᄯᅳᆯ에 ᄂᆞ려 검슐을 공부ᄒᆞ더니, 맛ᄎᆞᆷ 공이 ᄯᅩᄒᆞᆫ 월ᄉᆡᆨ을 구경ᄒᆞ다가 길동의 ᄇᆡ회ᄒᆞᆷ을 보고 즉시 불너 문왈,

"네 무ᄉᆞᆷ 흥이 잇서 야심토록 잠을 자지 아니ᄒᆞᄂᆞᆫ다?"

길동이 공경 ᄃᆡ왈,

"쇼인이 맛ᄎᆞᆷ 월ᄉᆡᆨ을 사랑ᄒᆞᆷ이여니와 대개 하ᄂᆞᆯ이 만물을 내심애 오직 사ᄅᆞᆷ이 귀ᄒᆞ오나 쇼인에게 니르러ᄂᆞᆫ 귀ᄒᆞ옴이 업ᄉᆞ오니 엇지 사ᄅᆞᆷ이라 ᄒᆞ오리잇가?"

공이 그 말을 짐작ᄒᆞ나 짐[4]즛 ᄎᆡᆨ 왈,

"네 무ᄉᆞᆷ 말인고?"

길동이 ᄌᆡ비 고왈,

"쇼인이 평ᄉᆡᆼ 셜운 바ᄂᆞᆫ 대감 정긔로 당당ᄒᆞ온 남ᄌᆡ 되엿사옴애 부ᄉᆡᆼ

모휵지은이 깁숩거늘 그 부친을 부친이라 못ᄒᆞ옵고 그 형을 형이라 못ᄒᆞ오니 엇지 사ᄅᆞᆷ이라 ᄒᆞ오리잇가?"

ᄒᆞ고 눈물을 흘녀 단삼을 적시거늘 공이 쳥파에 비록 측은ᄒᆞ나 만일 그 ᄯᅳᆺ을 위로ᄒᆞ면 ᄆᆞ음이 방ᄌᆞᄒᆞᆯ가 져어ᄒᆞ여 크게 ᄭᅮ지져 왈,

"지샹가 쳔비 쇼싱이 비단 너ᄲᅮᆫ 아니여든 네 엇지 방ᄌᆞᄒᆞᆷ이 이 ᄀᆞᆺᄒᆞ뇨? ᄎᆞ후 다시 이런 말이 잇스면 안전에 용납지 못ᄒᆞ리라"

ᄒᆞ니 길동이 감이 일언을 고치 못ᄒᆞ고 다만 복디류톄 ᄲᅮᆫ이라. 공이 명ᄒᆞ여 믈[물]너가라 ᄒᆞᆫ대 길동이 침소로 도라와 슬허ᄒᆞᆷ을 마지 아니ᄒᆞ더라.

길동이 본ᄃᆡ ᄌᆡ긔 과인ᄒᆞ고 도량이 활달ᄒᆞᆫ지라. ᄆᆞ음을 진뎡치 못ᄒᆞ여 밤이면 잠을 일우지 못ᄒᆞ더니 일일은 길동이 어미 침소에 가 울며 고왈,

"쇼ᄌᆡ 모친으로 더브러 젼싱 연분이 즁ᄒᆞ여 금셰에 모ᄌᆡ 되오니 은혜 망극ᄒᆞ온지라 그러 5 나 쇼ᄌᆞ의 팔ᄌᆡ 긔박ᄒᆞ여 쳔ᄒᆞᆫ 몸이 되오니 품은 ᄒᆞᆫ이 깁ᄉᆞ온지라. 쟝뷔 세상에 쳐ᄒᆞᆷ에 ᄂᆞᆷ의 쳔ᄃᆡ 밧음이 불가ᄒᆞ온지라. 쇼ᄌᆡ ᄌᆞ연 긔운을 억졔치 못ᄒᆞ여 모친 슬하를 ᄯᅥ나려 ᄒᆞ오니 복밍 모친은 쇼ᄌᆞ를 념려치 마르시고 귀톄를 보즁ᄒᆞ쇼셔."

그 어미 쳥파에 대경 왈,

"지샹가 쳔싱이 너 ᄲᅮᆫ이 아니여든 엇지 협ᄒᆞᆫ 마음을 발ᄒᆞ여 어미 간쟝을 살오ᄂᆞ뇨?"

길동이 ᄃᆡ왈,

"녯날 쟝츙의 아ᄃᆞᆯ 길산은 쳔싱이로되, 십삼 세에 그 어미를 리별ᄒᆞ고 운봉산에 드러가 도를 닷가 아ᄅᆞᆷ다온 일홈을 후셰에 류젼 ᄒᆞ엿스니 쇼ᄌᆡ 그를 효측ᄒᆞ여 세상을 버셔나려 ᄒᆞ오니 모친은 안심ᄒᆞ샤 후일을 기ᄃᆞ리쇼셔. 근간 곡산모의 힝식을 보니 샹공의 춍을 일흘가 ᄒᆞ여 우리 모ᄌᆞ를 원슈ᄀᆞᆺ치 아ᄂᆞᆫ지라 큰 화를 닙을가 ᄒᆞ옵ᄂᆞ니 모친은 쇼ᄌᆡ 나감

을 념려치 말으쇼셔"
ᄒᆞ니 그 어머[미] 쏘ᄒᆞᆫ 슬허ᄒᆞ더라.

원ᄅᆡ 곡산모ᄂᆞᆫ 본ᄃᆡ 곡산 기ᄉᆡᆼ으로 샹공의 총쳡이 되엿스니 일홈은 초란이라 ᄀᆞ[6]장 교만방ᄌᆞᄒᆞ여 심즁에 불합ᄒᆞ면 공에게 참소ᄒᆞ니, 이럼으로 가즁 폐단이 무수ᄒᆞᆫ 즁 뎌ᄂᆞᆫ 아ᄃᆞᆯ이 업고 츈셤은 길동을 나아 샹공이 ᄆᆡ양 귀히 넉임을 심즁에 앙앙ᄒᆞ여 업시ᄒᆞᆷ을 도모ᄒᆞ더니, 일일은 흉계를 ᄉᆡᆼ각ᄒᆞ고 무녀를 쳥ᄒᆞ여 왈,

"나의 일신을 평안케 ᄒᆞᆷ은 이곳 길동을 업시키에 잇ᄂᆞᆫ지라. 만일 나의 소원을 일우면 그 은혜를 후히 갑흐리라"
ᄒᆞ니 무녜 듯고 깃거 ᄃᆡ왈,

"지금 흥인문 밧게 일등 관상녜 잇스니, ᄉᆞᄅᆞᆷ의 상을 ᄒᆞᆫ 번 보면 젼후 길흉을 판단ᄒᆞᄂᆞ니 이 ᄉᆞᄅᆞᆷ을 쳥ᄒᆞ여 소원을 ᄌᆞ셰 닐으고 샹공ᄭᅴ 쳔거ᄒᆞ여 젼후ᄉᆞ를 본 다시 고ᄒᆞ면 샹공이 필연 대혹ᄒᆞ샤 그 ᄋᆞ히를 업시코져 ᄒᆞ시리니 그 ᄯᅢ를 타 여ᄎᆞ여ᄎᆞ ᄒᆞ면 엇지 묘계 아니리잇고?"

초란이 대희ᄒᆞ여 몬져 은ᄌᆞ 오십 량을 주며 상ᄌᆞ를 쳥ᄒᆞ여 오라 ᄒᆞ니, 무녜 하직고 가니라.

이튼날 공이 ᄂᆡ당에 드러와 부인으로 더브러 길동의 비범ᄒᆞᆷ을 닐카르며 다만 쳔ᄉᆡᆼ임을 ᄒᆞᆫ탄ᄒᆞ고 졍히 말숨ᄒᆞ[7]더니, 믄득 ᄒᆞᆫ 녀ᄌᆡ 드러와 당하에 문안ᄒᆞ거ᄂᆞᆯ 공이 고이히 넉여 문왈,

"그ᄃᆡᄂᆞᆫ 엇더ᄒᆞᆫ 녀ᄌᆡ완ᄃᆡ 무숨 일로 왓ᄂᆞ뇨?"

그 녀ᄌᆡ 왈,

"쇼인은 관상ᄒᆞ기로 일삼더니 맛츰 샹공 문하에 니ᄅᆞ럿ᄂᆞ니이다."

공이 ᄎᆞ언을 듯고 길동의 ᄅᆡᄉᆞ를 알고져 ᄒᆞ여 즉시 불너 뵈니, 상녜 이윽히 보다가 놀나며 왈,

“이 공ᄌᆞ의 상을 보니 쳔고 영웅이오 일ᄃᆡ 호걸이로ᄃᆡ 다만 지톄 부족ᄒᆞ오니 다른 념려ᄂᆞᆫ 업슬가 ᄒᆞᄂᆞ이다”

ᄒᆞ고 말을 내고져 ᄒᆞ다가 쥬져ᄒᆞ거ᄂᆞᆯ 공과 부인이 ᄀᆞ장 고히 넉여 왈,

“무ᄉᆞᆷ 말을 바른 ᄃᆡ로 닐으라.”

상녜 마지 못ᄒᆞ여 좌우를 물니치고 왈,

“공ᄌᆞ의 상을 보ᄋᆞᆫ즉 흉즁에 조홰 무궁ᄒᆞ고 미간에 산쳔 졍긔 령롱ᄒᆞ오니 진짓 왕후의 긔상이라. 장셩ᄒᆞ면 장ᄎᆞᆺ 멸문지화를 당ᄒᆞ오리니 샹공은 ᄉᆞᆲ히소셔.”

공이 텽파에 경ᄋᆞᄒᆞ여 믁믁 반향에 ᄆᆞ음을 뎡ᄒᆞ고 왈,

“사ᄅᆞᆷ의 팔ᄌᆞᄂᆞᆫ 도망키 어렵거니와 너ᄂᆞᆫ 이런 말을 루셜치 말라.”

당부ᄒᆞ고 약간 은ᄌᆞ를 주어 보ᄂᆡ니라.

ᄎᆞ후로 [8] 공이 길동을 산뎡에 머물게 ᄒᆞ고 일동 일졍을 엄슉히 ᄉᆞᆲ히니, 길동이 이 일을 당ᄒᆞᆷ애 더욱 셜움을 이긔지 못ᄒᆞ나 ᄒᆞᆯ 길 업서 륙도삼략과 텬문디리를 공부ᄒᆞ더니, 공이 이 일을 알고 크게 근심ᄒᆞ여 왈,

“이 놈이 본ᄃᆡ 지죄 잇슴애 만일 범람ᄒᆞᆫ 의ᄉᆞ를 두면 상녀의 말과 ᄀᆞᆺᄒᆞ리니 이를 쟝ᄎᆞᆺ 엇지ᄒᆞ리오?”

ᄒᆞ더라.

이쌔 초란이 무녀와 상ᄌᆞ를 교통ᄒᆞ여 공의 ᄆᆞ음을 놀납게 ᄒᆞ고 길동을 업시코져 ᄒᆞ여 쳔금을 ᄇᆞ려 ᄌᆞᄀᆡᆨ을 구ᄒᆞ니 일홈이 특ᄌᆡ라. 젼후ᄉᆞ를 ᄌᆞ세 닐으고 초란이 공ᄭᅴ 고왈,

“일젼 상녜 아ᄂᆞᆫ 일이 귀신 ᄀᆞᆺᄒᆞᆷ애 길동의 ᄅᆡᄉᆞ를 엇지 쳐치ᄒᆞ시ᄂᆞ니잇가? 쳔쳡도 놀납고 두려워 ᄒᆞᄋᆞᆸᄂᆞ니 일즉 뎌를 업시 ᄒᆞᆷ만 ᄀᆞᆺ지 못ᄒᆞ리로소이다.”

공이 이 말을 듯고 눈셥을 찡긔여 왈,

"이 일은 내 쟝즁에 잇스니 너ᄂᆞᆫ 번거히 구지 말라"

ᄒᆞ고 물니치나 심ᄉᆡ ᄌᆞ연 산란ᄒᆞ여 밤이면 잠을 일우지 못ᄒᆞ고 인ᄒᆞ야 병이 된지라. 부인과 좌랑 인형이 크게 근심ᄒᆞ야 아모리 ᄒᆞᆯ 줄 모[9]로더니 초란이 겻헤 뫼셧다가 고왈,

"샹공 환휘 위즁ᄒᆞ심은 길동을 두심이라. 천ᄒᆞ온 소견은 길동을 죽여 업시ᄒᆞ면 샹공의 병환도 쾌차ᄒᆞ실 ᄲᅮᆫ 아녀 문호ᄅᆞᆯ 보존ᄒᆞ오리니 엇지 이ᄅᆞᆯ ᄉᆡᆼ각지 아니시ᄂᆞ잇고?"

부인 왈,

"아모리 그러나 인륜이 지즁ᄒᆞ니 ᄎᆞ마 엇지 ᄒᆡᆼᄒᆞ리오?"

초란 왈,

"듯ᄌᆞ오니 특ᄌᆡ라 ᄒᆞᄂᆞᆫ ᄌᆞᄀᆡᆨ이 잇서 사ᄅᆞᆷ 죽임을 랑즁 취물ᄀᆞᆺ치 ᄒᆞᆫ다 ᄒᆞ오니 천금을 주어 밤에 드러가 해ᄒᆞ오면 샹공이 알으시나 ᄒᆞᆯ 일 업ᄉᆞ오리니 부인은 ᄌᆡ삼 ᄉᆡᆼ각ᄒᆞ소셔."

부인과 좌랑이 눈물을 흘녀 왈,

"이ᄂᆞᆫ ᄎᆞ마 못ᄒᆞᆯ 배로ᄃᆡ 첫재ᄂᆞᆫ 나라ᄅᆞᆯ 위ᄒᆞᆷ이오 둘재ᄂᆞᆫ 샹공을 위ᄒᆞᆷ이오 셋재ᄂᆞᆫ 홍문을 보존ᄒᆞᆷ이니 너의 계교ᄃᆡ로 ᄒᆡᆼᄒᆞ라."

초란이 대희ᄒᆞ여 다시 특ᄌᆡᄅᆞᆯ 불너 이 말을 ᄌᆞ셰 닐으고 금야에 급히 ᄒᆡᆼᄒᆞ라 ᄒᆞ니, 특ᄌᆡ 응락고 밤들기ᄅᆞᆯ 기ᄃᆞ리더라.

챠셜. 길동이 그 원통ᄒᆞᆫ 일을 ᄉᆡᆼ각ᄒᆞᆷ애 시각을 머무지 못ᄒᆞᆯ 일이로되 샹공의 엄명이 지즁ᄒᆞᆷ으로 ᄒᆞᆯ 일 업셔 밤이면 잠을 일[10]우지 못ᄒᆞ더니, ᄎᆞ야에 촉을 ᄇᆞᆰ히고 쥬역을 ᄌᆞᆷ심ᄒᆞ다가 믄득 드르니 가마귀 세 번 울고 가거ᄂᆞᆯ 길동이 고이히 녁여 혼자말로 닐오ᄃᆡ,

"이 즘ᄉᆡᆼ은 본ᄃᆡ 밤을 ᄭᅥ리거ᄂᆞᆯ 이제 울고 가니 심이 불길ᄒᆞ도다"

ᄒᆞ고 즘간 팔괘ᄅᆞᆯ 버려 보고 대경ᄒᆞ여 셔안을 물니치고 둔갑법을 ᄒᆡᆼᄒᆞ

여 그 동정을 ᄉᆞᆲ히더니 ᄉᆞ경은 ᄒᆞ여 ᄒᆞᆫ 사ᄅᆞᆷ이 비슈ᄅᆞᆯ 들고 완완이 방문을 열고 드러오ᄂᆞᆫ지라. 길동이 급히 몸을 ᄀᆞᆷ초고 진언을 념ᄒᆞ니, 홀연 일진 음풍이 니러나며 집은 간 ᄃᆡ 업고 텹텹ᄒᆞᆫ 산즁에 풍경이 거록ᄒᆞᆫ지라. 특ᄌᆡ 대경ᄒᆞ여 길동의 조홰 신기ᄒᆞᆷ을 알고 비슈ᄅᆞᆯ ᄀᆞᆷ초아 피코져 ᄒᆞ더니 믄득 길이 ᄭᅳᆫ쳐지고 층암졀벽이 ᄀᆞ리왓스니 진퇴유곡이라. ᄉᆞ면으로 방황ᄒᆞ더니, 믄득 뎌 쇼ᄅᆡ 들니거ᄂᆞᆯ 정신을 ᄎᆞ려 ᄉᆞᆲ혀보니 일위 쇼동이 라귀ᄅᆞᆯ ᄐᆞ고 오며 뎌 불기ᄅᆞᆯ 긋치고 ᄭᅮ지져 왈,

"네 무슴 일로 나ᄅᆞᆯ 죽이려 ᄒᆞᄂᆞᆫ다? 무죄ᄒᆞᆫ 사ᄅᆞᆷ을 해ᄒᆞ면 엇지 텬앙이 업스리오?"

ᄒᆞ고 진언을 념ᄒᆞ[11]더니, 홀연 일진 흑운이 니러나며 큰 비 붓드시 오고 사셕이 ᄂᆞᆯ니거ᄂᆞᆯ 특ᄌᆡ 정신을 슈습ᄒᆞ여 ᄉᆞᆲ혀보니 길동이라.

"비록 그 ᄌᆡ조ᄅᆞᆯ 신긔히 녁이나 엇지 나ᄅᆞᆯ ᄃᆡ뎍ᄒᆞ리오?"

ᄒᆞ고 다라들며 대호 왈,

"너ᄂᆞᆫ 죽어도 나ᄅᆞᆯ 원치 말나. 초란이 무녀와 상쟈ᄅᆞ ᄒᆞ여곰 상공과 의론ᄒᆞ고 너ᄅᆞᆯ 죽이려 ᄒᆞᆷ이니 엇지 나ᄅᆞᆯ 원망ᄒᆞ리오?"

ᄒᆞ고 칼을 들고 다라들거ᄂᆞᆯ 길동이 분긔ᄅᆞᆯ ᄎᆞᆷ지 못ᄒᆞ여 요술로 특ᄌᆡ의 칼을 아셔 들고 대매 왈,

"네 ᄌᆡ물을 탐ᄒᆞ여 사ᄅᆞᆷ 죽임을 됴히 녁이니 너ᄀᆞᆺᄒᆞᆫ 무도ᄒᆞᆫ 놈을 죽여 후환을 업시ᄒᆞ리라"

ᄒᆞ고 ᄒᆞᆫ 번 칼을 드니, 특ᄌᆡ의 머리 방즁에 ᄂᆞ려지ᄂᆞᆫ지라. 길동이 분긔ᄅᆞᆯ 이긔지 못ᄒᆞ여 이 밤에 바로 상녀ᄅᆞᆯ 잡아 특ᄌᆡ 죽은 방에 드리치고 ᄭᅮ지져 왈,

"네 날로 더브러 무슴 원슈 잇관ᄃᆡ 초란과 ᄒᆞᆫ가지로 나ᄅᆞᆯ 죽이려 ᄒᆞ더냐?"

ᄒᆞ고 버히니 엇지 가련치 아니ᄒᆞ리오?

이ᄯᅢ 길동이 량인을 죽이고 건상을 ᄉᆞᆲ혀보니 은하슈는 셔흐로 기우려지고 월ᄉᆡᆨ은 희미ᄒᆞ[12]여 슈회를 돕는지라. 분긔를 ᄎᆞᆷ지 못ᄒᆞ여 ᄯᅩ 초란을 죽이고져 ᄒᆞ다가 샹공이 ᄉᆞ랑ᄒᆞ심을 ᄭᆡ닷고 칼을 데[던]지며 망명도ᄉᆡᆼᄒᆞᆷ을 ᄉᆡᆼ각ᄒᆞ고 바로 샹공 침소에 나아가 하직을 고코져 ᄒᆞ더니, 이ᄯᅢ 공이 창외의 인적이 잇슴을 고이히 녁여 창을 열고 보니 이 곳 길동이라. 인견 왈,

"밤이 깁헛거ᄂᆞᆯ 네 엇지 자지 아니ᄒᆞ고 이리 방황ᄒᆞᄂᆞᆫ다?"

길동이 복디 ᄃᆡ왈,

"쇼인이 일즉 부ᄉᆡᆼ모휵지은을 만분지일이나 갑흘가 ᄒᆞ엿더니 가ᄂᆡ에 불의지인이 잇ᄉᆞ와 샹공ᄭᅴ 참소ᄒᆞ고 쇼인을 죽이려 ᄒᆞ옴애 계오 목숨은 보젼ᄒᆞ엿ᄉᆞ오나 샹공을 뫼실 길이 업삽기로 금일 샹공긔 하직을 고ᄒᆞᄂᆞ이다"

ᄒᆞ거ᄂᆞᆯ 공이 대경 왈,

"네 무ᄉᆞᆷ 변괴 잇관ᄃᆡ 어린 ᄋᆞᄒᆡ 집을 ᄇᆞ리고 어ᄃᆡ로 가려 ᄒᆞᄂᆞᆫ다?"

길동이 ᄃᆡ왈,

"날이 ᄇᆞᆰ으면 ᄌᆞ연 알으시려니와 쇼인의 신세는 부운과 ᄀᆞᆺᄉᆞ오니 샹공의 ᄇᆞ린 ᄌᆞ식이 엇지 방소를 두리잇고?"

ᄒᆞ며 쌍뤼 죵횡ᄒᆞ여 말을 일우지 못ᄒᆞ거ᄂᆞᆯ 공이 그 형상을 보고 ᄎᆞᆨ은[13]이 녁여 ᄀᆡ유 왈,

"내 너의 품은 ᄒᆞᆫ을 짐작ᄒᆞᄂᆞ니 금일로붓허 호부호형을 허ᄒᆞ노라."

길동이 ᄌᆡᄇᆡ 왈,

"쇼ᄌᆞ의 일편지ᄒᆞᆫ을 야얘 풀어 주옵시니 죽어도 ᄒᆞᆫ이 업도쇼이다. 복망 야야는 만슈무강 ᄒᆞ옵쇼셔"

ᄒᆞ고 ᄌᆡ빈 하직ᄒᆞ니 공이 붓드지 못ᄒᆞ고 다만 무ᄉᆞᄒᆞᆷ을 당부ᄒᆞ더라.

길동이 ᄯᅩ 어미 침소에 가 리별을 고ᄒᆞ여 왈,

"쇼ᄌᆡ 지금 슬하를 ᄯᅥ나옴애 다시 뫼실 날이 잇ᄉᆞ오리니 모친은 그ᄉᆞ이 귀톄를 보즁ᄒᆞ쇼셔."

츈낭이 이 말을 듯고 무슨 변괴 잇슴을 짐작ᄒᆞ나 ᄋᆞᄌᆞ의 하직ᄒᆞᆷ을 보고 집슈 통곡 왈,

"네 어ᄃᆡ로 향코져 ᄒᆞᄂᆞᆫ다? ᄒᆞᆫ 집에 잇서도 쳐쇠 쵸간ᄒᆞ여 ᄆᆡ양 련련ᄒᆞ더니, 이제 너를 뎡쳐 업시 보내고 엇지 니즈리오? 너ᄂᆞᆫ 수이 도라와 모ᄌᆡ 샹봉ᄒᆞᆷ을 바라노라."

길동이 ᄌᆡ빈 하직ᄒᆞ고 문을 나매 운산이 텹텹ᄒᆞ여 지향 업시 힝ᄒᆞ니 엇지 가련치 아니리오?

챠셜. 초란이 특ᄌᆡ의 쇼식 업슴을 십분 의ᄋᆞᄒᆞ여 ᄉᆞ긔를 탐지ᄒᆞ니 길동은 간 ᄃᆡ 업고 특ᄌᆡ의 죽엄과 계집⑭의 시신이 방즁에 잇다 ᄒᆞ거ᄂᆞᆯ 혼비빅산ᄒᆞ여 급히 부인ᄭᅴ 고ᄒᆞᆫᄃᆡ, 부인이 ᄯᅩᄒᆞᆫ 대경ᄒᆞ여 좌랑을 불너 이 일을 닐으며 샹공ᄭᅴ 고ᄒᆞ니 공이 대경 실ᄉᆡᆨ 왈,

"길동이 밤에 와 슯히 하직ᄒᆞᆷ을 ᄀᆡ샹 고히 녁엿더니 이 일이 잇도다!"

좌랑이 감히 은휘치 못ᄒᆞ여 초란의 실ᄉᆞ를 고ᄒᆞᆫᄃᆡ, 공이 더욱 분노ᄒᆞ여 일변 초란을 내치고 ᄀᆞ만히 두 시톄를 업시ᄒᆞ며 노복을 불너 이런 말을 내지 말라 당부ᄒᆞ더라.

각셜. 길동이 부모를 리별ᄒᆞ고 문을 나매 일신이 표박ᄒᆞ여 뎡쳐 업시 힝ᄒᆞ더니, ᄒᆞᆫ 곳에 다다르니 경개 졀승ᄒᆞᆫ지라. 인가를 차자 졈졈 드러가니 큰 바회 밋헤 셕문이 닷쳣거ᄂᆞᆯ ᄀᆞ만히 그 문을 열고 드러가니 평원 광야에 수빅 호 인개 즐비ᄒᆞ고 여러 사ᄅᆞᆷ이 모다 잔ᄎᆡᄒᆞ며 즐기니 이곳은 도적의 굴혈이라. 믄득 길동을 보고 그 위인이 록록지 아님을 반겨

문왈,

"그ᄃᆡᄂᆞᆫ 엇던 사ᄅᆞᆷ이완대 이곳에 차자 왓ᄂᆞ뇨? 이곳은 영웅이 모도엿스나 아직 괴슈ᄅᆞᆯ 뎡치 못ᄒᆞ[15]엿스니, 그ᄃᆡ 만일 용력이 잇서 참예코져 ᄒᆞᆯ진댄 뎌 돌을 들어 보라."

길동이 이 말을 듯고 다힝ᄒᆞ여 ᄌᆡᄇᆡ 왈,

"나ᄂᆞᆫ 경셩 홍판셔의 쳔쳡 소ᄉᆡᆼ 길동이러니 가중 쳔ᄃᆡᄅᆞᆯ 밧지 아니려ᄒᆞ여 사ᄒᆡ 팔방으로 뎡쳐 업시 ᄃᆞᆫ니더니, 우연이 이곳에 드러와 모든 호걸의 동뉴 됨을 닐으시니 불승 감샤 ᄒᆞ거니와 쟝뷔 엇지 뎌만ᄒᆞᆫ 돌 들기ᄅᆞᆯ 근심ᄒᆞ리오?"

ᄒᆞ고 그 돌을 들어 수십 보ᄅᆞᆯ 힝ᄒᆞ다가 더지니 그 돌 무게 쳔 근이라. 졔적이 일시에 칭찬 왈,

"과연 장ᄉᆞ로다. 우리 수천 명 즁에 이 돌 들 재 업더니, 오늘날 하ᄂᆞᆯ이 도으샤 쟝군을 주심이로다"

ᄒᆞ고 길동을 샹좌에 안치고 술을 ᄎᆞ례로 권ᄒᆞ고 ᄇᆡᆨ마 잡아 ᄆᆡᆼ세ᄒᆞ며 언약을 굿게ᄒᆞ니 즁인이 일시에 응락ᄒᆞ고 죵일 즐기더라. 이후로 길동이 졔인으로 더브러 무예ᄅᆞᆯ 련습ᄒᆞ여 수월지ᄂᆡ에 군법이 정제ᄒᆞᆫ지라.

일일은 졔인이 닐오ᄃᆡ,

"아등이 발셔 협쳔 ᄒᆡ인ᄉᆞᄅᆞᆯ 쳐 그 ᄌᆡ물을 탈취코져 ᄒᆞ나 지략이 부족ᄒᆞ여 거조ᄅᆞᆯ 발치 못ᄒᆞ[16]엿더니, 이제 장군의 의향이 엇더ᄒᆞ시니잇고?"

길동이 쇼왈,

"내 쟝ᄎᆞ 발군ᄒᆞ리니 그ᄃᆡ 등은 지휘ᄃᆡ로 ᄒᆞ라"

ᄒᆞ고 쳥포 흑ᄃᆡ에 라귀ᄅᆞᆯ ᄐᆞ고 죵ᄌᆞ 수인을 다리고 나가며 왈,

"내 그 절에 가 동정을 보고 오리라"

ᄒᆞ고 가니 완연ᄒᆞᆫ ᄌᆡ샹가 ᄌᆞ뎨라.

그 졀에 드러가 몬져 쥬승을 불너 닐오ᄃᆡ,

"나ᄂᆞᆫ 경셩 홍판셔ᄃᆡᆨ ᄌᆞ뎨라. 이 졀에 와 글공부ᄒᆞ라 왓거니와 명일에 ᄇᆡᆨ미 이십 셕을 보낼 것이니 음식을 졍히 ᄎᆞ리면 너의들로 ᄒᆞᆫ가지로 먹으리라"

ᄒᆞ고 ᄉᆞ즁을 두루 ᄉᆈᆸ혀 보며 후일을 긔약ᄒᆞ고 동구를 나오니 졔승이 깃거ᄒᆞ더라.

길동이 도라와 ᄇᆡᆨ미 수십 셕을 보내고 즁인을 불너 왈,

"내 아모 날은 그 졀에 가 이리이리 ᄒᆞ리니, 그ᄃᆡ 등은 뒤흘 좃차 와 이리이리 ᄒᆞ라"

ᄒᆞ고 그 날을 기ᄃᆞ려 죵ᄌᆞ 수십 인을 다리고 ᄒᆡ인ᄉᆞ에 니르니 졔승이 마자 드러 가니 길동이 로승을 불너 문왈,

"내 보낸 ᄊᆞᆯ로 음식이 부족지 아니ᄒᆞ더뇨?"

로승 왈,

"엇지 부족ᄒᆞ리잇가? 너모 황감ᄒᆞ여이다."

길동이 17 샹좌에 안고 졔승을 일졔이 쳥ᄒᆞ여 각기 상을 밧게 ᄒᆞ고 몬져 술을 마시며 ᄎᆞ례로 권ᄒᆞ니 모든 즁이 황감ᄒᆞ여 ᄒᆞ더라. 길동이 상을 밧고 먹더니 믄득 모래를 ᄀᆞ만히 입에 너코 ᄭᆡ무니 그 소ᄅᆡ 큰지라. 졔승이 듯고 놀나 사죄ᄒᆞ거ᄂᆞᆯ 길동이 거즛 대노ᄒᆞ여 ᄭᅮ지져 왈,

"너희 등이 엇지 음식을 이다지 부졍케 ᄒᆞ뇨? 이ᄂᆞᆫ 반ᄃᆞ시 릉멸ᄒᆞᆷ이라"

ᄒᆞ고 죵ᄌᆞ에게 분부ᄒᆞ여 졔승을 다 ᄒᆞᆫ 줄에 결박ᄒᆞ여 안치니 ᄉᆞ즁이 황겁ᄒᆞ여 아무리 ᄒᆞᆯ 줄 모로ᄂᆞᆫ지라. 이윽고 대적 수ᄇᆡᆨ여 명이 일시에 다라드러 모든 ᄌᆡ물을 다 뎨 것 가져가듯 ᄒᆞ니 졔승이 보고 다만 입으로 소ᄅᆡ만 지를 ᄯᆞᄅᆞᆷ이라.

이때 불목한이 맛츰 나갓다가 이런 일을 보고 즉시 관가에 고ᄒᆞ니 협천 원이 듯고 관군을 됴발ᄒᆞ여 그 도적을 잡으라 ᄒᆞ니 수ᄇᆡᆨ 쟝괴 도적의 뒤흘 쫏출 ᄉᆡ, 믄독[득] 보니 ᄒᆞᆫ 즁이 숑락을 쓰고 ᄯᅩ 쟝삼 닙고 뫼에 올나 웨여 왈,

"도적이 뎌 ᄇᆡᆨ[북]편 쇼로로 가니 샐니 가 잡으쇼셔"

ᄒᆞ거ᄂᆞᆯ 관군이 그 절[18]즁이 ᄀᆞᄅᆞ치ᄂᆞᆫ 줄로 알고 풍우ᄀᆞᆺ치 ᄇᆡᆨ[북]편 쇼로로 차자가다가 날이 져문 후 잡지 못ᄒᆞ고 도라가니라. 길동이 제적을 남편 대로로 보내고 뎨 홀로 즁의 복ᄉᆡᆨ으로 관군을 속여 무ᄉᆞ히 굴혈로 도라오니 모든 사ᄅᆞᆷ이 발셔 ᄌᆡ물을 슈탐ᄒᆞ여 왓ᄂᆞᆫ지라. 일시에 나와 샤례ᄒᆞ거ᄂᆞᆯ 길동이 쇼왈,

"장뷔 이만 ᄌᆡ죄 업스면 엇지 즁인의 괴슈 되리오?"

ᄒᆞ더라.

이후로 길동이 ᄌᆞ호ᄅᆞᆯ 활빈당이라 ᄒᆞ여 죠션 팔도로 ᄃᆞᆫ니며 각 읍 슈령이 불의로 ᄌᆡ물이 잇스면 탈취ᄒᆞ고, 혹 지빈 무의ᄒᆞᆫ 재 잇스면 구제ᄒᆞ며 ᄇᆡᆨ셩을 침범치 아니ᄒᆞ고 나라의 속ᄒᆞᆫ ᄌᆡ물은 츄호도 범치 아니ᄒᆞ니, 이럼으로 제적이 그 의취ᄅᆞᆯ 항복ᄒᆞ더라.

일일은 길동이 제인을 모호고 의론 왈,

"이제 함경감ᄉᆡ 탐관오리로 쥰민고ᄐᆡᆨᄒᆞ여 ᄇᆡᆨ셩이 다 견ᄃᆡ지 못ᄒᆞᄂᆞᆫ지라. 우리 등이 그져 두지 못ᄒᆞ리니 그ᄃᆡ 등은 나의 지휘ᄃᆡ로 ᄒᆞ라"

ᄒᆞ고 ᄒᆞᆫ아식 흘너드러가 아모 날 밤에 긔약을 뎡ᄒᆞ고 남문 밧게 불을 지르니, 감[19]ᄉᆡ 대경ᄒᆞ여 그 불을 구ᄒᆞ라 ᄒᆞ니 관쇽이며 ᄇᆡᆨ셩들이 일시에 내다라 그 불을 구ᄒᆞᆯᄉᆡ 길동의 수ᄇᆡᆨ 적당이 일시에 셩즁에 다라드러 창고ᄅᆞᆯ 열고 젼곡과 군긔ᄅᆞᆯ 슈탐ᄒᆞ여 ᄇᆡᆨ[북]문으로 다라나니 셩즁이 요란ᄒᆞ여 물ᄭᅳᆯ 틋 ᄒᆞᄂᆞᆫ지라. 감ᄉᆡ 불의지변을 당ᄒᆞ여 아모리 ᄒᆞᆯ 줄 모로더

니 날이 ᄇᆞᆰ은 후 ᄉᆞᆲ혀보니 창고의 군긔와 젼곡이 뷔엿거ᄂᆞᆯ 감ᄉᆡ 대경 실ᄉᆡᆨᄒᆞ여 그 도적 잡기ᄅᆞᆯ 힘쓰더니, 홀연 븍[북]문에 방을 붓쳣스되,

아모 날 젼곡 도적ᄒᆞᆫ 쟈ᄂᆞᆫ 활빈당 ᄒᆡᆼ슈 홍길동이라

ᄒᆞ엿거ᄂᆞᆯ 감ᄉᆡ 발군ᄒᆞ여 그 도직을 잡으려 ᄒᆞ너라.

챠셜. 길동이 졔적과 ᄒᆞᆫ가지로 젼곡을 만히 도적ᄒᆞ엿스나 ᄒᆡᆼ혀 길에셔 잡힐가 념려ᄒᆞ여 둔갑법과 츅지법을 ᄒᆡᆼᄒᆞ여 쳐소에 도라오니 날이 새고져 ᄒᆞ엿더라.

일일은 길동이 졔인을 모호고 의론 왈,

"이제 우리 협쳔 ᄒᆡ인ᄉᆞ에 가 ᄌᆡ물을 탈취ᄒᆞ고 ᄯᅩ 함경 감영에 가 젼곡을 도적ᄒᆞ여 소문이 파다ᄒᆞ려니와 나의 셩명을 써 감영에 붓쳣스니 오[20] 래지 아니ᄒᆞ여 잡히기 쉬올지라. 그ᄃᆡ 등은 나의 ᄌᆡ조ᄅᆞᆯ 보라" ᄒᆞ고 즉시 초인 닐곱을 ᄆᆞᆫ드러 ᄌᆡ어을 념ᄒᆞ고 혼ᄇᆡᆨ을 붓치니 닐곱 길동이 일시에 팔을 ᄲᅩᆷ내며 크게 소ᄅᆡᄒᆞ고 ᄒᆞᆫ 곳에 모다 란만이 슈작ᄒᆞ니 어ᄂᆞ 것이 졍 길동인지 아지 못ᄒᆞᄂᆞᆫ지라. 팔도에 ᄒᆞᆫ아식 흣허지되 각각 사ᄅᆞᆷ 수ᄇᆡᆨ여 명식 거ᄂᆞ리고 ᄃᆞ니니 그 즁에도 졍 길동이 어ᄂᆞ 곳에 잇ᄂᆞᆫ 줄 아지 못ᄒᆞᆯ너라. 여ᄃᆞᆲ 길동이 팔도에 ᄃᆞ니며 호풍 환우ᄒᆞᄂᆞᆫ 술법을 ᄒᆡᆼᄒᆞ니 각읍 창곡이 일야간에 죵적 업시 가져가며 셔울 오ᄂᆞᆫ 봉물을 의심 업시 탈취ᄒᆞ니 팔도 각읍이 소요ᄒᆞ야 밤에 능히 잠을 자지 못ᄒᆞ고 도로에 ᄒᆡᆼ인이 ᄭᅳᆫ쳣스니 이럼으로 팔되 요란ᄒᆞᆫ지라. 감ᄉᆡ 이 일로 장계ᄒᆞ여 대강 ᄒᆞ엿스되,

난ᄃᆡ 업ᄂᆞᆫ 홍길동이란 대적이 잇서 능히 풍운을 짓고 각 읍의 ᄌᆡ물을

탈취ᄒᆞ오며 봉승ᄒᆞᄂᆞᆫ 물죵이 올나가지 못ᄒᆞ고 작란이 무수ᄒᆞ오니 그 도적을 잡지 못ᄒᆞ오면 쟝ᄎᆞᆺ 어ᄂᆞ 디경에 니를 쥴 아지 못[21] ᄒᆞ오리니 복망 셩샹은 좌우 포쳥으로 잡게ᄒᆞ쇼셔

ᄒᆞ엿더라. 샹이 보시고 대경ᄒᆞ샤 포장을 명쵸ᄒᆞ실 ᄉᆡ, 련ᄒᆞ여 팔도 장계를 올니ᄂᆞᆫ지라. 련ᄒᆞ여 ᄣᅥ혀 보시니 도적의 일홈이 다 홍길동이라 ᄒᆞ엿고 젼곡 일흔 일ᄌᆞ를 보시니 ᄒᆞᆫ 날 ᄒᆞᆫ 시라. 샹이 크게 놀라샤 글ᄋᆞ샤ᄃᆡ,

"이 도적의 용ᄆᆡᆼ과 술법은 녯날 치우라도 당치 못ᄒᆞ리로다. 아모리 신긔ᄒᆞᆫ 놈인들 엇지 ᄒᆞᆫ 몸이 팔도에 잇서 ᄒᆞᆫ 날 ᄒᆞᆫ 시에 도적ᄒᆞ리오? 이난 심상ᄒᆞᆫ 도적이 아니라 잡기 어려오리니 좌우 포쟝이 발군ᄒᆞ여 그 도적을 잡으라" ᄒᆞ시니, 이ᄣᅢ 우포쟝 리흡이 주왈,

"신이 비록 ᄌᆡ죄 업ᄉᆞ오나 그 도적을 잡아 오리니 뎐하ᄂᆞᆫ 근심 말으쇼셔. 이제 좌우 포쟝이 엇지 병출ᄒᆞ오리잇가?"

샹이 올히 넉이샤 급히 발ᄒᆡᆼ홈을 ᄌᆡ촉ᄒᆞ시니 리흡이 하직ᄒᆞ고 허다 관졸을 거ᄂᆞ리고 발ᄒᆡᆼᄒᆞᆯ ᄉᆡ 각각 흣허져 아모 날 문경으로 모도임을 약속ᄒᆞ고 리흡이 약간 포졸 수삼 인을 다리고 변복ᄒᆞ고 ᄃᆞᆫ니더니, 일일은 날[22] 이 져물매 쥬뎜을 차자 쉬더니, 믄득 일위 쇼년이 라귀를 타고 드러와 뵈거ᄂᆞᆯ 포쟝이 답례ᄒᆞᆫ대, 그 쇼년이 믄득 ᄒᆞᆫ숨 지며 왈,

"보텬지해 막비왕퇴오 솔토지민이 막비왕신이라 ᄒᆞ니, 쇼ᄉᆡᆼ이 비록 향곡에 잇스나 국가를 위ᄒᆞ여 근심이로소이다."

포쟝이 거즛 놀나며 왈,

"이 엇지 닐음이뇨?"

쇼년 왈,

"이제 홍길동이란 도적이 팔도로 단니며 작란홈애 인심이 소동ᄒᆞ오

니, 이놈을 잡아 업시치 못ᄒᆞ니 엇지 분ᄒᆞᆫ치 아니리오?”

포장이 이 말을 듯고 왈,

“그ᄃᆡ 긔골이 쟝ᄃᆡᄒᆞ고 언에 츙직ᄒᆞ니 날과 ᄒᆞᆫ가지로 그 도적을 잡음이 엇더ᄒᆞ뇨?”

쇼년 왈,

“내 발셔 잡고져ᄒᆞ니 용력 잇ᄂᆞᆫ 사ᄅᆞᆷ을 엇시 못ᄒᆞ엿더니, 이제 그ᄃᆡ를 맛낫스니 엇지 만힝이 아니리오마는 그ᄃᆡ ᄌᆡ조를 아지 못ᄒᆞ니 그윽ᄒᆞᆫ 곳에 가 시험ᄒᆞ자”

ᄒᆞ고 ᄒᆞᆫ가지로 힝ᄒᆞ더니, ᄒᆞᆫ 곳에 니르러 놉흔 바회 우헤 올나 안즈며 닐오ᄃᆡ,

“그ᄃᆡ 힘을 다ᄒᆞ여 두 발로 나를 차 ᄂᆞ리치라”

ᄒᆞ고 낭 긋헤 나아 안거ᄂᆞᆯ 포장이 ᄉᆡᆼ각ᄒᆞ 23 되,

‘뎨 아모리 용력이 잇슨들 ᄒᆞᆫ 번 차면 제 엇지 아니 ᄯᅥ러지리오?’

ᄒᆞ고 평ᄉᆡᆼ 힘을 다ᄒᆞ여 두 발로 ᄆᆡ오 차니 그 쇼년이 믄득 도라 안즈며 왈,

“그ᄃᆡ 진짓 장ᄉᆞ로다. ᄂᆡ 여러 사ᄅᆞᆷ을 시험ᄒᆞ되 나를 요동ᄒᆞᄂᆞᆫ 재 업더니 그ᄃᆡ에게 재이여 오샹이 울닌 듯ᄒᆞ도다. 그ᄃᆡ 나를 ᄯᆞ라 오면 길동을 잡으리라”

ᄒᆞ고 텹텹ᄒᆞᆫ 산곡으로 드러가거ᄂᆞᆯ 포장이 ᄉᆡᆼ각ᄒᆞ되,

‘나도 힘을 ᄌᆞ랑ᄒᆞᆯ만 ᄒᆞ더니 오날 뎌 쇼년의 힘을 보니 엇지 놀납지 아니리오? 그러나 이곳ᄭᆞ지 왓스니 혈마 뎌 쇼년 혼자라도 길동 잡기를 근심ᄒᆞ리오?’

ᄒᆞ고 ᄯᆞ라 가더니, 그 쇼년이 믄득 돌쳐 셔며 왈,

“이곳이 길동의 굴혈이라. 내 몬져 드러가 탐지ᄒᆞᆯ 것이니 그ᄃᆡᄂᆞᆫ 여긔 잇셔 기ᄃᆞ리라.”

포쟝이 ᄆᆞ음에 의심되나 ᄲᆞᆯ니 잡아 옴을 당부ᄒᆞ고 안잣더니 이윽고 홀연 산곡으로 조차 수십 군졸이 요란이 소ᄅᆡ 지르며 ᄂᆞ려오ᄂᆞᆫ지라. 포쟝이 대경ᄒᆞ여 피코져 ᄒᆞ더니 졈졈 갓가이 와 포쟝을 결박ᄒᆞ며 ᄭᅮ지져 왈,

"네 포도[24] 대쟝 리흡인다? 우리 등이 디부왕의 명을 밧아 너를 잡으러 왓다"

ᄒᆞ고 텰삭으로 목을 올가 풍우ᄀᆞᆺ치 몰아가니 포쟝이 혼불부톄ᄒᆞ여 아모란 줄 모로ᄂᆞᆫ지라. ᄒᆞᆫ 곳에 다다라 소ᄅᆡ 지르며 ᄭᅮᆯ녀 안치거ᄂᆞᆯ 포쟝이 정신을 가다듬어 치미러보니 궁궐이 광대ᄒᆞᆫᄃᆡ 무수ᄒᆞᆫ 황건력ᄉᆡ 좌우에 라렬ᄒᆞ고 뎐샹에 일위 군왕이 좌탑에 안자 려셩 왈,

"네 요마 필부로 엇지 홍쟝군을 잡으려 ᄒᆞᄂᆞᆫ고? 이럼으로 너를 잡아 풍도셤에 가도리라."

포쟝이 계오 정신을 ᄎᆞ려 왈,

"쇼인은 인간의 ᄒᆞᆫ미ᄒᆞᆫ 사ᄅᆞᆷ이라. 무죄히 잡혀 왓스니 살녀 보냄을 ᄇᆞ라ᄂᆞ이다"

ᄒᆞ고 심이 ᄋᆡ걸ᄒᆞ거ᄂᆞᆯ 뎐샹에셔 우숨 소ᄅᆡ나며 ᄭᅮ지져 왈,

"이 사ᄅᆞᆷ아 나를 ᄌᆞ세 보라. 나ᄂᆞᆫ 곳 활빈당 ᄒᆡᆼ슈 홍길동이라. 그ᄃᆡ 나를 잡으려 ᄒᆞᆷ애 그 용력과 ᄯᅳᆺ을 알고져 ᄒᆞ여 작일에 내 쳥포쇼년으로 그ᄃᆡ를 인도ᄒᆞ여 이곳에 와 나의 위엄을 뵈게 ᄒᆞᆷ이라"

ᄒᆞ고 언파에 좌우를 명ᄒᆞ여 ᄆᆡᆫ 것을 글너 당에 안치고 술을 나와 권ᄒᆞ[25]며 왈,

"그ᄃᆡᄂᆞᆫ 부졀업시 ᄃᆞᆫ니지 말고 ᄲᆞᆯ니 도라가되, 나를 보왓다 ᄒᆞ면 반ᄃᆞ시 죄칙이 잇슬 것이니 부ᄃᆡ 이런 말을 내지 말라"

ᄒᆞ고 다시 술을 부어 권ᄒᆞ며 좌우로 명ᄒᆞ여 내여 보내라 ᄒᆞ니 포쟝이 ᄉᆡᆼ각ᄒᆞ되,

'내 이것이 쑴인가 싱신가? 엇지ᄒᆞ여 이리 왓스며…'

길동의 조화를 신긔히 녁여 니러 가고져 ᄒᆞ더니, 홀연 ᄉᆞ지를 요동치 못ᄒᆞᄂᆞᆫ지라. 고히 녁여 졍신을 진뎡ᄒᆞ여 숣혀보니 가족 부ᄃᆡ 속에 드럿거ᄂᆞᆯ 간신이 나와 본즉 부ᄃᆡ 셰이 남게 걸녓거ᄂᆞᆯ ᄎᆞ례로 글너 내여 보니 처음 써날 제 다리고 왓던 하인이라. 서로 닐오ᄃᆡ,

"이것이 엇진 일인고? 우리 써날 셰 문셩으로 모히자 ᄒᆞ엿더니 엇지 이곳에 왓ᄂᆞᆫ고?"

ᄒᆞ고 두로 숣혀보니 다른 곳 아니오 쟝안셩 븍[북]악이라. ᄉᆞ인이 어이업서 쟝안을 구버 보며 하인ᄃᆞ려 닐너 왈,

"너ᄂᆞᆫ 엇지 이곳에 왓ᄂᆞ뇨?"

삼인이 고왈,

"쇼인 등은 쥬뎜에셔 자옵더니, 홀연 풍운에 싸이여 이리 왓ᄉᆞ오니 무슨 년고를 아지 못ᄒᆞ미로소이다."

포[26]쟝 왈,

"이 일이 ᄀᆞ장 허무 밍랑ᄒᆞ니 남에게 젼셜치 말나. 그러나 길동의 ᄌᆡ죄 불측ᄒᆞ니 엇지 인력으로써 잡으리오? 우리 등이 이제 그져 드러가면 필경 죄를 면치 못ᄒᆞ리니 아직 수월을 기ᄃᆞ려 드러가자"

ᄒᆞ고 ᄂᆞ려오더라.

ᄎᆞ시, 샹이 팔도에 ᄒᆡᆼ관ᄒᆞ샤 길동을 잡으라 ᄒᆞ시되, 그 변홰 불측ᄒᆞ여 쟝안 대로로 혹 쵸헌도 ᄐᆞ고 왕릭ᄒᆞ며, 혹 각읍에 로문 노코 쌍교도 ᄐᆞ고 왕릭ᄒᆞ며, 혹 어ᄉᆞ의 모양을 ᄒᆞ여 각 읍 슈령 즁 탐관오리ᄒᆞᄂᆞᆫ 쟈를 믄득 션참후계ᄒᆞ되 가어ᄉᆞ 홍길동의 계문이라 ᄒᆞ니, 샹이 더옥 진노ᄒᆞ샤 왈,

"이놈이 각도에 ᄃᆞᆫ니며 이런 작란을 ᄒᆞ되 아모도 잡지 못ᄒᆞ니 이를

쟝춧 엇지ᄒᆞ리오?"
ᄒᆞ시고 삼공륙경을 모와 의론ᄒᆞ시더니, 련ᄒᆞ여 장계 오르니 다 팔도의 홍길동이 작란ᄒᆞᄂᆞᆫ 쟝계라. 샹이 ᄎᆞ례로 보시고 크게 근심ᄒᆞ샤 좌우ᄅᆞᆯ 도라보시며 문왈,
"이놈이 아마도 사ᄅᆞᆷ은 아니오 귀신의 작폐니 죠신 즁 뉘 그 근본을 짐작ᄒᆞᄂᆞ뇨?"
일인이 출반 주왈, 27
"홍길동은 젼임 이조판셔 홍모의 셔ᄌᆞ오 병조좌랑 홍인형의 셔데오니, 이제 그 부ᄌᆞᄅᆞᆯ 나리ᄒᆞ여 친문ᄒᆞ시면 ᄌᆞ연 알오실가 ᄒᆞᄂᆞ이다."
샹이 익노 왈,
"이런 말을 엇지 이제야 ᄒᆞᄂᆞᆫ다?"
ᄒᆞ시고 즉시 홍모ᄂᆞᆫ 금부로 나슈ᄒᆞ고 몬져 인형을 잡아드려 친국ᄒᆞ실ᄉᆡ 텬위 진노ᄒᆞ샤 셔안을 쳐 골ᄋᆞ샤되,
"길동이란 도적이 너의 셔데라 ᄒᆞ니 엇지 금단치 아니ᄒᆞ고 그져 두어 국가의 대환이 되게 ᄒᆞᄂᆞ뇨? 네 만일 잡아드리지 아니ᄒᆞ면 너의 부ᄌᆞ의 츙효ᄅᆞᆯ 도라보지 아니리니 ᄲᆞᆯ니 잡아드려 죠션 대변을 업게 ᄒᆞ라."
인형이 황공ᄒᆞ여 면관 돈슈 왈,
"신의 쳔ᄒᆞᆫ 아이 잇서 일즉 사ᄅᆞᆷ을 죽이고 망명 도주ᄒᆞ온 지 수년이 지나오되 그 존망을 아옵지 못ᄒᆞ와 신의 늙은 아비 일로 인ᄒᆞ여 신병이 위즁ᄒᆞ와 명ᄌᆡ 조셕이온 즁 길동의 무도 불측ᄒᆞᆷ으로 셩샹의 근심을 ᄭᅵ치오니 신의 죄 만ᄉᆞ무셕이오니, 복망 뎐하ᄂᆞᆫ ᄌᆞ비지ᄐᆡᆨ을 드리옵셔 신의 아비 죄ᄅᆞᆯ 샤ᄒᆞ샤 집에 도라가 됴 28 병케 ᄒᆞ시면 신이 죽기로써 길동을 잡아 신의 부ᄌᆞ의 죄ᄅᆞᆯ 쇽ᄒᆞ올가 ᄒᆞᄂᆞ이다."
샹이 문파에 텬심이 감동ᄒᆞ샤 즉시 홍모ᄅᆞᆯ 샤ᄒᆞ시고 인형으로 경상

감ᄉᆞ를 졔슈ᄒᆞ샤 왈,

"경이 만일 감ᄉᆞ의 긔구 업스면 길동을 잡지 못ᄒᆞᆯ 것이오, 일 년 ᄒᆞᆫ을 뎡ᄒᆞ여 주ᄂᆞ니 수히 잡아 드리라"

ᄒᆞ시니, 인형이 ᄇᆡᆨᄇᆡ 샤은ᄒᆞ고 인ᄒᆞ여 하직ᄒᆞ며 즉일 발ᄒᆡᆼᄒᆞ여 감영에 도임ᄒᆞ고 각 읍에 방을 븟치니 이는 길동을 달ᄂᆡ는 방이라. 기ᄉᆞ에 왈,

○ 사ᄅᆞᆷ이 셰상에 나매 오륜이 읏듬이오 오륜이 잇슴애 인의례지 분명ᄒᆞ거ᄂᆞᆯ 이를 아지 못ᄒᆞ고 군부의 명을 거역ᄒᆞ여 불츙불회되면 엇지 셰상에 용납ᄒᆞ리오? 우리 아이 길동은 이런 일을 알 것이니 스ᄉᆞ로 형을 차자와 사로잡히라. 우리 부친이 널로 말ᄆᆡ암아 병입골슈ᄒᆞ시고 셩샹이 크게 근심ᄒᆞ시니, 네 죄악이 관영ᄒᆞᆫ지라. 이럼으로 날로 특별이 도ᄇᆡᆨ을 졔슈ᄒᆞ샤 너를 잡아 드리라 ᄒᆞ시니 만일 잡지 못ᄒᆞ면 우리 홍문의 루ᄃᆡ 청덕[29]이 일죠에 멸ᄒᆞ리니 엇지 슯흐지 아니리오? ᄇᆞ라ᄂᆞ니 아이 길동은 이를 ᄉᆡᆼ각ᄒᆞ여 일즉 ᄌᆞ현ᄒᆞ면 너의 죄도 덜닐 ᄲᅮᆫ더러 일문을 보존ᄒᆞ리니 아지 못게라, 너는 만번 ᄉᆡᆼ각ᄒᆞ여 ᄌᆞ현ᄒᆞ라

ᄒᆞ엿더라. 감ᄉᆡ 이 방을 각 읍에 븟치고 공ᄉᆞ를 젼폐ᄒᆞ고 길동이 ᄌᆞ현ᄒᆞ기만 기ᄃᆞ리더니, 일일은 ᄒᆞᆫ 쇼년이 라귀를 ᄐᆞ고 하인 수십을 거ᄂᆞ리고 원문 밧게 와 뵈옴을 청ᄒᆞᆫ다 ᄒᆞ거ᄂᆞᆯ 감ᄉᆡ 드러오라 ᄒᆞ니 그 쇼년이 당샹에 올나 ᄇᆡ알ᄒᆞ거ᄂᆞᆯ 감ᄉᆡ 눈을 드러 ᄌᆞ세 보니 ᄶᅢ로 기ᄃᆞ리던 길동이라. 대경 대희ᄒᆞ여 좌우를 물니치고 그 손을 잡아 오열 유톄 왈,

"길동아 네 ᄒᆞᆫ 번 문을 나매 사ᄉᆡᆼ 존망을 아지 못ᄒᆞ여 부친ᄭᅴ셔 병입고황ᄒᆞ시거ᄂᆞᆯ 너는 가지록 불효를 ᄭᅵ칠 ᄲᅮᆫ 아녀 국가의 큰 근심이 되게 ᄒᆞ니 네 무슴 ᄆᆞ음으로 불츙 불효를 ᄒᆡᆼᄒᆞ며 ᄯᅩᄒᆞᆫ 도적이 되어 셰상에 비

치 못ᄒᆞᆯ 죄ᄅᆞᆯ ᄒᆞᄂᆞᆫ다? 이럼으로 셩샹이 진노ᄒᆞ샤 날로 ᄒᆞ여곰 너ᄅᆞᆯ 잡아 드리라 ᄒᆞ시니 이ᄂᆞᆫ 피치 못ᄒᆞᆯ[30]죄라. 너ᄂᆞᆫ 일즉 경ᄉᆞ에 나아가 텬명을 슌슈ᄒᆞ라”

ᄒᆞ고 말을 ᄆᆞᆺ츠며 눈물이 비오듯 ᄒᆞ거ᄂᆞᆯ 길동이 머리ᄅᆞᆯ 슉이고 왈,

“쳔ᄉᆡᆼ이 이에 니름은 부형의 위ᄐᆡᄒᆞᆷ을 구코져 ᄒᆞᆷ이니 엇지 다른 말이 잇스리오? 대뎌 대감ᄭᅴ셔 당초에 쳔ᄒᆞᆫ 길동을 위ᄒᆞ여 부친을 부친이라 ᄒᆞ고 형을 형이라 ᄒᆞ엿던들 엇지 이에 니르리잇고? 왕ᄉᆞᄂᆞᆫ 닐너 쓸ᄃᆡ 업거니와 이제 쇼뎨ᄅᆞᆯ 결박ᄒᆞ여 경ᄉᆞ로 올녀 보내소셔”

ᄒᆞ고 다시 말이 업거ᄂᆞᆯ 감ᄉᆡ 이 말을 듯고 일변 슬허ᄒᆞ며 일변 장계를 써 길동을 항쇄족쇄ᄒᆞ고 함거에 시러 건장ᄒᆞᆫ 쟝교 십여 인을 ᄲᅡ 압령ᄒᆞ게 ᄒᆞ고 쥬야 ᄇᆡ도ᄒᆞ여 올녀 보내니, 각 읍 ᄇᆡᆨ셩들이 길동의 ᄌᆡ조ᄅᆞᆯ 드럿ᄂᆞᆫ지라. 잡아옴을 듯고 길이[에] 머[메]여 구경ᄒᆞ더라.

ᄎᆞ시, 팔도에셔 다 길동을 잡아 올니니, 죠뎡과 쟝안 인민이 망지소조ᄒᆞ여 능히 알 니 업더라. 샹이 놀내샤 만죠ᄅᆞᆯ 모흐시고 친국ᄒᆞ실 ᄉᆡ 여ᄃᆞᆲ 길동을 잡아 올니니 뎌의 서로 다토아 닐오ᄃᆡ,

“네가 졍 길동이오[31]나ᄂᆞᆫ 아니라”

ᄒᆞ며 서로 싸호니, 어ᄂᆞ 것이 졍 길동인지 분간치 못ᄒᆞᆯ네라. 샹이 고이히 녁이샤 즉시 홍모ᄅᆞᆯ 명쵸ᄒᆞ샤 왈,

“지ᄌᆞᄂᆞᆫ 막여뷔라 ᄒᆞ니, 져 여ᄃᆞᆲ 즁에 경의 아ᄃᆞᆯ을 차자내라.”

홍공이 황공ᄒᆞ여 돈슈 청죄 왈,

“신의 쳔ᄉᆡᆼ 길동은 좌편 ᄃᆞ리에 붉은 혈뎜이 잇ᄉᆞ오니 일로 조차 알니로소이다”

ᄒᆞ고 여ᄃᆞᆲ 길동을 ᄭᆞ지져 왈,

“네 지쳑에 님군이 계시고 아래로 네 아비 잇거ᄂᆞᆯ 이럿틋 쳔고에 업

ᄂᆞᆫ 죄를 지엿스니 죽기를 앗기지 말라"
ᄒᆞ고 피를 토ᄒᆞ며 업더져 긔절ᄒᆞ니 샹이 대경ᄒᆞ샤 약원으로 구ᄒᆞ라 ᄒᆞ시되 ᄎᆞ되 업ᄂᆞᆫ지라. 여듧 길동이 이 경상을 보고 일시에 눈물을 흘니며 낭즁으로 조차 환약 일기식 내여 입에 드리오니 홍공이 반향 후 정신을 ᄎᆞ리ᄂᆞᆫ지라. 길동 등이 샹씌 주왈,

"신의 아비 국은을 만히 닙엇ᄉᆞ오니, 신이 엇지 감히 불측ᄒᆞᆫ 힝ᄉᆞ를 ᄒᆞ오릿가마는 신은 본ᄃᆡ 쳔비 소싱이라. 그 아비를 아비라 못ᄒᆞ옵고 그 형을 형이라 못ᄒᆞ오니 평싱 ᄒᆞᆫ이 ᄆᆡᆺ쳐 (32) 습기로 집을 ᄇᆞ리고 적당에 참예ᄒᆞ오나 ᄇᆡᆨ셩은 츄호불범ᄒᆞ옵고 각 읍 슈령의 쥰민고튁ᄒᆞᄂᆞᆫ ᄌᆡ물을 탈취ᄒᆞ엿ᄉᆞ오나 이제 십 년을 지내면 죠션을 ᄯᅥ나 가올 곳이 잇ᄉᆞ오니 복걸 셩상은 근심치 마르시고 신을 잡ᄂᆞᆫ 관ᄌᆞ를 거두옵쇼셔"

ᄒᆞ고 말을 ᄆᆞᆺ치며 여듧 길동이 일시에 너머지니, ᄌᆞ셰 본즉 다 초인이라. 샹이 더옥 놀나시며 정 길동 잡기를 다시 힝관ᄒᆞ여 팔도에 ᄂᆞ리시니라.

차셜. 길동이 초인을 업시 ᄒᆞ고 두로 ᄃᆞᆫ니더니 ᄉᆞ대문에 방을 븟쳐시되,

요신 홍길동은 아모리 ᄒᆞ여도 잡지 못ᄒᆞ리니, 병조판셔 교지를 ᄂᆞ리시면 잡히리이다

ᄒᆞ엿거ᄂᆞᆯ 샹이 그 방문을 보시고 죠신을 모하 의론ᄒᆞ시니, 졔신 왈,

"이졔 그 도적을 잡으려 ᄒᆞ다가 잡지 못ᄒᆞ옵고 도로혀 병조판셔 졔슈ᄒᆞ심은 불가ᄉᆞ문어린국이로소이다."

샹이 올히 넉이샤 다만 경상감ᄉᆞ에게 길동 잡기를 ᄌᆡ촉ᄒᆞ시더라.

이ᄯᆡ 경상감ᄉᆡ 엄지를 보고 황공 송률ᄒᆞ여 엇지 ᄒᆞᆯ 줄 모로더니, 일 (33) 일은 길동이 공중으로 ᄂᆞ리와 절ᄒᆞ고 왈,

"쇼뎨 지금은 정작 길동이오니 형쟝은 아모 념려 말으시고 쇼뎨를 결박ᄒᆞ여 경ᄉᆞ로 보내쇼셔."

감ᄉᆡ 이 말을 듯고 집슈 유톄 왈,

"이 무거ᄒᆞᆫ ᄋᆞᄒᆡ야, 너도 날과 동긔여ᄂᆞᆯ 부형의 교훈을 듯지 아니ᄒᆞ고 일국이 소동케 ᄒᆞ니 엇지 ᄋᆡ셕지 아니리오? 네 이제 정직 몸이 와 나를 보고 잡혀 가기를 ᄌᆞ원ᄒᆞ니 도로혀 긔특ᄒᆞᆫ ᄋᆞᄒᆡ로다"

ᄒᆞ고 급히 길동의 좌편 ᄃᆞ리를 보니, 과연 홍뎜이 잇거ᄂᆞᆯ 즉시 ᄉᆞ지를 각별 결박ᄒᆞ고 함거에 너허 건장ᄒᆞᆫ 쟝교 수십을 가릐혀 텰통ᄀᆞᆺ치 싸고 풍우ᄀᆞᆺ치 모라 가되, 길동의 안ᄉᆡᆨ이 조금도 변치 아니ᄒᆞ더라.

여러 날 만에 경셩에 다다르니 궐문에 니르러ᄂᆞᆫ 길동이 ᄒᆞᆫ 번 몸을 요동ᄒᆞᆷ애 텰삭이 ᄭᆞᆫ허지고 함게 ᄭᆡ여져 맛치 ᄆᆡ얌이 허물 벗듯 공즁으로 오르며 표연이 운무에 뭇쳐가니 쟝교와 졔군이 어이 업서 공즁만 ᄇᆞ라보고 다만 넉을 일흘 ᄯᆞ름이라. ᄒᆞᆯ 수 업서 이 연유로 샹달ᄒᆞ온ᄃᆡ 샹이 드[34]르시고 왈,

"쳔고에 이런 일이 어ᄃᆡ 잇스리오?"

ᄒᆞ시고 크게 근심ᄒᆞ시니, 졔신 즁 일인이 주왈,

"그 길동의 원이 병조판셔를 ᄒᆞᆫ번 지내면 죠션을 ᄯᅥ나리라 ᄒᆞ오니, ᄒᆞᆫ 번 뎌 원을 풀면 뎌 스ᄉᆞ로 샤은ᄒᆞ오리니 이 ᄯᆡ를 ᄐᆞ 잡음이 됴흘가 ᄒᆞᄂᆞ이다."

샹이 올히 녁이샤 즉시 홍길동으로 병조판셔를 졔슈ᄒᆞ시고 ᄉᆞ문에 방을 붓치니라.

이ᄯᆡ 길동이 이 말을 듯고 즉시 사모관ᄃᆡ에 셔ᄯᅴ ᄯᅴ고 놉흔 쵸헌을 헌거롭게 놉히 ᄐᆞ고 대로샹에 완연히 드러오며 닐오ᄃᆡ,

"이제 홍판셰 샤은ᄒᆞ라 온다"

ᄒᆞ니, 병조 하쇽이 마자 호위ᄒᆞ여 궐ᄂᆡ에 드러갈 ᄉᆡ ᄇᆡᆨ관이 의론ᄒᆞ되,

"길동이 오날 샤은ᄒᆞ고 나올 것이니, 도부슈를 ᄆᆡ복ᄒᆞ엿다가 나오거든 일시에 쳐 죽이라"

ᄒᆞ고 약쇽을 뎡ᄒᆞ엿더니 길동이 궐ᄂᆡ에 드러가 슉ᄇᆡᄒᆞ고 주왈,

"쇼신이 죄악이 지즁ᄒᆞ옵거ᄂᆞᆯ 도로혀 텬은을 닙ᄉᆞ와 평ᄉᆡᆼ 흔을 푸옵고 도라가오나 영결 뎐하ᄒᆞ오니 복망 셩샹은 만슈무강 ᄒᆞ쇼셔"

ᄒᆞ고 말을 ᄆᆞᆺ치며 35 몸을 공즁에 소소와 구름에 싸히여 가니, 그 가ᄂᆞᆫ 바를 아지 못ᄒᆞᆯ너라.

샹이 보시고 도로혀 ᄎᆞ탄 왈,

"길동의 신긔ᄒᆞᆫ ᄌᆡ조ᄂᆞᆫ 고금의 희한ᄒᆞ도다. 뎨 지금 쇼됴션을 써나노라 ᄒᆞ엿스니 다시ᄂᆞᆫ 작폐ᄒᆞᆯ 길 업슬 것이오, 비록 슈샹ᄒᆞ나 일단 쟝부의 쾌ᄒᆞᆫ ᄆᆞ음이 잇ᄂᆞᆫ지라 죡히 념려 업슬ᄂᆞᆺ다"

ᄒᆞ시고 팔도에 샤문을 ᄂᆞ리와 길동 잡ᄂᆞᆫ 공ᄉᆞ를 거두시니라.

각셜. 길동이 뎨 곳에 도라와 졔적에게 분부ᄒᆞ되,

"내 ᄃᆞᆫ녀 올 곳이 잇스니 여등은 아모ᄃᆡ 츌입 말고 내 도라오기를 기ᄃᆞ리라"

ᄒᆞ고 즉시 몸을 소소와 남경으로 향ᄒᆞ여 가다가 ᄒᆞᆫ 곳에 다다르니 이ᄂᆞᆫ 소위 률도국이라.

ᄉᆞ면을 ᄉᆞᆲ혀보니 산천이 쳥슈ᄒᆞ고 인물이 번셩ᄒᆞ여 가히 안신ᄒᆞᆯ 곳이라 ᄒᆞ고, 남경에 드러가 구경ᄒᆞ며 ᄯᅩ 졔도라 ᄒᆞᄂᆞᆫ 셤 즁에 드러가 두로 ᄃᆞᆫ니며 산쳔도 구경ᄒᆞ고 인심도 ᄉᆞᆲ히며 ᄃᆞᆫ니더니, 오봉산에 니르러ᄂᆞᆫ 진짓 뎨일 강산이라. 쥬회 칠ᄇᆡᆨ 리오 옥야 뎐답이 ᄀᆞ득ᄒᆞ여 살기에 졍히 의합ᄒᆞᆫ 36 지라. 내심에 혜오되,

'내 임의 죠션을 하직ᄒᆞ엿스니 이곳에 와 아직 은거ᄒᆞ엿다가 대ᄉᆞ를

도모ᄒᆞ리라'

ᄒᆞ고 표연이 본 곳에 도라와 졔인ᄃᆞ려 닐너 왈,

"그ᄃᆡ 아모 날 양쳔 강변에 가 ᄇᆡ를 만히 지어 모월 모일에 경셩 한강에 ᄃᆡ령ᄒᆞ라. 내 님군씌 청ᄒᆞ여 정조 일천 셕을 구득ᄒᆞ여 올 것이니 긔약을 어긔지 말라"

ᄒᆞ더라.

각셜. 홍공이 길동이 작란 업슴으로 신병이 쾌차ᄒᆞ고 상이 ᄯᅩᄒᆞᆫ 근심 업시 지내더니, ᄎᆞ시 츄구월 망간에 상이 월ᄉᆡᆨ을 ᄯᅴ여 후원에 ᄇᆡ회ᄒᆞ실ᄉᆡ 믄득 일진 청풍이 니러나며 공즁으로셔 옥뎌 소ᄅᆡ 청아ᄒᆞᆫ 가온ᄃᆡ ᄒᆞᆫ 쇼년이 ᄂᆞ려와 상씌 복디ᄒᆞ거ᄂᆞᆯ 상이 경문 왈,

"션동이 엇지 인간에 강굴ᄒᆞ며 무ᄉᆞᆷ 일을 닐으고져 ᄒᆞᄂᆞ뇨?"

쇼년이 복디 주왈,

"신은 젼임 병조판셔 홍길동이로소이다."

상이 경문 왈,

"네 엇지 심야에 온다?"

길동이 ᄃᆡ왈,

"신이 뎐하를 밧들어 만세를 뫼을가 ᄒᆞ오나 쳔비 쇼ᄉᆡᆼ이라 문으로 옥당에 막히옵고 무로 션쳔에 막힐지라. 이럼 (37) 으로 ᄉᆞ방에 오유ᄒᆞ와 관부에 작폐ᄒᆞ고 죠뎡에 득죄ᄒᆞ옴은 뎐해 알으시게 ᄒᆞ옴이러니 신의 소원을 풀어 주옵시니 뎐하를 하직ᄒᆞ고 죠션을 ᄯᅥ나가오니, 복망 뎐하ᄂᆞᆫ 만슈무강ᄒᆞ쇼셔"

ᄒᆞ고 공즁에 올나 표연히 가거ᄂᆞᆯ 샹이 그 ᄌᆡ조를 못ᄂᆡ 칭찬ᄒᆞ시더라. 이후로ᄂᆞᆫ 길동의 폐단이 업슴애 ᄉᆞ방이 ᄐᆡ평ᄒᆞ더라.

각셜. 길동이 죠션을 하직고 남경 ᄯᅡ 졔도 셤으로 드러가 수천 호 집

을 짓고 농업을 힘쓰고 직조를 빅화 무고를 지으며 군법을 련습ᄒᆞ니 병정량족ᄒᆞ더라.

일일은 길동이 살촉에 바를 약을 엇으려 망당산으로 향ᄒᆞ더니, 락천 싸에 니르러는 그 곳의 부쟈 빅룡이란 사름이 잇스니 일즉 ᄒᆞᆫ ᄯᆞᆯ을 두엇스되 직질이 비샹홈애 부뫼 익즁ᄒᆞ더니, 일일은 광풍이 대작ᄒᆞ며 ᄯᆞᆯ이 간 ᄃᆡ 업ᄂᆞᆫ지라. 빅룡 부뷔 슬허ᄒᆞ며 쳔금을 흣터 ᄉᆞ방으로 차즈되 종적이 업ᄂᆞᆫ지라. 부뷔 슬허ᄒᆞ며 말을 펴 왈,

"아모라도 내 ᄯᆞᆯ을 차자 주면 가산을 반분ᄒᆞ고 ᄉᆞ회를 삼으(38)이라"
ᄒᆞ거ᄂᆞᆯ 길동이 그 말을 듯고 심즁에 측은ᄒᆞ나 ᄒᆞᆯ 일 업셔 망당산에 가 약을 키며 드러가더니 날이 져문지라. 쥬져ᄒᆞ더니 믄득 사름의 쇼리 나며 등촉이 죠요ᄒᆞ거ᄂᆞᆯ 그곳을 차자가니 사름은 앤애니오 괴물이 안져 지져괴거ᄂᆞᆯ 원릭 이 즘싱은 울동이란 즘싱이라. 여러 ᄒᆡ를 묵어 변홰 무궁ᄒᆞ더라. 길동이 몸을 곰초고 활로 쏘니 그 즁 괴쉬 마즌지라. 모다 소릭 지르고 다라ᄂᆞ거ᄂᆞᆯ 길동이 남게 의지ᄒᆞ여 밤을 지내고 두로 약을 키더니 믄득 괴물 수삼 명이 길동을 보고 문왈,

"그ᄃᆡᄂᆞᆫ 부슴 일로 이 깁흔 곳에 니르뇨?"

길동이 답왈,

"내 의슐을 알매 이 산에 드러와 약을 키더니, 그ᄃᆡ 등을 맛나니 다힝ᄒᆞ도다."

그것이 대희 왈,

"나ᄂᆞᆫ 이곳에 산 지 오래더니, 우리 왕이 부인을 새로 뎡ᄒᆞ고 쟉야에 잔치ᄒᆞ더니 텬살을 마자 위즁ᄒᆞᆫ지라. 그ᄃᆡ 명의라 ᄒᆞ니 션약으로 왕의 병을 곳치면 즁샹을 엇으리라"
ᄒᆞ거ᄂᆞᆯ 길동이 혜오되,

'이 놈이 쟉야에 샹ᄒᆞᆫ 놈이로다'

ᄒᆞ고 허락[39]ᄒᆞᆫᄃᆡ, 그것이 길동을 인도ᄒᆞ여 문에 세우고 드러가더니 이윽고 청ᄒᆞ거ᄂᆞᆯ 길동이 드러가 보니 화각이 광려ᄒᆞᆫ 가온ᄃᆡ 흉악ᄒᆞᆫ 것이 누어 신음ᄒᆞ다가 길동을 보고 몸을 긔동ᄒᆞ며 왈,

"복이 우연히 텬살을 마자 위ᄐᆡᄒᆞ더니 시쟈의 말을 듯고 그ᄃᆡ를 청ᄒᆞ엿스니 이ᄂᆞᆫ 하ᄂᆞᆯ이 살님이라. 그ᄃᆡᄂᆞᆫ ᄌᆡ조를 앗기지 말라."

길동이 샤샤ᄒᆞ고 왈,

"몬져 ᄂᆡ치ᄒᆞᆯ 약을 쓰고 버금 외치ᄒᆞᆯ 약을 씀이 됴흘가 ᄒᆞ노라."

그것이 응락ᄒᆞ거ᄂᆞᆯ 길동이 약낭의 독약을 내여 급히 온슈에 화ᄒᆞ여 먹이니 식경은 ᄒᆞ여 ᄒᆞᆫ 소ᄅᆡ 지르고 죽ᄂᆞᆫ지라. 모든 요괴 일시에 다라들거ᄂᆞᆯ 길동이 신통을 ᄂᆡ여 모든 요괴를 즈치더니, 믄득 두 쇼년 녀ᄌᆡ ᄋᆡ걸 왈,

"쳡등은 요괴 아니라. 인촌 ᄉᆞᄅᆞᆷ으로셔 잡히여 왓ᄉᆞ오니 잔명을 구ᄒᆞ여 셰샹으로 나가게 ᄒᆞ쇼셔."

길동이 ᄇᆡᆨ룡의 일을 ᄉᆡᆼ각ᄒᆞ고 거쥬를 무르니, ᄒᆞ나흔 ᄇᆡᆨ룡의 ᄯᆞᆯ이오 ᄒᆞ나흔 죠쳘의 ᄯᆞᆯ이라. 길동이 요괴를 소쳥ᄒᆞ고 두 녀ᄌᆞ를 각각 뎨 부모를[40] 차자 주니 그 부뫼 대희ᄒᆞ여 즉일에 홍ᄉᆡᆼ을 마자 ᄉᆞ위를 삼으니, 뎨일 ᄇᆡᆨ쇼졔오 뎨이 죠쇼졔라. 길동이 일됴에 량쳐를 엇고 두 집 가권을 거ᄂᆞ려 졔도셤으로 가니, 모든 사ᄅᆞᆷ이 반기며 치하ᄒᆞ더라.

일일은 길동이 텬문 보다가 놀내 눈물을 흘니거ᄂᆞᆯ 졔인이 문왈,

"무ᄉᆞᆷ 연고로 슬허 ᄒᆞᄂᆞ뇨?"

길동이 탄왈,

"내 부모를 텬샹 셩신으로 안부를 짐작ᄒᆞ더니 건샹을 본즉 부친 병세 위즁ᄒᆞ신지라. 내 몸이 원쳐에 잇서 밋지 못ᄒᆞᆯ가 ᄒᆞ노라"

ᄒᆞ니, 졔인이 비감ᄒᆞ여 ᄒᆞ더라.

이튼날 길동이 월봉산에 드러가 일장 ᄃᆡ디를 엇고 산역을 시작ᄒᆞ되, 셕물을 국릉과 ᄀᆞᆺ치ᄒᆞ고 "일쳑 대션을 쥰비ᄒᆞ여 죠션국 셔강 강변으로 ᄃᆡ후ᄒᆞ라" ᄒᆞ고 즉시 삭발위승ᄒᆞ여 일엽 쇼션을 ᄐᆞ고 죠션으로 향ᄒᆞ니라.

각셜. 홍판셔 홀연 득병ᄒᆞ여 위즁ᄒᆞᆫ지라. 부인과 인형을 불너 왈,

"내 쥭으나 무ᄒᆞᆫ이로되 길동의 ᄉᆞᄉᆡᆼ을 아지 못ᄒᆞ니 유ᄒᆞᆫ이라. 뎨 ᄉᆡᆼ존ᄒᆞ엿스면 차자올 것이니 뎍셔를 분변치 말41고 뎨 어미를 ᄃᆡ졉ᄒᆞ라"

ᄒᆞ고 명이 진ᄒᆞ니, 일개 망극ᄒᆞ여 치상ᄒᆞᆯ ᄉᆡ 산디를 구치 못ᄒᆞ여 민망ᄒᆞ더니, 일일은 문리 보ᄒᆞ되,

"엇던 즁이 와 령위에 됴문ᄒᆞ려 ᄒᆞᄂᆞ이다"

ᄒᆞ거ᄂᆞᆯ 고히 녁여 드러오라 ᄒᆞ니, 그 즁이 드러와 방셩대곡ᄒᆞ니 졔인이 곡졀을 몰나 면면샹고ᄒᆞ더라. 그 즁이 상인에게 일장 통곡ᄒᆞᆫ 후 ᄀᆞᆯ오ᄃᆡ,

"형쟝이 엇지 쇼뎨를 몰나 보시ᄂᆞ잇가?"

ᄒᆞ거ᄂᆞᆯ 상인이 ᄌᆞ셰히 보니, 이 곳 길동이라. 붓들고 통곡 왈,

"현뎨야 그 ᄉᆞ이 어ᄃᆡ 갓드뇨? 부공이 ᄉᆡᆼ시에 유언이 근졀ᄒᆞ심애 엇지 인ᄌᆞ의 도리리오?"

ᄒᆞ고 손을 잇글고 ᄂᆡ당에 드러가 모부인을 뵈옵고 츈낭을 상면ᄒᆞᆯ ᄉᆡ 일쟝 통곡ᄒᆞᆫ 후 문왈,

"네 엇지 즁이 되어 ᄃᆞ니ᄂᆞ뇨?"

길동이 ᄃᆡ왈,

"쇼ᄌᆞ 죠션을 써나 삭발위승ᄒᆞ여 디슐을 ᄇᆡ왓더니, 이제 부친을 위ᄒᆞ여 대디를 엇엇스니 모친은 물녀ᄒᆞ쇼셔."

인형이 대희 왈,

"네 ᄌᆡ죄 긔이ᄒᆞᆫ지라. 길디 곳 엇엇스면 무슴 념려 잇스리오?"

ᄒᆞ고 명일 운구ᄒᆞ여 뎨 모친을 다리고 셔42강 강변에 니르니 길동의 지휘ᄒᆞᆫ 바 션쳑이 ᄃᆡ후ᄒᆞᆫ지라. ᄇᆡ에 올나 살ᄀᆞᆺ치 져허 ᄒᆞᆫ 곳에 다다르니 즁인이 수십 션쳑을 ᄃᆡ후ᄒᆞᆫ지라. 셔로 반기며 호위ᄒᆞ여 가니 거록ᄒᆞ더라. 어언지간에 산샹에 다다르니 인형이 ᄌᆞ셰히 본즉 산셰 웅장ᄒᆞᆫ지라. 길동의 지식을 못ᄂᆡ 탄복ᄒᆞ더라.

산역을 ᄆᆞᆺ침애 ᄒᆞᆫ 가지로 길동의 쳐소로 도라오니, ᄇᆡᆨ시와 죠시 존고와 슉슉을 마자 뵈온 후 인형 츈낭이 못ᄂᆡ 길동의 지식을 탄복ᄒᆞ더라. 여러 날이 됨애 인형이 길동과 츈낭을 리별ᄒᆞ고 산소ᄅᆞᆯ 극진히 뫼심을 당부ᄒᆞᆫ 후 산소에 하직ᄒᆞ고 발ᄒᆡᆼᄒᆞ여 본국에 니르러 모부인을 뵈온 후 젼후 슈말을 고ᄒᆞᆫ대 부인이 신긔히 녁이더라.

각셜. 길동이 졔뎐을 극진히 밧들어 삼상을 ᄆᆞᆺ침애 모든 영웅을 모화 무예ᄅᆞᆯ 닉히며 농업을 힘쓰니 병졍량죡ᄒᆞᆫ지라. 남즁에 률도국이란 나라이 잇스니, 옥얘 수쳔 리에 진짓 텬부지국이라. 길동이 ᄆᆡ양 유의ᄒᆞ든 배라. 졔인을 불너 왈,

"내 이제 률43도국을 치고져 ᄒᆞᄂᆞ니 그ᄃᆡ 등은 진심ᄒᆞ라"

ᄒᆞ고 즉일 진군ᄒᆞᆯ ᄉᆡ 길동이 ᄉᆞᄉᆞ로 션봉이 되고 마슉으로 후군쟝을 삼아 졍병 오만을 거ᄂᆞ려 률도국 텰봉산에 다다라 싸홈을 도도니, 태슈 김현츙이 난 ᄃᆡ 업ᄂᆞᆫ 군매 니름을 보고 대경ᄒᆞ여 일변 왕에게 보ᄒᆞ고 일지군을 거ᄂᆞ려 내다라 싸호거ᄂᆞᆯ 길동이 마자 싸화 일홉에 김현츙을 버히고 텰봉을 엇어 ᄇᆡᆨ셩을 안무ᄒᆞ고 졍쳘노 텰봉을 직희오고 대군을 휘동ᄒᆞ여 바로 도셩을 칠 ᄉᆡ, 격셔ᄅᆞᆯ 률도국에 보내니 ᄒᆞ엿스되,

○ 의병쟝 홍길동은 글월을 률도왕에게 부치ᄂᆞ니, 대뎌 님군은 ᄒᆞᆫ 사ᄅᆞᆷ의 님군이 아니오 텬하 사ᄅᆞᆷ의 님군이라. 내 텬명을 밧아 긔병ᄒᆞᆷ애 몬

져 텰봉을 파ᄒᆞ고 물미듯 드러오니, 왕은 싸호고져 ᄒᆞ거든 싸호고 불연즉 일즉 항ᄒᆞ여 살기를 도모ᄒᆞ라

ᄒᆞ엿더라. 왕이 람필에 대경 왈,

"아국이 젼혀 텰봉을 밋거ᄂᆞᆯ 이제 일헛스니 엇지 뎌당ᄒᆞ리오?"

ᄒᆞ고 졔신을 거ᄂᆞ려 항복ᄒᆞ니, 길동이 셩즁에 드러 44 가 ᄇᆡᆨ셩을 안무ᄒᆞ고 왕위에 즉ᄒᆞᆫ 후 률도왕으로 의령군을 봉ᄒᆞ고 마슉, 최쳘로 좌우 샹을 삼고 기여 졔쟝은 다 각각 봉쟉한 후 만죠ᄇᆡᆨ관이 쳔세를 불너 ᄒᆞ례ᄒᆞ더라.

왕이 치국 삼년에 산무도적ᄒᆞ고 도불습유ᄒᆞ니 가위 태평셰계러라. 왕이 ᄇᆡᆨ룡을 불너 왈,

"내 죠션 셩샹씌 표문을 올니려 ᄒᆞᄂᆞ니 경은 슈고를 앗기지 말라"

ᄒᆞ고 표문과 셔찰을 홍부에 붓치니라.

ᄇᆡᆨ룡이 죠션에 득달ᄒᆞ여 몬져 표문을 올닌ᄃᆡ 샹이 표문을 보시고 대찬 왈,

"홍길동은 진짓 긔ᄌᆡ로다"

ᄒᆞ시고 홍인형으로 위유ᄉᆞ를 ᄒᆞ이샤 유셔를 ᄂᆞ리오시니, 인형이 샤은ᄒᆞᆫ 후 도라와 모부인씌 연즁 셜화를 고ᄒᆞᆫᄃᆡ 부인이 ᄯᅩ한 가려 ᄒᆞ거ᄂᆞᆯ 인형이 마지 못ᄒᆞ여 부인을 뫼시고 발힝ᄒᆞ여 여러 달 만에 률도국에 니르니 왕이 마자 향안을 ᄇᆡ셜ᄒᆞ고 유셔를 밧ᄌᆞ온 후 모부인과 인형으로 반기며 산소에 소분ᄒᆞᆫ 후 대연을 ᄇᆡ셜ᄒᆞ여 즐기더라.

여러 날이 됨애 류시 홀연 득병ᄒᆞ여 졸ᄒᆞ니 션릉에 45 쌍장ᄒᆞ고 인ᄒᆞ야 인형은 형뎨 써나기 결연ᄒᆞ나 왕명을 밧은지라 귀ᄒᆞᆫ 례물을 만히 싯고 도라와 보고 드른 ᄇᆡ를 ᄌᆞ셰히 복명ᄒᆞ니, 샹이 대열ᄒᆞ샤 당신 차셰

에 이런 인물이 남을 못내 깃버ᄒᆞ시고 ᄉᆞ관을 명ᄒᆞ여 그 일홈을 특필 대셔ᄒᆞ라 ᄒᆞ시더라.

이 뒤로ᄂᆞᆫ 왕이 다시 ᄂᆡ국에 관심될 일이 업슴애 젼일ᄒᆞᆫ ᄆᆞ음으로 안으로 ᄇᆡᆨ셩 다ᄉᆞ리기와 밧그로 ᄉᆞ린 졍복ᄒᆞ기를 힘 써 어진 덕과 날낸 위엄으로 팔방에 군림ᄒᆞ니, 그 ᄌᆞ세ᄒᆞᆫ ᄉᆞ젹은 싸로 젼홈이 잇기로 이만 그치노라.

홍길동젼 죵

신문관의 육전소설 5

홍부전

단권으로 발행되었다. 표지 상단에 '홍부전전', 하단에 '륙전쇼셜 서울 신문관 발힝'이라고 인쇄되어 있다.

전체 장수는 52면이다. 1면은 표제를 포함하여 10행으로 내용을 실었다. 이후 2면부터 52면까지 매면 11행으로, 작품을 기술해 놓았다.

전 부 흥

설쇼전륙

판문신.울서

힝발

【흥부전(권지단)】

1 화셜. 경샹 젼라 량도 지경에셔 사는 사름이 잇스니, 놀부는 형이오 흥부는 아이라. 놀부 심ᄉᆡ 무지ᄒᆞ여 부모 ᄉᆡᆼ젼 분ᄌᆡ 젼답을 홀로 ᄎᆞ지ᄒᆞ고, 흥부ᄀᆞᆺ흔 어진 동ᄉᆡᆼ을 구박ᄒᆞ여 건넌 산 언덕 밋헤 내ᄶᅥ리고 나가며 죠롱ᄒᆞ고 드러가며 비양ᄒᆞ니 엇지 아니 무지ᄒᆞ리?

놀부 심사를 볼작시면 초상난 ᄃᆡ 춤추기, 불 붓는 ᄃᆡ 부치질 ᄒᆞ기, ᄒᆡ산ᄒᆞᆫ ᄃᆡ 개 ᄃᆞᆰ 잡기, 쟝에 가면 억ᄆᆡ 흥졍ᄒᆞ기, 집에셔 못쓸 노릇ᄒᆞ기, 우는 ᄋᆞᄒᆡ 볼기 치기, 갓난 ᄋᆞᄒᆡ ᄯᅩᆼ 먹이기, 무죄ᄒᆞᆫ 놈 ᄲᅣᆷ 치기, 빗 갑에 계집 ᄲᅢᆺ기, 늙은 령감 덜믜 집기, ᄋᆞ희 ᄇᆡᆫ 계집 배 ᄎᆞ기, 우물 밋헤 ᄯᅩᆼ 누기, 오려 논에 물 터노키, 키잣친 밥에 돌 퍼붓기, ᄑᆡ는 곡식 삭 자르기, 논두렁에 구멍 ᄯᅮᆯ키, 호박에 말ᄯᅮᆨ 박기, 곱장이 업허 놋고 발꿈치로 탕탕치기, 심ᄉᆞ가 모과나무의 아2들이라. 이놈의 심술은 이러ᄒᆞ되, 집은 부쟈라 호의호식 ᄒᆞ는고나.

흥부는 집도 업시 집을 지으려고 집 ᄌᆡ목을 내려 가량이면 만텹청산 드러가셔 쇼부동 대부동을 와드렁 퉁탕 버혀다가, 안방 대텽 ᄒᆡᆼ랑 몸ᄎᆡ 늬외 분합 물님퇴의 살미살 창가로다. 지입구ᄌᆞ로 지은 것이 아니라, 이 놈은 집 ᄌᆡ목을 내려ᄒᆞ고 슈슈밧 틈으로 드러가셔 슈슈대 ᄒᆞᆫ 뭇을 뷔여다가 안방 ᄃᆡ텽 ᄒᆡᆼ랑 몸ᄎᆡ 두루 지퍼 말집을 ᄯᅡᆨ 짓고 도라보니 슈슈대 반뭇이 그져 남앗고나. 방안이 널던지 마던지 량쥐 드러누어 기지게 켜면 발은 마당으로 가고 대골이는 뒷겻흐로 쑥 닉여밀고 응덩이는 울타리 밧그로 나가니, 동리 사름이 츌입흐다가, "이 응덩이 불너 드리소" 흐는 소릐 흥뷔 듯고 깜작 놀나 대셩통곡 우는 소릐,

"익고 답답, 셜운지고. 엇던 사름 팔즈 됴화 대광보국 슝록대부 삼틱 륙경되여나셔 고대 광실 됴흔 집에 부귀공명 누리면셔 호의호식 지내는고? 내 팔즈 무숨 일로 말 만 3 흔 오막집에 셩소광어공경흐니, 집웅 말우 별이 뵈고, 쳥텬한운 셰우 시에 우대랑이 방즁이라. 문 밧게 셰우 오면 방 안에 큰 비 오고, 폐셕초 갈 찬 방안에 헌 자리 벼록 빈딕 등의 피를 샐아 먹고, 압문에는 살만 늠고 뒷벽에는 외만 늠아 동지섯둘 셜한풍이 살 쏘듯 드러오고, 어린 즈식 젓 달나고 자란 즈식 밥 달나니, 츰아 셜워 못살깃네. 간난흔 즁 우엔 즈식은 히마다 나하셔 흔 셜흔 남은 되니, 닙힐 길이 젼혀 업셔 흔 방안에 모라너코 멍셕으로 쓰이고 대강이만 내여 노흐니, 흔 녀셕이 똥이 마려오면 뭇 녀셕이 시비로 뜨라 간다. 그 즁의 갑진 것을 다 찻는고나."

흔 녀셕이 나오면셔,

"익고 어머니! 우리 열구즈탕에 국슈 마라 먹으면."

또 흔 녀셕이 내다르며,

"익고 어머니! 우리 벙거지 골 먹으면."

또 흔 녀셕 내다르며,

"익고 어머니! 우리 개쟝국에 흰밥 조곰 먹으면."

또 흔 녀셕이 나오며,

"익고 어머니! 대초찰썩 먹으면."

"익고 이 녀셕들아 호박국도 못 엇어 먹는딕 보 4 치지나 말념으나."

또 흔 녀셕 나오며,

"ᄋᆡ고 어머니. 올에ᄂᆞᆫ 날 장가드려 주오."

이렇틋 보친들 무엇 먹여 살녀낼고? 집안에 먹을 것이 잇던지 업던지, 소반이 네 발로 하ᄂᆞᆯ씌 축슈ᄒᆞ고 솥이 목을 ᄆᆡ여 달녓고 조리가 턱거리를 ᄒᆞ고 밥을 지어 먹으려면 ᄎᆡᆨ력을 보와 갑ᄌᆞ일이면 ᄒᆞᆫ 쌔식 먹고 ᄉᆡᆨ양뒤가 쌀알을 엇으려고 밤낫 보름을 ᄃᆞᆫ니다가 다리에 가ᄅᆡ톳이 셔서 파종ᄒᆞ고 알ᄂᆞᆫ 소ᄅᆡ 동리 사ᄅᆞᆷ이 잠을 못 자니 엇지 아니 셜울손가?

"아가, 아가 우지 마라. 아모리 젓 달난들 무엇 먹고 젓이 나며, 아모리 밥 달난들 어ᄃᆡ셔 밥이 나랴?"

달ᄂᆡ올 제 흥부 ᄆᆞ음 인후ᄒᆞ여 청산록슈와 곤륜옥결이라. 셩덕을 본밧고 악인을 졔어ᄒᆞ며 물욕에 탐이 업고 쥬ᄉᆡᆨ에 무심ᄒᆞ니, ᄆᆞ음이 이러ᄒᆞᆷ애 부귀를 ᄇᆞ랄쇼냐? 흥부 안ᄒᆡ ᄒᆞᄂᆞᆫ 말이,

"ᄋᆡ고 여봅쇼. 부졀업ᄂᆞᆫ 쳥렴 맙쇼. 안ᄌᆡ 단표 주린 렴치 삼십 조ᄉᆞᄒᆞ엿고 ᄇᆡᆨ이 슉제 주린 렴치 쳥루 쇼년 우엇스니 부졀업ᄂᆞᆫ 쳥렴 말고 뎌 ᄌᆞ식들 5 굶겨 죽이겟스니 아ᄌᆞ번네 집에 가셔 쌀이 되나 벼가 되나 엇어옵쇼."

흥부가 ᄒᆞᄂᆞᆫ 말이,

"나 실쇼."

"우에 실흔고?"

"형님이 음식 슷흘 보면 ᄉᆞ촌을 몰나보고 쑹싸도록 치옵ᄂᆞ니 그 ᄆᆡ를 뉘 ᄋᆞ들놈이 맛ᄂᆞᆫ단 말이오?"

"ᄋᆡ고 동량은 못 준들 족박조차 ᄉᆡᆨ칠손가? 마즈나 아니 마즈나 쏘아나 본다고 건너가 봅쇼."

흥뷔 이 말 듯고 형의 집에 건너갈 제, 치장을 볼작이면 편ᄌᆞ 업ᄂᆞᆫ 헌망건에 박조가리 관ᄌᆞ 달고 물네줄로 당ᄉᆞᆯ 다라 대고리 터지게 동히고

깃만 남은 즁치막 동강 니은 헌 슐띄를 흉복통을 눌너 띄고 떠러진 헌 고의에 청올치로 다님 믹고 헌 집신 감발ᄒᆞ고 세살부ᄎᆡ 손에 쥐고 서홉 드리 오망자루 ᄌᆞᆼ문이에 비슥 차고 바름 마즌 병인ᄀᆞᆺ치 잘 쓰는 ᄉᆞ슈ᄀᆞᆺ치 어슥 비슥 건너 다라 형의 집에 드러가셔 전후 좌우 ᄇᆞ라보니 압 로젹 뒷 로젹 멍에 거젹 담불 담불 싸핫스니 흥부 ᄆᆞ음 즐거오나 놀부 심ᄉᆞ 무지ᄒᆞ여 형뎨끼리 ᄂᆡ외ᄒᆞ여 구박이 태심ᄒᆞ니, 흥뷔 ᄒᆞᆯ 일 6 업서 뜰 아래셔 문안ᄒᆞ니 놀뷔 뭇ᄂᆞᆫ 말이,

"네가 뉜고?"

"내가 흥부오."

"흥부가 뉘 ᄋᆞ들인고?"

"형님 이것이 우엔 말이오. 비나이다 형님 젼에 비ᄂᆞ이다. 세끼 굴머 누은 ᄌᆞ식 살녀낼 길 젼혀 업스니, 쌀이 되나 벼가 되나 량단 간에 주시면 픔[품]을 판들 못 갑흐며, 일을 ᄒᆞᆫ들 공ᄒᆞᆯ손가? 부ᄃᆡ 옛 일를 ᄉᆡᆼ각ᄒᆞ여 사름을 살녀 주오."

ᄋᆡ걸ᄒᆞ니, 놀부놈의 거동 보소. 셩낸 눈을 부릅뜨고 볼을 울녀 호령ᄒᆞ되,

"너도 렴치 업다. 내 말 드러 보아라. 텬불ᄉᆡᆼ무록지인이오 디불ᄉᆡᆼ무명지쵸라. 네 복을 누를 주고 나를 이리 보ᄎᆡᄂᆞ뇨? 쌀이 만히 잇다 ᄒᆞᆫ들 너 주자고 로젹 헐며, 벼가 만히 잇다 ᄒᆞᆫ들 너 주자고 셤을 헐며, 돈이 만이 잇다 ᄒᆞᆫ들 피목궤에 ᄀᆞ득 든 것을 문을 열며, 가로 되나 주자 ᄒᆞᆫ들 복고왕대쇼독에 ᄀᆞ득 너흔 것을 독을 열며, 의복이나 주자 ᄒᆞᆫ들 집안이 고로 버셧거든 너를 엇지 주며, 찬밥이나 주자 ᄒᆞᆫ들 삿기 나흔 검은 암캐 부억에 누엇거든 너 주자고 개를 굼기며, 지거미 7 나 주자 ᄒᆞᆫ들 구증방 우리 안에 삿기 나흔 돗이 누엇스니 너 주자고 돗흘 굼기며, 겨셤이나 쥬자 ᄒᆞᆫ

들 큰 농우가 네 필이니 너 쥬ᄌᆞ고 소를 굶기랴? 렴치 업다 흥부놈아"
ᄒᆞ고 주먹을 붉근 쥐여 뒤꼭뒤를 꽉 집흐며 몽동이를 직근 썩거 손진승의 메질ᄒᆞ듯 원화상의 법고 치듯 아조 쾅쾅 두ᄃᆞ리니 흥뷔 울며 닐은 말이,

"ᄋᆡ고 형님, 이것이 우엔 일이오? 방약무인 도쳑이도 이에셔 셩현이오, 무지불측 관손이도 이에셔 군ᄌᆞ로다. 우리 형뎨 엇지ᄒᆞ여 이다지 극악ᄒᆞᆫ고?"

탄식ᄒᆞ고 도라오니, 흥부 안ᄒᆡ 거동 보쇼. 흥부 오기를 기ᄃᆞ리며 우ᄂᆞᆫ ᄋᆞ기 달ᄂᆡ올 제, 물네질 ᄒᆞ며,

"아가 아가 우지 마라. 어제 져녁 김동지 집 용정방아 찌어 주고 쌀 한 되 엇어다가 너의들만 ᄉᆞ려 주고 우리 량쥬 어제 져녁 이쌔ᄭᆞ지 그져 잇다 엉엉엉. 너의 아버지 뎌 견너 아ᄌᆞ버니 집에 가셔 돈이 되나 쌀이 되나 량단 간에 엇어 오면 밥을 짓고 국을 끌여 너도 먹고 나도 먹자. 우지 마라 엉엉엉."

아[8]모리 달ᄂᆡ여도 악치듯 ᄇᆞ치는고나. 흥부 안ᄒᆡ ᄒᆞᆯ 일 업셔 흥부 오기 기ᄃᆞ릴 제, 의복 치장 볼작이면 깃만 ᄂᆞᆷ은 져고리, 다 써러진 누비 바시, 몽동지마 썰쳐 닙고, 목만 ᄂᆞᆷ은 헌 버션에 뒤축 업ᄂᆞᆫ 집신 신고, 문 밧게 썩 나셔며, 머리 우헤 손을 언고 기ᄃᆞ릴 제, 칠년 대한 가믄 ᄂᆞᆯ에 비 오기 기ᄃᆞ리듯, 구년지슈 장마진 데 볏나기 기ᄃᆞ리듯, 졔갈량 칠셩단에 동남풍 기ᄃᆞ리듯, 강태공 위슈상에 시졀 기ᄃᆞ리듯, 만리 전장에 승젼ᄒᆞ기 기ᄃᆞ리듯, 어린 ᄋᆞ희 경풍에 의원 기ᄃᆞ리듯, 독슉공방에 랑군 기ᄃᆞ리듯, 츈향이 죽게 되여 리도령 기ᄃᆞ리듯, 과년ᄒᆞᆫ 로쳐녀 ᄉᆡ집가기 기ᄃᆞ리듯, 삼십 넘은 로도령 장가가기 기ᄃᆞ리듯, 장즁에 드러가셔 과거ᄒᆞ기 기ᄃᆞ리듯, 세 씨 굴머 누은 ᄌᆞ식 흥부 오기 기ᄃᆞ린다.

"ᄋᆡ고 ᄋᆡ고 셜운지고."

흥부 울며 건너 오니, 흥부 안히 내다라 두 손목을 덤셕 잡고,

"우지 마오. 엇지ᄒᆞ여 울으시오? 형님 젼에 말ᄒᆞ다가 ᄆᆡ를 맛고 건너 옵나? 츌문망 츌문망 허[9]위허위 오ᄂᆞᆫ 사ᄅᆞᆷ 몃몃히 날 속인고? 엇지ᄒᆞ여 이제 옵나?"

흥부ᄂᆞᆫ 어진 사ᄅᆞᆷ이라. ᄒᆞᄂᆞᆫ 말이,

"형님이 셔울 가고 아니 계시기에 그져 왓습네."

"그러ᄒᆞ면 뎌를 엇지 ᄒᆞ잔말고?"

"집신이나 삼아 팔아 ᄌᆞ식들을 살녀 내옵쇼."

"집히 잇습나?"

"뎌 건너 쟝ᄌᆞ집에 가셔 엇어 보옵쇼."

흥부 거동 보쇼. 쟝ᄌᆞ집에 가셔,

"쟝ᄌᆞ님 계시오?"

"그 누군고?"

"흥부요."

"흥부 엇지 왓노?"

"쟝ᄌᆞ님 편히 계시오니잇가?"

"ᄌᆞ네ᄂᆞᆫ 엇지나 지내노?"

"지내노라니 오즉 ᄒᆞ오? 집 ᄒᆞᆫ 뭇만 주시면 집신을 삼아 팔아 ᄌᆞ식들을 살니깃쇼."

"그리ᄒᆞ쇼. 불샹ᄒᆞ이"

ᄒᆞ고 죵을 불너 됴흔 집흐로 서너 뭇 갓다가 주니, 흥뷔 집을 가지고 건너와셔 집신을 삼아 ᄒᆞᆫ 죽에 서 돈 밧고 팔아 량식을 팔아 밥을 지어 쳐ᄌᆞ식과 먹은 후에 이리ᄒᆞ여도 살 길 업서 흥부 안히 ᄒᆞᄂᆞᆫ 말이,

"우리 픔[품]이나 팔아 봅셰."

흥부 안히 픔[품]을 팔제, 용정방아 키질ᄒᆞ기, ᄆᆡ쥬가의 술 거르기, 초상집의 졔복 짓기, 졔ᄉᆞ집에 그릇 닥기, 신ᄉᆞ집의 떡 ᄆᆞᆫ들기, 언 손 불고 [10] 오즘 치기, ᄒᆡ빙ᄒᆞ면 나물 ᄯᅳᆺ기, 츈모 가라 보리 노키, 온가지로 픔[품]을 팔고, 흥부ᄂᆞᆫ 정이월에 가래질ᄒᆞ기, 이삼월에 부침ᄒᆞ기, 일등뎐답 못논 갈기, 럽하에 면화 갈기, 이 집 뎌 집 이영 역기, 더운 날에 보리치기, 비 오ᄂᆞᆫ 날 멍셕 겻[짓]기, 원산 근산 싀초 뷔기, 부곡 쥬인 역인지기, 각 읍 쥬인 삭길 가기, 술만 먹고 ᄆᆞᆯ짐 실기, 오 푼 밧고 마텰 박기, 두 푼 밧고 ᄯᅩᆼ지 치기, ᄒᆞᆫ 푼 밧고 뷔 ᄆᆡ기, 식젼에 마당 쓸기, 져녁에 집신 삼기, 온가지로 다ᄒᆞ여도 ᄭᅵ니가 간 ᄃᆡ 업네.

이ᄯᅢ 본읍 김좌슈가 흥부를 불너 ᄒᆞᄂᆞᆫ 말이,

"돈 삼십 량을 줄 것이니, 내 ᄃᆡ신으로 감영에 가 ᄆᆡ를 맛고 오라"

ᄒᆞ니 흥뷔 ᄉᆡᆼ각ᄒᆞ되,

'삼십 량을 밧아 열 량아치 량식 팔고 닷 량아치 반찬 사고 닷 량아치 나무 사고 열 량이 ᄂᆞᆷ거든 ᄆᆡ 맛고 와셔 몸 듀셥ᄒᆞ리라'

ᄒᆞ고 감영으로 가려ᄒᆞᆯ 제, 흥부 안히 ᄒᆞᄂᆞᆫ 말이,

"가지 마오. 부모 혈육을 가지고 ᄆᆡ삭이란 말이 우엔 말이오?"

ᄒᆞ고 아모리 만류ᄒᆞ되, 죵시 듯지 아니ᄒᆞ고 감영으로 ᄂᆞ[11]려 가더니, 아니 되ᄂᆞᆫ 놈은 잣바져도 코가 ᄭᆡ진다고 ᄆᆞᆺ츰 나라에셔 샤가 ᄂᆞ려 죄인을 방송ᄒᆞ시니, 흥뷔 ᄆᆡ픔[품]도 못 팔고 그저 온다. 흥부 안히 내다라 ᄒᆞᄂᆞᆫ 말이,

"ᄆᆡ를 맛고 왓습나?"

"아니 맛고 왓습네."

"ᄋᆡ고 죠화 부모 유톄로 ᄆᆡ픔[품]이 무슴 일고?"

흥뷔 울며 ᄒᆞᄂᆞᆫ 말이,

"ᄋᆡ고 ᄋᆡ고 셜운지고. ᄆᆡᄑᆞᆷ[품] 팔아 여ᄎᆞ여ᄎᆞ ᄒᆞ자 ᄒᆞ엿더니 이ᄅᆞᆯ 엇지 ᄒᆞ잔말고?"

홍부 안ᄒᆡ ᄒᆞᄂᆞᆫ 말이,

"우지 마오. 졔발 덕분 우지 마오. 봉졔ᄉᆞ ᄌᆞ손 되여 나셔 금화금벌 뉘라 ᄒᆞ며, 가뫼 되여 나셔 랑군을 못 살니니 녀ᄌᆞ 힝실 참혹ᄒᆞ고, 유ᄌᆞ 유녀 못 살니니 어미 도리 업ᄂᆞᆫ지라. 이ᄅᆞᆯ 엇지 ᄒᆞᆯ고? ᄋᆡ고 ᄋᆡ고 셜운지고. 피눈물이 반죽되던 아황 녀영의 셜움이오, 조작가 지어내던 우마시의 셜움이오, 반야산 바회 틈에 슉낭ᄌᆞ의 셜움을 적자 ᄒᆞᆫ들 어ᄂᆞ ᄎᆡᆨ에 다 적으며, 만경창파 구곡슈ᄅᆞᆯ 말말이 두량 ᄒᆞ량이면 어ᄂᆞ 말로 다 되여내며, 구만 리 장텬을 ᄌᆞᄌᆞ이 재이란들 어ᄂᆞ 자로 다 자힐고? 이런 셜움 뎌런 셜움 12 다 후리쳐 ᄇᆞ려두고 이제 나만 죽고 지고"

ᄒᆞ며, 두 주먹을 붉근 쥐여 가슴을 쾅쾅 두ᄃᆞ리니, 홍뷔 역시 비감ᄒᆞ여 닐은 말이,

"우지 말쇼. 안연ᄀᆞᆺ흔 셩인도 안빈락도 ᄒᆞ엿고, 부암에 담 쌋턴 부열이도 무뎡을 맛ᄂᆞ ᄌᆡ상이 되엿고, 신야에 밧가던 이윤이도 은탕을 맛나 귀히 되엿고, 한신ᄀᆞᆺ흔 영웅도 초년 궁곤ᄒᆞ다가 한나라 원융이 되엿스니 엇지 아니 거록ᄒᆞ뇨? 우리도 ᄆᆞ음만 올케 먹고 되ᄂᆞᆫ 째를 기ᄃᆞ려 봅ᄉᆡ"

ᄒᆞ여 그ᄃᆞᆯ 뎌ᄃᆞᆯ 다 지내고 츈졀이 도라오니, 홍부가 이왕 식ᄌᆞᄂᆞᆫ 잇ᄂᆞᆫ지라. 슈슈ᄃᆡ로 지은 집에 립춘을 써 붓치되 글ᄌᆞᄅᆞᆯ 샥여 붓쳣고나. 겨ᄋᆞᆯ[울] 동ᄌᆞ 갈 거ᄌᆞ 텬디 간에 됴흘시고. 봄 츈자 올 ᄅᆡᄌᆞ, 록음방초 ᄂᆞᆯ 비ᄌᆞ, 우ᄂᆞᆫ 것은 즘ᄉᆡᆼ 슈ᄌᆞ, ᄂᆞᄂᆞᆫ 것은 새 됴ᄌᆞ, 연비려텬 쇼루ᄀᆡ 연ᄌᆞ, 오ᄉᆡᆨ의관 ᄭᅯᆼ 치ᄌᆞ, 월삼경 화지샹의 슯히우ᄂᆞᆫ 두견 셩ᄌᆞ, 쌍거쌍ᄅᆡ 졔비 연ᄌᆞ, 인간만물 차즐 심ᄌᆞ, 이 집으로 들 입ᄌᆞ, 일월도 박식ᄒᆞ고 음

양도 쇼싱커든 하믈며 이물이야 셩식[13]인들 업슬소냐?

삼월 삼일 다다르니, 쇼상강 떼기러기 가노라 하직ᄒᆞ고, 강남셔 나온 졔비 왓노라 현신ᄒᆞᆯ 제 오대량에 안졋다가 비ᄅᆡ비거 넘놀면셔 흥부를 보고 반겨라고 됴흘 호ᄌᆞ 지져괴니, 흥뷔 졔비를 보고 경계ᄒᆞᄂᆞᆫ 말이,

"고대광실 만컨마는 슈슈대 집에 와셔 네 집을 지엇다가 오륙월 쟝마에 털셕 문허지면 그 아니 랑패오냐?"

졔비 듯지 아니ᄒᆞ고 흙을 물어 집을 짓고 알을 안하 ᄭᆡ인 후에 ᄂᆞᆯ기공부 힘쓸 ᄯᅢ에 의외 대망이 드러와셔 졔비 삿기를 몰수이 먹으니 흥뷔 깜작 놀나 ᄒᆞᄂᆞᆫ 말이,

"흉악ᄒᆞ다 뎌 즘싱아. 고량도 만컨마는 무죄ᄒᆞᆫ 뎌 삿기를 몰식ᄒᆞ니 악착ᄒᆞ다. 졔비 삿기 대셩황뎨 나 계시고 물식고량 살아나니 인간에 해가 업고 녯 쥬인을 차자오니 뎨 ᄯᅳᆺ이 유졍ᄒᆞ되 뎨 삿기를 이제 다 참척을 보니 엇지 아니 불샹ᄒᆞ리? 뎌 즘싱이 패공의 룡천검에 젹혈이 비등ᄒᆞᆯ 제 ᄇᆡᆨ뎨의 령혼인가 신쟝도 쟝ᄒᆞᆯ시고, 영슈광야 넙은 ᄯᅳᆯ에 슈림쟝의 해를 닙[14]던 풍사망의 대망인가 머리도 흉악ᄒᆞ다."

이럿틋 경계ᄒᆞᆯ 제 의외 졔비 삿기 ᄒᆞ나히 공즁에셔 뚝 ᄯᅥ러져셔 대발틈에 발이 ᄲᅡ져 두 발목이 작근 부러져 피를 흘니고 발발 ᄯᅥᆯ거ᄂᆞᆯ 흥부가 보고 펄덕 ᄯᅱ여 다라드러 졔비 삿기를 손에 들고 잔잉이 녁여 ᄒᆞᄂᆞᆫ 말이,

"불샹ᄒᆞ다 이 졔비야. 은왕 셩탕 은혜 밋쳐 금슈를 ᄉᆞ랑ᄒᆞ여 다 길너 내엇더니 이 디경이 되엇슴애 엇지 아니 가련ᄒᆞ리? 여봅쇼 ᄋᆞ기 어미, 무슴 당ᄉᆞ실 잇습나?"

"ᄋᆡ고 굼기를 부ᄌᆞ의 밥 먹듯 ᄒᆞ며 무슴 당ᄉᆞ실이 잇단 말이오?"

ᄒᆞ고 쳔만 의외 실 ᄒᆞᆫ님 엇어주거ᄂᆞᆯ 흥뷔 칠산조긔 겁질을 벗겨 졔비 ᄃᆞ리를 싸고 실로 찬찬 동혀 찬 이슬에 언져 두니, 십여 일이 지난 후 ᄃᆞ리

완구ᄒᆞ여 제 곳으로 가려ᄒᆞ고 하직ᄒᆞᆯ 제, 흥부가 비감ᄒᆞ여 ᄒᆞᄂᆞᆫ 말이,

"먼 길에 잘 드러가고 명년 삼월에 다시 보자"

ᄒᆞ니 뎌 졔비 거동 보소. 양우광풍 몸을 ᄂᆞᆯ녀 ᄇᆡᆨ운을 ᄅᆡᆼ쇼ᄒᆞ고 쥬야로 ᄂᆞ라 강남을 득달ᄒᆞ니 졔비 황뎨 보고 무르되,

"너ᄂᆞᆫ [15] 어이 [늬]져나니?"

졔비 엿ᄌᆞ오ᄃᆡ,

"쇼신의 부뫼 죠션에 나가 흥보의 집에다가 깃드리고 쇼신 등 형뎨를 나핫삽더니, 의외 대망의 변을 맛나 쇼신의 형뎨 다 죽고 쇼신이 홀로 아니 죽으려 ᄒᆞ여 바르작거리다가 뚝 써러져 두 발목이 작근 부러져 피를 흘니고 발발 써온즉 흥부가 여ᄎᆞ여ᄎᆞᄒᆞ여 졀각이 의구ᄒᆞ와 이제 도라 왓ᄉᆞ오니 그 은혜를 십분 일이라도 갑기를 ᄇᆞ라ᄂᆞ이다."

졔비 황뎨 하교ᄒᆞ되,

"그런 은공을 몰나셔ᄂᆞᆫ 힝셰치 못ᄒᆞᆯ 금슈라. 네 박씨를 갓다가 주어 은혜를 갑흐라"

ᄒᆞ니, 졔비 샤은ᄒᆞ고 박씨를 물고 삼월 삼일이 다다르니, 졔비 벽공에 써셔 여러 날만에 흥부집에 니르러 넘놀 적에 븍[북]희 흑룡이 여의쥬를 물고 ᄎᆡ운 간에 넘노ᄂᆞᆫ 듯, 단산 ᄎᆡ봉이 죽실을 물고 오동샹에 넘노ᄂᆞᆫ 듯, 츈풍 황ᄋᆡᆼ이 나븨를 물고 셰류변에 넘노 듯, 이리 갸웃 뎌 갸웃 넘노ᄂᆞᆫ 것 흥부 안히 잠간 보고 락락ᄒᆞ여 ᄒᆞᄂᆞᆫ 말이,

"여봅쇼. 거년 가든 졔비 무엇을 입에 물고 와셔 넘노[16]옵ᄂᆡ."

이럿틋 말ᄒᆞᆯ 제, 졔비 박씨를 흥부 압헤 써러치니, 흥부가 집어 보니 ᄒᆞᆫ 가온ᄃᆡ '보은표라' 금ᄌᆞ로 샤엿거ᄂᆞᆯ 흥뷔 ᄒᆞᄂᆞᆫ 말이,

"슈안의 ᄇᆡᆨ암이 구슬을 무러다가 살닌 은혜를 갑핫스니, 뎌도 ᄯᅩᄒᆞᆫ ᄉᆡᆼ각ᄒᆞ고 나를 갓다가 주니 이것이 ᄯᅩᄒᆞᆫ 보ᄇᆡ로다."

흥부 안ᄒᆡ 뭇ᄂᆞᆫ 말이,

"그 가온ᄃᆡ 누르스렴ᄒᆞᆫ 것이 아마 금인가 보외."

흥부가 ᄃᆡ답ᄒᆞ되,

"금은 이제 업ᄂᆞ니, 초한 적의 진평이 범아부를 쏘ᄎᆞ려고 황금 ᄉᆞ만 근을 훗헛스니 금은 이제 절종되엿습ᄂᆡ."

"그러ᄒᆞ면 옥인가 보외."

"옥도 이제ᄂᆞᆫ 업ᄂᆞ니, 곤륜산에 불이 붓허 옥셕이 구분ᄒᆞ엿스니 옥도 이제 업습ᄂᆡ."

"그러ᄒᆞ면 야광쥔가 보외."

"야광쥬도 이제ᄂᆞᆫ 업ᄂᆞ니, 졔 위왕이 위 혜왕의 십이승 야광쥬를 보고 ᄭᆡ여 ᄇᆞ렷스니 야광쥬도 이제 업습ᄂᆡ."

"그러ᄒᆞ면 류리 호박인가 보외."

"류리 호박도 이제ᄂᆞᆫ 업ᄂᆞ니, 쥬세종이 탐장ᄒᆞᆯ 제, 당나라 쟝갈이가 술 잔 ᄆᆞᆫ드노라고 다 드렷스니 류리 호박두 이제 업습ᄂᆡ."

"그러ᄒᆞ면 쇤가 보[17]외."

"쇠도 이제ᄂᆞᆫ 업ᄂᆞ니, 진시황 위엄으로 구쥬의 쇠를 모화 금인 열둘을 ᄆᆞᆫᄃᆞ렷스니 쇠도 업습ᄂᆡ."

"그러ᄒᆞ면 ᄃᆡ모 산훤가 보외."

"ᄃᆡ모 산호도 업ᄂᆞ니, ᄃᆡ모갑은 병풍이오 산호슈ᄂᆞᆫ 란간이라. 광리왕이 샹문에 슈궁 보물을 다 드렷스니 이제ᄂᆞᆫ 업습ᄂᆡ."

"그러ᄒᆞ면 무엇인고?"

졔비가 내다라 ᄒᆞᄂᆞᆫ 말이,

"건지 연지 뇌지 조지 부지오."

흥부가 ᄒᆞᄂᆞᆫ 말이,

"올타! 이것이 박씨로다"

ᄒᆞ고, 날을 보와 동편 쳠하 단쟝 아래 심어 두엇더니, 삼ᄉᆞ 일에 슌이 나셔 마듸마듸 닙히오 줄기줄기 ᄭᅩᆺ이 퓌여 박 넷 통이 여럿스되, 고마슈영 젼션ᄀᆞᆺ치 대동강상에 당두리ᄀᆞᆺ치 덩그러케 달녓구나. 홍부가 반기 녁여 문ᄌᆞ로 써 말ᄒᆞ되,

"륙월에 화락ᄒᆞ니 칠월에 셩실이라. 대쟈ᄂᆞᆫ 여항ᄒᆞ고 쇼쟈ᄂᆞᆫ 여분이라 엇지 아니 됴흘소냐? 여봅쇼. 비단이 ᄒᆞᆫ ᄡᅵ라 ᄒᆞ니, ᄒᆞᆫ 통을 ᄹᅡ셔 속으란 지져 먹고 박아지ᄂᆞᆫ 팔아 쌀을 팔아다가 밥을 지어 먹어 봅세."

홍부 안희 ᄒᆞᄂᆞᆫ 말이,

"그 박이 유명,ᄒᆞ니, 한로ᄅᆞᆯ 아[18]조 맛쳐 견실커든 ᄹᅡ 봅세."

그ᄃᆞᆯ 뎌ᄃᆞᆯ 다 지내고 팔구 월이 다다라셔 아조 견실ᄒᆞ엿스니 박 ᄒᆞᆫ 통을 ᄹᅡ 놋코 량뒤 켠다.

"슬근슬근 톱질이야, 당긔여 주소 톱질이야. 복창황월셩미파에 동ᄌᆞ박도 가애로다. 당하ᄌᆞ손 만셰평에 셰간박도 가애로다. 슬근슬근 톱질이야."

툭 ᄐᆞ 노흐니 오운이 니러나며 청의동ᄌᆞ ᄒᆞᆫ 쌍이 나오니, 뎌 동ᄌᆞ 거동 보소. 약비봉ᄅᆡ환약동이면 필시텬ᄐᆡ최약동이라. 좌슈에 류리반 우슈에 ᄃᆡ모반을 눈 우헤 놉히 들어 ᄌᆡᄇᆡᆨᄒᆞ고 ᄒᆞᄂᆞᆫ 말이,

"쳔은병에 너흔 것은 죽은 사ᄅᆞᆷ을 살녀 내ᄂᆞᆫ 환혼쥐오, ᄇᆡᆨ옥병에 너흔 것은 소경 눈을 쓰이ᄂᆞᆫ 계안쥬오, 금젼지로 봉ᄒᆞᆫ 것은 벙어리 말ᄒᆞ게 ᄒᆞᄂᆞᆫ ᄀᆡ언최오, ᄃᆡ모 뎝시에ᄂᆞᆫ 불로최오, 류리 뎝시에ᄂᆞᆫ 불ᄉᆞ약이니, 갑스로 의론ᄒᆞ면 억만 량이 넘ᄉᆞ오니 ᄆᆡ매ᄒᆞ여 쓰옵쇼셔"

ᄒᆞ고 간 ᄃᆡ 업ᄂᆞᆫ지라.

홍부 거동 보소.

"얼시고 절시고 즐겁도다. 셰상에 부직 만타 ᄒᆞᆫ들 사름 살니는 약이 잇슬소냐?"

흥부 안히 ᄒᆞ[19]는 말이,

"우리집 약계 ᄇᆡ판ᄒᆞᆫ 줄 알고 약 ᄉᆞ라 오 리 업고 아직 효힘[험] ᄉᆡ르기는 밥만 못ᄒᆞ외."

흥부 말이,

"그러ᄒᆞ면 뎌 통에 밥이 드럿나 ᄐᆞ 봅ᄉᆡ"

ᄒᆞ고, ᄯᅩ ᄒᆞᆫ 통을 튼다.

"슬근슬근 톱질이야. 우리 간난ᄒᆞ기 일읍에 유명ᄒᆞᆷ애 쥬야 셜워ᄒᆞ더니 부지허명 고ᄃᆡ천량 일죠에 엇엇으니 엇지 아니 됴흘소냐? 슬근슬근 톱질이야. 어셔 ᄐᆞ식 톱질이야."

툭 ᄐᆞ 노흐니, 온갓 세간이 드럿스되 ᄌᆞ개함롱, 반다지, 룡장, 봉장, 제두주, 쇄금들믜 삼층장, 계ᄌᆞᄃᆞ리 옷거리, 쌍룡 그린 빗졉고비, 룡두머리 장복비, 놋초ᄃᆡ, 광명두리 요강, ᄐᆞ구 버려노코, 션단니블 대단요며, 원앙금짐[침] 잣벼ᄀᆡ를 싸하노코, 샤랑 긔물 볼작이면 룡목쾌상, 벼로집, 화류ᄎᆡᆨ장, 각계슈리, 룡연벼루, ᄋᆡᆼ무연젹, 버려노코, 텬ᄌᆞ, 류합, 동몽션습, ᄉᆞ략, 통감, 론어, ᄆᆡᆼᄌᆞ, 시젼, 셔젼, 쇼ᄒᆞᆨ, 대ᄒᆞᆨ 등 ᄎᆡᆨ을 싸핫고, 그 겻헤 안경, 셕경, 화경, 륙칠경, 각ᄉᆡᆨ 필믁[목] 퇴침에 드러잇고, 부억 긔물 의론컨댄 로구ᄉᆡ옹, 곱돌솟, 왜솟, 젼솟, 퉁노구[20] 무쇠두멍ᄃᆞ리ᄉᆡ 밧쳐 잇고, 왜화긔, 당화긔, 동ᄅᆡ반상, 안셩유긔, 등물이 찬장에 드러잇고, 함박, 족박, 이남박, 항아리, 옹박이, 동체, 깁체, 어렴이, 침ᄎᆡ독, 장독, 가마, 승교, 등물이 ᄊᆞ역ᄊᆞ역 나오니 엇지 아니 됴흘손가?

ᄯᅩ ᄒᆞᆫ 통을 튼다.

"슬근슬근 톱질이야. 우리 일을 ᄉᆡᆼ각ᄒᆞ니 엇그제가 ᄭᅮᆷ이로다. 부지

허명 고ᄃᆡ 쳔량을 일죠에 엇엇스니 엇지 아니 즐거오랴? 슬근슬근 톱질 이야."

툭 ᄐᆞ 노흐니, 집지위와 오곡이 나온다. 명당에 집터를 닥가 안방, 대텽, 힝랑몸치, ᄂᆡ외분합, 물님퇴, 살미살창 가로다지 입구 ᄌᆞ로 지어 노코, 압뒤 장원 마구, 고간 등쇽을 좌우에 버려 짓고, 양지에 방아 걸고 음지에 우물 파고, 울 안에 벌통 노코 울 밧게 원두 노코, 온갓 곡식 다 드렷다. 동편 고간에 벼 오쳔 셕, 셔편 고간의 쌀 오쳔 셕, 두태 잡곡 오쳔 셕, 참깨 들깨 각 삼쳔 셕, 싼로젹ᄒᆞ여 잇고, 돈 이십 만 구 쳔 량은 고 안헤 싸하 두고, 일용젼 오ᄇᆡᆨ 열 량은 벽장 안헤 너어 두고, 온갓 비단 다 드럿21다. 모단, 대단, 이광단, 궁쵸, 숙초, 쌍문쵸, 제갈션ᄉᆡᆼ 와룡단, 죠ᄌᆞ룡의 샹ᄉᆞ단, 뭉게뭉게 운문대단, 또드락 쉽벅 ᄆᆞᆯ굽 쟝단, 대쳔바다 조개문 쟝단, ᄒᆡ 돗앗다 일광단, ᄃᆞᆯ도 돗앗다 월광단, 요지왕모 텬도문, 구십 츈광 명쥬문, 엄동 셜한 륙화문, 대뎝문, 완ᄌᆞ문, 한단, 영쵸단, 각ᄉᆡᆨ 비단 ᄒᆞᆫ,편에 드러 잇고, 길쥬 명쳔 됴흔 뵈, 회령 죵셩 고은 뵈, 온갓 뵈와 한산 모시, 쟝셩 모시, 계추리 황져포 등 모든 모시와 고양 화뎐 리ᄉᆡᆼ원의 맛ᄯᆞᆯ이 보름만에 ᄆᆞᆺ쳐 내ᄂᆞᆫ 관ᄃᆡᄎᆞ 셰목, 숑도 야ᄃᆞ리목, 강진 내이 황쥬목, 의셩목 ᄒᆞᆫ 편에 드러 잇고, 말ᄆᆡᆺ흔 ᄉᆞ나희 죵과 열쇠ᄀᆺ흔 ᄋᆞ희 죵과 잉무ᄀᆺ흔 계집 죵이 나며 들며 ᄉᆞ환ᄒᆞ고, 우걱부리 잣박부리 ᄉᆞ죡발이 고리눈이 우억지억 시러 드려 압 ᄯᅳᆯ에도 로젹이오, 뒤 ᄯᅳᆯ에도 로젹이오, 방에도 로젹이오, 마루에도 로젹이오, 부억에도 로젹이오, 담불담불 로젹이라 엇지 아니 됴흘소냐?

흥부 안헤 됴하라고,

"여봅소, 이녁이나 내나 옷이 업스22니 비단으로 왼 몸을 감아봅ᄉᆡ."

덤불 밋헤 조고만 박 ᄒᆞᆫ 통을 싸셔 켜라 ᄒᆞ니, 흥부 안헤 ᄒᆞᄂᆞᆫ 말이,

“그 박으란 켜지 맙소.”

흥뷔 ᄃᆡ답ᄒᆞ되,

“내 복에 ᄐᆡ인 것이니 켜깃ᄉᆞᆸᄂᆡ”

ᄒᆞ고 손으로 켜 내니, 어엿본[븐] 계집이 나오며 흥부에게 절을 ᄒᆞ니, 흥뷔 놀내 뭇ᄂᆞᆫ 말이,

“뉘라 ᄒᆞ시오?”

“내가 비오.”

“비라 ᄒᆞ니 무슨 비오?”

“양귀비오.”

“그러ᄒᆞ면 엇지ᄒᆞ여 왓소?”

“강남 황뎨가 날ᄃᆞ려 그ᄃᆡ의 쳡이 되라 ᄒᆞ시기에 왓스니 귀히 보쇼셔”

ᄒᆞ니, 흥부ᄂᆞᆫ 됴화ᄒᆞ되 흥부 안ᄒᆡ ᄂᆡᄉᆡᆨᄒᆞ여 ᄒᆞᄂᆞᆫ 말이,

“ᄋᆡ고, 뎌 ᄉᆞᆯ을 뉘가 볼고? 내 언제붓허 켜지 말라 ᄒᆞ엿지?”

ᄒᆞ며, 이럿틋 호의호식 태평히 지낼 제, 놀부놈이 흥부의 잘 산단 말을 듯고 ᄉᆡᆼ각ᄒᆞ되,

‘건너가 이놈을 숙ᄃᆡᆨ엿스면 반을 나ᄂᆞᆯ 수리라’

ᄒᆞ고 흥부 집에 들어가지 아니ᄒᆞ고 문 밧게 서셔,

“이놈 흥부야.”

흥뷔 ᄃᆡ답ᄒᆞ고 나와 놀부의 손을 잡고 ᄒᆞᄂᆞᆫ 말이,

“형님 이것이 우엔 일이오? 형뎨끼리 ᄂᆡ외ᄒᆞ단 말은 불가ᄉᆞ문어린국이니 어셔 들어가샤이다”

ᄒᆞ니, 놀23부놈이 썰더리며 ᄒᆞᄂᆞᆫ 말이,

“네가 요ᄉᆞ이 밤이슬을 맛ᄂᆞᆫ다 ᄒᆞᄂᆞᆫ고나?”

흥뷔 어히 업셔 ᄒᆞᄂᆞᆫ 말이,

"밤이슬이 무엇이뇨?"

놀부놈이 뒤답ᄒᆞ되,

"네 도적질ᄒᆞᆫ다ᄂᆞᆫ고나."

흥뷔 닐은 말이,

"형님 이것이 우엔 말이오?"

ᄒᆞ고 젼후 ᄉᆞ연을 일일이 셜파ᄒᆞ니 놀뷔 다 듯고,

"그러ᄒᆞ면 들어가 보자"

ᄒᆞ며 안흐로 들어다라 보니, 양귀비 나와 뵈거ᄂᆞᆯ 놀뷔 보고 ᄒᆞᄂᆞᆫ 말이,

"우엔 부인이냐?"

흥뷔 겻헤 잇다가 뒤답ᄒᆞ되,

"내 쳡이오."

"압다 이놈. 네게 우엔 쳡이 잇스리오? 날 다고."

화초장을 보고,

"저것이 무엇이뇨?"

"그게 화초장이오."

"날 다고."

"익고 ᄉᆞ랑도 아니 써혓소."

"이놈아, 네 것이 내 것이오, 내 것이 내 것이오, 네 계집이 내 계집이오, 내 계집이 내 계집이라."

"그러ᄒᆞ면 죵ᄒᆞ여 보내오리이다."

"이놈 네게 죵이 잇단 말가? 어셔 질방 거러다고 내 지고 가마."

"그러ᄒᆞ면 그리ᄒᆞ오."

질방 거러 주니 놀뷔 질머지고 가며 화초장을 ᄉᆡᆼ각ᄒᆞ여,

"화초장, 화초장"

ᄒᆞ며 가더니, 개천 건너 뛰다가 니져ᄇᆞ리고 ᄉᆡᆼ각[24] ᄒᆞ되,

'간장인가?'

ᄒᆞ며 집으로 오니, 놀부 안히 뭇ᄂᆞᆫ 말이,

"그것이 무엇이오?"

"이것 모로옵나?"

"ᄋᆡ고, 모ᄅᆞ니."

"무엇인지 분명 모로옵나?"

"뎌 건너 량반의 집에셔 화초장이라 ᄒᆞ온데, 내 언제붓허 화초장이라 ᄒᆞ엿지?"

놀부놈 거동 보소. 동지섯ᄃᆞᆯ붓허 졔비를 기ᄃᆞ린다. 그물 막대 두러메고 졔비를 몰나갈 제 ᄒᆞᆫ 곳 ᄇᆞ라보니 ᄒᆞᆫ 즘승이 써 드러오니 놀부놈이 보고,

"졔비, 인제 온다"

ᄒᆞ고 보니, 태ᄇᆡᆨ산 갈가마귀 차돌도 돌도 바히 못 어어 머고 ᄌᆞ려 청텬에 놉히 써 갈곡 길곡 울고 가니, 놀뷔 눈을 멀거케 쓰고 보다가 ᄒᆞᆯ 일 업셔 동리 집으로 ᄃᆞ니면서 셰비ᄃᆞᆯ 뎨 집으로 몰아 드리되,

"졔비가 아니 온다?"

그 ᄃᆞᆯ 뎌 ᄃᆞᆯ 다 지내고 삼월 삼일 다다르니, 강남셔 나온 제비 녯 집을 차즈려 ᄒᆞ고 오락가락 넘놀 적에 놀뷔 ᄉᆞ면에 졔비 집을 지어 노코 졔비를 드리모니, 그 즁 팔ᄌᆞ 사오나온 졔비 ᄒᆞ나히 놀부 집에 흙을 물어 집을 짓고 알을 나하 안으랴 ᄒᆞᆯ 제, 놀부놈이 쥬야로 졔비집 압헤[25] ᄃᆡ령ᄒᆞ여 각금 각금 ᄆᆞᆫ져본즉 알이 다 골고 다만 ᄒᆞ나흘 ᄭᆡ엿ᄂᆞᆫ지라. 늘기 공부 힘쓰랼 제 굴형 ᄇᆡ암 아니오니, 놀뷔 민망 답답ᄒᆞ여 뎨 손으로 졔비 ᄉᆡᆺ기를 잡아ᄂᆞ려 두 발목을 작근 부럿더리고 뎨가 ᄭᆞᆷ작 놀내 닐은 말이,

“가련ᄒᆞ다, 이 졔비야!”

ᄒᆞ고 조긔 겁질을 엇어 찬찬 동혀 빗놈의 닷줄 감 듯, 삼층 얼네 연줄을 감 듯ᄒᆞ여, 뎨 집에 언져 두엇더니, 십여 일 후에 그 졔비 구월 구일을 당ᄒᆞ여 두 ᄂᆞᆯ기를 펼쳐 강남으로 들어가니, 강남 황뎨 각 쳐 졔비를 뎜고 ᄒᆞᆯ 졔, 이 제비 ᄃᆞ리 졀고 들어와 복디ᄒᆞᆫ대, 황뎨 졔신으로 ᄒᆞ여곰 그 연고를 사실ᄒᆞ여 알외라 ᄒᆞ시니 졔비 알외되,

“샹년에 우엔 박씨를 내여 보내여 흥부가 부쟈 되엿다 ᄒᆞ여, 그 형 놀부놈이 나를 여ᄎᆞ여ᄎᆞ ᄒᆞ여 졀둑발이 되엿사오니 이 원슈를 엇지ᄒᆞ여 갑고져 ᄒᆞᄂᆞ이다.”

황뎨 이 말 들으시고 대경ᄒᆞ샤 ᄀᆞᆯᄋᆞ샤ᄃᆡ,

“이놈이 뎨 젼답 ᄌᆡ물이 유여ᄒᆞ되 동긔를 모로고 오륜에 버셔난 놈을 그져 두지 못ᄒᆞᆯ 것이㉖오, 또ᄒᆞᆫ 네 원슈를 갑하 주리라”

ᄒᆞ고 박씨 ᄒᆞ나흘 ‘보슈푀라’ 금ᄌᆞ로 샤여주니, 제비 밧아가지고 명년 삼월을 기ᄃᆞ려 쳥텬을 무릅쓰고 ᄇᆡᆨ운을 박차 ᄂᆞᆯ기를 부쳐 놉히 써 놉흔 봉 ᄂᆞ즌 뫼를 넘으며 깁흔 바다 너른 시내며 ᄀᆡ골창 잔돌박이를 훨훨 넘어 놀부 집을 ᄇᆞ라보고 너훌너훌 넘놀거ᄂᆞᆯ 놀부놈이 제비를 보고 반겨 ᄒᆞᆯ 제, 제비 무럿던 박씨를 쑥 써르치니 놀부놈이 집어 보고 락락ᄒᆞ여 뒷 쟝담 쳠하 밋헤 거름 노코 심엇더니, ᄉᆞ오 일 후에 슌이 나셔 덩굴이 버더 마대마대 넙히오, 줄기줄기 쏫이 퓌여 박 십여 통이 열녓스니 놀부놈이 ᄒᆞᄂᆞᆫ 말이,

“흥부ᄂᆞᆫ 세 통을 가지고 부쟤 되엿스니 나ᄂᆞᆫ 쟝쟤 되리로다. 셕슝을 힝랑에 넛코 예 황뎨를 불워ᄒᆞᆯ 개아ᄃᆞᆯ 업다”

ᄒᆞ고 굴지계일ᄒᆞ여 팔구월을 기다린다.

ᄯᅢ를 당ᄒᆞ여 박을 ᄐᆞ랴 ᄒᆞ고 김 지위 리 지위 동리 머음 니웃 총각 건

넌 집 쌍언청이를 다 청ᄒᆞ여 삭을 주고 박을 켤ᄉᆡ, 째부놈이 ᄒᆞᆫ 통에 삭을 뎡ᄒᆞ고 켜자 ᄒᆞ[27]니 놀뷔 ᄆᆞ음에 흐뭇ᄒᆞ여 ᄆᆡ 통에 열 량식 뎡ᄒᆞ고 박을 켠다.

"슬근슬근 톱질이야."

힘써 켜고 보니 ᄒᆞᆫ 쎄 ᄀᆡ약고쟝이 나오며 ᄒᆞᄂᆞᆫ 말이,

"우리 놀부 인심이 됴코 풍류를 됴화ᄒᆞᆫ다 ᄒᆞ기에 놀고 가옵ᄉᆡ. 둥덩둥덩 둥덩둥덩"

ᄒᆞ거ᄂᆞᆯ 놀부가 이를 보고 째부를 원망ᄒᆞᄂᆞᆫ 말이,

"톱도 잘 못 다리고 네 코소래에 보화가 변화ᄒᆞ엿ᄂᆞᆫ가 시브니 소래를 일병 ᄒᆞ지 말라"

ᄒᆞ니 째뷔 삭밧기에 ᄒᆞᆫ 말도 못ᄒᆞ고,

"그리ᄒᆞ라"

ᄒᆞ니, 놀뷔 일변 돈 ᄇᆡᆨ 량을 주어 보내고, ᄯᅩ ᄒᆞᆫ 통 ᄐᆞ고 보니 무수ᄒᆞᆫ 로승이 목탁을 두ᄃᆞ리며 ᄂᆞ와 ᄒᆞᄂᆞᆫ 말이,

"우리ᄂᆞᆫ 강남 황뎨 원당 시쥬승이라"

ᄒᆞ니, 놀부놈이 이히 업서 돈 오ᄇᆡᆨ 량을 주어 보내거ᄂᆞᆯ 째뷔 ᄒᆞᄂᆞᆫ 말이,

"즉금도 내 ᄐᆞᆺ이냐?"

ᄒᆞ고 이쥬거리니, 놀뷔 이 형상을 보고 통분ᄒᆞ여 셩ᄭᅵᆷ에 ᄯᅩ ᄒᆞᆫ 통을 싸오니 놀부 안ᄒᆡ 말니ᄂᆞᆫ 말이,

"제발 덕분에 켜지 마오. 그 박을 켜다가ᄂᆞᆫ 패가망신ᄒᆞᆯ 것이니 덕분에 마오."

놀부놈이 ᄒᆞᄂᆞᆫ 말이,

"쇼ᄉᆞᄒᆞᆫ 계집년이 무슴 일을 알은[28] 톄ᄒᆞ여 방정마지 날쒸ᄂᆞᆫ다?"

ᄒᆞ며 ᄯᅩ 켜고 보니 요령소래 나며 상제 ᄒᆞ나히 나오며,

"어이, 어이, 이보시오 벗님네야. 통ᄌ 운을 달아 박을 혜리라. 헌원시 빅를 무워 타고가니 이졔 불통코 대셩현 칠십 졔ᄌ가 륙례를 능통ᄒ니 놉고 놉흔 도통이라. 졔갈량의 능통지략 텬문을 샹통디리를 달통ᄒ기ᄂ 한나라 방통이오, 당나라 굴돌통 글강의 슌통이오, 호반의 젼동통이오, 강릉 삼쳑 쑬벌통, 속 답답 흉복이, 초란의 넙식통, 도감포슈 화약통, ᄋ기 어미 졋통, 다 터진다. 놀부의 ᄋ통이야 어셔 ᄐ라. 이놈 놀부야. 네 샹뎐이 죽엇스니, 네 안방을 치우고 졔물을 ᄎ리라"

ᄒ며,

"ᄋ고 ᄋ고"

ᄒ거ᄂᆯ 놀뷔 ᄒᆯ 일 업서 돈 오쳔 량을 주어 보내고, 또 ᄒᆫ 통을 ᄐ고 보니 팔도 무당이 나오며 각ᄉᆡᆨ 소래ᄒ고 뭉게뭉게 나아오ᄂᆫᄃᆡ,

"쳥류레라 황류레라 화쟝쳥랑셔계온ᄃᆡ 부진각시가 노르쇼셔. 밤은 다섯, 낫은 닐곱, 유리 여섯, ᄉ십 룡왕, 팔만 황뎨 노르쇼셔. 내 집 셩쥬ᄂᆫ 와가 셩쥐(29) 오, 네 집 셩쥬ᄂᆫ 초가 셩쥬, 가ᄂᆡ마다 걸망 셩쥬, 오막 셩쥬, 집동 셩쥬가 쳘쳘히 노르쇼셔. 초년 셩쥬, 열닐곱 즁년 셩쥬, 스믈 닐곱 마즈막 셩쥬, 쉰닐곱 셩쥬 삼위가 노르쇼셔"

ᄒ며 또 ᄒᆫ 무당 소래ᄒ되,

"셩황당 벅국이 새야 너ᄂᆫ 어이 우지ᄂᆫ니? 속부인 고양남게 새닙 나라 우지노라. 새 닙히 이우러지니 속닙 날가 ᄒ노라. 넉시야 넉시로다. 뢰[록]양산 젼셰만일ᄉᆡ 영리별 세샹ᄒ니 정수 업ᄂᆫ 길이로다. 이화뎨셕, 대함뎨셕, 쇼함뎨셕, 졔불 졔텬 대신, 몸쥬 별악 대신."

이럿틋 소래ᄒ며, 또 ᄒᆫ 무당 소래ᄒ되,

"바람이 월궁의 ᄃᆞᆯ월이로ᄉᆡ. 일광의 월광왕신 마노라 젼물노 ᄂ리셔이다. ᄒ로도 열두시 ᄒᆫᄃᆞᆯ 셔른날 일년 열두ᄃᆞᆯ 과년 열석ᄃᆞᆯ 빅ᄉ를 도아 주옵시는 안광당 국슈당 마노라 기셩부 덕물산 최형[영] 장군 마노라 왕십리 ᄋᆞ기시 당마노라 고기고기 쥬좌 ᄒᆞ옵신 셩황당 마노라 젼물노 ᄂᆞ리샤이다."

이렁틋 소래ᄒᆞ거ᄂᆞᆯ 놀뷔 이 형상을 보고 식혜 먹은 괴양이 ᄀᆞᆺ 30 흔지라. 무당들이 장구통으로 놀부의 흉복을 치며 ᄉᆡᆼ란뎡을 치니, 놀뷔 울며 ᄒᆞᄂᆞᆫ 말이,

"이 어인 곡졀인지 죄나 알고 죽어지라"

ᄒᆞᆫ대 무당들이 ᄒᆞᄂᆞᆫ 말이,

"다름이 아니라 우리 굿ᄒᆞᆫ 갑을 내되 일 푼 령축 업시 오쳔 량만 내라"

ᄒᆞ거ᄂᆞᆯ 놀뷔 ᄒᆞᆯ 일 업시 오쳔 량을 준 연후에 셩즉셩 패즉패라 ᄒᆞ고 ᄯᅩ ᄒᆞᆫ 통을 ᄡᅡ 노코 ᄶᅢ부놈ᄃᆞ려 당부ᄒᆞ되,

"젼 것은 다 헛 것이 되엿스니, 다시 시비ᄒᆞᆯ 개ᄋᆞ들 업스니 어셔 톱질 시작ᄒᆞ자"

ᄒᆞ니 ᄶᅢ부 ᄒᆞᄂᆞᆫ 말이,

"ᄯᅩ 즁병나면 뉘게 쎄를 써보려ᄂᆞ냐? 우슈이 ᄋᆞ들 소래 말고 유복ᄒᆞᆫ 놈 다리고 ᄐᆞ라"

ᄒᆞ거ᄂᆞᆯ 놀뷔 ᄒᆞᄂᆞᆫ 말이,

"이 용렬ᄒᆞᆫ 사ᄅᆞᆷ아. 내가 ᄆᆡᆼ세를 ᄒᆞ여도 이리ᄒᆞ나? 만일 다시 군말ᄒᆞ거든 내 ᄲᅣᆷ을 개 ᄲᅣᆷ치 듯 ᄒᆞ쇼"

ᄒᆞ며, 우션 션셈 열 량을 치오거ᄂᆞᆯ ᄶᅢ뷔 그졔야 비위 동ᄒᆞ여 조랑이를 밧아 슈식ᄒᆞ고 박을 ᄐᆞᆯ식, 놀뷔 반만 ᄐᆞ 귀를 기우려 눈이 나오도록 드려다가 보니 박속에 금빗이 비최거ᄂᆞᆯ 놀뷔 ᄀᆞ장 씸식 아는 톄ᄒᆞ고,

"이익 ᄶᅢ부야 뎌것 31 보ᄂᆞ냐? 이번은 완구ᄒᆞᆫ 금독이 나온다. 어셔 ᄐᆞ고 보자"

ᄒᆞ며, 슬근슬근 톱질이야 툭 ᄐᆞ 노코 보니, 만여 명 등짐군이 빗 조흔 누른 농을 지고 쒸역쒸역 나오ᄂᆞᆫ지라. 놀뷔 놀나 뭇ᄂᆞᆫ 말이,

"그것이 무엇이니?"

"경이오."

"경이라 ᄒᆞ니 면경과 셕경이냐? 쳔리경 만리경이냐? 그 무슨 경이니?"

"요지경이오."

"얼시고 절시고 요지연을 둘너 보쇼. 리션의 슉향 당황의 양귀비오 항우의 우미인 녀포의 초션이 팔션녀를 둘너 보쇼. 영양공쥬 란양공쥬 진치봉 가츈운 심요연 ᄇᆡᆨ릉파 계셤월 젹경홍 다 둘너 보쇼"

ᄒᆞ며 집을 ᄲᅥ이니 놀뷔 ᄒᆞᆯ 일 업셔 돈 오ᄇᆡᆨ 량을 주어 보내고, ᄯᅩ ᄒᆞᆫ 통을 ᄐᆞ고 보니 쳔여 명 초란이 일시에 내다라 오곡 방졍을 ᄯᅥᆯ되,

"바람아 바람아 쇼쇼리 바람에 불녓ᄂᆞᆫ다? 동남풍에 불녓ᄂᆞᆫ다? ᄃᆡᄌᆞ운을 달아보자. 하걸의 경궁요ᄃᆡ 달긔로 희롱ᄒᆞ던 상쥬적 록ᄃᆡ 올나가니 멀고 먼 봉황ᄃᆡ 보기 됴흔 고소ᄃᆡ 만세무궁 츈당ᄃᆡ 금군마병 오마ᄃᆡ 한 무뎨 ᄇᆡᆨ량ᄃᆡ 조조의 동쟉ᄃᆡ [32] 쳔ᄃᆡ 만ᄃᆡ 뎌ᄃᆡ 이ᄃᆡ 온갓 ᄃᆡ라 본ᄃᆡ 닉은 면ᄃᆡ로세."

ᄃᆡᄃᆡ야 일시의 내다르며 달녀 놀부를 덜미져비ᄒᆞ여 가로 ᄯᅥ르치니 놀뷔 것구로 ᄯᅥ러져,

"ᄋᆡ고 ᄋᆡ고. 초란이 형님. 이것이 어인 일이오? ᄉᆡᆼ사ᄅᆞᆷ을 병신 ᄆᆞᆫᄃᆞ지 말고 분부ᄒᆞ면 ᄒᆞ라ᄂᆞᆫ ᄃᆡ로 ᄒᆞ리이다"

ᄒᆞ고, 손이 발이 되도록 빌거ᄂᆞᆯ 초란이 ᄒᆞᄂᆞᆫ 말이,

"이놈 목숨이 귀ᄒᆞ냐? 돈이 귀ᄒᆞ냐? 네 명을 보젼ᄒᆞ려 ᄒᆞ거든 돈 오쳔 량만 내여라."

놀뷔 ᄉᆡᆼ각ᄒᆞ되,

'일이 도모지 틀녓슴애 앙틀ᄒᆞ여 쓸 ᄃᆡ 업다'

ᄒᆞ고, 돈 오천 량을 내여 주며,

"압 통 속을 ᄌᆞ세 알거든 닐너 달나"

ᄒᆞ니, 초란이 ᄃᆡ답ᄒᆞ되,

"우리ᄂᆞᆫ 각 통이라 ᄌᆞ세치 못ᄒᆞ거니와 어ᄂᆞ 통인지 분명이 ᄉᆡᆼ금독이 들엇스니 도ᄆᆞ지 ᄐᆞ고 보쇼"

ᄒᆞ고 흔적 업시 가더라. 놀뷔 이 말를 듯고 허욕이 북 밧쳐 동산으로 치다라 박 ᄒᆞᆫ 통을 싸다가 켜라 ᄒᆞ니, 째뷔 ᄀᆞ장 위로ᄒᆞᄂᆞᆫ 톄ᄒᆞ고 ᄒᆞᄂᆞᆫ 말이,

"이 사ᄅᆞᆷ아 그만 켜소. 다 그러ᄒᆞᆯ가마는 돈을 드리고 ᄌᆞᄂᆡ ᄆᆡ 맛ᄂᆞᆫ 양을 보니, 내가 아니 ᄐᆞ겟[33]ᄂᆡ. 그만 쉬여 ᄉᆞ오 일 후에 ᄯᅩ 타 보ᄉᆡ"

ᄒᆞ니 놀뷔 ᄒᆞᄂᆞᆫ 말이,

"아모려면 오죽ᄒᆞᆯ가? 아직도 돈량이 잇스니, ᄯᅩ 그러 량으로 마져 타고 보자"

ᄒᆞ고 타려ᄒᆞᆯ 졔 째뷔 ᄒᆞᄂᆞᆫ 말이,

"ᄌᆞ네 ᄆᆞᄋᆞᆷ이 그러ᄒᆞ니 구지 말니지 못거니와 이번 박 타ᄂᆞᆫ 삭도 몬져 내어 오쇼"

ᄒᆞ니, 놀뷔 ᄯᅩ 열량을 션급ᄒᆞ고 ᄒᆞᆫ 통을 싸다가 귀를 기우려 들으니 사ᄅᆞᆷ의 숫두어리ᄂᆞᆫ 소래 나거ᄂᆞᆯ 놀뷔 이 소래를 듯고 가슴이 섬즉ᄒᆞ여 뮈여지ᄂᆞᆫ 듯 숨이 ᄎᆞ 헐덕헐덕이다가 ᄒᆞᆫ마ᄃᆡ 소래 지르고 잣바지거ᄂᆞᆯ 째뷔 ᄒᆞᄂᆞᆫ 말이,

"그 무엇을 보고 이다지 놀내ᄂᆞᆫ가?"

놀뷔 ᄒᆞᄂᆞᆫ 말이,

"ᄌᆞ네ᄂᆞᆫ 귀 먹엇ᄂᆞᆫ가? 이 소래를 못 듯ᄂᆞᆫ가? ᄯᅩ ᄌᆞ박이만ᄒᆞᆫ 일이 버러졋ᄂᆡ. 이 박은 그만 둘밧게 ᄒᆞᆯ 일 업ᄂᆡ"

ᄒᆞ니, 박 속에셔 호령ᄒᆞᄂᆞᆫ 말이,

"이놈 놀부야. 그만 두단 말이 무슴 말고? 밧비 타라"

ᄒᆞ거ᄂᆞᆯ 놀뷔 ᄒᆞᆯ 일 업셔 마져 타니 량반 쳔여 명이 ᄆᆞᆯ콩 망태를 쓰고 우그령[렁] 벙거지 쓴 놈을 다리고 나오면셔 각각 풍월을 ᄒᆞ되,

"셔남협구 무산벽ᄒᆞ 34 니 대강 이번 란신예연을 츄강적막 어룡링ᄒᆞ니 인ᄌᆡ셔풍 듕션뒤라."

혹 대혹도 닑으며, 혹 밍ᄌᆞ도 닑으며 이럿틋 집을 뒤집ᄂᆞᆫ지라. 놀뷔 이 형상을 보고 째려 ᄒᆞ니 량반이 호령ᄒᆞ되,

"하인 업ᄂᆞ냐? 뎌놈이 ᄉᆞᆺ을 내려ᄒᆞ니 밧비 움쳐라"

ᄒᆞ니, 여러 하인이 다라드러 열 손가락을 버려다가 팔ᄆᆡ 썀을 눈에 불이 번적 나도록 치며 덜믜 집고 오듬이 진샹ᄒᆞ여 ᄉᆞᆯ니거ᄂᆞᆯ 량반이 분부ᄒᆞ되,

"네 그놈의 대고리를 쌔혀 밋궁게 박으라. 네 다라나면 면ᄒᆞᆯ가 바람갑이라 하ᄂᆞᆯ로 오르며 두더쥐라 싸호로 들다? 상뎐을 모로고 거만ᄒᆞ니 뎌런 놈을 ᄉᆞ매로 쳐 죽이리라."

놀뷔 비ᄂᆞᆫ 말이,

"과연 몰나샤오니 ᄉᆡᆼ원님 덕분에 살거지이다."

량반이 하인을 불너 롱을 열고 문셔를 쥬셤쥬셤 내여노코 ᄒᆞᄂᆞᆫ 말이,

"네 이 문셔를 보라. 삼ᄃᆡ가 우리 죵이로다. 오날이야 너를 차졋스니 네 쇽량을 ᄒᆞ던지 년년이 공을 ᄒᆞ던지 작뎡ᄒᆞ고 그러치 아니커든 너를 잡아다가 부리리라."

놀뷔 엿ᄌᆞ오 35 되,

"쇼인이 과연 잔속을 몰나샤오니 쇽량을 ᄒᆞᆯ진댄 엇[얼]마나 ᄒᆞ리잇가?"

량반이 ᄒᆞᄂᆞᆫ 말이,

"엇지 과히 ᄒᆞ랴? 오쳔 량만 밧치고 문셔를 차자가라"

ᄒᆞ거ᄂᆞᆯ 놀뷔 즉시 고문을 열고 오천 량을 내여 주니라.

이때 놀부 계집이 이 말을 듯고 싸흘 두ᄃᆞ리며 울고 ᄒᆞᄂᆞᆫ 말이,

"ᄋᆡ고 ᄋᆡ고. 원슈의 박일ᄂᆡ. 난ᄃᆡ 업ᄂᆞᆫ 샹젼이라고 곡절 업ᄂᆞᆫ 쇽량은 무슴 일고? 이만 량 돈을 일홈 업시 풀수웟스니 나의 못ᄒᆞᆯ 노릇 그만ᄒᆞ오."

놀부 ᄒᆞᄂᆞᆫ 말이,

"에리 이년 물넛거라. ᄯᅩ 일이 틀니겟다. 이번 돈 드린 것은 앗갑지 아니ᄒᆞ다. 샹젼을 두고야 살 슈 잇ᄂᆞ냐? 죵용ᄒᆞᆫ 판에 아ᄂᆞᆫ 듯 모로ᄂᆞᆫ 듯 잘 ᄊᆡ여 ᄇᆞ렷다"

ᄒᆞ며 ᄯᅩ 동산에 올나가셔 ᄉᆞᆲ혀보니 슈통박이 아직도 무수ᄒᆞᆫ지라. ᄒᆞᆫ 통을 싸가 노코 타려ᄒᆞᆯ ᄉᆡ 째부 ᄒᆞᄂᆞᆫ 말이,

"이번은 션셈을 아니 ᄒᆞ랴나? 일은 일ᄃᆡ로 ᄒᆞᆯ 것이니 삭을 내여 오쇼"

ᄒᆞ니 놀뷔 이놈의 외슈에 드러 돈 열량을 주며 ᄒᆞᄂᆞᆫ 말이,

"ᄌᆞ네도 보거니와 공연이 ᄆᆡ만 맛고 ᄉᆡᆼ돈을 드리니 그 36 아니 원통ᄒᆞᆫ가? 이번붓허ᄂᆞᆫ 두 통에 열 량식 뎡ᄒᆞ시"

ᄒᆞ니 째뷔 허락ᄒᆞ고 박을 반만 ᄐᆞ다가 귀를 기우려 들으니 쇼고치ᄂᆞᆫ 소래 들니ᄂᆞᆫ지라. 놀뷔 ᄒᆞᄂᆞᆫ 말이,

"째부야 이를 ᄯᅩ 엇지 ᄒᆞ잔말고?"

째뷔 ᄒᆞᄂᆞᆫ 말이,

"이왕 시작ᄒᆞᆫ 것이니, 어셔 타고 구경ᄒᆞ시."

슬근슬근 톱질이야. 툭 타 노코 보니 만여 명 ᄉᆞ당거ᄉᆡ 뭉게뭉게 나오며 쇼고를 치며 다 각각 소래ᄒᆞᆫ다. 오동츄야 ᄃᆞᆯ 붉은 밤에 님 ᄉᆡᆼ각이 새로왜라. 님도 나를 ᄉᆡᆼ각ᄂᆞᆫ가. 혹 방아타령, 혹 뎡쥬타령, 혹 유산가, ᄃᆞᆯ거리, 등타령, 혹 츈면곡, 권쥬가 등 온갓 가ᄉᆞ를 부르며 거ᄉᆞ놈은 로방태, 평량ᄌᆞ, 길김거ᄉᆞ 길을 인도ᄒᆞ고, 번개 쇼고 번득이고 긴 념불 져

른 념불ᄒᆞ며 나오면셔 일변 놀부를 ᄉᆞ족을 쓰며 허영가ᄅᆡ를 치니, 놀뷔 오장이 나올 듯ᄒᆞ여 살거지라 ᄋᆡ걸ᄒᆞ니, ᄉᆞ당거ᄉᆞ들이 ᄒᆞᄂᆞᆫ 말이,

"네 명을 지팅ᄒᆞ려 ᄒᆞ거든 논 문셔와 밧 문셔를 죄죄 내여 오라"

ᄒᆞ거ᄂᆞᆯ 놀뷔 견딜 길 업셔 뎐답 문셔를 주어 보내니라. 째뷔 ᄒᆞᄂᆞᆫ 37 말이,

"나도 집에 볼 일 만흐니 늣잡 죄지 말고 어셔 싸 오소. 죵말에 셜마 됴흔 일이 업슬가?"

ᄒᆞ니 놀뷔 또 비위 동ᄒᆞ여 박을 싸다가 타고 보니 만여 명 왈쟈들이 나오되 누구누구 나오던고? 이쥭이 뎌쥭이 란쥭이 홧쥭이 모쥭이 바금이 쑥정이 거절이 군평이 털평이 태평이 여슉이 무슉이 팟겁질 라돌몽이 쥐여부드치기 란뎡몽동이 아귀쇠 악착이 모로기 변통이 구변이 광면이 잣박쇠 미드니 셥셥이 든든이 두리 뭉슐이 아ᄃᆞᆯ놈이 휘모라 나와 ᄎᆞ제로 안고 놀부를 잡ᄋᆞ내여 ᄎᆞᆷ바로 찬찬 동혀 남게 것구로 달고 집장질ᄒᆞᄂᆞᆫ 놈으로 팔 가라가며 심심치 아니케 족이며 왈쟈들이 공론ᄒᆞ되,

"우리 통문 업시 이ᄀᆞᆺ치 모힘이 쉽지 아니ᄒᆞᆫ 일이니 놀부놈은 죵ᄎᆞ 발기량으로 실컷 노니다가 허여짐이 엇더ᄒᆞ뇨?"

여러 왈쟈 등이 "됴타" ᄒᆞ고 좌뎡ᄒᆞᆫ 후, 털평이 대강장에 안져 말을 내되,

"우리 잘 ᄒᆞ나 못 ᄒᆞ나 단가 ᄒᆞ나식 부듸이져 보ᄉᆡ. 만일 ᄀᆡ구 못ᄒᆞᄂᆞᆫ 친구 잇거 38 든 썩메질 ᄒᆞ옵ᄉᆡ."

공론을 돌니고 털평이 비두로 소래를 내여 부르되,

"새벽비 일긴 후에 닐 다 셰라. 아ᄒᆡ들아 뒷 뫼에 고ᄉᆞ리가 하마 아니 자랏스랴? 오날은 일직 썩거 오ᄂᆞ라. 새 술 안쥬ᄒᆞ여 보자."

또 무슉이 ᄒᆞ나 ᄒᆞ되,

"공변된 텬하 입을 힘으로 어이 어들손가? 진 궁실 불지름도 오히려 무도ᄒᆞ거든 ᄒᆞ믈며 의뎨를 죽이단 말가?"

또 군평이 쓰더귀 시됴를 ᄒᆞ되,

“ᄉᆞ랑인들 님마다 ᄒᆞ며 리별인들 다 셜우랴? 님진강 대동슈를 황릉묘에 두견이 운다. 동ᄌᆞ야 네 션ᄉᆡᆼ이 오거든 조리박 장ᄉᆞ 못 엇으리오?”

또 팟겁질이 풍ᄌᆞ 운을 단다.

“만국병젼 초목풍 취뎍가셩 락원풍 일지홍도 락만풍 졔갈량의 동남풍 어린 ᄋᆞ히 만경풍 늙은 령감 번두풍 왜풍 광풍 경풍 양풍 허다ᄒᆞᆫ 풍ᄌᆞ 엇지 다 달니?”

또 바금이 샤ᄌᆞ 운을 단다.

“한식동풍 어류샤 원상한산 셕경샤 도연명의 귀거ᄅᆡᄉᆞ 리태ᄇᆡᆨ의 쥭지ᄉᆞ 굴삼녀의 어부ᄉᆞ 양소유의 양류ᄉᆞ 그린 샹ᄉᆞ 불ᄉᆞ이 ᄌᆞᄉᆞ 이ᄉᆞ 져ᄉᆞ 무수ᄒᆞᆫ [39] 샤ᄌᆡ로다.”

또 주여부듸치기 년ᄌᆞ 운을 단다.

“젹막강산 금ᄇᆡᆨ년 강남풍월 한다년 우락즁분 미ᄇᆡᆨ년 인ᄉᆡᆼ부득 ᄒᆞᆼ쇼년 일장여쇼년 한진부지년 금년 거년 쳔년 만년 억만년이로다.”

또 라돌몽이 인ᄌᆞ 운을 다니,

“양류쳥쳥 도슈인 양화수쇄 도상인 편삽슈유 쇼일인 셔츌양관 무고인 력력사샹인 강쳥월근인 귀인 쳔인 만물지즁에 유인이 최귀로다.”

악귀쇠 절ᄌᆞ 운을 단다.

“ᄭᅩᆺ 퓌엿다 츈졀 닙 퓌엿다. 하졀 황국 단풍 츄졀 슈락 셕츌ᄒᆞ니 동졀 졀 츙졀 마대졀ᄒᆞ니 졀이로다.”

또 악착이 덕ᄌᆞ 운을 다니,

“세상에 사ᄅᆞᆷ이 되어나셔 덕이 업시 무엇ᄒᆞ리? 영화롭다 ᄌᆞ손의 덕 츙효젼가 조샹의 덕 교인화식 슈인시 덕 용병간과 헌원시 덕 샹ᄇᆡᆨ초졔 듕 신농시 덕 시획팔괘 복희시 덕 삼국 셩쥬 류현덕 쵹국 명쟝 장익덕

란세 간웅 조ᄆᆡᆼ덕 위국 명쟝 방덕 당 태죵의 울지경덕 이 덕 뎌 덕이 만권마는 큰 덕ᄌᆞ가 덕이로다."

ᄯᅩ ᄯᅥ즁이 연ᄌᆞ 운을 단다.

"황운ᄉᆡᆨ븍[북]에 무인연 궁(40) 류뎌슈 삼월연 쟝안셩즁에 월여연 내 연ᄌᆞ가 이 ᄊᆡᆫ인가."

ᄯᅩ 변통이 질ᄌᆞ 운을 모흔다.

"삼국풍진에 싸흠질 오월염텬에 션ᄌᆞ질 세우강변 낙시질 만텹청산 독긔질 락목공산 갈키질 술 먹은 놈 쥬정질 마루라님 물네질 며ᄂᆞᆯᄋᆞ기 바느질 좀령감은 잔말질 ᄉᆞ군령감 몽동이질이라."

ᄯᅩ 구변은 기ᄌᆞ 운을 단다.

"곱쟝이 복장 차기 아ᄒᆡ 빈 계집의 빗다기 차기 옹긔 장ᄉᆞ의 작닥이 차기 불 붓ᄂᆞᆫ ᄃᆡ 키질ᄒᆞ기 ᄒᆡ산ᄒᆞᆫ ᄃᆡ 개 잡기 역신ᄒᆞᄂᆞᆫᄃᆡ 울타리 밋헤 ᄆᆞᆯ독 박기 서로 싸호ᄂᆞᆫ ᄃᆡ 그놈의 허리씌 ᄭᅳᆫ코 다라나기 다름질 ᄒᆞᄂᆞᆫ ᄃᆡ 발 내밀기라."

이렁틋 돌닌 후에 ᄎᆞ례로 거쥬ᄅᆞᆯ 무를 제,

"뎌긔 져 분은 어ᄃᆡ 계시오?"

ᄒᆞ니 ᄒᆞᆫ 놈이 ᄃᆡ답ᄒᆞ되,

"내 집은 왕골이오"

ᄒᆞ거ᄂᆞᆯ 그 즁 군평이 샤임질은 쇠아래 턱이 아니면 옴니 ᄌᆞ식이라 ᄒᆞ는 말이,

"게가 왕골 산다 ᄒᆞ니 님금 왕ᄌᆞ 골이니 동관 대궐 압 살으시오."

"ᄯᅩ 뎌 분은 어ᄃᆡ 계시오?"

ᄒᆞᆫ 놈이 ᄃᆡ답ᄒᆞ되,

"나ᄂᆞᆫ 하ᄂᆞᆯ골 사오."

군평이 ᄒᆞᄂᆞᆫ 말이, [41]

"샤직이란 마을이 하ᄂᆞᆯ을 위ᄒᆞᆫ 마을이니 샤직골 살으시오."

"ᄯᅩ 뎌 분은 어ᄃᆡ 계시오?"

ᄒᆞᆫ 놈이 ᄒᆞᄂᆞᆫ 말이,

"나ᄂᆞᆫ 문안 문밧 사오."

군평이 ᄒᆞᄂᆞᆫ 말이,

"문안 문밧 산다 ᄒᆞ니 대문 안 즁문 밧기니 힝랑어멈 ᄌᆞ식이로다."

"ᄯᅩ 뎌 분은 어ᄃᆡ 계시오?"

ᄒᆞᆫ 놈이 ᄃᆡ답ᄒᆞ되,

"나ᄂᆞᆫ 문 안 사오."

군평이 ᄒᆞᄂᆞᆫ 말이,

"그ᄂᆞᆫ 아지 못ᄒᆞ겟쇼. 문 안은 다 그ᄃᆡ의 집인가?"

그 놈이 ᄒᆞᄂᆞᆫ 말이,

"우리 집 방문 안 산다ᄂᆞᆫ 말이오."

"ᄯᅩ 뎌 분은 어ᄃᆡ 계시오?"

ᄒᆞᆫ 놈이 ᄃᆡ답ᄒᆞ되,

"나ᄂᆞᆫ 휫두루 목골 사오."

군평이 ᄒᆞᄂᆞᆫ 말이,

"내가 샥임질을 잘ᄒᆞ되, 그 골 일홈은 처음 듯ᄂᆞᆫ 말이오."

그 놈이 ᄒᆞᄂᆞᆫ 말이,

"나ᄂᆞᆫ 집 업시 되ᄂᆞᆫᄃᆡ로 휫두루 ᄃᆞᆫ니기에 ᄒᆞᆯ 말 업셔 내 의ᄉᆞ로 ᄒᆞᆫ 말이오."

군평이 ᄒᆞᄂᆞᆫ 말이,

"바닥 셋재 안즌 분은 셩ᄌᆞ를 뉘라 ᄒᆞ시오?"

흔 놈이 답흐되,

"나모 둘이 씨름흐는 셩이오."

군평이 흐는 말이,

"목즈 둘이 겹으로 붓치니 수플[풀] 림즈 림 셔방이오."

"쏘 뎌 분은 뉘라 흐시오?"

흔 놈이 답흐되,

"내 셩은 목독이에 갓 쓰인 즈이오."

군평이(42) 흐는 말이,

"갓 머리 안헤 나무 목 흐엿스니 나라 송즈 송 셔방이오."

"쏘 뎌 분은 뉘라 흐시오?"

흔 놈이 답흐되,

"내 셩은 계슈남기란 목즈 아래 만승 텬즈란 즈즈를 밧친 외얏 리즈 리 셔방이오."

"쏘 뎌 분은 뉘라 흐시오?"

흔 놈이 원간 무식흔 놈이라. 함부로 흐는 말이,

"내 셩은 란뎡몽동이란 나무 목즈 아래, 발김 역적의 으들, 누렁쇠 아들, 검졍개 아들이란 아들 즈 바친 복셩화 리즈 리 셔방이오."

"쏘 뎌 분은 뉘라 흐오?"

흔 놈이 답흐되,

"내 셩즈는 뫼 산즈 네히 스면으로 두른 셩이오."

군평이 가만히 샥여 흐는 말이,

"뫼 산즈 네히 둘넛스니 밧 뎐즈 뎐 셔방인가 보오."

"쏘 뎌 분은 뉘라 흐오?"

흔 놈의 셩은 비가라. 정신이 혈흐기로 쥬머니에 비를 사 넛코 드니더니 셩을 뭇는 양을 보고 위션 쥬머니를 열고 빅를 차즈되 빅가 업는지라. 긔가 막혀 셕쒸를 치며 ᄒᆞ는 말이,

"나는 원슈의 셩으로 망ᄒᆞ깃다. 이번도 뉘 아들 놈이 놈의 셩을 내여 먹엇고나. 싱후에 셩을 니러 ᄇᆞ린 것이 돈반 팔 43 푼 열여듦 푼어치나 되니 ᄀᆞᆺ득ᄒᆞᆫ 형셰에 셩을 작만ᄒᆞ기에 망ᄒᆞ겟다"

ᄒᆞ고 붑이나게 쥬머니를 뒤진다. 군평이 ᄒᆞ는 말이,

"게 셩을 무른즉 팔결의 쥬머니를 웨 만치시오?"

그 놈이 ᄒᆞ는 말이,

"놈의 잔속으란 모로고 답답ᄒᆞᆫ 말 말으시오. 내 셩은 먹는 셩이올시"

ᄒᆞ며, 구셕구셕 차즘애 빅솩지만 놈앗는지라. ᄀᆞ장 무안ᄒᆞ고 위급ᄒᆞ여 빅솩지를 내여 들고 ᄒᆞ는 말이,

"ᄒᆞ면 그러치 뎨 어ᄃᆡ로 가리오? 셩 놈져지 보시오"

ᄒᆞ니, 군평이 ᄒᆞ는 말이,

"이 친구의 셩이 솩지 셔방인가 보외."

그 놈의 말이,

"올쇼. 올쇼. 과연 아는 말이올시."

"또 뎌 분은 뉘라 ᄒᆞ시오?"

ᄒᆞᆫ 놈이 ᄒᆞ는 말이,

"내 셩은 안갑ᄌᆞ손ᄒᆞ다는 안ᄌᆞ에 부어 터져 죽다는 부ᄌᆞ에 란뎡몽동이란 동ᄌᆞ를 합ᄒᆞᆫ 안부동이라 ᄒᆞ오."

"또 뎌 분은 뉘시오?"

ᄒᆞᆫ 놈이 답ᄒᆞ되,

"내 셩은 쇠 금ᄌᆞ를 열ᄃᆡ엿쓰오."

군평이 샥여보고 ᄒᆞ는 말이,

"쇠가 열이니 김ᄌᆞ ᄒᆞ나흘 ᄶᅥ혀 셩을 ᄆᆞᆫᄃᆞᆯ고 ᄂᆞᆷ어지 쇠가 아홉이니 부듸이 치면 덜렁덜렁 ᄒᆞᆯ 듯 ᄒᆞ니 합[44] ᄒᆞ면 김덜렁쇠오."

"ᄯᅩ 뎌 분은 뉘시오?"

ᄒᆞᆫ 놈이 손을 불ᄭᅳᆫ 쥐고 ᄒᆞᄂᆞᆫ 말이,

"내 셩명은 이러ᄒᆞ오."

군평이 샥여보고 ᄒᆞᄂᆞᆫ 말이,

"셩은 쥬가오 명은 머권가 보오."

"ᄯᅩ 뎌 분은 뉘라 ᄒᆞ오?"

ᄒᆞᆫ 놈이 손을 길길히 펴여 뵈거ᄂᆞᆯ 군평이 샥이ᄂᆞᆫ 말이,

"손을 펴 뵈니 셩은 손이오 명은 가락인가 보외."

"뎌 분은 뉘라 ᄒᆞ시오?"

ᄒᆞᆫ 놈이 답ᄒᆞ되,

"내 셩명은 ᄒᆞᆫ가지오."

ᄶᅥ즁이 ᄒᆞᄂᆞᆫ 말이,

"뎌긔 뎌분 셩명과 ᄀᆞᆺ단 말이오?"

그 놈이 ᄒᆞᄂᆞᆫ 말이,

"엇지 알고 ᄒᆞᄂᆞᆫ 말이오? 내 셩은 한이오 일홈은 가지란 말이올시."

"ᄯᅩ 친구의 셩은 뉘라 ᄒᆞ오?"

ᄒᆞᆫ 놈이 답ᄒᆞ되,

"나ᄂᆞᆫ 란뎡몽동의 아ᄃᆞᆯ놈이오."

"ᄯᅩ 뎌 분은 뉘시오?"

ᄒᆞᆫ 놈이 ᄒᆞᄂᆞᆫ 말이,

"나도 긔오."

부듸치기 내다라 히히 웃고 ᄒᆞᄂᆞᆫ 말이,

"게도 란뎡몽동이와 ᄀᆞᆺ단 말인가오?"

그 놈이 ᄒᆞᄂᆞᆫ 말이,

"이 량반아, 이것이 우슈운 톄오 즛구즌 톄오 말 잘ᄒᆞᄂᆞᆫ 톄오? 누를 욕ᄒᆞᄂᆞᆫ 말이오? 셩명을 바로 닐너도 모로옵나. 각각 쓰더 닐너야 알겟삽내. 셩은 나가오 일홈은 도긔라 ᄒᆞ옵내."

"또 뎌 45 분은 뉘라 ᄒᆞ오?"

ᄒᆞᆫ 놈이 ᄒᆞᄂᆞᆫ 말이,

"내 셩명은 이털 뎌털 괴털 쇠털 ᄆᆞᆯ털 ᄉᆡ금털털 ᄒᆞᄂᆞᆫ 털ᄌᆞ에 보뵤 보ᄌᆞ 합ᄒᆞ면 털보란 사ᄅᆞᆷ이올ᄉᆡ."

"또 뎌 분은 뉘시오?"

ᄒᆞᆫ 놈이 답ᄒᆞ되,

"죠치 안이ᄒᆞ오."

거절이 내다라 ᄒᆞᄂᆞᆫ 말이,

"셩명을 무른즉 됴치 아니ᄒᆞ단 말이 엇진 말이오?"

그 놈이 ᄒᆞᄂᆞᆫ 말이,

"내 셩은 죠오 일홈은 지안이도ᄉᆡ."

군집이 내ᄃᆞ라 ᄒᆞᄂᆞᆫ 말이,

"뎌긔 뎌 분은 무슨 ᄉᆡᆼ이시오?"

ᄒᆞᆫ 놈이 답ᄒᆞ되,

"나ᄂᆞᆫ 헌 루덕이 닙고 덤불로 나오던 ᄉᆡᆼ이오."

써즁이 샤여 ᄒᆞᄂᆞᆫ 말이,

"헌 옷 닙고 가시덤불노 나올 제 오죽이 뮈여졋겟쇼? 무인ᄉᆡᆼ인가?"

"또 뎌 친구ᄂᆞᆫ 무슨 ᄉᆡᆼ이오?"

ᄒᆞᆫ 놈이 답ᄒᆞ되,

"나는 대가리에 죵긔나던 히에 낫소."

군평이 ᄒᆞ는 말이,

"머리에 죵긔 낫스면 병 올녓스니 병인싱인가?"

또 ᄒᆞᆫ 놈이 ᄒᆞ는 말이,

"나는 등창나던 히오."

군집이 샤이되,

"병을 등에 질머 졋스니 병진싱인가 보외."

또 ᄒᆞᆫ 놈이 내다라 ᄒᆞ는 말이,

"나는 발샷헤 죵긔 나던 싱이오."

주여부딋치기 ᄒᆞ는 말이,

"병을 신엇스니 병 (46) 신싱인가?"

또 ᄒᆞᆫ 놈이 ᄃᆡ답ᄒᆞ되,

"나는 힛쌀는 머리에 낫놈이오."

라동몽이 ᄒᆞ는 말이,

"힛쌀머리에 낫스니 신미싱인가?"

또 ᄒᆞᆫ 놈이 말ᄒᆞ되,

"나는 장에 가셔 송ᄋᆞ지 팔고 오던 날이오."

굿식 내다라 든든히 웃고 ᄒᆞ는 말이,

"장에 가 소를 팔앗스면 갑을 밧아지고 왓슬 것이니 갑진싱인가 보외."

이럿틋 짓거리다가 그 즁에 ᄒᆞᆫ 왈재 내다라 ᄒᆞ는 말이,

"그러치 아니ᄒᆞ다. 놀부놈을 어셔 내여 발기자"

ᄒᆞ니, 여러 왈재 ᄃᆡ답ᄒᆞ되,

"우리가 슈작ᄒᆞ노라고 이때ᄭᆞ지 두엇지 발셔 씨즐 놈이니라"

ᄒᆞ니, 악착이 내다라 ᄒᆞ는 말이,

"그 말이 올타"

ᄒᆞ고 놀부를 잡아드려 찟고 차고 구을니며 주무르고 잡아뜻고 ᄉᆞ쥬리를 ᄒᆞ며 회추리로 후리며 다리 ᄉᆞ복을 도지게 틀며 복셩화쌔를 두ᄃᆞ리며 용심지를 ᄒᆞ여 발샷을 근단질ᄒᆞ여 여러 가지 형별로 쉴 ᄉᆞ이 업시 갈나드러 가며 죽[죽]이니, 놀뷔 입으로 토혈ᄒᆞ며 여러 ᄒᆡ 묵은 똥을 싸고 셰치 네치를 부르며 ᄋᆡ걸ᄒᆞ니, 여러 왈재 ᄒᆞᆫ번식 누ᄃᆞ(47)리고 분부ᄒᆞ되,

"이놈 들으라. 우리가 금강산 구경가다가 로ᄌᆡ 핍졀ᄒᆞ엿스니, 돈 오천 량만 내여 와야 ᄒᆞ지 만일 그러치 아니ᄒᆞ면 졀명을 식이리라"

ᄒᆞ니, 놀뷔 오쳔 량을 주니라. 놀뷔 ᄉᆞ족을 쓰지 못ᄒᆞ며 혼빅이 써러졋스되 종시 박 틀 ᄆᆞ음이 잇ᄂᆞᆫ지라. 긔염긔염 동산에 올나가셔 박 ᄒᆞᆫ 통을 싸다가 힘을 다ᄒᆞ여 타고 보니 팔도 쇼경이 뭉치여 여러 만 명이 막대를 홋혀 집고 인물을 구긔이며 내다라 ᄒᆞᄂᆞᆫ 말이,

"놀부야 이놈 ᄂᆞᆯ다 길다? 네 어ᄃᆡ로 갈다? 너를 잡으려고 안 남산 밧남산 무계동 쌍계동으로 면면촌촌 방방곡곡이 쥬류 편답ᄒᆞ더니, 오ᄂᆞᆯ날 이에셔 맛나도다"

ᄒᆞ고 되ᄂᆞᆫᄃᆡ로 휘 두ᄃᆞ리니 놀뷔 살거지라 ᄋᆡ걸ᄒᆞ거ᄂᆞᆯ 쇼경들이 북을 두ᄃᆞ리며 소래ᄒᆞ여 경을 닑으되,

천슈천안 관ᄌᆡᄌᆡ보살 관대원만 무애대비 심신묘장구 대다라니 왈 나무라다라다라야 남마갈약바로기졔ᄉᆡ바라야 아ᄉᆞ토바야 지리지리 지지리도 도도로 모ᄌᆞ모ᄌᆞ야 이시(48)셩조 원시텬존ᄌᆡ 옥쳥셩경 태샹로군 태쳥셩경 나후션군 개도셩군 삼라만상 이십팔슈 셩군 동방 목뎨셩군 남방 화뎨셩군 셔방 금뎨셩군 북방 슈뎨셩군 삼십륙등 신션 년즉 월즉 일즉 시즉 ᄉᆞᄌᆞ ᄐᆡ을셩군 놀부놈을 급살 방양탕으로 ᄀᆞᆺ초 뎜지ᄒᆞ옵쇼셔. 급급 여률녕사파하.

이럿틋 경을 닑은 후에 놀부ᄃᆞ려 경 닑은 갑을 내라 ᄒᆞ고 집안을 뒤집으니, 놀뷔 ᄒᆞᆯ 일 업셔 오쳔 량을 주고 ᄉᆡᆼ각ᄒᆞ되,

'집안에 돈 일푼이 업시 탕진ᄒᆞ엿ᄂᆞᆫ지라. 이를 엇지ᄒᆞ자 ᄒᆞᄂᆞ니?'

ᄒᆞ면셔도 동산으로 올나가셔, 또 왜골의 박 ᄒᆞᆫ 통을 ᄯᅡ가지고 ᄂᆞ려와셔 ᄶᅢ부를 달ᄂᆡ되,

"이번 박은 것츠로 보아도 하 유명ᄒᆞ니 밧비 타고 구경ᄒᆞᄉᆡ"

ᄒᆞ며, 타ᄃᆞ가 귀를 기우려 들으니 우레ᄀᆞᆺ흔 소래 진동ᄒᆞ며,

"비로다, 비로다"

ᄒᆞ니, 놀뷔 엇지 ᄒᆞᆯ 줄 모로고 박타기를 머므르니, 박 속에셔 또 불너 닐오ᄃᆡ,

"무슨 거래를 이다지 ᄒᆞᄂᆞᆫ다?"

놀뷔 더욱 겁을 내여 ᄒᆞᄂᆞᆫ 말이,

"비라 ᄒᆞ니 무슴 비온지? 당 명황의 (49) 양귀비온잇가? 창오산 이비니잇가? 위션 존호를 알아지이다."

박속에셔 ᄒᆞᄂᆞᆫ 말이,

"나ᄂᆞᆫ 류현덕의 ᄋᆞ이 거긔장군 쟝비로라"

ᄒᆞ니, 놀뷔 이 소ᄅᆡ를 들음애 졍신이 아득ᄒᆞ여 ᄒᆞᄂᆞᆫ 말이,

"ᄶᅢ부야 이 일을 엇지 ᄒᆞ잔 말이냐? 이번은 밧칠 돈도 업고 ᄒᆞᆯ 일 업시 너고 나고 죽ᄂᆞᆫ 수 밧게 업다"

ᄒᆞ니, ᄶᅢ부 놈이 ᄒᆞᄂᆞᆫ 말이,

"이 사름아 그 어인 말인고? 나ᄂᆞᆫ 무슴 탓으로 죽단 말인가? 다시 그런 말 ᄒᆞ다가ᄂᆞᆫ 내 손에 급살탕을 먹을 것이니 그런 미친 놈의 소ᄅᆡ를 말고 ᄐᆞ던 박이나 ᄐᆞᄉᆡ. 쟝군이 나오시거든 빌어나 보소."

놀부도 ᄒᆞᆯ 일 업슴애 마지 못ᄒᆞ여 마자 ᄐᆞ고 보니, ᄒᆞᆫ 쟝쉬 나오되 얼

골은 검고 구레나롯을 거ᄉᆞ리고 고리 눈을 부릅 쓰고 봉 그린 투구에 룡린갑을 닙고 장팔사모를 들고 내다르며,

"이놈 놀부야. 네 세상에 나셔 부모에게 불효ᄒᆞ고 형뎨 불화ᄒᆞᆯ 샌더러 여러가지 죄악이 만키로 텬되 무심치 아니ᄒᆞ샤 날로 ᄒᆞ여곰 너를 죽여 업시ᄒᆞ라 ᄒᆞ시기로 왓거니와 너ᄀᆞᆺ흔[50] 잔명을 죽여 쓸 ᄃᆡ 업스니 대더 건ᄃᆡ여 보아라"

ᄒᆞ고 엄파ᄀᆞᆺ흔 손으로 놀부를 훔쳐 잡아 끄을고 헛간으로 드러가 호령ᄒᆞ되,

"멍석을 내여 펴라"

ᄒᆞ니, 놀뷔 벌벌 썰며 멍석을 펴니, 장비 벌거벗고 멍석에 업ᄃᆡ여 분부ᄒᆞ되,

"이놈. 주머괴를 쥐여 내 ᄃᆞ리를 치라"

ᄒᆞ니, 놀뷔 진력ᄒᆞ여 ᄃᆞ리를 치다가 팔이 지쳐 ᄋᆡ걸ᄒᆞ니, 장비 호령ᄒᆞ되,

"이놈. 잡말 말고 긔여 올나 발길노 내 등을 씨으라"

ᄒᆞ거ᄂᆞᆯ 놀뷔 ᄀᆞ 등을 치여다가 본즉 쳔만 장이나 ᄒᆞᆫ지라. 비ᄂᆞᆫ 말이,

"등에 올나 가다가 만일 밋그러져 락샹ᄒᆞ면 이후에 빌어먹을 길도 업스니 덕분에 살거지이다"

ᄒᆞ니, 장비 호령ᄒᆞ되,

"졍 올나가기 어렵거든 사닥ᄃᆞ리를 노코 못 올나갈다?"

놀뷔 마지 못ᄒᆞ여 죽을 번 살 번 올나가셔 발노 ᄒᆞᆫ참을 차더니, 쏘 ᄃᆞ리 지쳐 숨젹ᄒᆞᆯ 길 업ᄂᆞᆫ지라. 쏘 ᄋᆡ걸ᄒᆞ니 장비 호령ᄒᆞ되,

"그러ᄒᆞ면 잠간 ᄂᆞ려 안져 담ᄇᆡ ᄒᆞᆫ 대만 먹고 올으라"

ᄒᆞ니, 놀뷔 긔여 ᄂᆞ리다가 밋그러져 모져비로 써러져 쌈이 사태[51]나고 ᄃᆞ리 졉질녀 혀를 쌔지오고 업ᄃᆡ여 ᄋᆡ걸ᄒᆞ니 장비 이를 보고 어이 업서 니러 안져 ᄒᆞᄂᆞᆫ 말이,

"너ᄅᆞᆯ 십분 용셔ᄒᆞ고 가노라"

ᄒᆞ더라.

놀뷔 ᄉᆡᆼ급살을 맛고도 동산으로 올나가셔 박 ᄒᆞᆫ 통을 ᄯᆞ가지고 ᄂᆞ려와셔 ᄒᆞᄂᆞᆫ 말이,

"ᄶᅢ부야 이 박을 ᄐᆞ고 보자"

ᄒᆞ니, ᄶᅢ뷔 ᄉᆡᆼ각ᄒᆞ되 ᄶᅵᆷᄉᆡᆨᄅᆞᆯ 본즉 탈박도 업고 날 턱도 업ᄂᆞᆫ지라. 쇼피ᄒᆞ라 감을 핑계ᄒᆞ고 밧그로 ᄲᅢ니라. 놀뷔 ᄒᆞᆯ 일 업셔 죵을 다리고 박을 켜고 보니, 아모 것도 업고 박 속이 먹엄즉 ᄒᆞᆫ지라. 국을 ᄭᅳᆯ여 맛을 보고 ᄒᆞᄂᆞᆫ 말이,

"이런 국 맛은 보던 바 처음이로다"

ᄒᆞ며, 당동당동 ᄒᆞ다가 믯쳐셔 ᄯᅩ 집 웅우헤 올나가 보니 박 ᄒᆞᆫ 통이 잇스되 빗이 누르고 불빗 ᄀᆞᆺ흔지라. 놀뷔 비위 동ᄒᆞ여 ᄡᅡ가지고 ᄂᆞ려와 ᄒᆞᆫ참 ᄐᆞ다가 귀ᄅᆞᆯ 기우려 드르니 아모 소ᄅᆡ 업고 젼ᄯᅩᆼ내가 물신물신 맛치이거ᄂᆞᆯ 놀뷔 ᄒᆞᄂᆞᆫ 말이,

"이 박이 롱 닉어 썩어진 박이로다"

ᄒᆞ고, 십 분의 칠팔 분을 ᄐᆞ니, 홀연 박 속으로셔 광풍이 대작ᄒᆞ며 ᄯᅩᆼ줄기 나오ᄂᆞᆫ 소[52]ᄅᆡ 산쳔이 진동ᄒᆞᄂᆞᆫ지라. 왼 집이 혼이 ᄡᅥ셔 대문 밧그러 나와 문틈으로 엿보니, 된ᄯᅩᆼ, 물지ᄯᅩᆼ, 말은ᄯᅩᆼ 여러가지 ᄯᅩᆼ이 합ᄒᆞ여 나와 집우ᄭᆞ지 ᄡᅡ히ᄂᆞᆫ지라. 놀뷔 어이 업서 가ᄉᆞᆷ을 치며 ᄒᆞᄂᆞᆫ 말이,

"이런 일도 ᄯᅩ 잇ᄂᆞᆫ가? 이러ᄒᆞᆯ 줄 알앗드면 동량ᄒᆞᆯ 박아지나 가지고 나오더면 됴흘번 ᄒᆞ다"

ᄒᆞ고, ᄲᅢᆫᄲᅢᆫᄒᆞᆫ 놈이 쳐ᄌᆞᄅᆞᆯ 잇글고 흥부ᄅᆞᆯ 차자 가니라.

흥부젼 죵

제마무전

단권으로 발행되었다. 표지 상단에 '져마무젼', 하단에 '륙젼쇼셜 서울 신문관 발행'이라고 인쇄되어 있다.

전체 장수는 48면이다. 「저마무전」과 「회심곡」 두 작품이 함께 수록되어 있다. 「저마무전」은 1면부터 40면의 앞 행 3행까지 수록되어 있다. 1면은 표세를 포함하여 10행으로 내용을 실었다. 이후 2면부터 39면까지 매면 11행, 40면은 「회심곡」과 나란히 편집된 관계로 13행으로 되어 있다.

「회심곡」은 40면 4행부터 48면까지 수록되어 있다. 2줄 한 행으로 되어 있다.

져마무젼 권지단

각셜동한말년에초국따에일위현시잇ᄉᆞ니셩은져오명은마뮈라던셩이민첩영오ᄒᆞ여력ᄃᆡᄉᆞ긔와도학원류며치국평텬하지도ᄅᆞᆯ달통ᄒᆞ고상뫼쥰슈ᄒᆞ니향당사ᄅᆞᆷ이닐캇지아니리업더라이ᄯᆡ마뮈ᄉᆞ십이되도록공명을일우지못ᄒᆞ여근심ᄒᆞ더니시시에후한황뎨ᄇᆞᆰ지못ᄒᆞ여간신이롱권ᄒᆞᆷ으로매작ᄒᆞᆷ에텬하션비들이엇지용납ᄒᆞ리오이럼으로한쉬졈졈진ᄒᆞ더라이ᄯᆡ황뎨과장을비셜ᄒᆞ샤인져ᄅᆞᆯ엇으려ᄒᆞᆯ실시텬하션비구름모히듯ᄒᆞ엿다ᄒᆞ거ᄂᆞᆯ마뮈이쇼식을듯고힝장을ᄎᆞ려경ᄉᆞ로올나와바로궐문압헤나아가니모다닐ᄋᆞᄃᆡ금번과거ᄂᆞᆫ금은을만히가져와야과거ᄅᆞᆯ보와급뎨ᄒᆞ려니와만일그러치아니면과거ᄅᆞᆯ못보리라ᄒᆞ거ᄂᆞᆯ마뮈ᄒᆞᆯ일업셔죽

【져마무젼 권지단】

1 각셜. 동한 말년에 초국 짜에 일위 현ᄉᆡ 잇스니 셩은 져오 명은 마뮈라. 텬셩이 민쳡 영오ᄒᆞ여 력ᄃᆡ ᄉᆞ긔와 도학 원류며 치국평텬하지 도를 달통ᄒᆞ고 상뫼 쥰슈ᄒᆞ니, 향당 사ᄅᆞᆷ이 닐캇지 아니 리 업더라. 이ᄯᆡ 마뮈 ᄉᆞ십이 되도록 공명을 일우지 못ᄒᆞ여 근심ᄒᆞ더니 시시에 후한 황뎨 ᄇᆞᆰ지 못ᄒᆞ여 간신이 롱권ᄒᆞᆷ으로 매쟉ᄒᆞᆷ애 텬하 션ᄇᆡ들이 엇지 용납ᄒᆞ리오? 이럼으로 한쉬 졈졈 진ᄒᆞ더라.

이ᄯᆡ 황뎨 과쟝을 ᄇᆡ셜ᄒᆞ샤 인ᄌᆡ를 엇으려 ᄒᆞ실 ᄉᆡ 텬하 션ᄇᆡ 구름 모히 듯 ᄒᆞ엿다 ᄒᆞ거ᄂᆞᆯ 마뮈 이 쇼식을 듯고 ᄒᆡᆼ장을 ᄎᆞ려 경ᄉᆞ로 올나와 바로 궐문 압헤 나아가니 모다 닐ᄋᆞᄃᆡ,

"금번 과거ᄂᆞᆫ 금은을 만히 가져와아 과거를 보외 ᄒᆞ데ᄒᆞ려니와 만일 그러치 아니면 과거를 못 보리라"

ᄒᆞ거ᄂᆞᆯ 마뮈 ᄒᆞᆯ 일 업셔 즉 2 시 고향에 도라와 농업을 힘쓰며 셰월을 보내더니, 이ᄯᆡᄂᆞᆫ 졍히 츈삼월 호시졀이라 각ᄉᆡᆨ곳은 만발ᄒᆞᆫᄃᆡ 봄날이 심히 사ᄅᆞᆷ으로 ᄒᆞ여곰 곤케ᄒᆞᄂᆞᆫ지라. 마뮈 ᄉᆡᆼ각ᄒᆞᄃᆡ,

'사ᄅᆞᆷ이 셰상에 쳐ᄒᆞ여 몸에 공명 부귀를 더으며 부모를 현달케 ᄒᆞᄂᆞᆫ 것이 쟝부의 ᄒᆞᆯ 배여ᄂᆞᆯ 슯흐다 내 몸이 촌토에 뭇쳐 셰상을 보내다가 죽으면 뉘라셔 마뮈 셰상에 잇던 줄 알니오?'

ᄒᆞ고 차탄ᄒᆞ기를 마지 아니ᄒᆞ거ᄂᆞᆯ, 부인 왈,

"부즐 업슨 근심을 말으소셔. 녜로븟허 공명부귀 화복길흉을 하늘이 마련ᄒᆞ시ᄂᆞᆫ 배라. 엇지 인력으로 ᄒᆞ리잇가?"

마뮈 부인의 말을 들음애 더옥 한심ᄒᆞ고 분긔 쳘텬ᄒᆞ여 하늘을 우러러 탄식ᄒᆞ기를 오래ᄒᆞ다가 셔당에 나와 세상ᄉᆞ를 ᄉᆡᆼ각ᄒᆞᆷ애 분ᄒᆞ고 슯흠을 이긔지 못ᄒᆞ여 후원에 들어가 향안을 ᄇᆡᆨ셜ᄒᆞ고 조희를 펴노코 하늘과 디부 십대왕을 ᄎᆡᆨᄒᆞᆯ ᄉᆡ, 그 글에 왈,

'오회라 셰샹 만물이 삼겨 남애 사ᄅᆞᆷ이 기즁에 뎨일이라 복록과 길흉화복 3 을 고로게 뎜지ᄒᆞ실 것이여ᄂᆞᆯ 오히려 고로기 커니와 사ᄅᆞᆷ의 팔ᄌᆞ의 지원극통이 텬하에 만흔지라. 옥황은 하늘에 계옵셔 셩신을 거ᄂᆞ리시고 하계 션악을 잘 슯혀 쳐치ᄒᆞ실 것이여늘 그러치 아니ᄒᆞ시고 하계 향화만 흠향ᄒᆞ고 오히려 홍ᄉᆡᆨ을 고로게 못ᄒᆞ시니 엇지 옥황이라 칭ᄒᆞ시며, 쏘 염라왕은 명부를 가음알아 셰샹 변화며 부귀빈쳔과 만물의 션불션을 슯혀 쳐결ᄒᆞᆯ 것이여ᄂᆞᆯ 오히려 무죄ᄒᆞᆫ 어린 ᄋᆞᄒᆡ와 착ᄒᆞᆫ 사ᄅᆞᆷ들을 잡아가기를 일삼으며 인간 향화만 밧아먹고 원통지원ᄉᆞ를 슯히지 아니ᄒᆞ니, 엇지 염라왕이라 ᄒᆞ리오? 내 만일 염라왕을 불진댄 즁ᄎᆡᆨᄒᆞᆯ 것이로되 서로 맛나지 못ᄒᆞᆷ을 ᄒᆞᆫᄒᆞ노라'

ᄒᆞ고 인ᄒᆞ여 글을 쇼화ᄒᆞ여 공즁에 올니고 외당에 나와 셔안을 의지ᄒᆞ여 잠간 조으더라. 4

각셜. 옥황상뎨의 근시ᄒᆞᄂᆞᆫ 태을진군이 옥뎨ᄭᅴ 고왈,

"이 ᄉᆞ이 하계 션악을 슯히지 못ᄒᆞ엿샤오니, 금두셩과 오방신장으로 ᄒᆞ여곰 인간 션악을 슯히쇼셔."

옥뎨 그 말을 올히 넉이샤 즉시 븍[북]두칠셩을 명ᄒᆞ여 모든 셩신을

거ᄂᆞ려 하계 션악을 ᄌᆞ세히 ᄉᆞᆲ히라 ᄒᆞ신대, 븍[북]두칠셩이 칙지를 밧자와 모든 셩신을 총독ᄒᆞ여 하계 션악을 두로 ᄉᆞᆲ히더니 홀연 ᄒᆞᆫ 글월을 엇어 올니거ᄂᆞᆯ 모든 셩신이 ᄌᆞ셰 보니 하ᄂᆞᆯ을 원망ᄒᆞ고 명부 십대왕을 대칙ᄒᆞ엿거ᄂᆞᆯ 븍[북]두칠셩이 보고 대경ᄒᆞ야 즉시 령쇼 보뎐에 올닌ᄃᆡ 옥뎨 보시니,

“ᄎᆞ국 싸히셔 사ᄂᆞᆫ 져미무의 글이라.”

썻스ᄃᆡ 옥뎨를 원망ᄒᆞ고 명부 십대왕을 무수히 원망ᄒᆞ엿거ᄂᆞᆯ 옥뎨 대노ᄒᆞ사 즉시 태ᄇᆡᆨ금셩을 명ᄒᆞ여 ‘ᄲᆞᆯ니 칙지를 가지고 명부 십대왕에 젼ᄒᆞ고 마무를 잡아다가 ᄲᆞᆯ니 화탕 디옥에 가도고 ᄇᆡᆨ만 륜회라도 세상에 나지 못ᄒᆞ게 ᄒᆞ라’ ᄒᆞ신ᄃᆡ 태ᄇᆡᆨ금셩이 칙지를 밧자와 즉시 명부에 ᄂᆞ려가니 십왕이
5 일시에 ᄂᆞ려 마자 향안을 ᄇᆡ셜ᄒᆞ고 칙지를 밧자와 닑은 후에 태ᄇᆡᆨ금셩을 극진이 관ᄃᆡᄒᆞ고 즉시 표를 닥가 올닌 후에 급히 악귀 ᄉᆞ쟈를 명ᄒᆞ여,
“초국 싸헤 가 마무를 잡아오라” ᄒᆞᆫ대, ᄉᆞ재 텽령ᄒᆞ고 마무를 차즈니 마뮈 경히 당샹에 안잣더니 ᄉᆞ재들이 달녀드러 마무를 잡고 닐ᄋᆞᄃᆡ,

“우리 염라왕 명을 밧자와 너를 잡으러 왓스니 ᄲᆞᆯ니 가자”

ᄒᆞ거ᄂᆞᆯ 마뮈 대경 왈,

“가기ᄂᆞᆫ 가려니와 집안에 쳐ᄌᆡ 잇스니 보고 가겟노라”

ᄒᆞ고 쥬져ᄒᆞ다가 홀연 ᄭᆡᄃᆞ르니 남가일몽이라. 만신에 ᄯᆞᆷ이 ᄀᆞ득ᄒᆞ고 몸이 ᄯᅥᆯ녀 긔운이 ᄉᆡ진ᄒᆞ거ᄂᆞᆯ 마뮈 급히 ᄂᆡ당에 들어가 부인을 보고 왈,

“내 오ᄂᆞᆯ날 아마도 죽으리니, 부ᄃᆡ 시신을 삼일ᄭᆞ지 거두지 말며 요란이 셜워 말라.”

당부ᄒᆞ고 도로 외당에 나아가니, 부인이 이 말을 듯고 놀내 급히 외당에 와보니 마뮈 소세ᄒᆞ고 의관을 졍제ᄒᆞ고 셔안을 의지ᄒᆞ여 명이 진ᄒᆞ얏거ᄂᆞᆯ 눈물 아니 흘닐 수 업되 감히 요란이 구지 못ᄒᆞ고 신톄를 직혀

[6] 회싱ᄒᆞ기를 ᄇᆞ라더니, 이때 마뮈 ᄉᆞ쟈를 조차 나아가더니, ᄒᆞᆫ 곳에 다다르니 셩곽이 하늘에 다핫스며 셩문을 굿게 다닷거늘 마뮈 ᄌᆞ세 보니 현판에 '영절아문'이라 썻거늘 마뮈 ᄉᆞ쟈를 도라보아 왈,

"이곳이 어ᄃᆡ뇨?"

ᄃᆡ왈,

"염라왕 계신 곳이라"

ᄒᆞ니, 마뮈 방심ᄒᆞ고 사쟈를 ᄯᆞ라 들어가더니, ᄒᆞᆫ 곳에 니르니 쥬궁패궐은 반공에 소삿스며 어지러온 창검은 일월을 ᄀᆞ리오고 어두귀면 지졸이 좌우에 버렷스니 위의 ᄀᆞ장 엄슉ᄒᆞ더라. 마뮈 조곰도 두려ᄒᆞ지 아니코 나아가더니 궐문 압헤 다다르니 안으로셔 령긔 든 ᄉᆞ재 나오며 ᄌᆡ촉ᄒᆞ여 왈,

"마무를 ᄲᆞᆯ니 잡아드리라"

ᄒᆞ거늘, 모든 ᄉᆞ재 일시에 마무를 쇠ᄉᆞ슬로 결박ᄒᆞ려 ᄒᆞ더니, 문득 령긔 든 ᄉᆞ재 닐ᄋᆞᄃᆡ,

"결박ᄒᆞ지 말고 그져 잡아 드리라"

ᄒᆞ거늘 마뮈 의관을 정히 ᄒᆞ고 얼골을 ᄉᆡᆨᄉᆡᆨ이 ᄒᆞ여 삼라뎐에 다다르니, 십왕과 모든 뎐왕이며 동ᄌᆡ 시위ᄒᆞ고 우두라찰과 마두라찰이 좌우에 령긔를 각각 들고 섯스[7]며 악귀 ᄉᆞ재 마무를 ᄌᆡ촉ᄒᆞ여 염왕ᄭᅴ ᄲᆞᆯ니 뵈라 ᄒᆞ더라.

마뮈 례읍 불ᄇᆡᄒᆞ고 단정이 서셔 전후 좌우를 둘너보니 각각 현판을 다랏거늘 마뮈 보니 뎨일 진광대왕이오, 뎨이 조강대왕이오, 뎨삼 송뎨대왕이오, 뎨ᄉᆞ 오관대왕이오, 뎨오 염라대왕이오, 뎨륙 번셩대왕이오, 뎨칠 태산대왕이오, 뎨팔 평등대왕이오, 뎨구 도시대왕이오, 뎨십 전륜대왕이라. 각각 통텬관을 쓰고 곤룡포를 닙고 ᄇᆡᆨ옥홀을 쥐고 뎐샹에 단

좌ᄒᆞ엿스니 그 위엄이 엄슉ᄒᆞ더라.

염왕이 ᄇᆞᆯ연 변ᄉᆡᆨ 왈,

"너ᄂᆞᆫ 인간 조고마ᄒᆞᆫ 션비라 엇지 감히 하ᄂᆞᆯ을 원망ᄒᆞ고 디부 염라십왕을 대칙ᄒᆞ엿스니 네 들으라 사ᄅᆞᆷ의 슈요쟝단과 ᄉᆞᄉᆡᆼ길흉과 화복, 공명, 부귀를 판단ᄒᆞ여 사ᄅᆞᆷ을 뎜지ᄒᆞᆯ 제, 령산여ᄅᆡ와 모든 신령과 십대라한과 ᄉᆞ대텬왕과 디장보살과 염라십왕과 ᄉᆞᆷ두거쳐와 십이원진 오방신장과 화완신령이 모다 공변도이 삼겨내ᄂᆞᆫ지라. ᄒᆞᆫ번 뎜지ᄒᆞ면 후에 엇지 길흉화복을 다[8]시 의론ᄒᆞ리오? 망령되이 하ᄂᆞᆯ을 원망ᄒᆞ거니와 네 덕을 닥가 어진 일 ᄒᆞᆯ 줄은 ᄉᆡᆼ각지 아니ᄒᆞ고 하ᄂᆞᆯ과 디부를 원망ᄒᆞ니 너 ᄒᆞᆫ 놈을 위ᄒᆞ여 길흉화복을 고칠쇼냐? 네 죄ᄂᆞᆫ 네 아ᄂᆞᆫ 배라. 내 옥뎨칙지를 밧자와 너를 잡아다가 풍도 디옥에 가도고 ᄇᆡᆨ만 륜회라도 세샹에 나지 못ᄒᆞ리라"

ᄒᆞ거ᄂᆞᆯ, 마뮈 왈,

"내 세샹에셔 들으니 염라왕이 화복길흉을 뎜지ᄒᆞᆫ다 ᄒᆞ더니, 오ᄂᆞᆯ날 대왕을 맛나오니 ᄀᆞ장 다ᄒᆡᆼᄒᆞᆫ지라. 내 ᄒᆞᆯ 말이 잇스니 대왕은 들어보쇼셔. 나ᄂᆞᆫ 인간 조고만 션ᄇᆡ라 슈요쟝단은 대왕ᄭᅴ 달녓스나 세샹에 극통ᄒᆞᆫ 일이 만ᄒᆞᆫ지라 내 분ᄒᆞᆫ 긔운이 발ᄒᆞ면 부월이 당젼ᄒᆞ여도 바른 말은 다ᄒᆞᆯ지라. 대왕이 디부염왕이라 칭ᄒᆞ며 사ᄅᆞᆷ의 화복길흉과 인간 고락을 고로게 아니ᄒᆞ며 세샹 션악을 잘 ᄉᆞᆲ히지 못ᄒᆞ며 불샹ᄒᆞᆫ 사ᄅᆞᆷ과 어린 인ᄉᆡᆼ을 잡아가기와 영걸들을 무수히 잡아다가 공명부귀를 아죄[주] ᄉᆞᆫ치니 모든 졍ᄉᆡ 다 불명ᄒᆞᆫ지라. 엇지 염라왕이라 ᄒᆞ리[9]오? 내 혜아리니 옥뎨 ᄇᆞᆰ지 못ᄒᆞ시고 십왕이 무현인가 ᄒᆞ노라."

염왕이 이 말을 듯고 ᄇᆞᆯ연 대노ᄒᆞ야 크게 ᄭᅮ지져 왈,

"네 조고만 놈이 공교ᄒᆞᆫ 말을 ᄒᆞ여 십대 염왕을 무현타ᄒᆞ고, 옥뎨를

언단에 올녀 불경ᄒᆞᆷ이 비경ᄒᆞ거니와 오히려 디부에 ᄉᆞᄇᆡᆨ년 모든 대숑으로 쥬야 편치 못ᄒᆞᆫ 가온ᄃᆡ 너 ᄀᆞᆺᄒᆞᆫ 조고만 놈을 위ᄒᆞ여 화복길흉을 엇지 다시 의론ᄒᆞ리오? 십뎐 명왕이며 쥬쟉관과 문무쳔관이 오히려 어려운 숑ᄉᆞ에 쥬야 평안치 못ᄒᆞ여 ᄒᆞᄂᆞᆫ지라. 만일 너 ᄀᆞᆺᄒᆞᆫ 놈으로 ᄒᆞ여곰 이런 어려온 숑ᄉᆞ를 맛기면 정신이 어즐ᄒᆞ여 아모리 ᄒᆞᆯ 줄을 몰을 것이, 방ᄌᆞ히 하늘과 디부를 업수히 녁여 네 ᄆᆞ음ᄃᆡ로 칙ᄒᆞ거니와 나죵을 엇지ᄒᆞ랴 ᄒᆞᄂᆞᆫ다?"

ᄒᆞ고 좌우를 ᄭᅮ지져, "ᄲᆞᆯ니 잡아 ᄂᆞ리와 풍도 디옥에 가도고 죄를 무리라" ᄒᆞ거ᄂᆞᆯ 마뮈 대쇼 왈,

"대왕이 내 ᄒᆞᆫ 말을 들으시고 대노ᄒᆞ샤 나를 이리 핍박ᄒᆞ시거니와 만일 대왕이 나를 용납ᄒᆞ시고 잠간 대왕의 소임을 빌니시면 디⑩부의 쳐결치 못ᄒᆞᄂᆞᆫ 숑ᄉᆞ를 다 결쳐ᄒᆞ여 나의 ᄌᆡ조를 보고 론죄ᄒᆞᆷ이 엇더ᄒᆞ니잇고?"

염왕 왈,

"셰샹 사ᄅᆞᆷ이 안자셔 놉흔 의론을 ᄒᆞ다가도 어려온 일을 엇지 결단ᄒᆞ리오? 이런 일은 다시 ᄉᆡᆼ각도 말라."

마뮈 답왈,

"대왕이 그르도쇼이다. 대왕이 지기일이오 미지기이니 엇지 큰일을 쳐결ᄒᆞ시리잇고? 사ᄅᆞᆷ을 큰 일을 맛겨 ᄒᆞᄂᆞᆫ 거ᄎᆔ를 보고 놉고 ᄂᆞᄌᆞᆷ을 의론ᄒᆞᆯ 배어ᄂᆞᆯ 미리 엇지 ᄂᆞᆷ을 업수이 녁이리오?"

ᄒᆞ거ᄂᆞᆯ 염왕이 이 말을 듯고 어히 업셔 모든 명왕을 도라보고 왈,

"내 뎌 놈을 형벌ᄒᆞ여 죄를 뭇고져 ᄒᆞ더니, 뎌 놈이 도로혀 큰 말을 ᄒᆞ여 우리 모든 ᄆᆞ음을 혹게 ᄒᆞ니 이를 쟝ᄎᆞᆺ 엇지 쳐치ᄒᆞ리오?"

모든 명왕이 믁[묵]연부답이러니 뎨팔 평등대왕 왈,

"사름의 직조를 이로 측량치 못ᄒᆞᄂᆞᆫ지라. 제 원ᄃᆡ로 ᄒᆞ고 ᄒᆞᄂᆞᆫ 거취를 보아 만일 제 말과 ᄀᆞᆺ흘진댄 ᄯᅩᄒᆞᆫ 디부에도 큰 일을 덜 것이오, 저도 발신홀 것이니 오히려 깃분 일이로다."

ᄯᅩ 초강대왕 왈,

"만일 그러홀진댄 옥뎨씌 11 표를 올녀 하교를 무로온 후, 하교ᄃᆡ로 ᄒᆞᆷ이 됴흘가 ᄒᆞᄂᆞ이다."

염왕이 즉시 쥬쟉판관을 명ᄒᆞ여 옥경의 보셜ᄉᆞ를 삼아 표를 올닌ᄃᆡ 옥뎨 표를 보시고 대노ᄒᆞ샤 왈,

"큰 죄인 놈을 엇지 도로혀 즁임을 맛기리오?"

ᄒᆞ신ᄃᆡ 텬신 엿자오ᄃᆡ,

"신등이 젼일 ᄉᆞᄇᆡᆨ 년 젼에 듯자오니 디부에 대숑이 잇스되 결단치 못ᄒᆞ와 지금ᄭᆞ지 잇습더니 마무의 말이 ᄀᆞ장 공교로온지라. 저 ᄒᆞᄂᆞᆫ 양을 보아 쳐치ᄒᆞ려 ᄒᆞ옴애 짐짓 큰 소임을 맛기려 ᄒᆞ오니 폐하ᄂᆞᆫ 모롬이 허ᄒᆞ쇼셔. 만일 대숑을 결단ᄒᆞ옵거든 죄를 사ᄒᆞ고 만일 불연ᄒᆞ옵거든 두 죄를 ᄒᆞᆷ믜 다ᄉᆞ림이 늣지 아니ᄒᆞ여이다."

옥뎨 올히 넉이샤 ᄉᆞᆨ시 교지를 ᄂᆞ리와 마무로 염왕을 봉ᄒᆞ시고 졀월을 주신ᄃᆡ 쥬쟈 판관이 교지를 밧자와 디부에 젼ᄒᆞᆫᄃᆡ 염왕이 향안을 ᄇᆡ셜ᄒᆞ고 교지를 밧고 광록시를 명ᄒᆞ여 잔치를 ᄇᆡ셜ᄒᆞ고 마무를 쳥ᄒᆞ여 뎐에 올녀 복식을 곳칠ᄉᆡ 머리에 통텬관을 쓰고 몸에 곤룡포를 닙히고 손에 ᄇᆡᆨ 12 옥홀을 주이고 ᄇᆡᆨ옥룡상에 단좌ᄒᆞᆷ애 문무 쳔관이 ᄎᆞ례로 ᄉᆞᄇᆡᄒᆞ고 산호 쳔세를 부르며 즐겨ᄒᆞ더라.

이ᄯᅢ 마뮈 염왕좌에 새로 즉위ᄒᆞᆷ애 뎐상에 대연을 ᄇᆡ셜ᄒᆞ여 디부 십뎐 명왕과 문무 쳔관을 ᄃᆡ졉ᄒᆞ여 즐길ᄉᆡ 모다 샤례ᄒᆞ고 잔치을 파ᄒᆞ여 각각 궁으로 도라가더라. 새 염왕이 즁관을 모ᄒᆞ고 의론 왈,

"내 이제 즁임을 당ᄒᆞ여 쳔연만ᄒᆞ고 세월만 보내지 못ᄒᆞᆯ지라. 명일븟허 대숑을 시작ᄒᆞ리라"
ᄒᆞᆫᄃᆡ 즁관이 칭샤ᄒᆞ더라.

염왕이 궁에 도라가 쉬고 잇튼날 뎐에 올나 ᄇᆡᆨ관을 모흐고 ᄇᆡᆨ옥 룡샹에 놉히 단좌ᄒᆞ여 즁관으로 더브러 의론ᄒᆞᆯ ᄉᆡ 염왕 왈,

"디부 ᄉᆞᄇᆡᆨ 년의 미결ᄒᆞᆫ 대숑이 잇다ᄒᆞ니, 무삼 어려온 일이 잇ᄂᆞ뇨?"

쥬쟉 판관 왈,

"이 숑ᄉᆞᄂᆞᆫ 달은 숑ᄉᆞ와 달은지라. 녯날 초한 적에 모든 호걸과 영웅들이 디부에 들어와 서로 싸화 숑ᄉᆞᄅᆞᆯ ᄒᆞ려 ᄒᆞ오나 능히 결단치 못ᄒᆞ온지라. 일로 인ᄒᆞ여 근심ᄒᆞᄂᆞᆫ 배로소이다."

염왕이 쇼왈,

"십왕이 가히 업스며 쳔관이 다[13] 무현이로다. 이런 지혜ᄅᆞᆯ 가지고 엇지 텬록을 먹으리오?"
ᄒᆞ고 즉시 문셔ᄅᆞᆯ 드리라 ᄒᆞ니, 쥬쟉 판관이 ᄉᆞᄇᆡᆨ 년 묵은 모든 문셔ᄅᆞᆯ 다 드린ᄃᆡ 문셔 싸흔 것이 태산ᄀᆞᆺ더라. 염왕이 좌우ᄅᆞᆯ 명ᄒᆞ여, "문셔를 올니라" ᄒᆞ여 ᄌᆞ세 보니, 한나라 류방과 셔초 패왕 항적 영포 ᄑᆡᆼ월 왕릉 긔신 쥬가 한신 진희 장량 쇼하 번쾌 시무 도읍 쇼관 뎡공 옹치 려황 려마동 려마진 한공의 조참 신긔 쟝이 하후영 쥬란 환초 우ᄌᆞ긔 룡져 경포 죵리ᄆᆡ 항장 항타 항ᄇᆡᆨ 위포 신양 쟝감 ᄉᆞ마흔 동녜 괴철 범증 력ᄉᆡᆼ 뎐횡 려후 쳑희 태ᄌᆞ 죠왕 우미인 은ᄀᆡ 항량 진평 강동 팔쳔 뎨ᄌᆞ 등이 다 송ᄉᆞᄒᆞᄂᆞᆫ 문셔여ᄂᆞᆯ 염왕 왈,

"숑ᄉᆞᄅᆞᆯ ᄉᆞᄇᆡᆨ년ᄭᆞ지 어이 두엇더뇨?"
ᄒᆞ며 차탄ᄒᆞ기ᄅᆞᆯ 마지 아니ᄒᆞ고 즉시 ᄉᆞ쟈 쳔여 명을 각각 검극을 잡아 좌우에 세우고 문무 즁관을 ᄃᆡ오ᄅᆞᆯ 삼아 동셔로 분ᄒᆞ여 안진 후, 염왕이

빅옥 룡상에 좌ᄒᆞ고 친히 붓을 들고 쥬작 판관으로 문셔를 드리라 ᄒᆞ고 마두라찰, 우두라찰 빅[14]여 명으로 ᄒᆞ여곰 문 밧긔 모든 송ᄉᆞ ᄒᆞ라 온 사름을 금지ᄒᆞ여 요란이 말고 ᄎᆞ례로 ᄒᆞᆫ아식 드리되 착란치 말고 령ᄒᆞᄂᆞᆫ ᄃᆡ로 불너 드려 물은 후에 쳐단ᄒᆞ리라 ᄒᆞ고 즉시 한 류방을 몬져 불너드려 왈,

"그ᄃᆡ 셰상에서 무ᄉᆞᆷ 원동ᄒᆞᆫ 일이 잇셔 이에 니르ᄂᆞ뇨?"

패공 왈,

"과인이 쳑검 포의로 패틱에셔 니러나 강악ᄒᆞᆫ 진을 멸ᄒᆞ고 텬하를 통일ᄒᆞ고 이때에 졔장들이 신ᄌᆞ의 몸으로 님군을 범ᄒᆞ다가 죽엇거ᄂᆞᆯ 도로혀 나를 원ᄒᆞ여 이리 핍박ᄒᆞ니 십뎐 명왕은 나의 원통ᄒᆞᆷ을 ᄇᆞᆰ히쇼셔."

염왕 왈,

"그ᄃᆡᄂᆞᆫ 물너스라. ᄌᆞ셰히 ᄉᆞᆲ혀 쳐치ᄒᆞ리라"

ᄒᆞᆫ대, 패공이 물너나다. 쏘 셔초 패왕 항적을 불너드려 문왈,

"그ᄃᆡᄂᆞᆫ 무ᄉᆞᆷ 일로 이리 구챠히 송ᄉᆞᄒᆞᄂᆞᆫ다?"

항위 왈,

"과인이 강동으로셔 니러나 진을 멸ᄒᆞ고 텬하를 엇어 핑셩에 왕업을 일윗더니, 류방이 ᄆᆡᆼ셰를 닛고 침노ᄒᆞ여 오강에 니르러 려마동 여섯 쟝ᄉᆞ의 핍박ᄒᆞᆷ을 닙어 오강에셔 ᄌᆞ문ᄒᆞ엿샤오니 엇지 원통치 아니리잇고?"[15]

염왕 왈,

"그ᄃᆡ 소원ᄃᆡ로 ᄒᆞᆯ 것이니 물너스라."

항위 물너가더라.

쏘 한신을 불너 문왈,

"너ᄂᆞᆫ 무ᄉᆞᆷ 원통ᄒᆞᆫ 일 잇ᄂᆞ뇨?"

한신이 ᄃᆡ왈,

"쇼장이 회음으로붓혀 니러나 항우를 ᄇᆞ리고 한즁에 들어가오니, 한왕이 퇵용ᄒᆞ샤 대원슈를 봉ᄒᆞ시고 먹던 법을 주시고 달은 ᄆᆞ음이 업슬가 ᄒᆞ엿샤오며, 젼에 관샹ᄒᆞᄂᆞᆫ 허뷔라 ᄒᆞᄂᆞᆫ 사ᄅᆞᆷ에게 샹을 뵈오니 기려 왈, '몸이 극히 귀ᄒᆞ고 와셕 죵신ᄒᆞ리라' ᄒᆞ옴애 이 사ᄅᆞᆷ의 말을 밋ᄉᆞᆸ고 잇더니 불구에 몸이 육장이 되엿샤오니 엇지 아니 원통ᄒᆞ오리오?"

염왕 왈,

"그리ᄒᆞ면 허부를 잡아오라"

ᄒᆞ고 급히 하령ᄒᆞ여,

"허부를 쌜니 불너드리라"

ᄒᆞ며 ᄭᆞ지져 왈,

"네 인간에셔 엇지 사ᄅᆞᆷ의 화복길흉을 알니요? 하ᄂᆞᆯ이 사ᄅᆞᆷ을 삼겨 내심애 복록과 화복길흉을 뎡지ᄒᆞ시거ᄂᆞᆯ 네 엇지 ᄂᆞᆷ을 속여 이리 몸이 ᄆᆞᆺ출 줄을 쌔ᄃᆞᆺ지 못ᄒᆞ고 ᄂᆞᆷ을 죽게 ᄒᆞ엿ᄂᆞ뇨?"

허뷔 ᄃᆡ왈,

"셰샹의 슐ᄉᆞ 복재라 ᄒᆞ옵ᄂᆞᆫ 것이 길ᄒᆞᆫ 것을 보오며 뒤일을 혜아려 닐ᄋᆞᄂᆞᆫ 베라. 쇼16인이 처음에 한신을 보오니 샹뫼 비샹ᄒᆞ와 귀히 될 샹이옴애 저ᄃᆞ려 닐ᄋᆞ기를, '후에 왕후에 니ᄅᆞ리라' ᄒᆞ더니, 또 슈요장단을 보와 달나 ᄒᆞ옴애 쇼인이 ᄆᆞ음에 혜오되, '몸이 부ᄒᆞ여 부귀공명ᄒᆞ올 듯 ᄒᆞ옵기로 몸이 귀ᄒᆞᆫ 즉 쉬 불길ᄒᆞ리라' ᄒᆞ엿샤오니, 제 잘ᄒᆞ여 탈신치 못ᄒᆞ고 한신의 슈하에 ᄒᆞᆫ 모ᄉᆡ 잇스니 셩명은 괴철이라. 일즉 한신ᄃᆞ려 닐ᄋᆞᄃᆡ, '졔디를 웅거ᄒᆞ여 장군의 용으로 직희오면 삼분의 ᄒᆞᆫ아를 일위여 몸이 반셕ᄀᆞᆺ흐리라' ᄒᆞᆫᄃᆡ 한신이 죵시 듯지 아니ᄒᆞ다가 제 몸이 멸ᄒᆞ엿샤오니 누를 ᄐᆞᆺᄒᆞ리잇고?"

염왕 왈,

"허부는 그르지 아니ᄒᆞ니 엇지 괴쳘의 말을 듯지 아니ᄒᆞ엿ᄂᆞ뇨?"

한신이 ᄃᆡ왈,

"한왕이 쇼쟝 ᄃᆡ졉ᄒᆞ기를 ᄌᆞ식ᄀᆞᆺ치 ᄉᆞ랑ᄒᆞ옴애 먹던 밥을 물녀 먹이오니 엇지 ᄎᆞᆷ아 ᄇᆞ릴 ᄆᆞ음이 잇스리오? 이럼으로 괴쳘의 말을 듯지 아니ᄒᆞ엿ᄂᆞ이다. ᄯᅩᄒᆞᆫ 그러ᄒᆞ온ᄃᆡ 륙개 훼방ᄒᆞ오니 엇지 달은 의ᄉᆞ를 ᄉᆡᆼ각ᄒᆞ리오?"

ᄒᆞ거ᄂᆞᆯ 염왕 왈,

"내 짐작ᄒᆞᄂᆞᆫ 배⑰라. 그ᄃᆡᄂᆞᆫ 물너스라."

한신이 물너나다. ᄯᅩ 영포를 불너 문왈,

"너ᄂᆞᆫ 무삼 원통ᄒᆞᆫ 일이 잇ᄂᆞ뇨?"

영푀 ᄃᆡ왈,

"쇼쟝이 처음에 초에 잇다가 초를 ᄇᆞ리고 한에 도라와 큰 공이 만ᄉᆞ옵고 졔왕과 싸화 ᄃᆡ뎍ᄒᆞᆯ 재 업스되 쇼쟝이 홀로 당ᄒᆞ여 여러 번 큰 공을 세우매 공은 모르고 오히려 몸이 망ᄒᆞ엿ᄉᆞᆸ오니 원컨대 대왕은 ᄉᆞᆲ히쇼셔."

염왕 왈,

"내 짐쟉ᄒᆞᄂᆞᆫ 것이니 물너스라."

ᄯᅩ ᄑᆡᆼ월을 불너 문왈,

"너ᄂᆞᆫ 무삼 원통ᄒᆞᆷ이 잇ᄂᆞ뇨?"

ᄑᆡᆼ월이 대왈,

"쇼쟝이 처음에 초를 ᄇᆞ리고 한에 도라와 여러 번 대공을 세우고 기후에 한왕이 형양에 싸이엿슬 ᄯᅢ에 거의 망ᄒᆞᆯ 것을 쇼쟝이 홀로 병을 니르혀 량도를 ᄭᅳᆫ코 ᄌᆞᆺ쳐 들어가 한왕을 구ᄒᆞ여 패왕이 퇴병ᄒᆞ여 물너감으로 형양의 위ᄐᆡᄒᆞ옴을 면ᄒᆞ오니 그 공이 적지 아니ᄒᆞ온지라. 그러나 오히려 싱각지 아니ᄒᆞ고 도로혀 쇼장의 몸이 쥬륙을 당ᄒᆞ엿ᄉᆞ오니 엇지 원억지 아니며 분치 아니리잇고?"

염왕 왈,

"나죵에 결단ᄒᆞᆷ이 잇스리니 물너스[18]라."

ᄯᅩ 범증을 불너 무르니 ᄃᆡ왈,

"쇼장이 항우를 도와 진심으로 권ᄒᆞ되 듯지 아니ᄒᆞ고 도로혀 ᄂᆞᆷ의 간텹을 밋어 나를 핍박ᄒᆞ여 즁로에셔 죽게 ᄒᆞ오니 참괴ᄒᆞᆫ 일홈을 셰상에 들니올지라. 엇지 원통치 아니ᄒᆞ리오?"

염왕 왈,

"물너스라. 각별 쳐결ᄒᆞᆷ이 잇스리라."

ᄯᅩ 죵리ᄆᆡ를 불너 물으니 ᄃᆡ왈,

"쇼장이 초를 셤기다가 패망ᄒᆞᆷ애 한신에게 의지ᄒᆞ엿더니, 한왕이 한신을 의심ᄒᆞᆷ애 한신이 죄 닙을가 되뒤려 나를 죽여 뎌의 진심을 뵈려 ᄒᆞ다가 도로혀 화를 닙엇ᄉᆞ오니, 엇지 원통치 아니ᄒᆞ리오?"

염왕 왈,

"아직 물너스라."

ᄯᅩ 쥬란, 환초를 불너 물으니 ᄃᆡ왈,

"쇼쟝 등이 항우를 조차 구리산 십 면 ᄆᆡ복에 싸히여 고ᄉᆡᆼᄒᆞ옵다가 겨우 버셔나 란군 즁에 죽엇ᄉᆞ오니 원컨대 대왕은 ᄉᆞᆲ히쇼셔."

염왕 왈,

"물너스라. 나죵에 분간ᄒᆞ리라"

ᄒᆞ고 ᄯᅩ 룡져를 불너 물으니 ᄃᆡ왈,

"쇼장이 용ᄆᆡᆼ이 절륜ᄒᆞ와 삼군의 웃듬이올너니 한신의 계교에 ᄲᅡ져 몸이 망ᄒᆞ오니 엇지 원통치 아니ᄒᆞ리잇[19]고?"

왕 왈,

"물너스라"

ᄒᆞ고 ᄯᅩ 진희를 불너 물으니 ᄃᆡ왈,

"쇼쟝이 한신의 말을 듯고 한을 ᄇᆞ림애 몸이 망ᄒᆞ엿ᄉᆞ오니 엇지 원통치 아니리잇고."

왕 왈,

"물너스라."

ᄯᅩ 초부를 불너 물으니 ᄃᆡ왈,

"쇼신이 산중에 잇ᄉᆞ와 농업을 힘쓰며 고기 낙기를 일삼아 셰월을 보내옵더니, 한신이 ᄇᆡ초 입촉ᄒᆞᆯ ᄯᅢ에 길을 ᄀᆞᄅᆞ쳐 주엇거ᄂᆞᆯ 은혜를 ᄉᆡᆼ각지 아니ᄒᆞ고 도로혀 죽이오니 ᄇᆞ라건대 대왕은 ᄉᆞᆲ히쇼셔."

왕 왈,

"아직 물너스라"

ᄒᆞ고 ᄯᅩ 력이긔를 불너 물ᄋᆞ니 ᄃᆡ왈,

"쇼쟝이 왕명을 밧자와 졔나라 칠십여 셩을 항복 밧게 되엿더니, 한신이 싀긔ᄒᆞ여 몸이 기름 가마에 들어 참혹ᄒᆞᆫ 형벌을 닙ᄉᆞ오니 엇지 원통치 아니리잇고?"

왕 왈,

"물너스라"

ᄒᆞ고 ᄯᅩ 뎐횡을 불너 물으니 ᄃᆡ왈,

"쇼쟝은 졔디를 일코 ᄒᆡ도에 몸을 은거ᄒᆞ옵더니 한왕이 ᄒᆞᆫ번 부름애 드ᄃᆡ여 몸이 망ᄒᆞ니 이ᄂᆞᆫ 한왕의 ᄐᆞᆺ이라"

ᄒᆞ거ᄂᆞᆯ, 왕 왈,

"물너스라"

ᄒᆞ고 ᄯᅩ 쳑희를 불너 물으니 ᄃᆡ왈,

"쇼쳡이 나히 이팔은 ᄒᆞ여 한왕이 병폐[20] ᄒᆞ고 쇼녀의 집에 와보고 달ᄂᆡ여 왈, '내 만일 텬하를 엇으면 널로 황후를 삼을 것이오, 맛당히 ᄌᆞ식을 나흘진대 태ᄌᆞ를 봉ᄒᆞ리라' ᄒᆞ고 만 가지로 달ᄂᆡ여 쳡을 친ᄒᆞᆫ 후 텬하를 엇어 몸이 존귀ᄒᆞ옴애 ᄉᆡᆼ각지 아니ᄒᆞ고 려후의 참혹ᄒᆞᆫ 형벌을 당ᄒᆞ오니 엇지 ᄋᆖᄒᆞ지 아니ᄒᆞ리오? 원컨대 대왕은 ᄉᆲ히쇼셔."

염왕이 불샹이 넉여 왈,

"각별 쳐치홈이 잇스리라"

ᄒᆞ고 ᄯᅩ 려후를 불너 ᄭᅮ지져 왈,

"너ᄂᆞᆫ 녀ᄌᆞ로셔 츙신 렬ᄉᆞ를 만히 죽이고 쳑희를 몹쓸[쓸] 형벌을 ᄒᆡᆼᄒᆞ고 국뫼 되여 음란ᄒᆞ고 죄샹이 무샹ᄒᆞᆫ지라. 일호도 긔망치 말고 바른 ᄃᆡ로 알외라"

ᄒᆞᆫ대 려휘 왈,

"엇지 ᄒᆞᆫ 말이나 대왕 젼에 긔망ᄒᆞ리오. 쳑희를 형벌ᄒᆞ고 그 ᄌᆞ식을 죽임은 피ᄎᆞ 슈긔ᄒᆞᆫ 배라. 뎌 힘이 밋쳐 당치 못ᄒᆞ여 나를 해치 못ᄒᆞ옴애 몬져 죽엿ᄉᆞ오니 이ᄂᆞᆫ ᄉᆞᄉᆞ 혐의 아니라 국가 대ᄉᆞ를 위ᄒᆞ여 부득이 ᄒᆞ온 배오, 츙신 렬ᄉᆞ를 죽인 것은 쳡이 혼자 홈이 아니라 한왕은 밧게셔 경별[벌]ᄒᆞ고 안에ᄂᆞᆫ 간적이 모[21]계를 ᄒᆞ옴애 ᄋᆞ녀ᄌᆞ의 못ᄒᆞᆯ 지혜를 가지고 강적을 덜은지라. 내 일로 국가를 위홈이오, 일을 의론ᄒᆞᆯ ᄯᅢ에 즁관으로 더브러 샹의ᄒᆞ여 결단ᄒᆞ옴애 일 모르ᄂᆞᆫ 광ᄉᆡ 신ᄌᆞ지도와 국가와 그를 리간ᄒᆞ옴이라. 복원 대왕은 ᄉᆲ히쇼셔"

ᄒᆞ며 ᄋᆡ걸ᄒᆞ거ᄂᆞᆯ, 염왕 왈,

"네 ᄋᆡ미타 ᄒᆞ거니와 아직 물너스라."

려휘 공순히 물너나니, ᄯᅩ 긔신을 불너 물으니 ᄃᆡ왈,

"쇼장이 형양에셔 한왕의 위ᄐᆡᄒᆞᆷ을 보고 한왕의 급ᄒᆞᆷ을 위ᄒᆞ여 한왕의 의복을 닙고 나가 항우를 속여 위ᄐᆡᄒᆞᆷ을 무릅쓰고 나아갓습더니, 항위 알아보고 대노ᄒᆞ여 ᄭᅮ지져 왈, '필뷔 엇지 감히 나를 속이ᄂᆞᆫ다' ᄒᆞ고 불질너 죽이오니 엇지 원통치 아니ᄒᆞ리오?"

왕 왈,

"ᄌᆞ고로 츙신은 ᄀᆡ신과 ᄧᅡᆨ이 업슬가 ᄒᆞ니, 그ᄃᆡᄂᆞᆫ 아즉 물너스라"

ᄒᆞ고 ᄯᅩ 주가를 불너 물으니 ᄃᆡ왈,

"쇼신이 셩을 구지 직히여 죽기를 두려 아니ᄒᆞ고 십여 일 만에 셩이 파ᄒᆞ옴애 몸이 쥬륙지경을 당ᄒᆞ오니 엇지 원통치 아니ᄒᆞ리오?"

왕 왈,

"너ᄂᆞᆫ 물너스라" 22

ᄒᆞ고 ᄯᅩ 뎐부를 불너 문왈,

"너ᄂᆞᆫ 엇지ᄒᆞ여 항우를 속여 대ᄉᆞ를 그르게 ᄒᆞ니 심ᄉᆡ 괴이ᄒᆞ다"

ᄒᆞ고 ᄭᅮ지져 물니치고, ᄯᅩ 왕릉 하후 영륙 가슈 하슈 손통 조참 번쾌 쟝량 등 일반 문무의 션악을 일일이 ᄉᆞᆲ힌 후 모다 물니치고 좌우를 보아 왈,

"문무 쳔권이 ᄒᆞᆫ아도 ᄡᅳᆯ ᄃᆡ 업고 ᄇᆞᆰ지 못ᄒᆞ다"

ᄒᆞ고 우어 왈,

"염라 십뎐 명왕이 잇셔 엇지 이만 일을 결단치 못ᄒᆞ고 ᄉᆞ빅 년ᄭᆞ지 둘 길이 잇스리오?"

ᄒᆞ고, 즉시 즁관을 좌우에 버려세우고 쳐결ᄒᆞᆯ ᄉᆡ, 즁관이 각각 문셔를 닑으라 ᄒᆞ고 ᄃᆡ송ᄒᆞ라 온 사ᄅᆞᆷ을 ᄎᆞ례로 뎜지ᄒᆞᆯ ᄉᆡ 패공으로 ᄒᆞ여곰 대한 헌뎨 되게 뎜지ᄒᆞ고, ᄯᅩ 려후로 동귀비 되게 ᄒᆞ여 아ᄃᆞᆯ 둘을 두게 ᄒᆞ엿스나 구챠히 자로 환란을 격다가 조조에게 죽게ᄒᆞ고, ᄯᅩ 아ᄃᆞᆯ조차 죽게ᄒᆞ고, ᄯᅩ 한신을 불너 왈,

"너ᄂᆞᆫ ᄋᆡᄆᆡ히 형벌을 밧아 죽엇스니 셰상에 내여 보내ᄂᆞ니 셩명을 조조오 ᄌᆞᄂᆞᆫ ᄆᆡᆼ덕이라. 모략은 손빈 오긔 ᄀᆞᆺ고 도량이 넓으며 치셰지능신이오 란셰지간웅이 되여 23 텬하 병권을 잡아 번다ᄒᆞᆫ 이목을 속이고 헌뎨ᄅᆞᆯ 허챵에 가도고 날로 핍박ᄒᆞ며 동귀비ᄅᆞᆯ 참형으로 ᄒᆞ여 원을 풀게ᄒᆞ며 텬하에 횡힝ᄒᆞ여 모든 원을 갑게 ᄒᆞ노라."

한신이 고두 샤은ᄒᆞ고 물너가더라.

ᄯᅩ 진평을 불너 왈,

"너ᄂᆞᆫ 한왕을 자로 권ᄒᆞ여 한신을 시시로 참소ᄒᆞ여 운몽에 놀기ᄅᆞᆯ ᄭᅬᄒᆞ여 ᄋᆡᄆᆡᄒᆞᆫ 한신을 용납지 못ᄒᆞ게 ᄒᆞ엿스니 너ᄅᆞᆯ 셰상에 내여 셩명을 양슈라 ᄒᆞ여 조조의 슈하 쥬뷔 되엿다가 한슈 대젼에 대패ᄒᆞ여 도라올ᄣᅢ에 즁도에셔 죽게 ᄒᆞ노라"

ᄒᆞ고 ᄯᅩ 소하ᄅᆞᆯ 불너 왈,

"너ᄂᆞᆫ 처음에 한신을 쳔거ᄒᆞ고 ᄒᆞᆫ번도 구ᄒᆞᆷ이 업스니 ᄀᆞ장 무상ᄒᆞᆫ지라. 너ᄅᆞᆯ 셰상에 내여 보내ᄂᆞ니 셩명은 원쇠오 ᄌᆞᄂᆞᆫ 본초라. 하븍[북]에 웅거ᄒᆞ엿다가 조조의 도모ᄒᆞᆫ 배 되게 ᄒᆞ노라"

ᄒᆞ고 ᄯᅩ 허부ᄅᆞᆯ 불너 왈,

"너ᄂᆞᆫ 셰상에 나가 셩명은 쟝뢰라. 한즁을 웅거ᄒᆞ엿다가 조조에게 패ᄒᆞ게 ᄒᆞ노라"

ᄒᆞ고 ᄯᅩ 영포ᄅᆞᆯ 불너 왈,

"너ᄂᆞᆫ 용ᄆᆡᆼ이 렴파 ᄀᆞᆺ흐여 구강에 편이 잇더니, 슈하의 권 24 ᄒᆞᆷ을 닙어 ᄋᆡᄆᆡ히 죽엇스니 셰상에 나가 손권이 되여 조조ᄅᆞᆯ ᄃᆡ덕ᄒᆞ게 ᄒᆞ노라"

ᄒᆞᆫ대 영푀 샤례ᄒᆞ고 물너나니 ᄯᅩ ᄑᆡᆼ월을 불너 왈,

"너ᄂᆞᆫ 지용이 쌍젼ᄒᆞᆫ 쟝슈라 불상이 죽엇스니 셰상에 보내ᄂᆞ니 셩명은 류현덕이라 처음은 략간 고힝을 격다가 관우, 장비ᄅᆞᆯ 엇어 결의형뎨

ᄒᆞ고 텬하를 삼분의 ᄒᆞᆫ아홀 가져 한 업을 누리게 ᄒᆞ노라"

ᄒᆞᆫ대 핑월이 샤례ᄒᆞ고 물너가니 또 항우를 불너 왈,

"그ᄃᆡᄂᆞᆫ 용ᄆᆡᆼ이 읏듬이오 ᄶᅡᆨ이 업셔 웅위 대략으로 죽엇스니 그ᄃᆡ로 셰상에 내여 보내ᄂᆞ니 셩명은 관우오 ᄌᆞᄂᆞᆫ 운쟝이라. 류현덕으로 결의 형뎨ᄒᆞ여 조조를 자로 놀내고 손권이 두려워ᄒᆞ며 텬하에 횡힝ᄒᆞ여 일홈이 만셰에 류젼ᄒᆞ게 ᄒᆞ노라."

항위 비샤ᄒᆞ고 물너나니, 또 려마동 등 륙 쟝을 불너 ᄭᅮᆯ니고 ᄭᅮ지져 왈,

"너의 륙인으로 ᄒᆞ여곰 오관의 슈쟝이 되엿다가 관운쟝이 독힝천리 홀 제 그 손에 죽게 ᄒᆞ노라"

ᄒᆞ고 다 물니치고 또 광무군 리좌거와 뎐부를 불너 왈,

"너의 량(25)인은 들으라. 항우를 유인ᄒᆞ여 길을 속여 ᄀᆞᄅᆞ쳐 텬하를 일케ᄒᆞ고 또 몸이 망ᄒᆞ엿스니 그 죄 죽임 즉ᄒᆞᆫ지라. 너의 량인으로 셰상에 내여 보내ᄂᆞ니 ᄒᆞᆫ아흔 안량이오 ᄒᆞᆫ아흔 문취라 용ᄆᆡᆼ이 졀륜ᄒᆞ여 션봉이 되엿다가 관운쟝의 손에 죽게 ᄒᆞ노라"

ᄒᆞ고 또 항ᄇᆡᆨ을 불너 왈,

"너ᄂᆞᆫ 들으라. 달은 사ᄅᆞᆷ과 달나 쳑분이 잇거ᄂᆞᆯ 오히려 한을 도와 초를 망케 ᄒᆞ니 그 죄 즁ᄒᆞᆫ지라. 널로 셰샹에 내여 보내ᄂᆞ니 셩명은 방덕이라 조조를 도아 칠군을 거ᄂᆞ려 션봉이 되엿다가 관공의 손에 죽게 ᄒᆞ노라."

항ᄇᆡᆨ이 무류히 퇴ᄒᆞ니, 또 력이긔를 불너 왈,

"네 그러ᄒᆞᆫ 언변으로도 한신의 ᄭᅬ에 속아 ᄋᆡᄆᆡ이 죽엇스니 널로 셰샹에 내여 보내ᄂᆞ니 셩명은 쥬유라. 강동 손권을 도아 도독이 되여 십만 정병을 거ᄂᆞ려 조조를 ᄃᆡ뎍ᄒᆞ여 간담이 ᄯᅥ러지게 ᄒᆞ고 텬하를 범 보듯 ᄒᆞ고 강동 륙군을 웅거ᄒᆞ야 일홈이 ᄉᆞ힉에 진동ᄒᆞ게 ᄒᆞ노라."

력이긔 샤례ᄒᆞ고 퇴ᄒᆞ니 ᄯᅩ 초부를 불너 왈,

"너ᄂᆞᆫ 어26진 사ᄅᆞᆷ이라. 한신을 바ᄅᆡ[른]ᄃᆡ로 길을 ᄀᆞᄅᆞ침애 한신이 식견이 적은 고로 ᄋᆡᄆᆡ이 죽엿스니 널로써 세상에 내여 보내ᄂᆞ니 셩명은 졔갈량이라. 손빈 오긔의 슐법과 관즁의 모략과 샹통 텬문ᄒᆞ고 하찰 디리ᄒᆞ며 팔문 둔갑과 신긔 묘산을 이로 측량치 못ᄒᆞ여 안자셔 쳔 리 밧긔 일을 결단ᄒᆞ고, 류비를 셤겨 조조를 자로 놀내고 십만 대군을 필마로 도라보내고 편갑도 남기지 아니ᄒᆞ며, ᄯᅩ 강동 손권을 ᄃᆡ뎍ᄒᆞ고 텬하를 범 보듯 ᄒᆞ고 삼국의 뎨일 ᄌᆡ죄 되여 원을 풀게ᄒᆞ고 유명 만셰ᄒᆞ게 ᄒᆞ노라."

초뷔 ᄇᆡᆨᄇᆡ 샤례ᄒᆞ고 물너나더라. ᄯᅩ 번쾌를 불너 왈,

"너ᄂᆞᆫ 위엄이 ᄉᆞ힉에 진동ᄒᆞ고 거륵[룩]ᄒᆞᆫ 대쟝뷔라 후셰에 한실을 돕게 ᄒᆞ여 셰상에 내여 보내ᄂᆞ니 셩명은 쟝비라. 류, 관 량인으로 결의형뎨ᄒᆞ고 조조, 손권으로 두려ᄒᆞ게 ᄒᆞ고 일홈이 ᄉᆞ힉에 진동ᄒᆞ여 류비를 돕게 ᄒᆞ노라."

번쾌 크게 깃거 무수이 샤례ᄒᆞ고 물너나거ᄂᆞᆯ, ᄯᅩ 괴쳘을 불너 왈,

"너ᄂᆞᆫ 자로 한신을 권ᄒᆞ27여 일이 일지 못ᄒᆞᆷ애 랑패 되엿스니 불샹ᄒᆞᆫ지라. 널로써 셰샹에 내여 셩명은 방통이라. 지혜와 도량이 ᄉᆞ힉에 진동ᄒᆞ고 용병ᄒᆞᄂᆞᆫ ᄌᆡ조를 귀신도 측량치 못ᄒᆞ고 ᄇᆡᆨ일 공ᄉᆞ를 잠시에 결단ᄒᆞ고 류현덕을 위ᄒᆞ여 일홈이 촉즁에 진동ᄒᆞ고 련환계로 조조를 파ᄒᆞ고 녯 원을 풀어 즁도에 도라와 량보음을 읇게 ᄒᆞ노라."

괴쳘이 샤례ᄒᆞ고 물너나거ᄂᆞᆯ ᄯᅩ 범증을 불너 왈,

"너ᄂᆞᆫ ᄌᆡ죄 거륵ᄒᆞ여 신긔 묘산은 손빈 ᄀᆞᆺ고 ᄇᆡᆨ슈 풍진에 자로 항우를 셤겨 정셩을 다ᄒᆞ여 셤기더니, 항위 ᄇᆰ지 못ᄒᆞ여 너를 의혹ᄒᆞ며 전공을 ᄒᆞᆫ아토 ᄉᆡᆼ각지 아니ᄒᆞ고 ᄶᅩ어 내쳐 죽게 ᄒᆞ니 ᄀᆞ장 불샹ᄒᆞᆫ지라. 널로써 셰상에 내여 보내ᄂᆞ니 셩명은 륙손이라 강동 손권을 도아 ᄇᆡᆨ긔 ᄀᆞᆺ흔

모략으로 려몽을 잘 ᄀᆞᄅᆞ쳐 운장을 사로잡아 원슈를 풀게ᄒᆞ라."

범증이 크게 깃거 무수히 샤례ᄒᆞ고 물너나니 ᄯᅩ 한싱을 불너 왈,

"너ᄂᆞᆫ 텬셩이 정직ᄒᆞ여 착ᄒᆞᆫ 말을 ᄒᆞ다가 도로혀 뎌의 노흠을 니릐혀 참혹(28)ᄒᆞᆫ 형벌을 당ᄒᆞ엿스니 ᄀᆞ장 불샹ᄒᆞᆫ지라. 널로ᄡᅥ 셰샹에 내여 보내ᄂᆞ니 셩명은 려몽이라. 용ᄆᆡᆼ이 졀륜ᄒᆞ고 도량이 너르고 지혜 과인ᄒᆞ여 륙손으로 더브러 의론ᄒᆞ고 운장을 사로잡으며 형슈ᄅᆞᆯ 엇어 위엄이 텬하에 진동ᄒᆞ여 녯 원을 풀게 ᄒᆞ노라."

한싱이 ᄇᆡᆨᄇᆡ 샤례ᄒᆞ고 물너나니 긔신을 불너 왈,

"너ᄂᆞᆫ 얼골이 관옥 ᄀᆞᆺ고 풍치 름름ᄒᆞ야 팔 척 장뷔라. 츙셩이 우쥬에 덥혀 황옥좌독으로 죽기를 무릅쓰고 한왕의 복ᄉᆡᆨ을 닙고 항우를 속이려 ᄒᆞᆯ ᄯᅢ 츙신과 렬ᄉᆞ 뉘 아니 칭찬ᄒᆞ리오? 무지ᄒᆞᆫ 항왕이 어지지 못ᄒᆞ여 ᄒᆞᆫ번 노흠을 발ᄒᆞ여 만인이 두려워 아니 리 업ᄂᆞᆫ지라. 한군이 넉을 일코 아모리 ᄒᆞᆯ 줄을 모르며 항우의 ᄒᆞᆫ 호령에 불ᄭᅩᆺ이 니러나니 한시 급암과 룡방 비간 ᄀᆞᆺ흔 츙신이 비명 샹텬ᄒᆞ니 엇지 불샹코 앗갑지 아니리오? 널로ᄡᅥ 셰샹에 내여 보내ᄂᆞ니 셩명은 반장이라, 려몽의 졀제를 밧아 옥천산에 미복ᄒᆞ엿나가 관운샹이 굴헝에 ᄲᅡ질 ᄯᅢ에 스ᄉᆞ(29)로 도모ᄒᆞ여 네 원을 풀게 ᄒᆞ노라."

긔신이 샤례ᄒᆞ고 물너나거ᄂᆞᆯ ᄯᅩ 쥬가를 불너 왈,

"너ᄂᆞᆫ 츙셩을 다ᄒᆞ여 셩지를 굿게 직희엿다가 몸이 쥬륙지경에 당ᄒᆞ여 오히려 굴치 아니ᄒᆞ고 죽엇스니 그 츙셩이 엇지 아름답지 아니리오? 널로ᄡᅥ 강동에 나게 ᄒᆞᄂᆞ니 셩명은 쥬연이라, 용ᄆᆡᆼ이 졀륜ᄒᆞ고 손권을 조차 관공을 핍박ᄒᆞ여 원을 풀게 ᄒᆞ노라."

쥬개 ᄇᆡᆨᄇᆡ 샤례ᄒᆞ고 물너나니, ᄯᅩ 조참을 불너 왈,

"너ᄂᆞᆫ 공렬이 호대ᄒᆞ고 용ᄆᆡᆼ이 공손시 ᄀᆞᆺ흐며 츙셩을 다ᄒᆞ여 나라흘 도

아 항우ᄅᆞᆯ 핍박ᄒᆞᆷ이 심ᄒᆞᆫ지라. 널로 ᄒᆞ여곰 위국에 나게 ᄒᆞᄂᆞ니 셩명은 조인이라, 용ᄆᆡᆼ이 과인ᄒᆞ여 번셩을 직희엿다가 관공에게 곤ᄒᆞ게 ᄒᆞ노라."

조참이 원통ᄒᆞᆷ을 알외지 못ᄒᆞ고 물너나니, ᄯᅩ 쥬블을 불너 왈,

"너ᄂᆞᆫ 공렬이 우쥬에 덥히고 용ᄆᆡᆼ과 지혜 귀신 ᄀᆞᆺ흐며 구리산에셔 항우ᄅᆞᆯ 핍박ᄒᆞ여 ᄒᆡ하 ᄒᆞᆫ 싸홈에 곤케 ᄒᆞ엿스니 너ᄅᆞᆯ 셰상에 나게 ᄒᆞᄂᆞ니 셩명은 우금이라, 칠군을 거ᄂᆞ려 관공을 30 ᄃᆡ뎍ᄒᆞ다가 일합에 사로잡혀 명이 죠셕에 잇다가 형양이 파ᄒᆞᆫ 후 본국에 도라가게 ᄒᆞ노라."

쥬블이 물너가거ᄂᆞᆯ ᄯᅩ 룡져ᄅᆞᆯ 불너 왈,

"그ᄃᆡᄂᆞᆫ 용ᄆᆡᆼ이 비샹ᄒᆞᆫ 대쟝뷔라. 셔초의 웃듬 쟝슈로 유슈ᄒᆞᆫ 싸홈에 한신에게 속아 쥬륙을 면치 못ᄒᆞ엿스니 ᄀᆞ장 불샹ᄒᆞᆫ지라. 너ᄅᆞᆯ 즁원에 나게 ᄒᆞᄂᆞ니 셩명은 죠운이라, 용ᄆᆡᆼ이 과인ᄒᆞ여 만인 ᄃᆡ뎍ᄒᆞ고 만군 즁에 나ᄂᆞᆫ 다시 왕ᄅᆡ ᄒᆞ여 류현덕을 조차 환난을 지내다가 한슈 븍[북]산 ᄒᆞᆫ 싸홈에 조조ᄅᆞᆯ 간담이 ᄯᅥ러져 넉을 일케ᄒᆞ여 위엄이 텬하에 진동ᄒᆞ고 현쥬ᄅᆞᆯ 붓들어 파촉에 웅거ᄒᆞ여 조조로 발뵈지 못ᄒᆞ게 ᄒᆞ고 동으로 손권을 막잘나 디경을 범치 못ᄒᆞ게 ᄒᆞ고 남으로 ᄆᆡᆼ확을 물니치며 셔호로 모든 오랑캐ᄅᆞᆯ 절제ᄒᆞ고 긔특ᄒᆞᆫ 대공을 세워 일홈이 쳔츄에 젼ᄒᆞ게 ᄒᆞ노라."

용제 크게 깃거 물너나니 ᄯᅩ 죵리ᄆᆡᄅᆞᆯ 불너 왈,

"너ᄂᆞᆫ 용ᄆᆡᆼ이 ᄂᆞᄂᆞᆫ ᄆᆡᆼ호ᄅᆞᆯ 잡고 지혜ᄂᆞᆫ 비샹ᄒᆞ여 진츙갈력ᄒᆞ야 항우ᄅᆞᆯ 셤기다가 ᄒᆡ하 ᄒᆞᆫ 싸홈 31 에 대패ᄒᆞ니 츙셩된 ᄆᆞ음이 ᄀᆞᆫ절ᄒᆞ여 울울ᄒᆞᆫ 분긔ᄅᆞᆯ 이긔지 못ᄒᆞᆷ애 ᄒᆞᆫ 줄 눈물을 흘니며 병긔ᄅᆞᆯ 돌나잡고 패왕의 원슈ᄅᆞᆯ 갑고져 ᄒᆞ나 ᄉᆞ면이 다 한병이라. ᄒᆞᆯ 일 업셔 한신을 차자가니 한신이 용납지 아니ᄒᆞ고 인ᄒᆞ여 죽이니 엇지 불샹치 아니리오? 널로 즁원에 나게ᄒᆞ여 셩명은 마쵸라. 용ᄆᆡᆼ은 비호 ᄀᆞᆺ고 얼골은 형옥 ᄀᆞᆺ고 두 눈은 ᄉᆡᆺ별 ᄀᆞᆺ고 신쟝은 팔쳑이오 위엄이 름름ᄒᆞ여 도쳐에 ᄃᆡ뎍ᄒᆞᆯ 리 업

고, 동관 싸홈에 조조로 넉을 일케ᄒᆞ고 슈염을 싹가 계오 목숨을 도망ᄒᆞ여 도라가 마ᄋᆡᆼ그라 ᄒᆞᄂᆞᆫ 일홈을 부르면 두려워ᄒᆞ여 원을 풀게 하노라."

죵리ᄆᆡ 무수히 샤례ᄒᆞ고 물너가니, 또 리좌거를 불너 왈,

"너ᄂᆞᆫ 죽기를 무릅쓰고 츙셩을 다ᄒᆞ여 항우를 조차 ᄃᆞᆫ니다가 ᄒᆡ하 ᄒᆞᆫ 싸홈에 대패ᄒᆞ여 스ᄉᆞ로 ᄌᆞ문ᄒᆞ니 ᄀᆞ장 불샹ᄒᆞᆫ지라. 널로 즁원에 나게 ᄒᆞᄂᆞ니 셩명은 황츙이라. 쳔근 털되를 쓰고 쳔리마를 능히 졔어ᄒᆞ고 활을 달의여 ᄇᆡᆨ발ᄇᆡᆨ즁ᄒᆞ여 니르ᄂᆞᆫ 바 32 에 ᄃᆡ뎍ᄒᆞᆯ 재 업셔 텬하에 횡ᄒᆡᆼᄒᆞ다가 류비를 도와 조조를 물니치고 하슈 븍[북]산 ᄒᆞᆫ 싸홈에 량초를 불지르고 조조로 ᄒᆞ여곰 간담이 ᄲᅥ러지게 ᄒᆞ고 뎡군산 ᄒᆞᆫ 싸홈에 조조의 ᄆᆡᆼ쟝 하후연을 일합에 버히고 위엄이 ᄉᆞᄒᆡ에 진동ᄒᆞ여 원을 풀게 ᄒᆞ노라."

리좌게 크게 깃거 무수히 샤례ᄒᆞ고 물너나거ᄂᆞᆯ, 또 진희를 불너 왈,

"그ᄃᆡᄂᆞᆫ 지용이 과인ᄒᆞ여 츙셩을 다ᄒᆞ여 패공을 도아 대공을 세워 일홈이 ᄉᆞᄒᆡ에 진동ᄒᆞᆷ애 죠뎡이 츄앙ᄒᆞᄂᆞᆫ 배러니, 한신이 뎨 벼슬이 ᄂᆞ즘을 분ᄒᆞ여 너를 달ᄂᆡ여 나라흘 반ᄒᆞ게 ᄒᆞ여 몸이 쥬륙ᄒᆞᆷ을 면치 못ᄒᆞᆫ지라. 네 한신의 말을 듯지 아니ᄒᆞ고 도적을 쳐 소멸ᄒᆞᆫ 후 대공을 일우고 도라오딘들 네 몸이 화를 면ᄒᆞᆯ지라. 분ᄒᆞ도다! 널로 셰샹에 내여 보내ᄂᆞ니 셩명은 위연이라. 지혜와 용ᄆᆡᆼ이 졀륜ᄒᆞ야 류비를 도아 조조를 ᄃᆡ뎍ᄒᆞ고 나죵은 즁도에셔 반ᄒᆞ여 마ᄃᆡ에게 죽게 ᄒᆞ노라."

진희 발명치 못ᄒᆞ고 물너나니, 또 쥬란을 불너 왈,

"너ᄂᆞᆫ 33 츙셩을 다ᄒᆞ여 항우를 조차 십여 젼 싸홈을 다 지내엿스되 조곰도 그름이 업고 니르ᄂᆞᆫ 곳마다 대공을 세우고 지셩으로 돕더니 항위 지혜 업고 ᄭᅬ 업ᄂᆞᆫ 필뷔라 한신의 셰[계]교에 ᄲᅡ져 한군을 조차 구리산에 들어감애 네 어려온 것을 혜지 아니ᄒᆞ고 여러 번 간ᄒᆞ되 듯지 아니ᄒᆞᆷ애 ᄒᆞᆯ 일 업셔 항우로 더브러 ᄃᆞᆫ니다가 계명산 츄야 월에 쟝ᄌᆞ방의 통

소 소래 사ᄅᆞᆷ의 비회ᄅᆞᆯ 도도ᄂᆞᆫ지라. 팔천 뎨ᄌᆡ 일시에 고향을 ᄉᆡᆼ각ᄒᆞᆷ애 각각 흣허지ᄂᆞᆫ지라 넉이 업고 혼ᄇᆡᆨ이 비월ᄒᆞᄂᆞᆫ 듯ᄒᆞ고 정신이 업섯슴애 ᄉᆞ세 여ᄎᆞᄒᆞ고 착급ᄒᆞᆫ지라. 급히 장즁에 들어가니 항위 잠을 깁히 들엇ᄂᆞᆫ지라. 항우ᄅᆞᆯ 밧비 ᄭᆡ와 급히 팔ᄇᆡᆨ군을 거ᄂᆞ려 ᄒᆞᆫ가지로 합력ᄒᆞ여 십면 ᄆᆡ복을 짓쳐 나오더니 ᄉᆞ면에 한병의 검극이 둘너잇고 군ᄉᆡ 겹겹이 싸고 경포, ᄑᆡᆼ월이 젼후로 즛쳐 내닷고 압헤ᄂᆞᆫ 조참의 군ᄉᆡ 텰통ᄀᆞᆺ치 막앗스니 긔치 검극은 서리빗 ᄀᆞᆺ고 뢰고 함셩은 텬지 진동ᄒᆞᄂᆞᆫ 듯ᄒᆞ고, ᄉᆞ[34]면에 텰셩이 의의ᄒᆞ여 굿음이 태산 ᄀᆞᆺ흠애 비록 ᄂᆞᆯ개 잇서도 ᄂᆞᆯ기 어려온지라. 스ᄉᆞ로 ᄉᆡᆼ각ᄒᆞᄃᆡ 사로잡힐가 두려 칼을 ᄲᆡ혀 ᄌᆞ문 횡ᄉᆞᄒᆞ니 ᄀᆞ장 불샹ᄒᆞᆫ지라. 널로 셰상에 내여 보내ᄂᆞ니 셩명은 마ᄃᆡ라, 용ᄆᆡᆼ이 ᄂᆞᆯ낸 ᄆᆡᆼ호 ᄀᆞᆺ고 의긔ᄂᆞᆫ 류, 관, 쟝 삼인을 본밧아 츙셩을 다ᄒᆞ여 류비를 도아 조조ᄅᆞᆯ 자로 핍박ᄒᆞ며 일홈이 만ᄃᆡ에 류젼ᄒᆞ게 ᄒᆞ노라."

쥬란이 ᄇᆡ샤ᄒᆞ고 물너나니, 또 은긔ᄅᆞᆯ 불너 왈,

"너ᄂᆞᆫ 용ᄆᆡᆼ이 과인ᄒᆞ여 셰상에 진동ᄒᆞ더니 불샹이 죽엇스니 널로 셰샹에 보내ᄂᆞ니 셩명은 릉통이라. 손권을 도아 젹벽 ᄒᆞᆫ 싸홈에 복병ᄒᆞ엿다가 조조로 간담이 ᄯᅥ러지게ᄒᆞ고 대공을 세워 원을 풀게 ᄒᆞ노라."

은긔 ᄇᆡ샤ᄒᆞ고 물너나니, 또 쟝감을 불너 왈,

"너ᄂᆞᆫ 처음에 진을 셤기다가 조고의 해ᄅᆞᆯ 닙어 초에 투항ᄒᆞ여 삼진을 총독ᄒᆞ다가 한신이 잔도ᄅᆞᆯ 닥가 길을 삼고 진창 쇼로로 나아와 ᄒᆞᆫ번 북쳐 삼진을 멸ᄒᆞᆷ애 몸이 망ᄒᆞ엿스니 ᄀᆞ쟝 불샹ᄒᆞᆫ지라. 널로 셰상에[35] 내여 보내ᄂᆞ니 셩명은 한당이라. 지혜 과인ᄒᆞ고 웅호지심을 품고 손권을 도아 니르ᄂᆞᆫ 곳마다 대공을 세우고 젹벽대젼에 조조ᄅᆞᆯ 크게 파ᄒᆞ고 십만 대군을 편갑도 ᄂᆞᆷ기지 아니ᄒᆞ고 일홈이 강동에 진동ᄒᆞ고 후셰에 일홈을 류젼ᄒᆞ게 ᄒᆞ노라."

장감이 빅샤ᄒᆞ고 물너나니, 또 하후영을 불너 왈,

"너ᄂᆞᆫ 츙셩이 지극ᄒᆞ여 태ᄌᆞ 세를 잇게 ᄒᆞ엿스니 그 츙셩이 한시 급암과 룡방 비간을 ᄃᆡ홀지라. 엇지 아름답지 아니리오? 또 공렬이 우쥬에 덥혓스니 널로 셰상에 내여 보내ᄂᆞ니 셩명은 장완이라 류비를 도아 안흐로 국ᄉᆞ를 밧들고 밧그로 간신을 졔어ᄒᆞ여 님군을 요슌ᄀᆞᆺ치 어즐게 돕고 국ᄉᆞ를 반셕ᄀᆞᆺ치 밧들다가 와셕죵신ᄒᆞ게 ᄒᆞ노라."

하후영이 빅샤ᄒᆞ고 물너나니, 또 반장을 불너 왈,

"그ᄃᆡᄂᆞᆫ 지혜와 용ᄆᆡᆼ이 과인ᄒᆞ고 비호 ᄀᆞᆺᄒᆞᆫ 대장뷔라. 한나라 션봉이 되여 항우를 ᄃᆡ뎍ᄒᆞᆷ애 ᄒᆞᆫ번 그름이 업고 일홈이 삼진에 진동ᄒᆞ니 뉘 아니 두려ᄒᆞ리오? 널로써 셰샹[36]에 내여 보내ᄂᆞ니 셩명은 려포라. 용ᄆᆡᆼ이 텬하에 무쌍ᄒᆞ고 니르ᄂᆞᆫ 곳에 ᄃᆡ뎍ᄒᆞᆯ 재 업고, 조조로 두려워ᄒᆞ게 ᄒᆞ며 셔쥬를 웅거ᄒᆞ여 텬하를 범 보듯 ᄒᆞ다가 조조에게 죽게 ᄒᆞ노라."

반장이 공슌이 물너나니, 또 관영을 불너 왈,

"너ᄂᆞᆫ 공렬이 호대ᄒᆞ여 패왕을 여러 번 ᄃᆡ뎍ᄒᆞ되 ᄒᆞᆫ번도 그릅이 업서 텬하에 횡힝ᄒᆞ여 ᄃᆡ뎍ᄒᆞᆯ 재 업셔 일홈이 우쥬에 덥혓스니 ᄀᆞ장 불샹ᄒᆞᆫ지라. 닐로 셰상에 내어 보내ᄂᆞ니 셩명은 강유라. 무후의 명을 들어 셔쳔 한즁을 총독ᄒᆞ여 진츙보국ᄒᆞ다가 구벌즁원ᄒᆞ여 일홈이 삼국에 진동ᄒᆞ고 후셰에 류젼ᄒᆞ게 ᄒᆞ노라."

관영이 빅샤ᄒᆞ고 퇴ᄒᆞ니, 또 장량을 불너 왈,

"너ᄂᆞᆫ 사름 되옴이 텬일지ᄌᆡ라. 처음에 한국이 망ᄒᆞᆷ애 원이 골슈에 ᄉᆞ못쳣ᄂᆞᆫ지라. 력ᄉᆞ를 달ᄂᆡ여 박랑사 즁에 숨겻다가 시황의 수레를 치다가 일이 일우지 못ᄒᆞ여 류뎡장을 도아 진을 멸ᄒᆞ고 한국 현손을 차자 세우고 츙의를 텬하에 폇슴애 텬고 무쌍ᄒᆞ고 운쥬 유악[37] 지즁에 결승쳔리지ᄌᆡ를 흉즁에 품고 패공을 도아 항우를 망ᄒᆞ랴 ᄒᆞᆯ 제 단뎌를 가지고 계명신 츄야월에 ᄒᆞᆫ 곡됴ᄅᆞᆯ 슯히 불매 팔쳔 뎨ᄌᆞᄅᆞᆯ ᄌᆞ연 흣허지게 ᄒᆞ여 초나라ᄅᆞᆯ 멸ᄒᆞ고 항우ᄅᆞᆯ 죽이고 한왕을 극진이 권ᄒᆞ여 파촉을 웅거ᄒᆞ고 텬하ᄅᆞᆯ 발셥ᄒᆞ여 제후ᄅᆞᆯ 달ᄂᆡ여 초ᄅᆞᆯ 반케 ᄒᆞ고 잔도ᄅᆞᆯ 불질너 패왕으로써 셔편을 도라보지 못ᄒᆞ게 ᄒᆞ며 동요ᄅᆞᆯ 지어 항우ᄅᆞᆯ 쳔도ᄒᆞ여 옴기게 ᄒᆞ고 텬하ᄅᆞᆯ 평뎡ᄒᆞᆫ 후에 한업을 세워 반셕ᄀᆞᆺ치 밧들고 드ᄃᆡ여 죠뎡을 하직ᄒᆞ고 고향으로 도라와 샤병벽곡ᄒᆞ고 젹숑ᄌᆞᄅᆞᆯ 차자가 신션의 류에 참여ᄒᆞ니 이ᄂᆞᆫ 쳔고의 드믄 일이라. 이러ᄒᆞᆷ으로 그ᄃᆡᄅᆞᆯ 셰상에 내여 보내ᄂᆞ니 셩명은 황승언이라. 도덕이 놉하 산즁에 몸을 ᄀᆞᆷ초아 삼국 승패ᄅᆞᆯ 구경ᄒᆞ며 신션이 되게 뎜지ᄒᆞ노라."

쟝량이 ᄇᆡ샤ᄒᆞ고 물너나니, ᄯᅩ 쳑희ᄅᆞᆯ 불너 왈,

"너ᄂᆞᆫ 들으라. 처음에 패공이 너ᄅᆞᆯ 볼 ᄶᅢ에 너ᄃᆞ려 닐ᄋᆞ기ᄅᆞᆯ, '텬하ᄅᆞᆯ 엇으면 너ᄅᆞᆯ 황후ᄅᆞᆯ 봉ᄒᆞᆯ[38] 것이오, 만일 ᄌᆞ식을 나흘진댄 태ᄌᆞᄅᆞᆯ 봉ᄒᆞ리라' ᄒᆞ고 언약이 금셕 ᄀᆞᆺ더니, 려후의 흉ᄒᆞᆫ 해ᄅᆞᆯ 닙어 몸이 쥬륙지화ᄅᆞᆯ 당ᄒᆞ고 ᄌᆞ식조차 죽엇스니 엇지 불샹치 아니리오? 널로 셰상에 내여 보내여 다시 녀ᄌᆞ로 환토ᄒᆞᄂᆞ니, 셩은 미시라, 류비ᄅᆞᆯ 셤겨 황휘되게 ᄒᆞ고 그 ᄌᆞ식으로 후쥬되게 ᄒᆞ노라."

쳑희 대희ᄒᆞ여 ᄇᆡᆨᄇᆡ샤례ᄒᆞ고 물너나니라.

ᄎᆞ외 허다ᄒᆞᆫ 원굴지ᄉᆞᄅᆞᆯ 다 결단ᄒᆞ고 ᄯᅩ 즁관을 불너 왈,

"ᄉᆞᄇᆡᆨ 년 묵은 숑ᄉᆞᄂᆞᆫ 임의 결쳐ᄒᆞ엿스나 근ᄅᆡ 밀닌 소지ᄅᆞᆯ 드리라" ᄒᆞ여 사ᄅᆞᆷ의 길흉화복을 뎜지ᄒᆞ며, ᄯᅩ 그 즁 착ᄒᆞᆫ 사ᄅᆞᆷ은 셔양 극락 세계로 보내게 ᄒᆞ고, 불츙불효 무거불측지류ᄂᆞᆫ 일병 풍도옥에 보내여 고초ᄅᆞᆯ 무수히 격게ᄒᆞᆫ 후 붓을 ᄡᅡ혜 더지고 왈,

"셰상에셔 들으니 디부왕이 명ᄇᆡᆨ다 ᄒᆞ더니, 오날 보니 염라 십왕이 가히 업도다"

ᄒᆞᆫᄃᆡ 십왕이 참괴ᄒᆞ여 피셕 ᄃᆡ왈,

"대왕의 넓으신 지혜와 통달ᄒᆞ신 모략은 과인 등의 밋츨 배 아니로소이다"

ᄒᆞ고 쥬작 판관을(39) 명ᄒᆞ여 대연을 ᄇᆡ셜ᄒᆞ고 염왕을 졉ᄃᆡᄒᆞᆫ 후 즉시 표를 닥가 보뎐에 올닌ᄃᆡ, 옥황이 표를 보시고 무수히 칭찬ᄒᆞ샤 왈,

"엇지 세상 사ᄅᆞᆷ으로 디부에 들어가 이런 대송을 결단ᄒᆞᆷ애 그 공이 고금에 업다"

ᄒᆞ시고 즉시 칙지를 ᄂᆞ리와 마무를 다시 세상에 내여 보내여 부귀 공명을 팔십ᄭᆞ지 누려 종신 후 다시 세상에 내여 보내여 셩명은 ᄉᆞ마의라. 위풍이 름름ᄒᆞ고 텬문디리를 무불통지ᄒᆞ고 처음에 위를 도와 셔호로 졔갈량을 ᄃᆡ뎍ᄒᆞ고 동으로 손권을 방비ᄒᆞ다가 그 후에 ᄋᆞ들로 더브러 통일텬하ᄒᆞ여 국호를 진이라 ᄒᆞ고 치국안민ᄒᆞᆷ을 뎜지ᄒᆞ게 ᄒᆞ신대, 염왕이 텬은을 감축ᄒᆞ고 텬문을 향ᄒᆞ여 샤ᄇᆡᄒᆞᆫ 후 인세로 나아옴애 귀졸 등 수천 명이 긔치창검으로 호위젼ᄇᆡᄒᆞ니 위의 심히 엄슉ᄒᆞ더리.

인간 길에 셕괴 잇ᄂᆞᆫ지라. 셕교로 오다가 실족ᄒᆞ여 놀내 ᄭᆡᄃᆞ르니, 몸이 상판에 뉘여 잇슴애 졍신이 싁싁ᄒᆞ고 아모 병이 업ᄂᆞᆫ지라. 눈을 ᄯᅳ며 긔좌ᄒᆞ니 부인(40)이 겻헤 잇다가 일변 놀내며, 일변 깃버ᄒᆞ거ᄂᆞᆯ 마뮈 디부에 들어가 염왕 된 젼후 말을 닐으니, 웬 집안이 다 즐거워ᄒᆞ며 신통히 녁이더라. 그 후 부귀공명이 옥뎨 칙지ᄃᆡ로 팔십 년을 태평히 누리니라.

회심곡

일시암정남은 극락세계라 남무아미타불

텬디 텬디 분ᄒᆞᆫ 후에 / 삼남화샹 니러나셔
셰샹 텬지 만물 즁에 / 사ᄅᆞᆷ에셔 ᄯᅩ 잇ᄂᆞᆫ가
여보시오 시쥬님네 / 이내 말ᄉᆞᆷ 들어보오
이 셰샹에 나온 사ᄅᆞᆷ / 뉘 덕으로 나왓슴나
불보살님 은덕으로 / 아바님젼 ᄲᅧᄅᆞᆯ ᄐᆞ고
어마님젼 살을 ᄐᆞ고 / 칠셩님씌 명을 빌고
뎨셕님씌 복을 ᄐᆞ고 / 셕가여ᄅᆡ 졔도ᄒᆞ샤
인ᄉᆡᆼ 일신 탄ᄉᆡᆼᄒᆞ니 / ᄒᆞᆫ두 살에 철을 몰라
부모 은공 아올쇼냐 / 이삼십을 당ᄒᆞ야ᄂᆞᆫ
ᄋᆡ옥ᄒᆞ고 고ᄉᆡᆼ살이 / 부모 은공 갑흘쇼냐
절통ᄒᆞ고 ᄋᆡ달을손 / 부모 은덕 못다갑하
무정 셰월 략류패라 / 원슈ᄇᆡᆨ발 달녀드니[41]
인간 칠십 고ᄅᆡ희라 / 업던 망령 절로 나니
망령 들어 변ᄒᆞᆯ쇼냐 / 이팔청츈 쇼년들아
늙은이 망령 웃지 말아 / 눈 어둡고 귀 먹으니
망령이라 흉을 보며 / 구셕구셕 웃ᄂᆞᆫ 모양
절통ᄒᆞ고 ᄋᆡ달온들 / ᄒᆞᆯ 일 업고 ᄒᆞᆯ 일 업다
홍안 ᄇᆡᆨ발ᄒᆞᆫ 것이니 / 다시 졂지 못ᄒᆞ리라
인간 ᄇᆡᆨ년 다 살아도 / 병든 날과 잠든 날과
걱정 근심 다 졔ᄒᆞ면 / 단 ᄉᆞ십을 못 사ᄂᆞ니
어제 오ᄂᆞᆯ 셩튼 몸이 / 져녁 나졀 병이 드니
셤셤ᄒᆞ고 약ᄒᆞᆫ 몸에 / 태산 ᄀᆞᆺ흔 병이 드니
부르나니 어마님이오 / 다만 찻나니 ᄅᆡᆼ슈로다
인삼 록용 약을 쓴들 / 약 덕인들 닙을소냐

판ᄉᆞ 드려 경 닑은들 / 경덕인들 닙을소냐
무녀 드려 굿을 ᄒᆞᆫ들 / 굿덕인들 닙을소냐
ᄌᆞ미서되 쓸코 쓸어 / 명산대찰 차자가셔
샹탕에 마지ᄒᆞ고 / 즁탕에 목욕ᄒᆞ고
하탕에 슈족 씻고 / 황촉 ᄒᆞᆫ 쌍 버려세고
향로 향합 불 ᄀᆞᆺ초고 / 쇼지 삼장 느린 후에
비ᄂᆞ이다 비ᄂᆞ이다 / 하ᄂᆞ님 젼 비ᄂᆞ이다
칠셩님씌 발원ᄒᆞ며 / 부쳐님씌 고양ᄒᆞᆫ들
어ᄂᆞ 부쳐님이 / 감동을 ᄒᆞ시라 42
뎨일뎐의 진광대왕 / 뎨이뎐의 초강대왕
뎨삼뎐의 송졔대왕 / 뎨ᄉᆞ뎐의 오관대왕
뎨오뎐의 염라대왕 / 뎨륙뎐의 변셩대왕
뎨칠뎐의 태산대왕 / 뎨팔뎐의 평등대왕
뎨구뎐의 도시대왕 / 뎨십뎐의 젼륜대왕
열시왕뎐 부린 ᄉᆞ쟈 / 십왕젼의 명을 밧아
월직ᄉᆞ샤 일식ᄉᆞ쟈 / ᄒᆞᆫ 손에 빗ᄌᆞ 들고
ᄯᅩ ᄒᆞᆫ 손에 창검 들고 / 오라ᄉᆞ슬 빗기 차고
활등ᄀᆞᆺ치 구분 길로 / 살대ᄀᆞᆺ치 다라와셔
다든 문을 박차면셔 / 텬동ᄀᆞᆺ치 호령ᄒᆞ여
셩명 삼ᄌᆞ 불너내여 / 어셔 나소 밧비 나소
뉘 분부라 거ᄉᆞ르며 / 뉘 령이라 머믈소냐
팔뚝 ᄀᆞᆺ흔 쇠ᄉᆞ슬로 / 실낫 ᄀᆞᆺ흔 이 내 목을
ᄒᆞᆫ번 잡아 ᄭᅳ어내니 / 혼비빅산 나 죽게[겟]네
ᄉᆞ쟈님아 내 말 듯소 / 시장ᄒᆞᆫᄃᆡ 뎜심 잡숫고

신발이나 곳쳐 신고 / 로ᄌᆞ돈이나 가져가세
만단ᄀᆡ유 ᄋᆡ걸ᄒᆞᆫ들 / 뎌 ᄉᆞ쟈가 들을소냐
ᄋᆡ고 답답 셜운지고 / 이를 어이ᄒᆞ잔 말고
불샹ᄒᆞ다 나의 일신 / 인간 하직 망극ᄒᆞ다
명사십리 ᄒᆡ당화야 / ᄭᅩᆽ 진다고 슬허 말아
명년 삼월 봄이 되면 / 너ᄂᆞᆫ 다시 퓌려니와(43)
인ᄉᆡᆼ ᄒᆞᆫ번 도라가면 / 다시 오기 어려워라
이 셰샹을 하직ᄒᆞ고 / ᄇᆡᆨ[북]망산으로 가리로다
엇지 갈고 심산험로 / 뎡수 업ᄂᆞᆫ 길이로다
불샹ᄒᆞ고 가련ᄒᆞ다 / 언제 다시 도라오리
쳐ᄌᆞ식의 손을 잡고 / 만단셜화 유언ᄒᆞ고
정신 ᄎᆞ려 둘너보니 / 약탕관을 버려노코
지셩 구호 극진ᄒᆞᆫ들 / 죽을 병을 살을소냐
녯 늙은이 말 들으니 / 저ᄉᆡᆼ길이 멀다더니
오ᄂᆞᆯ 내게 당ᄒᆞ여ᄂᆞᆫ / 대문 밧기 저ᄉᆡᆼ일다
친구 벗이 만타ᄒᆞ니 / 어ᄂᆞ 친구 ᄃᆡ신 가며
일가 친척 만타ᄒᆞ니 / 어ᄂᆞ 일개 등장ᄒᆞ랴
구ᄉᆞ당에 하직ᄒᆞ고 / 신ᄉᆞ당에 허ᄇᆡᆨᄒᆞ고
대문 밧글 썩 나서니 / 적삼 내여 언져노코
혼ᄇᆡᆨ 불너 쵸혼ᄒᆞ고 / 업던 곡셩 랑쟈ᄒᆞᆫ다
월직ᄉᆞ쟈ᄂᆞᆫ 등을 밀고 / 일직ᄉᆞ쟈ᄂᆞᆫ 손을 ᄭᅳᆯ어
텬방디축 모라갈 제 / 놉흔 ᄃᆡᄂᆞᆫ ᄂᆞ져지고
ᄂᆞ즌 ᄃᆡᄂᆞᆫ 놉하지니 / 시장ᄒᆞ고 숨이 ᄎᆞ다
ᄋᆡ옥ᄒᆞ고 고ᄉᆡᆼᄒᆞ며 / 알들살들 모은 쳔 량

먹고 가며 쓰고 감나 / 세샹 일이 다 허실다
ᄉᆞ쟈님아 쉬여가세 / 들은 톄도 아니ᄒᆞ며
쇠몽둥이로 두ᄃᆞ리며 / 어셔 밧비 가자더니 44
그렁저렁 열나흘에 / 저ᄉᆡᆼ 원문 다다르니
우두라찰 마두귀졸 / 소래 치며 달녀들어
인졍 달나 ᄒᆞᄂᆞᆫ 소래 / 인졍 쓸 것 바이 업다
단ᄇᆡ 주려 모은 ᄌᆡ물 / 인졍 ᄒᆞᆫ 푼 써나 볼가
저ᄉᆡᆼ으로 날나오며 / 환젼 붓쳐 가져올가
의복 버셔 인졍 쓰고 / 열두 대문 들어가니
무섭기도 그지업고 / 두렵기도 측량업다
ᄃᆡ령ᄒᆞ고 기ᄃᆞ리니 / 옥ᄉᆞ쟝이 분부ᄒᆞ여
남녀 죄인 등ᄃᆡᄒᆞᆯ 제 / 졍신ᄎᆞ려 둘너보니
열시왕이 좌긔ᄒᆞ고 / 최판관이 문셔 잡고
남녀 죄인 잡아드려 / 다짐 밧고 봉쵸ᄒᆞᆯ 제
귀면쳥톄 라졸들이 / 젼우좌후 버려서고
졍긔 검극이 삼엄ᄒᆞᆫᄃᆡ / 형벌 긔구를 ᄎᆞ려노코
ᄃᆡ샹 호령 기ᄃᆞ리니 / 엄슉ᄒᆞ기 측량업다
남ᄌᆞ 죄인 ᄎᆞ례ᄎᆞ례 / 호령ᄒᆞ여 라입ᄒᆞ여
형벌ᄒᆞ고 뭇ᄂᆞᆫ 말이 / 이놈들아 들어보라
션심ᄒᆞ마 발원ᄒᆞ고 / 진세 간에 나가더니
무ᄉᆞᆷ 션심 ᄒᆞ얏ᄂᆞ냐 / 바른 ᄃᆡ로 알외여라
룡방비간 본을 밧아 / 한ᄉᆞ극간 츙셩ᄒᆞ며
증ᄌᆞ 왕샹 효측ᄒᆞ여 / 혼졍신셩 효도ᄒᆞ며
늙은이를 공경ᄒᆞ며 / 형우뎨공 우ᄋᆡᄒᆞ고 45

부화부슌 화목ᄒᆞ고 / ᄇᆞᆼ[붕]우유신 인도ᄒᆞᆫ다
션심공덕 ᄒᆞ마더니 / 무슴 공덕 ᄒᆞ얏ᄂᆞ냐
ᄇᆡ곱흔 이 밥을 주어 / 긔ᄉᆞ 구졔ᄒᆞ얏ᄂᆞ냐
헐버슨 이 옷을 주어 / 극락 션심 ᄒᆞ엿ᄂᆞ냐
됴흔 터에 원을 지여 / ᄒᆡᆼ인 구졔 ᄒᆞ엿ᄂᆞ냐
깁흔 물에 ᄃᆞ리 노와 / 월쳔 공덕 ᄒᆞ엿ᄂᆞ냐
목 ᄆᆞ른 이 물을 주어 / 급슈 공덕 ᄒᆞ엿ᄂᆞ냐
병든 사ᄅᆞᆷ 약을 주어 / 활인 공덕 ᄒᆞ엿ᄂᆞ냐
놉흔 뫼에 불당 지어 / 즁ᄉᆡᆼ 공덕 ᄒᆞ엿ᄂᆞ냐
됴흔 터에 원도 노와 / 만인 ᄒᆡ갈 ᄒᆞ엿ᄂᆞ냐
부쳐님ᄭᅴ 공양 드려 / 념불 공부 ᄒᆞ엿ᄂᆞ냐
ᄆᆞ음 닥가 션심ᄒᆞ야 / 어진 사ᄅᆞᆷ 되마더니
불의 ᄒᆡᆼᄉᆞ 몹쓸 ᄆᆞ음 / 흉참ᄒᆞ기 극심ᄒᆞ다
저 죄목을 어이ᄒᆞ리 / 만겁인들 버셔나랴
착ᄒᆞᆫ 사ᄅᆞᆷ 불너드려 / 공경ᄒᆞ고 ᄃᆡ졉ᄒᆞ며
몹쓸 놈들 구경ᄒᆞ라 / 극락 가ᄂᆞᆫ 사ᄅᆞᆷ 보소
네 소원을 다 닐너라 / 네 원ᄃᆡ로 ᄒᆞ여주마
극락셰계 가려ᄂᆞ냐 / 련화ᄃᆡ로 가랴ᄂᆞ냐
신션 뎨ᄌᆞ 되려ᄂᆞ냐 / 쟝ᄉᆡᆼ불ᄉᆞ ᄒᆞ려ᄂᆞ냐
옥뎨 압헤 신임ᄒᆞ여 / 반도 소임 ᄒᆞ랴ᄂᆞ냐
셕가여ᄅᆡ 뎨ᄌᆞ 되야 / 션관 소임 ᄒᆞ랴ᄂᆞ냐[46]
션녀 ᄎᆞ지 션관 되야 / 요지연에 가랴ᄂᆞ냐
츌어인간 ᄒᆞ랴ᄂᆞ냐 / 부귀공명 ᄒᆞ랴ᄂᆞ냐
남즁일ᄉᆡᆨ 호즁신에 / 명문ᄌᆞ뎨 되랴ᄂᆞ냐

삼군ᄉᆞ명 총독ᄒᆞ야 / 장신 몸이 되랴ᄂᆞ냐
팔도감ᄉᆞ 륙조판셔 / 대신 몸이 되랴ᄂᆞ냐
슈명 장슈 부귀ᄒᆞ야 / 부쟈 몸이 되랴ᄂᆞ냐
어셔 밧비 알외여라 / 옥뎨 젼에 보장ᄒᆞ자
셕가여ᄅᆡ 아미타불 / 졔도ᄒᆞ게 이문ᄒᆞ자
삼신 불너 뎜지ᄒᆞᆯ 제 / 빗비 밧비 졔도ᄒᆞ라
대우단에 올녀노코 / 쥬찬으로 ᄃᆡ졉ᄒᆞ며
몹쓸 놈들 잡아드려 / 착ᄒᆞᆫ 사ᄅᆞᆷ 구경ᄒᆞ라
뎌런 사ᄅᆞᆷ 션심으로 / 귀히 되여 가ᄂᆞ니라
너의 놈들 죄ᄅᆞᆯ 아ᄂᆞ냐 / 풍도지옥에 가두리라
남ᄌᆞ 죄인 쳐결ᄒᆞᆫ 후 / 녀ᄌᆞ 죄인 잡아드려
엄형으로 뭇ᄂᆞᆫ 말ᄉᆞᆷ / 너의 죄ᄅᆞᆯ 들어보라
ᄉᆡ부모와 친부모씌 / 지셩 효도 ᄒᆞ엿ᄂᆞ냐
동ᄉᆡᆼ 우ᄋᆡ ᄒᆞ엿ᄂᆞ냐 / 친척 화목 ᄒᆞ엿ᄂᆞ냐
요악ᄒᆞ고 간특ᄒᆞᆫ 년 / 부모 말ᄉᆞᆷ ᄃᆡ답ᄒᆞ고
동ᄉᆡᆼ 항렬 리간ᄒᆞ야 / 형뎨 불복ᄒᆞ게 ᄒᆞᆫ 년
ᄂᆞᆷ의 ᄌᆡ물 욕심내여 / 도적ᄒᆞ고 한양ᄒᆞᆫ 년
셰샹 간특 다 부려셔 / 열두시로 ᄆᆞ음 변코[47]
못 듯ᄂᆞᆫ ᄃᆡ 욕ᄒᆞᆫ 년과 / 조왕 압헤 소피ᄒᆞᆫ 년
군말ᄒᆞ고 셩낸 년과 / ᄂᆞᆷ의 말을 됴아ᄒᆞᆫ 년
삽악대죄 ᄒᆞ엿스니 / 풍도셩으로 보내리라
죄목을 닐으면셔 / 온갓[갖] 형벌 다ᄒᆞ여셔
죄지경즁 ᄉᆞᆲ혀가며 / ᄎᆞ례로 보낼 적에
갈산디옥 구렁디옥 / 허방디옥 침침디옥

텰망디옥 불의디옥 / 화탕디옥 니혈옥에
각쳐 디옥에 분ᄇᆡᄒᆞ고 / 대연을 ᄇᆡ셜ᄒᆞ고
착ᄒᆞᆫ 녀ᄌᆞ 불너드려 / 소원ᄃᆡ로 뎜지ᄒᆞᆯ 제
션녀 되여 가랴ᄂᆞ냐 / 요지연에 가랴ᄂᆞ냐
남ᄌᆞ 되여 가랴ᄂᆞ냐 / 대신 부인 ᄒᆞ랴ᄂᆞ냐
부귀공명 ᄒᆞ랴ᄂᆞ냐 / 네 원ᄃᆡ로 ᄒᆞ여주마
금장옥ᄋᆡᆨ 미찬들로 / 션녀 불너 ᄃᆡ졉ᄒᆞ니
그 아니 됴흘소냐 / 션심ᄒᆞ고 ᄆᆞ음 닥가
불의 ᄒᆡᆼᄉᆞ ᄒᆞ지 말고 / 조심ᄒᆞ여 슈신ᄒᆞ소
회심곡을 허ᄉᆡ라고 / 가쇼롭고 우이 녁여
션심 공부 아니ᄒᆞ고 / 몹쓸 일을 슝샹ᄒᆞ면
구렁 ᄇᆡ암 금슈되여 / 몃 겁년을 버슬소냐
인간 고ᄒᆡᆼ ᄒᆞᄂᆞᆫ 것이 / 젼ᄉᆡᆼ 죄로 그러ᄒᆞ니
ᄒᆞᆫ을 말고 원을 말고 / ᄆᆞ음 닥가 션심ᄒᆞ면
젼ᄉᆡᆼ 죄ᄅᆞᆯ 버셔노코 / 후세 귀히 되ᄂᆞ니라 [48]
님군에게 츙셩ᄒᆞ고 / 부모에게 효도ᄒᆞ며
부쳐님ᄭᅴ 지셩이면 / 젼ᄉᆡᆼ 죄와 이ᄉᆡᆼ 죄ᄅᆞᆯ
모도 다 버셔노코 / 소원ᄃᆡ로 되ᄂᆞ니라
부귀ᄒᆞ면 빈쳔ᄒᆞᆷ이 / 도시 ᄉᆞ쥬팔ᄌᆞ니라
ᄉᆞ쥬 도망은 못ᄒᆞᄂᆞ니 / ᄆᆞ음 착히 닥가셰라
남무아미타불 / 관셰음보살

져마무젼 죵

사씨남정기

상하 2권으로 발행되었다. 두 권은 표지 상단에 '샤시남졍긔 샹/하권', 하단에 '륙젼쇼셜 서울 신문관 발힝'이라고 인쇄되어 있다.

상권의 전체 장수는 69면이다. 첫 면만 표제를 포함하여 10행이고 나머지는 모두 매면 11행으로 되어 있다.

하권의 전체 장수는 75면이다. 첫 면만 표제를 포함하여 10행이고 나머지는 모두 매면 11행으로 되어 있다.

샤시남졍긔

샹 권

룩젼쇼셜

서울.신문관
발힝

【샤시남졍긔 권지샹】

[1] 화셜. 명나라 가졍 년간에 븍[북]경 슌텬부 짜에 일위 명식 잇스니, 셩은 류오 명은 현이라. 위인이 현명ᄒᆞ고 ᄌᆡ덕이 탁월홈으로 셩명이 일셰에 가득ᄒᆞ며 쇼년에 등과ᄒᆞ여 벼슬이 리부시랑 참지졍ᄉᆞ에 니르럿더니, 쇼인이 롱권ᄒᆞ여 ᄯᅳᆺ이 합ᄒᆞ지 못홈애 시랑이 로병을 닐캇고 벼슬을 ᄉᆞ양ᄒᆞᆫᄃᆡ, 샹이 마지 못ᄒᆞ여 특별히 태ᄌᆞ 쇼ᄉᆞ를 더으샤 경우ᄒᆞ심이 더욱 륭슝ᄒᆞ시니, 비록 죠뎡 일에 참여는 아니ᄒᆞ나 명망이 오히려 셰샹에 놉더라. 일즉 시랑 최모의 녀를 취ᄒᆞ여 금슬이 별로 됴흐나 다만 혈쇽이 업셔 근심ᄒᆞ다가 늣게야 일ᄌᆞ를 ᄉᆡᆼᄒᆞ고 일홈을 연슈라 ᄒᆞ야 부뷔 ᄋᆡ지중지ᄒᆞ더니, 복이 온젼ᄒᆞ기 어렵든지 오래지 아니ᄒᆞ야 부인이 거연히 셰샹을 버리니 공이 더욱 셰ᄉᆞ에 념절ᄒᆞ아 졔가 ᄒᆞ기[2]에 마음을 두고 연슈의 쟝셩ᄒᆞ기만 기다리더라.

쇼식 일즉 ᄆᆡ시 잇셔 홍로 경두강에게 츌가ᄒᆞ엿다가 일ᄌᆞ를 두고 과거ᄒᆞ니, 쇼식 가ᄉᆞ의 대쇼를 ᄆᆡ양 남ᄆᆡ 샹의ᄒᆞ더라. 연슈 졈졈 자람애 얼골이 관옥ᄀᆞᆺ고 ᄌᆡ학이 츌즁ᄒᆞ더니, 십 셰에 샹시에 뎨일로 ᄲᅩᆸ혓다가 십오 셰에 쟝원 급뎨를 홈애 샹춍이 륭셩ᄒᆞ샤 즉시 한림편슈를 졔슈ᄒᆞ시니, 한림이 나이 어림으로 글을 올녀 벼슬을 굿게 ᄉᆞ양ᄒᆞ니 샹이 그 조심홈을 가샹이 녁이샤 본직으로 오년 말미를 허ᄒᆞ샤 학문을 힘써 이십이 되거든 ᄒᆡᆼ공 찰직ᄒᆞ야 ᄉᆞ군보국ᄒᆞ라 ᄒᆞ시니 온 집이 텬은을 감축

ᄒᆞ고 쇼ᄉᆡ 경계ᄒᆞᄃᆡ,

"황은을 진심 갈력ᄒᆞ여 보답ᄒᆞ라"

ᄒᆞ더라. 등과 후에 구혼ᄒᆞ 리 만흐나 경이 히허치 아니ᄒᆞ고 쇼ᄉᆡ ᄆᆡ시 두부인으로 더브러 모든 ᄆᆡ파를 불너 혼쳐와 규슈의 현부를 무르니 ᄆᆡ파들이 어ᄌᆞ러이 짓거려 경치 못ᄒᆞ더니, 그 즁에 쥬파라 ᄒᆞᄂᆞᆫ ᄆᆡᄌᆞ가 로셩ᄒᆞ고 지식이 잇셔 말을 아니ᄒᆞ더[3]니 최후에 말ᄒᆞᄃᆡ,

"모든 의론이 ᄒᆞ나도 합당치 못ᄒᆞ도다. 만일 권문귀족을 구ᄒᆞ실 진댄 당시 엄승샹 ᄐᆡᆨ 쇼제 읏듬이오, 요됴 현슉ᄒᆞ온 혼쳐를 구ᄒᆞ실 진댄 신셩 샤급ᄉᆞ ᄐᆡᆨ 쇼졔 뎨일이오니, 로야ᄂᆞᆫ 이 두 곳에 ᄐᆡᆨᄒᆞ쇼셔."

쇼ᄉᆡ 왈,

"부귀ᄂᆞᆫ 나의 원이 아니오, 오즉 현부를 구ᄒᆞᄂᆞᆫ 배라. 신셩 샤급ᄉᆞᄂᆞᆫ 경직 쳥한ᄒᆞ니 가히 결혼ᄒᆞ염즉 ᄒᆞᄃᆡ, 다만 그 규양의 현부를 몰나 답답ᄒᆞ노라."

쥬패 ᄃᆡ왈,

"로파의 ᄉᆞ촌 동ᄉᆡᆼ이 샤급ᄉᆞ ᄐᆡᆨ 쇼져를 유양ᄒᆞᄋᆞᆸᄂᆞᆫ 고로 그 어짐을 ᄌᆞ셰히 아ᄋᆞᆸ고 슈년 젼 샤급ᄉᆞ 로야 담ᄉᆞ 날에 쳔인이 목견ᄒᆞ오니, 그ᄯᆡ 쇼져의 년긔 십삼 세에 셩덕 ᄌᆞ질이 텬신이 하강ᄒᆞᆷ이오 진세 인이 아니오며, 녀공 범졀은 다시 닐을 것이 업ᄉᆞᆸ고 문쟝 ᄌᆡ학이 한ᄃᆡ 조대가의 문ᄎᆡ 잇다 ᄒᆞ더이다."

두부인이 이 말을 듯고 침음 량구에 왈,

"젼에 우화암 니고 묘희가 식견이 과인ᄒᆞᆫᄃᆡ ᄉᆞ오 년 젼에 쇼ᄆᆡᄃᆞ려 닐너 왈, '신셩샤급ᄉᆞ ᄐᆡᆨ 쇼져ᄂᆞᆫ 텬샹 션녀오 인간 사ᄅᆞᆷ이 아니[4]라' ᄒᆞ기에 쇼ᄆᆡ 기시 질ᄋᆞ의 혼ᄉᆞ를 위ᄒᆞ야 유의ᄒᆞ여 들엇더니, 밋쳐 거거와 의론치 못ᄒᆞ엿ᄂᆞ이다."

쇼식 골ᄋᆞᄃᆡ,

"쥬파의 소견과 현ᄆᆡ의 소문이 서로 ᄀᆞᆺᄒᆞ니 샤가 규슈의 현미ᄒᆞᆷ은 가히 거의 알녀니와 혼인은 인륜대ᄉᆞ라 소루이 의론치 못ᄒᆞ리니 엇지ᄒᆞ리오?"

두부인 왈,

"내 ᄉᆡᆼ긱ᄒᆞ니 ᄒᆞᆫ 계괴 잇도나. 남악관음 화상이 잇ᄂᆞᆫᄃᆡ 녯 당나라 사ᄅᆞᆷ 오도ᄌᆞ의 그림이라. 이 화상으로 묘희를 주어 샤부에 보내여 ᄒᆞ여곰 그 쳐ᄌᆞ의 글을 구ᄒᆞᄃᆡ 친필로 쓰게 ᄒᆞᆫ즉 그 쳐ᄌᆞ의 ᄌᆡ화를 알니이다" ᄒᆞᆫᄃᆡ, 쇼식 쇼왈,

"현ᄆᆡ 말이 리승은 ᄒᆞ나 두리건댄 그 뎨목이 심히 어렵고 ᄯᅩᄒᆞᆫ 불가대ᄉᆞ라. 규즁 쳐ᄌᆞ의 능히 ᄒᆞᆯ 배 아닐가 ᄒᆞ노라."

두부인 왈,

"뎨목이 심히 어렵지 아닌즉 엇지 그 ᄌᆡ조를 알니잇가?"

쇼식 웃고,

"그리 ᄒᆞ라"

ᄒᆞ며, 여러 ᄆᆡ파를 물니 치다.

두부인이 사ᄅᆞᆷ을 우화암에 보내여 묘희를 불너 그 연유를 ᄌᆞ세히 말ᄒᆞ고 화상 축을 주어 신셩으로 보내니, 묘희 신셩에 니르러 5 샤급ᄉᆞ부인ᄭᅴ 뵈이기를 쳥ᄒᆞ니, 부인은 본ᄅᆡ 불법을 공경ᄒᆞ고 묘희를 여러 번 보아 안면이 잇ᄂᆞᆫ지라. 묘희 합쟝 ᄇᆡ례ᄒᆞ니 부인이 반겨 왈,

"ᄉᆞ고를 루년 보지 못ᄒᆞ야 ᄆᆡ양 ᄉᆡᆼ각이 ᄀᆞᆫ졀ᄒᆞ더니, 오날은 엇지 ᄉᆞ부의 존안을 맛나 보ᄂᆞ뇨?"

묘희 왈,

"빈승의 ᄉᆞ찰이 퇴락ᄒᆞᆷ으로 폐암을 즁슈ᄒᆞ노라 여개 업ᄉᆞ와 부인ᄭᅴ

문후ᄅᆞᆯ 오래 폐ᄒᆞ오니 황공ᄒᆞᄋᆞᆸ고, 금일은 겨우 필역ᄒᆞ엿삽기로 부인씌 큰 시쥬ᄅᆞᆯ 청ᄒᆞ려 왓ᄂᆞ이다."

부인 왈,

"사문에 유익ᄒᆞᆫ 일이면 엇지 심력을 앗기리오만은 다만 집이 간난ᄒᆞ여 ᄆᆞ음과 정셩ᄀᆞᆺ지 못ᄒᆞᆯ가 ᄒᆞ나 구ᄒᆞᄂᆞᆫ 배 무엇이뇨?"

묘희 왈,

"쇼승의 구ᄒᆞᄂᆞᆫ 배 부인 ᄐᆡᆨ의 어렵[렵]지 아닌 것이오, 쇼승에게ᄂᆞᆫ 쳔금 시쥬에 지내ᄂᆞ이다."

부인 왈,

"아무려나 말을 ᄒᆞ라."

묘희 왈,

"쇼승이 법당을 즁슈ᄒᆞ온 후에 시쥬ᄒᆞᄂᆞᆫ ᄃᆡᆨ에셔 관음화상을 보내셧[셨]ᄂᆞᆫᄃᆡ, 이ᄂᆞᆫ 곳 당나라 사ᄅᆞᆷ의 명화오나 오즉 그 젼면에 뎨목이 업ᄉᆞ옴으로 흠ᄉᆡ오니 쇼져의 금옥 ᄀᆞᆺᄒᆞᆫ 문필 [6] 을 앗기지 말으시고 찬문을 지어주시면 산문의 영광과 부인의 시쥬ᄂᆞᆫ 금은 진보에 지날가 ᄒᆞᄂᆞ이다."

부인 왈,

"녀ᄋᆡ 비록 녯글을 닑엇스ᄃᆡ, 능히 이런 화상 찬을 지을 ᄌᆡ죄 잇슬 줄 모르나 내 시험ᄒᆞ여 무러 보오리라"

ᄒᆞ고 즉시 시녀로 ᄒᆞ여곰 쇼져ᄅᆞᆯ 명쇼ᄒᆞᆫᄃᆡ, 쇼졔 즉시 나와 묘희와 서로 볼ᄉᆡ 묘희 ᄒᆞᆫ번 봄애 놀나 탄식ᄒᆞ야 혜오ᄃᆡ,

'이ᄂᆞᆫ 반ᄃᆞ시 관음보살이 현상ᄒᆞ심이오, 그러치 아니면 텬션이 하강ᄒᆞᆷ이라. 세상에 이러ᄒᆞᆫ 사ᄅᆞᆷ이 엇지 잇스리오?'

인ᄒᆞ여 무러 왈,

"쇼승이 일즉 ᄉᆞ오 년 젼에 와셔 뵈왓더니, 쇼져ᄂᆞᆫ ᄉᆡᆼ각ᄒᆞ시ᄂᆞ잇가?"

쇼제 왈,

"엇지 니즈리오?"

부인이 쇼져를 보고 닐으딕,

"이 션ᄉ의 멀니 온 뜻은 너의 문필로 관음찬을 구홈이니, 네 능히 찬문을 지어 쓸 듯ᄒ냐?"

쇼졔 딕왈,

"ᄉ부의 구ᄒᄂ 배 문인 ᄌᄉ의 일이오니 쇼녀의 둔ᄌ로 능치 못ᄒ옵고 작시 음영이 부인 녀ᄌ의 경계오니 쇼네 규녀의 쳐신으로 글을 지어 쓰기 ᄀ장 난쳐ᄒ오이다."

묘희 7 왈,

"쇼승의 구ᄒᄂ 배 한만ᄒ 시부가 아니오, 관음찬을 짓고자 ᄒ옴이라. 당시 남ᄌ 문인이 만ᄉ오나 관음보살은 녀보살 이시니 진상에 남ᄌ의 문필을 쓰옴이 난안ᄒ옵고, 다만 쇼져의 셩덕 ᄌ화와 문명이 나타나심으로 빈승이 근쳥ᄒ오니 복망 쇼져ᄂ 보살의 낫흘 보아 믈니치지 말으쇼셔."

부인 왈,

"너의 ᄌ죄 부죡ᄒ면 홀 일 업거니와 능히 지어 쓸 만ᄒ거든 쏘ᄒ 시쥬오 음풍 영월의 ᄌ조를 ᄌ랑홈이 아니니 ᄉ양치 말지어다."

쇼졔 ᄉ양타 못ᄒ여 이에 골으딕,

"시험ᄒ여 관음진상을 보고자 ᄒᄂ이다."

묘희 즉시 족ᄌ를 드리니, 쇼졔 공경ᄒ야 펴보니 바다 물결이 가이 업고 외로온 셔음 가온딕 관음대ᄉ 빅의를 닙고 머리를 빗지 아니ᄒ고 일ᄀ 동ᄌ를 안고 죽음을 헷치고 안졋스니, 그 화법이 정묘ᄒ여 완연이 ᄉᆡᆼ면 ᄀᆺ흔지라. 쇼졔 왈,

"다만 유가의 문ᄌᆞ라 불가의 말을 모르고 강잉ᄒᆞ여 지으면 ᄉᆞ부 고안에 아니들가 ᄒᆞ노라."

묘희 왈,

"쇼승은 들으[8]니 홍ᄇᆡᆨ련이 ᄭᅩᆺ은 비록 다르나 ᄲᅮ리는 ᄒᆞᆫ가지오 공부ᄌᆞ와 셕가여ᄅᆡ 도는 비록 다르나 셩인되기는 ᄀᆞᆺ다ᄒᆞ니, 쇼졔 만일 유가의 말로 관음의 덕을 칭숑ᄒᆞᆫ 즉 희귀ᄒᆞ리이다."

쇼졔 즉시 셰슈ᄒᆞ고 분향ᄒᆞᆫ 후 관음찬 일ᄇᆡᆨ팔십ᄌᆞ를 화본 샹면에 쓰고 ᄭᅳᆺ혜 써 ᄀᆞᆯᄋᆞᄃᆡ,

'모년 모월 일에 샤시 경옥은 셔ᄒᆞ노라'

ᄒᆞ엿스니, 묘희 ᄯᅩᄒᆞᆫ 문톄를 아ᄂᆞᆫ지라, 불승 탄복ᄒᆞ야 샤례ᄒᆞ고 가니라.

이ᄯᅢ 류쇼ᄉᆡ 두부인과 묘희의 도라오기를 기ᄃᆞ리더니, 묘희 우음을 머금고 들어와 족ᄌᆞ를 드리니 두부인이 몬져 무러 왈,

"샤쇼져를 보앗ᄂᆞ냐?"

묘희 왈,

"그 집에 가셔 그 사ᄅᆞᆷ을 못 보오릿가?"

부인 왈,

"대져 그 ᄌᆡ조와 용뫼 엇더ᄒᆞ더뇨?"

묘희 왈,

"졍히 족ᄌᆞ 가온ᄃᆡ 보살과 ᄀᆞᆺ더이다"

ᄒᆞ고, 이에 문답ᄒᆞᆫ 말을 낫낫치 고ᄒᆞᆫᄃᆡ, 쇼ᄉᆡ 왈,

"과연 그러ᄒᆞᆫ즉 샤가 규슈의 셩덕과 식견이 과인ᄒᆞ도다."

급히 그 족ᄌᆞ를 가져다 보니, 그 필법과 문톄 일호라도 구챠ᄒᆞᆫ 곳이 업슴으로 차탄ᄒᆞᆷ을 마지 아니ᄒᆞ니[9]라. 그 글에 ᄒᆞ엿스ᄃᆡ,

시젼 관져의 덕은 녯 셩현의 일이라. 호궁산의ᄒᆞ면 엇지 그 근본 ᄯᅳᆺ이라. 내 이 불상을 보니 ᄇᆡᆨ의로 ᄋᆞ히를 안앗도다. 그림을 보고 사ᄅᆞᆷ을 ᄉᆡᆼ각ᄒᆞ니 비로소 ᄯᅳᆺ을 알앗도다. 엇지 그 도가 다르리오? 맛난 배 다른지라 무리에 ᄯᅥ나고 세상에 ᄭᅳᆫ어졋스나 오즉 의를 ᄇᆡ취ᄒᆞ도다. 녯 졀부가 이에 ᄡᅳ고 이에 지으니 머리 ᄶᅡᆨ고 몸을 버리도다. 내 들으니 대ᄉᆞᄂᆞᆫ 녯 셩녀라 엇지 어긔 니르럿ᄂᆞ뇨? 고기 직셜이 세상을 돕고 ᄇᆡᆨ이 슉졔가 굴머 죽엇스니, 슯흐다! 눈물이 흘너 ᄯᅡ에 ᄯᅥ러지ᄂᆞᆫ도다

ᄒᆞ엿거ᄂᆞᆯ 쇼ᄉᆡᆨ 보기를 맛고 크게 놀나 왈,

“텬하의 긔ᄌᆡ로다. ᄌᆞ고로 문인 ᄌᆡᄉᆞ의 불가에 ᄒᆞᆫ 말이 만흐ᄃᆡ 이러ᄒᆞᆫ 졍론은 업ᄂᆞᆫ지라. 엇지 년쇼 녀ᄌᆞ의 식견이 이러ᄒᆞ리오? 맛당히 ᄋᆞ히 ᄇᆡᆨ필을 뎡ᄒᆞ리라”

ᄒᆞ고 연슈를 불너 보여 왈,

“네 능히 이[10]를 지을 듯ᄒᆞ냐?”

ᄉᆡᆼ이 ᄯᅩᄒᆞᆫ 심즁에 깃거 칭찬불이ᄒᆞ더라.

뇨희 부인ᄭᅴ 하직 왈,

“쇼승이 한림의 혼ᄉᆞ를 구경ᄒᆞ고 문하에 하직ᄒᆞᆷ이 올흐오ᄃᆡ 쇼승의 스승이 남악에 잇더니 근쟈에 글을 부쳐 닐ᄋᆞᄃᆡ, ‘경셩에 머므지 말고 속히 남으로 와 슈도ᄒᆞ라’ ᄒᆞ엿ᄉᆞᆸ기로 명일로 쟝ᄎᆞᆺ ᄯᅥ나려 ᄒᆞ오니, 이 화상을 쥬시면 산문에 뫼시고 죠셕으로 례ᄇᆡᄒᆞ고져 ᄒᆞ오니 빈승의 원을 조ᄎᆞ시오릿가?”

부인 왈,

“ᄉᆞ뷔 도를 ᄇᆡ호고져ᄒᆞ여 가니 비록 심히 결연ᄒᆞ나 엇지 ᄒᆡᆼ도를 만류ᄒᆞ리오? 이 불상은 시쥬ᄒᆞ고져 ᄒᆞᆷ이 오래니 엇지 지완ᄒᆞ리오?”

ᄒᆞ고, 쇼ᄉᆡ 또 금은을 샹ᄉᆞᄒᆞ여 로비를 도으니 묘희 ᄌᆡ삼 칭샤ᄒᆞ고 가니라.

쇼ᄉᆡ 왈,

"샤시가에 남ᄌᆡ 업스니 눌노 더브러 의혼ᄒᆞ리오? 맛당이 ᄆᆡ파를 보내여 통혼ᄒᆞ리라"

ᄒᆞ고 드ᄃᆡ여 ᄆᆡ파를 보내여 통혼ᄒᆞ니, 쥬패 신셩샤부에 니르러 부인ᄭᅴ 청ᄒᆞ야 뵙고 언ᄉᆞ를 치례ᄒᆞ여 류쇼ᄉᆞ의 가셰 부요홈과 한림의 풍치와 문한을 칭찬ᄒᆞ여 왈,

"당[11]시 ᄌᆡ샹가에셔 규양 둔 재 뉘 그 랑ᄌᆞ와 가셰를 흠션ᄒᆞ여 구혼치 아니리오만은 류로애 쇼져의 ᄌᆡ식을 들으시고 로파로 ᄯᅳᆺ을 통ᄒᆞ시더이다."

부인이 대희ᄒᆞ나 "쇼져로 샹의ᄒᆞ리라" ᄒᆞ고 쥬파ᄃᆞ려 왈,

"내 잠간 샹량ᄒᆞ리니 조곰 머므러 잇스라"

ᄒᆞ고, 쇼져의 침소에 가 쇼져를 보고 쥬파의 말을 ᄌᆞ세이 닐으고 왈,

"내 ᄯᅳᆺ은 합의ᄒᆞ나 네 소견은 엇더ᄒᆞ뇨? 모녀의 텬셩지친으로 심ᄉᆞ를 긔휘치 말고 소견을 다ᄒᆞ여 말ᄒᆞ라."

쇼졔 ᄃᆡ왈,

"류쇼ᄉᆞᄂᆞᆫ 당시 현명ᄒᆞᆫ 군ᄌᆡ니 혼인홈이 맛당ᄒᆞ오나 다만 쥬파의 말이 의심이 잇ᄂᆞ이다. 듯자오니 군ᄌᆞᄂᆞᆫ 덕을 귀히 녁이고 ᄉᆡᆨ을 쳔이 녁이며 슉녀ᄂᆞᆫ 덕으로 ᄉᆡ집간다 ᄒᆞ오니, 이제 쥬파의 말이 ᄉᆡᆨ을 취ᄒᆞ고 덕은 의론치 아니ᄒᆞ오니 쇼녜 그윽히 참괴 ᄒᆞ웁고, 또 뎌 집 부귀를 ᄌᆞ랑ᄒᆞ고 우리 션인의 쳥덕을 일캇지 아니ᄒᆞ오니, ᄉᆡᆼ각건댄 쥬파의 위인이 불민ᄒᆞ와 류쇼ᄉᆞ의 ᄯᅳᆺ을 젼치 못홈이어니와 그러치 아니면 류쇼ᄉᆞ의 어[12]진 일홈이 거짓 것이오니 쇼녀ᄂᆞᆫ 그러ᄒᆞᆫ 집에 들어가기를 원치 아니ᄒᆞᄂᆞ이다."

부인이 과연 그러이 녁여 나와 쥬파ᄃᆞ려 닐너 왈,

"내 ᄉᆡᆼ각을 오래ᄒᆞ니, 빈한가 쇼녜 대가 고문의 부귀를 감당치 못ᄒᆞ고 또 ᄋᆞ녀의 ᄌᆞ식을 그릇 들으심이라. 녀ᄋᆡ 한문에 ᄉᆡᆼ장ᄒᆞ여 약간 녀공을 ᄇᆡ왓스나 엇지 요됴ᄒᆞᆫ ᄉᆡᆨ틔 잇스리요? 결혼ᄒᆞᆫ 후에 만일 젼의 들은 바와 다르면 죄를 엇어 도라오기를 면치 못ᄒᆞᆯ가 ᄒᆞᄂᆞ니, ᄇᆞ라건댄 이 ᄯᅳᆺ을 회보ᄒᆞ라."

쥬패 듯고 깁히 의심ᄒᆞ여 ᄌᆡ삼 근청ᄒᆞᄃᆡ 부인이 죵시 일향 뢰각ᄒᆞ니, 쥬패 그 무가ᄂᆡ하인 줄 알고 도라와 쇼ᄉᆞᄭᅴ 고ᄒᆞ니, 쇼ᄉᆡ 침음 량구에 왈,

"네가 엇지 써 말ᄒᆞ얏ᄂᆞ냐?"

쥬패ᄒᆞ던 말을 ᄌᆞ셰 고ᄒᆞ니 쇼ᄉᆡ 잠쇼ᄒᆞ고 쥬파를 물너가라 ᄒᆞ고, 명일에 친히 신셩에 가 신셩태슈를 차자 한훤 례필 후 쇼ᄉᆡ 태슈를 ᄃᆡᄒᆞ여 왈,

"복이 일기 돈견을 두고 ᄐᆡᆨ부ᄒᆞ기를 과이ᄒᆞ여 귀읍에 우거ᄒᆞ시는 샤가 규슈의 어진 일홈을 듯고 작일에 ᄆᆡ파로 구⑬혼 ᄒᆞ엿더니, 뢰거홈을 닙으니 무안 참괴ᄒᆞ나 다시 ᄉᆡᆼ각건댄 무식ᄒᆞᆫ ᄆᆡ파의 밀이 샤급ᄉᆞ 부인의 미안홈을 닙은가 ᄒᆞ여 원로에 존가를 슈고로이 ᄒᆞ여 즁ᄆᆡ ᄒᆞ시기를 청ᄒᆞᄂᆞ이다."

태쉬 웃고 칭샤ᄒᆞ며 청혼ᄒᆞᆯ 말을 무르니, 쇼ᄉᆡ 쥬파의 말을 젼ᄒᆞ고 왈,

"다만 션급ᄉᆞ의 청덕을 ᄉᆞ모ᄒᆞ고 쇼져의 유한지덕이 경경홈을 흠션ᄒᆞ여 근졀이 구혼ᄒᆞ는 ᄯᅳᆺ을 젼ᄒᆞ쇼셔."

태쉬 응락ᄒᆞ고 이에 하리를 부려 션통ᄒᆞ고 위의를 ᄀᆞᆺ초와 샤부에 니르니, 부인 ᄉᆡᆼ각에 혼ᄉᆞ로 ᄒᆞ여 태슈가 옴을 짐쟉ᄒᆞ고 외당을 쇄소ᄒᆞ고, 쇼져의 유모로 ᄒᆞ야곰 쇼공ᄌᆞ 희랑을 안고 ᄀᆡᆨ당에 나와 태슈를 마져 당샹에 좌뎡ᄒᆞᆫ 후 고왈,

"쥬인 로애 하셰ᄒᆞ시고 쇼공ᄌᆡ 년유ᄒᆞ와 ᄃᆡᄀᆡᆨ지례를 모르오며 태슈

로야의 존위로 폐흔 문젼에 왕림흐심이 감샤흐여이다."

태쉬 왈,

"나의 오기는 경셩 류쇼ᄉ 로야씌오셔 너의 틱 쇼져의 유한지덕과 요됴 현명흠을 듯자 오시고 근졀이 구혼흐시고 션급ᄉ 14 로야의 쳥덕을 흠앙흐샤 믹파를 보내엿더니 허락흐심을 엇지 못흐고 도라왓스니, 이는 믹파의 말이 류로야의 뜻을 잘 젼치 못흠이라 흐샤 날로 흐여곰 즁믹를 삼아 진진의 됴흔 연분을 맷고자 흐시니, 너는 부인씌 알외라."

유뫼 듯고 들어가더니 즉시 나와 부인 말솜을 고흐여 왈,

"태슈 로애 존위로 한문 미식의 혼ᄉ를 위흐샤 폐ᄉ에 욕림흐시니 황감 불승이오며 류쇼ᄉ 로야의 덕망 존위로 루ᄎ 구혼흐시니 실로 감당치 못흐오나 엇지 감히 두 번 ᄉ양흐오릿가?"

태쉬 깃거 도라와 류쇼ᄉ씌 회답흐니, 쇼싀 대열흐여 도라와 틱일 힝빙흐고 한림이 륙례로 샤쇼져를 친영흐니, 닐은 바 요됴슉녜 군ᄌ호구라. 샤쇼졔 싀가에 우귀흐여 폐빅을 쇼ᄉ씌 진헌흐고 ᄉ당에 현알흐니, 만당 빈긱이 쇼져의 동용 졀ᄎ와 례의 식티를 만구 갈치흐더라.

례필에 쇼싀 쇼져의 좌를 갓가이 주고 문왈,

"현부의 관음찬 지은 글을 보니, 그 문한을 가히 알지라. 시부를 15 지음이 만흐리로다."

쇼졔 피셕 경금흐고 딕왈,

"음풍영월흐며 한믁[묵]을 희롱흐옴은 본딕 녀ᄌ의 맛당흔 일이 아니옵고 또 직죄 용렬흐와 시셔를 일삼지 못흐왓ᄉ오며, 관음찬인즉 ᄌ모의 명으로 강잉히 지음이 잇ᄉ오나 존하의 감흐신 배 되오니 황괴 무지로소이다."

쇼싀 왈,

“한믁[묵]이 녀ᄌᆞ의 일이 아니면 고인의 글을 닑기ᄂᆞᆫ 썻썻지 아닌 일이냐?”

쇼졔 ᄃᆡ왈,

“쟝ᄎᆞᆺ 그 착ᄒᆞᆫ 일을 본밧고 그 악ᄒᆞᆫ 일은 증계코자 ᄒᆞᆷ이로소이다.”

쇼ᄉᆡ 이 말을 듯고 격졀 탄샹ᄒᆞ여 왈,

“이제 뎌러틋 어진 신부가 내 집에 들어왓스니 가되 창셩ᄒᆞ리라. 쟝ᄎᆞᆺ 무ᄉᆞᆷ 일로 가부를 도으려 ᄒᆞᄂᆞᆫ다?”

쇼졔 ᄃᆡ왈,

“일ᄌᆞᆨ 엄친을 여희ᄋᆞᆸ고 ᄌᆞ모의 ᄉᆞ랑을 밧아 어려셔ᄂᆞᆫ ᄇᆡ혼 배 업ᄉᆞᆸ고 ᄯᅩ 자람애 들은 배 업ᄉᆞ오니 엇지 죡히 가부를 보좌ᄒᆞ오릿가? 다만 ᄌᆞ모의 경계를 듯자오니 필경 필계ᄒᆞ야 무위 궁ᄉᆞᄒᆞ고 이슌위졍ᄒᆞ라 ᄒᆞᆷ을 들엇ᄂᆞ이다.”

쇼ᄉᆡ 왈,

“쟝부의 ᄯᅳᆺ을 어긔오지 아님이 부인의 올흔 일[16]이라 ᄒᆞ나 쟝부의 과실이 잇서도 가히 조ᄎᆞ랴?”

쇼졔 ᄃᆡ왈,

“녜말에 왈 ‘부부지도ᄂᆞᆫ 오륜의 셋을 겸ᄒᆞ다’ ᄒᆞ오니, 군신형뎨븡[붕]우라, 인군이 간징ᄒᆞᄂᆞᆫ 신하와 븡우가 ᄎᆡᆨ션ᄒᆞᄂᆞᆫ 븡우가 잇서야 그릇 곳에 ᄲᆞ지지 안는다 ᄒᆞ오니, 부부간인들 올흔 일로 규졍치 아니릿가만은 녜붓허 쟝뷔 부인의 말을 들어 유익ᄒᆞᆫ 일이 업고 ᄌᆡ앙이 잇다ᄒᆞ오니, 암ᄃᆞᆰ이 ᄉᆡ벽에 울믈 경계ᄒᆞᄂᆞ이다.”

쇼ᄉᆡ 종족과 빈ᄀᆡᆨ을 도라보아 왈,

“이러ᄒᆞᆫ 현부를 보앗ᄂᆞᆫ가? 녯 ᄆᆡᆼ광과 반쇼에 지나도다.”

ᄯᅩ 한림을 불너 왈,

"신부의 셩덕이 이러ᄒᆞ니 문호의 대ᄒᆡᆼ이오, 너의 큰 복이라."

시녀를 명ᄒᆞ여 샹ᄌᆞ를 가져다 보경 ᄒᆞᆫ ᄀᆡ와 옥지환 ᄒᆞᆫ 쌍을 내여 쇼져에게 별급ᄒᆞ여 왈,

"이 물건이 약쇼ᄒᆞ나 우리 집 셰젼지물이라. 이제 현부의 ᄌᆞ질이 밝이[기]ᄂᆞᆫ 거울ᄀᆞᆺ고 덕은 옥ᄀᆞᆺᄒᆞᆫ지라. 일노 써 표ᄒᆞ노라."

쇼졔 니러 ᄇᆡ샤ᄒᆞ고 밧더라.

일모 파연ᄒᆞ고 쇼졔 인ᄒᆞ야 싀집에 사ᄂᆞᆫᄃᆡ 존구를 효봉ᄒᆞ고 봉ᄉᆞ를 극진이 ᄒᆞ[17]며 군ᄌᆞ를 승순ᄒᆞ고 비복을 거ᄂᆞ림에 은위 병ᄒᆡᆼᄒᆞ니, 쇼ᄉᆞ의 ᄌᆞ익와 한림의 즁ᄃᆡ 여산ᄒᆞ고 종족 향당의 기리ᄂᆞᆫ 소래 가득ᄒᆞ더라.

셰월이 여류ᄒᆞ여 삼년이 지남애 쇼ᄉᆡ 우연 득병ᄒᆞ야 증셰 위즁ᄒᆞ니 한림 부뷔 경황 초조ᄒᆞ야 의ᄃᆡ를 벗지 아니ᄒᆞ고 쥬야에 시측ᄒᆞ야 쳔방ᄇᆡᆨ초를 시험ᄒᆞ나 텬명이 다ᄒᆞᆫ지라. 쇼ᄉᆡ 스ᄉᆞ로 니지 못ᄒᆞᆯ 줄 알고 이에 두부인ᄃᆞ려 닐너 왈,

"현ᄆᆡᄂᆞᆫ 과샹치 말고 연슈 부부를 보호ᄒᆞ며, 또 연쉬 년쇼ᄒᆞ니 이후 잘 못ᄒᆞᄂᆞᆫ 일이 잇거든 경계ᄒᆞ고 ᄀᆞᄅᆞ치라. 디하에셔 ᄆᆡᆺ겟노라."

다시 한림을 보아 왈,

"ᄉᆞ군보국에 진츙갈력ᄒᆞ야 조샹의 셰업을 츄락지 말고, 고모를 나와 ᄀᆞᆺ치 셤겨 경계를 어긔오지 말며, 현부를 즁히 ᄃᆡ졉ᄒᆞ여 가도를 챵셩ᄒᆞ라."

말을 ᄆᆞᆺ치고 졸ᄒᆞ니, 한림부부의 ᄋᆡ통지원은 보ᄂᆞᆫ 재 눈물을 금치 못ᄒᆞ고 두부인의 통상이 비ᄒᆞᆯᄃᆡ 업더라. 상가에 셰월이 류슈ᄀᆞᆺᄒᆞ여 초죵셩복을 지내고 례일에 션산에 안장ᄒᆞ니, 한림[18]과 샤쇼져의 호텬지통이 익심ᄒᆞ더니, 셰월이 총총ᄒᆞ야 삼샹을 얼픗 ᄆᆞᆺ침애 한림부부의 ᄋᆡ통이 ᄉᆡ롭더라.

이ᄯᆡ 텬ᄌᆡ 쇼ᄉᆞ의 삼상을 위문ᄒᆞ시고 츌ᄉᆞᄒᆞ기를 ᄌᆡ촉ᄒᆞ시니 한림이

부득이 힝공 찰직ᄒᆞ니 명망이 죠야에 가득ᄒᆞ나 승샹 엄슝으로 긔미 불합ᄒᆞᆫ 연고로 벼슬이 승ᄎᆞ지 못ᄒᆞ니라.

샤쇼져의 년긔 이십 삼이라. 셩혼 십년에 ᄐᆡ긔 업슴으로 ᄆᆞ음에 심히 근심ᄒᆞ고 ᄯᅩ ᄉᆡᆼ각ᄒᆞ니 긔질이 연약ᄒᆞ야 ᄉᆡᆼ산이 어려올가 념려ᄒᆞ야 한림을 권ᄒᆞ여 복쳡ᄒᆞ라 ᄒᆞ나 한림이 그 진졍이 아닌가 의심ᄒᆞ고 죵시 ᄃᆡ답지 아니ᄒᆞ더니, 샤슈졔 여러 ᄆᆡ파를 불너 량가 녀ᄌᆞ를 구ᄒᆞ니 두부인이 비복의 말을 듯고 대경ᄒᆞ여 샤쇼져를 보고 왈,

"내 들으니 현질이 질ᄋᆞ를 위ᄒᆞ여 쳡을 구ᄒᆞᆫ다 ᄒᆞ니 인가에 희쳡이 됴흔 일이 아니오, 쇽담에 'ᄒᆞᆫ 필 ᄆᆞᆯ에 두 안장이 업고, ᄒᆞᆫ 그릇 밥에 두 술이 업다' ᄒᆞ니 질ᄋᆞ가 두고져 ᄒᆞ여도 만류ᄒᆞᆷ이 올커ᄂᆞᆯ 그ᄃᆡ 엇지 스ᄉᆞ로 구ᄒᆞ여 후환[19] 을 ᄉᆡᆼ각지 아니ᄒᆞᄂᆞ뇨?"

샤부인 왈,

"쳡이 존문에 들어온지 구년이라. ᄒᆞᆫ낫 ᄌᆞ녀 업ᄉᆞ오니 례법으로 의론ᄒᆞᆯ진대 내친다 ᄒᆞ여도 맛당ᄒᆞ오리니 엇지 쇼심 둙을 투긔ᄒᆞ여 류시의 후ᄉᆞ를 업게ᄒᆞ리잇가?"

두부인 왈,

"ᄉᆡᆼ산은 조만이 업스니 두가문 즁에도 삼십 후에 ᄉᆡᆼᄉᆞᄒᆞ여 오형뎨 둔이 잇고, 혹 ᄉᆞ십 후에 ᄉᆡᆼᄌᆞᄒᆞᄂᆞᆫ 이도 잇스니 현질이 겨우 이십여 세라. 엇지 이ᄀᆞᆺ치 념려를 ᄒᆞᄂᆞ뇨?"

샤부인이 ᄃᆡ왈,

"쳡의 긔질이 허박ᄒᆞ와 혈긔 부족ᄒᆞ오니 ᄉᆡᆼ산이 어려올 듯 ᄒᆞᄋᆞᆸ고 일쳐 일쳡은 션ᄇᆡ라도 잇다 ᄒᆞ오니, 쳡이 비록 현덕이 업ᄉᆞ오나 시속 부녀의 투긔로 가부의 후ᄉᆞ를 근심치 아님을 통ᄒᆞᆫ이 녁이오니, 풍쇽은 교화치 못ᄒᆞ오나 엇지 투긔로 후ᄉᆞ를 근신치 아니 ᄒᆞ오릿가?"

두부인이 말로 히혹치 못 홀 줄 알고 탄식ᄒ여 왈,

"신인이 다힝이 량순ᄒ면 힝이어니와 그러치 못ᄒ면 엇지ᄒ리오? 남ᄌ의 ᄆ음이 ᄒᆞᆫ번 기우러지면 도로 잡기 어려오니 현질이 타일에 반 [20] ᄃᆞ시 내 말을 ᄉᆡᆼ각ᄒ리라"

ᄒ고 못ᄂᆡ 탄식ᄒ며 가니라.

명죠에 ᄆᆡ패 고왈,

"맛츰 ᄒᆞᆫ 녀ᄌᆡ 잇ᄉ오나 부인의 구ᄒ시ᄂᆞᆫ 바에 맛당치 못홀가 ᄒᄂ이다."

부인 왈,

"엇지ᄒ여 그러ᄒ뇨?"

ᄆᆡ패 ᄃᆡ왈,

"부인의 구ᄒ시ᄂᆞᆫ 바ᄂᆞᆫ ᄌ픔[품]이 슌박ᄒ고 ᄉᆡᆼ산이나 잘홈이어ᄂᆞᆯ 이 사ᄅᆞᆷ은 그러치 아니ᄒ고 ᄌᆡᄉᆡᆨ이 쵸츌ᄒ오니, 그럼으로 부인 존의에 합당치 아닐가 ᄒᄂ이다."

부인 왈,

"ᄆᆡ패 내 ᄯᅳᆺ을 모르니 아모려나 말ᄒ라."

ᄆᆡ패 ᄃᆡ왈,

"셩은 교요 명은 ᄎᆡ봉이니 하간 ᄯᅡ 사ᄅᆞᆷ이라. ᄉ족의 ᄯᆞᆯ로 부뫼 구몰ᄒ고 동ᄉᆡᆼ 우에 자라나 시방 년긔 십륙 셰이온ᄃᆡ 구혼ᄒᄂᆞᆫ 재 잇스ᄃᆡ 스ᄉ로 말ᄒ기를 '한미ᄒᆞᆫ 션비의 안해 되ᄂ니 찰ᄒ리 ᄌᆡ샹의 쳡이 되리라' ᄒ니, 이ᄂᆞᆫ 맛나기 어려온 긔회라. 그 녀ᄌ의 ᄌᆡᄉᆡᆨ이 비홀ᄃᆡ 업ᄉ오니 부인ᄭᅴ셔 희쳡을 구ᄒ실진댄 이 녀ᄌ에셔 지날 재 업슬가 ᄒᄂ이다."

부인이 대희ᄒ여 왈,

"ᄉ족의 ᄯᆞᆯ이면 려염 미쳔가 녀ᄌ보다 다르리니 맛당ᄒ다"

ᄒ고 한림ᄭᅴ 고ᄒ [21] 니 한림 왈,

"나의 쳡 두는 것이 아즉 밧브지 아니ᄒᆞ나 부인이 됴흔 뜻으로 권ᄒᆞ니 막기 어렵고 ᄯᅩᄒᆞᆫ 교시 그럿틋 아람답다 ᄒᆞ니 부인의 뜻ᄃᆡ로 ᄒᆞ쇼셔."

부인이 깃거 턱일ᄒᆞ여 다려다가 두루 례를 ᄆᆞᆺ친 후, 당샹에 올녀 안치니 교교ᄒᆞᆫ ᄉᆡᆨ틱 히당화가 아ᄎᆞᆷ 이슬을 먹음은 듯 ᄒᆞᆫ지라. 한림과 부인이 다 희ᄉᆡᆨ이 잇스나 오즉 두부인은 ᄆᆞ음에 깃버 아니ᄒᆞ더라.

이ᄂᆞᆯ 밤에 한림이 신인으로 화쵹 동방에 운우지연이 ᄉᆡ롭더라. 두부인이 샤부인으로 ᄒᆞᆫ 가지 밤을 지내며 두부인이 샤부인ᄃᆞ려 왈,

"현질이 가부를 위ᄒᆞ여 측미실을 구ᄒᆞᆫ즉 맛당히 슌실ᄒᆞᆫ 녀ᄌᆞ를 구ᄒᆞᆷ이 올커ᄂᆞᆯ 졀ᄃᆡ가인을 엇엇스니, 만일 셩픔[품]이 불량ᄒᆞ면 다만 남ᄌᆞ의 몸만 불힝이 아니라, 필경 류시의 종ᄉᆞ를 닛지 못ᄒᆞ리니 그 환을 쟝ᄎᆞᆺ 엇지ᄒᆞ리오?"

샤부인 왈,

"녀ᄌᆞ의 안ᄉᆡᆨ이 비록 쓸 ᄃᆡ 업스나 츄비ᄒᆞᆫ 즉 군ᄌᆡ 엇지 갓가이 ᄒᆞᆯ 슈 잇ᄉᆞ오며, 그러면 엇지 ᄌᆞ식 낫키를 ᄇᆞ라릿가? 위장강이ᄉᆡᆨ이 만고[22]에 독보ᄒᆞ오나 현덕이 후셰에 젼ᄒᆞ엿스니 ᄉᆡᆨ이 잇다고 다 어지지 아니ᄒᆞ어릿가?"

두부인 왈,

"장강이 어질ᄃᆡ ᄌᆞ식은 업ᄂᆞ니라"

ᄒᆞ고 량인이 웃고 허여지다.

교녀의 거ᄒᆞᄂᆞᆫ 집을 빅ᄌᆞ당이라 일홈ᄒᆞ다. 시비 랍ᄆᆡ 등 삼인을 명ᄒᆞ여 주고 교낭ᄌᆞ라 ᄒᆞ니라. 교녀 총명ᄒᆞ고 민쳡ᄒᆞ여 한림의 뜻을 밧아 셤기고 샤부인을 지셩으로 셤기니, 가즁이 일카르며 한림이 ᄯᅩᄒᆞᆫ 깃거ᄒᆞ더니, 반년이 못ᄒᆞ여 교녀 잉틱ᄒᆞ니 한림이 더욱 ᄉᆞ랑ᄒᆞᆷ을 마지 아니ᄒᆞ더라. 교녀 ᄉᆡᆼ남치 못ᄒᆞᆯ가 겁ᄒᆞ여 복쟈ᄃᆞ려 무른즉, "ᄉᆡᆼ남ᄒᆞ리라" ᄒᆞ고,

혹 "ᄉᆡᆼ녀ᄒᆞ리라" ᄒᆞ며, "ᄉᆡᆼ남ᄒᆞ면 요ᄉᆞᄒᆞ리라" ᄒᆞ니 교녜 깁히 념려ᄒᆞ더니, 시비 랍ᄆᆡ 닐ᄋᆞᄃᆡ,

"쇼비 듯자오니, 심낭이란 녀인이 슐법이 고명ᄒᆞ다 ᄒᆞ오니 불너 무르면 남녀ᄅᆞᆯ 판단ᄒᆞ오리이다."

교녜 깃거 심낭을 불너 왈,

"네가 능히 복즁의 남녀ᄅᆞᆯ 분간ᄒᆞᆯ쇼냐?"

심낭 왈,

"이ᄂᆞᆫ 어렵지 아니ᄒᆞ오니 쳥컨댄 귀ᄒᆞ신 ᄇᆡᄅᆞᆯ 집허 보아지이다" ᄒᆞ거ᄂᆞᆯ 교녜 허[23]락ᄒᆞ니 심낭이 잠간 집허 보고 ᄆᆡᆨ을 의론ᄒᆞᄃᆡ,

"녀ᄐᆡ가 분명ᄒᆞ오이다."

교녜 실ᄉᆡᆨᄒᆞ여 왈,

"샹공이 나ᄅᆞᆯ 취ᄒᆞ시기ᄂᆞᆫ 한갓 ᄉᆞ쇽을 위ᄒᆞᆷ이어ᄂᆞᆯ 이제 만일 ᄉᆡᆼ녀ᄒᆞ면 아이에 아니 낫ᄂᆞᆫ 이만 못ᄒᆞ리로다."

심낭 왈,

"쇼되 일즉 이인을 맛나 녀ᄐᆡᄅᆞᆯ 변ᄒᆞ여 남ᄐᆡ가 되게ᄒᆞᄂᆞᆫ 슐법을 ᄇᆡ화 이왕 증험ᄒᆞ여 보온 즉 일일이 다 맛ᄉᆞ오니 낭ᄌᆞᄂᆞᆫ 남ᄌᆞᄅᆞᆯ 낫코자 ᄒᆞ실진댄 엇지 이 슐법을 시험치 아니시리오?" ᄒᆞᆫᄃᆡ 교녜 왈,

"그ᄃᆡ 말과 ᄀᆞᆺ흘진댄 맛당히 쳔금으로 그 공을 갑흐리라."

심낭이 부작을 써셔 교녀의 침셕에 ᄀᆞᆷ초고 ᄀᆞᆯᄋᆞᄃᆡ,

"후일 ᄉᆡᆼ남ᄒᆞ거든 와셔 하례ᄒᆞ리이다."

교녜ㅣ 반신반의ᄒᆞ더라.

십삭이 참애 과연 ᄉᆡᆼ남ᄒᆞ니 미목이 쳥슈ᄒᆞ고 살빗이 옥ᄀᆞᆺ흔지라. 한림이 ᄉᆞ랑ᄒᆞ여 깃븐 ᄆᆞᄋᆞᆷ을 이긔지 못ᄒᆞ고 샤부인과 온 집이 다 깃거ᄒᆞ

며 그 ᄋᆞ히 ᄉᆞ랑ᄒᆞ기ᄅᆞᆯ 손 가온ᄃᆡ 구슬ᄀᆞᆺ치 녁여 일홈을 쟝쥬라 ᄒᆞ고 유모ᄅᆞᆯ 뎡ᄒᆞ여 길으고 샤부인이 ᄉᆞ랑ᄒᆞ기ᄅᆞᆯ ᄀᆡ츌ᄀᆞᆺ치 ᄒᆞ니 다른[24] 사ᄅᆞᆷ이 다 그 어미의 ᄌᆞ식인 줄 아더라. 한림이 아들 나은 후 가되 챵셩ᄒᆞ여 규문이 무ᄉᆞᄒᆞ더라.

이ᄯᆡᄂᆞᆫ 츈삼월이라. ᄇᆡᆨ화 만최 후원에 가득ᄒᆞ여 풍경이 가히 구경ᄒᆞ염 즉ᄒᆞᆫ지라. 이날 한림이 입궐ᄒᆞ고 사부인이 홀노 셔안에 의지ᄒᆞ여 고셔ᄅᆞᆯ 보더니, 시비 츈방이 고왈,

"후원에 목단이 셩이 퓌엿스니 가히 구경ᄒᆞ염 즉ᄒᆞ니이다."

부인이 슈즁의 ᄎᆡᆨ을 노코 시비 오륙 인을 다리고 뎡ᄌᆞ 우헤 올나가니 푸른 슈플은 란간을 가리우고 ᄭᅩᆺ다온 향긔ᄂᆞᆫ 옷깃에 품기니 번화ᄒᆞᆫ 경기라. 시비로 교녀ᄅᆞᆯ 청ᄒᆞ여 ᄒᆞᆫ가지로 구경ᄒᆞ고자 ᄒᆞ더니, 풍편에 들으니 ᄒᆞᆫ 소래 쳥렬히 옥반에 구슬 구으ᄂᆞᆫ 듯ᄒᆞ여 사ᄅᆞᆷ의 ᄆᆞ음을 감동ᄒᆞ거ᄂᆞᆯ 부인이 침음 양구에 왈,

"엇던 사ᄅᆞᆷ이 이 곡됴ᄅᆞᆯ ᄐᆞᄂᆞᆫ고?"

시비 ᄃᆡ왈,

"이것이 교낭ᄌᆞ의 ᄐᆞᄂᆞᆫ 소래니이다."

부인 왈,

"내 일즉 교시의 탄금홈을 듯지 못ᄒᆞ엿더니라."

시비 왈,

"ᄇᆡᆨᄌᆞ당이 안에셔 멀기로 부인이 듯지 못ᄒᆞ심이로소이다. 낭ᄌᆡ 본ᄃᆡ 거[25] 문고ᄅᆞᆯ 됴하ᄒᆞ야 한가ᄒᆞᆫ ᄯᆡ에 ᄆᆡ양 ᄐᆞ시기로 쇼비 등은 ᄒᆞᆼ샹 들엇ᄂᆞ이다."

말을 ᄆᆞᆺ침애 거문고 소래 긋치고 노래 소래 랑랑ᄒᆞ니, 이ᄂᆞᆫ 곳 당나라 사ᄅᆞᆷ의 지은 글이라. 부인이 듯기ᄅᆞᆯ 다ᄒᆞ고 침음 량구에 시비ᄅᆞᆯ 교녀에

게 보내여 왈,

"맛촘 한가ᄒᆞ기에 여긔와셔 츈경을 구경ᄒᆞ노니 ᄒᆞᆫ번 오기를 앗기지 말라"

ᄒᆞᆫ즉 교녜 즉시 나와 부인을 뫼시고 란간에 의지ᄒᆞ여 츈ᄉᆡᆨ을 구경ᄒᆞᆯ ᄉᆡ, 부인 왈,

"내 비록 낭ᄌᆞ의 ᄌᆡ죄 과인ᄒᆞᆷ을 알앗ᄉᆞ나 능히 음률에 졍통ᄒᆞᆫ 줄 몰낫더니, 앗가 낭ᄌᆞ의 거문고 소래를 들으니 셰샹에 드므도다."

교녜 샤례 왈,

"쳔ᄒᆞᆫ ᄌᆡ조를 엇지 ᄌᆞ랑ᄒᆞ오릿가? 심심ᄒᆞ기로 파젹ᄒᆞᄋᆞᆸ더니 부인이 들어 계시니 황공ᄒᆞᄋᆞᆸᄂᆞ이다."

부인 왈,

"낭ᄌᆞ의 거문고 곡되 아람다오나 낭ᄌᆞ의 졍분이 형뎨ᄀᆞᆺ고 의ᄂᆞᆫ 부모ᄀᆞᆺ기로 ᄒᆞᆫ 말을 ᄒᆞ고자 ᄒᆞᄂᆞ니 허물치 말라."

교녜 왈,

"부인이 천쳡을 ᄉᆞ랑ᄒᆞ샤 이ᄀᆞᆺ치 ᄒᆞ시니 황감ᄒᆞ오나 하교를 청ᄒᆞᄂᆞ이다."

부인 왈,

"낭ᄌᆞ의 거문[26]고 곡되 아람다오나 당나라 예샹우의곡이라. 이로써 의론ᄒᆞᆫ즉 당 명황이 번화부귀 텬ᄌᆞ로셔 안록산의 란을 당ᄒᆞ여 몸이 만 리 밧게 파쳔ᄒᆞ여 사ᄅᆞᆷ의 우슴을 밧고 쳔고의 긔롱을 찌쳣스니 가히 슝샹ᄒᆞᆯ 배 아니오. 또 낭ᄌᆞ의 거문고 소래 화치 못ᄒᆞ니 이ᄂᆞᆫ 진실로 음란ᄒᆞ고 유탕ᄒᆞᆫ 곡됴오, 쳥루샹 곡되니 엇지 이러ᄒᆞᆫ 곡됴를 외오리오?"

교녜 이 말ᄉᆞᆷ을 듯고 츅연이 붓그러워 샤례 왈,

"향곡 쳐녜 다만 음률 됴흔 줄만 알앗ᄉᆞᆸ더니 이제 부인의 말ᄉᆞᆷ을 듯

자오니 엇지 감히 니즈오릿가?"

부인이 그 무안 슈괴ᄒᆞᆯ가 ᄒᆞ여 다시 ᄀᆞᆯᄋᆞᄃᆡ,

"내 낭ᄌᆞ를 ᄉᆞ랑ᄒᆞᄂᆞᆫ 고로 진졍 츙곡을 말ᄒᆞ노라. 만일 타인 ᄀᆞᆺ흐면 엇지 ᄀᆡ구ᄒᆞ리오? 이후 나의 허물이 잇거든 ᄯᅩᄒᆞᆫ 말을 발으게 ᄒᆞ여 심ᄉᆞ를 긔이지 말라."

교녀 칭샤ᄒᆞ고 죵일 구경다가 파ᄒᆞ니라.

이 저녁에 한림이 대궐노셔 나와 교녀 침실에 니르러 술이 ᄭᆡ지 아닌지라. 란간에 의지ᄒᆞ여 안졋스니 월ᄉᆡᆨ은 죠요ᄒᆞ고 화영이 만27디ᄒᆞᆫᄃᆡ 교녀의 노래를 듯고자ᄒᆞ여 ᄒᆞᆫ 곡됴 부르기를 명ᄒᆞ니 교녀 ᄉᆞ양 왈,

"근일 촉풍ᄒᆞ와 목이 쉬여 능히 부르지 못ᄒᆞᄂᆞ이다."

한림 왈,

"연즉 거문고 ᄒᆞᆫ 곡됴를 ᄐᆞ 노래를 ᄃᆡ신ᄒᆞ라."

교녀 ᄯᅩ 깃거 아니ᄒᆞ여 응치 아니ᄒᆞ니, 한림이 두어 번 ᄌᆡ촉ᄒᆞ나 죵시 아니ᄐᆞ고 잠연히 눈물을 흘니거늘 한림이 괴이 녁여 무러 왈,

"경이 내 집에 들어온 지 수년이라. 불순ᄒᆞᆫ 긔ᄉᆡᆨ이 업더니 무슴 연고로 뎌리 셜워ᄒᆞᄂᆞᆫ다?"

교녀 ᄃᆡ답지 안코 눈물을 비ᄀᆞᆺ치 흘니거늘 한림이 힐문ᄒᆞᆫᄃᆡ, 교녀 눈물을 씻고 ᄃᆡ왈,

"쳡이 ᄃᆡ답지 아닌 즉 샹공의 ᄆᆞ음을 어긔오고, ᄃᆡ답ᄒᆞᆫ 즉 샤부인ᄭᅴ 죄를 엇을 것이니 엇지ᄒᆞ면 올흐릿가?"

한림 왈,

"네 비록 어려온 말이 잇서도 념려 말고 다ᄒᆞ라. 내 허물치 아니ᄒᆞ리라."

교녀 ᄃᆡ왈,

"쳡의 용렬ᄒᆞᆫ 노래와 졸ᄒᆞᆫ 거문고 족히 샹공의 청덕을 누락지 아닐

것이오, 또 쳡이 샹공의 명을 어긔오지 아니ᄒᆞᆷ은 쳡이 졍셩을 다ᄒᆞ여 샹공의 ᄒᆞᆫ 때 우음을 도읍[울] ᄲᆞᆫ이옵고 실[28]로 다른 ᄯᅳᆺ이 업ᄉᆞᆸ 것만은 금일 부인ᄭᅴ옵셔 쳡을 불너 노칙ᄒᆞ샤 왈, '샹공이 너를 두기ᄂᆞᆫ 다만 ᄌᆞ쇽을 위ᄒᆞᆷ이오 가ᄂᆡ의 미ᄉᆡᆨ이 부족ᄒᆞᆫ ᄇᆡ 아니어ᄂᆞᆯ 이제 교언령ᄉᆡᆨ으로 샹공ᄭᅴ 아쳠ᄒᆞ고 음란ᄒᆞᆫ 소래로 샹공을 요혹ᄒᆞ야 션로야의 쳥덕을 어ᄌᆞ러이니 진실로 죽을 죄라. 이제 경계ᄒᆞ여 만일 곳치지 아니ᄒᆞ면 내 비록 잔약ᄒᆞ여도 려태후의 쳑부인 ᄆᆞ드던 형벌을 ᄒᆞᆯ 터이니 네 십분 조심ᄒᆞ라' ᄒᆞ시오니, 쳡이 려염 빈한가 녀ᄌᆞ로 샹공의 후은을 닙으니 부귀과ᄒᆞ온지라. 죽어도 한이 업스려니와 다만 샹공의 고명ᄒᆞ심이 쳡의 연고로 손샹ᄒᆞ실지라. 그로 명을 밧드지 못ᄒᆞᄂᆞ이다."

한림이 듯고 괴아ᄒᆞ여 샹량ᄒᆞᄃᆡ,

'부인이 샹히 투긔 아니ᄒᆞᆷ을 ᄌᆞ긍ᄒᆞ더니, 이제 엇지 이런 말을 ᄒᆞ엿스리오?'

다시 ᄉᆡᆼ각ᄒᆞᄃᆡ,

'부인이 교시를 례로 ᄃᆡ졉ᄒᆞ여 일즉 단쳐를 말ᄒᆞ지 아니ᄒᆞ고 비ᄇᆡ에게도 잡언ᄒᆞᆷ을 듯지 못ᄒᆞ엿거ᄂᆞᆯ 이제 교시 말이 엇지 이러ᄒᆞᆫ고?'

이 말이 실샹이[29] 아닌가 ᄒᆞ여 침음 량구에 ᄀᆞᆯᄋᆞᄃᆡ,

"나의 경을 취ᄒᆞᆷ은 부인의 권ᄒᆞᆫ 배라. 일분도 네게 해로온 말을 아니ᄒᆞ리니 이 일은 필연 비복ᄇᆡ의 와언을 듯고 일시 노를 말ᄒᆞᆷ이나 그러나 부인의 셩픔[품]이 유슌ᄒᆞᆫ지라 너를 해ᄒᆞᆯ 리 업슬 것이니 근심ᄒᆞ지 말라. ᄒᆞ믈며 내가 잇스니 부인이 경에게 엇지ᄒᆞ리오?"

위로ᄒᆞ기를 근권이 ᄒᆞ나 교네 죵시 불락ᄒᆞ여 다만 샤례ᄒᆞᆯ ᄲᆞᆫ이러라. 쇽담에 '호랑이를 그리나 ᄲᅧᄂᆞᆫ 그리지 못ᄒᆞ고 사ᄅᆞᆷ의 얼골은 보나 ᄆᆞᄋᆞᆷ은 보지 못ᄒᆞᆫ다' ᄒᆞ니, 교네 밧그로 얼골을 공근이 ᄒᆞ고 말을 유슌이 ᄒᆞ

니, 샤부인이 그 간악ᄒᆞᆷ을 아지 못ᄒᆞ고 다만 음란 곡됴로 군ᄌᆞᄅᆞᆯ 비례에 인도ᄒᆞᆯ가 념례ᄒᆞ여 경계ᄒᆞ엿스니 실로 ᄉᆞ랑ᄒᆞᄂᆞᆫ 뜻이어ᄂᆞᆯ 일로써 간악ᄒᆞᆫ 참소ᄅᆞᆯ 지어 한림을 격동ᄒᆞ니 이로 말ᄆᆡ암아 보건댄 인가의 뎍쳡지간에 엇지 삼가지 아니ᄒᆞ며 경계치 아니리오? 한림이 교녀의 간계ᄅᆞᆯ 모르나 ᄯᅩᄒᆞᆫ 부인을 의심치 아니ᄒᆞ니 교네 엇지 참소ᄒᆞ리[30] 오?

일일은 랍ᄆᆡ 부인의 시비와 ᄒᆞᆫ가지 노다가 들어와 교녀에게 고ᄒᆞ여 왈,

“앗가 츄향의 말을 듯자오니 부인ᄭᅴ셔 ᄐᆡ긔 계시다 ᄒᆞᄂᆞ이다.”

교네 놀나 왈,

“십년 만에 ᄐᆡ긔 잇슴이 희귀ᄒᆞᆫ지라. 제 만일 ᄉᆡᆼ남ᄒᆞ면 나의 무ᄉᆡᆨ이 막심ᄒᆞ리니 엇지면 됴흐리오?”

ᄒᆞ고 됴흔[흔] 묘칙을 ᄉᆡᆼ각 못ᄒᆞ더니, 슈삭이 지남애 부인의 ᄐᆡ긔 분명ᄒᆞᆫ지라. 온 집이 다 요ᄒᆡᆼ이 녁이ᄃᆡ 교네 홀로 앙앙불락ᄒᆞ여 가만이 랍ᄆᆡ로 더브러 락ᄐᆡᄒᆞᆯ 약을 음식에 너허 부인ᄭᅴ 드리니, 부인이 먹은 후 즉시 번구ᄒᆞ여 토ᄒᆞ니 이ᄂᆞᆫ 진실로 신명이 도으심이라.

그러구러 만삭ᄒᆞ여 슌산 ᄉᆡᆼ남ᄒᆞ니 골격이 비범ᄒᆞ고 신ᄎᆡ 쥰슈ᄒᆞᆫ지라. 한림이 대희ᄒᆞ고 일개 경하ᄒᆞ며 일홈을 린ᄋᆞ라 ᄒᆞ다. 린ᄋᆡ 졈졈 자람애 쟝쥬로 한가지 노더니, 한림이 들어오다가 량ᄋᆞ의 노ᄂᆞᆫ 양을 보니, 린ᄋᆡ 비록 어리나 골격이 쥰매 쵸츌ᄒᆞ여, 쟝쥬의 다만 미려ᄒᆞᆷ에 비ᄒᆞᆯ 배 아니라. 한림이 밋쳐 관복을 벗지 아니ᄒᆞ고 린ᄋᆞᄅᆞᆯ 안고[31] 무ᄋᆡᄒᆞ여 왈,

“이 ᄋᆞᄒᆡ의 얼골이 우리 션인과 ᄀᆞᆺ흐니 우리 집의 큰 보ᄇᆡ라”

ᄒᆞ고 유모ᄅᆞᆯ 명ᄒᆞ여 각별 보호ᄒᆞ라 ᄒᆞ고 ᄂᆡ당으로 들어가니, 쟝쥬의 유모가 들어와 교녀ᄅᆞᆯ 보고 눈물 흘니며 고ᄒᆞ여 왈,

“로야ᄭᅴ오셔 홀로 린ᄋᆞ만 안아 ᄉᆞ랑ᄒᆞ시고 쟝쥬ᄂᆞᆫ 도라보지 아니 ᄒᆞ시더이다.”

교녀 대노 대ᄒᆞᆫᄒᆞ여 왈,

"내가 샤시로 더브러 인물이 ᄀᆞᆺ지 못ᄒᆞᆫ 즁 ᄯᅩᄒᆞᆫ ᄌᆡ질이 ᄀᆞᆺ지 못ᄒᆞ고 문ᄎᆡ가 ᄀᆞᆺ지 못ᄒᆞ고 지혜가 ᄀᆞᆺ지 못ᄒᆞᆫ 즁 ᄯᅩᄒᆞᆫ 덕셔지분이 현슈ᄒᆞ나 내 한갓 아들이 잇기로 샹공의 편벽도이 ᄉᆞ랑ᄒᆞᆷ을 닙엇더니, 이제 제 ᄋᆞ들이 잇스니 이제ᄂᆞᆫ 린ᄋᆞ가 이 집 쥬인이 되고 내 ᄌᆞ식은 무용이라. 제 외면으로 션ᄃᆡᄒᆞ나 즁심은 그러치 아닐 것이오, 거번 거문고 곡됴의 의론도 뮈워셔 말ᄒᆞᆷ이라. 일죠에 샹공ᄭᅴ 참쇼ᄒᆞ면 ᄆᆞ음이 ᄌᆞ연 변ᄒᆞ리니 쟝부의 ᄆᆞ음이 ᄒᆞᆫ번 변ᄒᆞᆫ 즉 나의 젼졍이 엇지 위ᄐᆡ치 아니리오?"

ᄒᆞ고 다시 심낭을 쳥ᄒᆞ여 의론ᄒᆞ니, 심낭이 임의 교녀의 금은 쥬옥[32]을 만히 밧은지라. 인ᄒᆞ여 심복이 되여 요ᄉᆞᄒᆞ고 간특ᄒᆞᆫ ᄭᅬ로 교녀ᄅᆞᆯ 도으니 그 교활ᄒᆞᆫ ᄭᅬᄅᆞᆯ 뉘 알니오? 한림이 일일은 친구의 셔간이 왓거ᄂᆞᆯ ᄯᅥ여 보니 사ᄅᆞᆷ 쳔거ᄒᆞᆫ 편지라. 편지에 왈,

쇼쥬인 동쳥은 남방의 아람다온 션ᄇᆡ라. 문ᄎᆡ 유여ᄒᆞ나 과거마다 락방ᄒᆞ니 엇지 명이 아니리오? 집이 간난ᄒᆞ여 뎨에게 긔식ᄒᆞ다가 이제 쇼뎨 산셔에 부임ᄒᆞᆷ으로 동ᄉᆡᆼ이 의뢰 무탁ᄒᆞ더니 맛ᄎᆞᆷ 들음애 인형의 문하에 셔긔 업다 ᄒᆞ기, 이 사ᄅᆞᆷ을 쳔거ᄒᆞ노니 그 필법의 정묘와 위인의 민쳡은 형이 시험ᄒᆞ시면 가히 알지라. 몬져 셔찰로 고ᄒᆞ고 동ᄉᆡᆼ을 보내ᄂᆞ이다

ᄒᆞ엿더라. 원ᄅᆡ 동ᄉᆡᆼ은 ᄉᆞ족으로 부뫼 조몰ᄒᆞ고 ᄒᆡᆼ실을 임의로 ᄒᆞ여 쥬ᄉᆡᆨ잡기로 가산을 패ᄒᆞ고 의지ᄒᆞᆯᄃᆡ 업셔, 혹 ᄌᆡ상가에도 의탁ᄒᆞ고 혹 부귀가에도 의탁ᄒᆞ엿스나 간 곳마다 오래 잇지 못ᄒᆞᄂᆞᆫ 바ᄂᆞᆫ 혹 부귀 ᄌᆞ뎨ᄅᆞᆯ ᄭᅬ여 오입게[33] ᄒᆞ고 ᄒᆡᆼ실이 음란ᄒᆞ니, 처음 보아ᄂᆞᆫ 용모 문필이라

아람다온지라. ᄉᆞ대뷔 아니 ᄉᆞ랑ᄒᆞ리 업다가 오랜 즉 ᄒᆡᆼᄉᆡ 불미ᄒᆞ기로 동셔남븍[북]에 용납지 못ᄒᆞᄂᆞᆫ지라. 셩샹셔 집에 잇다가 그 음악ᄒᆞᆫ ᄒᆡᆼ실이 드러 남에 셩샹셰 그 악ᄒᆡᆼ을 알고 외임가ᄂᆞᆫ 핑계ᄒᆞ고 류한림에게 천거홈이라.

한림이 셔긔 업셔 걱졍ᄒᆞ더니 셩샹셔의 셔간을 보고 대희ᄒᆞ여 마져 본즉, 외모 단졍ᄒᆞ고 문답이 여류ᄒᆞ니 한림이 대열ᄒᆞ여 셔역을 맛겨 두니, 동청이 한갓 셔ᄉᆞ에 능통홀 ᄲᅮᆫ 아니라 셩픔[품]이 령리ᄒᆞ야 사ᄅᆞᆷ의 ᄯᅳᆺ을 잘 맛춤으로 ᄃᆡ셔 슈응에 한림의 심ᄉᆞ를 알아 슈족ᄀᆞᆺ치 ᄒᆞ니 한림이 ᄉᆞ랑ᄒᆞ야 ᄀᆞ장 신임ᄒᆞ고 말을 신청ᄒᆞ더니, 일일은 부인이 한림ᄃᆞ려 무러 왈,

"동싱은 본ᄃᆡ 단졍ᄒᆞᆫ 사ᄅᆞᆷ이 아니라 두루 남의 집에 탁신ᄒᆞ다가 용납지 못ᄒᆞ고 랑패ᄒᆞ여 여긔ᄭᆞ지 왓다ᄒᆞ니 그 ᄒᆡᆼ실을 가히 알지라. 샹공은 두시지 말고 보내쇼셔."

한림 왈,

"남의 말만 듯고 그 실샹을 엇지 알며, 다만 그 ③④ 손을 빌어 슈고를 ᄃᆡ신홀 ᄯᆞᄅᆞᆷ이오, ᄒᆞ믈며 나ᄂᆞᆫ 저로 더브러 친구 안닌 즉 단졍치 아닌 것이 나와 관계홀 배 아닌가 ᄒᆞᄂᆞ이다."

샤부인 왈,

"샹공이 저로 더브러 친구ᄂᆞᆫ 아니나 오래 ᄒᆞᆫ가지 잇스면 쳥덕에 해로올 듯ᄒᆞ오니 션존구ᄭᅴ셔 만일 계오시면 이런 사ᄅᆞᆷ을 용납지 아니ᄒᆞ리이다."

한림 왈,

"부인의 말이 올흐ᄃᆡ 근ᄅᆡ 시쇽이 효박ᄒᆞ여 동쳥의 일이 사ᄅᆞᆷ의 참쇼를 맛난가 시브오니, 오래 두고 보면 그 사ᄅᆞᆷ의 시비를 알 것이니 죵ᄎᆞ

쳐결이 됴흘 듯 ᄒᆞ오이다"

ᄒᆞ니라.

교녜 부인의 말에 한림이 동쳥을 보내지 아니ᄒᆞᄂᆞᆫ 줄 알고 밧그로 통로ᄒᆞ여 악ᄉᆞ를 모의코져 ᄒᆞ여 랍ᄆᆡ로 ᄒᆞ여곰 동쳥을 ᄉᆞ통ᄒᆞ여 음흉ᄒᆞ고 간ᄉᆞᄒᆞᆫ 일을 서로 의론ᄒᆞ니, 슯흐다! 녜로브터 ᄉᆞ부가 규문 안이 ᄒᆞᆫ 번 졍도를 일흐면 만ᄉᆞ가 ᄒᆡ이ᄒᆞᆫ지라. 심낭이 쟝부 요혹ᄒᆞᄂᆞᆫ 슐법을 ᄀᆞᄅᆞ치니 한림이 ᄌᆞ연 침닉ᄒᆞ여 젼일과 다른지라. 샤부인이 그윽이 근심ᄒᆞ더라. 교녜 심낭ᄃᆞ려 왈,

"녀ᄌᆞ의 35 일신 영욕이 쟝부에 달녓스니 늠늠ᄒᆞ여 ᄒᆞ로도 ᄆᆞᄋᆞᆷ을 펴지 못ᄒᆞ고야. 화복이 엇더ᄒᆞᆫ 줄 알니오? 심낭이 젼일 나를 ᄀᆞᄅᆞ쳐 일을 ᄒᆞᆷ애 여합 부졀이 맛쳣거니와 내 들으니 방ᄌᆞᄒᆞᄂᆞᆫ 법을 안다 ᄒᆞ니 심낭은 나를 위ᄒᆞ여 샤부인 모ᄌᆞ를 졔어ᄒᆞᆫ 즉 내 죽기 젼에 졍셩을 다ᄒᆞ여 은혜를 갑흐리로다."

심낭이 침음 량구에 왈,

"내가 이제 슐법을 시험ᄒᆞᆫ 즉 병이 들어 병신도 되고 병인이 낫기도 ᄒᆞ오나 이 ᄃᆡᆨ에 ᄃᆞᆫ닌지 오래 읍고 츌입을 무상이 ᄒᆞ엿ᄉᆞ오니, 만일 그런 일을 ᄒᆞ엿다가 발각이 되오면 내 몸의 위ᄐᆡᄒᆞᆫ 것은 닐으지 말고 부인과 낭ᄌᆞᄂᆞᆫ 뎍국이 될지라. 그 죄 어ᄃᆡ로 가리오? 다만 ᄒᆞᆫ 계괴 잇스니 쟝쥬 공ᄌᆞ가 병이 들거든 낭지 또ᄒᆞᆫ 병든 체ᄒᆞ고 낭ᄌᆞ와 공ᄌᆞ를 해ᄒᆞ려 져쥬ᄒᆞᄂᆞᆫ 축ᄉᆞ와 부작을 만히ᄒᆞ야 낭ᄌᆞ 침실에 두엇다가 한림 들어오시ᄂᆞᆫ ᄯᆡ에 엇은 체ᄒᆞ여 한림으로 의심을 닐위이게 ᄒᆞ고 낭지 참쇼ᄒᆞ여 한림을 공동ᄒᆞ면 낭ᄌᆞ의 ᄯᅳᆺ을 엇고 근심 36 ᄒᆞ실 배 업ᄉᆞᆸᄂᆞ이다."

교녜 대희ᄒᆞ여 심낭을 후샹ᄒᆞ니라.

간인의 ᄯᅳᆺ과 ᄀᆞᆺ치 얼마아녀 쟝쥬가 홀연 놀나 병 들어 대단ᄒᆞ니 한림

이 놀나 의원을 청ᄒᆞ여 약을 먹이고 근심ᄒᆞ더라. 이때에 교녜 심낭의 계교ᄅᆞᆯ 힝코자ᄒᆞ나 샤시의 필적을 모범치 못ᄒᆞᆷ으로 근심ᄒᆞ여 랍ᄆᆡᄃᆞ려 왈,

"샤시의 필적을 동쳥이 아니면 모본치 못ᄒᆞᆯ 것이니 엇지ᄒᆞ리오?"

랍ᄆᆡ 왈,

"동ᄉᆡᆼ이 ᄆᆡ양 샤시ᄅᆞᆯ 원망ᄒᆞ고 ᄂᆡᆼᄌᆞᄅᆞᆯ 감격ᄒᆞ여 ᄒᆞ오니 이 말을 ᄒᆞ오면 잘 들을 것이오, 루셜ᄒᆞᆯ리 업스리이다."

교녜 왈,

"만일 이 일을 셩ᄉᆞᄒᆞ면 쳔금을 앗기지 안코 보답ᄒᆞᆯ 터이니 의론ᄒᆞ여 보라"

ᄒᆞ고 샤시의 필적을 엇어주니, 랍ᄆᆡ 동쳥ᄃᆞ려 의론ᄒᆞ야 동쳥이 허락ᄒᆞᆫ ᄃᆡ, 랍ᄆᆡ 교녀 침소에 들어오니 교녜 급히 무르ᄃᆡ,

"엇지ᄒᆞ엿ᄂᆞ뇨?"

랍ᄆᆡ ᄃᆡ왈,

"허락은 ᄒᆞ오나 갑을 과이 달나더이다."

교녜 왈,

"동ᄉᆡᆼ이 본시 탐ᄌᆡᄒᆞᄂᆞᆫ 류라. 금은을 만히 주어 저의 욕심이 차도록 ᄒᆞ리라."

랍ᄆᆡ 웃고 왈,

"비단 금은[37]이 아니라 어려온 갑을 청구ᄒᆞ오니 난쳐ᄒᆞ더이다."

교녜 우서 왈,

"금은 진보 더ᄒᆞᆫ 갑이 무엇이뇨?"

랍ᄆᆡ 갓가이 안져 가만이 수어ᄅᆞᆯ ᄒᆞ니, 교녜 머리ᄅᆞᆯ 숙여 아모 말 업시 웃더라.

슯흐다! 요쳡이 간비로 외긱을 교통ᄒᆞ니, 이런 고로 인가에 ᄂᆡ외 분별을 엄격히 홈이 가ᄒᆞ도다.

교녀 노쥬와 동청 삼인이 샤부인 모ᄌᆞ를 모해ᄒᆞ니 하회 엇더ᄒᆞᆫ고?

한림이 쟝쥬의 병을 근심ᄒᆞ더니, 교네 ᄯᅩ 병이 잇셔 슉식을 못ᄒᆞ고 번젼ᄒᆞ며 야간에 셤어ᄒᆞᄂᆞᆫ지라. 한림이 번민ᄒᆞ더니, 일일은 랍ᄆᆡ 부억 아래에셔 사ᄅᆞᆷ의 ᄲᅵᆨ골과 ᄒᆞᆫ 쟝 글을 엇어 교녀에게 드리거ᄂᆞᆯ 교녀와 한림이 놀나 글을 보니 져쥬ᄒᆞᆫ 것이라. 한림이 얼골빗이 흙빗이 되며 말을 못ᄒᆞ니 교네 울며 왈,

"쳡이 샹공 ᄐᆡᆨ에 들어온 지 ᄉᆞ년이라. 불션ᄒᆞᆫ ᄒᆡᆼ실과 불슌ᄒᆞᆫ 말을 무론 아모에게 던38지 도모지 ᄒᆞᆫ번이라도 ᄒᆞᆫ 일이 업거ᄂᆞᆯ 엇던 사ᄅᆞᆷ이 흉악ᄒᆞᆫ 져쥬로 우리 모ᄌᆞ를 죽이고쟈 ᄒᆞᄂᆞᆫ고?"

한림이 글시를 보니 부인의 필젹과 방불ᄒᆞᆫ지라. 침음 믁[묵]연ᄒᆞ니 교네 왈,

"이 일을 엇지 ᄒᆞ시려 ᄒᆞ시ᄂᆞ잇가?"

한림 왈,

"죵젹이 ᄌᆞ셰치 아니ᄒᆞ고 일을 ᄉᆞ힉ᄒᆞ랴 ᄒᆞ면 무죄ᄒᆞᆫ 사ᄅᆞᆷ이 여럿이 샹ᄒᆞᆯ 것이오. 임의 파내엿슨 즉 ᄌᆡ홰 업슬지니 쇼화ᄒᆞ여 집안에 요란치 아니ᄒᆞ고 조심ᄒᆞ면 관계치 아니ᄒᆞ리라."

교녜 ᄀᆞᆯᄋᆞᄃᆡ,

"이 극히 합당ᄒᆞ여이다."

한림이 랍ᄆᆡ에게 신칙ᄒᆞ여,

"이 말을 삼가 입 밧게 내지 말라"

ᄒᆞ고 닐어 밧그로 나가니라. 랍ᄆᆡ 교녀ᄃᆞ려,

"월낭ᄌᆞ의 계괴 글넛습ᄂᆞ이다."

교녜 왈,

"다만 샹공으로 뎌 사ᄅᆞᆷ을 의심케만 ᄒᆞ면 ᄎᆞᄎᆞ 다른 계괴 잇스리라."

한림이 져쥬ᄒᆞᆫ 글시와 흉악ᄒᆞᆫ 일을 보고 ᄂᆡ념에 ᄉᆡᆼ각ᄒᆞᄃᆡ,

'필젹이 딩녕 ᄒᆞᆫ 부인의 슈셕이라. 크게 의심ᄒᆞ여 불에 살나 그 죵적을 업시ᄒᆞ엿스나 거번 교녀의 말에 저를 투긔ᄒᆞᆫ다 ᄒᆞᆷ을 밋지 아니 ᄒᆞ엿더니 이번 이 39 러ᄒᆞᆫ 일이 잇슬 줄 엇지 ᄉᆡᆼ각ᄒᆞ엿스리오? ᄌᆞ식이 업ᄂᆞᆫ 것을 근심ᄒᆞᆷ으로 나를 권ᄒᆞ여 교녀를 취ᄒᆞ게 ᄒᆞ고 아들을 나음애 교시 모ᄌᆞ를 해코져 ᄒᆞ니 졔 샹시에 ᄒᆞ기를 녯글을 닑어 투긔ᄒᆞᄂᆞᆫ ᄒᆡᆼ실을 아니ᄒᆞ노라 ᄒᆞ더니 것흐로 이리ᄒᆞ고 속으로 달니ᄒᆞ니 인심을 측량치 못ᄒᆞ리라'

ᄒᆞ고 이에 샤부인 ᄃᆡ졉ᄒᆞ기를 박히ᄒᆞ며 속으로 참고 말을 아니ᄒᆞ나 엇지 ᄉᆞ긔을 모르리오? 샤부인이 긔ᄉᆡᆨ을 보고 의려ᄒᆞ고 근심ᄒᆞ더니, 샤부인 모친의 병이 즁ᄒᆞ다 급보가 오니 부인이 창황 망조ᄒᆞ여 한림ᄭᅴ 고왈,

"친환이 위즁타 ᄒᆞ오니 가셔 시탕ᄒᆞ기를 허ᄒᆞ쇼셔."

한림 왈,

"악모ᄭᅴ셔 병환이 계오신ᄃᆡ 부인이 엇지 아니가리오?"

ᄒᆞ니, 부인이 칭샤ᄒᆞ고 교녀를 불너 왈,

"내 가ᄉᆞ를 그ᄃᆡ만 밋ᄂᆞ니 부ᄃᆡ ᄉᆞᆲ히라. 내 이제 가면 날이 오랠 듯ᄒᆞ니 섭섭ᄒᆞ여 ᄒᆞ노라."

교녜 슌슌이 명을 밧더라.

부인이 린ᄋᆞ를 다리고 신셩에 가 모녜 샹봉ᄒᆞ니 환희ᄒᆞ나 샤부인이 친환을 초민이 녁여 40 의약으로 다ᄉᆞ려 졍셩을 다ᄒᆞᄂᆞᆫᄃᆡ 한림이 조차

가 문병ᄒᆞ고 의약을 친히 간검ᄒᆞ여 반ᄌᆞ지도를 다ᄒᆞ더라.

ᄎᆞ셜. 산동 산셔 하남 셰 고을에 흉년이 들어 ᄇᆡᆨ셩이 류리ᄒᆞᄂᆞᆫ지라. 텬ᄌᆞ 근심ᄒᆞ샤 사ᄅᆞᆷ을 갈히여 보내샤 긔민을 구원ᄒᆞ라 ᄒᆞ실 ᄉᆡ, 한림이 슈의지명을 밧아 즉일 죠뎡을 하직ᄒᆞ고 밧비 감으로 샤부인과 서로 보지 못ᄒᆞ고 써나니라.

한림이 나간 후 교녜 동청과 긔탄 업시 교통ᄒᆞ며 교녜 동쳥ᄃᆞ려 왈,

"이제 한림이 멀니 나가 오래 집에 도라오지 아니ᄒᆞ리니, 이 졍히 됴흔 계교를 힝ᄒᆞᆯ 쌔니라."

동쳥 왈,

"내 계괴 잇스니, 샤시로 ᄒᆞ여곰 죽게 ᄒᆞ거나 죽지 아니ᄒᆞ여도 이 집에 잇지 못ᄒᆞ게 ᄒᆞ리라"

ᄒᆞ고 가만이 닐ᄋᆞᄃᆡ,

"여ᄎᆞ여ᄎᆞᄒᆞ면 됴흐리라"

ᄒᆞ니 교녜 대희ᄒᆞ여 왈,

"그ᄃᆡ의 계교ᄂᆞᆫ 귀신도 측량치 못ᄒᆞ리로다. 그러나 누를 식여 이 일을 ᄒᆞ리오?"

동쳥 왈,

"내 심복의 벗 링진이란 사ᄅᆞᆷ이 ᄭᅬ 만코 말 잘ᄒᆞ니, 일은 [41] 됴히ᄒᆞ려니와 샤시의 ᄉᆞ랑ᄒᆞ고 한림의 익이 아ᄂᆞᆫ 패물 ᄒᆞ나를 엇어야 셩ᄉᆞᄒᆞᆯ 터이나 엇기 어러올가 ᄒᆞ노라."

교녜 왈,

"이것을 아모됴록 엇을 것이니 념려 말라"

ᄒᆞ고 샤부인의 시비 셜ᄆᆡ를 불너 닐ᄋᆞᄃᆡ,

"네 능히 부인의 보패를 엇을가 시브냐?"

셜미 디왈,

"쉽지 못홀 듯 ᄒᆞ오이다."

교녀 금은을 만히 주고 빅단으로 달니는 즁 셜미는 랍미의 ᄉᆞ촌이라. 랍미 쏘ᄒᆞᆫ 무수이 쇠이니 셜미 왈,

"부인의 보패를 다 샹ᄌᆞ에 너코 잠것스니 혹시 맛는 열쇠 잇스면 엇을가 ᄒᆞ오니 만일 루셜ᄒᆞ면 너와 내 죽고 마지 못ᄒᆞ리라."

랍미 셜미의 말을 교녀에게 고ᄒᆞ니, 교녀 즉시 열쇠 이십여 ᄀᆡ를 내여 주며 왈,

"보패 즁에 부인이 ᄉᆞ랑ᄒᆞ고 한림이 익이 보던 것을 엇어 오라."

셜미 열쇠를 품에 품고 가만이 밤에 샤부인 침소에 들어가 샹ᄌᆞ를 열고 옥지환을 내여 교녀를 주어 왈,

"이것이 보비 중에 뎨일이오, 류시의 젼릭ᄒᆞ는 것이온딕 션로야씌오셔 ᄉᆞ급ᄒᆞ신 배니이다."

교녀 대희ᄒᆞ야 랍(42)미를 즁샹ᄒᆞ고 당부ᄒᆞ여 루셜치 말라 ᄒᆞ고 동쳥을 힝계ᄒᆞ라 ᄒᆞ다.

ᄎᆞ셜. 신성 샤부인 모친의 통부가 오고 샤부인의 글월이 니르니 ᄒᆞ엿스딕,

샤공ᄌᆞ 어리고 친샹을 당ᄒᆞ여 쥬쟝ᄒᆞ리 업슴으로 쟝례 후 도라갈 것이니 그 ᄉᆞ이 가ᄉᆞ를 힘써 간검ᄒᆞ라

ᄒᆞ엿는지라. 교녀 즉시 랍미를 보내여 치위ᄒᆞ니라.

ᄎᆞ시, 한림이 미복으로 산동에 와 방방곡곡이 민졍을 탐지홀 시, 일일은 동챵 ᄀᆡᆨ침에 안졋슬 째 ᄒᆞᆫ 쇼년이 밧그로셔 들어오거늘 한림이 죵적

을 그이려 모르는 체ᄒᆞ고 안졋더니, 그 쇼년이 읍ᄒᆞ고 거쥬와 셩명을 뭇거늘 한림 왈,

"나는 두루 ᄃᆞ니는 사ᄅᆞᆷ이라. 거쳐 업거니와 그ᄃᆡ는 어ᄃᆡ로셔 오며 존셩과 대명이 뉘신잇가?"

쇼년이 ᄀᆞᆯ오ᄃᆡ,

"나는 남방 사ᄅᆞᆷ이온ᄃᆡ 셩명은 ᄅᆡᆼ진이로소이다. 감히 뭇잡노니 존셩과 대명을 들어지이다."

한림이 셩명을 곳쳐 닐으고 서로 안져 말ᄒᆞ니, ᄅᆡᆼ진이 구변이 공교ᄒᆞ여 대답이 류슈ᄀᆞᆺ고 문변이 유여ᄒᆞ니 한림(43)이 ᄉᆡᆼ각ᄒᆞᄃᆡ,

'이 사ᄅᆞᆷ이 반다시 아람다온 션ᄇᆡ라'

ᄒᆞ고 ᄯᅩ 무러 왈,

"시방 어ᄃᆡ로 향ᄒᆞ나뇨? 말소래ᄅᆞᆯ 들으니 남방 사ᄅᆞᆷ의 말소래 아니오 경셩 언셩과 ᄀᆞᆺ도다."

쇼년 왈,

"쇼뎨 본ᄃᆡ 외로온 죵적이 표박ᄒᆞ여 경셩에도 가고 신셩에도 잇고 두루 ᄃᆞ니옵는ᄃᆡ 지금은 ᄇᆡᆨ[북]방으로 향ᄒᆞᄂᆞ이다"

ᄒᆞ니 슈일ᄀᆞᆺ치 ᄀᆡᆨ뎜에 들어 자더니, 명죠에 그 쇼년이 옷을 닙거늘 한림이 맛츰 보니 속고롬에 옥지환이 매엿는지라. 잠간 보앗스나 ᄌᆞ긔 집 고물을 엇지 모르리오? 말을 아니ᄒᆞ나 ᄆᆞᄋᆞᆷ이 놀납고 괴이ᄒᆞ여 쇼년ᄃᆞ려 왈,

"내 일즉 옥을 만이 보아 옥픔[품]을 아는ᄃᆡ 형의 찬 옥지환이 됴흔가 시브니 ᄒᆞᆫ번 구경ᄒᆞ기ᄅᆞᆯ 쳥ᄒᆞ노라."

쇼년이 머뭇거리다가 글너 보이거늘 한림이 ᄌᆞ세 보니 지환에 샥인 것과 졔되 뎡녕 무의 ᄌᆞ긔 것이라. 머리털노 동심결을 매졋거늘 더욱 괴이ᄒᆞ나 ᄉᆡᆨ지 아니ᄒᆞ고 왈,

"옥이 졀픔[품]이라. 형이 어ᄃᆡ셔 엇엇스며 두 발로 동심결을 매졋스니 심샹치 아니ᄒᆞ 44 도다."

쇼년이 안ᄉᆡᆨ이 쳑연ᄒᆞ여 ᄃᆡ답지 안코 거두어 차거ᄂᆞᆯ 한림이 ᄯᅩ 무르니 쇼년이 답왈,

"나의 아ᄂᆞᆫ 사람이 졍표ᄒᆞᆫ 것이니 본ᄉᆞᄅᆞᆯ 알아 무엇ᄒᆞ리오?"

한림이 ᄆᆞ음에 ᄉᆡᆼ각ᄒᆞᄃᆡ,

'이 옥환이 뎡녕ᄒᆞᆫ 우리 집 물건이라. 이 사ᄅᆞᆷ이 신셩으로 왓다ᄒᆞ니, 필연 샤시의 시비가 도적ᄒᆞ여 이 사ᄅᆞᆷ의게 팔앗도다. 그러나 머리털로 동심결을 매엿스니 괴이ᄒᆞ도다.'

한림이 여러 날 그 쇼년으로 동쳐ᄒᆞ여 졍의 친밀ᄒᆞ니 그 취ᄒᆞᆫ ᄡᅢᄅᆞᆯ ᄐᆞ무러 왈,

"형이 이 옥환 실샹을 긔이지 말라."

쇼년이 차탄 왈,

"이 말ᄒᆞ기 무엇이 어려오리ᄋᆞ만은 말이 루셜ᄒᆞᆫ 즉 졍표ᄒᆞᆫ 사ᄅᆞᆷ에게 환을 일울가 져허ᄒᆞᆷ이니 형은 괴이히 녁이지 말라. 다만 신셩에 잇슬 ᄡᅢ에 유셩ᄒᆞᆫ 사ᄅᆞᆷ이 졍표ᄒᆞᆫ 것이로라."

한림 왈,

"그런 긔회ᄅᆞᆯ 두고 어ᄃᆡ로 가ᄂᆞ뇨?"

쇼년이 탄식 왈,

"셰샹 일이 ᄯᅳᆺ과 ᄀᆞᆺ지 못ᄒᆞ여 가노라"

ᄒᆞ며 잠연이 루슈 흘으니 한림 왈,

"형은 다졍ᄒᆞᆫ 사ᄅᆞᆷ이로다"

ᄒᆞ고 이날 술 먹고 한 가지 자고 명일 길을 난화 45 ᄡᅥ나니라.

한림이 옥환을 본후로 심ᄉᆡᆨ 샹ᄒᆞ여 ᄉᆡᆼ각이 여러 가지로 의심이 ᄯᅩᄒᆞᆫ

ᄆᆡᆼ동ᄒᆞ더니, 안민 진휼ᄒᆞ고 반년 만에 텬ᄌᆞᄭᅴ 복명ᄒᆞ고 집에 도라오니 샤부인이 신셩으로셔 왓더라. 부인ᄭᅴ 치위ᄒᆞ고 교녀와 린ᄋᆞ며 장쥬ᄅᆞᆯ 불너 보다가 옥환 일을 ᄉᆡᆼ각ᄒᆞᆷ의 변ᄉᆡᆨᄒᆞᆷ을 ᄭᆡ다지 못ᄒᆞ고 샤부인을 향ᄒᆞ여 문왈,

"젼에 션대인이 주시던 옥환이 어ᄃᆡ 잇ᄂᆞ잇가?"

부인 왈,

"샹ᄌᆞ에 잇거니와 엇지 무르시ᄂᆞ잇가?"

한림 왈,

"의심된 일이 잇슴으로 샹고ᄒᆞ고자 ᄒᆞᄂᆞ이다."

샤부인이 한림의 안ᄉᆡᆨ이 변ᄒᆞ고 지환 차지심이 괴이ᄒᆞ여 샹ᄌᆞᄅᆞᆯ 가져오라 ᄒᆞ여 열고 보니, 다른 보ᄇᆡᄂᆞᆫ 다 잇스ᄃᆡ 홀로 옥지환이 간 ᄃᆡ 업거ᄂᆞᆯ 부인이 경왈,

"분명 이 상ᄌᆞ에 너헛거ᄂᆞᆯ 엇지ᄒᆞ여 업ᄂᆞ뇨?"

ᄒᆞ니, 한림이 더욱 변ᄉᆡᆨ 무언ᄒᆞ거ᄂᆞᆯ 부인 왈,

"샹공이 지환 간 곳을 알으시ᄂᆞ잇가?"

한림 왈,

"부인이 임의 졍인을 주고 엇지 날ᄃᆞ려 뭇ᄂᆞ뇨?"

부인이 ᄶᅡᆷ작 놀나고 긔가 막히여 말을 못ᄒᆞ더니, 시비 두부[46]인의 ᄅᆡ림ᄒᆞ심을 고ᄒᆞ니 한림이 마져 ᄇᆡ알ᄒᆞ고 피ᄎᆞ 인ᄉᆞᄅᆞᆯ 맛친 후 한림이 고왈,

"가즁에 변이 잇ᄉᆞ와 고ᄒᆞ고자 ᄒᆞᄂᆞ이다."

두부인이 놀나 무러 왈,

"무ᄉᆞᆷ 일이뇨?"

한림이 ᄅᆡᆼ진쟈의 말을 낫낫치 고ᄒᆞ니, 샤부인이 겻헤셔 듯다가 놀납

고 츄흠이 영쉬 멸어 귀를 씻지 못홀지라. 분훈 눈물이 비 오듯 ᄒᆞ여 왈,

"쳡이 무샹ᄒᆞ와 이런 일로 샹공의 몸을 더러이고 풍교의 죄를 엇엇스니 죽기는 쳐분ᄃᆡ로 ᄒᆞ려니와 고어에 왈, '군ᄌᆞ는 참언을 신청치 아닌다' ᄒᆞ오니 샹공은 슓히쇼셔"

ᄒᆞ며 비읍ᄒᆞ기를 마지 아니ᄒᆞ니, 한림이 두부인ᄭᅴ 고왈,

"이 일은 맛당이 법으로 쳐치ᄒᆞ겟ᄉᆞ오니 엇지 ᄒᆞ오릿가?"

두부인이 노칙ᄒᆞ여 왈,

"현질의 총명과 식견이 션형과 엇더ᄒᆞ뇨?"

한림이 ᄃᆡ왈,

"엇지 감히 션군을 ᄇᆞ라오릿가?"

두부인이 노왈,

"그런즉 션형ᄭᅴ셔 총명 식견이 놈에게 지나시고 텬[톈]하의 일을 만히 격그셧슴애 사름을 훈번 보시면 션악과 심지를 알으시는지라. 이럼으로 질부[47]를 훈번 보심애 칭찬ᄒᆞ샤 왈, '쳔고의 슉녀 졀부라도 밋지 못ᄒᆞ리라' ᄒᆞ샤 림죵 시에 현질에게 부탁ᄒᆞ신 말숨이 뎡녕ᄒᆞ시니 이는 질부의 졀부 셩녀됨을 익히 알으시는 배라. 이제 현질이 쉼 밧긔 말로 질부를 욕ᄒᆞ니 십분 불명 무샹훈 말이로다. 이는 가닉에 요악훈 사름이 잇셔 질부를 모함ᄒᆞ는 일이고 비복 간에 잡된 재 잇슴이어늘 네 그 일을 엄형 ᄉᆞ획홀 줄은 모르고 도로혀 질부를 의심ᄒᆞ니 혼암 불명홈이 태심ᄒᆞ도다. 현질이 이러훈 일을 결단치 못ᄒᆞ고 엇지 쵸뎡에 츙수ᄒᆞ여 군샹을 보좌ᄒᆞ며 ᄯᅩ훈 션형의 슈교를 잇고 가풍을 츄락고자 ᄒᆞ는다?"

한림이 ᄃᆡ왈,

"슉모의 명괴 맛당ᄒᆞ시오나 쇼질이 미혹홈을 ᄭᆡ닷지 못ᄒᆞ여 ᄒᆞᄂᆞ이다."

이에 즉시 형구를 크게 베풀고 모든 시비를 엄형 츄문ᄒᆞ니 무죄훈 시

비는 다만 형장을 밧을 섄이어니와 기즁 셜미는 혼 가지 죄를 당ᄒᆞ되 직고ᄒᆞ면 죽을 줄 아는지라. 실샹을 은휘ᄒᆞ니 엇지 발각ᄒᆞ리오? 두부인이 48 샤시의 ᄇᆡᆨ옥 무하ᄒᆞᆷ을 아나 쇼셜이 무익ᄒᆞ여 ᄒᆞᆯ 수 업셔ᄒᆞ고 샤부인이 악명을 씻지 못ᄒᆞᆫ 고로 거젹을 ᄭᆞᆯ고 화복을 벗고 쳥의로써 스ᄉᆞ로 죄인으로 ᄌᆞ쳐ᄒᆞ더라. 한림이 젼후 참쇼를 귀에 젓게 들엇는지라. 샤시를 본 체 아니ᄒᆞ고 다만 교녀와 쾌락히 지내더라. 한림이 교녀로 더브러 샤시의 일을 의론ᄒᆞ니 교녜 왈,

“두부인 말ᄉᆞᆷ이 올흐시나 편벽도이 샤부인은 기리시고 ᄉᆞ랑ᄒᆞ시며 샹공은 나모라 심이 심ᄒᆞ시니 극히 ᄋᆡ닯ᄉᆞ오며 션쇼ᄉᆞᄭᅴ셔 총명 식견이 계시오나 샤시 들어온지 얼마 못 되여 하셰 ᄒᆞ셧ᄉᆞ오니 샤시의 심폐를 엇지 ᄌᆞ셰이 알으시릿가?”

한림 왈,

“샤시 젼에 말ᄒᆞ는 것이 조곰도 구챠치 아니ᄒᆞᆷ애 이런 일이 업슬 줄 알앗더니 거번 져쥬ᄒᆞᆫ 일을 보아도 무ᄉᆞᆷ 일을 못ᄒᆞ리오?”

교녜 왈,

“샹공이 장ᄎᆞᆺ 샤부인을 엇지 코져 ᄒᆞ시ᄂᆞ잇가?”

한림 왈,

“젼후 일이 분명ᄒᆞᆫ 것을 잡지 못ᄒᆞ고 ᄯᅩ 저와 션군의 삼년상을 지내고 두부인ᄭᅴ셔 힘써 붓드시니 참 49 아 보내지 못ᄒᆞ노라.”

교녜 잠잠ᄒᆞ더라.

교녜 ᄯᅩ 아들을 나흐니 이는 곳 동쳥의 혈쇽이나 엇지 한림이 알니오? 한림이 ᄉᆞ랑ᄒᆞ야 일홈을 봉쥬라 ᄒᆞ다. 교녜 동쳥ᄃᆞ려 왈,

“한림의 말이 여ᄎᆞ여ᄎᆞᄒᆞ니 이ᄯᅢ를 ᄐᆞ 됴흔 계교로 아조 업시ᄒᆞ여야 후환이 업시리라”

ᄒᆞ더라.

이ᄯᅢ 두부인이 집에 도라와 옥환의 죵적을 두루 탐지ᄒᆞᄃᆡ 알 길이 업ᄂᆞᆫ지라. ᄉᆞ면으로 사ᄅᆞᆷ을 노와 아모됴록 근ᄆᆡᆨ을 알냐ᄒᆞ더라. 동쳥이 교녀ᄃᆞ려 일너 왈,

"두부인이 ᄆᆡ양 샤시를 두호ᄒᆞ야 말ᄒᆞ니 한림과 두부인 ᄉᆞ이를 리간ᄒᆞ야 저의 틈이 나면 샤시 입시ᄒᆞ기ᄂᆞᆫ 말은 나무 썩늣ᄒᆞ리니 근심 업다"
ᄒᆞᄂᆞᆫ지라. 교녜 왈,

"한림이 두부인을 부모ᄀᆞᆺ치 알므로 ᄆᆡ양 말을 ᄒᆞ여도 듯지 아니ᄒᆞ니 ᄀᆞ장 어렵도다"
ᄒᆞ며 량인이 서로 근심ᄒᆞ더라.

이ᄯᅢ 두부인의 아들 두억이 급뎨ᄒᆞ야 쟝사원을 ᄒᆞ여 두부인을 뫼시고 ᄐᆡᆨ일ᄒᆞ야 ᄯᅥ나려 ᄒᆞᆯ ᄉᆡ, 좌즁에 샤부인 업슴을 셜워ᄒᆞ야 한림ᄃᆞ려 왈,

"내 이제 ᄋᆞᄌᆞ의[50] 외임에 마지 못ᄒᆞ여 ᄯᆞ라가나 우슉이 현질에게 특별이 ᄒᆞᆫ 말을 부탁ᄒᆞ노니 이후에 질뷔 열 번 잘못ᄒᆞᆫ다 ᄒᆞᄂᆞᆫ 일이 잇서도 현질이 ᄌᆞ단치 말고 우슉에게 통긔ᄒᆞ야 의론ᄒᆞᆫ 후 결단ᄒᆞ라. 질뷔 본ᄃᆡ 슓ᄒᆞ고 외로오며 현부 슉녜니 삼가 ᄇᆡᆨ 번 참언이 잇서도 신쳥지 말고 ᄆᆡᄉᆞ를 ᄌᆞ상이 슓혀 일후에 후회ᄒᆞᄂᆞᆫ 일이 업게ᄒᆞ라."

한림이 슈명 ᄇᆡ샤 왈,

"삼가 명교를 씌에 샥이리이다."

두부인이 샤부인을 작별코져 좌우ᄃᆞ려 부인 잇ᄂᆞᆫ 곳을 인도ᄒᆞ라 ᄒᆞ니, 시녜 인도ᄒᆞ야 샤부인 잇ᄂᆞᆫ 곳에 니르니 샤부인이 루츄ᄒᆞᆫ 뵈옷과 헛흔 머리로 형용이 쵸췌ᄒᆞ여 ᄒᆞᆫ 귀형이 되엿ᄂᆞᆫ지라. 방즁을 봄애 츄ᄒᆞᆫ 방에 거적을 ᄭᆞᆯ아 ᄃᆡ죄인의 모양이라. 샤부인이 두부인의 오심을 듯고 마져 ᄇᆡ례ᄒᆞ며 톄읍ᄒᆞ여 왈,

"이제 경ᄉᆞ로 멀니 힝ᄎᆞᄒᆞ심을 듯자오나 루명이 ᄌᆞ신에 즁ᄒᆞ온 고로 능히 맛ᄌᆞ와 경츅ᄒᆞᄂᆞᆫ 례ᄅᆞᆯ 못ᄒᆞ오니 죄 더욱 깁도소이다. 오날 이 몸이 살아 존안을 득승ᄒᆞ와 영(51)결ᄒᆞ오니 이 죽어도 ᄒᆞᆫ이 업도소이다."

두부인이 손을 잡아 참연이 눈물을 내여 왈,

"션형이 림죵 시에 질부 ᄂᆡ외로써 내게 부탁ᄒᆞ시던 유언이 오히려 귀가에 잇ᄂᆞᆫ지라. 우슉이 질ᄋᆞᄅᆞᆯ ᄀᆞᄅᆞ치지 못ᄒᆞ야 질부로 ᄒᆞ여곰 이 디경에 잇게 ᄒᆞ엿스니 다 우슉의 잘못ᄒᆞᆫ 허물이라. 그러나 향일 교녀 ᄌᆞ귀시에 우슉의 말을 ᄉᆡᆼ각ᄒᆞᄂᆞᆫ다?"

샤부인이 ᄃᆡ왈,

"엇지 니졋ᄉᆞ오릿가? 죄 쳡이 눈이 잇서도 사ᄅᆞᆷ을 아지 못ᄒᆞ엿ᄉᆞ오니 누구ᄅᆞᆯ ᄒᆞᆫᄒᆞ오릿가?"

두부인 왈,

"슯흐다! 그ᄃᆡ 일즉 구고ᄅᆞᆯ 여희고 나로 더부러 의지ᄒᆞ엿더니 내 이제 멀니 ᄯᅥ나 그ᄃᆡᄅᆞᆯ 잇지 못ᄒᆞ여 심신이 안온치 못ᄒᆞ도다. 현금 ᄉᆞ세ᄅᆞᆯ 보건댄 질뷔 결단코 보젼ᄒᆞ야 잇기 어려오니, 만약 일이 잇셔 이곳에 잇지 못ᄒᆞ게 되면 신셩 본 집이 됴흐나 이ᄂᆞᆫ 곳 참쇼 널어ᄂᆞᆫ 곳이라 못 잇슬 것이오, 그런 즉 의지ᄒᆞᆯᄃᆡ 업슬지니 내게 긔별ᄒᆞ라. 쟝사가 비록 여러 쳔 리라도 ᄇᆡᄅᆞᆯ 타면 ᄐᆞ면 통로ᄒᆞ기 쉬우니 부ᄃᆡ 닛지(52) 말고 긔별ᄒᆞ라. ᄯᅩ 내게와 잇스면 참언이 업슬 것이오 저의ᄒᆞᄂᆞᆫ 동졍을 보리라."

샤시 눈물이 비 오듯 줄기로 흘으며 울어 왈,

"명괴 맛당ᄒᆞ시오나 쳡의 명되 다 험ᄒᆞ와 ᄅᆡ두ᄅᆞᆯ 측량치 못ᄒᆞ오니 다시 존하에 ᄇᆡ알ᄒᆞ기ᄅᆞᆯ 긔필치 못ᄒᆞᄂᆞ이다."

두부인이 손을 잡고 눈물을 흘니며 샤부인이 ᄯᅩᄒᆞᆫ 눈물을 ᄲᅮ리고 ᄇᆡ별ᄒᆞ니, 한림이 두부인을 ᄇᆡ송ᄒᆞᆯ ᄉᆡ 두부인이 샤시ᄅᆞᆯ 한림에게 신신 부탁ᄒᆞ더라.

두부인이 멀니 감애 교녜 등의 가시를 버슨 듯ᄒᆞ여 동쳥으로 더브러 샤부인 젼졔ᄒᆞ기를 모의ᄒᆞ니 동쳥 왈,

"내 한 계괴 잇스ᄃᆡ 두리건댄 낭ᄌᆡ 듯지 아닐가 ᄒᆞ야 못ᄒᆞ노라."

교녜 무르니 쳥 왈,

"녯적 당 황네 후궁 무쇼의 ᄯᆞᆯ을 ᄉᆞ랑ᄒᆞ여 긔츌ᄀᆞᆺ치 ᄒᆞ니, 무쇼의 제 ᄯᆞᆯ을 제가 눌너 죽이고 황후를 모함ᄒᆞ여 죽이려 ᄒᆞᆷ애 황뎨 그 말을 고지 듯고 황후를 폐ᄒᆞ고 무쇼의 황후를 봉ᄒᆞ엿스니, 이 계교를 힝ᄒᆞ면 낭ᄌᆡ 뜻을 일우리라."

교녀 왈,

"ᄌᆞ긔 ᄌᆞ식은 ᄋᆡ즁ᄒᆞ고 남의 ᄌᆞ식[53]은 해코져 ᄒᆞᄂᆞᆫ다?"

쳥 왈,

"낭ᄌᆞ의 신셰 위ᄐᆡᄒᆞ여 범 ᄐᆞᆫ 것과 ᄀᆞᆺ흐니 내 말을 듯지 아니ᄒᆞ면 후회ᄒᆞ나 밋지 못ᄒᆞ리라."

교녜 왈,

"이 계교ᄂᆞᆫ 참아 듯지 못ᄒᆞ리니 다른 묘흔 모계를 획칙ᄒᆞ라."

쳥이 부답ᄒᆞ고 랍ᄆᆡᄃᆞ려 닐너 왈,

"낭ᄌᆞ의 위인이 잔약ᄒᆞ야 이 계교를 힝치 아니ᄒᆞ면 우리 다 죽을 것이니, 네 틈을 ᄐᆞ 힝ᄒᆞ라."

이후 랍ᄆᆡ 하슈코져ᄒᆞᄃᆡ 틈을 엇지 못ᄒᆞ더니, 일일은 쟝쥐 란간에셔 ᄌᆞ거ᄂᆞᆯ ᄉᆞ면으로 보니 다른 사ᄅᆞᆷ은 업고 샤부인의 시비 츈방이 셜ᄆᆡ로 더브러 풀싸홈ᄒᆞ며 란간 아래로 가거ᄂᆞᆯ 멀니 간 후 즉시 올나가 쟝쥬를 눌너 죽이고 셜ᄆᆡ를 ᄯᆞ라와 닐ᄋᆞᄃᆡ,

"네 젼일 옥지환을 도적ᄒᆞ엿스니 부인과 로애 알으시면 죽을 것이니,

이쌔에 로애 너를 잡아 무르시거든 여ᄎᆞ여ᄎᆞ이 ᄃᆡ답ᄒᆞ면 죄를 면ᄒᆞ고 즁상을 교낭ᄌᆞ에게 엇으리라”ㅣ

ᄒᆞ니 셜ᄆᆡ 응락ᄒᆞ더라.

쟝쥬의 유뫼 쟝쥐 쌔인가 ᄒᆞ여 와 보니, 쟝쥐 칠규로 피를 흘니고 죽엇거ᄂᆞᆯ 대셩 통곡ᄒᆞ니 교녜 젼54도ᄒᆞ여 와 보고 ᄒᆞᆯ 일 업ᄂᆞᆫ지라. 크게 울고 이것이 동쳥의 ᄒᆞᆫ 일인 줄 아나 흉모를 힝코져 ᄒᆞᆷ으로 급히 한림ᄭᅴ 고ᄒᆞ니, 한림이 들어와 본즉 차악ᄒᆞᆫ 경상이 형언ᄒᆞᆯ 수 업ᄂᆞᆫᄃᆡ 교녜 통곡 왈,

“이 일이 반ᄃᆞ시 년젼에 져쥬ᄒᆞ던 사ᄅᆞᆷ의 일이라. 시비들을 츄문ᄒᆞ면 알니이다.”

한림이 즉시 형구를 ᄀᆞᆺ초고 샤부인ᄭᅴ 친신이 ᄉᆞ환ᄒᆞ던 비복을 엄문ᄒᆞ니 쟝쥬 유모ᄂᆞᆫ 고왈,

“쇼비 공ᄌᆞ를 안고 란간 우에셔 노다가 잠들기에 누이고 잠간 밧게 나아갓삽더니 그 ᄉᆞ이 변이 낫ᄉᆞ오니 ᄉᆞ죄ᄒᆞᆯ ᄲᅮᆫ이오 무슴 말슴을 ᄒᆞ오릿가?”

랍ᄆᆡ 고왈,

“쇼비 보오니 츈방과 셜ᄆᆡ 란간 아래로 지나더이다.”

츈방과 셜ᄆᆡ를 엄형 국문ᄒᆞ니, 츈방은 독형을 닙어 류혈이 림리ᄒᆞ나 ᄋᆡᄆᆡᄒᆞᆷ을 고ᄒᆞ고 셜ᄆᆡ 처음은 츈방의 말과 ᄀᆞᆺ치 ᄒᆞ더니 나죵은 소래를 크게 ᄒᆞ여 알외ᄃᆡ,

“형벌을 당ᄒᆞ여 죽기에 니르럿ᄂᆞᆫᄃᆡ 엇지 직고치 아니릿가? 부인이 쇼비와 츈방에게 분부ᄒᆞ샤 쟝쥬 공ᄌᆞ를 죽이면 즁샹ᄒᆞ리라55ᄒᆞ시기에 쇼비 등이 경영ᄒᆞᆫ지 오래ᄃᆡ 힝치 못ᄒᆞ엿더니 오날 지나다가 보온즉 공ᄌᆞ 홀로 란간에셔 ᄌᆞᆸᄂᆞᆫᄃᆡ 쇼비ᄂᆞᆫ 참아 하슈치 못ᄒᆞᆸ고 츈방이 올나가 눌너 죽엿ᄂᆞ이다.”

한림이 대노ᄒᆞ여 츈방을 다시 엄형ᄒᆞ니, 츈방이 셜미를 크게 ᄭᅮ지져 왈,

"무죄ᄒᆞᆫ 부인을 팔아 살기를 도모ᄒᆞ니 견마라도 그 쥬인을 알거ᄂᆞᆯ 네 간당과 동심ᄒᆞ여 ᄌᆡ물을 만히 밧고 쥬인을 해코져 ᄒᆞᄂᆞᆫ다? 내 쟝하에 넉이될 지언정 엇지 무죄ᄒᆞᆫ 부인을 해ᄒᆞ리오? 황텬 후토ᄂᆞᆫ 부인의 원억을 씨셔 주쇼셔"

ᄒᆞ고 인ᄉᆡᆨ을 불변ᄒᆞ고 맛ᄎᆞᆷᄂᆡ 복쵸치 아니ᄒᆞ고 쟝하에 죽으니, 교녜 왈,

"셜미ᄂᆞᆫ 동참치 아니ᄒᆞ고 ᄯᅩ 직고 ᄒᆞ엿스니 실은 무죄ᄒᆞ옵고 임의 죽엇스니 다시 무를 것이 업ᄉᆞ오나 이 일이 츈방의 본의도 아니오 ᄀᆞᄅᆞ친 ᄌᆡ 잇슴이라"

ᄒᆞ고 가슴을 치며 울어 왈,

"쟝쥬야, 네 원슈를 갑지 못ᄒᆞ고 내 살아 ᄋᆡ통 유ᄒᆞᆫ을 엇지 견ᄃᆡ리오? 찰ᄒᆞ리 죽어 너의 ᄋᆡ혼을 외롭게 아니ᄒᆞ리라"

ᄒᆞ고 방에 56 들어가 목을 매여 죽으려 ᄒᆞ니, 시비 급히 구ᄒᆞᆫᄃᆡ 울며 가슴을 두다려 왈,

"투뷔 우리 모ᄌᆞ를 해코져ᄒᆞ여 흉계를 ᄒᆡᆼᄒᆞᄂᆞᆫ 즁 하ᄂᆞᆯ이 무심치 아니ᄒᆞ샤 다ᄒᆡᆼ이 발각 ᄒᆞ엿거니와 ᄯᅩ 비ᄇᆡ로 ᄒᆞ여곰 불측ᄒᆞᆫ 변을 지어내면 그 화가 쟝ᄎᆞᆺ ᄅᆡ일 ᄂᆡ로 내 몸에 밋츨 것임으로 내 찰ᄒᆞ리 죽어 ᄂᆞᆷ의 손에 죽지 말니라 ᄒᆞ엿더니 뉘라셔 내 목 맨 것을 풀엇ᄂᆞ뇨? 샹공이 만일 투부와 ᄒᆞᆫ가지로 살녀ᄒᆞ시면 엇지 나를 ᄲᅢᆯ니 죽여 투부의 ᄆᆞᄋᆞᆷ을 쾌케 아니 ᄒᆞ시ᄂᆞ잇가? 쳡은 죽어 앗갑지 아니 ᄒᆞ거니와 다만 투뷔 ᄉᆞᄉᆞ로이 졍인을 두어 옥지환ᄭᆞ지 주엇스니 샹공ᄭᅴ 독ᄒᆞᆫ 슈단이 ᄎᆞ례로 밋츨가 두리ᄂᆞ이다"

ᄒᆞ고 ᄯᅩ 목을 매랴 ᄒᆞ니 한림이 친이 구원ᄒᆞ고 위로ᄒᆞ며 노ᄒᆞᆫᄒᆞ여 왈,

"제 져쥬를 ᄒᆞ나 내 발각지 아니ᄒᆞ고 신셩의 음비ᄒᆞᆫ 일도 잠잠 ᄒᆞ엿

더니, 말ᄅᆡ에 이와 ᄀᆞᆺ흔 악ᄉᆞ를 힝ᄒᆞ니 이러ᄒᆞᆫ 투부를 가ᄂᆡ에 잠시도 두지 못ᄒᆞᆯ 터이오나 날은 임의 져므럿스니 명일 종족을 모흔[57] 후 뎌 투부를 내치고 경을 봉ᄒᆞ여 부인을 삼으리라."

교녜 눈물을 거두고 왈,

"만일 이런 쳐분을 ᄒᆞ시면 쳡의 ᄆᆞ음이 적이 풀니려니와 쳡이 엇지 감히 부인의 위를 당ᄒᆞ오릿가?"

한림이 종족에게 통ᄒᆞ여 명죠에 모히라 ᄒᆞ니 이 말을 여러 시비 샤부인긔 고ᄒᆞ고 통곡ᄒᆞ니 부인 왈,

"내 이러ᄒᆞᆯ 줄 짐쟉ᄒᆞᆫ지 오래다"

ᄒᆞ고 기리 탄식ᄒᆞ더라.

명죠에 류시 종족이 다 모히니 한림이 샤시의 젼후 죄샹을 닐으고 폐츌ᄒᆞᆷ을 고ᄒᆞ니, 여러 종족이 본ᄃᆡ 샤시의 현슉ᄒᆞᆷ을 아ᄂᆞᆫ지라. 모다 경희ᄒᆞ여 ᄃᆡ답지 아니ᄒᆞ거ᄂᆞᆯ 한림이 루루 셜명ᄒᆞ니 종족이 다 ᄀᆞᆯᄋᆞᄃᆡ,

"이 일은 한림의 집일이니 종족 즁에 뉘 시비를 판단ᄒᆞ리오? 임의로 ᄒᆞᄃᆡ 깁히 혜아려 ᄒᆞ라"

ᄒᆞ니 한림이 ᄉᆞ당에 들어가 분향 고츅ᄒᆞᄃᆡ, 샤시를 죄샹으로 인연ᄒᆞ여 폐츌ᄒᆞᆷ을 고ᄒᆞ니 그 대개에 ᄒᆞ엿스ᄃᆡ,

샤시의 죄악이 츌거의 두 셋을 힝ᄒᆞ니 음악지부로 죠종의 봉ᄉᆞ를 ᄒᆞ지 못[58]ᄒᆞᆯ 것이오 교시 비록 잠영거족이 아니오 륙례 힝빙을 아녓ᄉᆞ오나 ᄉᆞ족지녀로 덕힝이 겸비ᄒᆞ고 유한 정정ᄒᆞ오니 경실로 ᄒᆞ여 봉ᄉᆞ를 ᄒᆞ게 ᄒᆞᄂᆞ이다

ᄒᆞ엿더라. 고츅ᄒᆞ기를 맛고 샤부인을 명ᄒᆞ여 ᄉᆞ당에 하직을 식이고 문

밧그로 내여보내니, 족당이 다 락루 읍별 왈,

"부인은 천만 보즁ᄒᆞ쇼셔. 후일 반ᄃᆞ시 맛날 ᄯᅢ 잇스리이다."

부인이 후의를 샤례ᄒᆞ고 왈,

"죄인이 엇지 다시 오기를 ᄇᆞ라릿가?"

린ᄋᆞ의 유뫼 린ᄋᆞ를 안고 울며 하직ᄒᆞ니, 부인이 린ᄋᆞ를 무릅 우에 안치고 그 등을 어로 만시며 눈물이 비ᄀᆞᆺ치 흘너 왈,

"나를 ᄉᆡᆼ각지 말고 ᄉᆡ어미를 잘 셤기라. 그러나 업드러진 새 집에 그 알이 엇지 보젼ᄒᆞ리오? 무삼 죄로 어미를 일즉 리별ᄒᆞᄂᆞ뇨? 원컨댄 후셰에 서로 모ᄌᆡ 되여 이 ᄉᆡᆼ의 ᄒᆞᆫ을 풀니라"

ᄒᆞ고 눈물이 의샹을 적시니, 보ᄂᆞᆫ 재 참아 보지 못ᄒᆞᆯ너라. 부인이 스ᄉᆞ로 ᄉᆡᆼ각ᄒᆞᄃᆡ,59

'션존 구샹ᄉᆞ에 죽지 못ᄒᆞ고 편친 친샹을 당ᄒᆞ나 완명이 무지ᄒᆞᆷ으로 오날 당ᄒᆞ여 유치를 권연ᄒᆞ며 이러틋 비쳑ᄒᆞᄂᆞᆫ도다'

ᄒᆞ고 ᄆᆞ음을 ᄭᅳᆫ어 린ᄋᆞ를 유모에게 주고 교ᄌᆞ에 오르니, 린ᄋᆡ 동곡 왈,

"모친이 어ᄃᆡ를 가시ᄂᆞ잇가? 내 모친을 ᄯᆞ라가랴 노라"

ᄒᆞ고 울기를 마지 아니ᄒᆞ니 사부인이 교ᄌᆞ를 머무르고 린ᄋᆞ를 다시 안아 젓을 먹이고 닐ᄋᆞᄃᆡ,

"내 ᄅᆡ일 올 것이니 잘 잇스라"

ᄒᆞ고 다시 유모를 주고 눈물이 비 오듯 ᄒᆞ더라. 샤시 흰 깁으로 얼골을 싸고 교ᄌᆞ에 안져 갈 ᄉᆡ, 본집에셔 다려 왓던 창두 ᄒᆞ나와 유모와 시비 ᄒᆞ나이 ᄯᆞ르더라. 샤시 츌문ᄒᆞᆫ 후 교녀를 현ᄉᆞ당ᄒᆞᆯ ᄉᆡ, 봉관과 화리에 명부의 정실 픔[품]복으로 금슈 의샹에 광ᄎᆡ 됴요ᄒᆞ고 패옥 소래 ᄶᅵᆼᄶᅵᆼᄒᆞ야 위의 륭셩ᄒᆞ니 가위 ᄇᆡ암이 변ᄒᆞ야 룡을 일음이라. 례를 파ᄒᆞᆷ애 즁당에 안져 여러 비복의 ᄇᆡ알을 밧고 분부 왈,

"내 이제ᄂᆞᆫ 너의들의 쥬뫼라. 샹벌과 츌쳑이 다 내게 달녓스니 너의 각기 조심ᄒᆞ라. 만[60]일 ᄐᆡ만ᄒᆞ면 죄ᄅᆞᆯ 당ᄒᆞ리라."

령을 맛침애 대쇼 비복이 고왈,

"샤부인이 비록 죄명으로 나가시나 쇼비 등이 셤기온지 오래온지라. 길에 가 하직ᄒᆞ오려 ᄒᆞ오니 부인은 허ᄒᆞ쇼셔."

교녜 능히 금치 못ᄒᆞ여 허락ᄒᆞ니 허다 비복이 샤시ᄅᆞᆯ ᄯᆞ라가 길에셔 통곡 하직ᄒᆞ니 부인 왈,

"너의 등이 멀니 와셔 나ᄅᆞᆯ 보내니 감샤ᄒᆞ도다. 새 부인을 잘 셤기고 녯사ᄅᆞᆷ을 혹 ᄉᆡᆼ각ᄒᆞ라."

이웃 사ᄅᆞᆷ들의 구경ᄒᆞᄂᆞᆫ 이 길에 메이고 거리에 가득ᄒᆞ여 눈물 아니 흘니ᄂᆞᆫ 재 업셔 왈,

"십 년 젼에 류한림이 샤부인을 마져 갈 젹에 이 길로 가ᄂᆞᆫᄃᆡ 위의 부셩ᄒᆞ더니, 이제 뎌러틋 ᄒᆞ니 곡졀은 모르거니와 들음애 샤부인이 어질고 류쇼ᄉᆞ끠셔 ᄉᆞ랑ᄒᆞ고 한림이 례로 ᄃᆡ졉ᄒᆞᆫ다 ᄒᆞ더니, 부부 간 일은 밋을 수 업도다. 인간에 ᄯᆞᆯ을 츌가ᄒᆞ기 엇지 두렵지 아니ᄒᆞ리오?"
ᄒᆞ더라.

이 날 일ᄉᆡᆨ이 무광ᄒᆞ고 비풍이 ᄉᆞ긔ᄒᆞ더라. 교부들이 신셩으로 향ᄒᆞ려 ᄒᆞ니 샤부인이 쇼ᄉᆞ 묘하로 가자ᄒᆞ여 묘하로 가 수[61]간 초옥을 엇어 안식ᄒᆞ니, ᄉᆞ면이 황락ᄒᆞ고 창벽이 퇴락ᄒᆞ여 풍우ᄅᆞᆯ 갈이오지 못ᄒᆞ며 깁흔 산이 텹텹ᄒᆞ고 슈목이 참텬ᄒᆞ여 바람소래와 새소래 ᄲᅮᆫ이러라. 샤공ᄌᆡ 이 쇼식을 듯고 급히 와셔 ᄌᆞ시ᄅᆞᆯ 보고 울어 왈,

"녀ᄌᆞ의 죄 구가에 용납지 못ᄒᆞ면 친뎡으로 오ᄂᆞᆫ 것이 올커ᄂᆞᆯ 이제 져졔 공산 가온ᄃᆡ 홀로 계셔 엇지ᄒᆞ려 ᄒᆞ시ᄂᆞ잇가?"

부인 왈,

"내 모르ᄂᆞᆫ 것이 아니라 ᄒᆞᆫ번 본가로 감애 류시와 아조 ᄉᆞᆫ은 것 ᄀᆞᆺ고 한림이 일시 참쇼에 혹 ᄒᆞ엿스나 깨다를 날이 잇슬 듯ᄒᆞ고 류군이 혹 나ᄅᆞᆯ 영절ᄒᆞ나 나ᄂᆞᆫ 일즉 류문에 득죄ᄒᆞᆷ이 업스니 구고 묘하에 여년을 맛침이 원이로다."

공ᄌᆡ 져져의 고집을 아ᄂᆞᆫ지라. 언어로 ᄒᆡ혹지 못ᄒᆞᆯ 쥴 알고 도라가며 창두 일 인과 시비 일 인을 보내여 ᄉᆞ환을 ᄒᆞ라 ᄒᆞ다.

이곳은 류시의 종족과 노비 만히 사ᄂᆞᆫ 곳이라. 샤부인의 와 잇슴을 보고 챠탄ᄒᆞ여 야치 산과로 각기 정을 표ᄒᆞ더라. 샤부인이 침션 방젹의 갑을 취ᄒᆞ여 수삼 노부와 62 ᄌᆞᄉᆡᆼᄒᆞ니 ᄉᆡᆼ활의 간고ᄒᆞᆷ이 측량 업더라. 샤부인을 다려다 묘하에 두고 간 교부와 창뒤 도라가 이 말을 고ᄒᆞ니 교녜 ᄉᆡᆼ각ᄒᆞᄃᆡ,

'샤시 신셩으로 아니 가고 류시 묘하로 가 잇스니 후일을 ᄇᆞ람이라'

ᄒᆞ고 한림ᄭᅴ 고왈,

"샤시 츌부되여 류시 묘하에 잇다ᄒᆞ니 반ᄃᆞ시 흉계로 그리ᄒᆞᄂᆞᆫ 셧이니 멀니 ᄒᆞᄂᆞᆫ 이만 ᄀᆞᆺ지 못ᄒᆞ여이다."

한림 왈,

"츌거ᄒᆞᆫ 후에야 동셔남븍[북] 어ᄂᆞ 곳인들 못 잇스리오? 또 묘하에 종족과 노비 만이 살고 타인도 만이 살거ᄂᆞᆯ 샤시의 가 잇ᄂᆞᆫ 것이야 엇지 금ᄒᆞ리오?"

교녜 불락ᄒᆞ더니, 동쳥이 교녀ᄃᆞ려 왈,

"샤시 이제 류시 묘하에 잇다ᄒᆞ니 그 ᄯᅳᆺ이 신셩으로 가지 아니 ᄒᆞᆷ은 옥환 일을 발명ᄒᆞᄂᆞᆫ 것이오, 또 죄 업노라 ᄒᆞ며 류시 묘하에 가 잇서셔 종족 상하에 결연ᄒᆞ여 후일을 ᄇᆞ라ᄂᆞᆫ 바오, 또한 림이 왕왕이 산소에 왕ᄅᆡᄒᆞ니 그 산즁에 고초ᄒᆞᄂᆞᆫ 일을 보고 녯일을 ᄉᆡᆼ각ᄒᆞ여 회심ᄒᆞᆯ가 ᄒᆞᄂᆞᆫ

배라. 요ᄉᆞ이 놈의 공론들이라도 샤시를 위ᄒᆞ여 말이 만흐63니 제 이제 묘하에 잇는 것이 후환이 잇스리라."

교녜 왈,

"그러ᄒᆞᆫ 즉 ᄌᆞ긱을 보내여 가만이 찔너 죽임이 엇더ᄒᆞ뇨?"

쳥 왈,

"불가ᄒᆞ다. 샤시를 죽이면 한림이 의심이 잇스리니 내 ᄒᆞᆫ 계괴 잇도다. ᄅᆡᆼ진이 본이 취쳐치 아냣스니 저로 ᄒᆞ야곰 샤시를 취케ᄒᆞ여 그리된 후는 타인의 말도 업슬 것이오 한림이 다시 ᄉᆡᆼ각이 업스리라."

교녜 대희 왈,

"묘ᄌᆡ! 묘ᄌᆡ로다! 그러나 샤시를 엇지 속여 보낼고?"

동쳥 왈,

"졔 신셩으로 가지 아니ᄒᆞ고 묘하에 가 잇스니 범연이 ᄒᆞ여셔는 요동치 못ᄒᆞ리니 낫 모르는 사름으로 두부인 셔간을 위조ᄒᆞᄃᆡ 그 아들이 쟝ᄎᆞᆺ 츄관을 갈고 경직을 ᄒᆞ여 샹경 ᄒᆞ얏스니 경셩에 와셔 한 가지로 잇자 ᄒᆞ면 제 반ᄃᆞ시 깃거 갈 것이니, 즁간에 집을 정ᄒᆞ고 ᄅᆡᆼ진이 잇다가 겁탈ᄒᆞ면 샤시 ᄂᆞ릐 잇서도 피치 못ᄒᆞ리라."

교녜 박쟝 대쇼 왈,

"이 계괴 신묘ᄒᆞ다"

ᄒᆞ고 두부인 필적을 엇어 동쳥을 주어 ᄒᆞᆫ 봉 글월을 ᄆᆞᆫ들어 ᄅᆡᆼ진을 주어 "여ᄎᆞ 여ᄎᆞᄒᆞ라" ᄒᆞ다.

이ᄯᆡ에 샤64부인이 초옥 쥭창에 쳔수 만ᄒᆞᆫ을 서려 담고 깁을 ᄶᆞ더니 홀연 ᄉᆞ리문 밧게 사름의 소래 잇셔,

"이곳이 류한림의 부인 계신곳이냐?"

ᄒᆞ거늘 창뒤 나와 무르ᄃᆡ,

"어ᄃᆡ셔 온 사ᄅᆞᆷ이냐?"

그 사ᄅᆞᆷ 왈,

"두홍로 ᄐᆡᆨ에셔 왓노라."

창뒤 왈,

"두로애 쟝사 츄관으로 대부인을 뫼시고 가셧거ᄂᆞᆯ 이제 두홍로 ᄐᆡᆨ에 누가 계시냐?"

그 사ᄅᆞᆷ이 답ᄒᆞᄃᆡ,

"네 몰낫도다. 텬ᄌᆡ 우리 로야ᄅᆞᆯ 한림으로 뎨슈ᄒᆞ야 밧비 부르시니 어제 대부인 ᄒᆡᆼᄎᆞᄅᆞᆯ 뫼시고 입셩ᄒᆞ샤 너의 부인이 변 맛나심을 들으시고 대경ᄒᆞ샤 글월을 주시며 너의 부인ᄭᅴ 드리라 ᄒᆞ시더라."

창뒤 셔간을 샤부인ᄭᅴ 드리고 그 사ᄅᆞᆷ의 말과 ᄀᆞᆺ치 슈말을 고ᄒᆞ니, 부인이 깃거 답간ᄒᆞ고,

"명일 교ᄌᆞᄅᆞᆯ 보내시면 가기로 알외라"

ᄒᆞ고 이 저녁에 부인이 촉하에 홀로 안져 ᄉᆞ량ᄒᆞᄃᆡ,

'이곳이 비록 고요ᄒᆞ나 날마다 구고의 묘소ᄅᆞᆯ 울어러 심ᄉᆞᄅᆞᆯ 위로ᄒᆞ더니, 이제 씨님애 슯흐고 감회롭다'

ᄒᆞ고 신셰ᄅᆞᆯ 탄식ᄒᆞ다가 잠간 조으더니, 홀연 ᄒᆞᆫ 65 사ᄅᆞᆷ이 압헤 와 고왈,

"로야와 부인ᄭᅴ오셔 부인을 명쇼ᄒᆞ시ᄂᆞ이다."

샤시 눈을 들어보니, 녯날 존구ᄭᅴ ᄉᆞ환ᄒᆞ던 시비라. 즉시 니러나 ᄒᆞᆫ 곳에 다다르니 쟝원이 심슈ᄒᆞᆫ 즁 수십 명 시비 마져들어 간즉 쇼ᄉᆞ와 일위 부인이 정좌ᄒᆞ엿거ᄂᆞᆯ 샤부인이 ᄇᆡ알ᄒᆞ고 ᄯᅡ에 업드려 톄읍ᄒᆞ니 쇼ᄉᆡ 위로 왈,

"불명 혼암ᄒᆞᆫ ᄋᆞ희 참쇼에 침익ᄒᆞ여 현부로 이와 ᄀᆞᆺ치 곤익케ᄒᆞ니 유명이 현슈ᄒᆞ야 구원치 못ᄒᆞ나 디하에 ᄒᆞᆫ이 깁도다. 그러나 우리 ᄋᆞ희의

불명홈만 아니라 현부의 익회 당홀 텬쉬라. 이제 현부를 불너 보는 일은 다른 일이 아니라 어제 그 글월이 진실훈 것이 아니오 거짓 것이니 현뷔 주셰이 보면 알 일이 잇스리라."

부인이 샤시를 갓가이 안치고 어로 만져 왈,

"내 일즉 기셰훈여 현부의 면목을 싱시에 보지 못훈엿스나 우리 오히와 현뷔 훈 가지로 수당에 올나 뵈일 째에 현부의 드리는 술은 취치 아닐 젹이 업더니, 이제 교녜 진쟉훈 후로는 훈번도 수당에 간 일(66)이 업노라. 현뷔 이곳에 와 서로 의지훈엿더니 이제 멀니 써나게 되니 결연훈고 슯흐도다."

샤시 부인의 손을 밧들고 읍고 왈,

"두고모씌 오셔 부르시웁기 그 명디로 가라 훈엿숩더니 이제 구고의 말숨을 듯주온즉 거짓말이라 훈시웁기 이곳에셔 죽고 써나지 마자 훈웁는디, 쏘 멀니 가라 훈시오니 어디로 가오릿가?"

쇼식 왈,

"그 글월은 진실로 거짓 것이라. 현뷔 만일 이곳에 잇스면 강포지환을 당홀 것이오, 쏘훈 이 압헤 칠년 익운이 더 잇셔 남으로 슈로 오쳔 리 밧게 류락훈리라. 이제 훈 말을 부탁훈노니 이후 륙년 수월 십오 일 밤에 비를 빅빈쥬 아래 디여 급훈 사름을 구원훈라. 말이 무궁훈나 이곳이 현부의 오래 머믈 곳이 아니니 밧비 도라가라."

샤시 빅읍 왈,

"원컨댄 이곳에셔 구고를 뫼셔 잇서지이다."

쇼수와 부인이 츄연 왈,

"유명이 길이 다르니 엇지 쓰디로 훈리오? 원로에 보즁훈고 부탁을 닛지 말라."

샤시 통곡ᄒᆞ니 유뫼 겻헤셔 자다가 놀나 쌔여[67],

"부인이 몽압ᄒᆞ도다"

ᄒᆞ고 흔드러 쌔우니 ᄒᆞᆫ 숨[꿈]이라. 샤부인이 니러 안져 몽ᄉᆞ를 유모ᄃᆞ려 닐으고 두부인 셔간을 가져 두세 번 보아도 쌔닷지 못ᄒᆞ더니, 홀연 ᄉᆡᆼ각ᄒᆞ여 왈,

"두홍로의 일홈이 강ᄌᆞ 입으로 두부인이 미양 강ᄌᆞ는 쓰지 아니ᄒᆞ더니, 이제 강ᄌᆞ를 썻스니 반ᄃᆞ시 거짓 글이로다. 그러나 엇던 사ᄅᆞᆷ이 필젹을 이리 모본 ᄒᆞ엿는고?"

ᄒᆞ더니 오래지 아니ᄒᆞ여 날이 밝음애 부인이 유모ᄃᆞ려 왈,

"션쇼ᄉᆞ 로야씌오셔 분명이 남으로 오쳔 리를 가라 ᄒᆞ시고 ᄇᆡᆨ빈쥬에 ᄇᆡ를 매여 사ᄅᆞᆷ을 구원ᄒᆞ라 ᄒᆞ시니, 이는 쟝사에 가 두부인씌 의탁케 ᄒᆞ고자 ᄒᆞ심이나 쟝사로 가는 ᄇᆡ를 엇기 어려오니 엇지ᄒᆞᆯ고?"

이리 의론ᄒᆞᆯ 제, 창뒤 들어와 알외ᄃᆡ,

"두로야 ᄐᆡᆨ에셔 교ᄌᆞ와 사ᄅᆞᆷ이 왓ᄂᆞ이다."

유뫼 나아가 그 ᄌᆞ세ᄒᆞᆫ 것을 무르려 ᄒᆞ니 부인 왈,

"이는 반ᄃᆞ시 간악ᄒᆞᆫ 사ᄅᆞᆷ의 ᄉᆡᆨ인 섯이니 다만 밤ᄉᆞ이에 내 풍병이 닐어 긔동치 못ᄒᆞᆫ다 ᄒᆞ라."

유뫼 나아가 이 말ᄃᆡ로 ᄒᆞ니, 그 놈들[68]이 쥬져ᄒᆞ다가 도라가 동쳥ᄃᆞ려 닐으니, 동쳥이 ᄉᆡᆼ각ᄒᆞᄃᆡ,

'들으니 샤시 지혜 잇다ᄒᆞ더니 칭병ᄒᆞ고 사ᄅᆞᆷ을 두홍로 집에 보내여 진가를 알녀 ᄒᆞᆷ이니, 만일 그리ᄒᆞ면 큰 환이 되리라.'

이때 ᄅᆡᆼ진이 즁로에셔 기ᄃᆞ리다가 패흥ᄒᆞ야 동쳥ᄃᆞ려 왈,

"일이 글넛스니 야간에 겁박ᄒᆞ여 말을 듯지 아니ᄒᆞ거든 죽이면 엇더ᄒᆞᆯ고?"

동쳥 왈,

"내 ᄯᅳᆺ과 ᄀᆞᆺ도다"

ᄒᆞ고, 이ᄂᆞᆯ 밤에 일을 힝ᄒᆞ려 ᄒᆞ더라.

샤시 챵두를 명ᄒᆞ여 강가에 가셔 쟝사로 가ᄂᆞᆫ ᄇᆡ를 엇으라 ᄒᆞ니, 도라와 고ᄒᆞ여 왈,

"쟝사로 가ᄂᆞᆫ ᄇᆡᄂᆞᆫ 업습고 통쥬로 가ᄂᆞᆫ ᄇᆡ 잇ᄉᆞ오니, 그 ᄇᆡ 쟝사 쟝삼은 본이 두홍로 ᄐᆡᆨ 노예로 남방에 가셔 ᄉᆡᆼ강을 실어다가 흥리ᄒᆞᆫ다 ᄒᆞ더이다."

부인이 깃거 왈,

"두홍로 ᄐᆡᆨ 노비면 나의 비ᄇᆡ나 무엇이 다르리오? 이ᄂᆞᆫ ᄯᅩᄒᆞᆫ 신명이 도음이라."

즉시로 ᄇᆡ를 찰여 ᄯᅥ날 ᄉᆡ, 동리에 말ᄒᆞ기를,

"신셩으로 간다"

ᄒᆞ고, 구고 산소에 읍ᄇᆡ 하직ᄒᆞ고 ᄯᅥ나니라.

이 밤에 ᄅᆡᆼ진이 사ᄅᆞᆷ을 무수이 다리고 샤부인 잇ᄂᆞᆫ 곳(69)에 달녀드니 ᄒᆞᆫ낫 사ᄅᆞᆷ이 업고 빈 집 ᄲᅮᆫ이라. 분통ᄒᆞ여 도라가니라.

샤시남졍긔 샹 죵

【샤시남졍긔 권지하】

[1]챠셜. 샤부인이 ᄇᆡ를 ᄐᆞ고 갈 ᄉᆡ, 쟝삼이 부인을 뫼셔 일로에 조심ᄒᆞ여 가다가 화룡현에 니르러 악풍이 닐어 ᄇᆡ를 여러 날 ᄒᆡᆼ치 못ᄒᆞᄂᆞᆫ지라. 언덕에 ᄇᆡ를 매고 강가에 촌샤를 엇어 부인을 ᄂᆞ려 쉬게ᄒᆞ다. 샤부인이 그 집에 들어가니 그 집 쳐녜 나히 십오륙 셰 된 재 잇셔 얼골이 도화ᄀᆞᆺ고 거지 안샹ᄒᆞ여 긔이ᄒᆞᆫᄃᆡ, 샤부인을 마져 당에 올니고 례로 ᄃᆡ졉ᄒᆞ니 날이 임의 져므럿ᄂᆞᆫ지라. 샤부인이 무러 왈,

"낭ᄌᆡ 엇지 홀로 집을 직희엿ᄂᆞ뇨?"

그 녀ᄌᆡ ᄃᆡ왈,

"쇼ᄋᆞ의 셩은 김이온ᄂᆡ 일ᄌᆞᆨ 아비 죽고 계모 변시로 모녀 샹의ᄒᆞ더니, 어제 강 건너 가 일을 보다가 바람을 맛나 못오시ᄂᆞᆫ가 시브이다"

ᄒᆞ고 물너가 차환에게 부인의 ᄅᆡ력을 ᄌᆞ세히 무른 후 불을 혀고 셕반을 ᄀᆞᆺ출 ᄉᆡ, 강촌의 살진 ᄉᆡᆼ션이며 산과 야ᄎᆡ를 정결[2]쇼담이 차려 드리니 부인이 쥬육은 밧지 아니ᄒᆞ고 다만 실과와 ᄎᆡ소를 먹으며 녀ᄌᆞ에게 칭샤ᄒᆞ여 왈,

"이처럼 ᄃᆡ졉ᄒᆞ니 감샤ᄒᆞ도다."

녀ᄌᆡ ᄃᆡ왈,

"부인 귀톄로 루디에 림ᄒᆞ시나 궁벽 촌가에 ᄃᆡ졉ᄒᆞ여 드릴 것이 업ᄉᆞ와 정셩과 ᄀᆞᆺ지 못ᄒᆞ오니 붓그럽ᄉᆞ오이다."

부인이 이 집에셔 자고 련 삼일 바람으로 ᄒᆡᆼ션치 못ᄒᆞᄂᆞᆫ지라. 인ᄒᆞ여 삼ᄉᆞ 일을 림가에 머믈매 그 녀ᄌᆞ 갈ᄉᆞ록 관곡히 ᄃᆡ졉ᄒᆞ거ᄂᆞᆯ 샤부인이 지환 ᄒᆞ나를 그 녀ᄌᆞ에게 주어 왈,

"이것이 약쇼ᄒᆞ나 옥슈에 머믈러 이를 닛지 말라. 내 일노 써 졍을 표ᄒᆞ노라."

녀ᄌᆞ 왈,

"부인이 주시니 감격ᄒᆞ오나 다시 ᄉᆡᆼ각ᄒᆞ오니 ᄒᆡᆼ로에 로슈 부죡ᄒᆞ실 것이오니 감히 밧지 못ᄒᆞ리로소이다."

부인 왈,

"갈 길이 머지 아니ᄒᆞ니 념려치 말라."

그 녀ᄌᆞ 밧아 손에 끼고 눈물을 ᄲᅳ려 리별ᄒᆞ니라.

샤시 쟝삼ᄃᆞ려 무르ᄃᆡ,

"쟝사로 가ᄂᆞᆫ 길이 엇마나 되ᄂᆞ뇨?"

쟝삼이 ᄃᆡ왈,

"잇틀만 ᄒᆡᆼᄒᆞ시면 득달ᄒᆞ시리이다."

슌풍을 맛나 동뎡호 어귀를 [3] 당ᄒᆞ여 악양루 아래를 지낼ᄉᆡ 녯젹 슌님군이 남으로 슌슈ᄒᆞ시다가 창오산에셔 붕ᄒᆞ시니, 아황 녀영이 샹강에 와 울어 피눈물을 대수플[풀]에 ᄲᅳ림애 그 대가 물들어 아롱지고 그 후 동뎡호 강가에 황릉묘를 지여 이 비를 위ᄒᆞ엿더라.

샤부인이 두루 ᄉᆞᆲ혀보니 ᄉᆞ면에 수운이 ᄉᆞ집ᄒᆞ고 동뎡호에 명월이 죠요ᄒᆞ고 황릉묘에 두견셩이 쳐량ᄒᆞ니 ᄌᆞ긔 신세를 졈금ᄒᆞ건대 굴삼려의 츙혼을 됴샹홈이라. 밤을 당ᄒᆞ여 능히 졉목지 못ᄒᆞ고 눈물이 라삼을 적시더니, 강변에 샹고션이 만이 매엿ᄂᆞᆫ지라. 사ᄅᆞᆷ의 말소래 들니거ᄂᆞᆯ 가만이 들으니 사ᄅᆞᆷ이 말ᄒᆞᄃᆡ,

"쟝사 빅셩이 복이 업셔 현명지쥬를 일코 탐관을 맛나 빅셩을 침학ᄒ니 살 길이 업다"

ᄒ거ᄂᆯ ᄒᆞᆫ 사ᄅᆞᆷ이 우어 왈,

"그 홍경을 잘 못ᄒ엿다"

ᄒ고 서로 웃ᄂᆞᆫ지라. 부인이 듯다가 놀나 왈,

"내 이제 쟝사 ᄀᆞ디에 와 츄관이 갈녓스면 누ᄅᆞᆯ 의지ᄒ며 어ᄃᆡ로 향ᄒ리오?"

명일 쟝삼ᄃᆞ려 ᄌᆞ세이 알어 오라 ᄒ니, 회보ᄒ④ᄃᆡ,

"두츄관이 청렴 치민ᄒᆞᆷ애 텬ᄌᆞ 특별이 셩도 태슈를 ᄒ이샤 거월에 ᄯᅥ나가시니이다"

ᄒ거ᄂᆯ 샤부인이 앙텬 탄식 왈,

"나의 궁박ᄒᆞᆷ이 이에 니르럿스니 하ᄂᆞᆯ이 나를 죽게 ᄒ심이라"

ᄒ고 쟝삼ᄃᆞ려 닐너 왈,

"내 쟝사로 향ᄒ더니 이제 두츄관이 갈녀 계시니 쟝사ᄅᆞ 간들 누ᄅᆞᆯ 보리오? 네 우리 세 사ᄅᆞᆷ을 여긔 머믈고 가라."

쟝삼 왈,

"부인이 어ᄃᆡ로 가시려 ᄒ시ᄂᆞ잇가?"

샤시 왈,

"이ᄂᆞᆫ 뭇지 말라."

쟝삼이 강가에 촌가를 엇어 세 사ᄅᆞᆷ을 빅에 ᄂᆞ리와 두고 하직ᄒ고 ᄯᅥ나가니라.

유모와 ᄎᆞ환이 울며 왈,

"로ᄌᆞ가 임의 진ᄒ고 ᄉᆞ면 의지ᄒᆞᆯ ᄃᆡ 업스니 쟝ᄎᆞᆺ 엇지ᄒ리오? 이 디경에 니르럿스니 죽기가 무엇이 어려오리오? 내 ᄆᆞ음이 답답ᄒ니 너의

나ᄅᆞᆯ 붓드러 놉흔 언덕에 올니라."

유모와 차환이 붓잡고 놉흔 언덕에 올나가니, 거친 풀과 어ᄌᆞ러온 대수플[풀]에 녯 뎡ᄌᆞ ᄒᆞ나이 잇스니, 그 뎡ᄌᆞ 일[5]홈은 회ᄉᆞ뎡이라 ᄒᆞ엿더라. 샤부인이 유모ᄃᆞ려 왈,

"내 이 길이 두츄관을 ᄇᆞ라고 쟝사ᄅᆞᆯ 향ᄒᆞ더니, 이제 여긔 니르러 다시 갈ᄃᆡ 업스니 션구고의 가라치심이 여긔와 죽으라 ᄒᆞ심이라"

ᄒᆞᆫᄃᆡ 유뫼 왈,

"ᄒᆞ시ᄂᆞᆫ 말솜이 엇지ᄒᆞ심이니잇가?"

샤부인 왈,

"이 ᄡᅡ흔 녯 초나라 츙신 굴원이 참쇼ᄅᆞᆯ 맛나 이곳에 와 물에 ᄲᅡ져 죽은 것이라. 구고ᄭᅴ오셔 내가 죄 업시 참쇼ᄅᆞᆯ 맛나 녯 사ᄅᆞᆷ ᄀᆞᆺ다 ᄒᆞ샤 이 물에 ᄲᅡ져 죽어 졀힝을 온젼이 ᄒᆞ라 ᄒᆞ심이로다. 이 물이 깁기 쳔만 길이라 내 몸 ᄒᆞ나 ᄀᆞᆷ초기 어렵지 아니ᄒᆞ도다"

ᄒᆞ고 물에 ᄡᅱ여 들녀ᄒᆞ니 유모와 차환이 울며 왈,

"쳔신 만고ᄒᆞ여 부인을 조차 여긔ᄭᆞ지 왓ᄉᆞ오니 원컨댄 ᄒᆞᆫ 가지로 ᄲᅡ져 혼이라도 뫼시고 ᄃᆞ니게 ᄒᆞ샤이다."

샤시 왈,

"나ᄂᆞᆫ 죄인이라 죽기 맛당ᄒᆞ거니와 너의ᄂᆞᆫ 죄 업스니 엇지 죽으리오? 힝즁 로ᄌᆞᄅᆞᆯ 가지고 아직 지내라. 유모ᄂᆞᆫ 늙엇스나 너ᄂᆞᆫ 졈으니 쥬인 엇기 어려오랴? 만일 븍[북]방 사ᄅᆞᆷ을 맛나거든 내가 이 곳[6]에셔 죽엇다 젼ᄒᆞ라."

ᄯᅩ ᄀᆞᆯᄋᆞᄃᆡ,

"사ᄅᆞᆷ의 ᄉᆞᄉᆡᆼ이 즁난ᄒᆞ니 내 죽어도 명ᄇᆡᆨ히 ᄒᆞ리라"

ᄒᆞ고 붓을 들어 회ᄉᆞ뎡 기동에 쓰ᄃᆡ, '모년 모월 모일에 샤시 정옥은 익

슈 쇼샹강이라' 쓰고 붓을 더지고 앙텬 탄식 왈,

"나로 엇지 이 디경에 니르게 ᄒᆞᄂᆞᆫ고? 구고 신령은 나의 혼ᄇᆡᆨ을 다려다가 곗헤 두쇼셔"

ᄒᆞ고 유모를 보아 왈,

"이제 비록 잔을 밧드러 쇼ᄉᆞ로야 ᄉᆞ당에 올니고자ᄒᆞ나 엇지 엇으며, 또 린ᄋᆞ의 ᄉᆞ싱을 모르고 죽은 들 엇시 눈을 감으리오?"

인ᄒᆞ여 통곡ᄒᆞ니, 유모와 차환이 서로 안고 우더니, 부인이 긔식ᄒᆞ여 아모란 줄 모르거ᄂᆞᆯ 유모와 차환이 슈족을 주므르며 슯히 우니 산쳔초목이 다 슬허ᄒᆞᄂᆞᆫ 듯 ᄒᆞ더라. 샤부인이 혼미 즁 향ᄂᆡ 진동ᄒᆞ며 패옥소래 징징ᄒᆞ거ᄂᆞᆯ 샤부인이 눈을 들어 보니 두낫 쳥의 녀동이 압헤 니르러 왈,

"낭낭이 부인을 쳥ᄒᆞ라 ᄒᆞ시더이다."

샤시 니러나 왈,

"녀동은 엇던 사ᄅᆞᆷ이며, 낭낭은 어ᄃᆡ 계시뇨? 내 ᄒᆞᆫ번도 뵈ᄋᆞᆸ지 못ᄒᆞ얏스니 엇지 가리[7]오?"

그 녀동 왈,

"부인이 가 뵈오면 가히 알으시리이다."

샤부인이 녀동을 ᄯᆞ라 ᄒᆞᆫ 곳에 니르니, 쥬궁 패궐이 운쇼에 최외ᄒᆞᆫᄃᆡ 뎐각이 즁즁ᄒᆞ고 류리 기와와 ᄇᆡᆨ옥 셤돌에 산호 기동이 인간ᄀᆞᆺ지 아니ᄒᆞ더라. 그 녀동 왈,

"부인은 여긔 잠간 머므쇼셔. 내 들러가 고ᄒᆞ리이다."

샤부인이 문틈으로 가만이 엿보니, 널은 ᄯᅳᆯ에 오ᄉᆡᆨ 긔치 라렬ᄒᆞ고 금옥 졀월을 무슈이 세웟ᄂᆞᆫᄃᆡ 슈ᄇᆡᆨ 녀ᄌᆞ ᄎᆡ의를 닙고 좌우에 버려 서셔 션악을 알외니 린봉이 춤을 추ᄂᆞᆫ지라. 샤시 보고 녀동ᄃᆞ려 왈,

"뎌 ᄯᆞᆯ에 ᄇᆡ례ᄒᆞᄂᆞᆫ 녀ᄌᆞ들이 엇던 사ᄅᆞᆷ이뇨?"

녀동 왈,

"렬후 공경의 부인이며 슉덕 명ᄒᆡᆼ이 잇ᄂᆞᆫ 셩비현부인이니 삭망으로 낭낭씌 죠현ᄒᆞᄂᆞ이다."

이윽고 ᄒᆞᆫ 시네 나와 샤시ᄅᆞᆯ 청ᄒᆞ여 들어가 ᄇᆡᆨ옥 계하에 ᄉᆞᄇᆡ 현알ᄒᆞ니, 낭낭이 명ᄒᆞ여 "뎐에 오르라" ᄒᆞ거ᄂᆞᆯ 부인이 ᄉᆞ양ᄒᆞ다가 승뎐ᄒᆞ여 탑하에 부복ᄒᆞᆫ 즉 낭낭이 평신ᄒᆞ기ᄅᆞᆯ 명ᄒᆞ여 샤부인이 국궁ᄒᆞ고 낭낭을 앙쳠ᄒᆞ니 운샹 우의에 ᄇᆡᆨ옥[8]규ᄅᆞᆯ 잡고 옥탑에 뎐좌 ᄒᆞ엿ᄂᆞᆫᄃᆡ 위의 슉연ᄒᆞ여 가히 만고 셩비신 줄 알너라. 슈ᄇᆡᆨ 녀ᄌᆡ 셩관 월ᄑᆡ로 시위ᄒᆞ엿스니 위의 엄슉ᄒᆞ더라. 낭낭이 문왈,

"부인이 나ᄅᆞᆯ 아나냐?"

샤시 ᄃᆡ왈,

"쳡은 진토 우ᄆᆡᆼ이라 엇지 낭낭 존위ᄅᆞᆯ 아오릿가?"

낭낭 왈,

"부인이 고셔ᄅᆞᆯ 만이 보앗스니 우리 일홈을 알 듯ᄒᆞ도다. 나ᄂᆞᆫ 뎨요의 두 ᄯᆞᆯ이오 뎨슌의 두 안해 아황 녀영이로라."

샤시 놀나 닐어 ᄇᆡ샤ᄒᆞ여 왈,

"쳡이 일즉 셔젹 가온ᄃᆡ 량위 낭낭의 셩덕을 츄모 ᄒᆞ엿삽더니 비루ᄒᆞ온 죵젹이 낭낭 탑젼에 ᄇᆡ알ᄒᆞ오니 ᄉᆞ무여ᄒᆞᆫ이로소이다."

낭낭 왈,

"이제 부인을 청ᄒᆞ기ᄂᆞᆫ 다름이 아니오 그ᄃᆡ의 텬의ᄅᆞᆯ 모르고 죽으랴 ᄒᆞᆷ을 위ᄒᆞᆷ이로라. 부인이 고셔ᄅᆞᆯ 열람ᄒᆞ여 고금을 통달ᄒᆞ고도 엇지 무식 녀ᄌᆞ와 ᄀᆞᆺ치 분수ᄅᆞᆯ 모르나뇨? 하ᄂᆞᆯ이 사ᄅᆞᆷ을 내심애 슈요 화복을 다 뎡ᄒᆞ신 바오, 군ᄌᆞ 슉녜 명운이 다험ᄒᆞᆷ은 윤신 기덕ᄒᆞ심이어ᄂᆞᆯ 이제

부인이 망녕도이 죽으랴 ᄒᆞ니 이는 텬의를 거ᄉᆞ림이 9 라. 모름이 안심ᄒᆞ여 후일 길운을 기다리라."

샤시 ᄇᆡ샤ᄒᆞ여 왈,

"낭낭이 이러툿 하교ᄒᆞ시니 황연 대각ᄒᆞ와 편ᄋᆡᄒᆞᆷ을 아오나 지금 ᄉᆞ셰 ᄉᆞ고무친ᄒᆞ와 의지ᄒᆞᆯᄃᆡ 업ᄉᆞ온즉 낭낭이 ᄇᆞ리지 아니시면 낭낭의 시녀 즁에 츙수ᄒᆞ기를 원ᄒᆞ오니 낭낭은 ᄀᆞ칙 하렴ᄒᆞ쇼셔."

낭낭이 쇼왈,

"일후 ᄌᆞ연 회답ᄒᆞᆯ ᄯᅢ 잇슬 것이니 념려 말라. 지금 구원ᄒᆞᆯ 사름이 잇스리라."

샤부인이 샤례ᄒᆞ니, 낭낭이 도라가기를 직쵹ᄒᆞᄂᆞᆫ지라. 샤시 ᄇᆡ샤ᄒᆞ고 뎐에 ᄂᆞ리다가 실족ᄒᆞ여 놀나 ᄭᆡ니 ᄒᆞᆫ ᄭᅮᆷ이라. 유모와 차환이 깃거 붓드러 안치니 샤부인이 졍신을 뎡ᄒᆞ여 몽ᄉᆞ를 ᄉᆡᆼ각ᄒᆞᆷ매[에] 낭낭의 옥음이 오히려 귀가에 잇ᄂᆞᆫ지라.

"내 앗가 어ᄃᆡ 갓던가?"

유뫼 왈,

"부인이 긔식ᄒᆞ셧다가 지금 회쇼ᄒᆞ시니 어ᄃᆡ를 가셧ᄉᆞ오릿가?"

부인이 몽ᄉᆞ를 일일이 닐으고 ᄭᆡ다러 왈,

"내 앗가 쳥의 녀동을 ᄯᆞ라 대수플[풀] 속에 갓스니 엇지 헛되리오?"

ᄒᆞ고 유모와 차환을 다리고 쥭림을 헷치고 길을 차자 들어가 10 니 황릉뫼 잇ᄂᆞᆫᄃᆡ, 이비의 화상이 몽즁에 보던 진상이라. 부인이 ᄇᆡ례ᄒᆞ고 암축 왈,

"낭낭이 비루ᄒᆞᆫ 쳔신을 명쇼ᄒᆞ샤 지교ᄒᆞ시니 타일ᄭᆞ지 셩덕을 잇지 아니ᄒᆞ리이다"

ᄒᆞ고 물너 월앙 아래 안졋더니, 긔갈이 심ᄒᆞ여 차환으로 인가에 가 걸식

ᄒᆞ여다가 요긔ᄒᆞ고 탄식ᄒᆞ기ᄅᆞᆯ 마지 아니ᄒᆞ더니, 홀연 늙은 ᄒᆞᆫ 녀승과 ᄒᆞᆫ낫 녀동이 밧그로셔 들어오며 왈,

“분명 이 사ᄅᆞᆷ들이로다”

ᄒᆞ고 압헤 와 합쟝ᄒᆞ여 왈,

“부인이 난을 맛나샤 물에 ᄡᆞ지려 ᄒᆞ시니잇가?”

부인이 경아ᄒᆞ여 왈,

“ᄉᆞ뷔 엇지 아나뇨?”

녀승이 ᄃᆡ왈,

“쇼승은 동뎡 군산에 잇솝더니, 작야 몽즁에 관음보살이 현셩ᄒᆞ샤 왈, ‘어진 부인이 봉ᄋᆡᆨᄒᆞ여 물에 ᄡᆞ지고자 ᄒᆞ니 구원ᄒᆞ라’ ᄒᆞ시ᄋᆞᆸ기 급히 강을 건너와 이에 부인을 뵈오니 보살의 무량ᄒᆞ신 법력을 알니로소이다.”

부인이 샤례 왈,

“보살의 ᄌᆞ비ᄒᆞ심과 ᄉᆞ부의 구활ᄒᆞ시ᄂᆞᆫ 은혜ᄅᆞᆯ 감샤ᄒᆞᄂᆞ이다.”

녀승 왈,

“산문의 즁ᄉᆡᆼ을 구졔ᄒᆞᆷ은 분ᄂᆡ ᄉᆞ이온ᄃᆡ ᄒᆞ믈며 부인⑪은 보살의 법지 계시오니 엇지 말홀ᄒᆞ오릿가?”

ᄒᆞ고 서로 붓드러 언덕에 ᄂᆞ려 ᄇᆡ에 오르니, 슌풍이 불어 슌식 간에 군산 하에 다다르며 로승 왈,

“하ᄂᆞᆯ이 도ᄋᆞ심이라”

ᄒᆞ고 부인을 붓드러 올나갈 ᄉᆡ, 열 거름에 아홉 번식 쉬여 층암 절벽에 길을 간신이 차자가니 ᄒᆞᆫ 암ᄌᆡ 잇ᄂᆞᆫᄃᆡ 일홈은 슈월암이라 ᄒᆞ엿더라. 로승이 들어가 부인 노쥬 삼인을 편안이 쉬게 ᄒᆞ고 소찬을 정결이 차려 ᄃᆡ졉ᄒᆞ니 밤이 깁헛ᄂᆞᆫ지라. 노쥬 삼인이 ᄒᆡᆼ역에 피곤ᄒᆞᆷ으로 밝ᄂᆞᆫ 줄 모르

고 자더니 명죠에 로승이 분향 례불ᄒᆞ고 부인에게 ᄇᆡ불ᄒᆞ기를 청ᄒᆞ니 부인이 쇼셰ᄒᆞ고 불젼에 ᄇᆡ례ᄒᆞ고 눈을 들어 보더니 쳑연 하루ᄒᆞᄂᆞᆫ지라. 로승이 의아ᄒᆞ여 문왈,

"부인이 무ᄉᆞᆷ 연고로 불상을 앙쳠ᄒᆞ시고 비쳑ᄒᆞ시ᄂᆞ잇가?"

부인 왈,

"보살 진상의 찬문이 내 쇼시에 모친의 명으로 짓고 쓴 배라. 이제 뵈오니 젼날 일이 츄감 되ᄂᆞ이다."

로승이 놀나 왈,

"그러면 부인이 신셩현 샤쇼져시오닛가? 쇼승과 부[12]인의 용모 셩음이 익은 듯 ᄒᆞ오나 십년 셩샹에 부인이 로슉ᄒᆞ심으로 쌔닷지 못ᄒᆞᄂᆞ이다. 쇼승은 다른 사ᄅᆞᆷ이 아니오라 부인ᄭᅴ 글을 청ᄒᆞ던 우화암 묘희로소이다."

부인이 경희ᄒᆞ여 왈,

"내 쳔신 만고를 지내고 졍신이 모손ᄒᆞ여 고인의 안면을 긔억지 못ᄒᆞ엿ᄂᆞ이다."

묘희 왈,

"쇼승이 과연 류쇼ᄉᆞ 로야의 명을 밧자와 부인ᄭᅴ 찬문을 청ᄒᆞ여 쇼ᄉᆞᄐᆡᆨ에 드리니 쇼ᄉᆞ 로애 깃거ᄒᆞ시고 혼ᄉᆞ를 뎡ᄒᆞ시며 쇼승을 즁샹ᄒᆞ신 후 쇼승이 하직고 물너와 십년 간 도를 ᄇᆡ호다가 스승이 죽은 후 여긔와 잇ᄉᆞ온지 ᄯᅩ 일 년이라. ᄆᆡ양 화상찬을 뵈오면 쇼져를 ᄉᆡᆼ각고 뵈옵ᄂᆞᆫ 듯ᄒᆞ더니 엇지ᄒᆞ여 이리 되시니잇가?"

부인 왈,

"내 류문에 츌가ᄒᆞ여 존구의 ᄌᆞᄋᆡ와 가문의 후ᄃᆡ 극진ᄒᆞ더니 쳡의 명되 다험ᄒᆞ고 지식이 쳔단ᄒᆞ여 화를 ᄌᆞ취ᄒᆞᆷ이니 슈원슈우ᄒᆞ리오?"

인ᄒᆞ여 젼후ᄉᆞᄅᆞᆯ 대강 셜파ᄒᆞ니 묘희 탄식 왈,

"셰샹에 이런 일이 만ᄉᆞ오니 부인은 슬허 말으쇼셔. 부인의 신슈[13]ᄅᆞᆯ 졈쳐 보리이다."

분향ᄒᆞ고 졈ᄉᆞᄅᆞᆯ 벌여 보더니 깃거 고ᄒᆞ여 왈,

"오륙 년이 지나면 류한림이 회심ᄒᆞ샤 위란 즁 부인과 다시 샹봉ᄒᆞ고 영화와 부귀 무흠ᄒᆞ시리니 지금 ᄋᆡᆨ경을 넘우 번뢰히 녁이지 말으쇼셔."

부인이 ᄆᆡ일 아참에 불상 압헤 나아가 ᄇᆡ츅ᄒᆞᄃᆡ,

"한림이 회심ᄒᆞ샤 린ᄋᆞᄅᆞᆯ 다시 보게 ᄒᆞ쇼셔."

축원ᄒᆞ더라. 부인이 묘희ᄃᆞ려 문왈,

"ᄇᆡᆨ빈쥬가 어ᄃᆡ 잇ᄂᆞ뇨?"

묘희 왈,

"동뎡호 남녁에 잇ᄉᆞ오니 여긔셔 머지 아니 ᄒᆞ오이다. 부인이 엇지 무르시ᄂᆞ잇가?"

샤부인이 젼일 몽즁 일을 ᄌᆞ세이 말ᄒᆞ니, 묘희 왈,

"ᄯᆡ가 오면 일을 닛지 아니ᄒᆞ리이다."

부인이 올 ᄯᆡ에 바람을 맛나 강촌에셔 삼일 류ᄒᆞᆫ 말을 ᄒᆞ고 그 녀ᄌᆞ의 긔특홈을 닐카르니 묘희 듯고 왈,

"그 녀ᄌᆞᄂᆞᆫ 쇼승의 족하라. 제 어미 일즉 죽고 그 아비 변시ᄅᆞᆯ 취ᄒᆞ엿더니, 아비 ᄯᅩ 죽음애 계모ᄅᆞᆯ 지효로 셤기고 잇슴ᄂᆞᆫᄃᆡ 저의 계뫼 ᄯᅡᆯ을 다리고 승이 되랴 ᄒᆞᆸ기 ᄉᆞ쥬ᄅᆞᆯ 보오니 일후 귀인의 쇼실이 되와 영복을[14] 안향ᄒᆞᆯ 듯 ᄒᆞ옴으로 삭발을 못ᄒᆞ게 ᄒᆞ엿ᄉᆞ오며 제 일홈은 츄향이라 ᄒᆞᆸ고 셩픔[품]이 유순ᄒᆞ며 녀공이 정묘ᄒᆞ니 쇼승이 ᄆᆡ양 긔특이 녁이ᄂᆞ이다."

샤부인이 암ᄌᆞ에 잇셔 슈션 방젹을 ᄒᆞ여 갑을 밧아 묘희의 죠셕지공

을 보틱여 주고 차환은 녀동과 ᄀᆞᆺ치 ᄉᆞ환ᄒᆞ여 노쥬 삼인이 간고이 의식을 ᄌᆞ뢰ᄒᆞ더라.

각셜. 샤부인이 묘하를 ᄯᅥ는 후 링진이 왓다가 허힝ᄒᆞ여 동청을 보아 왈,

"샤시 신셩에 가고 죵적이 업다"

ᄒᆞ니, 동쳥이 ᄉᆞᄅᆞᆷ을 신셩에 보내여 탐시ᄒᆞᆫ 즉 ᄯᅩᄒᆞᆫ 죵적이 업ᄂᆞᆫ지라. 의레 만단ᄒᆞ고 교녀ᄂᆞᆫ 한림ᄭᅴ 참쇼 왈,

"샤시 묘하에 잇다가 일야 간에 엇던 놈과 멀니 다라낫다 ᄒᆞ오니, 린ᄋᆡ 그 어미의 ᄌᆞ식일 ᄲᅮᆫ이오 한림의 혈쇽인 줄은 밋을 수 업ᄉᆞ오니 진즉 업시 ᄒᆞ쇼셔."

한림 왈,

"네브터 어미 사오나와도 ᄌᆞ식은 착ᄒᆞ게 낫나니, 린ᄋᆡ 션군과 흡ᄉᆞᄒᆞᆫ ᄃᆡ 만코 ᄯᅩ 날과 호발도 다름이 업스니 무ᄉᆞᆷ 의심이 잇스리오?"

ᄒᆞᄂᆞᆫ지라. 교녀 다시 린ᄋᆞ를 참쇼치 못15ᄒᆞ고 앙앙 불락ᄒᆞ며 제 ᄉᆞᄉᆞ로 혜아린즉 죄악이 만흔지라 교언령ᄉᆡᆨ으로 한림을 고혹ᄒᆞ게 ᄒᆞ며 비비를 호령ᄒᆞ여 악형을 ᄒᆞ니 원망이 닐어나더라.

일일은 한림이 죠회를 파ᄒᆞ고 집에 도라오니, 교녀 ᄂᆡ당에 업ᄂᆞᆫ지라. ᄆᆞ르니 ᄇᆡᆨᄌᆞ당에 잇다 ᄒᆞ거늘 한림이 교녀를 불너 ᄇᆡᆨᄌᆞ당에 잇ᄂᆞᆫ 연고를 ᄆᆞ르니 교녀 ᄃᆡ왈,

"ᄂᆡ당에 잇슴애 몽ᄉᆡ 변란ᄒᆞ기로 잠간 피ᄒᆞᆷ이라"

ᄒᆞᆫᄃᆡ 한림 왈,

"내 ᄯᅩᄒᆞᆫ 요ᄉᆞ이 심신이 불안ᄒᆞ고 몽ᄉᆡ 변란ᄒᆞ야 잠을 못 자니 도ᄉᆞ를 청ᄒᆞ여 의론코져 ᄒᆞ노라."

이ᄯᆡ 승샹 엄슝이 도ᄉᆞ의 잡슐로 텬ᄌᆞ를 미혹ᄒᆞ게 ᄒᆞᄂᆞᆫ지라. 한림이

샹소ᄒᆞ야 간ᄒᆞ얏더니, 샹이 깃버 아니ᄒᆞ샤 비답지 아니ᄒᆞ시고 다시 간소ᄅᆞᆯ 올니면 죽을 죄로 뎡ᄒᆞ리라 ᄒᆞ시니 한림이 불안ᄒᆞ여 ᄉᆞ직ᄒᆞ고 집에 잇더니, 일일은 아ᄂᆞᆫ 도ᄉᆡ 왓거ᄂᆞᆯ 한림이 몽ᄉᆞ 번잡ᄒᆞᆷ을 닐으고 도ᄉᆞᄅᆞᆯ 다리고 안에 들어가[16] 두루 ᄉᆞᆲ혀보며 한림 쳐소의 벽을 헷치고 목인을 무수이 차자내니 한림이 대경ᄒᆞᆫᄃᆡ, 도ᄉᆡ 우어 왈,

"이ᄂᆞᆫ 불과 샹공의 시인 즁 총을 요구ᄒᆞᆷ이오 살인 모해ᄒᆞᄂᆞᆫ 져쥬 아니오니 샹공은 방심ᄒᆞ쇼셔. 그러나 샹공 면샹에 흑긔 얼이어 집을 써날 수ᄋᆡᆨ이 잇스니 조심ᄒᆞ쇼셔."

한림이 칭샤ᄒᆞ고 도인이 도라간 후 한림이 ᄉᆞ량ᄒᆞ니,

'년젼에 져쥬ᄒᆞᆫ 일이 다 샤시의 작ᄉᆞ라 ᄒᆞ엿더니, 이제 샤시 나간지 오래고 나 잇ᄂᆞᆫ 방을 곳친지 여러 ᄃᆞᆯ 아니 되엿거ᄂᆞᆯ 또 이런 흉ᄒᆞᆫ 일이 잇스니 분명 가ᄂᆡ에 악인이잇도다. 이러ᄒᆞᆫ 즉 샤시 엇지 원통치 아니ᄒᆞ리오?'

ᄒᆞ고 요ᄉᆞᄒᆞᆫ 물건을 다 업시ᄒᆞᆫ 후 정신이 진정ᄒᆞ여 녯날 총명이 도라오니, 젼일을 샹상ᄒᆞ여 봄애 뉘웃ᄂᆞᆫ ᄆᆞᄋᆞᆷ이 졈졈 나고 쑴이 ᄊᆡᆫ 듯 ᄒᆞ더니, 두부인이 셩도로셔 셔간을 부쳐오니 한림이 ᄀᆡᄒᆞᆫ 즉 샤시의 츌화 당ᄒᆞᆷ을 모르고 ᄒᆞᆫ 셔간이라. 말슴이 명쾌ᄒᆞ고 샤시ᄅᆞᆯ 부탁ᄒᆞ엿더라. 한림이 구연 황괴ᄒᆞ여 머리ᄅᆞᆯ 숙이고[17] 가만이 ᄉᆡᆼ각ᄒᆞᆷ애 ᄌᆞ긔 간참에 ᄊᆡ져 조강의 의ᄅᆞᆯ 져ᄇᆞ린 듯ᄒᆞᆫ지라. 심ᄉᆡ 불평ᄒᆞ여 교녀와 졍의 소원ᄒᆞ니 교녜 크게 두려 동청ᄃᆞ려 ᄉᆞ긔ᄅᆞᆯ 닐은ᄃᆡ 동청 왈,

"독약을 음식에 ᄐᆞ 한림을 먹이라."

교녜 왈,

"만일 먹지 아니ᄒᆞ고 패루ᄒᆞ여 셩ᄉᆞ가 못 되면 큰 일이 날것이니, 다른 계교ᄅᆞᆯ ᄉᆡᆼ각ᄒᆞ라."

동청이 모해ᄒᆞ기를 ᄉᆡᆼ각ᄒᆞ더니, 일일은 셔헌에 들어가니 한림이 친구를 심방ᄒᆞ여 나아 갓ᄂᆞᆫ지라. 동청이 셔안을 샹고ᄒᆞ니 한림이 시세를 탄식ᄒᆞ여 지은 글이 잇ᄂᆞᆫᄃᆡ, 승샹 엄슝에게 ᄃᆡᄒᆞ여 론박ᄒᆞᄃᆡ 오국 학민ᄒᆞᆫ다 ᄒᆞᆫ지라. 동청이 대희ᄒᆞ여 교녀ᄃᆞ려 닐너 왈,

"이제 류연슈 업시 ᄒᆞᆯ 일을 엇엇스니 쾌ᄒᆞ도다."

교녜 왈,

"엇지 닐음이뇨?"

동청 왈,

"텬ᄌᆡ 도ᄉᆞ와 단약을 밋으시고 엄승샹이 그 일을 힘쓰거ᄂᆞᆯ 이제 류한림이 텬ᄌᆞ를 비방ᄒᆞ고 엄승샹을 폄ᄒᆞ여 글을 지엇스니, 이 글을 엄승샹ᄭᅴ 드리면 승샹이 노ᄒᆞ여 텬ᄌᆞᄭᅴ 알외여 필연 귀향을 면치 못ᄒᆞ리니 엇지 묘ᄒᆞ고 쾌(18)ᄒᆞ지 아니ᄒᆞ리오?"

교녜 대희ᄒᆞ여 왈,

"ᄂᆞᆷ의 손을 빌어 저를 업시ᄒᆞ면 엇지 쾌ᄒᆞᆫ 일이 아니리오?"

동청이 한림의 글을 소매에 ᄀᆞᆷ초고 엄승샹 부에 나아가 쳥알ᄒᆞ니, 즉시 들이오라 ᄒᆞ야 동청이 들어가 ᄇᆡ알ᄒᆞᆫ 즉 엄슝이 무러 왈,

"그ᄃᆡ 엇던 사ᄅᆞᆷ이뇨?"

동청 왈,

"쇼ᄉᆡᆼ은 한림 류연슈의 집 손이 온ᄃᆡ 제 비록 그 집에 의탁은 ᄒᆞ엿ᄉᆞ오나 쥬인이 ᄆᆡ양 승상을 당나라 정승 리림보에 비ᄒᆞ고 텬ᄌᆞ를 혼군이라 ᄒᆞᄋᆞᆸ기 쇼ᄉᆡᆼ이 듯기에 통탄 ᄒᆞᄋᆞᆸ더니, 제가 이 글을 지어 두엇ᄉᆞ온ᄃᆡ ᄒᆞᆫ번 보옴애 모골이 송연ᄒᆞ와 가저다 드리ᄂᆞ이다."

슝이 보고 대노ᄒᆞ여 왈,

"류연슈의 부ᄌᆡ 본ᄃᆡ 나를 ᄇᆡ쳑ᄒᆞ나 내 모르ᄂᆞᆫ 테 ᄒᆞ엿더니, 이러ᄒᆞᆫ

시를 지어 님군을 비방ᄒᆞ니 죽기를 면치 못ᄒᆞ리라"

ᄒᆞ고 즉시 예궐ᄒᆞ여 류한림의 글을 샹긔 드리고 ᄇᆡᆨ단으로 무쇼ᄒᆞ니, 모단 신해 간ᄒᆞ여 왈,

"류연슈의 글이 시졀을 비방ᄒᆞ엿ᄉᆞ오나 죽음에 밋츨 배 아니라"

ᄒᆞ여 심히 다토ᄂᆞᆫ지라. 샹이 진노ᄒᆞ심을 [19] 도로키샤 "감ᄉᆞ 뎡ᄇᆡᄒᆞ라" ᄒᆞ시니 엄슝이 앙앙ᄒᆞ여 형부 관리를 부촉ᄒᆞ여, "슈토 사오나온 ᄃᆡ로 ᄇᆡ소를 뎡ᄒᆞ라" ᄒᆞ여 ᄇᆡ소를 힝쥬에 뎡ᄒᆞ니, 슈토의 사오나옴이 븍[북]방 사름에게 맛지 아니ᄒᆞ여 그곳에 가 살아 도라오ᄂᆞᆫ 이가 업ᄂᆞᆫ지라. 한림의 족당이 아니 슬허ᄒᆞ리 업더라. 교녀ᄂᆞᆫ 거짓 슬허ᄒᆞᄂᆞᆫ 톄ᄒᆞ더라.

한림이 옥에 나와 셩문을 나가니 교녜 비복을 다리고 와 울며 왈,

"샹공을 뫼셔 가고져 ᄒᆞᄂᆞ이다."

한림 왈,

"내 이제 흉디에 가니 살아 도라오기를 엇지 긔필ᄒᆞ리오? 그ᄃᆡᄂᆞᆫ 우흐로 졔ᄉᆞ를 밧들고 아래로 두 ᄋᆞ히를 잘 길으라. ᄯᅩ 린ᄋᆞ의 셩질이 통명 효슌ᄒᆞ니 잘 길너 셩취ᄒᆞ면 ᄉᆞ무 여흔이겟노라."

교녜 왈,

"엇지 조곰이나 봉ᄋᆞ와 다르오릿가?"

한림이 칭션ᄒᆞ더라.

한림이 취옥ᄒᆞ기 젼에 동쳥이 나아간 지 삼일이라. 한림이 의심ᄒᆞ더니, 한림이 찬젹을 당ᄒᆞ여도 와 보지 아니ᄒᆞᄂᆞᆫ지라. 한림이 더욱 의려ᄒᆞ니라. 한림이 수ᄀᆡ 복ᄌᆞ와 초초이 등졍ᄒᆞ니 [20]

가셕다! 옥당 한원의 명필 학ᄉᆞ로 금의 귀인이 변ᄒᆞ여 일죠에 포의 젹긱으로 만리 원힝을 ᄒᆞᄂᆞᆫ도다. 그 연고ᄂᆞᆫ 요쳡을 가닉에 두고 ᄯᅩ 착

지 못ᄒᆞᆫ 문긱을 두엇슴으로 이와ᄀᆞᆺ치 화를 당ᄒᆞᆷ이니 가히 삼가지 아니ᄒᆞ랴?

이에 동쳥이 엄숑에게 아쳠ᄒᆞ더니 오래지 아니ᄒᆞ여 진류 원을 엇어ᄒᆞ고 교녀에게 밀통ᄒᆞ되,

“친뎡에 가노라 ᄒᆞ고 오면 즁ᄀᆞᆫ에셔 마지바”

ᄒᆞ니 교녜 가즁에 말ᄒᆞ기를,

“친뎡에 가노라”

ᄒᆞ고 심복된 시ᄋᆞ 랍ᄆᆡ, 셜ᄆᆡ 삼ᄉᆞ 인을 다리고 두 ᄋᆞ히를 다려갈 ᄉᆡ, 린ᄋᆞ의 유뫼 린ᄋᆞ를 다리고 가고져 ᄒᆞᆫᄃᆡ 교녜 왈,

“내가 불구에 올 터이니, 너는 여긔 잇셔 여러 비복으로 집을 직히라”

ᄒᆞ더라. 교녜 류가의 허다 보ᄇᆡ를 다 가지고 삼ᄉᆞ ᄀᆡ 비복과 린ᄋᆞ와 봉쥬를 다리고 ᄇᆡ로 ᄒᆡᆼᄒᆞᆫ지 수일 만에 호타하라 ᄒᆞ는 물가에 니르러, 린ᄋᆞ를 셜ᄆᆡ에게 주어 왈,

“물에 너흐라”

ᄒᆞ니 린ᄋᆡ ᄌᆞᆷ을 드럿는지라. 셜ᄆᆡ 밧아 안고 물에 너흐려 ᄒᆞ다가 ᄉᆞ량ᄒᆞ여 왈,

“샤 21 부인이 비복을 깁히 ᄉᆞ랑ᄒᆞ거늘 내 부인을 해ᄒᆞ고 그 아들을 마져 죽임이 엇지 하늘이 두렵지 아니ᄒᆞ랴?”

ᄒᆞ고 궁벽ᄒᆞᆫ 수플[풀] 속에 더지고 도라와 고ᄒᆞ되,

“물에 더지니 츌[출]몰ᄒᆞ다가 뵈이지 아니ᄒᆞ더이다.”

교녜,

“싀원ᄒᆞ다!”

ᄒᆞ더라. 동쳥이 ᄇᆡ를 ᄃᆡ이고 교녀를 기다리더니, 이에 맛나 진류로 향

ᄒᆞ니라.

이때 류한림이 달포 만에 ᄇᆡ소에 득달ᄒᆞᆷ애 풍퇴 흉악ᄒᆞ야 병이 들어 죽게 되엿ᄂᆞᆫ지라. 한림이 병즁에 가만이 ᄉᆞ량ᄒᆞ니,

'샤시 나ᄅᆞᆯ 권ᄒᆞ여 동쳥을 집에 두지 말라 ᄒᆞ더니 동쳥을 두어 화ᄅᆞᆯ ᄌᆞ취ᄒᆞ니 이제 ᄉᆡᆼ각ᄒᆞᆫ즉 샤시의 명철ᄒᆞᆫ 식견이 나에 ᄇᆡ승ᄒᆞ고 ᄯᅩᄒᆞᆫ 현숙지 아닐진댄 엇지 션군이 나에 지나게 허ᄃᆡᄒᆞ셧스리오? 내 암ᄆᆡᄒᆞ여 쳐ᄉᆞᄅᆞᆯ 잘못 ᄒᆞ엿스니 디하에 가 무삼 면목으로 션군ᄭᅴ 뵈오리오?'

이러틋 번뇌ᄒᆞ여 병홰 층가ᄒᆞ나 궁향 벽쳐에 량의ᄅᆞᆯ 맛나지 못ᄒᆞ여 병셰 졈졈 침즁ᄒᆞ더니, 일야 몽즁에 쳥의 녀동이 옥병을 가져와 고왈,

"샹[22]공이 병환이 즁ᄒᆞ여도 의약이 업셔 ᄉᆡᆼ되 망연ᄒᆞ시니 이 병의 물을 마시면 챠되 잇스리이다."

한림 왈,

"어ᄂᆞ 곳 션인이 이와ᄀᆞᆺ치 잔명을 구원ᄒᆞᄂᆞ뇨? 감샤ᄒᆞ노라."

녀동이 ᄃᆡ왈,

"쇼녀ᄂᆞᆫ 동뎡 군산에 잇ᄉᆞ온ᄃᆡ 관음셰존의 법지ᄅᆞᆯ 밧자와 왓나이다" ᄒᆞ고 병을 압헤 노코 가거ᄂᆞᆯ 한림이 ᄭᆡᆷ을 ᄭᆡ여 고이히 녁이더니, 시쟤 ᄯᅳᆯ을 쓸다가 한림ᄭᅴ 고왈,

"ᄯᅳᆯ에 ᄉᆡ암이 나ᄂᆞ이다."

한림이 일어나 그곳에 가 보니 몽즁에 녀동이 병을 노코 간 곳이라. 그 물을 써오라 ᄒᆞ여 맛을 보니 쳥향 감렬ᄒᆞ고 마심애 복즁이 쳥샹 편안ᄒᆞ여 ᄇᆡᆨ병이 졀로 물너감으로 슈토에 샹ᄒᆞᆫ 병이 구름 것 듯 ᄒᆞ더라.

이때 동쳥이 진류에 도임ᄒᆞ여 쥰민고ᄐᆡᆨᄒᆞ여 엄슝에게 아쳠ᄒᆞ니, 엄슝이 깃거 동쳥을 계림 태슈로 승ᄎᆞ하니 동쳥이 대희ᄒᆞ여 교녀로 더브러 계림으로 가랴ᄒᆞ더라.[23]

이때에 국가에 경ᄉᆞ를 인ᄒᆞ여 대샤 텬하ᄒᆞ시니 류한림이 귀향은 풀녓스니 복직 징쇼를 아니 심으로 경셩으로 가지 못ᄒᆞ고 고향으로 향홀식, 무창 대로로 ᄒᆡᆼᄒᆞ니 졍히 남방의 셩렬을 당ᄒᆞ엿ᄂᆞᆫ지라. 믈게 ᄂᆞ려 길가 슈음 즁에 쉬며 심즁에 ᄉᆡᆼ각ᄒᆞᄃᆡ,

'부인과 린ᄋᆞ를 차자 향리에 도라가 경뎐 됴어ᄒᆞ여 평ᄉᆡᆼ을 지내리라'

ᄒᆞ고 젼ᄉᆞ를 상량ᄒᆞ다가 홀연 눈을 들어 보니, 엇던 ᄒᆡᆼ직 지나거ᄂᆞᆯ 괴로이 녁여 몸을 숨기고 본 즉, 긔귀 부셩ᄒᆞ여 현관의 ᄒᆡᆼ치 아니오 ᄌᆞᄉᆞ나 태슈의 ᄒᆡᆼᄎᆞ라. 금안ᄇᆡᆨ마에 홍포 옥규로 졍좌ᄒᆞᆫ 쟈ᄂᆞᆫ 동쳥이라. 한림이 놀나 의심ᄒᆞ며 ᄉᆞ량ᄒᆞ여 왈,

'이놈이 어ᄂᆞ 사이에 이러틋 현달ᄒᆞ뇨? ᄒᆡᆼᄉᆡᆨ을 보건대 ᄌᆞᄉᆡᆨ 아니면 태슈로다. 나를 엄숭에게 무함ᄒᆞ고 고관 대쟉을 엇엇도다.'

뒤에 옥륜 금거에 슈십 홍장 시녀 옹위ᄒᆞ여 가니, 향풍이 진울ᄒᆞ고 금옥의 휘황ᄒᆞ미 날 빗흘 희롱ᄒᆞ더라. 한림이 그 일ᄒᆡᆼ이 지나간 후 길에 나와 역뎜에 들어 오반(24)을 사셔 요긔ᄒᆞ고 쉬더니, 우연히 보니 겻 쥬막에 한 녀인이 쥬져 반향이더니 압헤 와 ᄇᆡ례ᄒᆞ고 왈,

"로얘 엇시 여긔 오신잇가?"

한림이 ᄌᆞ셰 보니 이ᄂᆞᆫ 곳 셜ᄆᆡ라. 경아ᄒᆞ여 왈,

"나ᄂᆞᆫ 텬은을 닙어 고향으로 가나, 너ᄂᆞᆫ 어ᄃᆡ로조차 이곳에 왓스며 가ᄂᆡ 다 무고ᄒᆞ냐?"

셜ᄆᆡ ᄃᆡ왈,

"엇지 일구로 형언ᄒᆞ오릿가? 로야ᄭᅴ셔 앗가 지나가던 ᄒᆡᆼᄎᆞ 위의를 보신잇가?"

한림 왈,

"보앗거니와 동쳥이 엇지 그리 고관 대쟉을 ᄒᆞ엿ᄂᆞᆫ고? 그ᄂᆞᆫ 물론ᄒᆞ고

부인과 두 공ᄌᆡ 무양ᄒᆞ냐?"

셜ᄆᆡ ᄃᆡ왈,

"뒤에 가던 ᄒᆡᆼᄎᆞᄅᆞᆯ 알으시ᄂᆞ잇가?"

한림 왈,

"그ᄂᆞᆫ 불과 동쳥의 ᄂᆡᄒᆡᆼ이니 내 엇지 알니오? 너ᄂᆞᆫ 다만 부인과 공ᄌᆞ의 안부나 말ᄒᆞ여라."

셜ᄆᆡ 왈,

"동태슈의 ᄂᆡᄒᆡᆼ은 곳 교부인이온ᄃᆡ 쇼비 ᄯᅩᄒᆞᆫ 뫼시고 가다가 옷을 곳쳐 닙으려 잠간 여긔 들어 왓ᄉᆞᆸ더니, 몽ᄆᆡ 밧게 로야의 뵈올 줄 엇지 ᄯᅳᆺᄒᆞ엿ᄉᆞ오릿가?"

한림이 놀나고 탄식ᄒᆞ다가 양구에 왈,

"셰샹에 이러ᄒᆞᆫ 일도 잇나냐? 네 ᄌᆞ셰이 연유ᄅᆞᆯ 고ᄒᆞ라."

셜ᄆᆡ 왈,

"쇼[25]비 하ᄂᆞᆯ을 속이고 쥬모ᄅᆞᆯ ᄇᆡ반ᄒᆞᆫ 죄 잇ᄉᆞ오니 빌건댄 로야ᄂᆞᆫ 죄ᄅᆞᆯ 용셔ᄒᆞ시면 실샹을 력력히 알외오리이다."

한림 왈,

"이왕지ᄉᆞᄅᆞᆯ 죄치 아니ᄒᆞ리니 다만 ᄌᆞ셰이 고ᄒᆞ여 나의 의심을 ᄒᆡ셕ᄒᆞ라."

셜ᄆᆡ 고두ᄒᆞ고 울어 왈,

"샤부인이 비ᄇᆡ ᄉᆞ랑ᄒᆞ시기ᄅᆞᆯ 슈족ᄀᆞᆺ치 ᄒᆞ시거ᄂᆞᆯ 쇼비의 ᄉᆞ촌 랍ᄆᆡ와 교녀의 간악히 달내옴을 듯고 옥환을 도적ᄒᆞ여 주오니 교녀와 동쳥이 ᄅᆡᆼ진을 식여 부인을 모해ᄒᆞ고 요망ᄒᆞᆫ 심낭의 ᄭᅬ로 져쥬ᄅᆞᆯ ᄒᆡᆼᄒᆞ고 부인의 필젹을 모본ᄒᆞ여 로야로 의심ᄒᆞ시게 ᄒᆞᄋᆞᆸ고 조차 동쳥과 교네 통간ᄒᆞ며 동쳥이 랍ᄆᆡᄅᆞᆯ 식여 쟝쥬ᄅᆞᆯ 눌너 죽이고 츈방에게 죄ᄅᆞᆯ 보내며 부인을 내치시게 ᄒᆞ고 부인이 묘하에 게심을 ᄭᅳ려 교녀와 동쳥이 두부인의 셔간을 위조ᄒᆞ여 릥진으로 겁욕코져 ᄒᆞ더니 부인이 엇지 그 긔미ᄅᆞᆯ 알으셧던지 종적을 ᄀᆞᆷ초니, 교녜 부인을 음분ᄒᆞ엿다 로야ᄭᅴ 참소ᄒᆞ고 그 후 로애 심낭의 예방ᄒᆞᆫ 목인을 파내시샤 샤부인이 이[26]ᄆᆡ ᄒᆞᆫ가 ᄒᆞ신 즉 교녀와 동쳥이 로야의 글을 도적ᄒᆞ여 엄승샹ᄭᅴ 드려 로야로 구향 가시게 ᄒᆞ얏ᄉᆞ오니 대략을 알외옴이오며 교녜 동쳥을 음간ᄒᆞ올 ᄯᅢ에 가즁에 모를 이 업ᄉᆞ오나 로야ᄭᅴ 고치 아니홈은 비ᄇᆡ의 불츙이오며 로애 ᄯᅥ나신 후 오래지 아니ᄒᆞ여 동쳥이 외임ᄒᆞ오니 교녜 가즁 보ᄇᆡᄅᆞᆯ 슈탐ᄒᆞ여 가지고 동쳥을 조차 가ᄆᆡ 샤부인의 일용 지물과 슈식 패물이 다 교녀의 낭탁이오, 로야의 셰젼ᄒᆞ시던 로비 다 동쳥의 ᄉᆞ환이 되니 쇼비 비록 쳔인이오나 이ᄀᆞᆺ치 픠악ᄒᆞᆫ 일과 비샹ᄒᆞᆫ 변은 보지 못ᄒᆞ엿ᄂᆞ이다. 교녜 동쳥에게 간 후로 투긔가 ᄌᆞ심ᄒᆞ와 시비 만일 동쳥의 압헤 츌입ᄒᆞᆫ 즉 혹독ᄒᆞᆫ 형벌을 쓰며 빅단으로 공갈ᄒᆞ니 ᄯᅩᄒᆞᆫ 쇼비도 보명키 어렵습ᄂᆞ이다"

ᄒᆞ며 가슴을 헷쳐 불로 지지고 칼로 질은 흔적을 ᄀᆞᄅᆞ쳐 뵈고 울어 왈,

"ᄉᆞ랑ᄒᆞᄂᆞᆫ 쥬모ᄅᆞᆯ ᄇᆞ리고 범의 굴에 들어삿ᄉᆞ오니 이것이 뉘 죄오릿가?"

한림 왈,

"린ᄋᆞ가 어ᄃᆡ 잇나냐?"

셜ᄆᆡ 울며 고[27] 왈,

"교녜 공ᄌᆞᄅᆞᆯ 다리고 호타하에 니르러 강즁에 더[던]지라 ᄒᆞ기로 쇼비 참아 못ᄒᆞ와 수플[풀] 속에 두고 교녀에게 거짓말로 물에 더[던]져 죽엿다 ᄒᆞ엿ᄉᆞ오니, 혹 근쳐 사ᄅᆞᆷ의 구원ᄒᆞᆫ 배 될가 ᄒᆞᄂᆞ이다."

해[한]림이 이 말을 듯고ᄂᆞᆫ 대호 일셩에 혼절 ᄒᆞ엿다가 오랜 후에 ᄭᆡ여나 ᄀᆞᆯᄋᆞᄃᆡ,

"린이 만일 죽지 아니흔즉 네가 내 집 은인이라 젼일 죄를 다 샤흐려니와 거리에 ᄇ린 ᄋ히 굶어 죽기는 뎡녕이 면치 못홀 것이니 오작의 밥이 되엿스리로다"

ᄒ고 참쳑ᄒ기를 마지 아니ᄒ니, 셜미 다시 고왈,

"교녀와 동청은 쇼비의 원슈오나 로애 멀니 계시샤 고홀 길이 업습고 위환이 급ᄒ온 고로 부득이 분을 참고 그의 ᄉ환이 되엿솝더니, 이제 신명이 도으샤 로야를 뵈왓ᄉ오니 ᄇ라건댄 로야를 뫼시고 가와 다시 원슈의게 가지 아니케 ᄒ쇼셔."

한림 왈,

"네 말이 올흐나 내가 길에셔 동청과 맛낫스니 비록 몸을 피ᄒ엿스나 내 얼골을 아니 본 지 모르며, 교녀의 다리고 간 비복도[28] 다 내 집 사름이라. 나는 비록 저의를 아니 보앗스나 저의 무리가 보앗스면 엇지 이젼 쥬인을 모르리오? 저의가 말을 젼ᄒ여 젼파흔즉 교녀와 동청이 나를 모해ᄒ야 너와 내가 위틱ᄒ리니 너는 아즉 ᄯ라가라. 내 살아 왓스니 일후에 쳐분이 잇스리라."

셜미 울며 하직ᄒ고 나가다가 다시 들어와 고왈,

"총총ᄒ와 말숨을 밋쳐 다 못 고ᄒ엿ᄂ이다. 작일에 악쥬 ᄶ을 지나다가 젼ᄒ는 말을 듯자오니 ᄉ상가 부인이 두츄관 임쇼로 가다가 가지 못ᄒ고 죽엇다 ᄒ며, 혹은 츄관이 갈녀 갓다흠을 듯고 다른 곳으로 갓다 ᄒ딕 ᄌ셰흔 말은 듯지 못ᄒ엿ᄂ이다"

ᄒ고 가니라.

이ᄣ, 교녀 셜믹의 더듸 옴을 의심ᄒ여 무르딕, 셜믹 딕왈,

"우연이 락마ᄒ와 심히 압흐기로 속히 오지 못ᄒ니이다."

교녀 본딕 의심이 만흔지라 그 말을 밋지 아니ᄒ고 시비로 셜믹 마부

에게 무르니,

"력뎜에셔 ᄒᆞᆫ ᄒᆡᆼ인을 맛나 말ᄒᆞ고 우너라고 ᄌᆞ연 더듸엿나이다."

교녜 ᄯᅩ 무러 왈,

"그 ᄒᆡᆼ인이 뉘[29]라 ᄒᆞ더뇨?"

ᄃᆡ왈,

"그 종자에게 무른 즉 귀향 갓던 류한림이 샤ᄅᆞᆯ 닙어 도라온다 ᄒᆞ더이다."

교녜 그 용모ᄅᆞᆯ ᄌᆞ셰이 무러 본 즉 과연 류한림이라. 급히 동쳥을 불너 셜ᄆᆡ의 류한림 맛난 슈말을 말ᄒᆞ니 동쳥이 듯고 대경 왈,

"류연슈ㅣ 남방 귀신이 될가 ᄒᆞ엿더니 지금ᄭᆞ지 살아잇다가 도라오니, 만일 젼제치 아니 ᄒᆞ엿다가 타일 득지ᄒᆞ면 우리가 다 죽으리라"

ᄒᆞ고 급히 쟝뎡 십여 인을 불너 분부ᄒᆞ여 왈,

"너희가 큰 길로 가다가 어두운 ᄯᅢ에 거즛 도적인 체ᄒᆞ고 류연슈ᄅᆞᆯ 죽여 머리ᄅᆞᆯ 가져와 내게 뵈이면 중샹ᄒᆞ리라. 이목이 번거ᄒᆞ니 삼가 조심ᄒᆞ라."

중인이 쳥령ᄒᆞ고 가니라.

이ᄯᅢ, 셜ᄆᆡ 그릇 랍ᄆᆡ와 동심ᄒᆞ여 교녀의 심복이 되여 쥬모ᄅᆞᆯ 모해ᄒᆞ고 교녀에게 공과 샹을 낫고더니, 동쳥이 귀히 됨애 음탕이 심ᄒᆞ여 랍ᄆᆡ와 셜ᄆᆡᄅᆞᆯ 친밀이 ᄒᆞ니 교녀의 악독ᄒᆞᆫ 투심이 량비의 공은 만흐ᄃᆡ 엄형을 간간이 ᄒᆞ고 암[30]해ᄒᆞᆯ ᄯᅳᆺ을 두니 셜ᄆᆡ 후회 막심ᄒᆞ여 함원ᄒᆞᆷ이 오래더니, 우연이 젼쥬인을 맛나 졍회ᄅᆞᆯ 고ᄒᆞ다가 교녀와 동쳥에게 들닌배 되여 동쳥이 류한림을 겁살ᄒᆞ려 ᄒᆞᆷ을 보고 저도 ᄯᅩᄒᆞᆫ 사지 못ᄒᆞᆯ 줄 알고 ᄌᆞ결ᄒᆞ여 죽으니, 교녜 과연 셜ᄆᆡᄅᆞᆯ 죽이려 ᄒᆞ여 찻다가 발셔 제가 죽음을 보고 샹쾌ᄒᆞ여 ᄒᆞ더라.

이ᄣᅢ에 류한림이 셜ᄆᆡ의 일쟝 간샹을 듯고 가만이 ᄉᆡᆼ각ᄒᆞᆷ애 츄회 막급이라. 한탄ᄒᆞ여 왈,

"내가 진실로 혼암 불명ᄒᆞᆷ으로 간참을 신청ᄒᆞ고 패가 망신ᄒᆞ여 우흐로 조샹 향화를 보젼치 못ᄒᆞ고 아래로 쳐ᄌᆞ를 보호치 못ᄒᆞ여 동셔로 표박ᄒᆞ여 갈 곳이 업게 되니 텬하의 무의 무탁ᄒᆞᆫ 사ᄅᆞᆷ이오, 부부지간에 의 ᄭᅳᆫ어지고 부ᄌᆞ의 졍이 업스니 륜긔에 득죄ᄒᆞᆫ 사ᄅᆞᆷ이라 살아 무엇ᄒᆞ리오?"

이러틋 ᄉᆡᆼ각ᄒᆞ며 ᄒᆡᆼᄒᆞ여 악쥬에 니르러 물가에 사ᄅᆞᆷ을 맛나면 샤시의 쇼식을 무르ᄃᆡ 아ᄂᆞᆫ 재 업스니 한림이 더욱 ᄋᆡ통ᄒᆞ여 강촌으로 두루 ᄃᆞ니ᄃᆡ ᄉᆞᄉᆡᆼ을 진젹[31]히 아지 못ᄒᆞ더니, 홀연 ᄒᆞᆫ 사ᄅᆞᆷ이 닐ᄋᆞᄃᆡ,

"오륙년 젼에 과연 한 ᄌᆡ샹가 부인이 쟝ᄉᆞ 션인의 ᄇᆡ에 ᄂᆞ려 회ᄉᆞ뎡 마을에 가 머므신다 ᄒᆞ엿스니 거긔가 무르쇼셔."

한림이 대희ᄒᆞ여 그곳에 가 무른 즉 닐ᄋᆞᄃᆡ,

"과연 올흐니이다. 모년 분에 ᄒᆞᆫ 쇼년 부인이 소복을 ᄒᆞ고 ᄒᆞᆫ 로파와 차환 일 인을 거ᄂᆞ리고 ᄇᆡ를 ᄐᆞ고 와 져 븍[북]뎡에 올나 구경ᄒᆞ고 갓ᄂᆞ이다."

ᄯᅩ ᄒᆞᆫ 사ᄅᆞᆷ이 ᄀᆞᆯᄋᆞᄃᆡ,

"그 부인의 ᄒᆡᆼ식이 쳐량ᄒᆞ고 곡셩이 비졀ᄒᆞ니 사ᄅᆞᆷ이 참아 보고 듯지 못ᄒᆞᆯ너이다. 들으니 그 ᄣᅢ에 물에 ᄲᆡ져 죽엇다 ᄒᆞ더이다."

한림이 듯기를 다 못ᄒᆞ여 심신이 산란ᄒᆞ고 눈물이 옷을 적시나 부인의 죵적을 긔어히 찻고자 ᄒᆞ여 잠간 회ᄉᆞ뎡에 올나가 본즉 창파ᄂᆞᆫ 만경이오 쳥산은 텹텹ᄒᆞ고 두견의 소래 ᄲᅮᆫ이라. 샹하로 ᄇᆡ회ᄒᆞ며 참아 가지 못ᄒᆞ고 인ᄒᆞ여 벽샹에 쓴 글을 보더니, ᄒᆞᆫ 기동에 글을 썻스되,

"모년 모월 일에 샤시 경옥은 익슈 원ᄉᆞ라"

ᄒᆞ엿거ᄂᆞᆯ 한림이 보기ᄅᆞᆯ 다 못ᄒᆞ여 ᄋᆡ호 일셩[32]에 ᄯᅡ에 혼절ᄒᆞ니 시재 붓드러 구원ᄒᆞᆫ 즉 한림이 ᄋᆡ통ᄒᆞ여 ᄯᅡ을 두다리며 통곡 왈,

"부인으로 ᄒᆞ야곰 이에 니르게 ᄒᆞᆷ은 연슈의 죄라. 뉘우친들 무엇ᄒᆞ리오? 조샹의 신령이 나ᄅᆞᆯ 엇지 녁이시며 부인의 령혼이 나ᄅᆞᆯ 엇지 원망치 아니ᄒᆞ리오? 내 이제 부인을 조차 뎌 강슈에 혼을 ᄀᆞᆺ치ᄒᆞ여 무의 무신을 샤례 속죄코져ᄒᆞ나 도라 ᄉᆡᆼ각건댄 나의 일신이 투ᄃᆡ 봉ᄉᆞᄅᆞᆯ 당ᄒᆞ엿스니 ᄌᆞ유ᄒᆞᆯ 배 아니라. 이제 린ᄋᆞ의 ᄉᆞᄉᆡᆼ을 모르고 일명을 ᄭᅳᆫ어 복종절ᄉᆞ치 못ᄒᆞ나 이 원ᄒᆞᆫ과 슯흠을 참아 엇지 견ᄃᆡ리오?"

ᄒᆞ며 실셩 쟝통ᄒᆞ니, 강물이 위ᄒᆞ여 흘으지 아니ᄂᆞᆫ 듯ᄒᆞ고 수운이 ᄉᆞ긔ᄒᆞ며 비풍이 쇼슬ᄒᆞ니 금일 한림의 ᄋᆡ통ᄒᆞᆷ이 젼일 샤부인의 ᄋᆡ원 비회와 일반이러라. 한림이 죵일 호곡ᄒᆞ고 점을 게려 뎜에 도라와 명일 강가에 가 부인의 원혼을 위로ᄒᆞ고 만 가지 유ᄒᆞᆫ과 지통을 일분이나 펴고자 죵쟈로 "쥬과와 지젼을 사오라" ᄒᆞ여 등하에 조희ᄅᆞᆯ 펴고 졔문을 짓고자[33] ᄒᆞ니, 쳔비 억통이 겸발ᄒᆞ여 능히 문ᄉᆞᄅᆞᆯ 일우지 못ᄒᆞ고 밤이 오래도록 붓을 잡아 능히 쓰지 못ᄒᆞ더니, 죵쟈ᄂᆞᆫ 피곤이 잠들엇ᄂᆞᆫᄃᆡ 등하에 독좌 집필ᄒᆞ여 눈물이 지면에 ᄀᆞ득ᄒᆞ더니, 홀연 문 밧게 함셩이 들니거ᄂᆞᆯ 한림이 경아ᄒᆞ여 문을 열고 본즉 ᄒᆞᆫ 무리 적당이 창검을 가지고 달녀들며 소래 질너 왈,

"류연슈ᄂᆞᆫ 도망치 말라"

ᄒᆞ거ᄂᆞᆯ 한림이 대경ᄒᆞ여 붓을 던지고 자ᄂᆞᆫ 사ᄅᆞᆷ을 밋쳐 ᄭᅢ오지 못ᄒᆞ고 뒤 창을 발로 박차고 내다라 동셔ᄅᆞᆯ 불분ᄒᆞ고 다라나니, 긔ᄉᆡᆨ이 쳔촉ᄒᆞ고 경한이 졈의ᄒᆞᆫᄃᆡ 화광이 ᄀᆞᆺ가오며 도적이 급히 ᄯᆞ르니 가위 뒤에ᄂᆞᆫ 츄병이오 압헤ᄂᆞᆫ 대강이라. 한림이 강변 슈림 즁에 숨엇더니 적당이 샹의ᄒᆞ여 왈,

"다른 길이 업고 슈림 뿐이니 류연쉬 림즁에 숨엇스리라"

ᄒᆞ고 수플[풀]을 뒤여 차지니, 한림이 차탄 왈,

"내 부인의 함원 익ᄉᆞᄒᆞᆷ을 아나 조차 죽지 아니ᄒᆞᆷ애 하늘이 뮈이 넉이샤 이러ᄒᆞᆫ 적환을 맛나니 적슈에 죽나니 맛당히 강슈에 색[34]져 육신이 어복에 장ᄉᆞ하고 령혼은 부인씌 샤례ᄒᆞ리라"

ᄒᆞ고 강두로 향ᄒᆞ여 가니, 홀연 풍편에 인셩이 들니거ᄂᆞᆯ 한림이 강상에 혹 어션이 잇ᄂᆞᆫ가 ᄒᆞ고 급히 가 보니 월ᄉᆡᆨ이 여쥬ᄒᆞᆫᄃᆡ 일엽 쇼션을 사변에 매고 이 인이 션두에 안져 창파를 희롱ᄒᆞ며 노래 화답ᄒᆞ니 이 사ᄅᆞᆷ은 엇던 사ᄅᆞᆷ인고?

이때, 샤부인이 동뎡 군산 벽암 즁에 간고이 셰월을 보내ᄂᆞᆫ 즁 몽즁 구고의 부탁을 명심 불망ᄒᆞ여 묘희에게 무러 ᄇᆡᆨ빈쥬가 머지 아님을 듯고 깃거ᄒᆞ나 그 사ᄅᆞᆷ이 엇던 사ᄅᆞᆷ임을 아지 못ᄒᆞ더니, 셰월이 여류ᄒᆞ여 륙년이 지나고 때가 ᄉᆞ월 망간이라. 샤부인이 묘희ᄃᆞ려 왈,

"쳡의 구고의 몽즁 교의 분명ᄒᆞ시니 이제가 그 때라. ᄇᆡᆨ빈쥬에 가 시험ᄒᆞᆷ이 엇더ᄒᆞ뇨?"

묘희 왈,

"거야 몽즁에 관음이 현셩ᄒᆞ샤 왈, '류한림의 ᄋᆡᆨ회 미진ᄒᆞ여 화ᄉᆡᆨ이 박두ᄒᆞ엿스니, 네 만일 구원치 아니ᄒᆞᆫ즉 나의 ᄌᆞ비ᄒᆞᆫ ᄆᆞᄋᆞᆷ이 아니라. 이 달이 쟝ᄎᆞᆺ 보름이니 때를 일치 말라' ᄒᆞ[35]셧거ᄂᆞᆯ 엇지 다시 의심이 잇스리오?"

ᄒᆞ고 즉시 녀동 이 인을 다리고 부인과 ᄀᆞᆺ치 ᄇᆡ를 슈습ᄒᆞ여 와 기다린지 오랜지라. 한림이 급히 불너 왈,

"녀낭은 나를 구원ᄒᆞ쇼셔."

묘희 즉시 션창에 나와 녀동을 불너 왈,

"급히 ᄇᆡ를 ᄃᆡ여 뎌 샹공을 오르시게 ᄒᆞ라."

한림이 황망이 ᄇᆡ에 오르니 녀동이 ᄇᆡ를 저어 갈 ᄉᆡ, 적당이 니르러 웨여 왈,

"너희ᄂᆞᆫ ᄇᆡ를 도로혀라. 그러치 아니ᄒᆞᆫ즉 너희 무리 다 죽으리라"

ᄒᆞᆫᄃᆡ 녀동이 ᄃᆡ답지 아니ᄒᆞ고 ᄇᆡ를 저어 가니 적당 왈,

"그 ᄇᆡ 우희 사ᄅᆞᆷ은 노석이라. 계림 태슈가 잡으라 ᄒᆞᄂᆞᆫᄃᆡ 너희가 다려가니 너희ᄭᆞ지 태슈가 도적과 ᄀᆞᆺ치 죽이리라."

한림이 동청의 보낸인 줄 알고 불승 분노ᄒᆞ여 녀동ᄃᆞ려 왈,

"뎌 놈은 적당이오 허언이니, 밋지 말라."

녀동이 적당ᄃᆞ려 닐너 왈,

"너희ᄂᆞᆫ 패악ᄒᆞᆫ 적류라. 내 엇지 신청ᄒᆞ리오?"

즁적이 무수 공갈ᄒᆞ여 왈,

"너의 조고마ᄒᆞᆫ 녀ᄌᆞ로셔 관령을 거역ᄒᆞ고 어ᄂᆞ 지경에 니르리오?"

녀동이 들은 체 아니ᄒᆞ고 ᄇᆡ를 저어 (36) 군산 아래 다다르니 임의 날이 밝앗ᄂᆞᆫ지라. 한림이 놀난 정신을 진뎡ᄒᆞ여 묘희에게 ᄇᆡ샤ᄒᆞ여 왈,

"ᄉᆞ부ᄂᆞᆫ 엇던 ᄉᆡᆼ불이완ᄃᆡ 나의 급난과 ᄉᆞ경을 구원ᄒᆞ신잇가?"

묘희 황망 답례ᄒᆞ고 왈,

"샹공은 과례를 긋치 쇼셔."

한림 왈,

"난망지은을 엇지 절ᄒᆞ여 샤례ᄒᆞᆯ ᄲᅮᆫ이리오?"

묘희 우어 왈,

"샹공은 나의게 샤례치 말으시고 샹공 구원ᄒᆞ신 이ᄂᆞᆫ 션창 안에 계시니 들어가 샤례ᄒᆞ쇼셔."

한림이 경의ᄒᆞ니, 묘희 인도ᄒᆞ여 션창 안에 들어가 부인을 ᄀᆞᄅᆞ쳐 왈,

"이 부인이 샹공의 위환을 구원ᄒᆞ엿스니 샹공은 은혜를 칭샤ᄒᆞ시고 구일 젼과를 ᄒᆡ셕ᄒᆞ쇼셔."

한림이 눈을 들어 보니 일위 부인이 담쟝 소복으로 공슈 졍립ᄒᆞ여 톄읍ᄒᆞ니, 죠일이 희미ᄒᆞᆫᄃᆡ 용뫼 ᄌᆞ셰치 아니ᄒᆞ나 셩음이 샤부인과 흡ᄉᆞᄒᆞ니 한림이 어린 듯 취ᄒᆞᆫ 듯 오래게야 무러 왈,

"부인이 귀신이냐? 사ᄅᆞᆷ이냐? 참이냐? ᄭᅮᆷ이냐? ᄉᆡᆼ이 죽어 부인을 맛남이냐? 부인이 살아 ᄉᆡᆼ을 보심이냐? ᄉᆡᆼ이 부인의 ᄋᆡᆨ슈ᄒᆞᆷ만 알앗더37니 이제 샹ᄃᆡᄒᆞᆷ애 진몸인지, 인귀인지 분변치 못ᄒᆞ리로소이다."

부인이 눈물을 거두고 ᄃᆡ왈,

"죄인이 죽지 아니ᄒᆞ고 살아 구챠이 잇다가 존하에 뵈오니 황괴 난안ᄒᆞ오며 샹공은 무ᄉᆞᆷ 일로 적환을 맛나시고 여긔 니르신잇가?"

한림 왈,

"무의 무신ᄒᆞᆫ 이 사ᄅᆞᆷ이 실로 부인을 샹ᄃᆡᄒᆞ기 붓그럽ᄉᆞ오나 셩인도 ᄀᆡ과 쳔션을 허ᄒᆞ시니, 부인은 젼과를 용셔ᄒᆞ시고 류연슈의 말을 들으쇼셔."

인ᄒᆞ여 부인의 집 ᄯᅥᄂᆞᆫ 후 일과 쟝사 로샹에 셜ᄆᆡ를 맛나 교녀 동쳥의 젼후 간계를 셰셰 직고ᄒᆞᆷ을 셜화ᄒᆞᆯ ᄉᆡ, 지환을 도적ᄒᆞ여 ᄅᆡᆼ진을 주어 흉계ᄒᆞᆫᄃᆡ 밋쳐ᄂᆞᆫ 부인이 탄왈,

"샹공이 이 말ᄉᆞᆷ을 아니 ᄒᆞ셧드면 쳡의 원을 씻기 어렵고 죽으나 눈을 감지 못ᄒᆞ리러니, 이제 루명을 신셜ᄒᆞ오니 ᄎᆞ셕에 죽어도 ᄒᆞᆫ이 업슬가 ᄒᆞᄂᆞ이다."

져쥬의 일과 쟝쥬 엄살ᄒᆞᆫ 일과 ᄌᆞ긔 글을 도적ᄒᆞ여 엄슝에게 드려 찬젹게 ᄒᆞᆫ 슈말을 져져이 듯더니, 부인이 탄왈,

"샹공의 봉익ᄒᆞ심이 쳡의 참쇼 맛남38과 ᄀᆞᆺᄒᆞ니이다."

교녜 가즁 보ᄇᆡ와 부인의 슈식 등물을 다 가지고 동쳥에게 갓다 ᄒᆞᆫ 말에ᄂᆞᆫ ᄃᆡ답지 아니ᄒᆞ더니, 호타하에셔 린ᄋᆞᄅᆞᆯ 물에 너흐라 ᄒᆞ단 말에ᄂᆞᆫ 실셩 통곡ᄒᆞ니 한림 왈,

"셜ᄆᆡ의 말이 갈ᄃᆡ 속에 두엇다 ᄒᆞ더라"

ᄒᆞ니, 부인 왈,

"셜ᄆᆡ의 말을 엇지 취신ᄒᆞ오녀, 혹 십흔 물을 면ᄒᆞᆫ들 어린 ᄋᆞᄒᆡ 엇지 셩명을 보젼ᄒᆞ리오?"

ᄒᆞᆷ애 한림이 슬허ᄒᆞ고 작일 지낸 일과 ᄌᆞ긔 상심ᄒᆞ던 말을 ᄒᆞᆫ 후 무르ᄃᆡ,

"회ᄉᆞ뎡에 쓴 글은 엇진 글인잇가?"

샤부인 왈,

"이왕지ᄉᆞᄅᆞᆯ 말ᄒᆞ고자 ᄒᆞ면 심회 감샹ᄒᆞᆯ ᄲᅮᆫ이오나 무르시니 대강 말ᄒᆞᄂᆞ이다. 묘하에 잇슬 째에 간계에 ᄲᆡ져 셩명을 보젼치 못ᄒᆞᆯ[ᄒᆞᆷ]을, 꿈에 구고의 ᄀᆞᄅᆞ치심을 엇어 쟝사로와 두츄관의 갈녀감을 듯고 탁신 무로ᄒᆞ여 샹강에 익슈ᄒᆞ려 글을 회ᄉᆞ뎡에 쓰고 묘희 ᄉᆞ부의 ᄀᆞᄒᆞᆷ으로 산문에 의탁ᄒᆞ여 구챠 투ᄉᆡᆼ ᄒᆞ옵고 구고 졍령의 ᄀᆞ르치심과 보살의 도음으로 상공을 구원ᄒᆞ와 오ᄂᆞᆯ날이 잇삽고, 이리 올 째에 총망ᄒᆞ [39] 와 회ᄉᆞ뎡에 쓴 글을 업시치 못ᄒᆞ엿삽더니, 샹공의 보신 배로소이다."

한림이 묘희에게 샤례 왈,

"ᄉᆞ뷔 본ᄃᆡ 우화암 묘희 ᄉᆞ고어ᄂᆞᆯ 막연이 몰낫도다. 처음에 우리 연분을 일우게 ᄒᆞ고 우리 량인의 명을 죽을 짜에셔 구원ᄒᆞ여 ᄭᅳᆫ어진 연분이 다시 니엇스니, ᄉᆞ부의 은혜ᄂᆞᆫ ᄇᆡᆨ골난망이로라."

묘희 왈,

"이ᄂᆞᆫ 다 샹공과 부인의 홍복이라. 로신이 무ᄉᆞᆷ 공이 잇스릿가? 이곳이 말ᄉᆞᆷᄒᆞ올 곳이 아니오니 쳥컨댄 암ᄌᆞ로 가셔 종용이 말ᄉᆞᆷᄒᆞᆷ이 가타"

ᄒᆞ고 인ᄒᆞ여 ᄇᆡ에 ᄂᆞ려 암ᄌᆞ에 가 ᄀᆡᆨ당을 쇄소ᄒᆞ고 거쳐ᄒᆞ게 ᄒᆞ니, 유모 차환이 나와 ᄇᆡ알ᄒᆞ고 울더라.

한림이 부인ᄃᆞ려 왈,

"내 비록 죽을 ᄶᅡ을 면ᄒᆞ엿스나 집이 임의 패ᄒᆞ고 몸이 욕된지라. 쟝ᄎᆞᆺ 남으로 무창에 가 몸소 밧 갈아 조곰 가도 일우고 ᄉᆞ당을 뫼시고 문을 닷고 글을 닑어 젼 허물을 고치고져 ᄒᆞᄂᆞ니, 부인이 젼ᄉᆞ를 ᄀᆡ회치 말고 나를 ᄯᆞ라 동ᄒᆡᆼ ᄒᆞ시랴 ᄒᆞ시ᄂᆞ잇가?"

부인이 염용ᄒᆞ고 ᄃᆡ왈,

"샹공이 쳡을 ᄇᆞ리지 아[40]니시면 쳡이 엇지 샹공을 유감ᄒᆞ와 져ᄇᆞ리릿가? 쳡이 산문에 의탁ᄒᆞ기ᄂᆞᆫ 부득이 ᄒᆞᆷ이오, 샹공이 지금 고단ᄒᆞ시니 쳡이 엇지 ᄒᆡᆼ거를 조칠 ᄆᆞ음이 업ᄉᆞ오릿가만은 다만 젼일에 쳡이 집을 ᄯᅥ날 ᄯᆡ에 동족이 모히고 ᄉᆞ당에 고ᄒᆞ엿스니 이제 들어 감애 그저 가지 못ᄒᆞ오리니 쳡이 감히 젼ᄉᆞ를 치부ᄒᆞᆷ이 아니오라 사ᄅᆞᆷ의 거취 다례 잇ᄉᆞ오니 엇지 구챠이 ᄒᆞ릿가?"

한림 왈,

"내 밋쳐 ᄉᆡᆼ각지 못ᄒᆞ엿더니, 부인의 말ᄉᆞᆷ이 당연ᄒᆞ니 내 맛당이 몬져 가셔 ᄉᆞ당을 뫼셔 오고 린ᄋᆞ를 차진 후 례를 갓초와 부인을 마지리라."

부인 왈,

"샹공 말ᄉᆞᆷ이 가ᄒᆞ시나 다만 ᄉᆡᆼ각ᄒᆞ니 샹공의 일신이 고단ᄒᆞ고 동쳥 잇ᄂᆞᆫ 곳이 머지 아니ᄒᆞ니 만일 샹공이 거긔 계신 쥴 알면 다시 흉도를 보내여 해ᄒᆞᆯ 듯 ᄒᆞ오니 ᄉᆞ당 봉안ᄒᆞ기와 부부 단취ᄒᆞᆷ이 비록 급ᄒᆞᆫ 일이오나 쳡의 소견은 아직 셩명을 변ᄒᆞ고 죵적을 ᄀᆞᆷ초와 ᄃᆡ두 ᄉᆞ셰를 보아 가면 셔셔이 쳐ᄉᆞᄒᆞᆷ만 ᄀᆞᆺ지 못ᄒᆞᆯ가 ᄒᆞᄂᆞ이다."

한림[41] 왈,

"부인의 의론이 금셕 ᄀᆞᆺ흐시니 맛당이 조ᄎᆞ리라. 다만 동쳥의 잇ᄂᆞᆫ 계림이 갓가오니 졸연이 뜻ᄃᆡ로 못ᄒᆞᆯ가 ᄒᆞᄂᆞ이다."

부인 왈,

"불연ᄒᆞ여이다. 텬되 슌환ᄒᆞ고 인ᄉᆡ 변역ᄒᆞ기 쉬오니 간ᄉᆞᄒᆞ기 교녀 ᄀᆞᆺ고 한악ᄒᆞ기 동쳥 ᄀᆞᆺᄒᆞᆷ으로 엇지 패ᄒᆞ지 아니릿가? 샹공은 기다리쇼셔."

ᄒᆞᆫ림이,

"락다"

ᄒᆞ고 명일에 한림이 부인을 작별ᄒᆞ고 악쥬에 니르러 도라가ᄂᆞᆫ ᄇᆡ를 ᄐᆞ고 무챵으로 도라오니, 동쳥 작변에 실신ᄒᆞᆫ 노재 쥬군을 일코 무챵에 왓다가 노쥐 맛남애 환희ᄒᆞ더라.

ᄎᆞ셜. 흉적들이 한림을 일코 무류이 도라가 동쳥에게 고ᄒᆞᆫᄃᆡ, 동쳥과 교녜 크게 두려 샹의 왈,

"우리 류연슈로 가히 량입지 못ᄒᆞ리니, 맛ᄎᆞᆷ내 죽여 후환을 졔ᄒᆞ리라"

ᄒᆞ고 다시 류한림 거쳐ᄅᆞᆯ 슈ᄉᆡᆨᄒᆞ더라.

이쌔 ᄅᆡᆼ진이 경셩에셔 쥬ᄉᆡᆨ 잡기로 가산을 탕진ᄒᆞ고 의지ᄒᆞᆯ 곳이 업셔 계림에 ᄀᆡ 동쳥에게 의덕ᄒᆞ니, 쳥이 싯서 머므르고 범ᄇᆡᆨᄉᆞᄅᆞᆯ 의론ᄒᆞ며 부민을 모해ᄒᆞ여 다 죽이고 그 가산을 젹몰ᄒᆞ여 드리니 흉독ᄒᆞᆷ이 일경에 랑쟈ᄒᆞ더라. 교녜 부임ᄒᆞᆫ지 오래지 아니ᄒᆞ여 봉쥬가 죽으니 텬리 쇼쇼ᄒᆞ더라. 랍ᄆᆡ 동쳥에게 슈ᄐᆡᄒᆞ니 교녜 대노ᄒᆞ여 죠용한 쌔ᄅᆞᆯ ᄐᆞ 눌너 죽이고 속여 병 들어 죽엇다 ᄒᆞ니, 동쳥이 엇지 알니오?

계림은 큰 고을이라 공뮈 번다ᄒᆞ고 렬읍에 일이 잇스면 ᄆᆡ양 나가니, 쳥이 ᄂᆡ아에 잇슴이 희쇼ᄒᆞᆫ지라. 교녜 ᄅᆡᆼ진으로 통간ᄒᆞ여 은연이 류한림에게 잇슬 쌔에 동쳥으로 통간ᄒᆞᆷ과 ᄀᆞᆺ흐니 보복의 쇼연ᄒᆞᆷ이 이ᄀᆞᆺ더라.

동쳥이 류한림의 죵적을 몰라 ᄆᆡ양 ᄆᆞᄋᆞᆷ이 불안ᄒᆞᆫ지라. 이럼으로 더

욱 엄슝에게 아첨ᄒᆞ여 심복이 깁히 되랴고 십만 금과 진쥬 ᄎᆡ단을 ᄅᆡᆼ진으로 ᄒᆞ야곰 경셩에 가 엄슝에게 밧치라 ᄒᆞ엿더니, 이ᄯᅢ 텬ᄌᆞ 엄슝의 간ᄉᆞᄒᆞᆷ을 ᄶᅢ다르시고 삭탈 관직ᄒᆞ고 가산을 젹몰ᄒᆞ라 ᄒᆞ시니, ᄅᆡᆼ진이 대경ᄒᆞ여 ᄉᆡᆼ각ᄒᆞᄃᆡ,

'동청의 탐학ᄒᆞᆫ 죄를 의론컨댄 버히기를 면치 못 ᄒᆞᆯ 것이로ᄃᆡ 엄슝의 위엄을 져허ᄒᆞ여 발구치 못ᄒᆞ 43 엿거니와 이제 엄슝이 패ᄒᆞᆫ 즉 가위 어름산이 문허짐이니 동쳥이 엇지 오래리오? 이ᄯᅢ를 ᄐᆞ 계교ᄒᆞᆯ 쓰면 내 가히 현달ᄒᆞ리라'

ᄒᆞ고, 즉시 궐하에 나아가 ᄌᆡᆼ을 치며 샹언ᄒᆞ여 왈,

"신은 근본 븍[북]방 사ᄅᆞᆷ으로 맛ᄎᆞᆷ 일이 잇셔 남방에 갓삽더니, 계림 태슈 동쳥이 본ᄃᆡ 흉독지인으로 학민ᄒᆞ기를 일삼아 살인 취ᄌᆡ ᄒᆞ기와 량민을 도적으로 몰고 부민을 죄로 얽어 가산을 젹몰ᄒᆞ오니, 이 일이 신에게 불관ᄒᆞ오나 ᄇᆡᆨ셩인 즉 셩텬ᄌᆞ의 젹ᄌᆞ로 이러ᄒᆞᆫ 고학을 닙ᄉᆞ오니 불승 분통ᄒᆞ와 샹언 직쥬ᄒᆞᄂᆞ이다."

샹이 들으시고 대노ᄒᆞ샤 죠뎡에 하죠ᄒᆞ샤 ᄒᆡᆨ실ᄒᆞ라 ᄒᆞ시니 슌찰ᄉᆞ를 보내여 사ᄒᆡᆨᄒᆞᆫ 즉 동쳥의 잔포 학민ᄒᆞᆫ 죄 과연ᄒᆞᆫ지라. 엇지 삼쳑지률을 면ᄒᆞ리오? 쟝안 시샹에서 쳐참ᄒᆞ니 샹쾌치 아니리 업고 가산을 젹몰ᄒᆞ니 황금이 ᄉᆞ만 량이오 기여 금쥬 보옥 등물은 불가승수라. 쳐쳡과 노비ᄂᆞᆫ 다 관가로 ᄎᆡᆨ민ᄒᆞ니 ᄅᆡᆼ진이 갑을 관가에 드리고 교녀를 사셔 다리고 44 경셩에 잇더니, 죵젹이 탄로ᄒᆞᆯ가 두려 교녀를 다리고 산동으로 향ᄒᆞ니, 교녀 본ᄃᆡ ᄅᆡᆼ진과 살기ᄂᆞᆫ 소원이오 제게 진쥬와 보패가 ᄒᆞᆫ 샹ᄌᆞ나 되고 ᄅᆡᆼ진의 가져온 바 슈만 금과 쥬옥 보ᄇᆡ 그 슈즁에 잇ᄂᆞᆫ지라 ᄆᆞ음이 심히 쾌ᄒᆞ여 수래를 사셔 ᄌᆡ물을 싯고 동챵 디경에 니르러 교녀 원로에 구치ᄒᆞᆷ애 곤ᄒᆞ고 괴롭기 심ᄒᆞ여 ᄒᆞ니 ᄅᆡᆼ진이 려뎜에 들어가 쥬육을 사

셔 교녀를 위로ᄒᆞ고 량인이 대취ᄒᆞ여 자더니, 본읍 경대식이라 ᄒᆞᄂᆞᆫ 놈이 본ᄃᆡ 도적놈이라. ᄌᆡ물을 보고 크게 흘 욕심을 내여 그 취ᄒᆞᆫ 째를 ᄐᆞ무수이 도적ᄒᆞ야 가지고 다라ᄂᆞᆫ지라. 술이 ᄭᆡᆫ 후 비로소 ᄭᆡ닷고 아모리 원통ᄒᆞᆫ들 엇지ᄒᆞ리오? 젹슈 공권으로 ᄉᆡᆼ계 무로ᄒᆞ고 노비가 업스니 어ᄃᆡ로 가리오? 인ᄒᆞ여 그 ᄯᅡ에 머므러 경대식의 죵적을 차진들 어ᄃᆡ가 차지리오?

ᄎᆞ셜. 텬ᄌᆞ 일일은 죠회를 림ᄒᆞ샤 하문ᄒᆞ샤 왈,

"동쳥의 죄상이 진짓 구적이라. [45] 처음에 뉘 쳔거ᄒᆞ엿ᄂᆞ뇨?"

졔신이 쥬왈,

"당초 동쳥이 엇더ᄒᆞᆫ 사ᄅᆞᆷ인 줄 모르옵ᄂᆞᆫᄃᆡ 엄슝이 쳔거ᄒᆞ여 진류 현령을 ᄒᆞ엿더니, 그 후에 엄슝이 다시 쵸쳔ᄒᆞ여 계림 태슈를 ᄒᆞ엿ᄂᆞ이다."

샹이 ᄀᆞᆯᄋᆞ샤ᄃᆡ,

"엄슝이 문학으로 사ᄅᆞᆷ을 쳔거ᄒᆞ노라 ᄒᆞ엿스나 동쳥의 인을 본즉 엄슝을 쳔거ᄒᆞᆫ 바ᄂᆞᆫ 다 쇼인이오, 빅쳑ᄒᆞᆫ 바ᄂᆞᆫ 군ᄌᆞ로다"

ᄒᆞ시고 이부에 하지ᄒᆞ샤 엄슝의 쳔거ᄒᆞᆫ 바 빅여 인을 삭직ᄒᆞ고 엄슝에게 원굴ᄒᆞᆫ 직신 십여 인을 초용ᄒᆞ실 ᄉᆡ, 젼 한림학ᄉᆞ 류연슈로 리부시랑을 졔슈ᄒᆞ시고 ᄯᅩ 셜과ᄒᆞ샤 인ᄌᆡ를 ᄐᆡᆨ용ᄒᆞ실 ᄉᆡ, ᄎᆞ시 샤공ᄌᆞ 희랑이 모친 삼상을 맛고 입쟝 경권ᄒᆞ여 알셩 쟝원에 참방을 ᄒᆞ며, ᄯᅩᄒᆞᆫ 취쳐ᄒᆞ여 가도를 경ᄒᆞ고 그 ᄆᆡ시 쟝사로 갓단 말을 들은 후, 다시 두츄관이 셩도로 이직ᄒᆞᆷ을 듯고 그 ᄆᆡ시도 셩도로 ᄀᆞᆺ치 간가ᄒᆞ고 그 즁로에 랑패ᄒᆞ여 진퇴 무로ᄒᆞᆫ 줄 아지 못ᄒᆞ더니, 두츄관이 경직으로 샹경ᄒᆞᆷ애 샤공ᄌᆡ 이 쇼식을 듯고 나아가 두츄[46]관을 보고 ᄆᆡ시의 안부를 무르니 두츄관이 탄식 고왈,

"ᄌᆞ긔 셩도에 임ᄒᆞᆫ 후 샤부인이 쟝사로 왓다가 진퇴 무로ᄒᆞ여 샹강에 익슈ᄒᆞ다 ᄒᆞ며, 혹 어ᄃᆡ로 가시다 ᄒᆞᄂᆞᆫ 소문을 듯고 사ᄅᆞᆷ을 보내여 죵적을 차즈ᄃᆡ 망연이 모르고 도라왓기 거번에 ᄯᅩ 사ᄅᆞᆷ을 보내엿더니, 그 근쳐 사ᄅᆞᆷ에게 들으니 류형이 적소로셔 오다가 강변에 니르러 샤부인의 글을 보고 닉슈 ᄌᆞᄉᆞᄒᆞᆫ 줄 알고 제문을 지어 고혼을 위로ᄒᆞ려 ᄒᆞ다가 도적에게 간 곳을 모른다 ᄒᆞ고 이제 죠뎡에셔 리부시랑으로 브르시나 아직 응쇼치 아니ᄒᆞ니, 류형도 무ᄉᆞᄒᆞᆷ을 긔필치 못ᄒᆞ리로다."

샤ᄉᆡᆼ이 대경 통도ᄒᆞ여 왈,

"그리면 우리 ᄌᆞ시와 ᄌᆞ형이 다 보젼치 못ᄒᆞᆫ가 ᄒᆞᄂᆞ이다."

두츄관 왈,

"쇼샹강 근쳐 사ᄅᆞᆷ의 말이 류형과 샤부인이 진적히 닉슈ᄒᆞ시거나 도적에게 피해ᄒᆞ시단 말은 업스니, 샤형은 관심ᄒᆞ여 널니 차질 ᄉᆡᆼ각을 ᄒᆞ쇼셔. 류형은 죠명으로 브르시니 불구에 ᄉᆞᄉᆡᆼ 간 소문이 잇스리이다." 47

샤ᄉᆡᆼ이 통샹ᄒᆞᆷ을 억제ᄒᆞ고 ᄒᆡᆼ장을 차려 남으로 가, ᄌᆞ시와 ᄌᆞ형의 죵적을 찻고자 ᄒᆞ더니, 맛ᄎᆞᆷ 죠뎡에셔 샤ᄉᆡᆼ으로 ᄒᆞ야곰 남챵 츄관을 제슈ᄒᆞ니, 남챵은 쟝사와 지근ᄒᆞᆫ 고을이라. 샤ᄉᆡᆼ이 ᄉᆞ환의 현달은 깃버ᄒᆞ지 아니ᄒᆞ고 ᄌᆞ시 차질 길이 갓가옴을 대희ᄒᆞ여 가속을 거ᄂᆞ리고 도임ᄒᆞ니라.

이ᄯᅢ, 류한림이 동쳥의 난을 피ᄒᆞ여 종적을 ᄀᆞᆷ초고 변셩명 ᄒᆞᆷ애 무챵 사ᄅᆞᆷ이 아ᄂᆞᆫ 재 업ᄂᆞᆫ지라. 경젼 근통ᄒᆞ여 ᄌᆞ봉을 ᄒᆞ며 군산에 사ᄅᆞᆷ을 보내여 부인을 공급ᄒᆞ며 부인은 철복을 다ᄉᆞ려 보내더니, 일일은 가동이 군산으로셔 와 고왈,

"쇼복이 악쥬ᄅᆞᆯ 지나다가 우연이 관문에 괘방ᄒᆞᆫ 것을 보오니, 로야 함ᄌᆞᄅᆞᆯ 거러ᄉᆞᆸ기 가만이 사ᄅᆞᆷ에게 무른 즉, 다 ᄀᆞᆯᄋᆞᄃᆡ, '류한림을 리부

시랑으로 조뎡에셔 패쵸ᄒᆞ신지 오래나 계신ᄃᆡ를 아지 못ᄒᆞ여 각 쳐에 괘방ᄒᆞ여 찻ᄂᆞᆫ다' ᄒᆞ더이다."

한림이 샹량ᄒᆞᄃᆡ,

'엄슝이 죠뎡에 당권 ᄒᆞ엿신즉 나를 부르지 아니ᄒᆞ리라'

ᄒᆞ고 즉시 무 48 챵 태슈에게 ᄌᆞ가의 셩명을 통ᄒᆞ니, 태쉬 경이ᄒᆞ여 즉시 나와 례필 한훤 후 무챵 태쉬 왈,

"죠뎡에셔 션ᄉᆡᆼ으로 리부시랑을 졔슈ᄒᆞ샤 부르오심이 오래오나 계신 곳을 아지 못ᄒᆞ와 각 읍이 근심ᄒᆞ더니, 폐읍에 계신 줄은 실로 아지 못ᄒᆞᄋᆞᆸ고 만이 실례 ᄒᆞ얏ᄂᆞ이다."

한림이 칭샤ᄒᆞ고 지낸 바를 셜파ᄒᆞ니, 태쉬 엄슝, 동쳥의 패망ᄒᆞᆫ 젼후 ᄉᆞ상을 젼ᄒᆞᆫᄃᆡ, 한림이 엄슝과 동쳥이 패ᄒᆞᆫ 줄 알고 차탄ᄒᆞ고 샤부인ᄭᅴ 글을 부쳐 닐ᄋᆞᄃᆡ,

"ᄌᆞ긔 리부에 승차ᄒᆞ여 샹경ᄒᆞ나 맛당히 남방 종용ᄒᆞᆫ 고을을 엇어 양심 됴병ᄒᆞ고 부인을 마즈리라"

ᄒᆞ고 경셩으로 향ᄒᆞᆯ ᄉᆡ, 력로에 렬읍 쥬현관이 지영 지ᄃᆡᄒᆞ더라.

난챵에 니름에 츄관이 명함을 드리니 곳 샤셩안이라. 한림이 무심이 샹졉ᄒᆞᆯ ᄉᆡ, 샤츄관이 례필에 눈물이 옷싯에 젓ᄂᆞᆫ지라. 시랑이 샤츄관을 ᄋᆞ시에 보앗스나 샤츄관의 안면을 긔억지 못ᄒᆞᆷ으로 시랑이 의괴 막측ᄒᆞ여 문왈,

"족해 무삼 일로 복을 보고 이ᄀᆞᆺ치 과샹ᄒᆞ 49 ᄂᆞ뇨?"

샤츄관이 ᄂᆡ념에 혜오ᄃᆡ,

'류시랑이 ᄌᆞ가 ᄌᆞ시를 ᄉᆞᄉᆡᆼ 간 아죠 ᄊᆞᆫ으려 ᄌᆞ긔를 모르ᄂᆞᆫ 체 ᄒᆞᄂᆞᆫ가?'

ᄒᆞ고 더욱 통박ᄒᆞ야 음읍 류톄ᄒᆞ여 오래 말을 못ᄒᆞ니, 시랑이 심히 민망ᄒᆞ야 왈,

"족하ᄂᆞᆫ 과상치 말고 소회ᄅᆞᆯ 셜파ᄒᆞ라."

츄관이 눈물을 거두지 못ᄒᆞ고 계오 ᄃᆡ왈,

"쇼ᄉᆡᆼ은 죄ᄆᆡ의 쇼뎨 샤경안이온ᄃᆡ ᄆᆡ시의 유죄 무죄 간 ᄉᆞᄉᆡᆼ 존망을 아득히 모르오니 동긔지정에 엇지 슯흐지 아니ᄒᆞ오며, 금일 명공 안젼에 절ᄒᆞ오니 일변으로ᄂᆞᆫ 반가운 눈물과 슯흔 눈물을 금치 못ᄒᆞᄋᆞᆸ고, 일변으로ᄂᆞᆫ 붓그러은 낫이 달으ᄂᆞ이다."

시랑이 놀나 샤공ᄌᆞ의 기간 여ᄎᆞ 쟝셩ᄒᆞ여 립신 셩취ᄒᆞᆷ이 샤부인을 위ᄒᆞ여 깃거우며, ᄌᆞ긔의 아라 보지 못ᄒᆞ여 저로 통도ᄒᆞᆷ을 더음이 ᄆᆞ음에 무안ᄒᆞᆫ지라. 샤공ᄌᆞ의 손을 잡고 일희 일비ᄒᆞ여 왈,

"현뎨 이 아니 희랑이냐? 우형이 십년 간에 만고 풍샹을 만이 격고 안력이 모손ᄒᆞ여 현뎨ᄅᆞᆯ 알지 못ᄒᆞ엿스니 참아 불안ᄒᆞ고, ᄯᅩ 우형이 혼암 무[50]샹ᄒᆞ여 령ᄆᆡ로 무한 간고ᄅᆞᆯ ᄒᆞ게 ᄒᆞ니, 현뎨ᄅᆞᆯ ᄃᆡᄒᆞ기 참괴ᄒᆞ노라."

츄관이 그 져져의 ᄉᆞᄉᆡᆼ을 판단ᄒᆞᆫ 줄 알고 통읍 왈,

"이제 형쟝을 뵈온 즉 형쟝이 ᄆᆡ시의 죄과ᄅᆞᆯ 용셔ᄒᆞ시나 그 ᄉᆞᄉᆡᆼ 존몰이 유명에 격ᄒᆞ엿스니 엇지 통박지 아니ᄒᆞ리잇가?"

시랑 왈,

"현뎨 령ᄆᆡ의 ᄉᆡᆼ존을 아지 못ᄒᆞᄂᆞᆫ도다."

젼후 슈말을 일쟝 셜파ᄒᆞ니, 츄관이 우던 얼골이 변ᄒᆞ여 쇼용이 환연ᄒᆞ며 칭샤 왈,

"앗가 형쟝이 쇼뎨ᄅᆞᆯ 몰나 보시니 쇼뎨 협ᄒᆞᆫ ᄯᅳᆺ에 ᄌᆞ험ᄒᆞᄃᆡ 형쟝이 져져ᄅᆞᆯ 아조 ᄉᆞᆫ코 쇼뎨ᄅᆞᆯ 모르ᄂᆞᆫ 체 ᄒᆞ심인가 ᄒᆞ와 우던 일을 ᄉᆡᆼ각ᄒᆞ오니, 도로혀 우슴이 나ᄂᆞ이다."

시랑이 ᄯᅩᄒᆞᆫ 웃고 이윽이 한담ᄒᆞ다가 시랑은 경셩으로 가고 츄관은

셔간을 닥가 군산 샤부인ᄭᅴ 보내니 ᄒᆞ엿스ᄃᆡ,

샤뎨 경안은 돈슈ᄒᆞ고 ᄌᆞ시 좌하ᄭᅴ 샹셔ᄒᆞᄂᆞ이다. 슯흐도다. 셰간에 뉘 동긔 업ᄉᆞ리오만은 우리 ᄌᆞ남은 타인과 다르오니 쇼뎨 조고 여ᄉᆡᆼ으로 ᄌᆞ시[51]와 ᄌᆞ형을 의앙 ᄒᆞ옴이 쟝형 엄ᄉᆞ를 겸ᄒᆞ엿ᄉᆞᆸ더니, 져졔 일죠에 쟝시지ᄒᆡᆼ을 지으시ᄃᆡ 쇼뎨 ᄇᆡ별치 못ᄒᆞ옵고 그후 셩식이 막연ᄒᆞ와 어안이 불ᄅᆡᄒᆞ오나 쇼뎨 년쇼 미약ᄒᆞ와 몸소 져져의 안위를 뭇잡지 못ᄒᆞ옵고 쥬쇼 앙텬 부지ᄒᆞ와 남ᄆᆡ 단취ᄒᆞ기를 신명에 축슈 ᄒᆞ옵다가 두츄관의 젼ᄒᆞᄂᆞᆫ 말ᄉᆞᆷ을 듯자옴애 쇼뎨 심신이 여쇄ᄒᆞ와 ᄉᆡᆼ셰지심이 업ᄉᆞᆸ더니 조샹여음과 텬은이 횡가ᄒᆞ와 외람이 득의ᄒᆞ와 남챵지슈를 ᄒᆞ오니 립신 현달은 고ᄉᆞᄒᆞ고 남챵이 쟝ᄉᆞ와 지근 지디라 ᄒᆡᆼ혀 져져의 ᄉᆡᆼ존을 츄심ᄒᆞ올가 ᄉᆞ심 만ᄒᆡᆼ이 옵더니, 력려 즁 ᄌᆞ형을 봉ᄇᆡᄒᆞ와 ᄌᆞ시의 안거ᄒᆞ심을 듯ᄉᆞ오니 쇼뎨의 환ᄒᆡᆼ은 지필 난달이오며 텬되 슌환ᄒᆞ와 ᄌᆞ형이 혁연 ᄌᆞ회ᄒᆞ샤 져져의 셩덕이 윤신 기덕ᄒᆞ시고 ᄌᆞ형이 아경지렬에 복직ᄒᆞ시니 류문에 대ᄒᆡᆼ이오며, 쇼뎨 즉일에 ᄇᆡ알ᄒᆞᆯ ᄆᆞ음이 살ᄀᆞᆺᄉᆞ오나 몸이 식ᄉᆞ에 매이여 ᄌᆞ유치 못[52]ᄒᆞ오니 ᄒᆞᆫᄒᆞᄂᆞ이다. 불구에 샹관에게 슈유ᄒᆞ여 진알 ᄒᆞ겟ᄉᆞ오나 몬저 슈ᄌᆞ로 하졍을 진달ᄒᆞᄂᆞ이다

ᄒᆞ엿더라. 아역이 군산에 니르러 셔간을 드리니, 부인이 경희 창도ᄒᆞ여 정신이 황란ᄒᆞᆫ 즁 삼간 ᄉᆞ복에 불승 기희ᄒᆞ여 회셔ᄒᆞ니, 그 글에 ᄒᆞ엿스ᄃᆡ,

현뎨와 분슈ᄒᆞᆫ 후 동셔 표박ᄒᆞ며 강호와 심산에 류리ᄒᆞ여 셰샹으로 더브러 절원ᄒᆞ야 능히 ᄉᆡᆼᄉᆞ 존몰을 통치 못ᄒᆞ고 츈거 츄ᄅᆡ에 만ᄉᆞ 력려

즁 모친 삼샹을 지내니, 인ᄌᆞ지도와 뎌독지졍이 폐ᄒᆞᆫ지라. 각골지통에 ᄉᆡᆼ세지심이 젼혀 업도다. 나의 이왕 지낸 일은 말ᄒᆞ여야 무익이오, 현뎨 립신 셩취ᄒᆞ여 목민지관이 되니 샤문의 경ᄒᆡᆼ이라. 우리 남ᄆᆡ에게 황텬이 강화ᄒᆞ샤 븍[북]당 훤초에 무ᄎᆡ지락을 일우지 못ᄒᆞ니 륙아지통을 일필 난긔라. 단취ᄒᆞᆯ 날이 머지 아닐 듯, 이만 긋치니 보즁ᄒᆞ고 치민 션졍을 절망이오 졍회ᄂᆞᆫ 셔불[53] 진언ᄒᆞ노라

ᄒᆞ엿더라.

ᄎᆞ셜. 류시랑이 입죠ᄒᆞ여 샤은 슉ᄇᆡᄒᆞ니 샹이 특별이 례우ᄒᆞ시고 간신에게 속으심을 뉘웃쳐 ᄒᆞ시니 시랑이 돈슈ᄒᆞ고 알외여 왈,

"불츙지신이 죄ᄅᆞᆯ 엇어 ᄒᆡ남의 귀신이 되겟ᄉᆞᆸ더니, 셩쥬의 륭은을 닙ᄉᆞ와 다시 텬안에 죠회ᄒᆞ오니 ᄉᆞ무 여ᄒᆞᆫ이오나 신이 본시 텬질이 잔미ᄒᆞ와 남황 쟝려에 병이 깁ᄉᆞ옴으로 능히 리부 즁임을 감당치 못ᄒᆞ겟ᄉᆞ오니, 복원 폐하ᄂᆞᆫ 즁작을 환슈ᄒᆞ시고 강호의 편읍을 허ᄒᆞ샤 슈년 병을 됴셥ᄒᆞ와 다시 경악에 근시ᄒᆞ기ᄅᆞᆯ 원ᄒᆞᄂᆞ이다."

샹이 그 쇼원을 조치샤 호셔 포졍ᄉᆞᄅᆞᆯ ᄇᆡᄒᆞ시니 샤은ᄒᆞ고 고ᄐᆡᆨ에 도라와 본즉 쟝원이 퇴락ᄒᆞ고 문젼이 황락ᄒᆞ여 당젼에 풀이 가득ᄒᆞ고 당즁에 진ᄋᆡ가 가득ᄒᆞ며 노복이 리산ᄒᆞ고 다만 린ᄋᆞ의 유모와 슈ᄀᆡ 노복이 집을 직희엿다가 톄읍ᄒᆞ며 ᄇᆡ알ᄒᆞ니, 시랑이 감희 위로ᄒᆞ고 ᄉᆞ당에 들어가 ᄇᆡ현[54] ᄒᆞᆯᄉᆡ 루년 향화ᄅᆞᆯ 폐ᄒᆞ여 탑젼에 틔ᄭᅳᆯ이 가득ᄒᆞ고 향로에 잇기가 가득ᄒᆞ니 한림의 ᄋᆡ통ᄒᆞᄂᆞᆫ 눈물이 옷깃을 적시더라.

한림이 두부인ᄭᅴ ᄇᆡ알ᄒᆞ니, 부인이 손을 잡고 슯허ᄒᆞ여 왈,

"현질과 분슈ᄒᆞᆫ지 칠팔 년에 기간 인ᄉᆞ 변쳔으로 슉질이 피ᄎᆞ 존몰을 아지 못ᄒᆞ다가 이제 현질이 여구ᄒᆞ여 샹봉ᄒᆞ니 완명의 지리ᄒᆞᆷ이 도로혀 다ᄒᆡᆼᄒᆞ도다."

한림이 감회 비ᄉᆞᄒᆞ여 왈,

"슉모씌오셔 루년 외읍에 구치ᄒᆞ시ᄃᆡ 젼일의 긔력이 감치 아니시니 불승힝희 ᄒᆞ오며 쇼질이 불초 무샹ᄒᆞ와 슉모의 ᄇᆞᆰ히 ᄀᆞᄅᆞ치심을 봉힝치 아니 ᄒᆞ옵고 간참에 침익ᄒᆞ와 쳐ᄌᆞ를 보젼치 못ᄒᆞ옵고 복죵 졀ᄉᆞᄒᆞᆯ 번 ᄒᆞ오니 감쳥 ᄉᆞ죄 ᄒᆞᄂᆞ이다."

부인 왈,

"너의 후회ᄒᆞᆷ을 보니 다힝ᄒᆞ나 질부의 거쳐 존망을 무를 곳이 업스니 엇지ᄒᆞ리오?"

시랑이 젼후 슈말을 ᄌᆞ세이 고ᄒᆞ니, 부인이 대희 차탄ᄒᆞ여 왈,

"질부의 슉요 현덕으로 이ᄀᆞᆺ치 다힝ᄒᆞᆷ은 그 덕을 더욱 윤신케 ᄒᆞᆷ이라" ᄒᆞ며 류시 죵족이 듯고55 환희ᄒᆞ여 시랑씌 하례ᄒᆞ더라.

시랑이 두부인씌 하직ᄒᆞ고 ᄉᆞ우를 뫼시고 호셔로 발힝ᄒᆞ여 관아에 니르니 렬읍 현관이 납명ᄒᆞᆯ ᄉᆡ, 남창이 영하읍이라. 샤츄관이 연명ᄒᆞ니 포졍이 반기고 깃거 담화ᄒᆞᆯ ᄉᆡ 츄관 왈,

"쇼뎨 기간 관ᄉᆞ와 신병을 인ᄒᆞ와 져져씌 왕빈치 못ᄒᆞ와 ᄉᆞ졍에 챵결ᄒᆞ옵고 이제 형장이 신졍지초에 관ᄉᆡ 다쳡ᄒᆞ시니 쇼뎨 ᄌᆞ시를 빈알ᄒᆞ고 겸ᄒᆞ여 뫼셔오고져 ᄒᆞᄂᆞ이다."

포졍이 깃버 왈,

"군과 동힝ᄒᆞ여 령ᄆᆡ를 솔귀ᄒᆞ고 십흐나 도임 초에 디경을 써남이 미안ᄒᆞ니 군은 쇽힝ᄒᆞ여 령져를 오게 ᄒᆞ라."

샤츄관이 ᄎᆡ션을 쥰비ᄒᆞ여 발졍ᄒᆞ니, 포졍이 부인에게 셔간을 붓치고 ᄎᆡ단 빅필과 황금 빅일로 묘희의 은혜를 샤례ᄒᆞ니 츄관이 군산에 니르러 남ᄆᆡ 샹봉ᄒᆞ여 악슈 류톄ᄒᆞ고 서로 능히 말을 못ᄒᆞ다가 부인이 겨우 참아 눈물을 거두고 왈,

"현뎨로 더브러 샹별 칠년에 엄연이 대쟝부의 톄를 닐워 립신 셩취ᄒᆞ여 쇠ᄒᆞᆫ 문호를 현달ᄒᆞ니 쳔56만 희힝이라. 무익ᄒᆞᆫ 지낸 일을 졔긔ᄒᆞᆷ이 부지럽도다"

ᄒᆞ고 인ᄒᆞ여 경회를 셜화ᄒᆞᆫ 후 츄관이 묘희에게 칭샤ᄒᆞ고 포경의 보낸 금ᄇᆡᆨ을 주고, ᄯᅩ 츄관이 금은으로 샤례ᄒᆞ니 묘희 ᄉᆞ양ᄒᆞ여 왈,

"이ᄂᆞᆫ 다 샹공과 부인의 복덕이 넓으심이오 하ᄂᆞᆯ과 보살의 도으심이니, 쇼승이 무삼 공으로 이러ᄒᆞᆫ 후례를 밧자오릿가만은 아니 밧기ᄂᆞᆫ 미안ᄒᆞ온 즉 불젼에 공양ᄒᆞ야 샹공과 부인의 슈복을 츅원ᄒᆞ리이다"

ᄒᆞ더라.

명죠의 부인이 발힝ᄒᆞᆯ ᄉᆡ, 묘희와 녀동이 산에 ᄂᆞ려 작별ᄒᆞ니 피ᄎᆞ 리경이 의의ᄒᆞ여 눈물을 ᄲᅳ리더라. 힝ᄒᆞ여 호셔 디경에 니르니 포경이 위의를 셩비ᄒᆞ여 디경에 나와 마질 ᄉᆡ, 부인과 샹ᄃᆡᄒᆞ여 졍의 관곡ᄒᆞ며 일픔[품] 명부의 복ᄉᆡᆨ을 부인ᄭᅴ 나오니, 부인이 비로소 소복을 벗고 봉관화리에 례복을 더ᄒᆞ고 금거 옥륜에 오르니 홍장 시위 젼챠 후옹ᄒᆞ고 하리 츄죵이 도로를 덥헛스니 젼일 쟝사로 홀로 가던 쳐량ᄒᆞᆫ 힝식을 ᄉᆡᆼ각ᄒᆞᆷ애 감회 졀로 나더57라. 아즁에 들어가 ᄉᆞ묘에 고츅 현알ᄒᆞᆯ ᄉᆡ, 샤부인이 ᄯᅩᄒᆞᆫ 감읍ᄒᆞ니라. 쳥즁에 도라와 부뷔 동좌ᄒᆞ여 관리의 례알을 밧고 대연을 ᄀᆡ최ᄒᆞ여 무한이 즐기니라.

수일 후, 샤츄관이 부인을 쳥ᄒᆞ여 아즁에 니르러 부모 ᄉᆞ당에 현알ᄒᆞ고 남ᄆᆡ 단락ᄒᆞ나 다만 린ᄋᆞ의 죵적을 모름으로 포경과 부인이 ᄋᆡ통ᄒᆞᆷ을 이긔지 못ᄒᆞ여 ᄉᆞ면으로 심방ᄒᆞ나 대ᄒᆡ 부평이라.

세월이 여류ᄒᆞ여 일 년이 지나니 부인이 죵용이 고왈,

"쳡이 소회 잇ᄉᆞ오나 샹공이 들으시릿가?"

포경 왈,

"부인 말ᄉᆞᆷ을 엇지 쳥죵치 아니ᄒᆞ릿가?"

부인 왈,

"쳡이 당초에 그릇 간음지인을 천거ᄒᆞ야 샹공의 가ᄉᆞᄅᆞᆯ 그릇치 옴을 지금 ᄉᆡᆼ각ᄒᆞ오니 모골이 송연ᄒᆞ오나 이제 ᄉᆞ셰ᄅᆞᆯ 도라보오니 젼과 다르온 것이 쳡의 나히 ᄉᆞ십에 단산이 임의 오랜지라 여망이 업ᄉᆞ오니 엇지 젼ᄉᆞ로써 후ᄉᆞᄅᆞᆯ 폐ᄒᆞ오릿가?"

포졍 왈,

"부인의 말ᄉᆞᆷ을 아니 들을 일이 업ᄉᆞ오나 이 말ᄉᆞᆷ은 실로 듯지 못ᄒᆞ리로소이다. 린ᄋᆞ의 ᄉᆞ[58]ᄉᆡᆼ을 모르오니 일심이 참통ᄒᆞᆫ지라. 엇지 다시 후ᄉᆞᄅᆞᆯ 의논ᄒᆞ와 타인을 ᄉᆡᆼ각ᄒᆞ오릿가? 양ᄌᆞᄒᆞᆯ지언졍 결단코 다시 잡인 모흠을 원치 아니ᄒᆞ오니, 두 번 닐으지 마르쇼셔."

부인 왈,

"쳡인들 엇지 젼일을 징계치 아니릿가만은 삼쳔지죄에 무후위대라 ᄒᆞ오니, 쳡이 샹공을 조차 ᄉᆞ당에 오름에 ᄆᆞ음이 ᄆᆡ양 츅쳑ᄒᆞ오니 상공은 세 번 ᄉᆡᆼ각ᄒᆞ쇼셔."

포졍 왈,

"린ᄋᆞ의 ᄉᆞᄉᆡᆼ을 아지 못ᄒᆞ오니 셔셔이 의론ᄒᆞ리라"

ᄒᆞ고 죵시 락죵치 아니ᄒᆞ니, 부인이 ᄉᆞ량ᄒᆞᄃᆡ,

'샹공이 젼일을 ᄉᆡᆼ각ᄒᆞ여 어진 사ᄅᆞᆷ을 엇지 못ᄒᆞᆯ가 ᄒᆞ심이라. 림가 녀ᄌᆡ 용뫼 아름답고 묘희의 말을 들으니 셩픔[품]이 효슌ᄒᆞ다 ᄒᆞᆫ즉 사ᄅᆞᆷ을 구ᄒᆞᆷ애 이에 지남이 업슬 듯ᄒᆞ나 다만 그 년긔가 츌가ᄒᆞᆯ 째 지낫스니, 내 이제 아라 보리라'

ᄒᆞ고 셔간을 닷가 묘희와 림녀에게 은근이 치샤ᄒᆞ고 금ᄇᆡᆨ을 보내니, 묘희 포졍의 쥰 바 금은 필ᄇᆡᆨ으로 암ᄌᆞᄅᆞᆯ 창건ᄒᆞ며 탑을 모호고 탑 일홈을

'부인탑'이라 ᄒᆞ더라.

또 차환이 59 이 림가에 니르러 보니, 변시 임의 죽고 녀ᄌᆞ 홀로 잇다가 차환을 보고 대희ᄒᆞ여 왈,

"부인이 어ᄃᆡ 계시며 안부 엇더ᄒᆞ시뇨?"

차환이 금ᄇᆡᆨ을 주니 녀ᄌᆞ ᄌᆡ삼 ᄉᆞ양ᄒᆞ다가 밧는지라. 차환이 도라가 고ᄒᆞᆫᄃᆡ 부인이 림녀의 그져 출가치 아닌 것을 깃거ᄒᆞ여 포졍을 위ᄒᆞ야 취ᄒᆞ라 ᄒᆞ더라.

이젼에 셜ᄆᆡ가 린ᄋᆞ를 죽이지 아니ᄒᆞ고 수플[풀]에 두고 갓더니, 형쥬 사ᄅᆞᆷ 왕삼이 ᄇᆡ를 타고 쟝ᄉᆞ ᄒᆞ다가 대풍을 맛나 호타하 물가에 니르니, ᄋᆞ희 우는 소래 잇거ᄂᆞᆯ 고이 녁여 본즉 ᄉᆞ오 셰 된 ᄋᆞ희 누엇는ᄃᆡ 용뫼 쥰슈ᄒᆞ고 살 빗치 옥 ᄀᆞᆺᄒᆞᆫ지라. 왕삼이 혜오ᄃᆡ,

'이 ᄋᆞ희 상뫼 비범ᄒᆞ니, 만일 ᄌᆞ식 업는 이에게 판즉 반ᄃᆞ시 즁가를 밧으리라'

ᄒᆞ고 안고 ᄇᆡ에 도라와 강호에 ᄃᆞᆫ니ᄃᆡ 사고자 ᄒᆞ는 사ᄅᆞᆷ이 업더니, 무챵에 니르러 홀연 악풍이 부러 무수ᄒᆞᆫ 쟝ᄉᆞ의 ᄇᆡ가 일시에 복션 ᄒᆞ얏는ᄃᆡ 왕삼이도 역참 기즁ᄒᆞ엿스나 왕삼과 린ᄋᆡ 계우 셩명은 도모ᄒᆞ 60 니라. 그러나 낭탁이 구핍ᄒᆞ여 두루 빌어 먹으니 ᄌᆞ싱이 극난ᄒᆞᆫ지라. 린ᄋᆞ를 림가의 집 울 밧게 ᄇᆞ리고 가니라.

림시 이 밤에 ᄒᆞᆫ ᄭᅮᆷ을 엇으니, 울 밧게 불이 나는ᄃᆡ 화광이 츙텬ᄒᆞᆫ지라. 나아가 보니 ᄒᆞᆫ 즘싱이 누엇거ᄂᆞᆯ 그 형용이 옥 ᄀᆞᆺ고 머리에 ᄒᆞᆫ ᄲᅮᆯ이 잇는ᄃᆡ 룡도 아니오 범도 아니러니 ᄭᆡ다르니 남가일몽이라. ᄆᆞ음에 괴이ᄒᆞ여 즘싱 누엇던 곳을 가 보니, ᄒᆞᆫ ᄋᆞ희 잇는ᄃᆡ 형용이 긔이ᄒᆞᆫ지라. 안고 들어오니 변시 보고 왈,

"ᄒᆡ가 흉년 들므로 반ᄃᆞ시 길에 ᄇᆞ린 ᄋᆞ희로다. 그러나 우리 집이 빈

한ᄒᆞ니 엇지 길으리오?"

림시 왈,

"모친이 무ᄌᆞᄒᆞ시니 이 ᄋᆞ히를 슈양ᄒᆞᆫ 즉 됴흘 것이오, 몽되 이러ᄒᆞ오니 반ᄃᆞ시 귀히 되리라"

ᄒᆞᆫᄃᆡ 변시 그 말을 조차 길으더니, 미구에 변시 죽으니 린리 사ᄅᆞᆷ들이 그 녀ᄌᆞ의 현철ᄒᆞᆷ을 알고 닷토아 구혼ᄒᆞᄃᆡ 림시 다 물니쳐 왈,

"내가 상즁에 잇고 또 녀ᄌᆞ의 몸이 친이 구혼치 못ᄒᆞᆯ 것이오 츌가ᄒᆞ신 슉뫼 게신 즉 쳥ᄒᆞ야 쥬혼ᄒᆞᆫ 후에 허혼ᄒᆞ 61 리라"

ᄒᆞ니 이ᄂᆞᆫ 림시의 ᄆᆞ음이 농부의 안ᄒᆡ 되기ᄂᆞᆫ 원치 아니ᄒᆞ고 슉모를 조차 가고 시브ᄃᆡ 린ᄋᆞ가 잇ᄂᆞᆫ 고로 결단치 못ᄒᆞ니라.

ᄎᆞ셜. 부인이 림가 녀ᄌᆞ의 말로 포졍ᄭᅴ 고ᄒᆞ고 근권ᄒᆞ여 왈,

"림녀의 셩ᄒᆡᆼ이 일호나 달음이 잇스면 엇지 감히 샹공ᄭᅴ 천거ᄒᆞ오며 ᄒᆞ물며 묘희의 질녀라. 만일 묘희 곳 아니더면 샹공이 위경을 면ᄒᆞ여 계시릿가?"

포졍이 이에 면강 허락ᄒᆞ니 부인이 대열ᄒᆞ여 즉시 차환을 림가에 보내여 통혼ᄒᆞ니, 림시 왈,

"샹공과 부인이 더럽다 아니시고 시쳡을 삼고자 ᄒᆞ시니 영홰 극진ᄒᆞ온지라. 엇지 ᄉᆞ양ᄒᆞ리오만은 션모 대긔 수월이 격ᄒᆞ엿스니 졔ᄉᆞ를 지낸 후 일이오, 또 무부모ᄒᆞᆫ 동ᄉᆡᆼ이 잇스니 불가불 다리고 갈 ᄉᆞ셰라. 글로 념려ᄒᆞ노라."

차환 왈,

"샹공과 부인ᄭᅴ 고ᄒᆞ려니와 월젼에 왓슬 ᄯᅢᄂᆞᆫ 동ᄉᆡᆼ이 잇ᄂᆞᆫ 것을 못 보앗더니 년긔가 엇마나 ᄒᆞᆫ 동ᄉᆡᆼ이 잇나뇨?"

홀연이 ᄒᆞᆫ ᄋᆞᄒᆡ 밧그로 들어오니, 년령이 십삼 ᄉᆞᄂᆞᆫ 62 되ᄂᆞᆫ 듯ᄒᆞᆫᄃᆡ

미목이 쳥슈ᄒᆞ고 쥰매ᄒᆞ여 향촌 ᄋᆞᄒᆡᄀᆞᆺ지 아니ᄒᆞ거ᄂᆞᆯ 림시가 엇어 길은 말은 아니ᄒᆞ고,

"계모의 소ᄉᆡᆼ이오 나흔 열ᄒᆞᆫ 살이라. 젼일에ᄂᆞᆫ 놀나 나아갓기로 차환이 보지 못ᄒᆞ엿다"

ᄒᆞ니 차환이 ᄌᆡ삼 쥬의ᄒᆞ여 보고 도라가 부인과 포경ᄭᅴ 고ᄒᆞ니, 포경 왈,

"그 삼샹 기다리ᄂᆞᆫ 것이 가히 어진 것을 알니로다."

부인 왈,

"어린 동ᄉᆡᆼ을 다리고 와든 무엇이 구ᄋᆡᆨᄒᆞ리오?"

차환이 다시 고왈,

"림시의 동ᄉᆡᆼ이 공ᄌᆞ와 흡ᄉᆞᄒᆞ니 쇼비 보다가 슯흠을 금치 못ᄒᆞᆯ너이다. 그 ᄋᆞᄒᆡ 년치가 공ᄌᆞ와 ᄀᆞᆺᄉᆞ오니 만일 엇어 길은 ᄋᆡ ᄀᆞᆺᄉᆞ오면 다시 의심이 업ᄉᆞ오련만은 계모의 소ᄉᆡᆼ이라 ᄒᆞ오니 다시 무를 것이 업더이다."

부인 왈,

"ᄉᆞᄉᆡᆼ 간에 응당 븍[북]방에 잇스련만은 셰월이 임의 오랜지라. 음용이 졈졈 변ᄒᆞ니 살아 잇셔 본들 엇지 알니오?"

ᄒᆞ고 류톄ᄒᆞ더라.

슈월이 지ᄂᆞᆫ 후 퇵일ᄒᆞ여 림시를 마져 오니, 용모의 단졍ᄒᆞ고 셩도의 유환흠이 부인의 말에셔 지나ᄂᆞᆫ지라. 포경이 부[63]인ᄃᆞ려 왈,

"진짓 교녀와 크게 다르도다."

부인 왈,

"쳡이 퇵인ᄒᆞ기를 그릇 아니ᄒᆞᆫ가 ᄒᆞᄂᆞ이다."

림시 포경을 공경ᄒᆞ고 부인을 정셩으로 셤기니 샹해 칭예ᄒᆞ더라.

일일은 린ᄋᆞ의 유뫼 림시 침소에 와 린ᄋᆞ의 말을 ᄒᆞ고 눈물을 흘니며 림시ᄃᆞ려 왈,

"젼일 차환의 말을 들으니 낭ᄌᆞ의 동ᄉᆡᆼ이 용모와 년긔 린ᄋᆞ 공ᄌᆞ와 흡ᄉᆞ하더라 ᄒᆞ니, ᄒᆞᆫ번 보기를 원ᄒᆞ노라."

림시 이 말을 듯고 ᄆᆞᄋᆞᆷ에 의혹ᄒᆞ여 왈,

"공ᄌᆞ를 어ᄂᆞᆫ 곳에셔 일헛ᄂᆞ냐?"

유뫼 왈,

"ᄒᆞ타하 물가에셔 일헛ᄂᆞ이다."

림시 ᄉᆞ량ᄒᆞ여 왈,

'내 집이 슈변이라 샹고션이 다 문 압헤 모이고 븍[북]경 ᄉᆞᄅᆞᆷ이 ᄯᅩᄒᆞᆫ 만히 ᄃᆞ니니 엇지 그 린ᄋᆡ 아닌 줄 알니오?'

림시가 여긔 온 후 린ᄋᆞ를 외당에 두엇더니, 시비로 린ᄋᆞ를 부르니, 린ᄋᆡ 들어와 보거ᄂᆞᆯ 림시 왈,

"이 ᄋᆞᄒᆡ가 공ᄌᆞ와 흡ᄉᆞᄒᆞ냐?"

유뫼 왈,

"공ᄌᆞ의 이마에 ᄲᅧ가 돌츌ᄒᆞ기로 로야ᄭᅴ셔 션슈ᄉᆞ 로아와 ᄀᆞᆺ다고 ᄆᆡ양 닐ᄋᆞ시더니, 이제 이 동ᄌᆞ를 보오니 츄호도 다르지 안ᄉᆞ온지라. 일
64 로ᄡᅥ 디욱 비창ᄒᆞᆫ ᄆᆞᄋᆞᆷ을 이긔지 못ᄒᆞᄂᆞ이다."

림시 왈,

"이 일이 괴이ᄒᆞ도다. 이 ᄋᆞᄒᆡ 근본 계모의 소ᄉᆡᆼ이 아니라 모년 모월 모일에 길에 ᄇᆞ린 ᄋᆞᄒᆡ를 엇어 길넛더니 용뫼 공ᄌᆞ와 방불ᄒᆞ다 ᄒᆞᆫ즉 의심이 업지 아니ᄒᆞ도다."

린ᄋᆡ 이 말을 듯고 울어 왈,

"이것이 분명 나의 유모로다. 부인이 나를 다리고 가실 ᄯᆡ에 유모도 집을 직희라 ᄒᆞ니 유모도 참아 나를 ᄯᅥ나지 못ᄒᆞ고 나도 유모를 ᄯᅥ나지 못ᄒᆞ여 로즁에 곡읍ᄒᆞ던 일을 엇지 이즈리오?"

ᄒᆞᆫᄃᆡ, 유뫼 즉시 린ᄋᆞ를 붓들고 통곡 왈,

"이ᄂᆞᆫ 과연 린ᄋᆞ 공ᄌᆞ로다. 그러치 아니면 엇지 리별ᄒᆞᆯ 일을 알니오?"

림시 왈,

"이 ᄋᆞ히가 비록 그 부모의 셩명을 모르나 누각에셔 노던 일과 물가에셔 장ᄉᆞ 맛나 ᄇᆡ ᄐᆞ고 온 일을 력력히 말ᄒᆞᄂᆞᆫ 고로 괴이히 알앗노라"

ᄒᆞ니, 이ᄣᆡ에 가인들이 서로 젼파ᄒᆞ여 아즁이 다 놀ᄂᆞᄂᆞᆫ지라. 부인이 급히 와 본 즉 린ᄋᆞ가 의심 업ᄂᆞᆫ지라. 부인이 문왈,

"네 능히 나를 아나냐?"

ᄒᆞ니, 린ᄋᆡ 우러러 보고 양구이 잇(65)다가 울어 왈,

"부인이 나가실 ᄯᆡ에 나ᄂᆞᆫ 유모에게 안기엿더니, 모친이 나를 교ᄌᆞ 안에셔 젓을 먹이시며 ᄅᆡ일 올 것이니 잘 잇거라 ᄒᆞ시던 일을 엇지 이젓ᄉᆞ오릿가?"

ᄒᆞᆫᄃᆡ, 부인이 린ᄋᆞ를 안고 통곡ᄒᆞ니, 이ᄣᆡ 포경이 바야흐로 외당에셔 공ᄉᆞ를 ᄒᆞ더니, 홀연 아즁이 진동ᄒᆞᆷ을 듯고 황망이 들어와 본즉 일헛던 린ᄋᆡ 과연 방즁에 잇ᄂᆞᆫ지라. 손을 잡고 통샹ᄒᆞ다가 림시를 불너 슈양ᄒᆞᆫ 곡졀을 뭇고 왈,

"네가 내 집의 은인이라. 엇지 ᄒᆞᆫ갓 측실로 ᄉᆞ랑ᄒᆞᆯ ᄲᅮᆫ이리오?"

부인이 칭은ᄒᆞ여 왈,

"너의 공이 아니면 엇지 모ᄌᆡ 거듭 맛나리오? ᄌᆞ금 이후로 형뎨ᄀᆞᆺ치 친ᄋᆡᄒᆞ리라."

림시 ᄇᆡ샤ᄒᆞ여 왈,

"부인과 공ᄌᆞ의 복이 두터우샤 금일이 잇ᄉᆞ오니, 이 엇지 쳡의 공이오릿가? 부인이 이ᄀᆞᆺ치 하교ᄒᆞ시니 손복ᄒᆞ올가 두리ᄂᆞ이다."

샤츄관이 이 말을 듯고 경희ᄒᆞ여 와 질ᄋᆞ를 보고 하례ᄒᆞ며, 열읍 쥬현

이 련락 부졀이 칭하 칭경홀 식, 각 읍에셔 칭하ᄒᆞᄂᆞᆫ 례물을 보내니 포경이 일톄 거66졀ᄒᆞᄂᆞᆫ 즁 남풍 현령의 례물 단ᄌᆞ 즁 옥지환이 잇ᄂᆞᆫ지라. 포경이 ᄆᆞ음이 동ᄒᆞ여 례물을 가져 헤쳐 보니 옥환이 ᄌᆞ가의 고물이라 의괴ᄒᆞ여 다른 물픔[품]은 다 도로 보내고 옥환만 머므르며 죵용이 남풍 현령을 보고 문왈,

"남풍의 보내신 옥환 츌쳐를 알고자 ᄒᆞᄂᆞ이다. 이것이 내 집 셰젼 지물이온ᄃᆡ 루락ᄒᆞ여 일헛ᄉᆞ오니 엇으신 곳을 알고자 ᄒᆞᄂᆞ이다."

남풍 현령이 ᄃᆡ왈,

"ᄒᆞᆫ 녀ᄌᆞ 파옵기 사 두엇습다가 옥픔[품]이 긔이ᄒᆞ기로 칭하ᄒᆞᄂᆞᆫ 례물을 ᄒᆞ엿습거니와 엇지 도로혀 합하의 셰젼 구물인 줄 알앗ᄉᆞ오릿가? 옥환 판 녀인이 그져 잇습ᄂᆞᆫ지 환관ᄒᆞ와 ᄌᆞ셰이 알아셔 보ᄒᆞ리이다"
ᄒᆞ고 즉시 남풍에 도라와 관리로 옥환 판 녀인을 불너 드려 문왈,

"네가 엇던 사ᄅᆞᆷ의 안ᄒᆡ며 옥환은 엇지 파랏ᄂᆞ뇨?"

그 녀인이 ᄃᆡ왈,

"지아비 셩명은 졍ᄃᆡ식이온ᄃᆡ 작년에 지아비를 조차 여긔 왓습더니, 시아비 죽은 후 고향으로 가지 못ᄒᆞ옵고 싱계 극난ᄒᆞ와 옥환을 파랏ᄂᆞ이다."

남67풍 현령 왈,

"옥환은 포경ᄉᆞ 로야의 셰젼 지물을 일엇던 바로 지금 그 츌쳐를 츄심ᄒᆞ시니, 조곰도 은휘 말고 다 말ᄒᆞ라. 만일 은휘ᄒᆞ면 너를 잡아 샹ᄉᆞ로 올녀 보내리라."

그 녀인이 젼률ᄒᆞ여 ᄃᆡ왈,

"그 옥환 츌쳐를 쳔인의 알 ᄇᆡ 아니옵고 다만 지아비 하간에 잇슬 ᄶᅢ에 챠부가 되여 남의 물건 운젼ᄒᆞ여 주기로 싱이 ᄒᆞ옵더니, 일일은 금은

을 엇어 왓습기 엇은 연고를 무른즉 링진이라 ᄒᆞᄂᆞᆫ 재 다섯 수래 보ᄇᆡ를 싯고 산동으로 가ᄋᆸᄂᆞᆫᄃᆡ 죵적이 만이 의심되와 남의 ᄌᆡ물을 탈취ᄒᆞᆫ 듯 ᄒᆞ와 링진의 취ᄒᆞ여 잠든 ᄯᆡ를 ᄐᆞ 동류와 난화 가졋노라 ᄒᆞᄋᆸ더니, 불구에 지아비 죽ᄉᆞ오니 도적이 된즉 링진이가 도적이 되리이다"

ᄒᆞᆫᄃᆡ, 남풍 현령이 이 쇼연을 포졍씌 보ᄒᆞ니, 포졍 왈,

"젼일 동챵부 쇼년이 링진이로다. 사ᄅᆞᆷ을 동챵부에 보내여 링진의 죵적을 차지라"

ᄒᆞ니라.

ᄎᆞ설. 교네 링진을 조차 동챵부에 머므럿더니, 가세 령체ᄒᆞ여 긔한이 도골ᄒᆞ[68]니 ᄯᆡᄯᆡ로 링진을 ᄭᅮ지져 왈,

"나ᄂᆞᆫ 류한림의 부인이오 동태슈의 실ᄂᆡ로, 몸에ᄂᆞᆫ 금의를 닙고 입에ᄂᆞᆫ 팔진미를 슬혀ᄒᆞ고 거름에 향ᄂᆡ 나고 침을 배앗트면 구슬이 되더니, 너를 조차온 후 이ᄀᆞᆺ치 간고ᄒᆞ니 찰하리 ᄌᆞ결ᄒᆞ여 이런 경샹을 보지 아니ᄒᆞ리라."

링진이 그 ᄌᆡ물을 차질 도리 업고 련ᄒᆞ여 교녀의 원망이 니르니 그 괴로옴을 엇지 가히 측량ᄒᆞ리오? 그 동리 왕휘지라 ᄒᆞᄂᆞᆫ 사ᄅᆞᆷ이 가세 부요ᄒᆞ고 그 아들이 년쇼ᄒᆞᆷ애 링진이 그 쇼년을 유인ᄒᆞ여 쥬ᄉᆞ 쳥루와 박혁 잡기로 방탕ᄒᆞ게 ᄒᆞ여 이로 ᄉᆡᆼ활ᄒᆞ더니, 왕공ᄌᆞ의 외슉이 맛츰 린읍의 원이 되여 링진을 유인 ᄌᆞ뎨 률로 일ᄇᆡᆨ 쟝을 ᄆᆡᆼ타ᄒᆞ니, 링진이 쟝독이 들어 죽ᄂᆞᆫ지라. 교네 의뢰 무탁ᄒᆞ더니, 맛츰 셔쥬 로챵이 동챵에 왓다가 교녀의 ᄌᆞᄉᆡᆨ을 보고 ᄭᅬ여 다려가니, 교네 일홈을 곳쳐 "교칠낭이라" ᄒᆞ고 가무와 금현으로 숑구 영신ᄒᆞ니, 공ᄌᆞ 왕손의 거매 분잡ᄒᆞ고 교녀의 일홈이 셔쥬의 명기러라. 포[69]졍의 보낸 바 관ᄎᆞ와 가졍이 동챵부에 가셔 링진의 죵적을 슈탐ᄒᆞ니, 사ᄅᆞᆷ이 다 말ᄒᆞᄃᆡ,

"릥진이란 쟤 믹양 직물을 일헛노라 ᄒᆞ고 잇더니, 불구에 죽고 그 가속은 어ᄃᆡ로 간지 모른다"

ᄒᆞ니, 도라올 길에 셔쥬를 지날 ᄉᆡ, 쥬뎜에셔 쉬더니 쳥루에 미네 쥬렴을 것고 탄금 가무ᄒᆞ거ᄂᆞᆯ 포졍의 가인이 이윽이 보니, 져의 쥬모 노릇ᄒᆞ던 안면을 엇지 모르리오? 뎜쥬ᄃᆞ려 문왈,

"쳥루의 미인이 엇던 사ᄅᆞᆷ이뇨?"

답왈,

"이 사ᄅᆞᆷ이 동챵셔 온지 오래지 아니ᄒᆞ니라."

가인이 도라가 고왈, 릥진이 임의 죽고 셔쥬를 지나다가 교녀를 본 말을 ᄒᆞ니, 포졍 왈,

"음녜 동쳥이 죽은 후 타향에 류락ᄒᆞ여 챵녀가 되엿도다"

ᄒᆞ고 관ᄎᆞ를 보내여 잡아다가 죽이려 ᄒᆞ니, 부인 왈,

"그 죄 죽여 맛당ᄒᆞ오나 이제 챵녀된 후 몸이 비쳔ᄒᆞ니, 텬되 무심치 아니ᄒᆞ고 이제 샹공이 도빅이 되여 ᄋᆡ민이 츄앙ᄒᆞ거ᄂᆞᆯ 엇지 가ᄂᆡ의 츄비ᄒᆞᆫ 일로 젼파ᄒᆞ여 들니리잇가?"

포졍이 그러이 넉이나 죽이고자 ᄒᆞᄂᆞᆫ 씃[70]이 잇더라.

포졍의 치민 션졍이 극진ᄒᆞ여 ᄇᆡᆨ셩이 숑덕ᄒᆞ니, 셰직 삼년이라. 텬지 경악지신으로 오래 외임에 두기를 앗기샤 포졍을 례부샹셔로 명쇼ᄒᆞ시니, 포졍이 승쇼 샹경ᄒᆞᆯ ᄉᆡ ᄇᆡᆨ셩 부뢰 길을 막아 젹ᄌᆞ의 ᄌᆞ모를 써남 ᄀᆞᆺ치 슬허ᄒᆞ더라. ᄒᆡᆼᄒᆞ여 셔쥬에 니르러 교녀의 쇼식을 므르니 그져 잇ᄂᆞᆫ 지라. 그 ᄶᅡ ᄆᆡ파를 불너 분부ᄒᆞ여 왈,

"네 교칠낭을 나의 칙실에 두고자 ᄒᆞ니 닐너 츄후 샹경ᄒᆞ게 ᄒᆞ라."

ᄆᆡ패 교녀를 보고 왈,

"호셔 류샹셔 로애 낭ᄌᆞ의 셩명을 듯고 쇼실을 삼고자 ᄒᆞ샤 나를 보

내여 말숨ᄒᆞ라 ᄒᆞ시니 류샹셔ᄂᆞᆫ 당죠 직샹인ᄃᆡ 시[신]임 례부샹셔로 샹경ᄒᆞ니 부귀 극진ᄒᆞ고 그 부인이 잇스나 신병으로 가ᄉᆞ를 다ᄉᆞ리지 못ᄒᆞ니 낭ᄌᆞ 들어가면 일홈은 쇼실이되 실샹은 부인이나 못ᄒᆞ지 아니ᄒᆞ리니 낭ᄌᆞ의 ᄯᅳᆺ에 엇더ᄒᆞ뇨?"

교녜 ᄉᆡᆼ각ᄒᆞᄃᆡ,

'내 여긔온 후로 의식의 간구홈은 업스나 츈광이 져믄즉 젼졍이 엇지 근심 업스리오?'

ᄒᆞ여 이에 허락ᄒᆞ니, 미 71 패 왈,

"류로애 부인과 동ᄒᆡᆼ 샹경ᄒᆞ시니 낭ᄌᆞᄂᆞᆫ 일일 락후 샹경홈이 편ᄒᆞᆯ 듯ᄒᆞ도다."

교녜 응락ᄒᆞ고 일일 졍을 락후ᄒᆞ여 거마를 치례ᄒᆞ여 샹경ᄒᆞ니라.

류샹셰 샹경ᄒᆞ여 궐하에 샤은ᄒᆞ니 샹이 돈유ᄒᆞ시고 외방에 구치홈을 위로ᄒᆞ시니, 샹셰 텬은을 슉사ᄒᆞ고 퇴죠ᄒᆞ여 고ᄐᆡᆨ에 도라와 가ᄉᆞ를 졍돈ᄒᆞ고 슈일 후에 죵족을 대회ᄒᆞ여 셜연 경하ᄒᆞᆯ 싀, 두부인이 니르러 샤부인과 샹견ᄒᆞ니 리별 십 년이라 악슈 샹희ᄒᆞ며 녯일을 늣기고 금일을 즐겨홈이 측량 업더라. 부인이 림시로 ᄒᆞ여곰 빅현ᄒᆞ게 ᄒᆞ고 고왈,

"이 사ᄅᆞᆷ은 젼 사ᄅᆞᆷ과 다르오니 슉모ᄂᆞᆫ 과녑치 말으쇼셔."

두부인이 쇼왈,

"그 사ᄅᆞᆷ이 비록 어지나 맛츰ᄂᆡ 무익ᄒᆞ도다."

샹셰 두부인ᄭᅴ 고왈,

"쇼질이 산동을 지내옵다가 명기 ᄒᆞ나를 엇어 왓ᄉᆞ오니 슉모ᄭᅴ셔 보시고자 ᄒᆞ시ᄂᆞ잇가?"

두부인이 경히ᄒᆞ여 왈,

"현질이 지금 쇼년 셔ᄉᆡᆼ이 아니오 위의 심히 존즁ᄒᆞ거ᄂᆞᆯ 쏘 엇지 젼

ᄉᆞ를 ᄉᆡᆼ각지 아니ᄒᆞ리오?"

샹 72 셰 웃고 좌우ᄃᆞ려 교칠낭을 부르라 ᄒᆞ니, 이ᄯᅢ 교녜 샹경ᄒᆞ여 류부 문젼에 니른즉 분쟝 문젼이 심히 눈에 익은지라. 의괴ᄒᆞ여 다시 ᄉᆞᆲ히니 뎡녕 무의ᄒᆞᆫ 류한림 부즁이라. 경아ᄒᆞ여 다리고 온 사ᄅᆞᆷᄃᆞ려 문왈,

"류샹셔 부즁으로 온다 ᄒᆞ더니, 엇지ᄒᆞ여 류한림 ᄐᆡᆨ샹으로 오ᄂᆞᆫ다?"

그 사ᄅᆞᆷ이 답왈,

"류샹셔게옵셔 류한림 ᄃᆡᆨ을 사셧ᄂᆞ이다."

교녜 ᄎᆞ경 ᄎᆞ희ᄒᆞ여 왈,

"이 집이 나와 인연이 ᄆᆡ오 잇도다. 내 들어가 ᄇᆡᆨᄌᆞ당에 잇기를 쳥ᄒᆞ리라."

이 집의 부인이 엇더ᄒᆞᆫ고 이리 ᄉᆡᆼ각ᄒᆞ며 문젼에 당ᄒᆞ여 보니, 모단 시녜 ᄎᆡᆨ의를 션명이 닙고 나와 보며 쇼안이 미미ᄒᆞ니 교녜 보고 일면이 여구ᄒᆞᆫ지라. 교녜 대경 실ᄉᆡᆨᄒᆞ여 엇지 ᄒᆞᆯ 줄 모르더니 범 ᄀᆞᆺᄒᆞᆫ 하리 다라드러 잡아 안으로 들어가니, 교녜 혼비ᄇᆡᆨ산ᄒᆞ여 ᄯᅳᆯ 아래에셔 당샹을 우러러 보니, 두부인이 쥬벽에 안고 샤부인과 류한림이 안졋ᄂᆞᆫᄃᆡ 류시 죵족이 렬좌 ᄒᆞ엿더라. 샤부인의 년긔 이모가 지나고 풍샹 간고를 지내 73 엿스나 삼오 츈광을 묘시ᄒᆞ고 팔좌의 녀ᄌᆞ로 위의 슉슉ᄒᆞ며 한림이 년긔 로셩ᄒᆞᆫᄃᆡ 작위 놉흠애 풍ᄎᆡ의 슈려ᄒᆞᆷ이 더으니, 교녜 ᄒᆞᆫ번 앙쳠ᄒᆞᆷ애 심혼이 비월ᄒᆞᄂᆞᆫ 즁 통분ᄒᆞᆫ ᄉᆡᆼ각이 잇스니 이ᄂᆞᆫ 샤부인이 완젼 여구ᄒᆞᆷ이라. 샹셰 박안 대질 왈,

"음녀야 네 죄를 아ᄂᆞᆫ다?"

교녜 샤죄ᄒᆞ여 왈,

"엇지 모르오릿가? 쳡의 터럭을 ᄲᅢ여도 죄를 쇽지 못ᄒᆞ오리니, 빌건대 이 목숨을 용셔ᄒᆞ쇼셔."

샹셰 슈죄ᄒᆞ여 왈,

"네 열두 가지 큰 죄 잇스니, 처음에 부인이 음란ᄒᆞᆫ 가곡 탄금에 경계ᄒᆞᆷ을 나의게 참쇼ᄒᆞ니 그 죄 ᄒᆞᆫ 가지오, 심낭 요인을 드려 요슐을 지어 쟝부를 고혹게 ᄒᆞ니 그 죄 두 가지오, 음비와 동심ᄒᆞ야 동쳥을 통간ᄒᆞ니 그 죄 세 가지오, 네 져쥬ᄒᆞ여 부인을 암해ᄒᆞ니 그 죄 네 가지오, ᄯᅩ 동쳥을 통간ᄒᆞ여 ᄌᆡ샹가 규문을 더러이니 괴 죄가 다ᄉᆞᆺ 가지오, 옥환을 도적ᄒᆞ여 부인을 해ᄒᆞ니 그 죄 여셧 가지오, 제 스ᄉᆞ로 ᄌᆞ식을 죽여 부인을 모함ᄒᆞ니 그 죄 일곱 가지오, 가만이 강도[74]를 보내여 부인을 모살ᄒᆞ니 그 죄 여덟 가지오, 간부를 ᄭᅬ여 나를 죽이려 ᄒᆞ니 그 죄 아홉 가지오, 류문을 슈탐ᄒᆞ여 간부를 조찻스니 그 죄 열 가지오, 린ᄋᆞ를 물에 너어 죽이려 ᄒᆞ엿스니 그 죄 열ᄒᆞᆫ 가지오, 길에 강도를 보내여 나를 죽이려 ᄒᆞ니 그 죄 열두 가지라. 이ᄀᆞᆺ치 열두 가지 큰 죄를 짓고 언감히 살기를 ᄇᆞ라ᄂᆞᆫ다?"

교녜 고두 샤죄ᄒᆞ여 왈,

"이 일이 다 쳡의 죄 아니외다. 쟝쥬를 죽이며 글을 엄슝에게 드려 로야를 해ᄒᆞ기ᄂᆞᆫ 실로 쳡이 아지 못ᄒᆞᄋᆞᆸ고, 쟝사 로샹에셔 로야를 해ᄒᆞ고져 ᄒᆞ기ᄂᆞᆫ 동쳥의 일이오니 잔명을 샤ᄒᆞ쇼셔"

ᄒᆞ고 샤부인을 향ᄒᆞ여 무슈이 ᄋᆡ걸ᄒᆞ니, 샤부인 왈,

"네가 나를 해ᄒᆞᆷ은 족히 ᄀᆡ회치 아니ᄒᆞ나 문호에 득죄ᄒᆞ고 샹공을 모해 ᄒᆞ엿스니 엇지 구원ᄒᆞ리오?"

교녜 슯히 울며 ᄋᆡ걸ᄒᆞ나 샹셰 쳐참ᄒᆞ고자 ᄒᆞ니, 샤부인 왈,

"교녀의 죄 즁ᄒᆞᄃᆡ 샹공의 시인 되엿던 배오니, 죽여도 신톄ᄂᆞᆫ 온젼히 ᄒᆞ쇼셔."

샹셰 올히 녁여 문밧게 가 목을 매여[75] 죽이라 ᄒᆞ다.

부인이 츈방의 ᄋᆡᄆᆡ이 원ᄉᆞᄒᆞᆷ을 챠셕히 녁여 다시 금슈로 영장ᄒᆞ고 졔문 지어 졔ᄒᆞ며 심낭을 차자 죄ᄅᆞᆯ 다ᄉᆞ리려 ᄒᆞᆫ즉 발셔 다른 일로 법부에 쳐참ᄒᆞᆫ 배 되엿더라.

이후에 임시 세 아ᄃᆞᆯ을 련ᄒᆞ여 나으니, 맛은 웅이오 다음은 쥰이오 세ᄌᆡᄂᆞᆫ 난이니, 다 부형의 여풍이 잇고 린ᄋᆞ와 웅, 쥰, 난합 ᄉᆞ형뎨가 쇼년등과ᄒᆞ여 ᄌᆡ상에 니르고, 사츄관과 ᄃᆞ츄관이 다 ᄌᆡ렬이 되여 문회 혁혁ᄒᆞ고 샹셔와 부인이 팔십 향슈ᄒᆞ고 샤부인이 녀훈 십삼 편을 지어 세샹에 젼파ᄒᆞ니라.

샤시남졍긔 하 죵

전우치전

단권으로 발행되었다. 표지 상단에 '뎐우치젼', 하단에 '륙젼쇼셜 서울 신문관 발힝'이라고 인쇄되어 있다.

전체 장수는 62면이다. 1면은 표제를 포함하여 10행으로 내용을 실었다. 이후 2면부터 끝까지 매면 매면 11행으로, 작품을 기술해 놓았다.

뎐우치젼권지단

죠션초에송경숭인문안에ᄒᆞᆫ션비잇ᄉᆞ니셩은뎐이오일홈은우치라일쥭
놉흔ᄉᆞ승을조차신션의도ᄅᆞᆯ배호ᄃᆡ본ᄅᆡ지질이표일ᄒᆞ고겸ᄒᆞ야정셩이
지극ᄒᆞᆷ으로맛참내오묘ᄒᆞᆫ리치ᄅᆞᆯ통ᄒᆞ고신긔ᄒᆞᆫ지조ᄅᆞᆯ엇엇ᄉᆞ나소래ᄅᆞᆯ
숨기고자최ᄅᆞᆯ감초아지냄으로비록갓가히노ᄂᆞᆫ이도알리업더라이때남
방히변여러고을이여러해바다도적의노략을닙은놈아지에엽쳔ᄃᆡ덥쳐
무서운흉년을맛나니그곳ᄇᆡᆨ셩의참혹ᄒᆞᆫ형샹은이로붓으로그리지못ᄒᆞᆯ
지라그러나죠뎡에벼ᄉᆞᆯᄒᆞᄂᆞᆫ이들은권세ᄅᆞᆯ닷호기에만눈이붉고가슴이
탈ᄲᅮᆫ이오ᄇᆡᆨ셩의질고ᄂᆞᆫ모르ᄂᆞᆫ듯키ᄇᆞ려두니뜻잇ᄂᆞᆫ이의팔을ᄲᆡ내여통
분ᄒᆞᆷ이날을길업더니우치ᄯᅩᄒᆞᆫ참다못ᄒᆞ여그윽히뜻을결단ᄒᆞ고집을ᄇᆞ

【뎐우치전 권지단】

[1] 죠션 초에 숑경 슝인문 안에 ᄒᆞᆫ 션비 잇스니, 셩은 뎐이오 일홈은 우치라. 일즉 놉흔 스승을 조차 신션의 도ᄅᆞᆯ 배호ᄃᆡ 본ᄅᆡ ᄌᆡ질이 표일ᄒᆞ고 겸ᄒᆞ야 정셩이 지극ᄒᆞᆷ으로 맛ᄎᆞᆷ내 오묘ᄒᆞᆫ 리치ᄅᆞᆯ 통ᄒᆞ고 신긔ᄒᆞᆫ ᄌᆡ조ᄅᆞᆯ 엇엇스나 소래ᄅᆞᆯ 숨기고 자최ᄅᆞᆯ ᄀᆞᆷ초아 지냄으로 비록 갓가히 노ᄂᆞᆫ 이도 알 리 업더라.

이ᄯᆡ 남방 ᄒᆡ변 여러 고을이 여러 해 바다 도적의 노략을 닙은 ᄂᆞᆷ아지에 업친ᄃᆡ 덥쳐 무서운 흉년을 맛나니 그곳 ᄇᆡᆨ셩의 참혹ᄒᆞᆫ 형샹은 이로 붓으로 그리지 못ᄒᆞᆯ지라. 그러나 죠뎡에 벼슬ᄒᆞᄂᆞᆫ 이들은 권세ᄅᆞᆯ 닷호기에만 눈이 붉고 가슴이 탈 쌘이오 ᄇᆡᆨ셩의 질고ᄂᆞᆫ 모르ᄂᆞᆫ 듯키 ᄇᆞ려두니 ᄯᅳᆺ 잇ᄂᆞᆫ 이의 팔을 쌥내여 통분ᄒᆞᆷ이 닐을 길 업더니, 우치 ᄯᅩᄒᆞᆫ 참디 못ᄒᆞ여 그윽히 ᄯᅳᆺ을 결단ᄒᆞ고 집을 ᄇᆞ [2] 리며 세간을 헷치고 텬하로써 집을 삼고 ᄇᆡᆨ셩으로써 몸을 삼으려 ᄒᆞ더라.

하로ᄂᆞᆫ 몸을 변ᄒᆞ여 션관이 되여 머리에 쌍봉금관을 쓰고 몸에 홍포ᄅᆞᆯ 닙고 허리에 ᄇᆡᆨ옥ᄃᆡᄅᆞᆯ ᄯᅴ고 손에 옥홀을 쥐고 청의동ᄌᆞ ᄒᆞᆫ 쌍을 다리고 구름을 ᄐᆞ고 안ᄀᆡᄅᆞᆯ 멍에ᄒᆞ여 바로 대권[궐] 우에 니르러 공즁에 머므러 셧스니, 이ᄯᆡᄂᆞᆫ 츈정월 초이일이라. 샹이 문무 ᄇᆡᆨ관의 진하ᄅᆞᆯ 밧으시더니 문득 오ᄉᆡᆨ ᄎᆡ운이 만텬ᄒᆞ고 향풍이 촉비ᄒᆞ더니 공즁에셔 말ᄒᆞ여 왈,

"국왕은 옥황의 칙지ᄅᆞᆯ 밧으라"
ᄒᆞ거ᄂᆞᆯ 샹이 놀나샤 급히 ᄇᆡᆨ관을 거ᄂᆞ리시고 뎐에 ᄂᆞ리샤 분향 쳠망ᄒᆞ니 션관이 오운 즁에셔 닐ᄋᆞᄃᆡ,

"이제 옥뎨 텬하에 구챠ᄒᆞᆫ 즁 죽은 령혼을 위로ᄒᆞ실 양으로 태화궁을 창건ᄒᆞ실 ᄉᆡ 인간 각국에 황금 들보 ᄒᆞᆫ아식을 ᄆᆞᆫ들어 올니되 쟝이 오쳑이오 광은 칠쳑이니 츈삼월 망일에 올녀가게 ᄒᆞ라"
ᄒᆞ고 언흘에 하ᄂᆞᆯ로 올나가거ᄂᆞᆯ 샹이 신긔히 넉이시며 뎐에 오르샤 문무ᄅᆞᆯ 모화 의론ᄒᆞ[3]실 ᄉᆡ 간의태위 주왈,

"이제 팔도에 반포ᄒᆞ여 금을 모화 텬명을 밧들미 올흐니이다."

샹이 올히 넉이샤, "팔도에 금을 모화 밧치라" ᄒᆞ고 공인을 불너 일변 금을 불녀 쟝광척수ᄅᆞᆯ 맛초아 지어내니, 왕공 경ᄉᆞ의 집안에 잇ᄂᆞᆫ 것은 말도 말고 팔도의 금이 진ᄒᆞ고 심지어 빈혀에 올닌 금ᄶᅡ지 벗겨 올니니 샹이 깃그샤 삼일ᄌᆡ계 ᄒᆞ시고 그날을 기ᄃᆞ려 포진ᄒᆞ고 등ᄃᆡᄒᆞ엿더니, 진시ᄂᆞᆫ ᄒᆞ여 샹운이 궐ᄂᆡ에 자옥ᄒᆞ고 향취 옹비ᄒᆞ며 오운 가운ᄃᆡ 션관이 청의동ᄌᆞᄅᆞᆯ 좌우에 세우고 구름에 싸혓스니 그 형용이 극히 황홀ᄒᆞ더라. 샹이 ᄇᆡᆨ관을 거ᄂᆞ리시고 부복ᄒᆞ신ᄃᆡ 그 션관이 젼지ᄅᆞᆯ ᄂᆞ리와 ᄀᆞᆯᄋᆞᄃᆡ,

"고려왕이 힘을 다ᄒᆞ여 텬명을 슌종ᄒᆞ니 정셩이 지극ᄒᆞᆫ지라. 고려국이 우슌풍됴ᄒᆞ고 국태민안ᄒᆞ여 복죄무량ᄒᆞ리니 샹텬을 공경ᄒᆞ여 덕을 닥고 지내라."

말흘 맛치며 두 편으로 쌍동ᄌᆡ 학을 ᄐᆞ고 ᄂᆡ려와 요구에 황금 들보ᄅᆞᆯ 걸어 올녀 ᄎᆡ운에 싸혀 남 ᄶᅡ흐로 힝[4]ᄒᆞ니 무지ᄀᆡ 하ᄂᆞᆯ에 쌔치고 풍우 소래 진동ᄒᆞ며 오ᄉᆡᆨ ᄎᆡ운이 각각 동셔로 흣허지거ᄂᆞᆯ 샹과 졔신이 무수히 샤례ᄒᆞ고 륙궁 비빈이 ᄶᅡ에 업ᄃᆡ여 감히 우러러보지 못ᄒᆞ더라. 샹

이 어뎐에 오르샤 ᄇᆡᆨ관을 죠회 닷으실 ᄉᆡ 만세ᄅᆞᆯ 불은 후 대연을 ᄇᆡ셜ᄒᆞ여 질기시더라.

이ᄯᆡ 우치 그 들보ᄅᆞᆯ 가져다가 이 나라 안에셔ᄂᆞᆫ 쳐치ᄒᆞ기가 난편ᄒᆞᆫ지라. 그 길로 구름을 멍에ᄒᆞ야 셔공 디방으로 향ᄒᆞ야 몬져 들보 졀반을 버혀 헷쳐 팔아 쌀 십만 셕을 사고 다시 션쳑을 마련ᄒᆞ야 난화 실녀 슌풍으로 가져다가 십만 빈호에 알마초 분급ᄒᆞ야 당쟝 주려 죽음을 건지고, 다시 이듬해 농량과 죵ᄌᆞᄅᆞᆯ ᄒᆞ게 ᄒᆞ니 ᄇᆡᆨ셩들은 희츌망외ᄒᆞ여 다만 손들을 마조잡고 여텬대덕을 칭샤ᄒᆞᆯ ᄲᅮᆫ이오, 관쟝들도 ᄯᅩᄒᆞᆫ 긔가 막히고 어리둥졀ᄒᆞ야 엇지ᄒᆞᆫ 곡졀을 몰나ᄒᆞ더라. 우치 이리ᄒᆞᆫ 뒤에 ᄒᆞᆫ 쟝방을 써셔 통구에 부쳣스니 그 글에 ᄒᆞ엿스ᄃᆡ, [5]

이번에 곡식을 난홈으로 혹 나ᄅᆞᆯ 칭숑ᄒᆞᄂᆞᆫ 듯ᄒᆞ나 이ᄂᆞᆫ 맛당치 아니ᄒᆞᆫ지라. 대개 나라ᄂᆞᆫ ᄇᆡᆨ셩을 ᄲᅮ리 삼고 부쟈ᄂᆞᆫ 빈민의 ᄆᆞᆫ들어 줌이어ᄂᆞᆯ 이제 너희들이 량슌ᄒᆞᆫ ᄇᆡᆨ셩과 츙실ᄒᆞᆫ 인군으로 이리듯 참혹ᄒᆞᆫ 디경에 니르럿건만은 벼ᄉᆞᆯᄒᆞᆫ 이가 길을 트지 아니ᄒᆞ고 감열ᄒᆞᆫ 이가 힘을 내고사 아니ᄒᆞᆷ이 과연 텬리에 어그러져 신인이 공분ᄒᆞᄂᆞᆫ 바이기로 내 하ᄂᆞᆯ을 ᄃᆡ신ᄒᆞ여 이러뎌러ᄒᆞᆫ 방법으로 이리뎌리 ᄒᆞ얏슴이니, 너희들은 모름직이 이 ᄯᅳᆺ을 ᄭᆡ다라 잠시 ᄂᆞᆷ에게 맛겻던 것이 돌아온 줄로만 알고 ᄂᆞᆷ의 힘을 넙ᄂᆞᆫ 줄은 아지 말지어다. 더욱 ᄌᆞ청ᄒᆞ야 심바람 ᄒᆞᆫ 내야 무ᄉᆞᆷ 공이 잇다ᄒᆞ리오? 이리 말ᄒᆞᄂᆞᆫ 나ᄂᆞᆫ 쳐ᄉᆞ 뎐우치로라

ᄒᆞ얏더라.

이ᄯᆡ 이 쇼문이 나라에 들님애 비로소 젼후 ᄉᆞ연을 알고 임군을 속이고 나라ᄅᆞᆯ 소란히 ᄒᆞ얏스니 그 죄ᄅᆞᆯ 샤ᄒᆞ지 못ᄒᆞ리라 ᄒᆞ야 널니 그 죵젹

을 수탐ᄒᆞ거[6]늘 우치 더욱 괫심히 알고 스ᄉᆞ로 써 ᄒᆞ되,

'약ᄒᆞᆫ 쟈를 붓들엇다 ᄒᆞᆷ은 굿센 쟈의 저인 체 ᄒᆞᄂᆞᆫ 례ᄉᆞ라 내 뎌의 굿센 것이 얼마 밧게 못 됨을 실샹으로 알니라'

ᄒᆞ고 ᄒᆞᆫ 계교를 ᄉᆡᆼ각ᄒᆞ야 들보 ᄒᆞᆫ 머리를 버혀가지고 셔울 가 팔녀ᄒᆞ니 보ᄂᆞᆫ 사ᄅᆞᆷ마다 의심치 아니ᄒᆞᆯ 리 업더라. 맛춤 토포관이 보고 크게 고이히 녁여 우치ᄃᆞ려 문왈,

"이 금이 어ᄃᆡ셔 낫스며 갑은 얼마라 ᄒᆞᄂᆞ뇨?"

우치 답왈,

"이 금이 난 곳이 잇거니와 갑인즉 얼마가 될지 달어 팔지니 오ᄇᆡᆨ량을 주거든 팔냐 ᄒᆞ노라."

토포관이 우 문왈,

"그ᄃᆡ 집이 어ᄃᆡ이뇨? 내 명일에 반다시 돈을 가지고 차자가리라."

우치 왈,

"내 집은 남셤부쥬오 셩명은 뎐우치로라."

토포관이 서로 이별ᄒᆞ고 고을에 들어가 태슈에게 고ᄒᆞ니, 태쉬 대경 왈,

"지금 본국에ᄂᆞᆫ 황금이 업거ᄂᆞᆯ 이 반다시 연괴 잇도다"

ᄒᆞ고 관리를 압령ᄒᆞ여 발칙ᄒᆞ려 ᄒᆞ다가 다시 ᄉᆡᆼ각ᄒᆞ되,

'이ᄂᆞᆫ ᄌᆞ셰치 못ᄒᆞᆫ 일이니 은ᄌᆞ 오ᄇᆡᆨ량을 주고 사다가 진위를 알니[7]라'

ᄒᆞ고 은ᄌᆞ 오ᄇᆡᆨ량을 주며, "사셔 오라" ᄒᆞ니 토포관이 관리를 다리고 남셤부로 차자가니, 우치 마자 례필에 토포관 왈,

"금을 사러 왓노라"

ᄒᆞᆫᄃᆡ 우치 응락ᄒᆞ고 오ᄇᆡᆨ량을 밧은 후 금을 내여주니 토포관이 밧아가지고 도라와 태슈ᄭᅴ 드리니 태쉬 보고 대경 왈,

"이 금이 들보 머리 버힌 것이 분명ᄒᆞ니 이 필경 우치로다"

ᄒᆞ고 일변 이놈을 잡아 진위를 안 연후에 쟝계ᄒᆞᆷ이 늣지 안타 ᄒᆞ고 즉시 십여 명을 분부ᄒᆞ여 쌜니 잡아오라 ᄒᆞ니, 관리 텽령ᄒᆞ고 밧비 남션부에 가 우치를 잡아내니 우치 됴흔 음식을 내여 관리를 ᄃᆡ졉ᄒᆞ여 왈,

"그ᄃᆡ들이 수고로이 오도다. 나는 죄 업슴애 결단코 가지 아니ᄒᆞ리니, 그ᄃᆡ 등은 도라가 태슈에게 고ᄒᆞ기를 '우치는 잡혀 오지 아니ᄒᆞ고' 왈, '태슈의 힘으로는 못 잡으리니 나라에 고ᄒᆞ여 군명이 잇슨 후에 나 잡히여 가리라'"

ᄒᆞ며 조곰도 요동치 아니ᄒᆞ니 관리 ᄒᆞᆯ 일 업셔 도라가 태슈씌 이ᄃᆡ로 고ᄒᆞ니라.

태싊 이 말을 듯고 대경ᄒᆞ여[8] 즉시 토병 오ᄇᆡᆨ을 뎜고ᄒᆞ여 남셤부에 가 우치의 집을 에워싸고 일변 이 뜻으로 나라에 쟝계ᄒᆞ니, 상이 대경 대노ᄒᆞ샤 ᄇᆡᆨ관을 모화 의론을 뎡ᄒᆞ시고 포쳥으로 나리ᄒᆞ라 ᄒᆞ시고 친국ᄒᆞ실 긔구를 차리시고 잡아오기를 기ᄃᆞ리시더라.

이쌔 금부 라졸이 군명을 밧ᄌᆞ와 남셤부에 가 우치의 집을 에워싸고 잡으려 ᄒᆞ니 우치 ᄅᆡᆼ쇼 왈,

"너의 ᄇᆡᆨ만 군이 와도 내 잡혀가지 아니ᄒᆞ리니, 너희 ᄆᆞ음ᄃᆡ로 나를 텰살으로 단단이 얽어가라"

ᄒᆞ거늘 모든 라졸이 일시에 다라드러 텰삭으로 동혀매고 젼후 좌우로 옹위ᄒᆞ여 갈 ᄉᆡ 우치 쏘 외여 왈,

"나를 잡아가지 안코 무엇을 매어 가는다?"

토포관이 대경ᄒᆞ여 보니 ᄒᆞᆫ낫 쟝나무를 매엿거늘 좌우 라졸이 긔가 막혀 아모 말을 못ᄒᆞ더니 우치 왈,

"너의 나를 잡아가고자 ᄒᆞ거든 내 ᄒᆞᆫ낫 병을 주리니 그 병을 잡아가라"

ᄒᆞ고 병 ᄒᆞᆫ아를 내여 싸에 놋커늘 여러 라졸이 다라드러 잡으려 ᄒᆞ니, 우

치 그 병속으로 들어가거늘 라졸이 9 병을 잡아드니 무겁기 천근 ᄀᆞᆺ고 병속에셔 닐ᄋᆞᄃᆡ,

"내 이제는 잡혓스니 올나가리라"

ᄒᆞ는지라. 라졸이 또 일흘가 겁ᄒᆞ여 병 부리를 단단이 막아 질머지고 와 밧치니, 샹이 ᄀᆞᆯᄋᆞ샤ᄃᆡ,

"우치 요슐을 ᄒᆞᆫ들 엇지 능히 병속에 들엇스리오?"

ᄒᆞ시더니 문득 병속으로 소래ᄒᆞ여 왈,

"답답ᄒᆞ니 병막에를 ᄲᅢ혀 달나"

ᄒᆞ거늘 샹이 그제야 병속에 든 줄 알으시고 졔신ᄃᆞ려 쳐치홈을 무르시니 졔신이 쥬왈,

"이놈이 요슐이 능ᄒᆞ오니 가마에 기름을 끌이고 병을 넛케 ᄒᆞ쇼셔."

샹이 올히 녁이샤 기름을 끌이라 ᄒᆞ시고 병을 잡아 너흐니 병속에셔 외여 왈,

"신의 집이 빈한ᄒᆞ여 치워 견딀 수 업ᄉᆞ옵더니, 텬은이 망극ᄒᆞ샤 썰던 몸을 녹여주시니 황감ᄒᆞ여이다"

ᄒᆞ거늘 샹이 진노ᄒᆞ샤 그 병을 ᄭᅢ쳐 여러 조각에 나되 아모 것도 업고, 병 조각이 쒸여 어젼에 나아가 쥬왈,

"신이 뎐우치어니와 원컨대 군신 간신의 죄를 다ᄉᆞ릴 졍신으로 빅셩이나 더 편안케 홈이 올흘가 ᄒᆞ나이다"

ᄒᆞ 10 고 조각마다 ᄒᆞᆫ갈ᄀᆞᆺ치 ᄒᆞ거늘 샹이 더욱 진노ᄒᆞ샤 도부슈로 ᄒᆞ야곰 병조각을 바 가루를 ᄆᆞᆫ들어 다시 기름에 끌이라 ᄒᆞ시고 뎐우치의 집을 불 질으고 그 터에 련못을 ᄆᆞᆫ드시고 졔신으로 우치 잡기를 의론ᄒᆞ실식 졔신이 쥬왈,

"요적 뎐우치를 위엄으로 잡을 수 업ᄉᆞ오니, 맛당히 ᄉᆞ대문에 방을

붓쳐 우치 ᄌᆞ현ᄒᆞ면 죄ᄅᆞᆯ 샤ᄒᆞ고 벼ᄉᆞᆯ을 주리라 ᄒᆞ여 만일 ᄌᆞ현ᄒᆞ거든 죽여 후환을 업시 ᄒᆞᆷ이 가ᄒᆞᆯ가 ᄒᆞ니이다."

샹이 조치샤 즉시 ᄉᆞ대문에 방을 붓치시니 그 방에 왈,

뎐우치 비록 나라에 득죄ᄒᆞ엿스나 그 ᄌᆡ죄 능ᄒᆞ고 도법이 놉흐ᄃᆡ 알니지 못ᄒᆞᆷ은 유ᄉᆞ의 ᄎᆡᆨ망이오 짐이 불명ᄒᆞᆷ으로 이ᄀᆞᆺ흔 영걸을 죽이고자 ᄒᆞ엿스니 엇지 차탄치 안으리오. 이제 짐이 젼ᄉᆞᄅᆞᆯ 뉘우쳐 특별히 우치에게 벼ᄉᆞᆯ을 주어 국경을 다ᄉᆞ리고 ᄇᆡᆨ셩을 편안코자 ᄒᆞᄂᆞ니 모름이 뎐우치ᄂᆞᆫ ᄌᆞ현ᄒᆞ라

ᄒᆞ엿더라. [11]

이ᄢᆡ에 우치 구름을 ᄐᆞ고 ᄉᆞ쳐로 ᄃᆞᆫ니며 더욱 어진 일을 ᄒᆡᆼᄒᆞ더니 ᄒᆞᆫ 곳에 니르러 보니 ᄇᆡᆨ발 로옹이 슯히 울거ᄂᆞᆯ 우치 구름에 ᄂᆞ려 그 우ᄂᆞᆫ 연고ᄅᆞᆯ 무르니, 그 로옹이 울음을 ᄭᅳᆺ치고 답왈,

"내 나이 칠십삼 세에 다만 ᄒᆞᆫ낫 ᄌᆞ식이 잇더니, ᄋᆡᄆᆡᄒᆞᆫ 일로 살인죄슈로 잡혀 죽게 되엿슴으로 셜워 우노라."

우치 왈,

"무ᄉᆞᆷ ᄋᆡᄆᆡᄒᆞᆫ 일이 잇ᄂᆞ뇨?"

로옹 왈,

"왕가라 ᄒᆞᄂᆞᆫ 사ᄅᆞᆷ이 잇ᄂᆞᆫᄃᆡ ᄌᆞ식이 친ᄒᆞ여 ᄃᆞᆫ니더니, 그 계집의 인물이 아ᄅᆞᆷ다오나 음란ᄒᆞ여 죠가라 ᄒᆞᄂᆞᆫ 사ᄅᆞᆷ을 통간ᄒᆞ여 ᄃᆞᆫ니다가 왕가에게 들니여 량인이 싸와 량쟈이 구타ᄒᆞ더니, ᄌᆞ식이 맛ᄎᆞᆷ 갓다가 그 거동을 보고 말니여 죠가ᄅᆞᆯ 뎨 집으로 보낸 후 도라왓더니, 왕개 인ᄒᆞ야 죽으ᄆᆡ 그 외ᄉᆞ촌이 잇셔 고쟝ᄒᆞ여 취옥ᄒᆞᆷ애 조가ᄂᆞᆫ 형조판셔 양문덕

의 문긱이라 알음이 잇셔 빠져나오고 내 ᄌᆞ식은 살인 경범으로 문셔를 ᄆᆡᆫ들어 옥즁에 가두니 이러ᄒᆞᆷ으로 셜어 우노라.”

우치 이 말을 듯고 왈,

“여ᄎᆞᄒᆞᆯ진댄 죠가[12]가 원범이라”

ᄒᆞ고 ᄯᅩ 문왈,

“양문덕의 집이 어ᄃᆡ뇨?”

로옹이 ᄌᆞ세히 ᄀᆞᄅᆞ치거ᄂᆞᆯ 우치 로인을 리별ᄒᆞ고 몸을 흔드러 변ᄒᆞ여 일진 청풍이 되여 그 집에 니르니, ᄎᆞ시 양문덕이 홀로 당샹에 안졋거ᄂᆞᆯ 우치 동졍을 보더니 양문덕이 거울을 ᄃᆡᄒᆞ여 얼골을 보거ᄂᆞᆯ 우치 변ᄒᆞ여 왕개 되여 면경 압헤 안젓거ᄂᆞᆯ 양문덕이 괴이히 녁여 거울을 ᄉᆞᆲ혀보니 아모 것도 업ᄂᆞᆫ지라. ᄉᆡᆼ각 왈,

“요얼이 ᄇᆡᆨ쥬에 나를 희롱ᄒᆞᄂᆞᆫ가?”

ᄒᆞ고 다시 거울을 ᄉᆞᆲ혀보니 앗가 안젓던 사ᄅᆞᆷ이 그져 서셔 왈,

“나ᄂᆞᆫ 이번 죠가에게 마져 죽은 왕ᄉᆡᆼ이러니 원혼이 되여 원슈 갑기를 바랏더니 샹공이 그릇 리가를 가두고 죠가를 노으니 이 일이 ᄋᆞᄆᆡᆨᄒᆞᆫ지라. 지금으로 죠가를 가두고 리가를 방숑ᄒᆞ라. 불연즉 명셩계가 숑ᄉᆞᄒᆞ리라”

ᄒᆞ고 홀연 간 ᄃᆡ 업거ᄂᆞᆯ 양문덕이 대경ᄒᆞ여 즉시 죠가를 올녀매고 엄문ᄒᆞ니 죠개 ᄋᆡᄆᆡᆨ타 ᄒᆞ고 발명ᄒᆞᆯ 제 문득 왕개 고셩 질왈,

“이 몹쓸 죠가야! 네 엇지 내 쳐를 겁탈ᄒᆞ고[13] ᄯᅩ 나를 쳐 죽이니 엇지 구쳔의 원혼이 업스리오? 만일 너를 죽여 원슈를 갑지 못ᄒᆞ면 명부에 숑ᄉᆞᄒᆞ여 너와 양문덕을 잡아다가 디옥에 가두고 나지 못ᄒᆞ게 ᄒᆞ리라”

ᄒᆞ고 인ᄒᆞ여 소래 업ᄂᆞᆫ지라. 죠개 머리를 들지 못ᄒᆞ고 양문덕이 놀나 아모리 ᄒᆞᆯ 줄 모르다가 이윽고 경신을 진졍ᄒᆞ여 죠가를 엄형ᄒᆞ니 죠개 능

히 견ᄃᆡ지 못ᄒᆞ여 ᄀᆡᄀᆡ복쵸 ᄒᆞ거ᄂᆞᆯ 인ᄒᆞ여 리가ᄅᆞᆯ 놋코 죠가ᄅᆞᆯ 엄슈ᄒᆞ고 즉시 죠뎡에 샹달ᄒᆞ여 죠가ᄅᆞᆯ 복법ᄒᆞ니, 이ᄯᅢ 리개 집에 도라가 아비ᄅᆞᆯ 보고 왕가의 혼이 와셔 여ᄎᆞ여ᄎᆞ이 ᄒᆞ여 노힘을 말ᄒᆞ니 로옹이 깃븜을 이긔지 못ᄒᆞ여 이ᄒᆞ더라.

[이]ᄯᅢ 우치 리가ᄅᆞᆯ 구ᄒᆞ여 보내고 얼마쯤 가다가 홀연 보니 져자거리에 사ᄅᆞᆷ들이 돗희머리 다ᄉᆞᆺ을 가지고 닷토거ᄂᆞᆯ 우치 구름에 ᄂᆞ려 그 연고ᄅᆞᆯ 무른ᄃᆡ, ᄒᆞᆫ 사ᄅᆞᆷ이 닐ᄋᆞᄃᆡ,

"져두 쓸ᄃᆡ 잇셔 사가더니, 이 관리 놈이 아사가랴 ᄒᆞ기로 닷토노라"

ᄒᆞ거ᄂᆞᆯ 우치 관리ᄅᆞᆯ 속이려ᄒᆞ여 진언을 념ᄒᆞ니, 그 져 뒤입[14]을 버리고 다라드러 관리의 등을 물녀ᄒᆞ거ᄂᆞᆯ 관리와 구경ᄒᆞ던 사ᄅᆞᆷ이 일시에 허여져 다라나ᄂᆞᆫ지라.

우치 ᄯᅩ ᄒᆞᆫ 곳에 니르니 풍악이 랑쟈ᄒᆞ고 가셩이 요량ᄒᆞ거ᄂᆞᆯ 즉시 여러 사ᄅᆞᆷ 좌즁에 들어가 례ᄒᆞ고 왈,

"쇼ᄉᆡᆼ은 지나가ᄂᆞᆫ ᄀᆡᆨ이러니 졔형이 모혀 질기실 ᄉᆡ 김히 들어와 발셕에셔 구경코자 ᄒᆞᄂᆞ이다."

졔인이 납례 후 서로 셩명을 통ᄒᆞ고 안즘애 우치 눈을 들어보니 여러 좌ᄀᆡᆨ 즁에 운ᄉᆡᆼ과 셜ᄉᆡᆼ이란 재 거만ᄒᆞ여 우치ᄅᆞᆯ 보고 ᄅᆡᆼ쇼ᄒᆞ며 졔ᄉᆡᆼ으로 더브러 슈쟉ᄒᆞ거ᄂᆞᆯ 우치 괫심ᄒᆞᆷ을 이긔지 못ᄒᆞᆯ너니 이윽고 쥬반이 나오ᄂᆞᆫ지라. 우치 왈,

"졔형의 ᄉᆞ랑ᄒᆞ심을 닙어 진슈셩찬을 맛보니 만ᄒᆡᆼ이로소이다."

셜ᄉᆡᆼ이 쇼왈,

"우리 비록 빈한ᄒᆞ나 명기와 진찬이 만흐니 뎐형은 처음 본 듣[듯] ᄒᆞ리로다."

우치 쇼왈,

"그러ᄒᆞ나 업ᄂᆞᆫ 것이 만토다."

셜ᄉᆡᆼ 왈,

"팔진 셩찬에 빠진 것이 업거ᄂᆞᆯ 무엇이 미비타 ᄒᆞᄂᆞ뇨?"

우치 왈,

"우션 션득션득ᄒᆞᆫ 수박도 업고 시금달금ᄒᆞᆫ 포도도 업고[15] 시금시금 ᄒᆞᆫ 승도도 업셔 빠진 것이 무수ᄒᆞ거ᄂᆞᆯ 엇지 다 잇다 ᄒᆞᄂᆞ뇨?"

졔ᄉᆡᆼ이 박장대쇼 왈,

"이ᄯᅢ가 계츈이라, 어이 이런 실과 잇스리오?"

우치 왈,

"내 오다가 본즉 ᄒᆞᆫ 곳에 나무 ᄒᆞᆫ아이 잇ᄂᆞᆫᄃᆡ 각ᄉᆡᆨ 과실이 열니지 아니ᄒᆞᆫ 것이 업더라."

운 · 셜 량인 왈,

"연즉 형이 이제 능히 ᄯᅡ올쇼냐?"

우치 왈,

"만일 ᄯᅡ올진댄 엇지ᄒᆞ랴ᄂᆞ뇨?"

량ᄉᆡᆼ이 ᄀᆞᆯᄋᆞᄃᆡ,

"형이 만일 ᄯᅡ오면 아등이 납두편ᄇᆡᄒᆞ고, 만일 ᄯᅡ오지 못ᄒᆞ면 형이 만좌 즁 벌기 세 ᄀᆡᄅᆞᆯ 마지리라."

우치 왈,

"락다!"

ᄒᆞ고 즉시 ᄒᆞᆫ 동산에 가니 도홰 만발ᄒᆞ여 금슈장을 드리온 듯ᄒᆞ거ᄂᆞᆯ 우치 두로 완샹ᄒᆞ다가 ᄭᅩᆺ ᄒᆞᆫ ᄯᅥᆯ기ᄅᆞᆯ 훌터 진언을 념ᄒᆞ니 ᄀᆡᄀᆡ이 변ᄒᆞ여 각ᄉᆡᆨ 실과 되거ᄂᆞᆯ 인ᄒᆞ야 소매에 넛코 도라와 좌상에 던지니 향긔 촉비ᄒᆞ며 승도, 포도, 수박이 낫낫치 헤여지거ᄂᆞᆯ 졔ᄉᆡᆼ이 일변 놀나며 일변 깃

거ᄒᆞ여 뎌마다 닷토아 집어 구경ᄒᆞ며 칭찬 왈,

"뎐형의 ᄌᆡ조ᄂᆞᆫ 보던 바 처음이라"

ᄒᆞ고 챵기를 명ᄒᆞ여 술을 가득 부어 권ᄒᆞ거ᄂᆞᆯ 우[16]치 술을 밧아들고 운·셜 량인을 도라보며 우어 왈,

"이제도 사ᄅᆞᆷ을 업수히 넉일쇼냐? 그러ᄒᆞ나 형등이 임의 사ᄅᆞᆷ을 경모ᄒᆞᆫ 죄로 텬벌을 닙엇슬지라. 내 ᄯᅩᄒᆞᆫ 말ᄒᆞᆷ이 불가ᄒᆞ다"

ᄒᆞ거ᄂᆞᆯ 운·셜 량인이 입으로ᄂᆞᆫ 비록 ᄉᆞ샤ᄒᆞᄂᆞᆫ 톄 ᄒᆞ나 속으로 죵시 밋지 아니ᄒᆞ더니, 운ᄉᆡᆼ이 맛츰 소피ᄒᆞᆯ야 ᄒᆞ고 옷을 글으고 본즉 하문이 편편ᄒᆞ야 아모 것도 업거ᄂᆞᆯ 대경ᄒᆞ야 왈,

"이 어이ᄒᆞᆫ 연고로 졸디에 하문이 ᄲᅧ러졋ᄂᆞᆫ고?"

ᄒᆞ고 엇지 ᄒᆞᆯ 줄 모르거ᄂᆞᆯ 모다 놀나 본즉 과연 민슝민슝ᄒᆞᆫ지라, 대경 왈,

"연즉 쇼변을 어ᄃᆡ로 보리오?"

ᄒᆞᆯ 지음에 셜ᄉᆡᆼ이 ᄯᅩᄒᆞᆫ ᄌᆞ긔의 하문을 만져보니 역시 그러ᄒᆞᆫ지라. 량인이 경황ᄒᆞ여 서로 의론 왈,

"뎐형이 앗가 아등을 긔롱ᄒᆞ더니 이러ᄒᆞᆫ 변괴 낫도다! 이를 쟝ᄎᆞᆺ 엇지ᄒᆞ리오?"

ᄒᆞᆯ 지음에 챵기 즁 뎨일 고은 계집의 쇼문이 간 ᄃᆡ 업고 문득 배 우에 궁기 낫거ᄂᆞᆯ 망극ᄒᆞ여 아모리 ᄒᆞᆯ 줄 모르더라. 그 즁에 오ᄉᆡᆼ이란 쟈이 총명이 비샹ᄒᆞ여 지감이 잇더니, 문득[17] ᄭᆡ다라 우치에게 비러 왈,

"아등이 눈이 잇ᄉᆞ나 망울이 업셔 션ᄉᆡᆼᄭᅴ 득죄 ᄒᆞ얏ᄉᆞ오니 바라건대 용셔ᄒᆞ쇼셔."

우치 웃고 진언을 념ᄒᆞ더니, 문득 하ᄂᆞᆯ로셔 실 ᄒᆞᆫ ᄭᅳᆺ이 ᄂᆞ려와 ᄊᆞ에 드리거ᄂᆞᆯ 우치 대호 왈,

"쳥의동ᄌᆞ 어ᄃᆡ 잇ᄂᆞ뇨?"

말이 맛지 못ᄒᆞ여 일 쌍 동ᄌᆞ 표연이 ᄂᆞ려오ᄂᆞᆫ지라. 우치 분부 왈,

"네 이 실을 ᄐᆞ고 하늘에 올나가 반도 열 ᄀᆡ를 ᄯᅡ오라. 불연즉 죄를 당ᄒᆞ리라."

우치 말을 맛침애 동ᄌᆞ 슈명ᄒᆞ고 줄을 ᄐᆞ고 공즁에 오르니, 졔인이 신긔히 녁여 하늘을 우러러 보니 동ᄌᆞ ᄂᆞᄂᆞᆫ 듯이 올나가더니 이윽고 도엽이 분분이 ᄯᅥ러지며 사발만ᄒᆞᆫ 붉은 텬도 열 ᄀᆡ ᄂᆡ려지되 샹치 아니ᄒᆞ엿거ᄂᆞᆯ 졔ᄉᆡᆼ이 일시에 다라드러 주어가지고 서로 ᄉᆞ랑ᄒᆞᄂᆞᆫ지라. 우치 졔ᄉᆡᆼ을 난화주고 왈,

"졔형과 챵기 등의 앗가 엇은 병이 이 션과를 먹으면 쾌히 나흐리라" ᄒᆞᆫᄃᆡ 졔ᄉᆡᆼ과 챵기 등이 ᄒᆞᆫ아식 먹은 후 뎌마다 만저보니 여젼ᄒᆞᆫ지라. 모다 샤례 왈,

"텬션이 하강ᄒᆞ심을 모르고 아등이 (18) 무례ᄒᆞ여 하마 병신이 될 번ᄒᆞ얏다!"

ᄒᆞ며 지극히 공경ᄒᆞ니 우치 ᄀᆞ장 존즁ᄒᆞᆫ 톄 ᄒᆞ다가 구름에 올나 동으로 가다가 ᄯᅩ ᄒᆞᆫ 곳에 니르러 보니 두어 사ᄅᆞᆷ이 서로 닐ᄋᆞᄃᆡ,

"ᄎᆞ인이 어진 일을 만히ᄒᆞ더니, 필경 이 지경에 니르니 참 불샹ᄒᆞ도다!" ᄒᆞ고 눈물을 ᄂᆞ리거ᄂᆞᆯ 우치 구름에 ᄂᆞ려 량인을 향ᄒᆞ야 문왈,

"그ᄃᆡ 무슴 비챵ᄒᆞᆫ 일이 잇셔 뎌리 슬허ᄒᆞᄂᆞ뇨?"

량인 왈,

"이곳 호조 고직이 장셰챵이라 ᄒᆞᄂᆞᆫ 사ᄅᆞᆷ이 효셩이 지극ᄒᆞ고 심지 어질어 빈곤ᄒᆞᆫ 사ᄅᆞᆷ도 만히 구졔ᄒᆞ더니, 호조 문셔를 그릇ᄒᆞ여 쓰지 아니ᄒᆞᆫ 은ᄌᆞ 이쳔 량을 무면지ᄆᆡ 법관이 ᄉᆞ형에 쳐ᄒᆞ여 오ᄂᆞᆯ 오시에 힝형 ᄒᆞ깃기로 ᄌᆞ연 비챵ᄒᆞᆷ을 금치 못ᄒᆞ노라."

우치 말을 듯고 잠간 눈을 들어 본즉 과연 ᄒᆞᆫ 쇼년을 수래에 실고 힝

형 ᄎᆞ로 나아가고 그 뒤에 졂은 계집이 ᄯᆞᆯ아오며 우ᄂᆞᆫ지라. 우치 문왈,

"뎌 녀인은 뉘뇨?"

답왈,

"죄인의 부인이라"

ᄒᆞ더니 이윽고 옥졸이 죄인을 수래에 ᄂᆡ려 졔구를 차리며 시각을 기달

⑲이거ᄂᆞᆯ 우치 즉시 몸을 흔드러 일진 청풍이 되여 쟝셰챵과 녀ᄌᆞ를 거두어 가지고 하ᄂᆞᆯ로 올나가거ᄂᆞᆯ 즁인이 일시에 말ᄒᆞᄃᆡ,

"하ᄂᆞᆯ이 어진 사ᄅᆞᆷ을 구ᄒᆞ시ᄂᆞᆫ도다!"

ᄒᆞ고 깃거ᄒᆞ더라.

이ᄣᅢ 감형관이 대경ᄒᆞ여 급히 이 연유로 샹달ᄒᆞ니, 샹과 ᄇᆡᆨ관이 다 놀나시고 의심ᄒᆞ시더라.

챠셜. 우치 집으로 도라와 본즉 량인의 긔ᄉᆡᆨ이 엄엄ᄒᆞ거ᄂᆞᆯ 급히 약을 흘녀 너흔ᄃᆡ 이윽고 ᄶᅢ여나 졍신이 황홀ᄒᆞ여 진뎡치 못ᄒᆞᄂᆞᆫ지라. 우치 젼후 슈말을 닐으니 쟝셰챵 부뷔 고두샤례 왈,

"대인의 은혜 태산 ᄀᆞᆺ흐니 ᄎᆞᄉᆡᆼ에 엇지 다 갑흐리잇가?"

ᄋᆞ치 손샤ᄒᆞ고 집에 두니라.

일일은 우치 한가ᄒᆞᆷ을 ᄐᆞ 명승지디를 두로 구경타가 ᄒᆞᆫ 곳에 니르러ᄂᆞᆫ 사ᄅᆞᆷ의 슯히 우ᄂᆞᆫ 소래 들니거ᄂᆞᆯ 나아가 우ᄂᆞᆫ 연고를 무르니 기인이 공숀ᄃᆡ왈,

"나의 셩명은 한ᄌᆞ경이러니, 부친의 상ᄉᆞ를 당ᄒᆞ야 장ᄉᆞ지낼 길이 업고 ᄯᅩᄒᆞᆫ 겸ᄒᆞ야 일한이 여ᄎᆞᄒᆞ온ᄃᆡ 칠십 모친을 봉양ᄒᆞᆯ 도리 업셔 우노라."

우치 ᄀᆞ장⑳ 불상이 녁여 소매로셔 ᄒᆞᆫ 족ᄌᆞ를 내여주며 왈,

"이 족ᄌᆞ를 집에 걸고 '고직아!' 부르면 ᄃᆡ답ᄒᆞᆯ 것이니, '은ᄌᆞ ᄇᆡᆨ량만 내라' ᄒᆞ면 그 족지 소래를 응ᄒᆞ야 즉시 줄 것이니, 일로써 장ᄉᆞ 지내고

그 후붓허는 미일 'ᄒᆞᆫ량식만 드리라' ᄒᆞ여 ᄌᆞ친을 봉양ᄒᆞ라. 만일 더 달나ᄒᆞ면 큰 홰 잇스리니 욕심 내지 말고 부ᄃᆡ 조심ᄒᆞ라."

기인이 밋지 아니ᄒᆞ나 밧은 후 샤례 왈,

"대인의 존셩을 알아지이다"

ᄒᆞ거ᄂᆞᆯ, 우치 왈,

"나ᄂᆞᆫ 남셤부 사ᄅᆞᆷ 뎐우치로라."

기인이 ᄇᆡᆨᄇᆡᆨ샤례ᄒᆞ고 집에 도라와 족ᄌᆞ를 걸고 보니 아모 것도 업고 큰 집 ᄒᆞᆫ아를 그리고 집 속에 열쇠 가진 동ᄌᆞ를 그렷거ᄂᆞᆯ '시험ᄒᆞ여 보리라' ᄒᆞ고 '고직아!' 부르니 그 동ᄌᆡ ᄃᆡ답ᄒᆞ고 나오ᄂᆞᆫ지라. ᄀᆞ장 신긔ᄒᆞ여 "은ᄌᆞ 일ᄇᆡᆨ량을 드리라" ᄒᆞ니, 말이 맛지 못ᄒᆞ여 동ᄌᆡ 은ᄌᆞ 일ᄇᆡᆨ 량을 압헤 놋커ᄂᆞᆯ 한ᄌᆞ경이 대경대희ᄒᆞ여 그 은을 팔아 부친의 장ᄉᆞ를 지내고 ᄆᆡ일 "은ᄌᆞ 한 량식 드리라" ᄒᆞ여 일용을 쓰니, 가산이 풍족ᄒᆞ여 로모를 봉양ᄒᆞ며 [21] 은혜를 잇지 못ᄒᆞ더라.

일일은 쓸 곳이 잇셔 헤오ᄃᆡ,

'은ᄌᆞ 일ᄇᆡᆨ 량을 닥아쓰면 관계 잇스랴?'

ᄒᆞ고 고직을 부르니, 동ᄌᆡ ᄃᆡ답ᄒᆞ거ᄂᆞᆯ, ᄌᆞ경 왈,

"내 맛츰 은을 쓴 곳이 잇나니, 은ᄌᆞ 일ᄇᆡᆨ 량만 몬저 쓰게 ᄒᆞᆷ이 엇더ᄒᆞ뇨?"

고직이 듯지 아니ᄒᆞᄂᆞᆫ지라. ᄌᆡ삼 근청ᄒᆞ니 고직이 문을 열거ᄂᆞᆯ ᄯᆞ라 들어가 은ᄌᆞ ᄇᆡᆨ 량을 가지고 나오려 ᄒᆞ니 발셔 문이 잠겻ᄂᆞᆫ지라. 대경ᄒᆞ여 고직이를 부르니 ᄃᆡ답이 업ᄂᆞᆫ지라. 대로ᄒᆞ여 문을 박차더니, 이ᄯᆡ 호조판셔 마을에 좌긔ᄒᆞᆯ 셰, 고직이 고왈,

"돈 너흔 고에셔 사ᄅᆞᆷ의 소래 나니 ᄀᆞ장 괴이ᄒᆞ여이다."

호판이 의심ᄒᆞ여 츄죵을 모호고 문을 열어보니, ᄒᆞᆫ 사ᄅᆞᆷ이 은을 가지

고 섯거ᄂᆞᆯ 고직 등이 대경ᄒᆞ여 급히 문왈,

“너ᄂᆞᆫ 엇던 놈이완대 감히 이곳에 들어와 은을 도적ᄒᆞ여 가려 ᄒᆞᄂᆞᆫ다?”

한ᄌᆞ경이 대로 왈,

“너의ᄂᆞᆫ 엇던 놈이완ᄃᆡ ᄂᆞᆷ의 ᄂᆡ실에 들어와 무례히 구ᄂᆞᆫ다? 밧비 나가라”

ᄌᆡ촉ᄒᆞ니 고직이 밋친놈으로 알고 잡아다가 고ᄒᆞ니 호판이 분부[22] ᄒᆞᄃᆡ,

“이 노석놈ᄋᆞᆯ ᄉᆞᆯ니라”

ᄒᆞ고 치죄ᄒᆞᆯ ᄉᆡ, 한ᄌᆞ경이 그제야 정신을 ᄎᆞ려 ᄌᆞ세히 보니 뎨 집은 아니오 호조어ᄂᆞᆯ 대경 왈,

“내 엇지ᄒᆞ여 이곳을 왓던고? 이 아니 ᄭᅮᆷ인가?”

ᄒᆞ더니, 호판이 문왈,

“너ᄂᆞᆫ 엇더ᄒᆞᆫ 놈이완대 감히 어고에 들어와 도적질 ᄒᆞ니 죽기ᄅᆞᆯ 면치 못ᄒᆞᆯ지라. 네 동류ᄅᆞᆯ ᄌᆞ세이 알외라.”

한ᄌᆞ경 왈,

“슈인이 집에 걸닌 족ᄌᆞ 속에 들이가 은을 가지고 나오랴 ᄒᆞ너니, 이런 변을 당ᄒᆞ오니 쇼인도 ᄉᆡᆼ각지 못ᄒᆞ리로소이다.”

호판이 의혹ᄒᆞ여 족ᄌᆞ 츌쳐ᄅᆞᆯ 무르니, ᄌᆞ경이 젼후 슈말을 고ᄒᆞᆫ대 호판이 대경 문왈,

“네 어ᄂᆞ ᄶᅢ에 뎐우치ᄅᆞᆯ 본다?”

ᄃᆡ왈,

“본 지 오 삭이나 되엿ᄂᆞ이다.”

호판이 한가ᄅᆞᆯ 엄슈ᄒᆞ고 각 고ᄅᆞᆯ 됴사ᄒᆞᆯ ᄉᆡ 은궤ᄅᆞᆯ 열고 본즉 은은 업고 쳥ᄀᆡ고리 가득ᄒᆞ고 ᄯᅩ 돈고ᄅᆞᆯ 연즉 돈은 업고 누른 ᄇᆡ암이 가득ᄒᆞ거ᄂᆞᆯ 호판이 이ᄅᆞᆯ 보고 대경ᄒᆞ여 이 연유ᄅᆞᆯ 샹달ᄒᆞ니 샹이 대경ᄒᆞ샤 제신을 모와 의론ᄒᆞ시더니, 각 창 관원이 알외대,

"창고의 쌀이 변ᄒᆞ여 버러지쇤[23]이오 쌀은 ᄒᆞᆫ 셤도 업ᄂᆞ이다."

ᄯᅩ 각 영 쟝신이 보ᄒᆞ되,

"고의 군긔가 변ᄒᆞ야 나무가 되엿ᄂᆞ이다."

ᄯᅩ 궁네 보ᄒᆞ되,

"ᄂᆡ뎐에 범이 들어와 궁인을 해ᄒᆞ나이다"

ᄒᆞ거ᄂᆞᆯ, 샹이 대경ᄒᆞ샤 급히 궁노슈를 발ᄒᆞ여 ᄂᆡ뎐에 들어가 보니 궁녀마다 범 ᄒᆞᆫ아식 ᄐᆞᆺᄂᆞᆫ지라. 궁노를 발치 못ᄒᆞ고 이 연유를 샹쥬ᄒᆞ니 샹이 더욱 대경ᄒᆞ샤 궁녀 암질너 쏘라 ᄒᆞ시니 궁노쉬 하교를 듯고 일시에 쏘니 흑운이 일며 범 ᄐᆞᆫ 궁네 구름에 싸이여 하ᄂᆞᆯ에 올나 호호탕탕이 허여지ᄂᆞᆫ지라. 샹이 ᄎᆞ경을 보시고 왈,

"이ᄂᆞᆫ 다 우치의 슐법이니, 이놈을 잡아야 국개 태평ᄒᆞ리라"

ᄒᆞ시고 차탄ᄒᆞ시더니, 호판이 쥬왈,

"어고에 은 도적을 슈엄ᄒᆞ얏삽더니, 이놈이 우치의 당류라 ᄒᆞ오니 죽이샤이다."

샹이 윤허ᄒᆞ심애 이에 한 가를 힝형ᄒᆞᆯ ᄉᆡ, 문득 광풍이 대작ᄒᆞ며 한 ᄌᆞ경이 간 ᄃᆡ 업스니 이ᄂᆞᆫ 뎐우치의 구ᄒᆞᆷ이라. 힝형관이 이대로 샹달ᄒᆞ니라.

ᄎᆞ시에 우치 ᄌᆞ경을 구ᄒᆞ여 뎨 집으로 보내며 왈,

"내 그ᄃᆡᄃᆞ[24]려 무엇이라 당부ᄒᆞ더뇨? 그ᄃᆡ를 불샹이 녁여 그 그림을 주엇거ᄂᆞᆯ 그ᄃᆡ 내 말을 듯지 아니ᄒᆞ고 하마 죽을 번 ᄒᆞ얏스니 이제 누를 원ᄒᆞ며 누를 ᄒᆞᆫᄒᆞ리오?"

ᄒᆞ고 뎨 집으로 보내니라.

우치 두로 도라ᄃᆞᆫ녀 ᄒᆞᆫ 곳에 다다라 보니, ᄉᆞ문에 방을 붓쳣거ᄂᆞᆯ 심ᄂᆡ에 ᄅᆡᆼ쇼ᄒᆞ고 궐문에 나아가 크게 외여 왈,

"뎐우치 ᄌᆞ현ᄒᆞᄂᆞ이다."

뎡원에셔 연유를 샹달ᄒᆞᆫ대 샹이 ᄀᆞᆯᄋᆞ샤ᄃᆡ,

"이 놈의 죄를 샤ᄒᆞ고 벼슬을 식엿다가 만일 작란ᄒᆞᆷ이 ᄯᅩ 잇거든 죽이리라"

ᄒᆞ시고 "즉시 입시ᄒᆞ라" ᄒᆞ시니, 우치 들어와 복디 샤은ᄒᆞᆫᄃᆡ, 샹이 ᄀᆞᆯᄋᆞ사ᄃᆡ,

"네 죄를 아는다?"

우치 복디샤죄 왈,

"신의 죄 만ᄉᆞ무셕이로소이다."

샹 왈,

"내 네 ᄌᆡ조를 보니 과연 신긔ᄒᆞᆫ지라. 즁죄를 샤ᄒᆞ고 벼슬을 주노니 너ᄂᆞᆫ 진츙보국ᄒᆞ라"

ᄒᆞ시고 션젼관에 동ᄉᆞ관겸 ᄉᆞ복ᄂᆡ승을 ᄒᆞ이시니 우치 샤은숙ᄇᆡᄒᆞ고 하쳐를 뎡ᄒᆞ고 궐ᄂᆡ에 입직ᄒᆞᆯ ᄉᆡ, 힝슈 션젼관이 ᄌᆞ사 보ᄎᆡ기를 심히 괴롭게 ᄒᆞᄂᆞᆫ지라. 우치 갑흐려 ᄒᆞ더니, 일일은 (25) 션젼이 퇴질을 ᄎᆞ례로 ᄒᆞᆯ세, 우치 소사 례들 당ᄒᆞᆷ애 가만히 망두셕을 ᄡᅡ혀다가 퇴를 맛치니 션젼들이 손바닥이 맛치여 앏하 능히 치지 못ᄒᆞ고 ᄭᅳᆺ치더라.

이러구러 수삭이 됨애 션젼들이 모다 하인을 ᄭᅮ지져 허참을 ᄌᆡ촉ᄒᆞ라 ᄒᆞ니, 하인들이 연유를 고ᄒᆞᆫᄃᆡ 우치 왈,

"나ᄂᆞᆫ 괴로옴 격기 더 민망ᄒᆞ니, 명일에 ᄇᆡᆨ사쟝으로 졔진ᄒᆞ게 ᄒᆞ라."

셔원이 픔[품]ᄒᆞ되,

"ᄌᆞ고로 허참을 적게ᄒᆞ랴도 수ᄇᆡᆨ 금이 드오니, ᄉᆞ오 일을 숙셜ᄒᆞ와야 차리리이다."

우치 왈,

"내 발셔 쥰비홈이 잇스니 너는 잡말 말고 기문 입시ᄒᆞ여 하인들을 ᄃᆡ령ᄒᆞ라."

셔원과 하인이 물너나와 서로 의론 왈,

"우치 비록 능ᄒᆞ나 이 일ᄉᆞ에는 밋지 못ᄒᆞ리라"

ᄒᆞ고 각 쳐에 지휘ᄒᆞ여 명일 평명에 ᄇᆡᆨ사쟝으로 졔진ᄒᆞ게 ᄒᆞ니라.

잇튼날 모던 하인이 ᄇᆡᆨ사쟝에 모히니 구름 챠일은 반공에 소사 잇고 포진과 슈셕 금병이 눈에 휘황찬란ᄒᆞ며 풍악이 진텬ᄒᆞ여 수십 간 뜰집을 짓고 일등 슉슈 이십 명이 압헤 안반을26 노코 음식을 작만ᄒᆞ니, 그 풍비홈은 금셰에 업슬너라. 날이 ᄇᆞᆰ음애 션젼관 ᄉᆞ오 인이 일시에 쥰총을 ᄐᆞ고 나오니 포진이 극히 화려ᄒᆞᆫ지라, ᄎᆞ례로 좌뎡홈애 오음륙률을 ᄀᆞᆺ초와 풍악을 진쥬ᄒᆞ니 ᄆᆞᆰ은 소래 반공에 어리엿더라. 각각 상을 드리고 잔을 놀녀 술이 반감에 우치 고왈,

"조새 일즉 호협 방탕ᄒᆞ여 쥬샤쳥루에 ᄃᆞᆫ녀 아는 챵기 만흐니, 오날 노리에 계집이 업셔 ᄀᆞ장 무미ᄒᆞ니 조새 나아가 계집을 다려오리이다."

ᄎᆞ시에 졔인이 모다 반취ᄒᆞ얏는지라, 뎌마다 깃거 왈,

"뎐조새 이러틋 호긔 잇는 줄 몰낫더니, 오날 보건댄 가이 오입장이로다!"

우치 하인을 다리고 ᄂᆞ는 듯이 남문으로 들어가더니, 오ᄅᆡ지 아니ᄒᆞ여 무수ᄒᆞᆫ 계집을 다려다가 쟝 밧게 두고 큰 상을 물니고 ᄯᅩ 상을 드리니 슈륙진찬이 셩비ᄒᆞ며 풍악이 훤텬ᄒᆞᆫ 즁 우치 고왈,

"이제 계집을 다려왓스니 각각 ᄒᆞᆫ아식 슈쳥ᄒᆞ여 흥을 도음이 가ᄒᆞ니이다"

ᄒᆞᆫᄃᆡ, 졔인이 ᄀᆞ쟝 깃거ᄒᆞ니 우치 ᄒᆞᆫ 계27집을 불너 몬저 힝슈 압헤 안치고 왈,

"너ᄂᆞᆫ 떠나지 말고 슈쳥을 잘ᄒᆞ라"

ᄒᆞ고 ᄎᆞ례로 ᄒᆞᆫ아식 불너 안치ᄂᆞᆫ대 졔인이 각각 계집을 안치고 보니 다 졔인의 안해러라. 놀납고 분ᄒᆞ나 서로 알가 져어ᄒᆞ며 아모 말도 못ᄒᆞ고 대로ᄒᆞ여 모다 상을 물니고 각기 ᄆᆞᆯ을 ᄐᆞ고 집으로 도라와 보니, 노복이 혹 발상ᄒᆞ고 통곡ᄒᆞ며 집안이 쇼요ᄒᆞᆫ ᄃᆡ도 잇셔 경괴ᄒᆞ여 문왈,

"부인이 어ᄂᆞ 때에 기셰ᄒᆞ셧ᄂᆞ뇨?"

시비 ᄃᆡ왈,

"오ᄅᆡ지 아니ᄒᆞ다"

ᄒᆞ거ᄂᆞᆯ 졔인이 경의ᄒᆞ며 그 즁에 김션젼이란 쟈ᄂᆞᆫ 집에 도라오니, 노복이 발상ᄒᆞ고 울거ᄂᆞᆯ 뭇고자 ᄒᆞ더니 모든 노복이 쥬인을 반겨 왈,

"부인이 의복을 말으시더니 관격되여 기셰ᄒᆞ엿더니 지금 회ᄉᆡᆼᄒᆞ엿ᄂᆞ이다"

ᄒᆞ거ᄂᆞᆯ 김션젼이 대로 왈,

"내 앗가 보니 ᄇᆡᆨ사쟝 노름에 참여ᄒᆞ러 왓기로 내 뷰ᄒᆞ여 ᄲᅢᆫ니 도라옴이여ᄂᆞᆯ 네 엇지 나를 속이려 ᄒᆞᄂᆞᆫ다?"

ᄒᆞ고 분긔를 참지 못ᄒᆞ여 왈,

"이 몹쓸 쳐ᄌᆞ 량가 문호를 도라보지 안코 이런 히참ᄒᆞᆫ 일을 ᄒᆞ되 (28) 젼혀 몰낫스니 엇지 통히치 아니리오?"

ᄒᆞ며 분긔 돌돌ᄒᆞ여 죽어 모르고자 ᄒᆞ다가 진위를 알녀ᄒᆞ여 들어가 본즉 부인이 과연 죽엇다가 깨엿거ᄂᆞᆯ 부인이 니러나 비로소 김션젼을 보고 왈,

"내 ᄒᆞᆫ ᄭᅮᆷ을 ᄭᅮ니 ᄒᆞᆫ 곳에 간즉 대연을 ᄇᆡ셜ᄒᆞ고 모든 션젼관이 렬좌ᄒᆞ고 날 ᄀᆞᆺ흔 로쇼 부인이 모엿ᄂᆞᆫ대 ᄒᆞᆫ 사ᄅᆞᆷ이 ᄀᆞᆯ오ᄃᆡ '기ᄉᆡᆼ을 다려왓다' ᄒᆞ니 ᄒᆞᆫ아식 압헤 안치고 슈쳥케 ᄒᆞᄂᆞᆫᄃᆡ, 나ᄂᆞᆫ 가군의 압헤 안치기로 무

연이 안젓더니, 좌중 졔긱이 다 불호ᄒᆞ여 노쇡을 띄윗더니 가군이 몬저 니러나며 졔인이 ᄯᅩ 각각 홋허지ᄂᆞᆫ 바람에 내 쑴을 깨엿노라"
ᄒᆞ거ᄂᆞᆯ 김션젼이 부인의 말을 듯고 ᄒᆞᆯ 말이 업ᄂᆞᆫ 즁 가장 의혹ᄒᆞ여 익일에 여러 동관으로 더브러 작일 빅사쟝 노름의 챵기 말과 각각 부인의 혼졀ᄒᆞ던 일을 젼ᄒᆞ여 왈,
"이ᄂᆞᆫ 반다시 뎐우치의 요슐로 우리 등에게 욕을 뵈임이라"
ᄒᆞ더라.
ᄎᆞ시 함경도 가달산에 ᄒᆞᆫ 도적이 잇셔 ᄌᆡ물을 노략ᄒᆞ며 인민을 살해ᄒᆞᆷ애 본읍 원(29)이 관군을 발ᄒᆞ여 잡으려 ᄒᆞ되 능히 잡지 못ᄒᆞ고 나라에 쟝계ᄒᆞᆫᄃᆡ, 샹이 크게 근심ᄒᆞ샤 조뎡에 젼지ᄒᆞ샤 파적지계ᄅᆞᆯ 의론ᄒᆞ라 ᄒᆞ시니 우치 쥬왈,
"도적의 형셰 심히 크다 ᄒᆞ오니 신이 홀로 나아가 적셰ᄅᆞᆯ 보온 후 잡을 묘칙을 뎡ᄒᆞ리이다."
샹이 대희ᄒᆞ샤 어쥬ᄅᆞᆯ 주시며 인검을 주샤 왈,
"적셰 호대ᄒᆞ거던 이 칼로 ᄉᆞ졸을 호령ᄒᆞ라"
ᄒᆞ시니 우치 샤은ᄒᆞ고 물너 나와 즉시 말게 올나 쟝졸을 거ᄂᆞ리고 여러 날만에 가달산 근쳐에 다다라 보니 큰 산이 하ᄂᆞᆯ에 다은 듯ᄒᆞ고 슈목이 총잡ᄒᆞ며 긔암괴셕이 즁즁ᄒᆞ니 ᄀᆞ장 험악ᄒᆞᆫ지라. 우치 군ᄉᆞᄅᆞᆯ 산하에 머무르고 스ᄉᆞ로 하샤ᄒᆞ신 인검을 가지고 몸을 흔드러 변ᄒᆞ여 솔ᄀᆡ 되여 가달산을 ᄇᆞ라고 가니라.
원ᄅᆡ 가달산 즁 수쳔 명 적당 즁에 ᄒᆞᆫ 괴쉬 잇스니 셩은 엄이오 명은 쥰이라. 용ᄆᆡᆼ이 졀륜ᄒᆞ고 무예 츌즁ᄒᆞ더라. 이때 우치 공즁에셔 두루 ᄉᆲ히더니 엄쥰이 엄연히 홍일산을 밧고 쳔리빅총마ᄅᆞᆯ ᄐᆞ고 ᄎᆡ의홍(30)샹 ᄒᆞᆫ 시녀ᄅᆞᆯ 좌우에 벌니고 죵ᄌᆞ ᄇᆡ여 인을 거ᄂᆞ리고 바야흐로 산양을

ᄒᆞ거ᄂᆞᆯ 우치 ᄌᆞ세히 ᄉᆞᆲ혀보니 긔골이 장대ᄒᆞ고 신장이 팔 척이오 낫빗이 붉고 눈이 방울 ᄀᆞᆺ흐며 슈염은 바늘을 묵거 세운 듯ᄒᆞ니 곳 일ᄃᆡ 걸물이러라. 엄쥰이 츄죵들을 거ᄂᆞ리고 이 골 뎌 골로 ᄒᆞᆫ바탕 산양ᄒᆞ다가 분부ᄒᆞ되,

"오날은 각 쳐 갓던 쟝슈들이 다 올 것이니, 맛당히 소 열 필만 잡고 잔ᄎᆡᄒᆞ리라"

ᄒᆞᄂᆞᆫ 소래 쇠북을 울님 ᄀᆞᆺ더라.

ᄎᆞ시, 우치 일계ᄅᆞᆯ ᄉᆡᆼ각ᄒᆞ고 나무입을 훌터 신병을 ᄆᆞᆫ들어 창검을 들니고 긔치ᄅᆞᆯ 벌여 진을 닐우고 머리에 쌍봉투구ᄅᆞᆯ 쓰고 몸에 황금쇄ᄌᆞ갑에 황라젼포ᄅᆞᆯ 쪄 닙고 쳔리오츄마ᄅᆞᆯ ᄐᆞ고 손에 청샤량인도ᄅᆞᆯ 들고 지쳐 들어가니 셩문을 굿게 다닷거ᄂᆞᆯ 오치 문 열니ᄂᆞᆫ 진언을 념ᄒᆞ니 문이 절로 열니ᄂᆞᆫ지라. 들어가며 좌우ᄅᆞᆯ ᄉᆞᆲ혀보니 장려ᄒᆞᆫ 집이 두루 벌엿고 ᄉᆞ쳐 창고에 미곡이 가득ᄒᆞ며 ᄎᆞᄎᆞ 젼진ᄒᆞ야 ᄒᆞᆫ 곳에 니르니 뎐각이 굉장ᄒᆞ여 됴란[31]화동이 반공에 소삿거ᄂᆞᆯ 우치 이윽히 ᄇᆞ다가 몸을 변ᄒᆞ여 ᄉᆞᆯᄀᆡ 되여 ᄂᆞ라 들어가 보니 웃듬 도적이 황금 교ᄌᆞ에 놉히 안고 좌우에 졔쟝을 ᄎᆞ례로 인치고 크게 산ᄎᆡᄒᆞ며 그 뒤에 대쳥이 잇스니 미녀 수ᄇᆡᆨ 인이 렬좌ᄒᆞ여 상을 밧[받]앗거ᄂᆞᆯ 우치 ᄒᆞᄂᆞᆫ 양을 보려ᄒᆞ고 진언을 념ᄒᆞ니 무수ᄒᆞᆫ 슈리 ᄂᆞ려와 모든 쟝슈의 상을 거둣쳐가지고 즁텬에 놉히 써올으며 광풍이 대작ᄒᆞ여 눈을 쓰지 못ᄒᆞ고 그러ᄒᆞᆫ 운문 챠일과 슈 노흔 병풍이 무여져 공즁으로 ᄂᆞ라가니, 엄쥰이 정신을 진뎡치 못ᄒᆞ여 뜰 아래 나무등걸을 붓들고 모든 군ᄉᆡ 차반을 들고 표풍ᄒᆞ여 구을더라. 우치 ᄒᆞᆫ바탕 속이고 이에 바람을 거두며 아ᄉᆞ온 음식을 가지고 산하에 ᄂᆞ려와 장졸을 난화 먹이고 그곳에셔 자니라.

이ᄯᅢ 바람이 ᄭᅳᆺ침애 엄쥰과 졔쟝이 비로소 정신을 ᄎᆞ려보니 그런 만

은 음식이 ᄒᆞᆫ아토 업거ᄂᆞᆯ 엄쥰이 ᄀᆞ장 괴이히 녁이더라.

익일 평명에 우치 다시 산즁에 들어가 갑쥬ᄅᆞᆯ ᄀᆞᆺ[32]초고 문젼에 니르러 대호 왈,

"반적은 밧비 나와 내 칼을 밧으라"

ᄒᆞ니 슈문ᄒᆞ던 군ᄉᆡ 급히 보ᄒᆞᆫᄃᆡ, 엄쥰이 대경ᄒᆞ여 급히 쟝졸을 거ᄂᆞ리고 문 밧게 나와 진을 벌이고 엄쥰이 휘검츌마 왈,

"너ᄂᆞᆫ 엇던 쟝슈완ᄃᆡ 감히 와 싸호고자 ᄒᆞᄂᆞᆫ다?"

우치 왈,

"나ᄂᆞᆫ 젼교ᄅᆞᆯ 밧자와 너의ᄅᆞᆯ 잡으려 왓스니 내 셩명은 뎐우치로라."

엄쥰 왈,

"나ᄂᆞᆫ 엄쥰이니 네 능히 나ᄅᆞᆯ 뎌당ᄒᆞᆯ다?"

ᄒᆞ고 다라드니, 우치 마자 싸홀 ᄉᆡ 량인의 ᄌᆡ죄 신긔ᄒᆞ여 ᄆᆡᆼ회 밥을 닷호ᄂᆞᆫ 듯 쳥황룡이 여의쥬ᄅᆞᆯ 닷호ᄂᆞᆫ 듯 량인의 졍신이 씩씩ᄒᆞ여 ᄉᆞ시로 붓허 진시에 니르도록 승뷔 업슴애 량진에셔 ᄌᆡᆼ을 쳐 군을 거두니 졔쟝이 엄쥰을 보고 치하 왈,

"작일 뎐변을 맛나 ᄆᆞ음이 놀낫스되, 오날 범 ᄀᆞᆺ흔 쟝슈ᄅᆞᆯ 능뎍ᄒᆞ시니 하ᄂᆞᆯ이 도으심이라. 그러나 적쟝의 용ᄆᆡᆼ이 졀륜ᄒᆞ니 가히 경뎍지 못ᄒᆞ리이다."

엄쥰이 쇼왈,

"적쟝이 비록 용ᄆᆡᆼᄒᆞ나 내 엇지 뎌ᄅᆞᆯ 두리리오? 명일은 결단코 우치ᄅᆞᆯ 버히고 바로 경셩으로 향ᄒᆞ리[33]라"

ᄒᆞ고 익일에 진문을 대ᄀᆡᄒᆞ고 엄쥰이 대호 왈,

"뎐우치ᄂᆞᆫ ᄲᆞᆯ니 나와 내 칼을 밧으라. 오날은 ᄆᆡᆼ셔코 너ᄅᆞᆯ 버히리라"

ᄒᆞ고 쟝검츌마ᄒᆞ여 좌우 치빙ᄒᆞ니, 우치 대노ᄒᆞ여 ᄆᆞᆯ을 내모라 칼춤 추

며 즉취 엄쥰ᄒᆞ여 교봉 삼십여 합에 적쟝의 창이 번ᄀᆡ ᄀᆞᆺ흔지라. 우치 무예로 이긔지 못ᄒᆞᆯ 줄 알고 몸을 흔드러 변ᄒᆞ여 뎨 몸은 공즁에 올으고 거짓 몸이 엄쥰을 ᄃᆡ뎍ᄒᆞᆯ ᄉᆡ, 문득 대ᄆᆡ 왈,

“내 평ᄉᆡᆼ에 ᄉᆡᆼ살을 아니려 ᄒᆞ다가 이제 너를 죽이리라”

ᄒᆞ더니 다시 ᄉᆡᆼ각 왈,

‘이놈을 ᄉᆡᆼ금ᄒᆞ여 만일 슌죵ᄒᆞ면 죄를 샤ᄒᆞ여 량민을 ᄆᆞᆫ들고, 불연즉 죽여 후환을 업시ᄒᆞ리라”

ᄒᆞ고 공즁에 칼을 번득이며 대호 왈,

“적쟝 엄쥰은 나의 ᄌᆡ조를 보라”

ᄒᆞ니 엄쥰이 대경ᄒᆞ여 하늘을 치어다 보니 ᄒᆞᆫ ᄡᅦ 구름 속에 우치의 검광이 번ᄀᆡ ᄀᆞᆺ거ᄂᆞᆯ 대경실ᄉᆡᆨᄒᆞ여 급히 본진으로 도라오더니, 압흐로 우치 칼을 들어 길을 막고 ᄯᅩ 뒤흐로 우치 ᄡᅡ르고 좌우로 우치 칼을 들어 짓쳐오고, ᄯᅩ 머리 우흐로 우치 34 ᄆᆞᆯ을 ᄐᆞ고 춤추며 엄쥰을 범ᄒᆞᆷ이 급ᄒᆞᆫ지라. 엄쥰이 졍신이 아득ᄒᆞ여 ᄆᆞᆯ게 ᄯᅥᆯ어지니 우치 그제야 구름에셔 ᄂᆞ려 거짓 우치를 거두고 군ᄉᆞ를 호령ᄒᆞ여 엄쥰을 결박ᄒᆞ여 본진으로 보내ᄀᆞ 적진을 엄살ᄒᆞ니, 적진 쟝졸이 엄쥰의 잡혀감을 보고 ᄡᅡ홀 ᄯᅳᆺ이 업셔 손을 묵거 살거지라 ᄒᆞ거ᄂᆞᆯ 우치 일 인도 샹치 아니코 ᄭᅮ지져 왈,

“녀등이 도적을 조차 각 읍을 노략ᄒᆞ고 ᄇᆡᆨ셩을 살해ᄒᆞ니 그 죄 비경ᄒᆞᆫ지라. 특별이 죄를 샤ᄒᆞ노니 녀등은 각각 고향에 도라가 농업을 힘쓰고 가산을 다ᄉᆞ려 량민이 되라”

ᄒᆞᆫᄃᆡ, 모든 쟝졸이 고두샤은ᄒᆞ고 ᄒᆡᆼ장을 슈습ᄒᆞ여 일시에 흣허지니라.

우치 엄쥰의 ᄂᆡ실에 들어가니 록의홍샹ᄒᆞᆫ 시녀와 가인이 수ᄇᆡᆨ 명이라, 각각 뎨 집으로 보내고 본진에 도라와 쟝ᄃᆡ에 놉히 안고 좌우를 호령ᄒᆞ여 엄쥰을 계하에 ᄭᅮᆯ니고 려셩 대ᄆᆡ 왈,

"네 ᄌᆡ조와 용ᄆᆡᆼ이 잇거든 맛당이 진츙보국ᄒᆞ여 후세에 일홈을 젼ᄒᆞᆷ이 올커ᄂᆞᆯ 감히 역심을 픔[품]고 산적35 이 되여 ᄌᆡ물을 노략ᄒᆞ여 인민을 살해ᄒᆞ니 맛당이 삼족을 멸ᄒᆞᆯ지라, 엇지 잠시나 용ᄃᆡᄒᆞ리오?"
ᄒᆞ고 무ᄉᆞᄅᆞᆯ 호령ᄒᆞ여 원문 밧게 참ᄒᆞ라 ᄒᆞ니 엄쥰이 슯히 비러 왈,
"쇼쟝의 죄상은 만ᄉᆞ무셕이오나 쟝군의 하ᄒᆡ ᄀᆞᆺ흐신 덕으로 잔명을 살오시면 맛당히 허물을 곳치고 쟝군의 휘하에 조치리이다"
ᄒᆞ며 뉘우치ᄂᆞᆫ 눈물이 비 오듯 ᄒᆞ야 진졍이 거죽에 들어나거ᄂᆞᆯ 우치 침음 반향에 왈,
"네 실로 회과쳔션ᄒᆞ면 죄ᄅᆞᆯ 샤ᄒᆞ리라"
ᄒᆞ고 무ᄉᆞᄅᆞᆯ 분부ᄒᆞ여 맨 것을 글으고 위로ᄒᆞᆫ 후 신병을 파ᄒᆞ고 쳡셔를 닥가 올닌 후 산ᄎᆡᄅᆞᆯ 불 질으고 즉시 발힝ᄒᆞᆯ ᄉᆡ, 엄쥰이 임의 산ᄎᆡᄅᆞᆯ 불 질으고 ᄯᅩ 우익이 업고 우치의 ᄌᆡ조ᄅᆞᆯ 항복ᄒᆞ여 은혜ᄅᆞᆯ 샤례ᄒᆞ고 고향에 도라가 량민이 되니라.

우치 궐하에 나아가 복디ᄒᆞᆫᄃᆡ, 샹이 인견ᄒᆞ시고 파적ᄒᆞᆫ 셜화ᄅᆞᆯ 들으시고 칭찬ᄒᆞ시며 샹을 후이 주시니 우치 텬은을 감축ᄒᆞ여 집에 도라와 모친을 뵈옵고 샹ᄉᆞᄒᆞ신 물건을 드리니 부인이 감축36 ᄒᆞ여 ᄒᆞ더라.

우치 경셩에 도라온 후, 죠뎡 ᄇᆡᆨ관이 다 우치ᄅᆞᆯ 보고 셩공ᄒᆞᆷ을 치하ᄒᆞ되 션젼관은 ᄒᆞᆫ 사름도 온 재 업스니 이ᄂᆞᆫ 젼일 노리에 부인들을 욕뵌 허물이러라. 우치 짐쟉ᄒᆞ고 다시 속이려 ᄒᆞ더니, 일일은 월ᄉᆡᆨ이 죠요ᄒᆞᆷ을 ᄐᆞ 오운을 ᄐᆞ고 황건력ᄉᆞ와 리ᄆᆡ 망량을 다 모흐고 신쟝을 명ᄒᆞ여 모든 션젼관을 잡아오라 ᄒᆞ니 오ᄅᆡ지 아니ᄒᆞ여 잡아왓거ᄂᆞᆯ 우치 구름교의에 놉히 안고 좌우에 신쟝이 벌어서셔 등촉이 휘황ᄒᆞᆫᄃᆡ 황건력ᄉᆞ와 리ᄆᆡ 망량이 각각 일인식 잡아드리거ᄂᆞᆯ 모든 션젼관이 ᄯᅥᆯ며 ᄯᅡ에 업ᄃᆡ여 치여다 보니 우치 구름교의에 단좌ᄒᆞ고 좌우에 신쟝이 라렬ᄒᆞ엿고

등쵹이 휘황ᄒᆞᆫ 즁 위풍이 름름ᄒᆞ더라.

믄득 우치 대갈 왈,

"내 너의들의 교만ᄒᆞᆫ 버릇을 증계ᄒᆞ려 ᄒᆞ여 젼일 녀등의 부인을 잠간 욕되게 ᄒᆞ엿스나 극ᄒᆞᆫ 죄 업거ᄂᆞᆯ 엇지 이럿틋 함혐ᄒᆞ여 아즉도 산 체 ᄒᆞ니 내 너의를 다 잡아 풍도로 보내리라. 내 밤이면 텬샹 벼슬에 다ᄉᆞ[37] ᄒᆞ고 낫이면 국가에 즁임이 잇셔 지금것 쳔연ᄒᆞ더니, 이셰 너의를 잡아 옴은 링옥에 보내여 만모ᄒᆞᆫ 죄를 속ᄒᆞ려 ᄒᆞᆷ이로라"

ᄒᆞ고 력ᄉᆞ로 ᄒᆞ여 곳 모라내라 ᄒᆞ니, 모다 텽령ᄒᆞ고 다라들거ᄂᆞᆯ 우치 다시 분부 왈,

"너의ᄂᆞᆫ 이 죄인을 압령ᄒᆞ여 링옥에 가두고 법왕씌 쥬ᄒᆞ여 이 죄인들을 디옥에 가두고 팔만겁이 지내거든 업츅을 ᄆᆞᆫ들어 보내라"

ᄒᆞᄂᆞᆫ지라. 모든 션젼관이 경황ᄒᆞᆫ 즁 ᄎᆞ언을 들으니 혼비빅산ᄒᆞ여 빌어 왈,

"아등이 암ᄆᆡᄒᆞ여 그릇 대죄를 범ᄒᆞ엿사오니, ᄇᆞ라건대 죄를 샤ᄒᆞ시면 다시 허물을 곳치리이다."

우치 량구에 왈,

"내 너의를 풍도로 보내여 무쳔 년이 시나도록 인셰에 나지 못ᄒᆞ게 ᄒᆞ짓더니 젼일 안면을 고념ᄒᆞ여 아즉 노와 보내ᄂᆞ니 후일 다시 보와 쳐치ᄒᆞ리라"

ᄒᆞ고 모다 내치거ᄂᆞᆯ, 이ᄯᅢ 션젼관이 다 ᄭᆡ다르니 ᄒᆞᆫ ᄭᅮᆷ이라. 정신을 진뎡치 못ᄒᆞ여 ᄯᆞᆷ이 흘으고 심혼이 요요ᄒᆞ더라.

일일은 션젼관이 모다 젼일 몽ᄉᆞ를 말ᄒᆞ니 다 ᄒᆞᆫ갈ᄀᆞᆺ흔지[38]라. 이럼으로 그 후로ᄂᆞᆫ 우치 ᄃᆡ졉ᄒᆞ기를 각별이 ᄒᆞ더라.

이ᄯᅢ 샹이 호판에게 무러 ᄀᆞᆯᄋᆞ샤ᄃᆡ,

"젼일 호조의 은이 변ᄒᆞ엿다 ᄒᆞ더니 엇지된고?"

ᄃᆡ왈,

"지금것 변ᄒᆞ여 잇ᄂᆞ이다."

샹이 ᄯᅩ 창고ᄅᆞᆯ 무르시니,

"다 변ᄒᆞᆫ ᄃᆡ로 잇ᄂᆞ이다"

ᄒᆞ거ᄂᆞᆯ 샹이 근심ᄒᆞ시더니 우치 쥬왈,

"신이 원컨대 창고와 어고ᄅᆞᆯ 가 보옵고 오리이다"

ᄒᆞᆫᄃᆡ 샹이 허ᄒᆞ시니 우치 호판을 ᄯᆞ라 호조에 니르러 문을 열고 보니 은이 녜와 ᄀᆞᆺ거ᄂᆞᆯ 호판이 대경 왈,

"내 작일에도 보고 앗가도 변ᄒᆞᆷ을 보앗거ᄂᆞᆯ 지금은 은으로 보이니 ᄀᆞ장 괴이ᄒᆞ도다"

ᄒᆞ고 창고에 가 문을 열고 보니 쌀이 여젼ᄒᆞ고 창검 긔계 다 여젼ᄒᆞ여 조금도 변ᄒᆞᆫ ᄇᆡ 업스니 모다 놀나고 신긔히 녁이더라. 우치 두루 ᄉᆞᆲ혀보고 궐ᄂᆡ에 들어가 이ᄃᆡ로 샹달ᄒᆞ니, 샹이 들으시고 깃거ᄒᆞ시더라.

ᄎᆞ시 간의태위 샹쥬 왈,

"호셔 싸에 ᄉᆞ오십 명이 둔취ᄒᆞ여 찬역ᄒᆞᆯ 일을 의론ᄒᆞ여 불구에 긔병ᄒᆞ리라 ᄒᆞ고 ᄉᆞ재 문셔ᄅᆞᆯ 가지고 신에게 잇ᄉᆞ오니 그[39]고쟈ᄅᆞᆯ 가두고 ᄉᆞ연을 쥬ᄒᆞᄂᆞ이다."

샹이 탄왈,

"과인이 박덕ᄒᆞ여 쳐쳐에 도적이 니러나니 엇지 ᄒᆞᆫ심치 아니리오?"

ᄒᆞ시며 금부와 포청으로 잡으라 ᄒᆞ시니 불구에 적당을 잡앗거ᄂᆞᆯ 샹이 친국ᄒᆞ실 ᄉᆡ 그 즁 ᄒᆞᆫ 놈이 쥬왈,

"션젼관 뎐우치 ᄌᆡ죄 과인ᄒᆞ기로 신 등이 우치로 임금을 삼아 만민을 평안ᄒᆞ려 ᄒᆞ더니, 명텬이 불우ᄒᆞ샤 발각ᄒᆞ엿ᄉᆞ오니 죄ᄉᆞ무셕이로소이다."

이ᄣᅢ 우치 문ᄉᆞ 랑청으로 시위ᄒᆞ여 잇더니, 불의에 일홈이 역도의 쵸ᄉᆞ에 나ᄂᆞᆫ지라. 샹이 대로ᄒᆞ샤 왈,

"우치 모역ᄒᆞᆷ을 짐작ᄒᆞ되 나죵을 보려 ᄒᆞ엿더니 이제 발각되엿스니 ᄲᆡᆯ니 잡아오라"

ᄒᆞ시니라. 졸이 슈명ᄒᆞ고 일시에 다라들어 관ᄃᆡᄅᆞᆯ 벗기고 옥계 하에 ᄭᅮᆯ니니 샹이 진노ᄒᆞ샤 형틀에 올녀 매고 수죄ᄒᆞ샤 왈,

"네 젼일 나라ᄅᆞᆯ 속이고 도쳐마다 작란ᄒᆞᆷ도 용셔치 못ᄒᆞᆯ ᄇᆡ어ᄂᆞᆯ 이제 ᄯᅩ 역률에 들엇스니 발명ᄒᆞ나 엇지 면ᄒᆞ리오?"

ᄒᆞ시고 라졸을 호령ᄒᆞ샤,

"ᄒᆞᆫ 매에 죽이라"

ᄒᆞ시니 집쟝과 라[40]졸이 힘것 치나 능히 ᄯᅩ 매ᄅᆞᆯ 드지 못ᄒᆞ고 팔이 ᄉᆞᆲ하 치지 못ᄒᆞ거ᄂᆞᆯ 우치 알외ᄃᆡ,

"신이 젼일 죄샹은 죽어 맛당ᄒᆞ오나 금일 이 일은 만만 ᄋᆡᄆᆡᄒᆞ오니 용셔ᄒᆞ옵쇼셔"

ᄒᆞ고 심즁에 헤오ᄃᆡ,

'쥬샹이 필경 용셔지 아니시리라'

ᄒᆞ고 다시 쥬왈,

"신이 이제 죽ᄉᆞ올진댄 평ᄉᆡᆼ에 ᄇᆡ혼 ᄌᆡ조ᄅᆞᆯ 셰상에 젼치 못ᄒᆞ올지라. 디하에 도라가오나 원혼이 되리니 복원 셩샹은 원을 풀게 ᄒᆞ옵쇼셔."

샹이 혜아리시ᄃᆡ,

'이 놈이 ᄌᆡ죄 능ᄒᆞ다 ᄒᆞ니 시험ᄒᆞ여 보리라'

ᄒᆞ시고 ᄀᆞᆯᄋᆞ샤ᄃᆡ,

"네 무ᄉᆞᆷ 능ᄒᆞᆷ이 잇관ᄃᆡ 이리 보ᄎᆡᄂᆞ뇨?"

우치 쥬왈,

"신이 본시 그림 그리기를 잘ᄒᆞ니 남글 그리면 남기 졈졈 자라고 즘ᄉᆡᆼ을 그리면 즘ᄉᆡᆼ이 걸어가고 산을 그리면 초목이 나셔 자라옴애 이럼으로 명화라 ᄒᆞ오니, 이런 그림을 견치 못ᄒᆞ옵고 죽ᄉᆞ오면 엇지 원통치 아니리잇고?"

샹이 가만이 ᄉᆡᆼ각ᄒᆞ시ᄃᆡ, 이놈을 죽이면 원혼이 되여 괴로옴이 잇슬가 ᄒᆞ여 즉시 맨 것을 글너 주시고 지필을 ᄂᆞ리샤 원을 풀[41]나 ᄒᆞ시니 우치 지필을 밧자와 산슈를 그리니 쳔봉만학과 만쟝폭푀 산샹으로 조차 산 밧그로 흘으게 그리고 시내가에 버들을 그려 가지가 느러지게 그리고 그 밋헤 안장 지은 나귀를 그리고 붓을 데[던]진 후 샤은ᄒᆞᆫᄃᆡ 샹이 문왈,

"너ᄂᆞᆫ 방금 죽을 놈이라 이제 샤은ᄒᆞᆷ은 무ᄉᆞᆷ 뜻이뇨?"

우치 쥬왈,

"신이 이제 폐하를 하직ᄒᆞ옵고 산림에 들어 여년을 맛고자 ᄒᆞ와 쥬ᄒᆞᄂᆞ이다"

ᄒᆞ고 나귀 등에 올나 산 동구에 들어가더니 이윽고 간 ᄃᆡ 업거ᄂᆞᆯ 샹이 대경ᄒᆞ샤 왈,

"내 이 놈의 꾀에 또 속앗스니 이를 엇지ᄒᆞ리오?"

ᄒᆞ시고 그 죄인들은 내여 버히라 ᄒᆞ시고 친국을 파ᄒᆞ시니라.

ᄎᆞ설. 우치 죠뎡에 잇슬 ᄯᆡ에 ᄆᆡ양 리부샹셔 왕연희 ᄌᆞ긔를 싀긔ᄒᆞ여 해코자 ᄒᆞ더니, ᄎᆞ일 친국 시에 샹긔 참쇼ᄒᆞ여 죽이려 ᄒᆞ거ᄂᆞᆯ 우치 몸을 변ᄒᆞ여 왕연희 되여 츄종을 거ᄂᆞ리고 바로 왕연희 집에 가니 연희 궐ᄂᆡ에셔 나오지 아니ᄒᆞ엿거ᄂᆞᆯ 이에 ᄂᆡ당에 들어가 잇더니 일모ᄒᆞᆯ ᄯᆡ 왕공이 도[42]라옴애 부인과 시비 등이 막지기고 ᄒᆞ거ᄂᆞᆯ 우치 왈,

"이ᄂᆞᆫ 쳔 년 된 여회 변ᄒᆞ여 내 얼굴이 되여 왓스니 이ᄂᆞᆫ 변괴로다"

ᄒᆞ니 왕연희 왈,

"엇던 놈이 내 얼굴이 되여 내 집에 잇ᄂᆞᆫ다?"

ᄒᆞ고 소래ᄅᆞᆯ 벽력ᄀᆞᆺ치 지르거ᄂᆞᆯ 우치 즉시 하리ᄅᆞᆯ 명ᄒᆞ여,

"ᄅᆡᆼ슈 일긔와 개피 ᄒᆞᆫ 사발을 가져오라"

ᄒᆞ니 즉시 가져왓거ᄂᆞᆯ 우치 연희ᄅᆞᆯ 향ᄒᆞ여 ᄒᆞᆫ번 ᄲᅮᆷ고 진언을 념ᄒᆞ니 완연희 문득 변ᄒᆞ여 ᄭᅩ리 아홉 가진 여회 되ᄂᆞᆫ지라. 노복 등이 그제야 칼과 몽치ᄅᆞᆯ 가지고 다라들거ᄂᆞᆯ 우치 말유 왈,

"이 일은 우리 집 큰 변괴니 궐ᄂᆡ에 들어가 알외고 쳐치ᄒᆞ리라"

ᄒᆞ고 아즉 단단이 묵거 방즁에 가두라 ᄒᆞ니 노복이 텽령ᄒᆞ고 네 굽을 동혀 방에 가두아 슈직ᄒᆞ더라. 왕공이 불의지변을 맛나 말을 ᄒᆞ려 ᄒᆞ여도 여호 소래처럼 나고, 정신이 아득ᄒᆞ여 긔운이 ᄉᆡ진ᄒᆞ니 아모리 ᄒᆞᆯ 줄 모르고 눈물만 흘니더니 우치 ᄉᆡᆼ각ᄒᆞ되,

'ᄉᆞ오 일만 속이면 목숨이 ᄭᅳᆫ칠가?'

ᄒᆞ여 ᄎᆞ야에 우치 왕공 가둔 방에 니르러 보[43]니 ᄉᆞ지ᄅᆞᆯ 동혀 구러졋거ᄂᆞᆯ 우치 왈,

"연히아 네 날과 평일에 원슈 업거ᄂᆞᆯ ᄀᆞᆺᄒᆞ여 나ᄅᆞᆯ 해ᄒᆞ려 ᄒᆞ나 하ᄂᆞᆯ이 죽이려 ᄒᆞ시면 죽으려니와 그럿치 아니면 죽지 아니리니 네 미혹ᄒᆞ여 나라에 참쇼ᄒᆞ고 독총ᄒᆞ려 ᄒᆞ기로 내 너ᄅᆞᆯ ᄒᆞᆫ 칼로 죽여 ᄒᆞᆫ을 셜ᄒᆞᆯ 것이로ᄃᆡ 내 평ᄉᆡᆼ에 살ᄉᆡᆼ 아니ᄒᆞ기로 너ᄅᆞᆯ 용셔ᄒᆞᄂᆞ니, 일후 만일 어젼에셔 나ᄅᆞᆯ 향ᄒᆞ야 무슴 말슴 ᄒᆞ시거든 일 업게 ᄒᆞ라"

ᄒᆞ고 진언을 념ᄒᆞ니 왕연희의 구ᄒᆞᆫ지라. 연희 발셔 우치인 줄 알고 황겁ᄒᆞ여 ᄌᆡᄇᆡ 왈,

"뎐공의 ᄌᆡ조ᄂᆞᆫ 셰상에 업ᄂᆞᆫ지라. 내 삼가 교훈을 불망ᄒᆞ리이다"

ᄒᆞ고 무수히 샤례ᄒᆞ더라. 우치 왈,

"내 그ᄃᆡ를 구ᄒᆞ고 가ᄂᆞ니, 내 도라간 후 집안이 쇼요ᄒᆞ리니 여ᄎᆞ여ᄎᆞᄒᆞ고 잇스라"

ᄒᆞ고 구름에 올나 남 ᄶᅡ흐로 가니라.

ᄎᆞ셜. 왕공이 혜오ᄃᆡ,

'우치의 슐법이 세샹에 희한ᄒᆞ니 짐즛 사ᄅᆞᆷ을 희롱ᄒᆞᆷ이오 살해ᄂᆞᆫ 아니ᄒᆞ도다'

ᄒᆞ고 즉시 노복을 불너 요졍을 슈ᄉᆡᆨᄒᆞ라 ᄒᆞ니, 노복 등이 방에 가보니 간 ᄃᆡ 업거[44]ᄂᆞᆯ 대경ᄒᆞ여 이대로 고ᄒᆞᆫᄃᆡ 공이 양노 왈,

"녀등이 소홀ᄒᆞ여 일토다"

ᄒᆞ고 ᄡᅮ지져 물니치니라. 이적에 우치 집에 도라와 한가이 ᄃᆞ니더니 ᄒᆞᆫ 곳에 니르러 보니 쇼년들이 ᄒᆞᆫ 족ᄌᆞ를 가지고 닷토아 보며 칭찬 왈,

"이 족ᄌᆞ 그림은 텬하에 ᄶᅡᆨ 업ᄂᆞᆫ 명화라"

ᄒᆞ거ᄂᆞᆯ 우치 그림을 보니 미인도 그리고 아희도 잇셔 희롱ᄒᆞᄂᆞᆫ 모양이로ᄃᆡ 입으로 말은 못ᄒᆞ나 눈으로 보ᄂᆞᆫ 듯ᄒᆞ니 ᄉᆡᆼ긔 유동ᄒᆞᆫ지라. 모든 쇼년들이 보고 흠앙ᄒᆞᆷ을 마지 아니ᄒᆞ거ᄂᆞᆯ 우치 일계를 ᄉᆡᆼ각ᄒᆞ고 우어 왈,

"군등이 뎌 그림을 명화라 기리니 무ᄉᆞᆷ 명화뇨?"

그 즁에 오ᄉᆡᆼ이란 재 답왈,

"그ᄃᆡᄂᆞᆫ 눈이 놉하 그러ᄒᆞ거니와 물ᄉᆡᆨ을 모르ᄂᆞᆫ도다. 이 족ᄌᆞ 그림이 사ᄅᆞᆷ을 보고 웃ᄂᆞᆫ 듯ᄒᆞ니 이런 명화ᄂᆞᆫ 텬하에 업슬가 ᄒᆞ노라."

우치 대쇼 왈,

"이 족ᄌᆞ 갑이 얼마나 ᄒᆞ뇨?"

답왈,

"갑인즉 은ᄌᆞ 오십 량이니 그림 갑은 그림 분수보담 적다"

ᄒᆞ거ᄂᆞᆯ, 우치 왈,

“내게도 족ᄌᆞ ᄒᆞᆫ아이 잇스니 그ᄃᆡ들은 구경ᄒᆞ라”

ᄒᆞ고 소매로셔 족ᄌᆞ(45) ᄒᆞᆫ아를 내여노으니 모다 보건대 역시 ᄒᆞᆫ낫 미인도라 인물이 ᄀᆞ장 아름답고 록의홍샹을 정졔ᄒᆞ엿시니 옥모화용이 진즛 경국지ᄉᆡᆨ이라. 그 미인이 류리병을 들엇스니 ᄀᆞ장 신긔롭고 묘ᄒᆞ더라. 졔인이 보고 칭찬ᄒᆞ여 왈,

“이 족ᄌᆞ가 더욱 됴흐니 우리 족ᄌᆞ보담 닛도다”

ᄒᆞᄂᆞᆫ지라, 우치 왈,

“내 족ᄌᆞ의 화려홈도 사ᄅᆞᆷ의 이목을 놀내려니와 이 즁에 ᄒᆞᆫ층 더 묘ᄒᆞᆫ 곳을 구경케 ᄒᆞ리라”

ᄒᆞ고 가만이 불으되,

“쥬션낭은 어ᄃᆡ 잇나뇨?”

ᄒᆞ더니, 믄득 족ᄌᆞ 속의 미인이 ᄃᆡ답ᄒᆞ고 나아오거ᄂᆞᆯ 우치 왈,

“미낭은 모든 샹공씌 술을 부어드리라.”

션낭이 응답ᄒᆞ고 벽옥ᄇᆡ에 청쥬ᄅᆞᆯ 가득 부어 드리니 우치 몬져 밧아 마심애 동지 맛춤 상을 올니거ᄂᆞᆯ 안쥬ᄅᆞᆯ 먹은 후 련ᄒᆞ여 ᄎᆞ례로 드리니 졔인이 밧아먹으즉 맛이 ᄀᆞ장 청렬ᄒᆞᆫ시라, 졔인이 각각 일ᄇᆡ쥬ᄅᆞᆯ 파ᄒᆞᆫ 후 쥬션낭이 동ᄌᆞᄅᆞᆯ 다리고 상과 술병을 거두어 가지고 족ᄌᆞ 그림이 도로 되니 졔인이 대경 왈,

“이ᄂᆞᆫ 신션이오 조화(46)도 아니라. 이런 희한ᄒᆞᆫ 그림은 쳔고에 듯지도 못ᄒᆞ고 보던 바 처음이라”

ᄒᆞ고 기리기ᄅᆞᆯ 마지 안터니, 그 즁에 오ᄉᆡᆼ이란 재 ᄀᆞᆯᄋᆞᄃᆡ,

“내 아모려나 ᄒᆞᆫ번 시험ᄒᆞ여 보리라”

ᄒᆞ고 우치에게 청ᄒᆞ여 왈,

“아등이 술이 낫브니 쥬션낭을 다시 청ᄒᆞ여 ᄒᆞᆫ 잔식 더 먹게 홈이 엇

더ᄒᆞᄂᆞ뇨?"

우치 허락ᄒᆞ거ᄂᆞᆯ 오싱이 가만이 부르ᄃᆡ,

"쥬션낭아, 아등이 술이 낫브니 더 먹기ᄅᆞᆯ 쳥ᄒᆞ노라"

ᄒᆞ니, 믄득 션낭이 술병을 들고 나오고 동ᄌᆞᄂᆞᆫ 상을 가지고 나오니 졔인이 ᄌᆞ셰이 보니 그림이 화ᄒᆞ여 사ᄅᆞᆷ이 되여 병을 기우려 잔에 가득 부어 드리거ᄂᆞᆯ 밧아 마신즉 향긔 입에 가득ᄒᆞ고 맛이 긔이ᄒᆞᆫ지라. 졔인이 ᄯᅩ ᄒᆞᆫ 잔식 마시니 술이 ᄀᆞ장 취ᄒᆞᄂᆞᆫ지라. 졔싱이 샤례 왈,

"아등이 오ᄂᆞᆯ날 존공을 맛나 션쥬ᄅᆞᆯ 먹으니 다ᄒᆡᆼᄒᆞ거니와 ᄯᅩᄒᆞᆫ 묘ᄒᆞᆫ 일을 만히 보오니 신통ᄒᆞᆷ이야 엇지 측량ᄒᆞ리오?"

우치 왈,

"그림의 술을 먹고 엇지 샤례ᄒᆞ리오?"

오싱 왈,

"그 족ᄌᆞᄅᆞᆯ 내 가지고자 ᄒᆞ노니 팔고자 ᄒᆞᄂᆞᆫ다?"

우치 47 왈,

"내 가진 지 오ᄅᆡᆫ지라. 그러나 졍이 욕심 내ᄂᆞᆫ 재 잇스면 팔녀ᄒᆞ노라."

오싱 왈,

"연즉 갑이 얼마나 되ᄂᆞ뇨?"

우치 왈,

"술병이 텬샹의 쥬쳔을 응ᄒᆞ엿기로 술이 일시도 업지 아냐 유쥬영준ᄒᆞ니 이럼으로 극ᄒᆞᆫ 보ᄇᆡ라. 은ᄌᆞ 일쳔 량을 밧고자 ᄒᆞ나 오히려 헐ᄒᆞ다" ᄒᆞ노라. 오싱 왈,

"내게 루만 금이 잇스나 이런 보ᄇᆡᄂᆞᆫ 처음 보ᄂᆞᆫ ᄇᆡ라. 원컨대 형은 내 집에 가 수일만 머믈면 일쳔 금을 주리라."

우치 족ᄌᆞᄅᆞᆯ 거두어 가지고 오싱의 집으로 가니 졔인이 대취ᄒᆞ여 각

각 홋허지니라. 우치 족ᄌᆞ를 오ᄉᆡᆼ에게 젼ᄒᆞ고 왈,

"내 명일 도라올 것이니 갑을 쥰비ᄒᆞ여 두라"

ᄒᆞ고 가니라.

오ᄉᆡᆼ이 술이 대취ᄒᆞ여 족ᄌᆞ를 가지고 외당에 들어가 다시 시험ᄒᆞ려 ᄒᆞ고 족ᄌᆞ를 벽상에 걸고 보니 션낭이 병을 들고 섯거늘 ᄉᆡᆼ이 가만이 션낭을 불너 술을 청ᄒᆞ니 션낭과 동ᄌᆞ 나아와 술을 처 권ᄒᆞ거늘 ᄉᆡᆼ이 그 고은 ᄐᆡ도를 보고 ᄉᆞ랑ᄒᆞ여 이에 옥슈를 잇글어 무릅 우헤 안치고 술을 밧아 마신 후 츈[48]경을 이긔지 못ᄒᆞ여 침석에 나아가고자 ᄒᆞ더니, 믄[문]득 문을 열고 급히 들어오ᄂᆞᆫ 녜ᄌᆡ 잇스니 이ᄂᆞᆫ ᄉᆡᆼ의 쳐 민시라. 그 위인이 투긔에ᄂᆞᆫ 션봉이오 싀암에ᄂᆞᆫ 대쟝이라 ᄉᆡᆼ이 어거치 못ᄒᆞ더니, 금일 ᄉᆡᆼ이 션낭을 안고 잇슴을 보고 대노ᄒᆞ여 급히 다라드니 션낭이 니러 족ᄌᆞ로 들어가거늘 민시 더욱 대노ᄒᆞ여 다라드러 족ᄌᆞ를 갈갈이 씨져 ᄇᆞ리니 ᄉᆡᆼ이 대경ᄒᆞ여 민시를 ᄭᅮ지질 즈음에 우치와 부르거늘 오ᄉᆡᆼ이 나와 마져 례필 후 젼후 슈말을 ᄌᆞ셰이 고ᄒᆞ니, 우치 즉시 몸을 흔드리 거즛 몸은 오ᄉᆡᆼ과 슈작ᄒᆞ고 졍몸은 곳 안으로 들어가 민시를 향ᄒᆞ여 진언을 념ᄒᆞ니, 문득 민시 변ᄒᆞ여 대망이 되여 방에 가득ᄒᆞ게 ᄒᆞ고 가만이 나와 거즛 몸을 거두고 졍몸을 현츌ᄒᆞ여 오ᄉᆡᆼᄃᆞ려 왈,

"이제 형의 부인이 나의 족ᄌᆞ를 업새엿스니 갑을 엇지ᄒᆞ려 ᄒᆞᄂᆞ뇨?"

오ᄉᆡᆼ 왈,

"이ᄂᆞᆫ 나의 죄라 엇지 갑을 아니 내리오? 맛당이 한을 ᄒᆞ여 주시면 진시 갑흐리이다."

우치 왈,

"그러나 그[49]ᄃᆡ 집에 큰 변괴 잇스니 들어가 보라."

오ᄉᆡᆼ이 경아ᄒᆞ여 안방에 들어와 보니, 믄득 금빗 ᄀᆞᆺ흔 대망이 두 눈을

숨적이며 상 밋헤 업ᄃᆡ엿거늘 ᄉᆡᆼ이 대경실ᄉᆡᆨᄒᆞ여 급히 내다라 우치ᄅᆞᆯ 보고 왈,

"방즁에 흉악ᄒᆞᆫ 즘ᄉᆡᆼ이 잇슴애 처 죽이려 ᄒᆞ노라."

우치 왈,

"그 요괴ᄅᆞᆯ 죽이던 못ᄒᆞ리라. 만일 죽이면 큰 화ᄅᆞᆯ 당ᄒᆞᆯ 것이니 내게 ᄒᆞᆫ 부작이 잇스니 그 부작을 허리에 붓치면 금야에 ᄌᆞ연 슬어지리라"

ᄒᆞ고 소매로셔 부작을 내여 가지고 방안에 들어가 대망의 허리에 붓치고 나아와 오ᄉᆡᆼᄃᆞ려 왈,

"이곳에 경문 외이ᄂᆞᆫ 재 잇나뇨?"

오ᄉᆡᆼ이 ᄃᆡ왈,

"이곳에ᄂᆞᆫ 업나이다."

우치 왈,

"그러면 방문을 열고 보지 말라."

당부ᄒᆞ고 즉시 거즛 민시 ᄒᆞᆫ아ᄅᆞᆯ ᄆᆞᆫ들어 ᄂᆡ당에 두고 도라가니라. ᄉᆡᆼ이 우치ᄅᆞᆯ 보내고 ᄂᆡ당에 들어오니 민시 금금에 싸여 누엇거늘 ᄉᆡᆼ 왈,

"우리 집에 여러 쳔년 묵은 요괴 그ᄃᆡ 얼골이 되여 외당에 나와 신션의 족ᄌᆞᄅᆞᆯ 씨져ᄇᆞ림으로 앗가 그 신션이 대망을 스ᄉᆞ로 녹을 부작[50]을 허리에 매고 갓스니 족ᄌᆞ 갑을 엇지ᄒᆞ리오?"

ᄒᆞ고 근심ᄒᆞ더라.

익일 우치 도라와 방문을 열고 보니 민시 그저 대망으로 잇거늘 우치 대망을 ᄭᅮ지져 왈,

"네가 군을 업수히 녁여 요악을 힘써 남의 족ᄌᆞᄅᆞᆯ 씻고 ᄯᅩ 나ᄅᆞᆯ 슈욕ᄒᆞᆫ 죄로 금사망을 씌워 여러 해 고초ᄅᆞᆯ 격게 ᄒᆞ엿더니, 이제 네 만일 젼과ᄅᆞᆯ 곳쳐 회과쳔션 ᄒᆞᆯ진댄 이 허물을 베[벗]기려니와 불연즉 그저 두

리라.”

민시 고두 샤죄ᄒᆞ거ᄂᆞᆯ 우치 진언을 념ᄒᆞ니 금사망이 절로 버셔지거ᄂᆞᆯ 민시 절ᄒᆞ여 왈,

“션관의 ᄀᆞᄅᆞ치심을 들어 회과ᄒᆞ리이다.”

우치 ᄂᆡ당에 잇ᄂᆞᆫ 가민시ᄅᆞᆯ 거두고 구름에 올나 도라오니라.

일일은 양봉환이란 션ᄇᆡ 잇서 이려서 ᄒᆞᆫ가지로 글을 ᄇᆡ왓더니, 우치 차자가니 병들어 누엇거ᄂᆞᆯ 우치 경문 왈,

“그ᄃᆡ 병이 이럿틋 즁ᄒᆞᆫᄃᆡ 내 엇지 늣게야 알앗ᄂᆞ뇨?”

양ᄉᆡᆼ 왈,

“쌔로 심통이 앏흐고 졍신이 혼미ᄒᆞ여 식음을 폐ᄒᆞᆫ 지 오ᄅᆡ니 사지 못ᄒᆞᆯ가 ᄒᆞ노라.”

우치 진ᄆᆡᆨ 왈,

“이 병세 사ᄅᆞᆷ을 ᄉᆡᆼ각ᄒᆞ여 낫도다.”[51]

양ᄉᆡᆼ 왈,

“과연 그러ᄒᆞ니라.”

우치 왈,

“엇던 가인을 ᄉᆡᆼ각ᄒᆞᄂᆞ뇨? 나ᄂᆞᆫ 년쟝 삼 십에 녀ᄉᆡᆨ에 ᄯᅳᆺ이 업노라.”

양ᄉᆡᆼ 왈,

“남문 안현동 사ᄂᆞᆫ 뎡시라 ᄒᆞᄂᆞᆫ 녀ᄌᆞ 잇스니 일즉 과거ᄒᆞ여 다만 싀모ᄅᆞᆯ 뫼셔 사ᄂᆞᆫᄃᆡ 인물이 졀ᄉᆡᆨ이라. 맛츰 그 집 담 사이로 보고 도라온 후 ᄉᆞ모ᄒᆞ여 병이 됨애 아마도 살아나지 못ᄒᆞᆯ가 ᄒᆞ노라.”

우치 왈,

“말 잘ᄒᆞᄂᆞᆫ ᄆᆡ파ᄅᆞᆯ 보내여 통혼ᄒᆞ라.”

양ᄉᆡᆼ 왈,

"그 녀ᄌᆡ 절기 송죽 ᄀᆞᆺ흐니 맛ᄎᆞᆷᄂᆡ 셩ᄉᆞ치 못ᄒᆞ고 속절업시 은ᄌᆞ 수ᄇᆡᆨ 량만 허비ᄒᆞ얏노라."

우치 왈,

"내 형장을 위ᄒᆞ여 그 녀ᄌᆞᄅᆞᆯ 다려오리라."

양ᄉᆡᆼ 왈,

"형의 ᄌᆡ죄 유여ᄒᆞ나 부절업ᄂᆞᆫ 혯슈고만 ᄒᆞ리로다."

우치 왈,

"그 녀ᄌᆡ 츈광이 얼마나 되뇨?"

양ᄉᆡᆼ 왈,

"이십삼 셰로다."

우치 왈,

"형은 방심ᄒᆞ고 나의 도라오기만 기ᄃᆞ리라"

ᄒᆞ고 구름 ᄐᆞ고 나아가니라.

ᄎᆞ셜. 뎡시 일즉 과거ᄒᆞ고 홀로 셰월을 보내며 슯흔 심회ᄅᆞᆯ ᄉᆡᆼ각ᄒᆞ고 죽고자 ᄒᆞ나 임의치 못ᄒᆞ고 우흐로 로모ᄅᆞᆯ 뫼시고 다른 동긔 업셔 모녀 서로 의지ᄒᆞ여 셰월[52]을 보내더니, 일일은 뎡시 심신이 산란ᄒᆞ여 방즁에셔 ᄇᆡ회ᄒᆞ더니, 구름 속으로 일위 션관이 ᄂᆞ려와 낭셩을 불너 왈,

"쥬인 뎡시ᄂᆞᆫ ᄲᆞᆯ니 나와 남두셩의 명을 밧으라."

뎡시 ᄎᆞ언을 듯고 모친ᄭᅴ 고ᄒᆞ니, 부인이 ᄯᅩᄒᆞᆫ 놀나와 ᄯᅳᆯ에 ᄂᆞ려 복디ᄒᆞ고 뎡시 역시 복디ᄒᆞᆫᄃᆡ 션관이 ᄀᆞᆯᄋᆞᄃᆡ,

"션낭은 텬명을 슌슈ᄒᆞ야 텬샹 요지 반도연에 참여ᄒᆞ라."

뎡시 대경 왈,

"쳡은 인간 더러운 몸이오 ᄯᅩᄒᆞᆫ 죄인이라, 엇지 텬샹에 올나가 옥뎨 좌하에 참여ᄒᆞ리잇고?"

션관 왈,

"ᄎᆡ션낭은 인간의 더러운 물을 먹어 텬샹 일을 니젓도다"

ᄒᆞ고 소매로셔 호로ᄅᆞᆯ 내여 향온을 가득 부어 동ᄌᆞ로 하야곰 권ᄒᆞ니, 뎡시 밧아 마심애 정신이 혼미ᄒᆞ여 인ᄉᆞᄅᆞᆯ 모르거ᄂᆞᆯ 션관이 뎡시ᄅᆞᆯ ᄒᆞᆫ번 ᄀᆞᄅᆞ침애 믄[문]득 ᄎᆡ운으로 올으ᄂᆞᆫ지라. 이ᄣᆡ 강림도령이 모든 거지ᄅᆞᆯ 다리고 져ᄌᆞ거리로 ᄃᆞᆫ니며 량식을 빌너니 홀연 ᄎᆡ운이 동남으로 지나며 향취 옹비ᄒᆞ거ᄂᆞᆯ 강림이 치미러 보고 ᄒᆞᆫ번 구름을 ᄀᆞᄅᆞ치니 운(53) 문이 열니며 일위 미인이 ᄯᅡ에 ᄯᅥ러지거ᄂᆞᆯ 우치 대경ᄒᆞ여 급히 좌우ᄅᆞᆯ ᄉᆞᆲ혀보니 아모도 법슐을 힝ᄒᆞᄂᆞᆫ 재 업거ᄂᆞᆯ 우치 괴이히 녁여 다시 힝슐ᄒᆞ려 ᄒᆞ더니, 믄득 ᄒᆞᆫ 거지 내다라 ᄭᅮ지져 왈,

"필부 뎐우치ᄂᆞᆫ 들으라. 네 요슐로 나라ᄅᆞᆯ 속이니 그 죄 크되 다만 착ᄒᆞᆫ 일 ᄒᆞᄂᆞᆫ 방편을 삼음으로 무ᄉᆞ홈을 엇엇거니와 이제 흉악ᄒᆞᆫ 심장으로 졀부ᄅᆞᆯ 훼졀코자 ᄒᆞ니 엇지 명텬이 ᄇᆞ려두시리오? 이럼으로 하ᄂᆞᆯ이 나ᄅᆞᆯ 내이샤 너 ᄀᆞᆺ흔 요물을 업시케 ᄒᆞ심이니라."

우치 대노ᄒᆞ여 보검을 ᄲᆡ혀 치려 ᄒᆞ더니 그 칼이 변ᄒᆞ여 큰 범이 되여 도루혀 뎌ᄅᆞᆯ 헤ᄒᆞ려 ᄒᆞ거ᄂᆞᆯ 우치 몸을 피코자 ᄒᆞ더니 믄득 발이 ᄯᅡ에 븟허 움작이지 못ᄒᆞᆯ지라. 급히 변신코자 ᄒᆞ나 법슐이 힝치 못ᄒᆞ거ᄂᆞᆯ 대경ᄒᆞ여 그 ᄋᆞᄒᆡᄅᆞᆯ 보니 비록 의복은 람루ᄒᆞ나 도법이 놉흔 줄 알고 몸을 굴ᄒᆞ여 빌어 왈,

"쇼싱이 눈이 잇스나 망울이 업셔 션싱을 몰나본 죄 만ᄉᆞ무셕이오나 고당에 로뫼 계시되 권세 잡고 감(54)열 잇ᄂᆞᆫ 재 너모 ᄇᆡᆨ셩을 못살게 굴기로 부득이 나라ᄅᆞᆯ 속임이오, ᄯᅩ 뎡시ᄅᆞᆯ 훼졀ᄒᆞ려 홈은 병인을 살니려 홈이니 원컨대 션싱은 죄ᄅᆞᆯ 샤ᄒᆞ시고 션슐을 ᄀᆞᄅᆞ쳐 주쇼셔."

강림 왈,

"그ᄃᆡ 닐으지 아니히도 내 발셔 아나니 국운이 불힝ᄒᆞ여 그ᄃᆡ ᄀᆞᆺ흔 요슐이 셰상에 작란ᄒᆞ니 소당은 그ᄃᆡ를 죽여 후폐를 업시 ᄒᆞ겟스나 그ᄃᆡ의 로모를 위ᄒᆞ여 특별히 일명을 살니노니 이제 뎡시를 다려다가 셸니 뎨 집에 두고 병든 양가에게는 뎡시 ᄃᆡ신으로 홀 사름이 잇스니 이는 조실부모ᄒᆞ고 혈혈모의ᄒᆞ나 ᄆᆞ음이 어질고 셩픔[품]이 유슌홀 ᄲᅮᆫ더러 ᄯᅩ흔 셩이 뎡시오 년긔 이십삼 셰라. 만일 내 말을 어기면 그ᄃᆡ의 몸에 대화를 면치 못ᄒᆞ리라."

우치 샤례 왈,

"션싱의 고셩 대명을 알고자 ᄒᆞ노라."

기인 왈,

"나는 강림도령이라. 셰상을 희롱코자 ᄒᆞ여 거리로 빌어먹어 ᄃᆞ니노라."

우치 왈,

"션싱의 ᄀᆞᄅᆞ치심을 삼가 봉힝ᄒᆞ리이다."

강림이 요슐 내던 법을 풀어내니 우치 ᄇᆡᄇᆡ샤례ᄒᆞ 55 고 뎡시를 구름에 싸가지고 본 집에 가 공즁에셔 그 싀모를 불너 왈,

"앗가 옥경에 올나가니 옥뎨 ᄀᆞᆯᄋᆞ샤ᄃᆡ, '치션낭의 죄 아즉 남앗스니 도로 인간에 내보내여 여익을 다 격근 후 다려오라' ᄒᆞ심애 도로 다려왓노라"

ᄒᆞ고 소매로셔 향온을 내여 뎡시의 입에 너흐니 이슥고 ᄶᅢ여 정신을 차리거늘 싀뫼 뎡시ᄃᆞ려 션관의 ᄒᆞ던 말을 닐으고 신긔히 녁이더라.

ᄎᆞ시, 우치 강림도령에게 도라와 그 녀ᄌᆞ 잇는 곳을 무르니 강림이 낭즁으로 환형단을 내여주며 그 집을 ᄀᆞᄅᆞ치거늘 우치 하직ᄒᆞ고 뎡시를 차자가니 그 집이 일간 초옥이오 풍우를 가리지 못ᄒᆞ더라. 이에 들어가 보니 흔 녀ᄌᆞ 시름을 ᄯᅴ고 홀로 안졋거늘 우치 나아가 달내여 왈,

"낭ᄌᆞ의 고단ᄒᆞ신 말ᄉᆞᆷ은 내 임의 알앗거니와 이제 쳥츈이 삼칠을 지낸지 오ᄅᆡ되 춰혼치 못ᄒᆞ고 외로운 형상이 가긍ᄒᆞᆫ지라. 내 낭ᄌᆞ를 위ᄒᆞ여 즁ᄆᆡᄒᆞ리라"

ᄒᆞ고 환형단을 먹인 후 진언을 념ᄒᆞ니, 뎡과부의 모양과 일호 ᄎᆞ[56]챡업시 되ᄂᆞᆫ지라.

우치 왈,

"양싱이란 사ᄅᆞᆷ이 잇ᄂᆞᆫᄃᆡ 인물이 ᄀᆞ장 아름답고 가산도 부요ᄒᆞ나 뎡과부의 자식을 ᄉᆞ모ᄒᆞ여 병이 들엇스니 낭ᄌᆡ ᄒᆞᆫ번 가 이리이리ᄒᆞ라"

ᄒᆞ고 즉시 보를 씨워 구름 ᄐᆞ고 양싱의 집에 니르러 우치 거즛 뎡시를 외당에 두고 ᄂᆡ당에 들어가 양싱을 보니 싱이 문왈,

"뎡시의 일이 엇지된고?"

우치 왈,

"뎡시의 ᄒᆡᆼ실이 빙셜 ᄀᆞᆺ기로 일언을 못ᄒᆞ고 왓노라."

싱 왈,

"이제ᄂᆞᆫ 속절업시 죽을 ᄯᆞ름이로다"

ᄒᆞ고 탄식ᄒᆞᆷ을 마시 아니ᄒᆞ니, 우치 각가지로 죠롱ᄒᆞ여 왈,

"내 이제 가셔 뎡시보담 ᄇᆡᆨᄇᆡ 나은 녀ᄌᆞ를 다려왓스니 보라"

ᄒᆞᆫᄃᆡ, 양싱 왈,

"내 미인을 만히 보앗스되, 뎡시 ᄀᆞᆺᄒᆞᆫ 쌍은 업나니 형은 롱담 말라."

우치 왈,

"내 엇지 희롱ᄒᆞ리오? 지금 외당에 잇스니 보라."

양싱이 겨우 몸을 니러 외당에 나와보니 적실ᄒᆞᆫ 뎡시어ᄂᆞᆯ 반가옴을 측량치 못ᄒᆞᆫᄃᆡ 우치 쇼왈,

"내 진심 갈력ᄒᆞ여 당ᄌᆞ를 다려왓스니 가ᄉᆞ를 션치ᄒᆞ고 잘 살라."

양ᄉᆡᆼ이 빅비샤례ᄒᆞ더라.

우치[57] 양ᄉᆡᆼ을 리별ᄒᆞ고 도라가다.

션시에 야긔 산즁에 ᄒᆞᆫ 도ᄉᆡ 잇스니 도학이 놉고 ᄆᆞ음이 청졍ᄒᆞ여 셰샹 명리ᄅᆞᆯ 구치 아니며 다만 박뎐 다ᄉᆞᆺ 이랑과 화원 십간으로 셰월을 보내니 이곳 디샹션이라. 셩호ᄂᆞᆫ 셔화담이니 나이 오십오 셰에 얼골이 련화 ᄀᆞᆺ고 량안은 츄슈 ᄀᆞᆺ고 졍신은 돌올ᄒᆞ더라. 우치 셔화담의 도학이 놉흠을 알고 차져가니 화담이 마져 왈,

"내 ᄒᆞᆫ번 찻고자 ᄒᆞ더니, 루섀새에 왕림ᄒᆞ시니 만ᄒᆡᆼ이로다."

우치 니러 칭ᄉᆞᄒᆞ고 한담ᄒᆞ더니, 믄득 보니 일위 션ᄉᆡᆼ이 들어와 ᄀᆞᆯᄋᆞᄃᆡ,

"좌샹의 존ᄀᆡᆨ이 뉘시뇨?"

화담 왈,

"뎐공이라"

ᄒᆞ고 우치ᄃᆞ려 왈,

"이ᄂᆞᆫ 내 아우 룡담이로라."

우치 룡담을 보니 미목이 쳥슈ᄒᆞ고 골격이 비샹ᄒᆞᆫ지라. 룡담이 우치ᄃᆞ려 왈,

"션ᄉᆡᆼ의 놉흔 슐법을 들은 지 오ᄅᆡ더니 오ᄂᆞᆯ날 맛나 보니 ᄒᆡᆼ이어니와 쳥컨대 슐법을 ᄒᆞᆫ번 구경코자 ᄒᆞ노니 앗기지 말라"

ᄒᆞ고 구구이 ᄀᆞᆫ청ᄒᆞ거ᄂᆞᆯ 우치 ᄒᆞᆫ번 시험코져 ᄒᆞ여 진언을 념ᄒᆞ니 룡담의 쓴 관이 변ᄒᆞ[58]여 쇠머리 되거ᄂᆞᆯ 룡담이 노ᄒᆞ여 ᄯᅩᄒᆞᆫ 진언을 념ᄒᆞ니 우치의 쓴 관이 변ᄒᆞ여 범의 머리 되ᄂᆞᆫ지라. 우치 ᄯᅩ 진언을 념ᄒᆞ니 룡담의 관이 변ᄒᆞ여 빅룡이 되여 공즁에 올나 안긔ᄅᆞᆯ 피우거ᄂᆞᆯ 룡담이 ᄯᅩ 진언을 념ᄒᆞ니 우치 관이 변ᄒᆞ야 쳥룡이 되여 구름을 헷치고 안긔ᄅᆞᆯ

발ᄒᆞ여 쌍룡이 서로 ᄊᆞ와 청룡이 ᄇᆡᆨ룡을 이긔지 못ᄒᆞ고 동남으로 다라 나거ᄂᆞᆯ 화담이 비로소 웃고 왈,

"뎐공이 내 집에 오셧다가 이럿틋 ᄒᆞ니 네 엇지 무례치 아니리오?" ᄒᆞ고 ᄎᆡᆨ상에 언진 연뎍을 ᄒᆞᆫ번 공즁에 던지니, 연뎍이 변ᄒᆞ여 일도 금광이 되여 하ᄂᆞᆯ에 퍼지니 량룡이 믄득 본관이 되여 ᄯᅡ헤 ᄯᅥ러지ᄂᆞᆫ지라. 량인이 각각 거두어 쓰고 우치 화담을 향ᄒᆞ야 샤례ᄒᆞ고 인ᄒᆞ야 구름 ᄐᆞ고 도라오니라. 화담이 우치ᄅᆞᆯ 보내고 룡담을 ᄭᅮ지져 왈,

"너ᄂᆞᆫ 청룡을 내고 뎌ᄂᆞᆫ ᄇᆡᆨ룡을 내니, 청은 목이오 ᄇᆡᆨ은 금이니 오ᄒᆡᆼ에 금극목이라. 목이 엇지 금을 이긔리오? ᄯᅩᄒᆞᆫ 내 집에 온 손이라 부질업시 해코[59]자 ᄒᆞᄂᆞ뇨?"

룡담이 다만 칭샤ᄒᆞ고 ᄀᆞ장 노ᄒᆞ여 우치ᄅᆞᆯ 미워ᄒᆞᄂᆞᆫ ᄯᅳᆺ이 잇더라. 우치 집에 도라온지 삼일만에 ᄯᅩ 화담을 차자가니 화담이 ᄀᆞᆯᄋᆞᄃᆡ,

"내 그ᄃᆡ에게 청ᄒᆞᆯ 말이 잇스니 질기여 조칠소냐?"

우치 왈,

"듯기ᄅᆞᆯ 원ᄒᆞᄂᆞ이다."

화담 왈,

"남ᄒᆡ 즁에 큰 산이 잇스니 일홈은 화산이오 그 산 즁에 도인이 잇스ᄃᆡ 도호ᄂᆞᆫ 운슈션ᄉᆡᆼ이라. 내 졂어셔 글을 배왓더니 그 션ᄉᆡᆼ이 여러 번 셔신으로 무럿스나 회셔치 못ᄒᆞ엿더니, 뎐공을 맛츰 맛낫스니 그ᄃᆡ ᄒᆞᆫ번 ᄃᆞᆫ녀옴이 엇더ᄒᆞ뇨?"

우치 허락ᄒᆞ거ᄂᆞᆯ, 화담 왈,

"화산은 ᄒᆡ 즁에 잇ᄂᆞᆫ 산이라, 수히 ᄃᆞᆫ녀오지 못ᄒᆞᆯ가 ᄒᆞ노라."

우치 왈,

"쇼ᄉᆡᆼ이 비록 ᄌᆡ죄 업ᄉᆞ오나 순식간에 ᄃᆞᆫ녀오리이다."

화담이 밋지 아니ᄒᆞ거ᄂᆞᆯ 우치 ᄂᆡ심에 업수이 녁이ᄂᆞᆫ가 ᄒᆞ여 노왈,

"ᄉᆡᆼ이 만일 못 ᄃᆞᆫ녀오면 이곳셔 죽고 산문을 나지 아니리라."

화담 왈,

"연즉 가려니와 ᄒᆡᆼ혀 실슈ᄒᆞᆯ가 ᄒᆞ노라"

ᄒᆞ며 즉시 글을 닷가주거ᄂᆞᆯ 우치 즉시 밧아가지고 ᄒᆡ동청 보라ᄆᆡ 되60여 공즁에 올나 화산으로 가더니 ᄒᆡ 즁에 니르러ᄂᆞᆫ 난ᄃᆡ업ᄂᆞᆫ 그물이 압ᄒᆞᆯ 가리웟거ᄂᆞᆯ 우치 놉히 ᄯᅥ 넘고자 ᄒᆞ더니 그물이 ᄯᅡ라 놉히 막앗ᄂᆞᆫ지라, ᄯᅩ 넘으려 ᄒᆞᆫᄃᆡ 그물이 하ᄂᆞᆯ에 다핫고 아래로 ᄒᆡ즁을 련ᄒᆞ여 좌우로 하ᄂᆞᆯ을 펴 잇스니 갈 길이 업셔 십여 일을 ᄋᆡ쓰다가 ᄒᆞᆯ 일 업셔 도라와 화담을 보고 호쇼 왈,

"화산을 거의 다 가셔 그물이 하ᄂᆞᆯ에 련ᄒᆞ여 갈 길이 업ᄉᆞᆸ기로 모기되여 그물 틈으로 나가려 ᄒᆞᆫ즉 거미줄이 텹텹ᄒᆞ여 나가지 못ᄒᆞ고 왓나이다."

화담이 쇼왈,

"그리 큰 말을 ᄒᆞ고 가더니 ᄃᆞᆫ녀오지 못ᄒᆞ엿스니, 이제ᄂᆞᆫ 산문을 나지 못ᄒᆞ리로다."

우치 황겁ᄒᆞ여 닷고자 ᄒᆞ더니 화담이 발셔 알고 속이려 ᄒᆞᄂᆞᆫ지라. 우치 착급ᄒᆞ여 ᄒᆡ동청이 되여 다라나니, 화담이 수리 되여 ᄯᆞ름애 우치 ᄯᅩ 변ᄒᆞ여 갈범이 되여 닷더니, 화담이 변ᄒᆞ여 청ᄉᆞᄌᆡ 되여 물어 업지르고 ᄀᆞᄅᆞ쳐 ᄀᆞᆯᄋᆞᄃᆡ,

"네 여러 가지 슐법을 가지고 반ᄃᆞ시 올흔 일을 위ᄒᆞ여 ᄒᆡᆼᄒᆞ니 긔특ᄒᆞ나 사61특ᄒᆞᆷ은 맛ᄎᆞᆷᄂᆡ 정대ᄒᆞᆷ이 아니오, ᄌᆡ조는 반ᄃᆞ시 웃길이 잇나니 오ᄅᆡ 이로써 셰상에 ᄃᆞᆫ니면 필경 파측ᄒᆞᆫ 화ᄅᆞᆯ 닙을지라. 일즉 광명ᄒᆞᆫ 셰상에 도라와 정대ᄒᆞᆫ 도리ᄅᆞᆯ 궁구ᄒᆞᆷ이 올치 아니ᄒᆞ뇨? 내 이제 태ᄇᆡᆨ산

에 대종신리를 붉히려 ᄒᆞ노니 그ᄃᆡ 쏘ᄒᆞᆫ 나를 조침이 됴흘가 ᄒᆞ노라."

우치 왈,

"ᄀᆞᄅᆞ치시ᄂᆞᆫ ᄃᆡ로 ᄒᆞ리이다."

화담이 인ᄒᆞ여 각각 집에 도라와 약간 가ᄉᆞ를 분별ᄒᆞᆫ 후, 우치 화담을 뫼시고 태ᄇᆡᆨ산 배달 밋헤 정샤를 얽고 임검으로붓허 오ᄂᆞᆫ 큰 리치를 궁구ᄒᆞ여 보ᄇᆡ로운 글을 만히 지어 셕실에 ᄀᆞᆷ초니 그 후일은 셰샹 사ᄅᆞᆷ이 아지 못ᄒᆞ나 일즉 강원도 사ᄂᆞᆫ 양봉래라 ᄒᆞᄂᆞᆫ 사ᄅᆞᆷ이 단군 셩적을 뵈오려 ᄒᆞ야 태ᄇᆡᆨ산에 들어갓다가 화담과 우치 두 분을 보고 도라올 ᄉᆡ, 두 분이 닐ᄋᆞᄃᆡ,

"우리ᄂᆞᆫ 이리이리ᄒᆞ야 이곳에 들어와 잇거니와 그ᄃᆡ를 보니 잠시 언힝이 쏘ᄒᆞᆫ 유심ᄒᆞᆫ 산아휜줄 알지라. 내 젼ᄒᆞᆯ 것이 잇노니 삼가 밧들라"

ᄒᆞ고 비셔 몃 권을 주니 봉래 밧[62]아가지고 나와 정셩으로 공부ᄒᆞ야 그 오묘ᄒᆞᆫ 쯧을 통ᄒᆞ고 감안ᄒᆞᆫ 가운대 도통을 젼ᄒᆞ니, 혹 ᄒᆞᆫ두 가지 들어나ᄂᆞᆫ 일이 잇스나 셰샹이 다만 신션의 도로만 알고 봉래 쏘ᄒᆞᆫ 붉은 빗이 들어날 ᄯᅢ를 기ᄃᆞ릴 ᄲᅮᆫ이오, 화담과 우치 두 분의 태ᄇᆡᆨ산 즁에 게서도 닥그시ᄂᆞᆫ 일만 셰샹에 젼ᄒᆞ니라.

뎐우치젼 권지단 죵